山魈

深谷生文澜
蹑行偷荤馐
斲窗喜还鲙
早知霞木遇烹炙
不羡空山赋月明
山童书

山魈

鱼魃
法浪腾波
不计年
蠔山蟹窠
作田阡平居
也学通工事
蒲扇鱼罾
手自編　以□写

鱼精

海狗精

人形變就出
洪波步向街
頭學踏歌舞
浮紅衣學文士
唐家維識罾
姝麗

海狗精

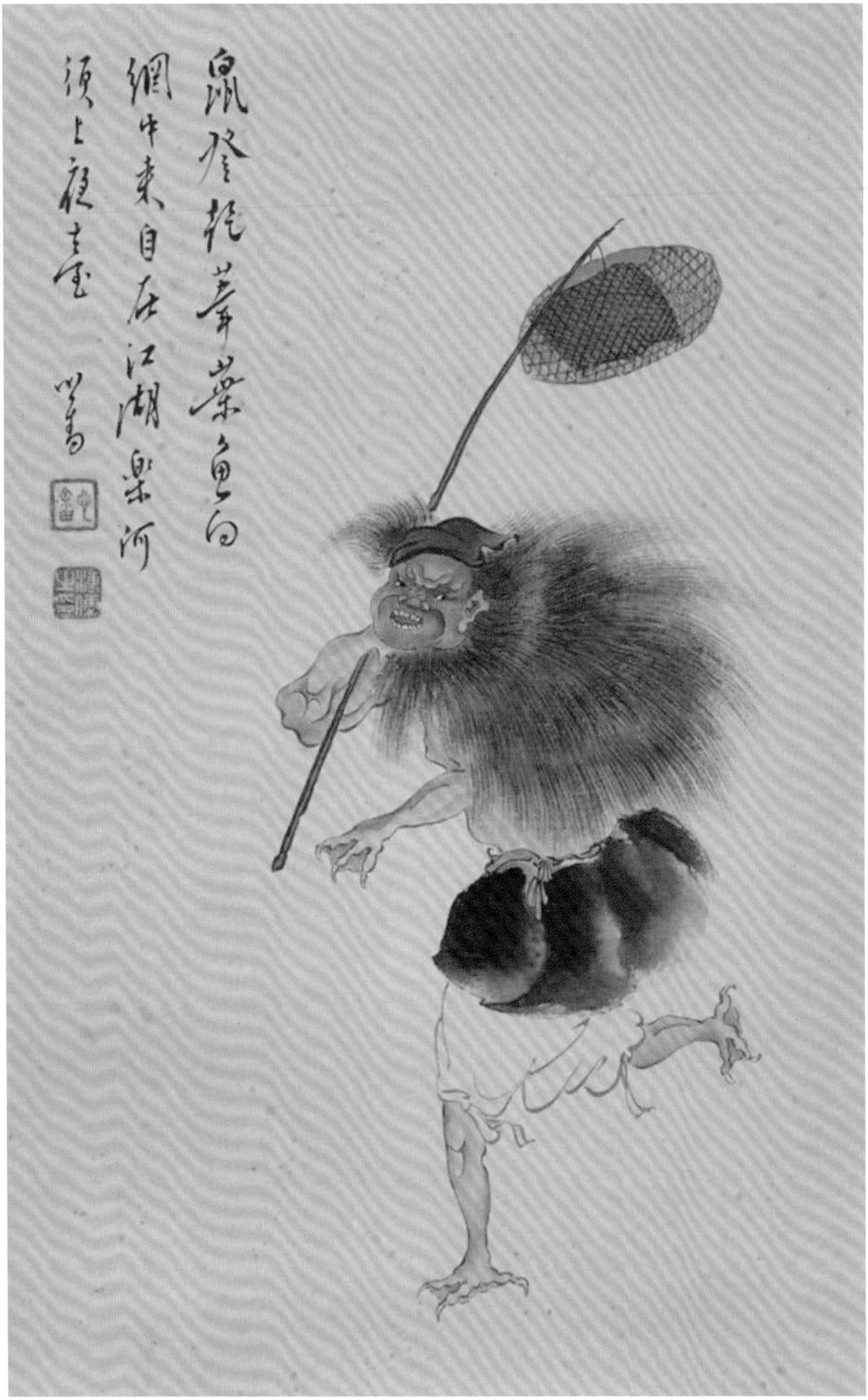

鼠精

蟾蜍精

狐司账

持筹握算
坐庖间谁识
先生苍日颡
自炼金丹幻
形相尘缘一
画便归山

心畬

狐司账

雷鬼

鼉鼓雲旗
氣象尊嚴
撼山嶽動根
坤而今久不行
雷雨宮守天
庭帥府門

雷鬼

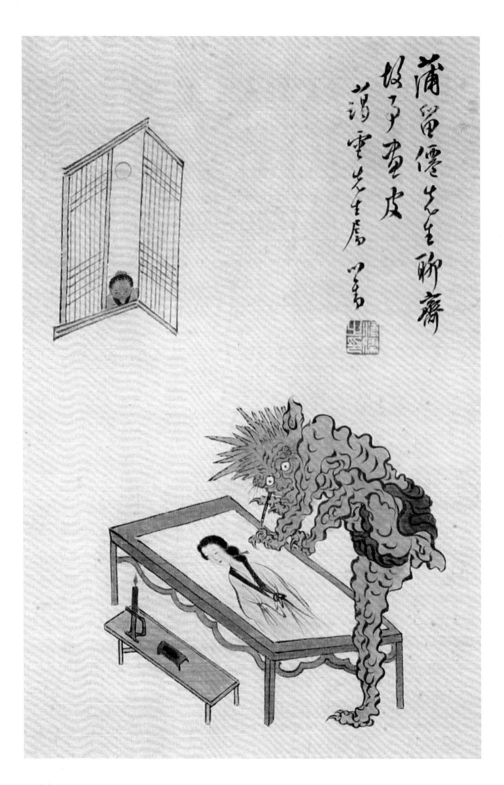

画皮

中国妖怪故事全书

王渊博◎编著

民主与建设出版社
·北京·

图书在版编目（CIP）数据

中国妖怪故事全书 / 王渊博编著. –– 北京：民主
与建设出版社, 2023.9
ISBN 978–7–5139–4283–6

Ⅰ. ①中… Ⅱ. ①王… Ⅲ. ①民间故事 – 作品集 – 中
国 Ⅳ. ①I277.3

中国国家版本馆CIP数据核字（2023）第123801号

中国妖怪故事全书
ZHONGGUO YAOGUAI GUSHI QUANSHU

编　　著　王渊博
责任编辑　廖晓莹
封面设计　刘红刚
出版发行　民主与建设出版社有限责任公司
电　　话　（010）59417747　59419778
社　　址　北京市海淀区西三环中路 10 号望海楼 E 座 7 层
邮　　编　100142
印　　刷　北京盛通印刷股份有限公司
版　　次　2023年9月第1版
印　　次　2023年9月第1次印刷
开　　本　710毫米×1000毫米　　　1/16
印　　张　36.75
字　　数　489千字
书　　号　ISBN 978–7–5139–4283–6
定　　价　88.00元

注：如有印、装质量问题，请与出版社联系。

序言

　　何为"妖怪"？对于这一问题，至今仍未形成统一的答案。《左传》中写道："天反时为灾，地反物为妖。"可见，当时把一些违背自然常理的现象称为"妖"。东晋干宝把"妖怪"定义为外表形状发生改变的"物"，如《搜神记》中写道："妖怪者，盖精气之依物者，气乱于中，物变于外，形神气质，表里之用也。"唐朝道士皇甫朋把"妖怪"定义为"山川之精物"，他在《玄圃山灵秘录》中写道："妖怪者，山川之精物也。"东汉王充把"鬼"也看作是"妖怪"的一种，如《论衡》中写道："人且吉凶，妖祥先见。人之且死见百怪，鬼在百怪之中。"而天师张继宗在《崆峒问答》中说得更为详细："人之假造为妖，物之性灵为精，人魂不散为鬼。天地乖气，忽有非常为怪。"

　　因此，本书中所记载的妖怪，综合了上述对妖怪的定义，再根据作者的个人见解，主要分为三部分。第一部分为妖部：即人所化成的或者是动物以人形呈现的，比如虎妖、狐妖、蛇妖等；另外一类是那些违反自然规律、以普通常识不能理解的现象或自然灾害，如败屩妖、庆忌等。第二部分为怪部：怪异反常的人、动物、植物，即异兽、异人、精怪等。第三部分为鬼部：人死之后所化之物。

　　在科技高速发展，处处宣扬科学的现代社会，我们应该如何正确认识妖怪文化？的确，妖怪文化诞生于封建社会的土壤中，难以摆脱历史局限性，自然而然会有一些落后、迷信的思想。但它背后所蕴含的历史兴替、自然风物、社会风俗等思想与内涵，可以作为观察我国民俗文化的窗口，给我们研究民俗文化提供一个多样化的视角。

　　本书所载妖怪都取材于中国历代典籍，如《山海经》《搜神记》《子不语》《聊斋志异》等。在搜集整理的过程中，又对其进行适当的加工改编，再以白话形式，使各种妖怪故事以更为通俗易读的方式展现在读者眼前。

　　在我国古代，反映妖怪文化的典籍浩如烟海，并不仅限于本书所载的这些妖怪。本书抛砖引玉，希望能使广大读者通过本书了解妖怪文化，近距离感受妖怪文化中所蕴含的丰富内涵，对妖怪文化有积极正确的认知。

目 录

妖部

1

2

3

怪部

鬼部

妖部

1. 败屦妖

晋惠帝生性痴傻，国家被权臣把持，朝政败坏，纲纪废弛，民不聊生。民间渐渐生出一些奇怪的现象。

元康、太安年间，长江、淮河流域，出了一件怪事：大路上会莫名其妙地出现一堆破烂的草鞋，有时甚至多达四五十双。人们见破烂草鞋挡道，就把它扔到路旁的草丛中，可是这些破烂草鞋第二天依然会出现在大路上。

有人说："是野猫把这些草鞋叼过来堆在大路上的。"

然而世上普遍流传这样一种说法："草鞋，是地位卑贱的人的穿着，它象征着受苦受辱的下层平民百姓。草鞋破烂，象征着百姓疲劳困乏。道路，是大地的纹理，承载着交流四方、传递王命的使命。如今，破烂的草鞋聚集在道路中，象征着下层贫苦百姓疲劳困乏，将要聚众造反，使四方的交流中断、王命堵塞。"

——故事源于晋·干宝《搜神记·卷七·败屦聚道》

2. 猪妖

晋朝时期吴地（今江苏省、上海市、浙江省一带）有一士人王生回家探亲。王生走水路，一路水面平静，倒也顺遂。船行到曲阿县时，王生见天色已晚，就命船工靠岸停船歇息，明日清晨再走。王生见前方不远处正好有一堤坝，适宜泊舟，就命船工靠大堤停船。

王生在舟中无聊，走出船舱一览周围胜景。日暮时分，夕阳西照，金晖满地，王生正沉浸其中，忽然看见一女子从堤坝匆匆而过。女子年十七八岁，身姿丰腴，颇具韵致，夕阳的余晖洒在女子身上，金光四射，更添风情。王生怦然心动，也顾不得仁义道德，就大声喊女子上船。女子微微一笑，略一迟疑，登船而上。

当晚，女子就与王生同宿。

翌日清晨，女子要告辞，王生把一金铃系在女子左臂，铃声叮当，清脆悦耳。王生说："愿如此铃，岁岁相伴。"女子也不辞让，盈盈拜别。

王生心下很是不舍，悄悄命书童跟随女子身后，探听女子身世住所。书童跟着女子到了旁边的村子，见女子进了一农户家门就再也没出来。书童上前询问农夫，农夫却说："家里没有女子。"书童不信，四处查看，房屋庭院确实没有女子。正疑惑不解，忽然看见猪圈中一头母猪，左腿上系有金铃。母猪见书童寻来，慌忙躲避，身动之际，铃声叮当，清脆悦耳。

——故事源于晋·干宝《搜神记·卷十八·猪臂金铃》

3. 庆忌

王莽始建国四年后，某天，池阳宫一带忽然出现许多小的人影。这些人影高一尺多，有的乘车，有的步行，它们手中操持着各种不同的兵器，兵器的大小与影子的大小相称。王莽不知其中缘故，心中厌恶，却也无可奈何，好在这些影子活跃三日就消失了。

后来，各地乱军蜂起，攻入长安，王莽被迫潜逃，终被乱军杀死。

《管子》中记载一种叫庆忌的精怪，它产生于数百年不竭的水中，模样像人，身长四寸，穿黄衣、戴帽子、顶黄盖、乘小马、喜飞奔。若有人叫它的名字，它能一日往返千里替人传信。池阳宫的小人影，或许就是庆忌吧？

——故事源于晋·干宝《搜神记·卷十二·池阳小人庆忌》

4.貙人

据说长沙郡（今湖南省境内）某地居民，因山中总有恶虎伤人，曾制作了木槛捕虎。木槛设有机关，一旦有兽进去，槛门就会自动合上，槛中兽就无法脱身。村中每日派人上山查看槛中情形，归来报知众人。

一日，村中集会，汇报近来木槛捕虎情况。集会结束，一众村民进山查看。走近木槛，见槛中坐着一个人，身上穿着亭长的服饰，头上包着红头巾，戴着大帽子，怒气冲冲。村民忙问："你怎么会落入木槛中呢？"那人一听，气不打一处来，说："昨夜县衙紧急召唤我，谁知遇上大雨，我避雨的时候，不小心进到此槛中。你们快点放我出去！"村长及众村民将信将疑，正犹豫不决。有一个机敏的村民问："县衙召唤会有文书吧？"那人伸手从怀中取出文书，一把甩出去。村民拾起文书递给村长看，确实不假。于是村民打开槛门，把他放了出去。亭长出槛后，刚开始时，大摇大摆缓步而行，数十步后，忽然化作猛虎，跃入深林。

众人目瞪口呆，面面相觑。其中有一村民说："我听老人说我们这一带有貙，能化为人，也能化为虎。化作人时穿紫色葛衣，脚没有后跟。化为虎时，有五个脚趾。方才那人或许是貙人？"

——故事源于晋·干宝《搜神记·卷十二·貙人化虎》

5.猳国

　　古蜀国（今重庆市一带）西南部的高山上，有一种动物，和猴子相似，身长七尺，能像人一样站起来走路，善于奔跑追人，叫"猳国"，又叫"马化""玃猿"。它们抢走路过此地的漂亮妇女，没有人知道它们究竟把这些美女带到了什么地方。这种动物能辨别男女的气味，所以它们只抢女子，不抢男子。如果抢到了女子，就把她当作妻子。如果女子不生孩子，到死也不会被放回来。十年以后，这些被抢去的妇女，身形也会变得和它们类似，思想也被迷惑，不再想回家了。如果女子生了孩子，它们就把母子一起送还女子家中。如果女子回家后不抚养孩子，就会被害死，所以被送回家的女子，没有敢不抚养孩子的。

——故事源于晋·干宝《搜神记·卷十二·猳国马化》

6.阿紫

　　东汉时期，汉献帝建安年间，沛国郡（今安徽省淮北市）陈羡担任西海都尉，王灵孝是他的部下。一日，公事结束，王灵孝在家中闲坐。傍晚时分，忽然听到院中鸡棚处有异响，王灵孝出门一看，竟是一女子，眼波流转，妖媚动人。女子看见王灵孝，就上前自报家门："小女子阿紫，不知公子如何称呼？"王灵孝眼睛都看呆了，痴痴说："王灵孝。"女子纤手微抬，招王灵孝过来。王灵孝哪里还能思想，就跟随女子，也不知走了多久，到了何地，忽觉女子停步，宽衣解带，二人随即缠绵交欢。直到天亮，阿紫才送王灵孝回家。

自此以后，王灵孝每到夜晚，就离家与阿紫相会。连陈羡有公务召唤也寻不见他，有时甚至夜半当值时无故失踪。

陈羡很不满，派人把他抓起来，可到了晚上人还是不见了。陈羡无法，把他的妻子抓起来询问，妻子也只说灵孝夜晚离去，天明才回来，并不知其中缘由。陈羡听了，心中有了计较。

当夜，陈羡领着一名道士及数十步兵、骑兵，牵着猎犬，到城外四处找寻。终于在一处墓坑中找见了王灵孝，墓中空空，仅有灵孝一个人。见众人前来，王灵孝不悦，说："你们为何气势汹汹来到这里？都吓跑我的阿紫了！"

陈羡见灵孝已隐约有几分狐狸模样，忙命人扶他回家。灵孝一路也没有别的话，只叫："阿紫！"

后来过了十余日，王灵孝渐渐有些醒悟，就去见陈羡。陈羡问他情况，他才把实情告知，末了还意犹未尽，说："其乐无穷啊！"

陈羡见灵孝尚未觉悟，就转述道士所说："这是山魅，是上古时期精通媚术的狐狸所化。这类狐化为女子时，大多自称阿紫。"灵孝听完冷汗涔涔。

——故事源于晋·干宝《搜神记·卷十八·山魅阿紫》

7. 白水素女

晋朝时期，晋安侯官县（今福建省福州市西部一带）有一青年谢端，少年时父母双亡，也没有兄弟姊妹扶持。邻居不忍见他孤苦，好心抚养他长大。

谢端十七八岁时，想到自己已经成年，不愿再麻烦邻居，就自己建房而居。他行为端正，为人正直，勤劳能干，引得邻人纷纷称赞。有好心的邻居劝他娶妻，他总是说自己家境贫寒，不愿娶妻，让妻子跟着自己受苦。之后，他依然每天辛勤劳作，昼夜不息。

有一天，谢端一如既往在田间劳作，傍晚回家时，路过一条清溪，谢端见小溪清澈喜人，就捧一口喝下。偶然间，瞥见溪畔有一只大田螺，螺壳像三升的酒壶一般大。谢端觉得它奇异，就把它带回家，放在缸中养着。

养了有十几日后，一天，谢端劳作回来，见家中有热饭热汤，不禁心下感动，以为是邻居在照顾自己。谁知一连几天都是如此。于是，谢端就去谢邻居。邻居听了莫名其妙，说："又不是我做的，你怎么过来谢我？"谢端疑心，还未想通，忽然听邻居笑说："莫非是你自己偷偷娶了妻子，却说是我们给你做饭？"谢端默然不应，不明所以。

第二天，谢端决定一探究竟，他在鸡叫时就出门耕作，到了清晨太阳升起时悄悄回家。他藏身一旁，只见一妙龄少女，从缸中走出，素手纤纤，身姿婀娜，到厨下烧汤做饭。谢端诧异着到缸中一看，田螺已不在，只有巨壳还在。他犹疑着到厨下，开口问："不知姑娘为何在此？"少女听到声音，大惊，想要回到缸中，却看谢端立在门口，少女无法出门，无奈说："我本是天河中的白水素女，天帝怜你孤贫，又看你为人正直，所以派我暂且为你煮汤做羹。十年之内，等你富裕娶妻，我就该回去了。但是，我如今已被你撞见，不应该再留在此处，我这就回去了。日后，你要继续勤于耕作、打鱼、读书。我把螺壳留给你，你用来贮米，可取之不尽。"谢端心下恻然，暗自悔恨，恳求少女留下，少女却是不应。忽然风雨大作，少女翩然离去。

后来谢端靠自己的双手，日子渐渐富足，又娶了妻，还做了县令。谢端为感念少女相助之情，为少女建造祠堂，逢年过节殷勤供奉。这就是如今的素女祠。

——故事源于晋·陶潜《搜神后记·卷五·白水素女》

8. 蛇魅

朱觐是陈蔡（今河南省上蔡县）人，好游侠。一次，朱觐到汝南（今河南省驻马店市）游玩，在一村头旅店暂住，店主邓宾全热情好客，殷勤招待朱觐。朱觐心中感动，顿时觉得仿佛回到了自己家中，于是就与邓宾全成了好友。

一日，邓宾全新得数坛美酒，醇香浓厚，邀来朱觐一同品尝。朱觐坐下，见一女子正摆盘布菜，女子姿容端丽，举止妩媚，自有风韵。朱觐心下微动。邓宾全笑着说："此为小女，烧一手好菜，你且尝尝。"说着邓宾全一边夹了近旁菜看给朱觐，一边令女子退下。

朱觐尝了一口，赞道："美味！"于是问邓宾全："不知姑娘可否婚配？"话音才落，却见邓宾全皱眉摇头说："并未婚配。只因常受鬼魅迷幻诱惑，请医诊治总是无效，现年已二十。不知要耽搁到何时！"说罢不住叹息。朱觐听后默然无语。二人又说些游侠之事，到二更时分，朱觐才辞别邓宾全回房。

路过庭院时，朱觐忽然看见一个人穿着鲜洁白衣，飘进邓宾全女儿房内。不一时，房间传来二人调笑之声。朱觐酒意猛醒，拿着弓箭埋伏在黑暗处，等着白衣人出来。一直等到清晨鸡鸣时，才见邓宾全女儿送一白衣人出门，白衣人年少英俊，女子犹自不舍。朱觐忙拉弓射箭，正中白衣少年，他登时血流满地。朱觐拉起弓又射，少年却已逃跑，不见身影。

此时，听到动静的邓宾全已经起床，朱觐忙拉邓宾全一起沿血迹寻找白衣人，一直追了五里，血迹最终消失在一棵大枯树旁。二人查看枯树，发现树干上有小孔，忙砍断树干，果然见树中有一蛇，通体雪白，有一丈长，身上的箭正是朱觊所射，因射中七寸，蛇已死去。

自此以后，邓宾全的女儿恢复了正常。邓宾全见朱觊对女儿有意，且又感念朱觊的搭救，就把女儿嫁给了他。

——故事源于唐·薛用弱《集异记·朱觊》

9．相柳

相柳是天神共工的臣子，他有巨大的青色蛇身，九个脑袋上都长着人的面孔，相貌凶恶恐怖。他喜欢用九个脑袋分别从不同的山上取食，凡被相柳接触的地方，都会陷落成为沼泽和溪流。

共工发洪水肆虐人间，使得生灵涂炭，被一心治水的大禹打败，惨遭流放。而相柳继共工之后，依然为祸人间，后被大禹斩杀。相柳死后血流遍地，腥臭无比，所到之处，五谷不生。相柳的口水更是形成了巨大的毒沼泽。大禹填平沼泽，后来又塌陷，如此三次。大禹无奈，只好把沼泽辟为池子，使血流入池中，并用挖出的土筑高台来祭祀诸神，来镇压相柳邪气。

——故事源于先秦·佚名《山海经·卷八·海外北经》

10．凿齿

凿齿，常居住在南部沼泽地带，牙长像凿，长五六尺，左右手分别持矛和盾。

传说，凿齿常掠夺人吃，帝尧派羿前去讨伐。羿与凿齿在寿华郊野开战，凿齿见羿拉弓射箭，就拿起盾牌抵挡。不料却被羿射穿盾牌，凿齿慌忙逃窜时，被羿一箭射中，穿透心后死去。

——故事源于先秦·佚名《山海经·卷六·海外南经》

11. 姑获鸟

姑获鸟，夜飞昼藏。她披上羽毛时是鸟，脱掉羽毛则为女人。她是天帝的小女儿，有一个名字叫夜行游女，一个名字叫钓星，一个名字叫隐飞鸟。姑获鸟没有孩子，喜欢夺取人类的孩子养育，并把他视作自己的孩子。家中有小儿的人家，不能在外晾晒小儿衣物，若被姑获鸟察觉，必定设法夺走小儿。

从前，豫章（今江西省南昌市）一男子见有六七个女人在水中嬉戏，衣衫脱在岸边。男子偷偷藏起一件衣服，随后就跳到水中。女人见有男子，纷纷游到岸边，穿上衣衫化鸟飞去。男子这才知晓这些女子都是鸟。其中一个女子，因衣衫被男子藏起，不能飞去，只好嫁给男子为妻，生了三个女儿。许多年后，女子从女儿口中得知衣衫藏在稻草堆里。女子乘男子不备，在稻草堆中找到衣衫，披衣飞去。随后，此鸟又用衣衫迎接三个女儿，三个女儿也披衣飞走了。

——故事源于晋·郭璞《玄中记·姑获鸟》

12．天狐

唐朝时期，括苍县（今浙江省丽水市莲都区）有位高僧，名为叶法善。叶法善道法高深，入京后，被唐中宗授予金紫光禄大夫鸿胪卿，深受器重。

那时，有位出身世家的官员，将要出京到地方做官，众亲友在东门一家酒楼摆宴席为他饯行。官员令妻子和家人乘车马先行到渡口，自己宴席完毕随后就到。谁知到傍晚时分，官员到渡口时，却不见妻子。官员又回家去寻，家中留守的仆人说，夫人早已离家。官员无法，只得又到渡口等候。

过了一会儿，一船工摆渡回来，见官吏四下问人，就告诉他说："一个时辰前，有一群女眷乘车跟随一婆罗门僧离去，车辙还在呢！"官吏听完，就跟随车辙，一直追到北邙山虚墓门，在一坟墓处见到了自家车马，而妻子及家中众人都跟随一僧人绕着坟墓合掌念佛。官员很吃惊，忙叫妻子，却见众人脸现怒容。官员上前想拉妻子离开，却见妻子骂道："我们追随圣人，已身在天堂。你一下界小民，胆敢阻拦我们！"官员无奈，又向奴仆问话，奴仆眼神痴呆，都默然不应，也只追随僧人绕坟墓念佛。官员心知僧人有异，就想拉僧人到一旁问话，谁知，才刚碰到僧人的衣衫，僧人就没了踪影。

官员无奈，只得命人用绳索绑了妻子及一众女眷送回家。一路上众人号叫不迭，一直叫了一整夜，官员想问清原委却毫无机会。

第二日，官员无奈，只得请叶法善相助。叶法善听了官员的讲述，徐徐说："这是只修行千年的天狐，教训它一番就行，千万不可杀它。据我所料，到吃饭时它一定现身，到时候你同它一起来见我。"说着，递给官员一张符，交代官员贴到门上。

官员依照叶法善的叮嘱贴符，刚一贴上，妻子及一众仆妇就都清醒了。妻子缓了缓神，对官员说："我们昨天见到佛陀降临，把我们带到天堂。置身天堂，妙不可言。佛执花在前，我们跟随其后。不料你却来了，所以我才骂你。原来我们是被魅惑了？"官员让妻子先休息片刻，等饭时再起身，自己则惴惴坐等。

不一会儿，仆人请示开饭，官员令仆人稍候。顷刻，就听见敲门声，仆人开门，果然是昨日的婆罗门僧人前来化斋。官员还没来得及绑住僧人，却见内宅妻子及一众仆妇听见僧人声音，赶忙出门，边跑边叫："佛来了，佛来了。"官员忙大声叫嚷："这是妖僧，不是佛！"然而，众人恍若未闻。

官员无法，只得拿出准备好的绳索，要把僧人绑起来。僧人轻蔑一笑，正待作法，忽然门口的符金光一闪，僧人已被捆绑。

官员拉着被绑的僧人去寺院见叶法善。叶法善命人把绳索解开，并大声喝道："还不快快现出原形！"这一向倨傲的僧人竟然拉着叶法善的衣衫苦苦哀求，见叶法善不为所动，就把身上袈裟徐徐褪去，现出狐身。叶法善命人鞭打狐数百下，随后把袈裟还给它。狐披上袈裟，又变成了婆罗门僧。叶法善对它说："到千里之外，不要再来迷惑人！"婆罗门僧施礼离开，才刚出门就消失了踪影。

——故事源于晋·郭璞《玄中记·叶法善》

13. 婴宁

山东莒地（今山东省莒县）罗店士子王子服，天赋过人，聪慧异常，十四岁就考中了秀才。因幼年丧父，母亲对他爱护有加，凡是出门都要带上仆从，并且规定没有特别的事情不能出城。

这年，正值上元节，王子服想要出门游玩，王母不答应。恰逢王子服母舅之子——表哥吴生前来邀请王子服同游，王母只好答应了。二人欢欢喜喜出门去，不料刚到郊外，舅舅家就有仆人来寻，说家中有事，一定要吴生回家。吴生走后，王子服见游玩女子众多，红衫绿裙，不乏娇俏可人的，就独自乘兴游赏。

正流连群芳丛中，忽然见到一女郎手拈梅花，斜倚梅树，言笑晏晏，顾盼间露绝代容华，正扭头同婢女笑谈。王子服不禁看呆了，目不转睛，紧盯女郎。女郎感知到王子服火热的目光，就笑嘻嘻地对婢女说："你看，此人目光如贼一般火热！"于是抛花在地，拉婢女离开，临去之际，尚且回眸朝王子服一笑。

王子服捡起梅花，怅然若失，只痴痴地望着女郎消失的方向，怏怏而返。回到家中，把梅花放置枕下，倒头就睡。一连几天，不吃不喝也不与人说话。眼见儿子神思不安，脸色憔悴，日渐瘦削，王母忧心忡忡。请医诊治，喂服汤药，只不见好。王母问起缘故，王子服也只是默然不答。

王母无奈，只得请来吴生问询。吴生说自己半途就回家了，并不知表弟经历，表示愿去试问一二。说罢，就到王子服床前，多番询问，王子服终于吐露实情，并请求吴生帮他打探女郎消息。吴生听完笑说："你也太痴了！这事有什么难办？也值得你这般？我且去帮你打听！步出郊外，必非世家女子。若她云英未嫁，那自然助你得偿所愿。若已嫁人，那就多费些钱财，这也不是什么难事。你只顾养好身体，此事包在我身上。"王子服听完，自是欣喜不已。

吴生出来把实情告知姑母，并答应寻访女子住处，且请姑母放心。几日后，吴生悄悄来见姑母，说："周围寻遍，也未见女子踪迹。不知如何同子服说明？"王母忧心，也不知如何是好，想了半晌说："他这几日才渐渐好了些，饮食也能进一些了，这消息还是先别告诉他，只当今日你没来过。"吴生唯唯称是，只好悄悄离开。

又过了几日，吴生又来了，同王母商议一番，说："总不能一直躲着，总没消息的话，表弟起疑，又病倒可就不好了。我先去见他，随机应变。"才到王子服房中，二人寒暄几句，王子服就急不可待地问吴生探问得如何，吴生随口扯谎说："已经找到了。我还以为是谁，却原来是我姑母家的女儿，也就是你的姨表妹，如今待字闺中。虽说你们是近亲，不宜嫁娶，不过想来也无妨。"王子服喜出望外，问："那女郎现在哪里？"吴生随口哄他说："西南山中，距离此地大约三十里。"王子服嘱托吴生前去提亲，再三叮嘱一有消息立马过来，吴生满口答应着抽身离去。

自此以后，王子服每日饮食渐增，没几天就一如往常。他时不时地把枕下梅花拿到手中把玩，有时轻嗅梅香，有时对着梅花出神，脑海中不断浮现女郎的倩影，于是更加渴盼再见女郎。可是，吴生却好几日不来，王子服写请柬邀请吴生过来，吴生却也只是推辞。王子服心中恼怒，怏怏不乐。母亲担心他又病倒，就想着为他娶一门亲，可是每与他商议，他都摇头不肯，只日日盼吴生来。

吴生一直没有音信，王子服心中渐渐怨愤起来。转念一想，三十里路并不算远，为什么要指望他人。于是把梅花放入怀中，负气出外寻访女郎。王子服独行山中，也无人问路，只朝着西南方走。大约走了三十里，只见群山叠翠，满目葱茏，鸟语花香，令人神清气爽。王子服此时无暇欣赏山中美景，只见此处山路崎岖，偏僻险远，分明不似有人烟。可既已至此，且思念女郎，心中犹疑之际依然执意前行。又走了一段曲折小路，遥望谷底，乱花丛中，隐隐仿佛有村落。王子服欣然下山入村，见几间茅屋，虽简陋，却也清洁雅致。其中一户人家朝北，门前绿柳柔若丝绦，院内桃杏艳丽，修竹漪漪，不时有鸟声清脆入耳。步入此地，可使人杂念涤消，乐以忘忧。王子服料想这应该就是女郎家，却也不敢擅入。见门前有光洁的巨石，就稍坐石上休息。

闲坐片刻，听见墙内隐隐有女子声音，娇嫩纤细，脆若莺啭，长呼："小荣！"王子服伫立细听之时，见一女郎轻移莲步自东向西而来。女郎手执杏花，正欲簪发，抬头猛然见墙外王子服，就不再簪花，笑意盈盈拈花入室。王子服一见，又惊又喜，眉目如画，眸中含情，笑意中流露三分妩媚、三分娇憨、三分伶俐外加一分痴狂，这不就是上元节所见的女郎吗？他在门口徘徊良久，不知以什么理由进门，想要喊姨母，却又担心叫错了人。四周也没有人可问，从朝霞满天到新月初上，起坐徘徊，心中踟蹰，饥渴都全忘了。

夜色初上，院内一女子偷偷扒门露出半张脸窥视王生，面露惊讶之色，随即身影隐没。不多时，忽听大门吱呀声响，有一老太太拄杖而出，问王子服："你从哪里来？听说你从清晨到现在一直在这里，你有什么事吗？"王子服连忙躬身作揖说："我来寻亲。"老太太年老耳聋，听不清楚，王子服就大声又说了几遍。老太太又问："那你亲戚姓甚名谁？"王子服支支吾吾答不出。老太太笑说："奇怪！你连亲戚姓名都不知道，还寻什么亲？我看你呀，是读书读痴了。不如你跟我来，家中还有些粗茶淡饭，你暂且用些。今晚就在这里住一晚，明天回去，问清楚亲戚姓名再来寻访也不迟呀！"王子服这才觉得腹内空空，又想借此亲近女郎，就满口应承，自是欢喜。

王子服跟从老太太进门，踏着白石砌成的小路，绕过多彩绚丽的花径，穿过花开繁盛的紫藤花架，进入厅中。只见墙壁光洁如镜，海棠花探窗而入，月色映照着，似非人间。王子服刚一坐好，就觉得窗外有人隐隐窥视，转头过去，却不见踪影。这时，老太太叫："小荣，快快准备饭食！"窗外有女声回答："是，这就去！"随即脚步声渐杳。

厅中老太太与王子服闲话些家常，无非是父母兄弟姊妹如何，家在什么地方，有什么营生等，王子服一一答了。老太太忽问："你外祖家可是姓吴？"王子服回答："正是。"老太太大惊："你是我外甥啊！你母亲是我妹子！这些年来，我家道衰落，家中又无男丁撑门，致使彼此音信断绝。外甥都这样大了，我竟不认识！"王子服却并不惊异，只欠身说："此番前来，正是为寻姨母，不巧忘了姓氏。"老太太说："夫家姓秦，我并无生养。仅有一女，为妾室所生。她的母亲改嫁，就把她留给我抚养。这孩子倒是伶俐，就是缺少教导，不知礼仪，等下就让她过来相见。"

说罢，婢女回说饭食已备，老太太就让婢女带王子服到饭厅用饭。

不一时，王子服用完饭，回到厅上，拜谢老太太。老太太唤婢女："唤宁姑来。"婢女答应着去了。过了许久，隐隐听到户外有笑声咯咯，却不见人来。老太太又叫："婴宁，你姨表兄在此，快来相见！"户外女郎依然咯咯笑个不住。王生正纳罕，却见婢女把女郎推入厅中，那女郎以手绢掩口犹自笑个不停。老太太瞪着婴宁，嗔怪说："有客人在，你嘻嘻哈哈，像甚样子！"婴宁忍住笑，朝王子服作揖，站立一旁。老太太对婴宁说："这是你姨母家的表兄，自家骨肉，却互不认识，说出去真是惹人笑话。"王子服见婴宁欲笑还忍的模样，自有别样风情，心中爱意又浓，起身还礼问："敢问妹子芳龄？"老太太未听清，王子服又大声复述。婴宁见状又笑，笑得直不起腰来。

老太太这次听清楚了，笑着对王子服说："唉！婴宁山野女子，疏于管教，年已十六，痴痴傻傻还跟个小孩子一样。"说罢宠溺地看着婴宁。王子服忙说："妹子比我小一岁。"老太太点头自语："外甥年十七了，是庚午马年生人吧？"王生点头称是。老太太又问："可否婚配？"王子服说："先前与萧氏订婚，还没来得及成婚萧氏就夭亡了，如今并无定亲。"老太太说："婴宁也未定下人家，你二人年岁相当，可堪相配，只可惜有近亲之嫌。"王子服无话，只目不转睛紧盯婴宁。婢女对婴宁耳语说："目光火热，贼腔未改呀！"不料，婴宁听了又大笑起来，对婢女说："走，我们去看看碧桃开花没。"说着用袖子掩住口，移步户外，到了户外才大笑起来。老太太也起身，吩咐婢女为王子服安置住处，嘱咐王子服说："外甥来一趟不容易，就在此住个三五日，晚几天我派人送你回去。此处有小园，花草繁盛，可供消遣，也有书可读，必不使你幽闷。"王子服唯唯点头，只心念婴宁。

第二日，王子服早起无事，到房后游赏昨夜老太太所说花园，果见一精美园子，大小约半亩，园中绿茵满地，柳絮纷飞。另有三间茅舍，花木围绕四周，王生正漫步花丛中，忽然听到头顶树上有欷欷声，抬头一看，竟是婴宁在树上。婴宁看见王生过来，狂笑不止，差点从树上掉下来。王子服慌忙一边伸手接着，一边着急说："快别笑了，小心摔下来！"婴宁一边轻捷地顺树干下来，一边笑个不停，待双脚快到地上时，失手坠地，这才停住了笑。王子服忙去扶婴宁，趁搀扶之际，偷偷地挠婴宁的手腕，婴宁又开始大笑，笑得走不动路，只好靠着树，笑了好久才停下来。王子服微笑着看婴宁笑起来娇媚无比的模样，心中爱慕更深。等婴宁不再笑了，王子服忙拿出怀中的梅花给婴宁看，婴宁接过来说："花都枯萎了，留它干吗？"说罢，随手扔到地上。王子服还想捡起，却见婴宁微微笑着斜眼看他，他也不捡拾，只说："这是上元节时妹子丢下的，所以我才异常珍视它。"婴宁问："那你留它是什么意思？"王子服忙上前一步说："留作念想。自上元节与妹子相遇，相思成疾却不能相见。身旁唯有此花，可稍稍抚慰我的相思之情。"婴宁率性回答："这值什么？等你回去时，我命老奴把园中花草割上一大捆给你背回家。"王子服叹了一口气，说："妹子何必假装痴傻？"婴宁好奇地说："怎么就假装痴傻了？"王子服说："我不是爱花，是爱拈花之人啊！"婴宁十分奇怪，说："你我姨表兄妹，相亲相爱，也是寻常啊。"王子服说："我所说的爱，非是亲戚的敬爱，而是夫妻情爱啊！"婴宁问："有什么区别呢？"王子服说："自然是不同的，夫妻之间共枕而眠……"婴宁低头思索良久，说："我不习惯跟生人一起睡。"话未说完，婢女过来找婴宁，王子服怕人撞见，赶紧惶恐离开。

王子服回到厅前，见姨母正与婴宁谈话，他就在厅外稍等。姨母问婴宁："你一大清早去了哪里？"婴宁回答："与表兄在园中叙话。"老太太嗔道："敢是扯谎！定是你贪玩，反用表兄遮掩。"婴宁低头说："并没有欺瞒母亲，正是与表兄叙话。"老太太问："那你与表兄都说了什么话？"婴宁脱口就说："表兄说想与我一起睡觉。"王子服听完此话，大为尴尬，忙进入厅中给婴宁使眼色。婴宁微微笑看王子服，神色狡黠。所幸老太太并没有不高兴，王子服猜想是姨母未听清婴宁的话，忙岔开话题，并小声责备婴宁。婴宁疑惑，说："刚才的话不能说？"王子服说："这是你我私下里的话，不可说给别人听。"婴宁说："母亲又不是别人，何况睡觉是寻常事，有什么好避讳呢？"王子服不料婴宁竟这么憨傻，也是无奈。用罢早饭，王子服忽然听见门外有杂沓声，出门看去，竟是王家的两个仆人。

原来王子服擅自离家，并未告知母亲，王母四处找不见，心中忧虑，就遣人问吴生。吴生也不知道。不过，吴生忽然想起从前胡编的女郎地址，就告知王母，王母随即就命人进西南山中搜寻，俩仆人一路劳顿，终于在此地寻到王生。

王生知道母亲忧心，就去向老太太告辞，犹豫片刻终坦言想要带婴宁同归。老太太大喜，说："我早就想要带婴宁去见你母亲了。不过，我已老迈，不能远行，由你携妹子去拜见大姨，也好！"于是喊婴宁。婴宁笑着过来拜见母亲，老太太横了婴宁一眼说："也不知有什么可乐的，整天笑个不停！"说罢悠悠一叹："你要是矜持些就好了。"又叮嘱说："等下拜见大姨，万不可如此没规矩！"说着以手拭眼角，又赶忙命人为王家仆人准备酒食。

临行之际，老太太拉着婴宁的手说："你姨家田产富足，必不会使你受苦。你去了好生侍奉公婆，不要惦念我。"说着，老太太送二人出去，婴宁还要再说，老太太却催促快走。二人拜辞老太太，沿山路回城。走到山坳，婴宁回头遥望谷底，繁花似锦，茅舍数间，屋前依稀可见老太太倚门北望。

王生携婴宁回到家，王母又悲又喜，双眼只盯着儿子，片刻不离，竟不曾注意到婴宁。王子服待母亲入厅堂坐下，才示意婴宁拜见。王母见婴宁容色绝美，不似凡间女子，大惊，忙问她是谁。王子服回说是姨母家的表妹。王母满脸疑惑，说："前日是吴生哄你，我没有姐姐，哪儿来的外甥女？"王母又向婴宁追问老太太容貌年龄，婴宁一一说了，王母说："确实是我长姐无疑。不过先前长姐嫁到秦家，如今已去世多年，并且长姐也没有生养啊。"婴宁说："我不是母亲所生，由于父亲早亡，生母离去，因此由嫡母抚养长大。"王母疑虑未减，忽有下人报吴生来访。王氏母子出门迎接，婴宁内室回避。吴生听得缘由，沉思良久，问："女郎名讳可是婴宁？"王子服吃惊地问："你怎么知道？"吴生不答，却连称怪事，徐徐说："你秦家姑母去世后，姑丈独居，后被狐女迷惑，二人生有一女儿，名为婴宁。姑丈病逝时，婴宁尚在襁褓，生得玉雪可爱，见人就笑，亲戚吊丧都见过的。后来秦家憎恶狐女魅惑，求天师贴符于墙，狐女与婴宁就消失了。如今姑母却与婴宁同在，这是为什么？"彼此正疑惑间，忽听室内有女子咔咔憨笑，随性肆意，王母心想："这女孩儿怎么这般憨傻？"王子服忙赔笑说："是婴宁无礼，还望你莫要见怪！"吴生说："既如此，不妨请婴宁出来相见。"王母入室，请婴宁出外拜见吴生，婴宁掩袖忍笑，却不出来。王母催促再三，婴宁才极力忍住笑，对着墙壁站了一时，才出门向吴生行礼，行礼结束后，就迅速转身入室，放声大笑。一时，厅堂众人面面相觑，随即笑声荡漾。

几日后，吴生疑心未消，同王生到西南山中寻访婴宁旧居。到了地方，没有见到任何房舍，只有几片零落的山花而已。吴生回忆妹子葬身之地，仿佛距此不远，就去找寻，然而，年深日久，坟垄早已淹没，无处可寻，叹息而返。吴生把探寻所见说给王母，王母心中惊奇，担心婴宁是鬼，多番试探，却见婴宁一如往常，时时满怀笑意。听说鬼没有影子，王母就在正午时分命婴宁出门，婴宁影子与常人一样。王母命她晨昏定省，婴宁一次不落；命她刺绣织补，婴宁技艺精巧不输绣娘。王母私下遗憾，同仆妇叹息："倒是个伶俐孩子，只是女儿家一味爱笑，终究女德有亏。"仆妇劝说："夫人多虑。婴宁小姐莞尔一笑，嫣然无方，谁见了不心内开怀呢？家中邻里都爱婴宁呢！"王母也笑："是呢，我一见她呀，烦恼全消脑后了。"

王子服恳请与婴宁完婚，母亲虽有疑虑，但还是同意了。

成婚那日，婴宁着华服与王子服拜堂。不知为什么，婴宁忽然笑个不住，旁人咳嗽暗示都没用，无奈只好仓促结束婚礼。王子服又担心婴宁憨傻，泄露夫妻房中秘事，然而婴宁却从未与外人说过。每次王母遇事忧怒，婴宁到王母跟前一笑，王母就开怀了。家中奴婢犯了小错，担心被责罚，总请求婴宁到王母处说话。犯错的婢女再到王母处认错，总能免受责罚。婴宁爱花成癖，四处搜寻名花。常常偷偷典当首饰，买花栽种。数月后，家中各处都是春色。

婴宁爱花成痴，王家后院原是荒草丛生，婴宁一来，遍植各色花卉，有紫色藤萝、胭脂色的蔷薇、妃色凌霄，不一而足，姹紫嫣红，煞是好看。婴宁则在闲时攀爬花架，摘花簪发，好不自在。王母知晓后，也曾嗔怪教导，婴宁却始终如一。

一日，婴宁爬上花架簪花自乐，忽然见到西邻男子隔墙望她，眼睛露出渴慕之色。婴宁见了，只冲男子微微一笑，仍低头自顾玩乐。不料这西邻男子竟以为婴宁于己有意，一时春心荡漾，也不离开。婴宁玩乐一时，见西邻男子依旧隔墙而望，目光无礼。

婴宁心中有了计较，她伸手指了指墙，西邻男立马以为婴宁约自己夜半于墙角相会，一时激动不已，心痒难耐。天刚擦黑，男子就急不可待地赶到墙角，恰好见婴宁已经在了，即刻宽衣解带掏出下体就想挺入，不料才一入，下体就如同锥刺一般，痛彻心扉，西邻男惨叫着倒地。西邻父听到声音，慌忙跑来，见儿子倒地，环顾四周，只有枯木一株，急问儿子什么事，西邻男只呻吟不语。等到男子妻子来看，男子才据实以告，并要妻子仔细查看枯木。妻子一看，枯木并未有异样，只是其中有一孔中有只巨蝎，如螃蟹大小。西邻父怒砍枯木，诛杀巨蝎，放火烧毁。随后忙请医疗治，直到下半夜才消停下来。阖家才睡下，忽听一声惨呼："相公！"却原来这男子一命呜呼了！

西邻父一怒之下到县衙告状，说王子服畜养妖孽。县令传王子服前来问讯，王生直言婴宁乃姨母之女，并不是妖孽。县令一向爱怜王子服的才学，深知他是个正人君子，判西邻父诬告之罪，杖责二十。王子服怜悯邻人父痛失爱子，恳请县令莫要追责，县令感王子服仁义，邻人父无罪释放。

回到家中，王子服说明公堂情形，王母心下稍安，想到祸殃起自婴宁，就叫婴宁听训。婴宁垂手而立，王母厉声说："因你憨狂，我儿被人告上公堂，幸得县令明察，我儿安然无恙。若遇庸官，传妇人上堂。到那时，我儿有什么颜面见人？"婴宁听罢，满面肃然。王母见状，长叹一声说："世间无人不笑，只是须分时候。"婴宁低头答应，自此以后，双颊再无笑意。有时，王子服有意逗弄，想引婴宁发笑，婴宁也不笑。

一天夜里，王子服熟睡中醒来，见婴宁枕上泪痕斑斑。王子服忙问原委，婴宁哽咽着说："此前相处时日短，夫妻情浅，不便直言。如今见婆母及相公，诚意待我，呵护备至，想来就是坦言也是无妨。"王子服拥婴宁入怀，温言说："你我夫妇一体，事无不可言。"婴宁说："我本狐女所生。狐母临去之时，把我托给鬼母，幸得鬼母怜爱，十余年平安顺遂，喜乐安宁。如今我已终身有托，可鬼母却孤身葬于荒野，叫我如何安心？"王子服听罢也是不忍，说："今后你我可多去坟前祭拜。"婴宁说："并非如此。"王子服问："你待如何？"婴宁说："与鬼母相伴之时，时常见她悲叹不能与父亲同穴而眠。我有心把她的尸骨与父亲合葬。不过，如此就要劳烦你费些工夫和银两了。"王子服说："这有什么难，也值得你忧心？只是姨母去世日久，恐坟冢没于荒草，这哪里寻得？"婴宁说："我自有计较，你不必费心。"

过了几日，夫妻二人带几名仆人往西南山中三十里寻老太太坟冢。婴宁在错乱的荒草间左右查看，指出坟墓所在，命人挖掘，果然见老太太尸骨，埋葬数十年肌肤依然鲜活。婴宁见状抚尸痛哭。随后收起老太太尸骨，与秦氏合葬。

当夜，王子服睡梦中见老太太前来道谢，醒来之后，告诉婴宁。婴宁说："是鬼母来告别，我恐相公惧惮，未叫醒你。"王子服说："这有甚惧惮？可惜未能留姨母在此稍叙旧情。"婴宁说："鬼母久处阴间，此处尽是活人，阳气盛，怎可久留？"王子服听了也就罢了。想到同婴宁一起的还有婢女小荣，就问："小荣在哪里？"婴宁说："她也是狐女，狐母命她侍奉我，多年来尽心尽力。我们一同长大，情如姐妹，许久未见，着实惦念。昨夜特地问了鬼母，她如今已嫁人了，我也放心了。"

此后，每年寒食，夫妻二人就到秦氏墓前祭扫跪拜，殷勤供奉。

又过了一年，婴宁生下一个儿子。粉雕玉琢，白胖可爱，从不惧生人，见人就笑，大有其母风范。

——故事源于清·蒲松龄《聊斋志异·卷二·婴宁》

14．柳神

明朝末年，青州、兖州发生蝗灾，后竟渐渐蔓延到沂县，沂县县令日日为此烦忧不已。

一天夜里，县令在县衙后堂小憩，梦到一绿衣秀才前来拜见，秀才柳眉纤细修长，身量瘦长，有林下风致。县令问秀才："你来有什么事？"只见秀才徐徐说："我有御蝗良策，不知大人可愿一听？"县令忙起身作揖，说："但请赐教！"秀才柳眉一扬，说："明日，你到西南道旁等一位骑驴的妇人，妇人所骑的是腹内有子的母驴。这妇人就是蝗神，你向她哀求，就可免受蝗虫之扰。"

县令醒来，觉得梦境历历在目，心中诧异。第二天一早，他命人准备供奉神灵的器具，早早出城在西南道旁等候。约莫过了半日，果见一妇人，梳着高高的发髻，穿着褐色的斗篷，骑一驴飒然而来。县令细看，驴子果然腹内有子，知是蝗神，忙点香、捧酒，迎上前拦住驴子，不让前去。妇人见状，问："大人这是为何？"只见县令捧觞跪地，苦苦哀求："沂县是穷乡僻壤之地，百姓贫苦，希望您大发慈悲，怜悯众生，使百姓免遭蝗祸。"妇人一听，喃喃自语说："柳秀才多嘴饶舌，泄我机密，可恨！既然如此，那就不毁坏庄稼了，这场灾祸就让他生受了吧。"说罢，接过县令的酒觞，尽饮三杯而去。

后几日，蝗虫飞来，遮天蔽日，却见庄稼丝毫未损，而杨柳枝叶尽秃。县令此时才恍然大悟，梦中秀才竟是柳神！

——故事源于清·蒲松龄《聊斋志异·卷十四·柳秀才》

15. 瞳人

长安（今陕西省西安市）书生方栋，少有才名，性情风流，行为颇放诞。每次在路上见到出游的女郎，总会跟随身后，伺机亲近，有时被骂作"登徒子"，他也只笑笑，并不以为意。

清明前一日，方栋出城郊踏青，见迎面一车轿徐徐而来，朱红色的轿帘，车轿四周有绣花帷幕，华彩绚丽。车轿后跟随几个青衣婢女，个个容貌清秀，其中有一婢女，行动窈窕如弱柳扶风，堪称绝色。方栋只觉远视不足，就稍稍近前细看，却见轿中女郎揭开车幔，神色不愉，喊绝色婢女快步上前，说："帮我垂下轿帘，大胆狂徒，竟敢盯着我私自窥探！"趁说话间隙，方栋细看轿中女郎，果真是人间尤物！女郎年方二八，容色远胜方才绝美青衣婢女，直让人目断神飞，不忍移开双眼。

那绝色婢女忙放下轿帘，怒斥方栋："轿中人是芙蓉城七郎的新妇，并非山野村姑，岂是你一小小秀才可觊觎的！"说罢，婢女弯腰捧起一捧土朝方栋扬去。灰尘随风飘飘扬扬，直眯得方栋双眼无法睁开。

等方栋用手揉完眼睛，就只看到远去的女郎的车马。方栋一路上始终在擦拭揉弄自己的眼睛，但是眼睛一直不舒服。方栋回家对着镜子扒开眼睑，只见眼球上生了一层薄膜，第二天，眼睛越来越严重，再看，薄膜已经有铜钱那么厚了。方栋无奈，只好请大夫医治，然而求医问药许久，并未见效。

方栋此时心中暗悔，不该见色情迷，然也无可奈何。忽然有一天，方栋听人说佛家的《光明经》可助人解除厄运，就捧一卷佛经，日夜诵读。初时，方栋心情烦躁，无法定心。时间久了，渐渐心静下来，每天早晚无事就盘坐席上捻珠诵经，如此持续一年，心中杂念尽除。

忽有一日，方栋听到左眼中小如蚊蝇的声音说："这里黑黢黢的，真难受！"右边眼睛的声音也极细小，回答说："不如一起出去游耍一番，也解解闷。"不一时，方栋渐渐觉得有物微微蠕动，从眼睛到鼻孔。过了一会儿，两物又从鼻孔返回眼睛。只听它们又说："好久都没见过园中的亭台了，可惜，那盆珍珠兰快要枯死了。"

方栋听到这话，心中微微一惊。方栋素日最喜兰花，园中种了各类兰花，以前会日日灌溉。自从双目失明后，就再也没看顾过了。这时，方栋忙问妻子："珍珠兰快死了？"妻子吃惊，忙去花园中看，果见珍珠兰枯萎。妻子诧异，问他怎么知道。方栋就把听到的话说给妻子听。妻子疑心，就悄悄躲在屋里一探究竟。果然见有小人如豆，从方栋鼻孔出来，晃晃悠悠跑到大门外，越走越远。不一会儿，两个小人又手拉手回来，又从鼻孔到眼睛中，一连几日都是如此。

又一日，方栋又听见左眼中的小人说："此路曲折，来往不便，不如我们另开一门。"右眼中小人说："我这里洞壁太厚，不宜开。"左边说："我且试试看，若开，我们可一处。"方栋接着就感到左眼眶内隐隐似被抓裂一般，过了一会儿，痛楚稍减，睁开眼睛一看，竟然可以看到东西了。

方栋大喜，告知妻子，妻子仔细察看他的眼睛，发现左眼中的厚膜开了一小孔，黑眼球亮晶晶。过了一夜，那层厚膜全部都消失了，再细看，只见左眼中有两个瞳仁，右眼照旧看不见。

自此以后，方栋就用一只眼睛看物。虽然他瞎了一只眼睛，但是比以前两只眼睛时看东西更清楚。他深知自己从前行为不检，自此后，修身克己，邻里乡亲都称他为"贤人"。

——故事源于清·蒲松龄《聊斋志异·卷一·瞳人语》

16. 耳中人

山东秀才谭晋玄，不知从哪里习得一种养生术，于是昼夜苦练，寒暑不辍，一连练了好几个月，自以为窥见其中法门，颇为自得。

一日，谭生正盘腿而坐，凝神冥思，忽然耳中声音说："可以见吗？"谭生心中一惊，忙睁开眼环顾四周，却发现空无一人，寂静无声。谭生再次闭眼冥思，又听到了方才的声音。谭生想莫不是养生术已成，心中暗自窃喜。自此以后，每次谭生闭眼冥思之时都能听到这个声音，更坚信养生术已至佳境。

又一日，谭生在听到耳中声音后，回应说："可以见了。"不一会儿，就觉耳中有窸窣之声，似乎是有什么物从耳内出来。谭生悄悄眯着眼侧头偷看，果见一小人，长三寸许，面目狰狞丑陋如夜叉一般。它从耳中跳到地上，旋转、腾挪、蹦跳，好不快意！谭生正凝神静观，忽听门外有邻人敲门，小人听到声音，神态张皇，像老鼠寻洞一样绕屋四处跑跳。谭生渐觉心思迷糊，神魂渐失，再也无暇看小人在哪里。

自此后，谭生就得了癫狂之疾，整日号叫不休，求医诊治半年方渐渐痊愈。

——故事源于清·蒲松龄《聊斋志异·卷十五·耳中人》

17. 胡媚娘

进士萧裕，福建人，生得风流偶傥，一表人才，且又年少得志，新任耀州（今陕西省铜川市耀州区）判官，可谓春风得意。

萧裕赴任途中路过新郑（今河南省新郑市），宿在馆驿。恰逢表兄彭致和时任新郑县令，二人相约夜晚喝酒畅谈。是夜，清辉满地，酒酣耳热之际，萧裕出门解手，见驿馆井旁有一女子正弯腰汲水。女子细腰丰臀，丝发拂肩，在月辉的映照下风姿绰约，更添妖媚风情。萧裕趁女子转身之际，看清了女子容颜，真是鲜艳妖媚，风流袅娜！一时心动。入室向表兄打探女子消息，彭县令唤驿中当值驿卒黄兴来问话，黄兴见长官，忙磕头施礼，谄媚赔笑：“不知大人叫小的来，有什么吩咐？”彭县令问：“方才院中有一汲水女子，你可识得？”黄兴连忙回答：“正是小女，名唤媚娘。可是小女有甚言行不妥，见罪大人？”彭县令摆摆手说：“不是。”说着指着萧裕说：“这是我表弟，想娶你女儿为妾，不知你意下如何呀？”黄兴听罢，满脸堆笑：“大人看上小女，是小女之福，小人自无不依。只是……”萧裕见黄兴犹豫，以为事有变故，就着急问：“可是令爱已许了人家？”黄兴听了忙摆手说：“不，不，是我家那口子对小女一向疼爱有加，恐有不舍，我需与她商议一番。”彭县令听了笑说：“这是自然，母女天伦也是情理之中，你们且去商议，明日过来回话。”黄兴连连点头，起身告退。

才到家门，黄兴大摇大摆进屋坐下，大声喊："拿酒来！"妻子端酒过来询问："死鬼！遇到什么好事了？这么高兴！"黄兴跷着二郎腿，一边往嘴里送酒，一边得意扬扬地说："要发财了！"妻子忙笑眯眯地凑过去问："可是计谋得逞？"黄兴就把萧裕欲娶媚娘的话说给妻子听，妻子一听也是大喜，拍手笑说："我还担心夜色朦胧，看不清媚娘容貌，井边汲水恐是不成。真没想到，你给咱家捡了个活宝！这下可有的赚了，我得想想，要多少彩礼合适呢？"黄兴说："对方是做官的，不差钱！我们就先提十倍彩礼，看他反应。"妻子说："会不会太多了？把人吓跑了可不好。"黄兴说："实在嫌多再谈嘛！"妻子想了想说："也好。"随即她又忧心地说："这媚娘来历你可知晓，会不会有人来寻，惹起祸端来？"黄兴一听，大笑："这你只管放心，绝不会有人来寻。"妻子疑心，说："怎么说？"黄兴神秘地凑近妻子附耳说："你道这媚娘是谁？她是狐妖！"妻子一听，大惊失色，忙捂嘴问："那怎就落入你手？"黄兴说："我昨夜到城郊林中捕野雉，未得，就在树下歇息。忽然看见一只狐狸跑过，在一坟冢前刨挖数尺，找到一个骷髅，戴到头上，随即化作一女子，年十六七，姿容艳丽妖媚，跑到新郑道上呜呜咽咽哭泣。我跟随其后，装作不知情，上前询问。女子自称胡氏女，名媚娘，父母被强盗所害，孤身一人，漂泊无依。我就想带回来再做计较，不承想果然奇货可居。"妻子想了想说："如此甚好！得钱财，去狐妖，两全其美。"至于如何应答萧裕，二人商议一番，暂且睡下。

　　第二日，黄兴到馆驿见萧裕，面露难色说："我家那妇人听说嫁女，着实不舍。我好说歹说劝住了，但妇人见识浅，非要十倍彩礼，我苦劝不得，只得来回禀大人，听大人示下。"说罢低头垂立。萧裕起初见黄兴面露难色，又说不肯，以为此事要黄，心中不乐，等到听到说要十倍彩礼，喜形于色，说："这有什么难，也值得你为难，就给你十倍彩礼！"说着命下人取银子，又让黄兴即刻送媚娘过来，黄兴满口答应。回家后说与妻子，两人欢天喜地送女上门。

媚娘聪慧异常，侍奉萧裕十分殷勤周到，令萧裕极为可心如意。如此，萧裕就携媚娘到任上。媚娘办事伶俐妥帖，为人温柔和顺。萧裕才一上任，她就上下打点，众官眷各得绿罗一匹、胭脂十帖，下人也各有赏钱。上至太守及众官妻室，下至丫鬟仆妇，无一不赞其贤惠。家中偶有宾客突然来访，萧裕事先未知，媚娘也能很快备好酒食，供客宴饮，且水陆杂陈，使得宾主尽欢。媚娘闲暇时分就深处闺房，亲自为萧裕织布裁衣，从不随意出门。萧裕偶有难事不决，媚娘也能一一为之剖析利弊得失，使得萧裕醍醐灌顶，豁然开朗。萧裕常暗暗自得，叹道："有此贤妇，夫复何求！"

不久后，上官因萧裕才能卓著，特意派他到各府催粮。临行之际，媚娘对萧裕说："你安心办好公务，莫以家中为念。家中事务无论巨细，我能处理。公事之余，相公还要好生保养，不可过于劳累，使我担心。"萧裕一一答应，依依而别。

一路车马颠簸，这夜，走到重阳宫附近，萧裕暂歇在重阳宫中。道士尹澹然安置萧裕在客房歇下，出来后神色诡异。萧裕下属周荣最擅察言观色，悄悄问："道长因什么事情神色有异？"尹澹然悄声说："萧大人为妖所缠，遍身妖气，恐有性命之忧。"周荣心下一惊，待道士走后把道士所言告知萧裕，萧裕听完哑然失笑："妖道，信口乱说！"周荣见萧裕不以为意，就也无话。

萧裕办完差事回州署，不久后就病倒了，形容枯槁，举止失常。媚娘日夜侍奉在侧，劳而无怨。一众同僚为之请医问药，医者都不知身染什么疾，只说此病药石无医。正当众人一筹莫展之际，周荣忽然忆起道士尹澹然的话，就对太守说了道士之言。太守听罢凝思良久，随后吩咐周荣说："萧大人卧病，我等不能坐视不理。既然道士说有妖气，那就速去请道士来除祟。"周荣听命，忙迅速骑马到重阳宫见尹澹然。尹澹然听完周荣所述，说："早听我言，何至于有今日之祸！既如此，出家人自当施救。"

尹澹然随周荣径直去见太守，礼毕，屏退众人，对太守说："我先前说萧大人身上有妖气，大人只不信。大人妾室，是新郑北门的狐狸精所化，专以貌美女子惑人心智，吸人精血。若不除去，后患无穷。"太守惊愕，说："萧大人的妾室貌美心善，贤良淑德，尽人皆知，道长之言令人匪夷所思。"尹澹然微微笑说："真相如何，明日自有分晓。贫道先到州衙后结坛，你们就等着看吧。"

第二天正午，尹澹然举剑持符，口念咒语于祭坛焚香誓神。不一时，黑云密布，大雨倾盆，听得天降一声霹雳。霎时，云散雨收，媚娘尸身立现。众人前来围观，原形尽显，是一只狐狸，头顶着人的骷髅。众人大惊失色，忙取来媚娘先前所赠，哪有绿罗胭脂，分明是芭蕉叶与胭脂花瓣，众人哗然。

尹澹然随后到萧裕宅中，取来丹砂、蟹黄、篆香给萧裕服用，待萧裕身体好转，又告知萧裕实情，并且把芭蕉与花瓣给他看，萧裕这才知道长所言不虚。尹澹然留下一纸符与数剂药给萧裕后，就拂袖归山，飘然而去。

萧裕病愈后把娶媚娘的始末告知太守，太守遣人去新郑驿馆寻黄兴，却被告知黄兴家道已富，不再做驿卒，早已举家移居别地。至于移到哪里，却无人知晓。

——故事源于明·李昌祺《剪灯余话·卷二·胡媚娘传》

18. 鲛人

相传，南海水中有鲛人。鲛人有人的样貌，鱼的身体。擅长纺织，织出的鲛绡沾水不湿。鲛人哭泣时，眼泪能化作珍珠。用鲛人的油点灯，灯能燃好几日不熄灭。

——故事源于晋·张华《博物志·卷二》

19. 水虎

沔水（今汉江）中有水怪。水怪的样貌如同三四岁小儿，身上有鳞甲。它的膝头像虎，常露在水面，掌爪等隐藏在水下，人称它为"水虎"。一个孩童曾在七八月间见到水怪在浅水处的石头上晒太阳。孩童不认识水虎，就戏弄它，结果惨遭杀害。后来，有一名勇武的人拿利箭射它，无奈它鳞甲坚硬厚重，箭射不穿。有人说，如果能生擒水虎，捏住它的鼻子，就可以使它乖乖听命，也不知道是真是假。

——故事源于北魏·郦道元《水经注·沔水》

20. 虎符

魏时，有一富人名周畛，因家境富裕，宅中奴仆众多。一日，周畛派其中一名奴仆上山砍柴，奴仆的妻子及妹妹也一同进山。到了山中，奴仆对妻子和妹妹说："你们暂且找棵高树，上去藏好。"妻子和妹妹不明所以，却也依言上树。不一时，只见奴仆扑入草丛，瞬时，化作一只大黄斑虎，嘶吼着从草中走出。妻子和妹妹大惊失色，不敢作声。

良久，大黄斑虎回到草丛，须臾又化作人形。妻子和妹妹下树问奴仆情状，奴仆微笑摇头，只叮嘱说："回去之后，千万不可同旁人说起。"妻子和妹妹点头答应。不料，妻子和妹妹回家之后，还是没忍住，把奴仆可化虎之事告知了亲友。不出几日，周畛就知道了此事，他担心奴仆是怪物，因此设法想要弄明白原委。

一日，周畛特地请奴仆喝酒，奴仆见酒水香醇，痛饮数杯，终于沉沉醉去。周畛命人悄悄把他的衣衫解开，仔细查看他的衣服以及身体，并未发现异常。只在奴仆发髻之中得到一张纸，纸上画有一只大黄斑虎，虎旁另画有符。周畛把符纸收好，待奴仆醒来，就问他："虎符如何得来？"奴仆见事情败露，不得已说出实情："先前，小人在蛮地买米，有一蛮师说有化虎的法术。小人于是以三尺布，数升米糟，一只大红公鸡，一升酒，才换得此法术。"周畛听罢，笑着把虎符还给了他，并叮嘱说："此后切莫随意用此法。"奴仆连连点头，起身退去。

——故事源于晋·陶潜《搜神后记·卷四·虎符》

21. 绿衣知音

益都（今山东省青州市）人于璟，想要找一处清静之地读书。醴泉寺地处山中，人迹罕至。于是，于璟就借宿醴泉寺。一夜，已到三更时分，于璟依然苦读不辍。窗外忽有女子称赞道："于相公读书真是刻苦啊！"于璟一惊，心想：深山之中如何会有女子？心中正自狐疑，却见女子已笑着推门而入。于璟惊起，只见绿衣女子婉妙无比，盈盈拜倒，说："小女子可有扰了于相公苦读？"于璟见女子此时此地出现，又兼貌美异常，绝非凡人，于是问："不知姑娘住在哪里？为什么深夜在这里？"女子说："于相公自然知道这些问题我不能回答，何必苦苦追问？"于璟见女子心思玲珑，十分喜欢，也不计较女子身份，就与她交欢。女子轻解罗衣，于璟见女子腰肢纤细窈窕，自是更加爱怜。到清晨，女子翩然而去，于璟自是恋恋不舍。女子轻笑说："于相公不必忧思，我晚间再来。"自此，女子夜夜都来与于璟相会。

一夜，二人共酌数杯，说起音律之事，于璟见女子对音律颇有妙解，就说："你声音娇弱纤细，倘若一展歌喉，必定能使人销魂。"女子笑说："如此，我不敢出声，相公若因此销魂，我当如何是好？"于璟坚持要女子歌一曲。女子无奈说："并非我吝惜嗓音，实在是担心他人听见。若你一定要听，那我就献丑了。不过，我只能轻声哼唱。"于是，女子以三寸金莲轻点床脚，歌道："树上乌臼鸟，赚奴中夜散。不怨绣鞋湿，只恐郎无伴。"其声音细若蚊蝇，静夜听之，婉转动人，足以动摇心旌。

于璟正沉浸其中，忽然看见女子开门四处张望，神色慌张。于璟大奇，女子说："我担心窗外有人。"说罢，出门绕屋一周，查看无人才又进入房中。于璟笑说："你为何如此担心别人听见？"女子笑说："谚语说：'偷生鬼子常畏人。'说的就是我。"说罢，二人就寝，女子面色不悦，说："你我缘分，难道将尽于此吗？"于璟忙问女子："为什么说这样的话？"女子说："我心动了，我的福禄恐已将尽。"于璟安慰她说："心动、眼转本是常事，你不必忧虑。"女子听罢，稍稍宽心。次日清晨，女子将去之时，犹豫再三，徘徊复返，说："也不知是什么缘故，我心中甚是害怕，相公送我出门可好？"于璟忙起身披衣，送女子到门外，女子又说："相公站在门口看着我翻墙过去，再回去，可好？"于璟自是答应，眼见着女子转过房廊，不见了踪影。于璟正想要回去休息，忽听见女子呼救之声，于璟大惊，忙循声奔去，环顾四周，发现声音自檐下传出。于璟抬头一看，只见一只大如弹丸的蜘蛛正在张网捕一物，那物哀鸣声嘶，正是女子之声。于璟从蜘蛛网中把那物挑下，又把它身上所缠蛛网清除，只见那物竟是一只绿蜂，此时，已奄奄一息。于璟把绿蜂带回房中，放在案头，绿蜂休息好一时，才能挪步。只见绿蜂缓缓进入砚台，身染墨汁后，在案上走来走去，随后，展翅穿窗而去。于璟到案上一看，竟是一"谢"字，于璟始有所悟。

自此以后，绿衣女子再没出现过。

——故事源于清·蒲松龄《聊斋志异·卷五·绿衣女》

22. 救龙

　　唐建中初年，书生任顼因不喜俗世，隐居深山读书。一日，任顼闭关静坐，忽然听到叩门声起，任顼开门，只见一黄衣老者蹒跚而来。老者身穿黄衣，容貌俊秀，手中拄一拐杖。任顼虽不识老者，却还是恭敬地邀请老者进屋落座。老者默坐良久，任顼见他神色沮丧，似有愁苦，就问："老先生神色沮丧，有什么忧愁？或是家中之人身体有疾，老先生心中惦念？"老人见任顼询问，长叹一声说："我确实有愁事难以张口，你既开口询问，我就告诉你吧。我不是人类，是龙族。数百年来，一直在此地向西一里以外的深潭中居住。如今，有一个人要害我性命。我思来想去，恐怕只有你才能救我，因此特来求救。"任顼听罢，大为诧异，震惊片刻后方回过神来，说："我是尘世中人，只知诗书礼乐，其他法术一无所知，如何能助老先生脱险呢？"老人说："不需任何法术，只劳烦你说几句话便可。"任顼说："请老先生明言。"老人说："你只需在后日晨起时，到深潭边上等着，正午时分，会有一道士自西面来，这就是害我之人。道士会用法术使我深潭中水干涸，然后趁机屠杀我。你只需等潭水枯竭之后，厉声呼喊：'天有命，杀黄龙者死。'说完，潭水会重新盈满。道士又会施法使潭水枯竭，你继续如此大呼。如此三次，我就可生还。若能生还，我必当重重报答救命之恩。"任顼听罢，说："既如此，我定当竭力。"老人听得任顼答应，千恩万谢，许久才离去。

　　后日清晨，任顼向西走去，果然见有深潭，于是坐在潭旁等候道人。

到正午时分，任顼见一片白云自西面飘来，缓缓降落在深潭之上，有一道士自云中飘然而下。道士身材颀长，有一丈多高，站立在岸边，颇有仙人风度。任顼见道士自袖中拿出数道墨符扔到潭中，深潭登时干涸，潭底现出一条黄龙。任顼见状，忙厉声呼喊："天有命，杀黄龙者死！"说罢，潭水又满。道士大怒，瞪了一眼任顼，不作声，又从袖中拿出数道丹字符扔到潭中，潭水再次枯竭。任顼又大声呼喊，潭水再次盈满。道士更怒，又自袖中拿出十余道朱符，投入空中，朱符登时化作赤色云朵飘入水中，潭水随即干涸。任顼依然像方才一般大声呼喊，潭水又涨满。道士无奈，恶狠狠对任顼说："十一年了，我终于可以食此黄龙，如今却被你搅乱！你一儒生，为什么救此异族！"任顼不答，道士怒骂数声后就离开了。任顼见黄龙无险，依旧回到山中住处。

当夜，老人托梦给任顼。梦中，老人一见任顼就拜谢道："全赖你救我，否则，我就命丧道士之手。千言万语难报大恩，我就用一颗明珠聊表我报答之心。你明日在深潭岸边草丛中就能见到。"次日，任顼按照梦中老人所言，到潭旁草丛中，果然见到一颗明珠，耀眼夺目。后来，任顼到广陵（今江苏扬州）市集，有一胡人见到明珠，十分纳罕，说："此珠是骊龙之宝啊！世上能拥有此珠之人，寥寥无几。"于是花费数千万钱向任顼买下明珠。

——故事源于唐·张读《宣室志·任顼救龙》

23. 氾人

垂拱年间，太学进士郑生自铜驼里前往上阳宫。当时天未大亮，晓月在天，郑生经过洛桥之时，忽听得桥下有女子哭声，悲悲切切，惨不忍闻。郑生大奇，下马循着声音一看，见桥下一女子，满脸哀戚却难掩绝色。郑生上前问："姑娘为什么哭泣？"女子以袖拭泪，说："我幼年父母双亡，长兄把我抚养长大。如今有了长嫂，对我多加嫌恶，使我苦不堪言。今日，我本要投水，想起生平遭遇，不禁感伤哀戚。"郑生听罢，忙劝道："姑娘不可轻生啊！"女子泣道："天大地大，哪里有我容身之处？"郑生一时无言，思索良久，说："姑娘若不嫌弃，可随我同归家中。只是我家境贫寒，恐辱没了姑娘。"女子欢喜地说："若蒙公子不弃，我定悉心侍奉。家境贫寒又有何妨！"

自此后，女子住在郑生家中。女子名为氾人，颇通诗赋，能念诵楚人《九歌》《招魂》《九辩》等诗篇，也常拟其旧调，作新赋，赋中词句丽绝，哀怨动人，无人能及。女子也曾撰写《风光词》，写道："隆佳秀兮昭盛时，播薰绿兮淑华归。顾里黄与处蓉兮，潜重房以饰姿。见雅态之韶华兮，蒙长霭以为帏。醉融光兮渺渺弥弥，迷千里兮涵烟眉。晨陶陶兮暮熙熙，舞袅娜之秋条兮，娉盈盈以披迟。酡游颜兮倡蔓卉縠，流倩电兮石发髓施。"郑生以为妙绝。

郑生素来家贫，生活拮据。氾人就拿出自己的绣品到街上贩卖，每次都能卖得千金。

数年后，郑生将游历长安。临别前一晚，氾人对郑生说："我本是湘水蛟宫之妹，因贬谪才与你结缘。如今，年岁已满，不能再与你相伴。今日就与你长决！"郑生听罢，大为震惊，良久才悲从中来，拉着氾人的手，劝她留下。氾人明确地表示不可，随后，径自离去。

十多年后，郑生的兄长担任岳州刺史。上巳日，郑生刚好在兄长处，郑兄携家人共登岳阳楼，眺望鄂渚，大摆宴席，歌舞声作，欢乐无两。郑生忽然想起氾人，满面愁苦，凭栏伫立许久，吟道："情无垠兮水汤汤，怀佳期兮属三湘。"话音未落，忽然看见水面有画舻浮漾而来。画舻上彩楼高百余尺，舻上有帏帐，装饰富丽，满船辉煌。郑生十分惊奇，又听见舻上传出鼓乐之声，还有数名女子，神仙蛾眉，广袖飞扬，翩然起舞。其中一个女子，气质清绝，满目凄怨，竟与氾人极为相似。此女子歌道："溯青山兮江之隅，拖湘波兮袅绿裾。荷拳拳兮情未舒，罪同归兮将焉如！"一时，歌舞毕，女子立于船侧，凄然凝望，恍若天女下降。郑生恍然知晓女子正是氾人，还未来得及呼喊，须臾之间，风浪大起，眼前一片迷蒙，氾人已消失不见。

——故事源于唐·沈亚之《湘中怨解》

24．柳翁

天祐年间，饶州（今江西省鄱阳县）有一个柳翁，常乘小舟在鄱阳江中钓鱼。柳翁常独行，没有人知道他住在哪里，也不知他的妻子儿女，更不曾见他饮食。柳翁博学广知，水中鱼类、名山大川，无所不知。当地渔民只要出海，都会向柳翁问询，朝着柳翁所指的方向捕鱼，往往收获巨大。

饶州刺史吕师造在任之时，修建城墙，挖掘壕沟。壕沟掘到城北之时，天降大雨，工人一停工，天就变晴。如此数次，有人就问柳翁缘由，柳翁回答："此处是龙穴，有龙住在这里。在此挖沟，震动龙穴，龙不得安宁，只好出穴。龙出穴，天就降雨。不信的话，可继续挖掘，一定能看到龙穴。不过，到那时将有连绵大雨不止。"吕师造命工人继续挖掘，果然在数丈深处见到一处方木垒成的洞穴，方木长数十尺，交叠累积数十重。方木上萦绕着龙涎水的腥味，且方木平整光滑，绝不是人为。洞穴中雾气弥漫，人不能进入，工人只得停工。没过多久，果然当地大雨连绵，水患不止。

后来，吕氏诸子要往鄱阳江捕鱼，提前召柳翁前来问询哪里有鱼。柳翁指着南岸一处，说："今日只有此处有鱼，不过此处有一条小龙在。"诸子都不信，还是依旧撒网，果然收获颇丰。诸子把捕到的鱼用巨盆盛着，放在舟中，其中有一条鳝鱼，长一二尺，双目精明，有两根长须。鳝鱼绕盆游走，其他鱼都跟从它。船快要行到北岸之时，盆中鳝鱼忽然消失，柳翁也踪迹全无。

——故事源于宋·徐铉《稽神录·卷四·柳翁》

25. 龙夫人

卫国公李靖微末之时，常在霍山中射猎，每次追猎物误了回家的时辰，就会在附近一山村居住。村中老翁见其仪容魁伟，必非凡人，每每赠予其丰厚的食物。一日，李靖在山中遇到一群鹿，于是追赶甚急，到日暮时分，依然不肯舍弃。又追数里，天色已黑，四处阴晦，李靖茫茫然不知归途，只得信步怅怅而行。忽然看见远处有灯火光亮，李靖忙朝着灯光走去。数里后，见一座朱门大宅赫然在立，李靖上前叩门，一个人出来见李靖，问："你是什么人？"李靖拱手回答："在下李靖，因打猎误入此地。天色已黑，可否于贵宅借宿一晚？"那人皱眉摇头说："我家郎君出门在外，唯有太夫人在，留宿怕是不方便。"李靖恳求说："烦请为我通报一声，万分感谢！"那人进门，许久后方出，说："夫人初时不允，然因天色阴晦且漆黑，您又迷路，确实情有可原，夫人甚是通情理，已答允您在此留宿。请随我来。"

李靖随那人到厅中稍坐。不一时，一婢女走出，说："夫人来了。"李靖忙起身拜见，只见夫人年岁五十上下，青裙素襦，神气清雅，宛若士大夫家中女眷。夫人见李靖，微微笑说："公子不必多礼，且请坐。家中儿子都不在，不宜留宿外男。然而，如今天色阴晦，您又迷路，此时我若不留你，倒让公子哪里去呢？不过，此处是山野之居，我儿子夜半若是回来，必定喧闹，还望公子勿以为惧。我已命下人备好酒菜，疏陋之处，还望见谅。"李靖连连道谢。

夫人走后，仆人摆好酒食，李靖就座，菜肴都很鲜美，多鱼虾之类。食毕，李靖随二婢女到一房中，房中一应床席、被褥都干净整洁，令人心旷神怡。待婢女去后，李靖关上房门，细思夫人之言，心中暗想：此处地处山野，夫人儿子夜归喧闹，许是妖怪？想到此处，李靖心中大惧，也不敢睡，只端坐床前，细听门外之声。

半夜，忽听得叩门声急，李靖猛跳起细听。只听有人说："天符：今夜当行雨，方圆七里，下至五更。不可拖延！"回应之人接符进入厅中呈给夫人，夫人神色甚急，说："两个儿子都未归，行雨符已到，自然不可推辞，误了时辰必定受责罚。纵使派人唤二人归，怕也是来不及了，这下可如何是好？"

一婢女说："方才厅中客人，看起来不是一般人，不如请他来？"夫人思索一时，说："只能这样了，我亲自去请他。"于是，夫人亲自到李靖门口，敲门问："公子是否安寝？可否出来相见？老身有事相求。"李靖答应着走出房门，见过夫人，问："不知夫人有什么事？"夫人说："事到如今，我就实言相告了。此处并非人宅，是龙宫。老身长子赴东海参加婚礼，小儿送妹未归。恰逢天符命行雨，现在报知两儿，已是来不及。老身想要烦请公子襄助一二，不知公子意下如何？"李靖说："在下本俗世之人，并非能乘云驾雾之能人，怎会行雨？"夫人忙说："公子只需按我所说行事，自无不妥。"

于是，夫人命人牵来青骢马，拿来雨器系于马鞍上。李靖见雨器竟是一个小瓶子，大为惊异。夫人严肃叮嘱道："公子只需乘此马，不必勒缰绳，任马信步而行。在马嘶鸣之时，从瓶中取一滴水，滴于马鬃之上即可。千万不可多滴，切记切记！"

李靖听罢，翻身上马，马随即腾空而起，又快又稳，渐渐升到云上，听得耳旁风急如箭，脚下雷霆声起。马嘶鸣之时，李靖就依夫人之言滴一滴水。不一会儿，雷止云散，李靖在马背上竟见到此前常留宿的山村。李靖暗自想道："我多番叨扰此村村民，老翁更是对我宽厚，我无以为报。如今，禾苗久旱，雨在我手中，怎敢吝惜？"于是，李靖连下二十滴。不一会儿，行雨结束，李靖骑马回去。

到宅中，见夫人于厅中哭泣，李靖大惊，忙问缘故。夫人说："你为什么自作主张？本应滴一滴，你却擅自滴二十滴。却不知，此中一滴即地下一尺雨。此村半夜时分，水深二丈，全村都在睡梦中被淹死。我已身受责罚，杖十八，儿子也一并受罚。"李靖惭愧，默然不应。

夫人见李靖如此，又说："公子是世间之人，不知云雨变幻也是常事。然而，我担心龙师前来问罪，惊吓到公子，还请公子速速离去。此次劳烦尚未报答，山野之地，并无好物。我就赠公子两个奴仆，公子全要也可，择其一也可，全凭公子定夺。"说罢，就有二奴出来。一奴自东廊出，仪容和悦，观之可亲；一奴自西廊出，满面怒气，愤然而立。李靖心中惴惴，须臾，说："我一猎户，最是凶狠好斗。若是选择和善之奴，恐旁人说我胆怯。两者都取，在下不敢。承蒙夫人赏赐，我就选择愤怒之奴。"夫人微笑说："如此，就依公子所言。"

于是，夫人命愤怒之奴随李靖离开。李靖走出宅门数步，回头一看，大宅竟不见踪影。李靖大惊，想问奴仆，奴仆竟也不见。李靖震惊之余，寻路而归。到了常留宿的村子，只见那里水波浩荡，已成汪洋。

——故事源于唐·李复言《续玄怪录·卷四·李卫公靖》

26. 龙女

许汉阳，汝南（今河南省驻马店）人。贞元年间，许汉阳乘舟行到洪饶（今江西省鄱阳县）。当时，天色已暮，水流甚急，许汉阳的船随波漂入一湖中。湖面广阔，然水深不过二三尺。许汉阳驾船北行一里多，见湖岸竹树茂密，于是就打算把它作为泊舟之所。渐到岸边，许汉阳见岸上亭台楼阁鳞次栉比，气度非凡。正自艳羡，忽然看见有二婢女，头顶双髻，面色如玉，正站在岸边满目含笑仿佛是在等他。许汉阳大为惊讶，就以轻薄的言语来挑逗二人，二人也不生气，大笑着反身入宅中。

泊舟后，许汉阳整理衣冠，上岸到女子所在之宅，投上名帖拜见主人。名帖刚递上去，就有一婢女出来，把他请到内厅，添茶倒水，甚为殷勤。婢女见许汉阳颇有疑问，就说："我家女郎们正在换衣，还望公子稍等。"不一时，婢女就携许汉阳进入中门，许汉阳见满庭竟只有一个大池子，池中荷花芬芳，四岸如同碧玉砌成一般。水面另有两道彩虹桥供人行走。许汉阳随婢女从彩虹桥上走过，见北面有一大阁，匾额上有白金所书"夜日宫"。四周奇花异木，高耸入云。婢女引许汉阳到阁中一层，见有六七婢女，都朝其行礼。许汉阳随婢女又到二层，方见内中有六七名女郎围坐桌前，其装束用度都与婢女不同。许汉阳忙躬身施礼，女郎也起身还礼。女郎见许汉阳，就问他："不知公子为何到了这里？"许汉阳就把自己阴差阳错走到此地的情由一一说明。女郎笑说："公子与我等也是合该有此缘分。"说罢，请许汉阳入座。许汉阳一番推辞后，终于坐下。女郎说："公子虽在此暂歇一宿，我等也当以礼相待。现有好酒，还望公子能尽欢。"说罢，命一婢女拿酒来。许汉阳连连道谢，偷眼见座中饮食器具，都非人间所能见。

门外有一树，高丈余，树干似梧桐，树叶似芭蕉，树上满是大如斗盎的红花。一女郎举酒劝许汉阳，一婢女捧着一只极似鹦鹉的鸟，放在桌前的栏杆上。众女郎面对鸟与树，鸟叫一声树上花开一朵，顿时芳香满屋。每朵花中都有美人，长一尺多，身姿婉丽，衣袂翩跹，管弦嘈唧，乐声动人。女郎举酒之间，乐声随之起伏。一时萧萧泠泠，仿若进入神仙境地。

一巡酒过，玉兔东升，满院清辉。女郎互相谈笑，所谈论的也并非人间之事，许汉阳坐于席间，偶尔插几句话，说些人间的人与事，女郎面上微露尴尬，并无酬答。欢饮到二更时分，众人散去，满树的花朵也片片落入水中，花中女子也随之落下，须臾间，踪影全无。一女郎拿出一卷文书给许汉阳，许汉阳接过一看，原来是一篇《江海赋》。女郎又令许汉阳诵读，许汉阳依言诵读一遍。女郎接过文书，又自读一遍后，递与婢女嘱咐其收好。女郎转过头对着一众女郎及许汉阳说："我心中有感，愿吟一章以抒怀。"诸女郎及许汉阳都赞道："甚好！"女郎面迎月色，徐徐吟道："海门连洞庭，每去三千里。十载一归来，辛苦潇湘水。"吟罢，女郎命婢女取来一卷文书及纸笔，请许汉阳记录。许汉阳展卷一看，内中金花银字，豪奢异常。许汉阳执笔，却见笔管为白玉，而砚台也为碧玉制成，砚中都是银水。字写罢，女郎叮嘱许汉阳署上自己的名字。许汉阳一看，署名处已有许多人名，有名为仲方的，有名为巫的，有名为朝阳的，均未见其姓。女郎见许汉阳署名完毕，就要收起文卷，许汉阳忙说："我恰有一篇诗奉和，不知可否也写在此处？"女郎说："不可，此文卷要呈于父母、兄弟阅览，不可夹杂他人诗篇。"许汉阳疑心地说："那方才我署了自己的名字，不要紧吗？"女郎冷冷地说："无妨。"

四更时分，诸女郎吩咐婢女送许汉阳出门，许汉阳只得起身拜别。诸女郎说："公子慢走，我等招待不周，还望见谅。"许汉阳心下怅怅，一言不发，挥手作别。回到舟中，忽然看见大风起，原本亮如白昼的月夜忽地阴晦起来，许汉阳不敢行舟，只得等天亮再走。到次日天晓，许汉阳驾舟而归，临走之时回看昨夜饮酒之所，却只见一片空树林而已。许汉阳心中疑虑，却也无人可问，驾舟回到昨夜渡口，见江岸围有数十人，似有甚事发生。许汉阳泊舟问询，听得其中一个人说："渡口有四人溺水身亡，到二更后捞出，其中三人已死，有一个人虽未死却似乎是醉酒了。现下请了巫女，正在查看情形。"许汉阳见巫女用杨柳蘸水洒到那人脸上，默默念诵咒语，许久，那醉酒之人方说："昨夜海龙王诸女及姨姊妹六七人回洞庭湖，宿于此处，用我四人之血酿酒。因客人饮酒不多，我这才得以生还。"许汉阳大为惊异，问："客人是谁？"那人说："只知是一读书人，并不知其名姓。"随后，那人又说："我听见婢女说：'诸小娘子酷爱人间文字，却无门路获取，常欲请一读书人，却始终不能。'"许汉阳又问："客人如今在什么地方？"那人说："已离去了。"许汉阳想起昨夜之事，与此人所言都对应，默默回到舟中，只觉腹中翻江倒海，疼痛难忍，痛苦之中吐出鲜血数升。许汉阳此时才知，昨夜所饮之酒竟是人血，不免冷汗涔涔。

——故事源于唐·谷神子《博异志·许汉阳》

27. 虎伥

唐长庆年间，有一处士名叫马拯。他的性情冲淡平和，最喜游历山水。无论山势如何崎岖陡峭，水势如何湍急，他都不辞辛苦跋涉。一日，马拯到了衡山祝融峰，想要去拜访伏虎师。登上山峰，只见佛室道场整洁，果实馨香，器皿都是白金制成。马拯四下张望，见一老僧，眉目雪白，体格健壮魁梧，起卧之间颇有山野粗疏之气。老僧见马拯前来，大喜，忙拉过马拯的仆人，对马拯说："可否借公子的仆人一用？"马拯问："不知师父要我仆人有什么用处？"老僧说："要他到街市上为我买些盐巴。"马拯一听，自然答应。仆人于是手提布袋及钱下山去，须臾之间，老僧已不知去向。

马拯正在山间随意游逛，忽然见到马沼山人独自登山而上。山人见马拯，十分欢喜，对马拯说："方才路上遇到一只老虎，吃了一个人。唉！不知是谁家儿郎？"马拯问："不知此人是什么打扮？"山人说了所见之人服饰，马拯听罢大惊，此人正是自己的仆人！马拯正自惊颤，山人又说："我远远见那老虎吃完人之后，脱去虎皮，换上了禅衣，竟是一老僧。"马拯大骇。不一时，老僧回来，山人见到老僧，就悄悄与马拯说："方才所见，正是此人。"马拯心知老僧有异，就镇定下来，用言语试探，说："方才马山人说，我的仆人在半山路上被老虎吃了，这可如何是好？"老僧大怒，说："这山中并无虎狼，草丛之间也无毒虫，树林之中也无猫头鹰出没，请您勿要相信别人的胡言乱语。"马拯半信半疑，走近老僧细看，只见他嘴角还带着血痕。

夜间，马拯与山人宿在堂上，二人不敢入睡，点上蜡烛，坐在门前，伺机而动。夜已深，二人果然听到院中有虎的嘶吼之声，随后，老虎用头触门三四次，因门窗结实，未曾撞破。二人惊惧，忙虔诚叩拜堂内土偶宾头卢尊者。许久，听闻土偶吟道："寅人但溺栏中水，午子须分艮畔金。若教特进重张弩，过去将军必损心。"二人听此言，思索一时，登时明白："寅人就是老虎，栏中是井，午子是我，艮畔金是银皿。只不过后两句是什么意思，暂未明白。"见老虎不再入内，二人就歇下。到次日天亮，老僧敲门喊二人"郎君起来吃粥"，二人这时才敢开门。

吃完粥，二人乘老僧不备，商议说："老僧在此，我们如何下山？"秘密耳语一番，随后，马拯骗老僧说："井中似乎有异样，您快去看看。"老僧心下疑惑，就到井边窥视，二人乘老僧不备，一把把他推入井中。老僧登时化作猛虎，就要跃出井来，千钧一发之时，山人搬起一块巨石朝井中扔去，老虎登时毙命。二人见老僧已死，就取银皿下山。

走到半山，路遇一猎人，正在路旁张弓搭箭。马拯见树上有一棚屋，显然是猎人的居所。猎人见到二人，说："不可触动我的机关。"二人站住，一时不知该当如何。猎人见状对二人说："此处距离山下不远，山中老虎暴虐，何不上棚来避一避，待捉到老虎再下山？"二人听闻此言，心下惴惴，忙攀缘而上。良久，夜深人静，忽然看见路旁有三五十人经过，有僧、有道，有男人、有女人，有歌唱的，也有舞蹈的，众人到了猎人张弓处，怒道："早晨有二贼杀了和尚，我们正要追捕，现下竟然还敢有人张弓杀我将军！"于是，众人触发机关。可是却毫发无伤，继续往前走。二人听得此言，问猎人："这是什么人？这话什么意思？"猎人说："这是伥鬼，就是被虎所食之人，现在正在为虎喝道呢。"二人惊问："勇士博闻，不知勇士姓甚名谁？"猎人说："姓牛，名进。"二人听罢，大喜，说："土偶诗下句中，特进就是牛进，将军就是此虎。"于是，二人劝猎人重新张弓搭箭，随后登棚，不一时，果见一老虎咆哮着前来。这只老虎比化作老僧的老虎更为凶猛。三人正留心看，却见老虎前脚不小心触动了机关，箭正中老虎三处要害，贯心洞背而死。须臾，众伥忽奔走而回，见老虎身死，伏地痛哭，哀转久绝，说："谁人又杀了我将军？"二人见状，怒斥道："你们，无知的小鬼，被虎啮咬而死。我今日为你们报仇，你们不仅不道谢，还敢大哭，怎会有如此糊涂的鬼？"众伥听得此言，纷纷默然，忽然有一伥回答："我们此前并不知道将军就是老虎，听郎君一说，这才醒悟。"于是，众伥走近虎旁痛骂一顿方才散去。次日清晨，二人与猎人共分银皿后，各自离开。

——故事源于唐·裴铏《裴铏传奇·马拯》

28．獭魅

唐朝时期，楚州（今江苏省淮安市）白田有一巫婆，名为薛二娘。薛二娘自言她曾侍奉金天大王，能驱除邪魅，当地人对她十分信服。

村民沈某的女儿发狂，有时毁坏身体，有时赴水赴火，且肚子愈来愈大，仿佛是怀孕一般。沈某夫妻十分忧心，就前去求薛二娘到家中驱邪。薛二娘到了沈家，在沈女房中设坛，把沈女放入坛中。坛子一旁烧了一个大火坑，火坑上架着一口铁锅在烤炙。随后，薛二娘着盛装，敲鼓奏乐请神灵。不一时，神灵果下凡，沈某夫妻忙倒身下拜。薛二娘祭酒祝祷道："速速召魅前来。"说罢，薛二娘入火坑中坐好，神色自若。许久，薛二娘挥衣而起，用方才烤炙的锅釜盖上头，再次敲鼓，鼓声终止后，薛二娘朝沈女叱道："速速绑上自己！"沈女果然反手绑上自己。薛二娘又说："请自己交代清楚！"沈女刚开始时不住哭泣，默然不语，薛二娘大怒，挥刀从沈女身体中刺过，而沈女身体毫发无伤。此时，沈女才说："我是淮中老獭，因见沈女在河边浣纱而心生爱慕。不料，圣师道法高深，我无可隐瞒。我本可以自此销声匿迹，不过，沈女腹中是我孩儿，若能生下孩儿并把它交还给我，我定感激不尽。"说罢，呜呜咽咽不止。沈父母见状，也心生怜悯之情。沈女随后又执笔写道："潮来逐潮上，潮落在空滩。有来终有去，情易复情难。肠断腹中子，明月秋江寒。"沈女从未读书识字，而落笔之字，翰墨雄骏，文辞俱佳，显是老獭手笔。须臾，沈女昏睡过去，次日，醒转过来后，再无狂态。父母问其经过，沈女说："此前女儿在河边浣纱，有一美少年前来挑逗，因此与他有了交往，并不知道他是什么人。"

数月后，沈女生下三头小獭，见到生下的不是人类，沈女就想把它们杀死。沈父母劝道："此前怪物说不再扰你，确实也信守了承诺。我们人类也不可不守信，不如把它们交还给老獭。"于是，他们把三头小獭送入河中，果有巨獭跃出相迎，随后与三头小獭一并没入水中。

——故事源于唐·陈劭《通幽记·薛二娘》

29. 乌哀

东平（今山东省东平县）吕生原为鲁国人，现今与妻子、母亲一起居于郑国。吕生的妻子黄氏，因病而性命垂危，临终之前，黄氏对婆母说："我快要死了。听闻人死之后会变成鬼，我以前总是遗憾，人鬼不能互通，使活着的人倍加痛苦。我死之后，婆母若是怀念我，我必定给婆母托梦。"

没过几天，黄氏果然死去。婆母睡梦之中见黄氏前来，悲悲切切地说："我生时时常有不得体之处，如今死后化为异类，投生于郑地东边的荒野之中，振翅、高鸣的乌鸦就是我。七日后，我来拜访婆母，愿婆母念你我生时亲厚，勿要因我是异类而远离我。"说罢，就离去了。

七日后，果然有一只乌鸦从东边来，飞到吕生家中，落在庭院的树上，哀鸣许久。婆母见状，哭着说："果然是你托给我的梦啊！我知道你的心意了。"说罢，那乌鸦又飞入堂中，盘旋数回，不住哀鸣，许久才往东边飞去。

——故事源于唐·张读《宣室志·卷四·吕生妻化乌》

30. 虎皮

崔韬，蒲州（今山西省永济市）人，生性喜游山玩水。一次，崔韬到滁州一带旅游。一日清晨，崔韬离开滁州，前往历阳（今安徽省马鞍山市）。夜间，崔韬夜宿仁义馆。馆吏见崔韬是外地人，就劝说："这里常有怪物作祟，不可留宿。"崔韬笑说："传言不可信，我只住一晚，想来不会有事。"馆吏再三劝阻，崔韬只是不听，馆吏无法，只好无奈离去。

当夜二更时分，崔韬洗漱完毕，正要就寝，忽隐约看见馆门口有一大物。随后，馆门豁然开启，竟见一只大虎进门。崔韬大惊，忙起身躲入暗处观察。那大虎进入崔韬房中后，脱去虎皮，竟显露出一个女子的模样。女子容色妍丽，衣饰整洁，径直上到崔韬床上。崔韬起身上前，问："这是我的床铺，姑娘为什么在此？我方才看见一只老虎进来，谁知竟是姑娘，这到底是为什么呢？"女子听崔韬如此问，起身笑说："公子勿要见怪，我父兄以打猎为生，家中贫穷，未能得良配。我生为女子，唯恐自身不能保全，只好夜间披虎皮为衣。今夜，听闻公子在此，小女子愿终身托付，日夜侍奉。还望公子勿弃！"崔韬听得此言，大喜，说："在下愿与姑娘结良缘。"当夜，两相欢好。次日，崔韬把虎皮扔到后院枯井之中，携女子离去。

后来，崔韬考中进士，到宣城做官。崔韬携妻儿一并前往宣城赴任，再次经过仁义馆时，又留宿馆中。崔韬指着仁义馆，笑对妻子说："这是你我缘分开始之处。"妻子与之相视一笑，二人携手进馆。崔韬到后院井中，见虎皮完好如初，笑对妻子说："没想到，此前夫人所穿的虎皮衣还在。"妻子说："不如派人把它捞出来，我也好做个留念。"崔韬答应着，派人把虎皮捞出，递与妻子。妻子拿起虎皮衣上下打量，随后披衣上身，笑问崔韬说："我如今穿来是否还是此前模样？"崔韬笑说："夫人容貌依旧，秀丽不减当年。"说罢，忽然看见妻子微微一笑，竟化身为虎，咆哮跳踯，朝崔韬及儿子扑来，一口把二人吃掉。随后，跃入林中，不见踪影。

——故事源于唐·薛用弱《集异记·崔韬》

31．三足虎

晋朝义熙年间，豫章郡（今江西省南昌市）一小吏易拔，告假归家，竟许久不返。郡守派人寻访，寻访之人四处搜寻，竟在一处深山之中见到易拔。易拔言语如常，只是面黄肌瘦，许久未进食。寻访之人忙拿出干粮和水给他吃，吃完，又催他立即整理行装同回郡上。却见易拔忽然抬头说："你看我的脸。"寻访之人一看，大为惊异，眼前竟是一只猛虎，双目圆睁，身上有黄斑，三足着地，一足竖起。那虎直蹿入林，倏忽不见。寻访之人恍惚看到，猛虎所竖起的一足竟化作虎尾，左右摇摆。

——故事源于南朝·宋·刘敬叔《异苑·卷八》

32．母化虎

晋义熙四年，东阳郡（今浙江省金华市）有一个人，名叫吴道宗。吴道宗幼年丧父，与母亲相依为命，年已二十，尚未娶妻。他素来孝顺，一日，因有事需要外出，就嘱托邻居帮忙照看年迈的母亲。当夜，邻居正要安寝，忽听见吴母屋内有窸窣之声。邻居起床一看，未见吴母，房中竟有一只乌斑虎！邻居大惊，疑心是乌斑虎吃了吴母，慌忙鸣鼓召集邻众前来相救。不料，待一众邻居到了吴母房中，那乌斑虎却已不见，而吴母安然处于房中，见众人前来，照常与人谈笑，丝毫未见有异。邻居又喜又惊，不知其中缘故，只得遣散邻众，安顿吴母睡下。

吴道宗回来后，从邻居处得知此事，大为震惊，正想细问母亲缘故，却听得母亲说："我因前世罪孽深重，故而受到上天惩罚。此后，只怕还有别的事发生。"吴道宗还想细问，却见母亲一言不发，无奈只得作罢。

一月后，一日，吴母忽然失踪，吴道宗四处搜寻都不见。同时，当地频频传言有乌斑虎为祸，百姓深以为患。县衙派人前去捕杀，乌斑虎凶猛，连伤数人。后来，又有人拉弓射虎，一箭正中乌斑虎胸口。有人趁虎受伤，持戟刺中其腹部，乌斑虎仓皇而逃。数日后，吴道宗正在家中思念母亲，忽然看见一只乌斑虎奔到家中，伏卧床上，哀嚎数声后就死去了。吴道宗这才知道此乌斑虎竟是母亲所化，一时恸哭不已。随后，吴道宗把乌斑虎厚加安葬，一应丧仪都按照母丧置办。

——故事源于南朝·宋·东阳无疑《齐谐记·吴道宗》

33．僧虎

袁州（今江西省宜春市）山中有一座寺，寺中有一年轻僧人。一日，僧人偶然得到一张虎皮，一时玩心大起，把虎皮披到身上，摇尾转头，扮作老虎戏耍乡民。乡民见状都大为害怕，狼狈逃跑。有些乡民逃跑之时，颇为慌乱，身上的财物散落地上也顾不得捡拾。僧人见到财物后，大为欢喜。自此以后，僧人常常藏身交通要道的丛林中，见到过往行人中有携带财物的，就猛然蹿出，做出一副猛虎模样，使得行人弃物逃跑。僧人于是把乡民财物尽归于己。此法屡试不爽，僧人颇为得意。

一日，僧人披上虎皮，埋伏于草丛中，忽然觉得身上有异样，虎皮仿佛附身一般。僧人试着暂且把虎皮脱下，谁知竟万万不能。僧人再看自己的手足，俨然已是虎足虎爪。僧人心中一慌，到近旁一处小溪临水自照，见自身头、耳朵、眉毛、眼睛、嘴巴、鼻子等，尽化为虎样。僧人转念一想，如此就可日日游荡在草丛间，捕狐狸、兔子等食用，也是乐事。因此，僧人就日日与同类共处。不过，有时他也被鬼神驱使，不论白天黑夜，常常需要往来于山间，寒暑雨雪也不得休息。时日渐久，僧人心中觉苦甚，厌烦了此等日子。

此时，僧人虽有虎的形态，但神志依然是人，只是不能说话。一年以后，某日，僧虎腹中饥饿，四处搜寻猎物，皆无所得，只得潜伏路旁以待路人。不一时，有一个人从道旁过，僧虎一跃而出，把行人咬死，随后把尸身分割数块，以备随后食用。僧虎扑咬人时，不曾在意，分尸身时，猛然察觉，此人竟也是一僧人！僧虎心中自忖：“此人竟与我是同类。我此生有幸为僧，却不能守戒律，杀害动物乃至伤人，实在是罪孽深重！像我这样的人，死后如何能有好轮回？我因心生歹念，才有了人化为虎的结果。今又杀害僧人来充饥，地狱怎能容我？我宁可饿死，也不能再加重罪恶！”说罢，仰天长啸数声。他啸声还未停止，忽然身上虎皮如脱衣一般，颓然而落。僧人再看自身，竟又复为人形！只是浑身赤裸，无以遮羞。僧人悲喜交加，奔到旧时寺院，见寺院已荒废，只得暂时以草遮身。随后，他到了一户农家，讨得破衣数件，打算投身近旁佛寺。

僧人四处游历，最终在临川崇寿院止步。当时，崇寿院中有一得道高僧，人称圆超上人。圆超上人在看经堂诵经，僧人侍立一旁，许久不走。圆超上人见他神色恭谨，就问：“你是哪里人？出家多久了？修习何等佛法？为什么到此？”僧人见问，说：“我做了恶事，心中有愧。”圆超上人问："可否说来听听？"僧人说："我愿意说给上人听，不过，还请上人为我保密。"圆超上人微微一笑，屏退僧众，僧人把化虎为害之事说与上人听，随后叩头施礼，忏悔罪孽。上人徐徐说："生死祸福，都因念生。不必前生后世，一念可天堂，一念也可地狱。你心生恶念就化虎，心生善念就为人，难道还不足以证明吗？你若有心脱离恶念，还原真我，不若寻访大善僧，他的境界高深，可助你驱恶向善。"僧人听罢，忙拜谢指点，随即入岭南寻访大善僧，后不知所终。

——故事源于宋·李昉等《太平广记·卷四百三十三·僧虎》

34．虎媒

　　唐乾元初年，吏部尚书张镐被贬为辰州（今湖南省辰溪县）司户。张镐在京任吏部尚书之时，把次女德容许配给仆射裴冕的第三子裴越客为妻。两家本已定好了婚期，谁知张镐竟被贬官，于是只得改为次年春季完婚。

　　婚期将近，裴越客整装出发，到辰州迎娶德容。到仲春时分，裴越客距辰州仅余百里。张镐因被贬官，正忧心裴家是否悔婚，如今得知裴越客前来，心中大喜，在花园中宴请家族老少。花园在半山腰，德容也随姑姨姊妹出来游耍。因地处南方荒野，山郡萧条，竹树茂密，日暮时分，众人前后相随，欢笑而归。走到半路，山中忽有一只猛虎蹿出，掳了德容就走，须臾间没于山林之中。众人大为惊骇，慌忙奔回家中告知张镐。当时夜色已昏，无处可寻，举家号啕大哭，不知德容生死。次日一早，张镐派一众人到山中搜寻，希望能找到德容的下落，即便是骸骨，带回安葬也好。谁知，众人搜寻了一整天，也无踪迹。

　　德容被虎擒走当夜，裴越客所乘的船正在距郡上二三十里处，他自然不知德容被虎所擒之事。裴越客乘船日久，想要上岸走一走，于是召仆夫数十人随同登岸，而船则在水中随行。走了二三里，忽然看见水边有一木屋，屋内有床榻。裴越客见状，命仆夫打扫木屋，当夜就想在此休憩。一更时分，裴越客忽听得林木之间有窸窣之声，好像有什么人前来。裴越客忙唤仆夫前去查看，仆夫还未及出发，却见一猛虎背着一物前来。众人皆惊慌，大声呼喝，想要阻挠猛虎。那猛虎徐徐到了木屋一侧，留下身上背负之物，就进入山中。众人上前一看，竟是一个人，还有呼吸。裴越客忙令众人把人带回舟中，点灯仔细一看，竟是一十六七岁的美女！女子容貌俊秀，衣衫精致，绝非山野村女。裴越客大为惊异，忙唤来婢女查看女子身体。婢女看罢，回禀裴越客，女子虽发髻散乱，身体却安然无恙，并无伤口。裴越客随后又命婢女喂女子热汤，女子尚在昏迷，数口热汤下肚，神思渐醒，双目渐渐睁开了。众人见状，纷纷问她姓名、住址等，她却始终一言不发。

次日，裴越客听闻有人说，昨夜张尚书次女游园时，被猛虎所食，尸骨无存。裴越客略一思索，忙唤来婢女，令婢女问女子是不是张尚书次女。婢女才一问，女子就哭泣不止，随后才说出自己与姊妹游园时被猛虎所擒之事。裴越客见女子竟是自己的未婚妻德容，又惊又喜，又想到岳父定然挂念女儿，忙修书一封，送与张镐。张镐见信，得知女儿未死，竟在女婿处，大惊，也不顾夜深，纵身驰马连夜到裴越客处。见到女儿安然无恙，张镐又悲又喜，随后，与裴越客及德容一同返回家中。裴越客与德容成婚后，夫妻和睦，恩爱和谐，每每想到猛虎为二人做媒，都慨叹不已。

——故事源于唐·薛用弱《集异记·裴越客》

35．斑处士

大中年间，终南山有个叫宁茵的秀才在山下隐居。宁茵所居之地，房屋朽坏，院墙不齐，十分简陋寂寥。一夜，风清月朗，宁茵诗兴大发，在院中吟咏，忽闻门外有叩门声。宁茵问："是什么人？"门外回答："桃林斑特处士前来拜访。"宁茵开门，见斑处士身材魁伟，言辞磊落，忙邀他进入房中。斑处士说："我是田野之人，凭气力在田间辛勤耕作，原是农夫一类人。因居处近在咫尺，见风月皎洁，听见公子吟咏，这才前来拜访。"宁茵忙谦道："此地山林幽僻，我日夜与农具相伴，蓬荜深深，人迹罕至。处士来访，颇慰我怀。不如你我聊聊心志？"斑处士说："我少年之时，兄弟纷纷崭露头角。每次读到《春秋》中颍考叔挟辀而走，恨不能在他身旁，助他一臂之力。读到《史记》中田单破燕的计策，恨不能身在战场，与他一道抗燕。读到《东汉》中光武帝新野之战，恨不能身在战场。这三事都是快意事，我却不能参与，心中颇为遗憾。如今已年老，又无子嗣，空有舐犊之情，却晚景悲凉。我最是羡慕徐孺子凭吊郭林宗时说的：'生刍一束，其人如玉。''其人如玉'我自不敢当，一束干草给我就行。"

不一会儿，又听到有人敲门，宁茵问："什么人？"那人说："南山斑寅将军前来拜访。"宁茵忙邀请他进来，此人气势如虎，刚直勇猛。宁茵心中暗暗纳罕。斑寅到室中，看见斑特，微微一笑。待宁茵介绍二人相识后，斑寅问："你我二人都姓斑，不知老兄可知斑姓由来？"斑特说："昔日，吴太伯到荆蛮之地，断发文身。因身上有斑纹，此后也渐有斑姓。"斑寅说："老兄错了，看来老兄并不知其中由来。斑氏出自斗谷於菟，因为他身上有斑纹，这才有了斑氏。远祖班固及班婕妤，文采绝佳，在汉朝是风流人物，史书中也有记载。其后，斑姓英才辈出，蝉联不绝。后汉有班超，投笔从戎，术士看其面相，说："君可封侯万里外。"后来，班超果然守卫玉门关，封为定远侯。我家世代为武贲中郎，因有过错，才流落山林之间，昼伏夜出，露迹隐形，不过苟且偷生罢了。适才见风清月高，墙外闲步之时，听闻公子吟咏，因此前来拜访。能遇主人，颇感欣慰。"

说罢，斑寅环视四周，见宁茵房中有棋局，就对斑特说："愿接老兄一局。"斑特欣然答应。二人对弈良久，未有胜负。宁茵在一旁闲看，指点斑特一两着。斑寅问："主人莫非是棋中高手？"宁茵说："在下不过是管中窥豹，只见着一斑。"斑寅笑说："主人此言，大有玄机，真是一箭双雕。"

棋局结束，宁茵为二人斟酒，数巡过后，斑寅说："主人可有酒肉以下酒？"宁茵于是端出鹿脯。斑寅拿起鹿脯，一口咬下，须臾下肚。斑特却不吃，宁茵问："斑处士为什么不吃？"斑特说："我上牙脱落，不能咀嚼。"又过数巡，斑特称身体不便，不敢再饮。斑寅说："有此美酒，可学纣王彻夜饮之。"斑特面色已呈赤红，冷笑说："老弟果真是生在钟鸣鼎食之族。"说罢坐定，一动不动。

二斑酒后，言语颇为不善。斑特说："老弟仗着自己是爪牙之士，肆意欺凌他人，却是为什么？"斑寅说："老兄仗着自己是有角之士，随意诋毁旁人，却是为什么？"斑特又说："老弟常自夸凶猛勇武，若遇见卞庄子这样的人，恐怕片刻间就化为粉末了。"斑寅说："老兄常自夸力大壮勇，若遇见庖丁这样的人，恐怕就只剩下头皮了。"宁茵见二人言语锋利，心中不悦，拿起身前削鹿脯的长刀，怒道："在下手中有长刀，还请二客勿要喧闹，只须饮酒就好。"二人见状，心下悚然，忙住口不言。

良久，斑特吟曹植诗："萁在釜下燃，豆在釜中泣。"这一联并无恶意。斑寅听罢，说："谚语说：'鹁鸠树上鸣，意在麻子地。'"说完，二人都哈哈大笑。宁茵说："不如我们各自赋诗一首，一展才学？"随即吟道："晓读云水静，夜吟山月高。焉能履虎尾，岂用学牛刀？"接着斑寅说："但得居林啸，焉能当路蹲？渡河何所适？终是怯刘琨。"斑特随后说："无非悲宁戚，终是怯庖丁，若遇龚为守，蹄涔向北溟。"宁茵一听，赞道："大是奇才！"斑寅大怒，拂衣而起，说："宁生怎可与这类人为伍？班固和司马迁是文史大家，人称'班马'之才，何曾听闻有班牛之才？我出生三日，就要咬人，更何况，此人偷我姓氏！"说罢，又朝斑特说："此生决不会在你门下摇尾！"于是，朝宁茵长揖而去。斑特见状，也怒道："古代尊贵之人生有白眉，老弟如今是白额，怎会得人赞誉？何必如此恼怒？"说罢，也与宁茵告辞。

次日清晨，宁茵出门，见门外足迹，竟是虎蹄牛印！宁茵又想起二人形状言语，这才醒悟，斑寅是老虎，斑特是老牛！宁茵走出百步，在一户人家的废宅中，见到一头老牛，浑身酒气。虎应当是进了山林，宁茵不曾寻见。此后，宁茵归京，再也不曾在此居住。

——故事源于唐·裴铏《裴铏传奇·宁茵》

36．虎报恩

唐建中初年，青州北海县（今山东省寿光市）城北面有秦始皇望海台，台侧面有别浟泊，泊边有一渔人张鱼舟在此结庐而居。一夜，张鱼舟已睡，忽有一虎闯入张鱼舟草庐之中。天色将晓之时，张鱼舟才觉身旁有"人"，睁眼一看，大为惊惧，不敢妄动。虎见张鱼舟醒来，就用足轻轻扒张鱼舟。张鱼舟心中大为疑惑，不知虎是何意，于是坐起身来。虎又举起前足给张鱼舟看，张鱼舟一看，见虎掌中有一根刺，长五六寸。张鱼舟此时才明白虎的意思，于是帮虎拔出长刺。虎掌中刺被拔出，立时跃然出庐，到门口，忽然双掌做出作揖的样子，朝张鱼舟施礼。良久，虎才离去。

当日夜半，张鱼舟忽听得门前有大物坠地的声音。张鱼舟走出一看，竟是虎口中衔着一头野猪前来，野猪颇为肥壮，看其身量，约莫有三百斤。虎见张鱼舟，又抱掌施礼，良久才去。此后，虎每夜都到草庐为张鱼舟送物，有时是鹿，有时是小猪。村中人知晓此事，认为事有蹊跷，就把张鱼舟送往县衙。张鱼舟向县令述说了事情始末，县令于是派遣一小吏前去验证真伪。当夜二更时分，虎又送一头麋来。小吏如实回禀了县令，县令知道张鱼舟并未说谎，就放了他。张鱼舟知道此番定是虎襄助于他，就为虎设一百一斋功德。当夜，虎又衔来一匹绢送给张鱼舟。

一日，张鱼舟草庐被虎拆除。张鱼舟心知是虎不愿他在此居住，就另寻他处安身。此后，虎不再前来。

——故事源于唐·戴孚《广异记·张鱼舟》

37. 虎牒

有一个人姓李，阖家住在南阳山中。忽然有一日，李某身患热疾，已过十日依然未愈。一夜，月明如昼，夏风凉爽，李某在庭前小憩。睡意蒙眬之中，忽然听到有叩门声，李某见阖家无人起身，以为是幻听，也不以为意。过了一会儿，叩门声又响起，李某就迷迷糊糊起身去看。走到门前，忽然听见有一个人说："今有文牒，令你成虎。"李某大为惊异，恍惚间伸手接过文牒。递牒者并未露面，李某只看见一只虎爪。那人送牒后就离开了。李某打开文牒一看，空无一字，以为是某人恶作剧，心生厌恶，就随手把文牒抛于席下，继续睡去。

次日醒来，李某忽然想起昨夜之事，起身找文牒，见它竟赫然在侧，而自己身上的病似乎已经痊愈。李某觉得十分奇怪，出门到山中散步。他手执拐杖独自在山中闲步，走了一里多，忽然看见近旁有一小溪。李某沿着小溪走，不经意间，瞥见水中自己的头已变作虎，再看手足，竟也变作虎。李某惊愕之余，随即想道："如此模样回家，定然惊吓到妻儿，不如暂且进山，日后再徐徐图谋。"于是，李某扔掉拐杖，进入深山。家人见他整日都未回来，四处找寻。李某的儿子在山中找见他的拐杖，以为父亲被虎狼所食，悲痛不已。随后，把此事告知家人。家人听闻，都号啕大哭。

李某化为虎后，在山中两日不曾饮食，饥肠辘辘。他蹲在水边喝水时，看见水中蝌蚪游来游去，想到自身遭遇，一时感慨不已。正踌躇间，李某忽然想起此前听闻老虎也能吃泥，就伸手抓起一把污泥放入嘴中，入口只觉味道十分腥臭，就不再吃。起身继续前行，忽然看见一只兔子，李某跑过去一把把它捉住，咬死之后，吃到肚里。吃完后，李某竟觉得身体渐渐变得强壮。此后，李某白日就伏卧草丛中，夜间出外觅食，也常抓到獐、兔等动物充饥。又过了数日，李某动了吃人的心思。一日，一采桑妇人路过，李某上前抓了妇人，吃后，颇觉甘甜美味。此后，就常伏身小路旁，专待行人路过，捉来下肚。

一日傍晚，有一砍柴人背着柴薪回来，李某想要上前抓人，忽听得身后有人说："莫取他性命！"李某大惊，回头一看，见一老人须眉皆白，一看就知是神人。李某身形虽变作虎，然而心中依然思念家人，想要还归人身，于是忙求告老人。老人说："你被天神化作虎身，如今天神想要把你恢复成人身，你若杀了这个砍柴人，就永远不能变作人了。明日，王评事会从此处经过，你把他吃了，就能重新做人。"说罢，老人倏忽不见。李某只得又藏身草丛中。

次日，李某一直在官路旁等候，到了日暮，忽然听到铃声响起，忙隐匿草间。又听见空中有一个人说："这是谁的车马？"空中一个人回答："王评事的车马。"空中人又问："王评事在哪里？"一个人回答："在城外，官员相送，酒饭刚散。"李某听闻，就沿路等候。一更以后，微月淡淡，忽听得人马声响，空中又有人说："王评事来了。"须臾，李某见一个人，身穿朱衣乘马而来，此人四十余岁，酒已半醉，身后有数人跟随。李某急忙上前，把他从马上拖下，拽入林中，两三下就入肚。王评事的随从也四散而走。

食罢，李某心思稍稍清醒，竟想起了回家的路，距此已有百余里。李某沿着山路回家，又走到小溪旁，临水自照，看见自己已化为人身，大喜。李某回到家中，家人又惊又喜，问："这七八个月你在哪里？"李某此时已言语颠倒，不能成句。家人见他如此，只得精心照料，又过一月，李某才渐渐恢复如常，把化虎之事说与家人听。

又过了五六年，李某到陈许长葛县游玩。蒙县令赏识，随同县令参加宴席。当时席上座客三十余人。宴会主人说起人变化之事时，说："神怪小说都是胡言，世间怎会有这样的事？"李某听罢，忙说："并非妄言。"于是，把他所历之事说出。主人大为惊异，命人把李某抓起。座客大惊，忙问缘故。主人说："我父正是那为虎所杀的王评事。如今，既然遇到杀父仇人，定当为父报仇。"说罢，提剑将他斩杀。后来，官员得知事情始末，都觉得王评事之子情有可原，也没有追究他的罪责。

——故事源于唐·皇甫氏《原化记·南阳士人》

38．怨虎

向杲，太原人，有众多兄弟，不过，他只与兄长向晟感情最为深厚。向晟爱慕一个名为波斯的妓女，二人已私订终身。因波斯母亲所要赎金甚多，向晟一直未能为波斯赎身。后来，恰好波斯母亲想要从良，就打算先把波斯安顿好。当时有一位庄公子，也爱慕波斯，想要赎波斯为妾。波斯知晓此事后，哭着对母亲说："既然母亲愿带孩儿一同从良，远离这水火，这是离开地狱去往天堂。若是为人妾室，与如今又有什么分别？母亲还是遂了孩儿心愿，让孩儿跟从向晟吧！"母亲听罢，大为不忍，就同意把波斯嫁给向晟。当时，向晟丧偶未娶，听闻消息，大喜，竭尽所有资财把波斯娶回家中。

此事被庄公子知晓后，大怒，怨恨向晟夺人所爱。向晟迎娶波斯途中，恰好与庄公子相遇。庄公子对他大加诟骂，向晟不忿，与庄公子争辩。于是，庄公子唆使随从殴打向晟，直打得向晟皮开肉绽、昏死过去方才离开。向杲听闻此事，忙奔过去，却见兄长已死，不胜悲恸。

安顿好兄长尸身，向杲就赴郡上状告庄公子。不料，郡上官员都被庄公子贿赂，向杲冤情无法伸张。向杲满腔悲愤，无处控诉，一心想要刺杀庄公子。于是，他身怀利刃埋伏在庄公子常经过的路旁，苦等时机。时日一久，向杲的秘密被庄公子察觉。庄公子出行戒备更加严格，向杲一直找寻不到时机。

汾州（今山西省汾阳市）有一个人，名为焦桐，勇猛善射。庄公子花费重金聘请焦桐作为他的护卫。向杲更加无计可施，不过，他始终不愿放弃，依然日夜伏守，打算伺机而动。一日，向杲刚在草丛中藏好，忽遇暴雨，顿时浑身湿透，寒战不止。不一会儿，又有狂风四起，冰雹随即落下，向杲只觉身体痛痒，随后意识全无。

醒来之后，向杲见自己竟身在庙中，身旁还有一个道士。这个道士正是向杲的旧相识。先前他曾在村中行乞，向杲总给他饭食。向杲见道士，忙问："我为什么会在这里？"道士徐徐说："我方才下山，见你倒在草丛，就把你背回。这里是山神祠，你先在这里稍歇。"说着，递给向杲一件布袍，说："你浑身已湿，先换上吧。"向杲换了衣服，身体依然感觉冷，蜷缩着身体，像狗一样蹲在地上。不经意间，向杲看见自己手足之上，毛皮顿生，身化为虎，而身旁道士也消失不见。向杲心下又惊又恨，不知道士是何意，转念一想，如此就可报仇，亲食仇人之肉，也是快事！于是，向呆下山，继续在草丛中埋伏。到了草丛间，向呆忽然看见自己尸身横卧，这才明白，原来自己已然身死。向呆唯恐尸身被鸟雀所食用，就在附近时时看守。

后来一日，庄公子从此处经过，虎突然跳出，把他从马上扑落。一顿撕咬之后，庄公子顿时血肉模糊，尸身不全。焦桐见状，忙反身射箭，正中虎腹，虎登时倒地而死。

向呆在草丛中，恍若梦醒，而身体却不能动弹。又过了一夜，才能行走，向呆艰难地走回家中，家人大惊。他已经好几日没回家了，家人正在忧心，见到向呆，欢喜无限，忙问他近日情状。向呆倒在床上，言语迟钝，不能成语。不一时，家人听闻庄公子被老虎所食，忙到他床头告知。向呆缓缓说："虎就是我。"于是，把他所经历的异事说给家人听，家人纷纷瞪目结舌。未过多久，此事传遍了当地。庄公子的儿子见父亲死状惨烈，又听闻此异事，大怒，就到郡上状告向呆。郡上官员见其言语荒诞毫无根据，置之不理。

——故事源于清·蒲松龄《聊斋志异·卷六·向呆》

39．虎神

西山深处，有一个人极贫困，家中没有饮食，就外出觅食。因为此人平素从未外出，走了半日就迷路了。当时，山路崎岖，天色晦暗，此人不知身在什么地方。见近旁有大树，此人就暂且坐在树下，想要等天明辨别方向再走。

坐了一会儿，忽然看见一个人从林中走出，身后有三四人跟随。那人面目狰狞，身形伟岸，不似常人。贫人心知其若非山灵就是妖魅，又想自己必定避之不及，于是投身叩拜，把自身贫苦之状说给那人听。那人听后，顿生恻隐之心，说："你不必害怕，我不害你。我是虎神，如今出来为众虎配食料。等虎吃了人，那些衣物、钱财，你就收去吧，想必也够你活命了。"说罢，把他带到一处，虎神长啸数声，众虎云集。虎神举手指挥，言语唧唧，贫人听不明白。不一会儿，众虎散去，贫人只看到一只虎伏身丛林间。

未过多久，有一个人担着扁担从林中经过，虎跃起想要扑人，仔细一看，急忙退避。又一时，一个妇人路过，虎起身把她咬死后吃了。妇人身上藏有黄金，虎神把它赠给贫人。贫人大为感激，连连道谢。虎神说："虎不吃人，只吃禽兽。虎所吃之人，必定是因为此人像禽兽。"贫人不解，虎神继续说："人天良未泯之时，头上必定有灵光，虎若看见就会避开。若人天良泯灭，头上灵光熄灭，自与禽兽无疑，虎就吃他。刚才荷担的男子，凶狠残暴，夺人钱财。不过，他把钱财尽数送给寡嫂、侄儿，使他们不致饥寒。因仅存的这点善念，头上就有微微灵光，虎不敢吃他。而此后之妇人，抛弃前夫嫁给后夫，且虐待后夫前妻的孩子，孩子体无完肤。更恶劣的是，偷盗后夫钱财赠给自己与前夫的女儿，就是她身上的金子。因有这些恶行，故而她头上灵光尽消，虎见她不是人，于是吃了她。你今日遇见我，也是因你善待继母，体恤妻子，爱怜幼儿，所以，你头上灵光高数尺。我这才保佑你，并非你跪地哀求的缘故。你日后多行善事，必有后福。"说罢，为他指了回家的路。贫人感激莫名，朝虎神连连叩头后，这才离去。

——故事源于清·纪昀《阅微草堂笔记·卷九》

40．虎约

贞元十四年，申州（今河南省信阳市）多猛虎横行，伤人无数。当时，申州由王徵治理。王徵是武将，勇武果决，知道有虎伤人，连夜命人大肆修整擒虎器具，另安排士兵挖陷阱、列军阵，做好了缚虎的各项准备。王徵还张贴告示重金悬赏，若有人捕得一虎可赏十两金。

有一老兵，名丁岩，擅长布置陷阱。丁岩向王徵建议，在山间到路隅挖陷阱以待虎。王徵见丁岩熟知陷阱布置之法，听从了丁岩的建议。果然，不出几日就有一只虎落入陷阱。虎落深坑，浑身勇力施展不开，只得咆哮跳跃。丁岩在坑上俯瞰老虎，哈哈大笑，老虎大怒，咆哮如雷。丁岩犹嫌不够，不住出言讥笑老虎，老虎怒甚，跳跃翻腾，终无计可施。围观之人有千百之多，丁岩有意炫耀自身计谋，出言自夸，得意非常。众人也赞其有勇有谋，纷纷请其饮酒。丁岩酒醉，再到坑旁，脚下被树根绊住，竟一脚跌入深坑。众人各个忧心不已，心想，丁岩此番定然沦为猛虎的美餐了。然而，等众人往深坑一看，竟见丁岩端坐坑中，而猛虎只在一旁瞪眼怒视，不敢妄动。丁岩的好友担心猛虎伤害丁岩，纷纷设法营救，有一友取下辘轳上的长绳，扔入坑中，让丁岩把绳缠到腰上，众人把他拉出，或许可得保全。丁岩看到长绳，知道众人意思，就把绳绑在腰间，挥手示意众人拉绳。众人用力拉，丁岩距地二三尺之时，坑中猛虎忽伸出前爪扯绳索，丁岩不得已，又落入坑中。众人又拉，猛虎又扯。如此三四次，众人更加忧心，丁岩反倒更加镇定，示意众人勿要再拉，转头对猛虎说："你们暴虐，为害百姓，掘坑捕捉，理当如此。你落入深坑，性命已在我的手中。我因醉酒，不小心跌入此坑。坑外的人不曾杀你，都是因为顾及我的性命。你若伤我，一定会激怒众人。到那时，恐怕还未到我死，你就会被坑上众人乱箭射死。你不如听我的，我去禀告太守，放你归山，你率领你的同类，远离此地，不再伤人。我当对天发誓，永不违背约定。"那虎听罢，若有所思。丁岩见猛虎仿佛听懂了，示意众人拉绳。这次，丁岩顺利出坑，猛虎不曾扯绳。

丁岩出来后，就去见王徵，说："如今，杀一只老虎，并不能尽除此地虎类。我已与此虎约定，放它归山，希望它能率领同类远离，与百姓秋毫无犯。"王徵初听，大为惊奇，然而见丁岩信誓旦旦，就答应了他的请求。丁岩于是到坑上，命众人往坑中填土，猛虎借土势，奋力一跃，啸风而逝。自此以后，此地再无猛虎为祸，而山野也安宁和谐。

——故事源于唐·薛用弱《集异记·丁岩》

41. 谪虎

开元年间，峡口（今湖北省宜昌市）恶虎为祸百姓，往来船客深受其害。后来，有人在船下峡时，提前预备好一个人去饲虎，如此，船上其他人都可平安。否则，船中人都要被虎吞食。自此以后，就成定例。凡有船经过峡口，都送一个人上岸饲虎。

一日，一船过峡口，船内的其他人都是豪强，只有一个人势单力孤，且家境贫寒。于是，众人就推此人饲虎。此人知道推托不了，就对众人说："我家境贫寒，理当代众人死。然而，个人命数自有天定，若我侥幸未被虎吞食，还望诸位能答应我一个请求。"众人见他言辞恳切，又想到他快要死了，都怆然泣下。随后，众人问："你有什么请求？"那人说："我今日上岸，一定寻觅恶虎踪迹，我心中自有计谋，不能说给你们听。不过，还请你们把船停到滩下，等我到明日午时，若我不回来，你们就离去。"众人一听，说："我们这就泊船滩下，等你到明日午时。还望你此去多多保重！"说罢，那人上岸。

那人手执一长柯斧，进山寻虎。山中丛林密布，并无人迹，只有虎迹。此人沿踪迹一路追寻，忽然看见林中一条小路上，虎迹稠密，沿途找寻，到一处山隘，泥泞不堪，泥中尽是虎足印。此人继续前行半里，忽然看见前方有一大石室，室中有一石床，床上有个道士在熟睡，床边架上有一张虎皮。此人略一思索，猜想虎皮所在之处定是道士变虎之所，于是蹑手蹑脚到架上取下虎皮，挂在长柯斧上，而他自身则持斧站在架旁。此人本想等道人起身穿虎皮之时，持斧把他砍杀。岂料，道士极为警醒，察觉到有异响，起身一看，架上虎皮已失，怒道："你本该以身饲虎，为什么偷我虎皮？"那人说："我本应该把你吃掉，你为什么反而口出此言？"二人争竞半晌，道士词穷，无奈说："我因罪被天帝贬谪在此地为虎。本应吃一千人，今已吃九百九十九人，仅差你一个人就够数了。今日，我不幸被你偷去虎皮。若你不能把虎皮归还，我就得重新化作猛虎，再吃一千人。我今有一计，可使你我都能保全，不知你可否愿意？"那人说："有什么方法？"道士说："你只需要把虎皮带到船上，剪头发及胡须少许，剪掉手指及脚趾的指甲，头、面、脚、手及身上各滴血共计二三升。然后用你的旧衣沾上血，等我到岸上后，你把虎皮抛给我，我取来披上，化作猛虎。你把带血旧衣抛给我，我把它吞食，如此，就等同于吃掉你。"那人于是手执长柯斧，身披虎皮回到船中。船中众人十分惊讶，此人把山中之事详细说出后，按照道士所教的方法，把旧衣物沾上血。次日天亮，道士已在岸上，此人把虎皮抛给道士，道士接过虎皮披衣化虎，咆哮跳踯，凶猛异常。此人随即又把旧衣抛给虎，虎扯过旧衣吞食后，匆匆离去。自此以后，再也没有听见峡口有虎伤人的说法。

——故事源于唐·佚名《会昌解颐录·峡口道士》

42．虎假噬

　　河东（今山西省西南部）柳并任监察御史时，到山岭考察复核案件。因为是寻常公务，柳并只带了一名书吏随行。书吏是用久了的人，公务都很熟悉。二人到岭下已是日暮，当夜柳并宿在孤馆之中，书吏在厅内席地而卧。半夜时分，新月初上，书吏已熟睡，柳并因思量案件，尚未入睡。忽听厅上有窸窣声，柳并起身一看，竟有一小鬼，长尺余，外形像猕猴一般，手持一纸幡子插到书吏头发上。柳并心知有异，偷偷起身，把纸幡子拔去。不一会儿，一虎前来，四处遍嗅后离去。不一时，小鬼又来，又拿一幡子插入书吏发间。柳并又把它拔去。不一会儿，虎又来遍嗅而去。如此三番，天已大亮。

　　书吏醒来之后，柳并把昨夜的事告知，并说："如此看来，此番祸事恐怕难免。你须自己谋划，我把随身佩剑赠给你，你速速逃命去吧。"书吏一向强悍勇武，听闻此言，心中气鼓，径直进山寻虎穴。走了二十里到一茅庵中，书吏四下打量，看见席上有朱笔砚台，另有一卷文书，都是人名。有的人名已勾，有的未勾，而自己的名字赫然在其中。墙上挂有一张虎皮，书吏见虎皮，心中已有计较。他取下虎皮，把文书放入怀中，仗剑而去。

　　前行数里，忽听有人在身后喊："站住！站住！"书吏回头一看，竟是一胡僧奔来。胡僧赶上书吏，说："公子为什么拿走我的文书与虎皮？"书吏见他不一般，不敢随意杀之，就问："你就是那吃人的虎？"胡僧说："我并非有意要祸害公子，这是上天之意。公子不信看看怀中文书，公子性命昨日已延期。若今日再离去，恐日后灾祸依旧难逃。不如公子依我之法，也许可以保全性命。"书吏问："你有什么方法？"胡僧令书吏攀缘上树，随后用剑刺破皮肤，流出少许鲜血，涂在单衣上。等到胡僧披上虎皮，化为猛虎，就把衣服扔给虎。书吏按照他所说的做了，果然见他身下胡僧化为猛虎，凶悍非常。虎一把扯过带血单衣，几下就把它撕得粉碎，随后吞入腹中。良久，虎化为人形，对书吏说："你性命无碍了，快走吧！"书吏慌忙离去，此后并无祸患。

——故事源于唐·皇甫氏《原化记·柳并》

43.斑狐

张华，字茂先，晋惠帝时担任司空一职，官位显赫。当时，燕昭王墓前有一只斑狐，修炼多年，能变幻人形。斑狐听闻张华智略见识世间无双，于是变作一名清秀书生，想要去拜访张华。燕昭王墓前华表见识也颇为不凡，斑狐到墓前问华表，说："以我的才貌，不知张司空能否亲自见我？"华表说："以你高妙的见识，自然能得到张司空赏识。然而，张公智略非常，恐怕难以轻易使他信服。你此行凶多吉少，非但有损你千年修行，恐怕还要牵连我啊！"斑狐听罢，心下虽有犹豫，却也不顾华表劝诫，依然决定前去拜访。

斑狐投帖谒见张华，张华见眼前书生不过十六七岁，形容俊秀，面白如玉，举止风流，顾盼生姿，又见他言谈举止，自有高明之处，顿时心生敬意，邀请书生到宅中长谈。书生对文章形式及内容的论述，新颖高妙，张华闻所未闻。书生又谈到史书，议论也发人深省。等谈到老庄、儒家等学说，更使张华为之哑然。张华心中暗叹："天下真有如此少年？若不是鬼魅，必定是狐狸。"于是，张华心生一计，一边命家仆扫榻留客，一边留人护卫宅院。书生见张华生疑，说："张公是仁者，应当尊重贤士，容纳诸人，嘉奖善者，怜悯弱者。为什么如今竟做出憎人博学的行为来？张公不如学学墨子的'兼爱'！"说罢，就要告辞。张华早已派人守好房门，书生哪里能出？书生见状，笑对张华说："张公这是何意？莫非是怀疑在下？张公若如此，恐怕天下之人，都闭口不敢进言；智谋之士，都不敢进张公大门。我真为张公感到可惜。"张华并不答言，只使人严加防守，不许书生出去。

正在这时，丰城（今江西省宜春市丰城市）县令雷焕前来拜访张华。雷焕也是一名饱学之士，张华忙把书生的情况细细说给雷焕听。雷焕听罢，略一沉吟，对张华说："你若疑心，不如唤来猎犬试试少年反应？"张华猛然醒悟，狐惧猎犬，是狐是人，一试就知。于是，张华命人牵来猎犬到书生面前，只见书生从容淡定，毫无惧色。书生笑说："我天生才智过人，不料张司空却怀疑我是妖，用猎犬来试我。如此千般试探，万般疑虑，也太小心了。"张华听罢大怒，说："此人必定是妖。修行百年的妖，可用狗试探；修行千年的妖，不再怕狗，用狗自然试探不出。如今，只能用千年神木来使他现形了。"雷焕说："何处能找到千年神木？"张华说："听闻燕昭王墓前华表，已有千年，可不正是千年神木？"于是，张华派仆人前去砍伐华表。

张家仆人才到华表处，忽然看见空中有一青衣小儿前来，仆人大惊，小儿问："您为什么来此处？"仆人说："有一少年书生前来拜见张司空，少年博学多才，巧言善辩，张司空怀疑他是妖魅。因此，派我前来砍华表木，让他显形。"小儿哭着说："老狐不听我言，最终遭遇祸患，现今还牵累到我，我还能逃往哪里？"说罢，倏忽不见。

仆人砍下华表木，断木之处，血流不已。仆人把华表木带回张华家中，张华命人把它焚烧，火光一照，书生登时现出原形，原来是一斑狐。张华大喜，说："如今斑狐及华表木遇着我，必使它们千年不能复生。"于是，张华命人把华表木劈作柴薪，用来烧火，烹煮斑狐。

——故事源于晋·干宝《搜神记·卷十八·张茂先》

44. 狐戴骷髅

僧人志玄，河朔（泛指黄河以北的地区）人，云游四方，不喜欢住在城中寺庙，只喜欢宿在城外山林之中。一日，志玄走到绛州城外，距城十里的地方，有一处山林，林中有很多坟墓。志玄见天色已晚，就不进城，只在林中歇息。当夜月明如昼，志玄闭目养神之时，忽听得不远处有细微声响传来。志玄睁眼一看，见不远处有一只野狐，正在林下一墓旁把一骷髅戴到头上，戴上骷髅，野狐摇晃几下，若骷髅落下，野狐就把它丢弃，另寻骷髅。如此三四次，终于找到一骷髅不曾摇落，野狐戴好后，又取草叶、树枝等装扮自身，不一会儿，就化身一女子，身穿素衣，眉目如画，绝世无双。

志玄跟在女子身后，只见女子匆匆行到路边，听见路旁有马蹄声响起，女子就嘤嘤哭泣，哭声凄惨，使人不忍听。不一会儿，有一名军使骑马路过，见女子哭泣，就下马问："娘子为什么深夜在此？"女子掩面哭着说："我家住易州（今河北省易县），前年，嫁给北门张氏为妇，不幸夫君去年早亡。我家道沦落，孤苦无依，思父母心切，打算回易州，奈何不熟悉路途，深夜迷路走到这里，想起自身遭遇，这才悲伤不已。"军使坦然说："我适才以为娘子哀怨必有缘由，不敢轻易问询。现在听来，娘子既要回乡，也不是大事。在下就在易州当差，昨夜因出公差到这里，今日正要返回易州。若娘子不嫌在下马匹颠簸，在下愿借马给娘子还家。"女子听罢，大喜，忙收泪谢道："若能如此，我不胜感激。"

正当军使扶女子上马之时，志玄从林中走出，对军使说："这女子并非人类，是狐妖所化。"军使奇道："和尚为什么口出恶言污蔑此娘子？"志玄叹道："军使若不信，可稍待一时，且看狐妖显形。"女子见状，大为惊恐，催促军使快走。军使不应，只问志玄说："果真如此？"志玄不回答，口念咒语，振臂大喝一声："还不快快变回本形！"马上女子应声倒地，化为野狐，口吐鲜血而死。军使一看，此狐狸头戴骷髅，身上满是草叶、树枝，大为惊异，这才相信志玄所言，躬身施礼，再三拜谢后，才离去。

——故事源于宋·赞宁《宋高僧传·卷二十四·志玄》

45．老狸

隋大业七年五月，王度自御史任上被罢官，返回河东之时，路遇山西汾阴（今山西省万荣县）奇士侯生，王度与侯生本就是旧相识，王度对他像师长一般，颇为礼遇。此时，侯生将死，王度心中大恸。侯生临终之时，赠王度一面古镜，并叮嘱道："持有此镜可使邪祟远离，还请你务必好生保管。"王度见古镜，直径有八寸，镜鼻刻有蹲伏的麒麟，镜鼻四周刻有龟、龙、凤、虎，四周之外又有八卦，卦外有十二生肖的图像。生肖之外，又有二十四隶字，字字轮廓清晰，点画无缺，却不曾在字书中见过。王度问侯生："这二十四字是什么字？有什么意思？"侯生说："这是二十四气的象形字。"王度心知此镜绝非凡镜可比，于是珍而重之。

当年六月，王度回长安（今陕西省西安市），走到长乐坡（位于西安市东北），宿在朋友程雄家中。程雄家中有一婢女，模样端庄秀丽，名为鹦鹉。王度因在友人家中，日常保持衣冠整齐，面容洁净。一日，王度正拿镜自照，鹦鹉远在一旁，忽然叩头流血说："不敢去。"王度疑心鹦鹉身份，就唤来程雄打听鹦鹉来历。

原来，两个月前，有一个人携鹦鹉从东方来，当时，鹦鹉病重，此人就把鹦鹉留在程雄家中，并说："返回之时，必定带鹦鹉走。"谁知，两个月过去了，那人竟还未返回，鹦鹉的身份、来历，程雄一概不知。听罢此言，王度暗暗心中计量，鹦鹉多半是精怪。于是，王度拿来古镜，对着鹦鹉说："你到底是什么来历？若是想活命，就如实招来。"鹦鹉见王度古镜大为玄妙，只得如实招来："我本是华山府君庙前长松下一只千年老狸，因擅自化形为人，论罪当死，被华山府君追捕。我逃到河渭之间时，遇见了陈思恭夫妇，他们把我收为义女，待我十分亲厚。后来，在义父义母的安排下，我嫁给同乡人柴华。婚后，夫妻不睦，我就逃出柴家，后来，又被李无傲擒获。李无傲是一粗暴男子，拉着我四处飘零，居无定所，如此数年。前日他携我路过此地之时，恰遇我生病，就把我独留在此。不承想，竟在此遇见大人的古镜，使得鹦鹉不能隐身。"王度听罢，随即问："你本是老狸，变形为人，有什么罪过？为什么华山府君会追捕你？难道是因为你会害人？"鹦鹉说："变形为人，并不会害人。说我有罪，只是因我擅自化形，为神道所不容，他们这才追捕我。"王度点点头，说："你为人不易，且去吧！切记不可害人！"鹦鹉叩头说："承蒙大人厚恩，我没齿难忘。不过，凡被天镜照见，都会现出原形。不过，我化人形已久，不愿再现出原形。希望大人能把我收在镜匣中，允准我酒醉后死去。"王度又问："把你藏于镜匣之中，你会逃跑吗？"鹦鹉笑说："大人方才已经答允放了我，我再从镜匣中逃走，岂不好笑？确实是因天镜一照，逃窜无路，只希望能在生命的最后一刻，尽欢而死。"王度听罢，沉吟片刻，打开镜匣，又置办美酒。随后，王度又召来程雄家中人及邻居一起宴饮谈笑。鹦鹉不一时就大醉，醉中翩然起舞，歌道："宝镜宝镜，哀哉我命！自我化形，于今数载。生虽可乐，死不必伤。不必眷恋，且守一方。"说罢，朝王度躬身拜倒，化为老狸而死。满座众人都惊叹不已。

——故事源于隋·王度《古镜记》

46. 狐书

建中初年，杭州王生辞别双亲奔赴京师，预备投奔故友旧知，谋求一官半职。路过圃田（今河南省郑州市东南部）之时，王生忽然想起舅父家的庄子在附近，于是打算宿于舅父庄子上。当时，天色已暮，王生路过柏树林之时，忽然看见林中有两只野狐直立起身子斜倚着柏树，野狐手中还拿着一卷黄纸文书，二狐谈笑自若，旁若无人。王生见野狐妖异，心中大为厌恶，就出语呵斥，谁知，二狐竟不为所动。王生又捡起身旁一块石头，朝其中一狐掷去，那狐躲避不及，竟被掷中眼睛，二狐这才惊慌失措，仓皇而逃，手中文书遗落在地。王生上前捡起文书一看，文书上的文字像是梵文一般。王生见识不得其上文字，只好把它放入书袋，继续找舅家庄子。

天色已黑，王生并未找见舅家庄子，见近处有一旅店，当夜就宿于此店。店主人见王生风尘仆仆，与他闲话数句，王生把方才所见说给店主人听。店主人一听，大为惊讶，还待问询，却见另有一个人前来住店，此人眼睛被重伤，令人不忍直视。然而，此人虽有眼疾，却口齿清晰，并不曾哀痛呻吟。那人似乎听见了王生说给店主人的奇事，问王生："果然事有蹊跷，不知那文书到底是什么模样？可否拿出来看一看？"王生正要拿出文书，店主人忽然看见那人从衣袍中露出一条尾巴，于是悄悄对王生说："他不是人，是狐！"王生听罢，忙把文书藏入怀中，又摸出一把刀，朝狐刺来。那人见情势有变，登时化作野狐飞奔而逃。一更后，王生已安歇，忽听得有敲门声，心想："定是野狐又来了。此番前来，我要用上刀剑了！"王生计量罢，正要起身，又听门外人说："你若不还我文书，别怪我心狠，你可不要后悔！"自此后，再无声息。

王生把那文书好生藏起，到京师后，因求官之事不可操之过急，就典卖家中旧产，另寻一处铺面做些小生意，以维持生计。一月以后，王生杭州家中一小童来京，身穿丧服，手拿讣文，见到王生就大哭起来。王生忙问他缘故，小童说："家中主母去世了！"说着，把王母的书信递给王生。王生大惊，见信上写着："我本是秦地人，不愿葬在外地。如今，江东田地产业，分毫不可妄动。但京师的产业，你可自行处置，用来备办丧事。一切准备妥当后，亲自来杭州把我的梓棺送到京师安葬。"王生见信上的字迹的确是母亲的，只好强忍悲痛，把京师田宅不论贵贱一并卖出。所得的钱财，全部用来置办母亲的丧事。随后，王生返回杭州，迎母亲尸骨入京。

走到扬州，王生远远望见一艘大船，船上有数人，谈笑歌唱，好不热闹。王生走近一看，船上竟是自家人！船上所有人都穿着彩色衣衫，欢声笑语。他们见王生身穿丧服，大为惊异，问："你的服饰为什么如此怪异？"王生正要回答，又看到母亲安坐船上，真是惊喜交加！王生连忙上船，朝母亲拜倒。母亲扶起王生，问："吾儿这是什么意思？"王生把小童报丧之事说给母亲及众人听，一船人都大惊。王生又拿出母亲的书信，打开一看，竟是空白！惊骇未定之时，王生听见母亲说："我们之所以来此地，是因为前月你书信上说，已谋得一官，令我们把江东产业尽数卖出，随你入京。如今看来，我们无安身之处了！"说罢，母亲长叹数声，又拿出王生书信，打开一看，又是一张白纸！王生回过神来，命人赶忙入京，把治丧器具尽数毁去。因事出紧急，京师及江东产业都没卖到好价钱。王家众人经过商议，还是决定返回江东，因家中产业已所剩无几，王生只得用手中剩余资产，重新购买数间屋舍，以避风雨。

王生有一表弟，本已分别数年，忽一日，突然来访，见王家败落，就问其缘故。王生把始末详细说与表弟听，又把妖狐之事一并告知，最后说："应当是因妖狐才遭此横祸。"表弟大为惊叹，说："可否把那文书拿出看一看？"王生于是拿出文书递给表弟。表弟一接到文书，就连忙放入怀中，说："你今日终于还我天书了！"说罢，化作一只野狐飞奔而去。

——故事源于五代·牛峤《灵怪录·王生》

47．叩头野狐

唐朝时期，渑池（今河南省三门峡市）西北三十里有一座庄子，主人姓田。一日，田某家中有友人来访，田某心中欢喜，派一仆人上集市买酒肉招待。田某庄子十余里外，有一段路途高峻陡险，生有许多枥树，相传林中多有野狐为魅。于是，人们经过此地时，往往要结伴才敢过。

田某家中老仆天未明时就起身前往集市，日暮时分还不见回来。田某心中奇怪，老仆一向忠厚，为什么久久不归？又等了好久，老仆终于一瘸一拐回来。田某忙问他腿脚情况，老仆说："适才经过枥树林，被一只野狐绊倒，老奴跌到深沟中了，这才跛足。"田某忙问："你为什么知道是狐魅？"老仆说："我下坡时，野狐忽然变作妇人，朝我追来。我惊慌之下连忙逃跑，野狐紧追不舍，终于追上了我。老奴被绊倒跌伤，担心野狐害我，就用力反击。谁知那妇人口中哀求，反而诬陷我是狐，口中不住叫：'叩头野狐！叩头野狐！'我以为她不知自身为狐，就用力打她的手，妇人吃痛哀号，我这才得以逃脱。"田某心中生疑，问："你打她的手时，她除了呼痛之外，可有其他反应？"老仆说："说来也怪，她虽哀号呼叫，却始终不改妇人模样，不曾化形为狐。"田某呻吟片刻，说："你必定是误伤旁人了。"说罢，令老仆自去歇息。

过了一会儿，门外忽有一妇人，头发蓬乱，满手伤痕，到田某家中讨水喝。田某见状，大为惊异。妇人见田某吃惊，忙说："我本是北村人，方才我路过枥树林，遇见一个人，我想上前与他结伴一起过枥树林，却不料他竟狠命打我！我怀疑他是老狐所化。幸好那人打完之后就离去了，我这才得以保全性命。现在我回村路过此地，口渴难耐，特来讨口水喝。"田某一听，心中登时明了，忙命人端来茶水递与妇人饮用，也不曾留妇人片刻，生恐妇人见到老仆。

——故事源于唐·牛肃《纪闻·田氏子》

48. 三狐治病

唐贞元年间，江陵（今湖北省荆州市）少尹裴某之子，忽染重病，十多日后，病情愈加严重，求医问药都不见效。裴公子年仅十余岁，生得一表人才，风度过人，且素来聪慧机敏，文学经史皆通，最得裴某疼爱。得知小儿病重，无奈之下，裴某只得多方寻求道士为小儿驱魔，希望小儿能转危为安。

一日，忽有一人叩门而入，自称姓高，有家传的符术，可治小公子的病。裴某一听，赶忙请高某到小儿房中。高某细细看视一番后，对裴某说："小公子并非生病，是被狐妖所害，我有法子可医治。"裴某一听，大喜，朝高某再三拜谢，令他好生诊治。高某一边答应，一边用符术召唤鬼神前来问讯，不过一顿饭的工夫，小公子忽然起身，说："我病好了。"裴某又惊又喜，连连称赞高某法术高深，为他准备丰厚酒食，又厚赠银钱，再三拜谢。高某也不推辞，一并收下之后，对裴某说："小公子之疾还需好生调养，此后，我当日日前来。"裴某自是千恩万谢，恭恭敬敬送高某出门。

裴小公子病虽痊愈，但常常神不守舍，口出狂语，或哭或笑，状若疯癫。高某每次前来，裴某总是请求高某务必治好儿子此症。高某说："小公子精魄已被妖魅夺去，如今尚未归还。不出十日，精魄就会回来，裴公勿要着急。"裴某自是深信不疑，然而，数日后，儿子身体丝毫不见好转。

一日，裴某门外又有一人求见，自称姓王，有神符，可驱除小公子身上的妖魅。裴某请他进来，王某见过裴某后，说："听闻裴小公子生病，一直未曾痊愈，可否允在下一看公子病情？"裴某立即请王某前去见儿子，王某一看，大惊失色，说："小公子的病，是狐妖所致，若不速速医治，必定加重！"裴某心中一紧，忙对他说了高某诊治之法。王某一听，笑说："裴公怎知高某不是狐妖呢？"裴公登时冷汗涔涔。正在王某施展法术之时，高某忽然来了，一进门，就怒骂裴某说："小公子已经病愈，为什么还请来一狐妖！"王某见高某前来，也骂："果然是妖狐！今日你来，可要施展法术召唤鬼神？"随即二人互相诟骂，裴某几经劝阻皆无用。

正当裴某家中乱作一团之时，门外忽然有个道士过来。道士悄悄问看门小童："听闻裴小公子因狐妖致病，我最擅鬼神之术，可治你家小公子，你速速去禀告裴公。"小童慌忙入宅禀告裴某，裴某出门相迎，把儿子病情告知道士。道士一听，说："小公子病情并不严重，且待我施法，可速速痊愈。"裴某忙请道士进入儿子房中。道士进门，见高某和王某，二人见道士前来，又骂："你也是狐妖，为什么化作道士前来迷惑人！"道士见状也骂："狐当处于郊野废墟或坟墓之中，你二人为什么到这里来！"随即，门窗突然关闭，只听得房中斗殴打骂之声。裴某大为惊恐，家中童仆也十分惶惑。到日暮时分，打斗声才停，屋内寂然无声。裴某开门一看，见三狐倒地喘息，无法动弹。裴公拿出鞭子，把三只狐鞭杀。此后数月，裴小公子病才痊愈。

——故事源于唐·张读《宣室志·卷十》

49. 毒狐

唐麟德年间，绛州（今山西省新绛县）司马上官翼之子遇妖狐。上官公子年二十许，一日，独立门外，忽然看见一女子，十三四岁，姿容绝代。上官公子顿时心生爱慕，出言调戏，女子也不生气，只微笑而已。上官公子见状，问："姑娘家在哪里？父兄都居何职？"女子说："我是朗州（今湖南省常德市）人，门户低微，公子不必追问。公子的心意，我已知晓。若得方便，我定然再来拜会公子。"上官公子生怕女子一去不返，一再挽留。女子初时不许，见上官公子恳切，也渐渐同意了。于是，二人约好，黄昏后，上官公子在房中等候女子。女子也不曾失约，当夜，两相欢好。自此以后，女子每夜都来与上官公子相会。

数日后，上官家中一老婢，偶然间见有女子出入公子房中。老婢隔窗偷窥，见女子形容狐媚，心下断定女子定然不是人类，当即把此事告知上官翼。上官翼一听，大惊，次日详细询问儿子，上官公子如实说来。上官翼疑心大起，叮嘱儿子不可再与女子见面。随后，上官翼找来各类符纸贴在门窗上，希望能够吓退女子。然而，当夜女子依然前来，符纸对她形同虚设。更有甚者，女子从此不论白天黑夜，都留在上官宅中，不再离去。每日，上官公子吃饭之时，女子必定把他的碗筷夺去，使公子无法进食。上官翼见儿子饿得神情萎靡，只好用手捧来饭食给儿子吃。儿子才接过，就又被女子夺去了。上官公子日渐消瘦，上官翼心疼之余，只得另想他法。

上官翼素来有智谋，爱子心切，忽生一计。他命人把新做好的饭食分作两份，一份送给妻子，另一份悄悄拌上毒药，送给儿子。上官公子接过饭食，毫无疑问，又被女子夺去吃了。次日三顿饭食依然如此，如此数次。

一日，女子吃完饭食，忽然化作一只老狐，倒地而死。上官翼命人把它抬出，随后一把火烧毁，登时阖家欢庆。

当天黄昏时分，上官翼忽听得远处有数人哭丧，须臾，哭声已传到耳畔。上官翼只听见其中有一老翁哭着说："你一老狐，竟因口腹丧命，可太冤了！"随后十余日，每日早晚都有数十人身穿丧服前来哭丧，上官翼忧心忡忡，生怕狐妖再来作祟。所幸，此后哭声渐稀，渐至无声。上官家中也不曾有祸事。

——故事源于唐·戴孚《广异记·上官翼》

50. 小狐

唐开元年间，有一寡妇李氏遇到了狐妖。李氏夫君早亡，唯有一女，十二岁，随母亲在舅家生活。一日，李氏忽遇一狐，此狐虽未现出原形，却早晚用言语问候，对李氏关怀备至。数月后，又有一只狐前来，与先前狐声音有些不同。家人笑说："这又是另一只野狐。"此狐也笑说："你们如何得知我不是此前狐？"接着说，"此前是我十四兄。不久之前，我想娶韦氏女为妻，特地做了一件红罗半袖衣衫作为聘礼。不料，十四兄竟把衣衫偷走了，使我亲事不成。十四兄必定还会来此处，我来你家就是为了等他。"李氏问："若你兄再来，我该如何？"小狐说："明日是吉日，十四兄定然前来。到那时你只需要掐无名指第一节，他就会离开。"说罢，小狐就离去。

次日，大狐果然来了。当时，李氏正在吃饭，李氏依照小狐之言，暗暗掐指节。大狐拿出一枚菩提子大小的药丸往李氏碗中掷去，一连掷了六七枚，都没有掷进李氏碗中。大狐心下气恼，悻悻而去。

大狐去后，小狐又来，问："我教你的方法可还好用？"李氏家人连连称赞，都殷勤感谢。小狐一边得意扬扬，一边说："十余日后，十四兄还会回来，还请你们谨慎小心。十四兄与天庭交往密切，一般法术对他无可奈何，唯有我能把他制服。他再来时，我也会过来。"十余日后，小狐忽然前来，拿出一包药粉递给李氏，叮嘱道："我兄长明日必定前来。明日早晨，你驾车往东北方向，十四兄必定紧追其后。你把这药用布包好，放在车后，就能免遭横祸。"

次日，李氏依照小狐所说，驾车往东北方五六里后，果然见身后有人骑马追赶。李氏等到那人快赶上时，把药放到车后，那人果然止步不前。

当夜，小狐前来，笑说："我的办法不错吧！我还有一法，可一劳永逸，使十四兄不敢再来。到那时，我也不必再来了。"李氏忙问小狐："不知是什么方法？若大狐再也不来，我们全家定当感激你的厚恩！"小狐说："你只须折几枝桃枝，插在门上。再用朱笔在板子上画出道法高深的术士模样，把板子钉在大门及中门上。自此，家中就再也不会有怪事发生。"李氏依言做了，大狐及小狐果然不再前来，李氏家中也不曾有怪事。只是，数年后，李氏之女忽然走失，无人知道她的下落。

——故事源于唐·戴孚《广异记·李氏》

51.咋狐犬

唐朝时期，兖州（今山东省济宁市）李参军赴任途中，途经新郑，暂住在一家旅店之中。旅店中有一位老人，正秉烛读《汉书》。李参军见他器宇不凡，就上前与他交谈几句。老人颇有见识，二人一见如故。闲谈之中，老人忽然问李参军："不知参军夫人是哪家女子？"李参军直言："未曾婚配。"老人沉思片刻，说："参军是世家子弟，当娶世家女子方为佳偶。听闻兖州都督是陶贞益，若是他想与你结亲，你如何推辞？陶、李二姓结为婚姻，实在是骇人听闻。"李参军说："我不曾考虑到此处，不知先生可有妙计？"老人说："老朽恰好识得一个人，姓萧，先前在吏部任职，门第很是匹配。现今他正住在距此数里的地方，萧公有女儿，容色绝丽，可作为你的良配。"李参军一听，十分欢喜，忙恳求老人帮他做媒，老人自是应允。

次日一早，老人离开旅店前往萧宅。良久，老人才回来，对李参军说："老朽把李参军的情况说给萧公，萧公听后十分欢喜，还说，请参军与我一道到府中。"李参军也欢喜非常，当即就与老人一同前往。

到萧宅门前，李参军见门前虽清肃，宅院却很是显赫。四周高槐修竹，枝繁叶茂，当真绝世胜境！李参军与老人刚到门前，就有两位守门人热情相邀，到堂上落座看茶。不一时，萧公前来。萧公身穿紫衫，挂手杖，胡须皆白，容光焕发。李参军一见，心生敬意，忙上前施礼。萧公笑说："老叟自辞官后，许久不与外界交往了。不料想今日竟遇见李参军，真是荣幸！"随后，萧公邀请李参军及老人用饭，到了饭厅，李参军见其中服玩陈设世所罕有，席上珍馐美味，海陆交错，闻所未闻。饭罢，老人说："李参军想要求亲，老朽已答应尽力做媒，不知萧公可要考校一番？"萧公笑吟吟地与李参军谈论数句，见他有世家风范，十分满意。于是写信给县官，又请人占卜吉日。不一会儿，仆人前来，说："已卜得吉日，就在今宵。"萧公大喜，又写信给县官，向他借来花钗、服饰及小吏等。没过多久，全部置办妥当。夜间，有县上官员前来做傧相，众人欢笑畅饮，热闹非凡。李参军进入青庐，见妇人娴静姝丽，更是欢喜，一夜缠绵，自不必说。

次日清晨，新人向萧公行礼，萧公说："李郎赴任有时间限定，不可在此久留。如今你二人已成婚，就让女儿随李郎前去。"说罢，命人准备五辆华贵马车，数十个奴婢，数十匹马。另有其他服玩，数不胜数。沿途人见了，都以为是王妃公主出嫁，莫不艳羡。

李参军到任一年后，奉旨入洛，留夫人萧氏在家中。萧氏一众陪嫁婢女都妖媚风流，常在门口魅惑男子。一日，参军王颐与几个朋友出门打猎，手牵猎犬自李参军门前经过。李家婢女见猎犬，大为惊骇，忙回身入门。王颐素来听闻李参军家中婢女妖媚，当日一见，顿生疑心，径直牵狗进入李宅。李家众人忙关闭堂门，不敢出来。猎犬汪汪乱吠，王颐也不制止。萧氏大怒，在堂中怒道："我家婢女方才被猎犬所吓，现在还惊魂未定，你为什么径直牵猎犬来到我家中！你与我夫君是同僚，难道不知此番作为不妥当吗？"王颐已疑心她是狐，哪管妇人言语，只开窗放犬。一众婢女见犬进房，都被惊吓而死，现出狐身。只有李参军妻萧氏，死后依然是人身，不过却有一条狐尾巴。王颐随后把此事告知陶贞益，陶贞益前去查验，见满堂死狐，嗟叹良久，命人把它们埋在一处。

十余日后，萧公前来，一进李参军府门就号啕大哭。众人见状，大为惊骇。数日后，萧公到陶贞益家中状告王颐擅自杀人。陶都督见萧公容服华贵，言辞恳切，只好把王颐收押进监狱。王颐大呼冤枉，坚称萧公也是狐。陶都督无奈，只好牵来先前的猎犬验证萧公身份。猎犬到时，萧公与陶都督正对坐饮食，萧公见猎犬前来，就拉过猎犬，还用手抚摩猎犬的头，并把食物递给猎犬，猎犬全部吃完，对萧公并无狂吠乱咬的举动。

又过数日，李参军回来，知晓妻子死去，哀号数日，忽然疯癫无状，咬得王颐通身尽肿。萧公对李参军说："他们都说女儿和婢女是野狐，本应当即挖出尸身查验，不过当时贤婿不在，恐怕没有人肯信。今日就挖出尸身看一看，还我女儿清白！"于是，命人挖尸，萧氏及婢女都是人形。李参军更是悲痛，哭泣不止。陶贞益见如此，只得给王颐戴上枷锁，再次审问。审问之时，王颐乘人不备，悄悄对陶都督说："我已派人拿十万钱，到东都买咋狐犬，往来十余日就可回来，都督且容我一时。"陶都督一听，随即以审问断案不便当即处置为由，把王颐关回狱中。

十余日后，咋狐犬到了，陶都督派人请萧公前来议事。陶都督站在正厅，萧公一进门，神色沮丧，四肢颤抖，与平常模样大为不同。须臾，陶都督放犬，萧公立时化为老狐，出门下阶才走数步，就被吓死。陶都督又派人查验萧氏及婢女，都是野狐。由此，王颐得以免罪。

——故事源于唐·戴孚《广异记·李参军》

52. 古墓狐精

庆元三年八月，襄阳宜城（今湖北省襄阳市宜城市）富家子弟刘三客前往西蜀经商。刘三客带有大量货物，价值千缗。刘三客虽为商贾，却好读书，喜山水。距城关五里处，山水秀丽，仿若神仙洞府，刘三客不禁驻足欣赏。欣赏一时，刘三客还是觉得不够满足，就把车马留在原地，亲自带五名仆人进入山中。

约行十里，刘三客一行人忽然看见前方有石碑，上刻二十字："十口尚无声，莫下土非轻，反犬肩瓜走，那知米畔青。"石碑上字意明白晓畅，刘三客心下生疑，正惶惑间，忽然遇到一名樵夫手拿斧头，背着柴薪一路高歌回家。刘三客忙上前朝樵夫作揖说："不知此石碑可有什么玄机？"樵夫说："此处并非善地，不可久留，还请速速离去。"刘三客一听，又问："为什么如此说？"樵夫说："石碑上的字你可认得？只因此处向来鬼魅纵横，伤人无数，所以有人立碑警示人。碑上四句，暗含四字'古墓狐精'，公子想必已经猜到，快快离去吧！鬼魅作祟之事，我见得多了，顾不上与你说许多。"说罢，慌忙离去，须臾间，转过山坳，不见身影。

此时刘三客尚且恍惚懵懂，并不十分相信樵夫的话。又行数里，刘三客见一十七八岁女子，身穿素色衣衫，颜容娴雅，口中念诵一首绝句，声音悲切。刘三客侧耳细听，女子念道："昨宵虚过了，俄尔是今朝。空有青春貌，谁能伴阿娇？"刘三客心中默念几遍，暗想："词哀怨，声悲凉。此女必定夫婿亡故，在此祭奠。"刘三客上前问女子绝句的内中情由，谁知，再三询问，女子始终不言语。刘三客心想："此女子必定是良家女郎，既能吟咏诗句，想必深通文墨。"于是口占一诗挑逗女子，诗云："夜夜栖寒枕，朝朝拂冷衾。眼前风景好，谁肯话同心？"女郎听罢，大笑，问："公子高姓？"刘三客随口回答："姓刘，名辉，字子昭。"女子笑说："公子的模样，的确是我的意中人。"于是，女子邀刘三客同行。翻过一座山峰，出现一处大宅，雕梁画栋，屋宇宏伟。宅中婢女各个清秀明艳，迎出大门接刘三客及女子进入厅堂，另有仆妇安置刘三客的五名仆人。刘三客与女子对饮数杯后，见天色已昏，女子说："我鸳鸯枕被下许久未有佳偶，孤寒难耐。今宵有刘郎在此，真是幸事。不知刘郎可否留下与我做一夜夫妇？"刘三客喜不自胜，说："正合我意。"于是，女子引刘三客入内室，一夜欢好无限。

次日清晨，刘三客酒醒，见自己竟身在一处墓穴上的草丛之中，而五名仆人正蜷伏在石畔的小穴之中。刘三客这才明白，昨日竟为狐魅惑，万幸自身性命无碍。自此，刘三客再不敢妄入深山。

——故事源于南宋·洪迈《夷坚三志·辛卷·二·宜城客》

53. 狐皮

成都府有一万景楼，士大夫多在此云集。传言楼上有妖魅作祟，凡是夜宿万景楼的人，都不能活命。

一日，有三四少年在楼下嬉戏，其中一个人忽然说："谁敢在此楼住一夜？"众人起哄："若谁夜宿此楼而毫发无伤，我等必定把所有钱财赠予他！"其中有一少年，家境贫寒，听见如此说，就上前说："我敢住在楼上。"当时，天色已暮，众人把少年推入楼中，就各自散去。贫少年上楼之后，爬到梁上。二更时分，阴风淅淅，吹开窗户，送来阵阵凉意。贫少年心想："定然是妖魅来了！"果然，不多时，忽然看见一只大狐狸从窗口进入房中，房中有椅子，狐狸坐椅上，左手拔一根毫毛，登时化作一盏灯、一丫鬟。狐狸右手又拔出一根毫毛，又见一盏灯、一丫鬟。狐狸又从尾巴上拔出一根毫毛，竟忽地化作一美妇人。随后，狐狸脱下狐皮，二丫鬟执灯，一并下楼到街市迷惑男子。

贫少年等狐狸离去，下梁把狐皮揣入怀中，又坐到梁上。五更的钟声响起，妇人回来，找不见狐皮，大哭着说："天要亡我！"于是坠楼而亡，再无声息。

次日，众少年前来，见贫少年安然无恙，忙问昨夜经历。贫少年把夜间所见告知众人。众人往楼下一看，果然看见一只狐狸被剥去了狐皮，坠地而亡。此事很快尽人皆知，郡太守听闻，为激励少年为民除害，赏贫少年千缗钱，并给了他巡检的职位。

——故事源于元·佚名《湖海新闻夷坚续志后集·卷二·狐精媚人》

54．狐尾

董生，字遐思，青州人。冬月的一个夜晚，董生正要睡觉，恰有一友人前来邀他宴饮，董生于是关好门窗随友人而去。到了友人家中，见座中有一位医者，擅长太素脉，座中人正想求他诊脉。医者一一诊完，对董生及王生说："我阅人无数，也诊过许多奇脉。然而，像你们二人的脉象，从未见过。贵脉中显现贫贱之兆，寿脉中显现短命之兆，此中玄妙鄙人说不明白。董君的脉象尤其明显。"董生与王生听后，面面相觑，惊问："可有方法化解？"医者说："我无法可医，不敢擅自诊治，愿二君多加珍重！"二人初时听闻，大为惊骇，后见医者言语模棱两可，就也不以为意。

夜半，董生回家，见房门虚掩，心生疑惑："方才出门之时分明已关好门窗，为什么房门虚掩？"转念又想："也许是走得仓促，忘了关门也是有的。"于是进入房间，也不点灯，径直掀被上床。手一摸到被子，董生觉得被子里竟然是温热的，再一摸，床上竟有一个人！董生慌忙缩手，点上灯烛，一看，是一绝色女子！女子相貌绝美，简直神仙一般人物。董生一见，狂喜，忙又把手伸入被中摸女子身体，竟摸到一条尾巴！董生大惊，想要逃脱。然而，此时女子已经醒来，一把拉住董生的手臂，问："公子想要去往哪里？"董生十分害怕，浑身战栗，恳求说："还请饶命！"女子笑说："公子为什么如此怕我？"董生如实说："我并不是畏惧姑娘，只是畏惧尾巴。"女子听罢，又笑说："公子说笑呢！哪儿有尾巴？"于是，女子拉董生的手到被中，摸自己的身体，与常人无异。董生只觉肌肤光滑如脂，柔嫩软弹，女子笑问："如何？方才公子醉意蒙眬，恍惚之中有了幻觉，怎好如此诬陷人呢！"董生见她容颜姣好，心生爱慕。此时，虽有疑惑，却也只是认为自己方才醉意朦胧，产生了幻觉。女子又说："公子不记得东邻黄发女了吗？屈指算来，自我移居他处，已有十年未见了。当时我尚未及笄，公子也才垂髫。"董生恍然记起，问："姑娘是周氏阿琐？"女子说："正是。"董生说："你方才说起，我才记得。十年不见，阿琐竟出落得如此亭亭玉立了。不过，你如何会来此地？"女子说："我先是嫁给一痴郎君四五年，后翁姑相继去世，痴郎后也夭亡，剩我一人，孤苦无依。我忆起旧时相识，因此特来找寻公子。我来时，天色已晚，公子友人恰好前来相邀，我就只好在此等公子回来。等了一时，公子还未回来，我浑身冰冷，因此借公子被子来暖身，还望公子勿要疑心我。"董生听罢，疑心尽消，于是解衣，与女子共寝，畅快淋漓。

一月后，董生日渐消瘦，家人奇怪，问他缘故，董生只推说不知。又过了许久，董生面目日渐憔悴，身形枯瘦像个老者。董生心生惧意，慌忙前去拜访此前诊脉的医者。医者为他诊完脉，沉思一时，说："这是妖脉。此前脉中死兆已经显现，此病无药可医。"董生大哭求医者疗治，不肯离去，医者不得已，只好为他针灸，后又赠给他药，且叮嘱道："如若再遇见那人，请务必拒绝。"董生自知危难，连连答应。回家之后，女子又笑邀董生上床，董生怫然不悦，说："你以后还请不要再纠缠我，再如此，我就要死了！"女子听罢，大为羞惭，也怒道："你难道还想要活着？"当夜，董生服药独寝，刚一闭眼，就梦见女子前来，二人交欢，待醒来时，女子已然不见。董生更加害怕，就移到内室安寝，令妻子、儿子一并在一旁守着。不料，董生梦中依然有女子前来交欢，醒来时，女子又不见。如此数日，董生吐血数升而亡。

王生自医者诊脉之后，并无异事发生。一日，王生正在房中读书，忽然看见一女子前来。女子生得娇俏动人，王生心生爱慕，就想与她交好。王生问："姑娘家在什么地方？"女子说："我是董生遐思东邻。董郎旧时与我相识，不承想，如今却被狐魅惑而死。狐类妖气可怖，公子是读书人，还望多加提防。"王生听罢，心下感动，再三挽留女子。女子自此常伴王生左右。数日后，王生病重，神思恍惚之间，忽然梦见董生对他说："与你欢好的人，其实是狐。她魅杀我，现今又想要杀你。我已把她的罪行告到冥府，必定要泄此幽愤！此后七日，每到夜间，你就在室外点一炷香，千万不要忘了。"王生醒来之后，大为惊异，见女子妖媚动人，心生疑惑，对她说："我病情严重，恐怕不久于人世，医者劝我不要行房事。"女子笑说："命中该当长寿，即便是行房事也能长寿；若短命，即便是不行房事也会亡故。"于是，依旧坐在一旁与王生嬉戏调笑。王生情不自禁，又与女子缠绵，随后又暗自悔恨，却始终不能与女子断绝交往。

王生也曾在夜间，把香插在门口，女子见了，就把它拔掉丢弃一旁。梦中，王生又见董生前来，说他不听劝告，违背朋友叮嘱。王生心下惭愧，只好暗中叮嘱家人，等他睡后，偷偷在室外点香。谁知，才一点上，女子就忽然惊醒，说："谁又点香？"王生推说不知。女子急忙起身，又把香折灭。女子回到房中，问王生："是谁教公子的？"王生吞吞吐吐说："也许是我妻子担忧我的病情，听信了巫师之言？"女子愀然不乐。

王生家人看见香灭，偷偷又出来点上，女子在房内，对王生叹道："我误害董生，实是不该。董郎在冥府状告我，我这就前去与之对质。王郎若念及你我素日情谊，还请不要损坏我的皮囊。"说罢，下榻倒地而死。王生点烛一看，果然是一只狐。王生担心它复活，忙唤家人前来，把它的皮剥下，挂在院中。然而王生依然卧病。后来有一日，狐前来，对他说："我向冥府说明，判官认为董郎见色情动，论罪当死。我的过错在于不该魅惑人，判官赠给我金丹，令我生还。不知我的皮囊如今在哪里？"王生推说："我病中不能起身，家人不明所以，已经把它剥了。"狐听罢，惨然说："我确实害人不少，本当早死。然而，王郎也太残忍了！"说罢，恨恨而去。王生濒危，几近死亡，半年后方才痊愈。

——故事源于清·蒲松龄《聊斋志异·卷二·董生》

55 . 莲香

桑生名晓，字子明，沂州（今山东省临沂市）人。桑生父母双亡，一直独居红花埠，他为人静穆自守，除出门吃饭以外，其余时间只静坐家中读书。桑生东邻有一个人与桑生开玩笑说："桑兄独居，难道不怕鬼狐出没？"桑生一听，笑答："大丈夫为什么要畏惧鬼狐？若是雄性鬼狐前来，我就拿利剑把他斩杀；若是雌性前来，我还要开门迎接呢。"

东邻生回去后，与一友人商议，想要捉弄桑生一番。当夜，东邻生与友人架上梯子，把一名妓女隔墙送到桑生家中。妓女轻声敲桑生房门，桑生问："门外是谁？"妓女说谎："我是鬼。"桑生听完十分害怕，浑身战栗，不敢开门。妓女在门外等了一会儿后，只好离去。

次日清晨，东邻生一早就到桑生家中，桑生忙把夜间的事说给东邻生听，并说："这里住不得了。"东邻生鼓掌大笑说："你为什么不开门迎接她？"桑生这才明白，原来女鬼竟是东邻生找来的妓女假扮而成，顿时哭笑不得，也不再考虑移居。

半年后，一名女子夜半叩门。桑生以为又是友人开玩笑，就起身开门，一见，桑生不禁呆住了，门前的女子竟是倾国之貌。桑生惊问女子来历，女子说："我叫莲香，是青楼妓女。"桑生所居附近，青楼很多，听女子如此说，自是深信不疑。当夜，莲香留宿桑生房中。自此，莲香每隔三五日就前来与桑生幽会。

一夜，桑生正独坐房中凝思不语，一名女子翩然而来。桑生以为是莲香，忙迎上前说话，一看，竟不是莲香。女子年仅十五六，相貌清丽，风流曼妙，行步之间，虚无缥缈。桑生大为惊愕，疑心女子是妖狐。女子仿佛知道桑生心思，说："我是良家女子，姓李。听闻公子性情高雅，慕名而来，还望公子不要嫌弃。若能得到公子的垂青，那真是我的荣幸了！"桑生一听，大喜，上前拉住李氏女的手，却触手冰冷。桑生问："姑娘手为什么如此冰冷？"李氏女说："我自幼身体单薄，今夜又披霜带露而来，因此手脚冰冷。"桑生这才放下心来。随后，李氏女宽衣解衫，桑生见她果然是处子，不胜怜爱。事后，李氏女说："我因仰慕公子，今日失身。若公子不嫌弃我鄙陋，我愿时常陪伴公子，不知公子房中可还有他人？"桑生说："并无他人，只有一娼妓，不过也不常来。"李氏女说："我与娼妓不同，还请公子务必保密，勿要泄露你我往来之事。"桑生自是满口答应。鸡鸣时分，李氏女临去之时，赠给桑生一只绣鞋，说："我把绣鞋送给公子，公子若是想我，可以拿它来寄托相思之情。不过，公子只能在无人时拿出。切记！切记！"桑生接过绣鞋，见鞋上刺绣精美，心中十分喜爱。次日，黄昏时分，桑生刚拿出绣鞋赏玩，李氏女就飘然而至，二人于是亲昵无间。自此，桑生每每拿出绣鞋，李氏女必定立即出现。时日一久，桑生感到奇怪，就问李氏女："为什么总能及时前来？"李氏女笑说："只是恰巧罢了。"

一夜，莲香前来，看见桑生，大惊失色，问："公子为什么形容如此憔悴？"桑生很是奇怪，说："我并未觉察。"莲香见桑生如此，只好告别，约好十日后再来。莲香去后，李氏女每夜都来。一日，李氏女问桑生："公子情人为什么久久不来？"桑生就把与莲香的约定告诉李氏女。李氏女笑说："不知在公子眼中，我与莲香谁更美？"桑生支吾说："你二人各有千秋。不过，莲香肌肤比李卿温和。"李氏女听罢，怫然不悦，说："公子说我二人都美，这恐怕只是哄我而已。她定然像月殿仙人一般，我肯定是不如她。"说罢，起身屈指一算，莲香所约十日期限马上到了，就叮嘱桑生："我好奇莲香的美貌。莲香来时，我藏在门口偷偷窥探，你千万不要泄露。"说罢，决然离去。

次夜，莲香果然前来，笑语盈盈。待到安寝后，莲香大骇："十日不见，公子如何愈加疲惫？难道公子有其他情人了？"桑生忙问："莲香为什么会这样问？"莲香说："我看你神气萎靡，脉象细若游丝，是遇到鬼的征兆。"桑生却不以为意，只一口咬定并无他人。

次夜，李氏女来了，桑生问她："你昨夜偷窥到莲香了吗？"李氏女说："的确美甚。不过，依我看来，世间应不会有如此佳人，她必定是狐。公子应当远离她。"桑生觉得李氏女妒忌莲香，也不以为意，只散漫回应。

又一夜，莲香来，桑生笑对莲香说："有人说你是狐。不过，我当然是不信的。"莲香忙问："谁人说的？"桑生笑说："是我跟你开玩笑的。"莲香问："在公子看来，狐与人有什么不同？"桑生说："被狐魅惑的人，或病或死。狐，令人畏惧。"莲香正色说："公子错了。像公子这般年纪，房事后三天就能恢复精气，纵然有狐，对于公子来说也无妨碍。若日日行房事，则人比狐更可怕。难道天下的病尸瘵鬼都是被狐魅惑死的吗？你既然这样说，必定是因为有人在背后议论我。这人是谁？"桑生连连摆手，推说没有人。莲香不住地追问，桑生不得已，只好泄露了与李氏女的事。莲香说："我一直奇怪公子身体为什么这般疲累，难道所遇的不是人？公子不要告诉李氏女，明夜，我也偷偷窥探她一番。"

当夜，李氏女前来，与桑生才说了几句话，就听见窗外有人咳嗽，李氏女慌忙离去。随后，莲香进房，对桑生说："公子危险了！这女子是鬼！若公子贪慕她的美色，不与她断绝往来，恐怕性命堪忧！"桑生一听，哑然失笑，以为莲香忌妒李氏女，默然不应。莲香见他如此，说："我自然知道公子不舍，然而，我不忍眼看公子丢掉性命。明日，我会带来药饵，替公子除去阴毒。所幸公子与鬼在一起的时日尚浅，十天应该就能痊愈。这些日子，我与公子一起，等公子病好了再走。"次夜，莲香果然拿出药给桑生服下，桑生顿觉脏腑清虚，神清气爽。不过此时，桑生虽感激莲香，却始终不相信李氏女是鬼。莲香夜夜与桑生同枕而眠，桑生想要与莲香交欢，莲香总是严词拒绝。数日后，桑生皮肤充盈，神采奕奕。莲香这才离去，临别之时，再三叮嘱桑生，千万要和李氏女断绝来往。桑生只假意答应。

一夜，桑生闭户点灯，拿出绣鞋想念李氏女。李氏女突然出现，离别数日，脸上颇有怨色。桑生忙说："她一连数夜做巫医，替我诊治，我这才没有机会见你。你不要生气，我心中始终惦念着你。"李氏女神色稍微和缓。待二人上床，桑生悄悄对李氏女说："我心中是真的爱你，不过，有人说你是鬼。"李氏女结舌良久，骂道："一定是淫狐混淆视听，魅惑公子！若公子不与她断绝来往，我再不来了！"说罢，呜呜咽咽哭将起来。桑生百般安慰劝解才罢。

隔夜，莲香前来，见桑生神色，知道李氏女又来，怒道："公子如此不惜命吗？"桑生笑说："你为什么如此忌妒她呢？"莲香听罢，更加生气，说："公子亲自种下死亡祸根，我为公子清除。纵是如此，还被公子说善妒。不知公子所说不妒之人是怎样的？"桑生只好谎称："她说，我前日之病，是妖狐害的。"莲香听罢，长叹一声，说："公子执迷不悟，我也无法。我当与君诀别。若真如公子所言，我是妖狐，万一公子身有不测，我真是百口莫辩了。但愿百日后，我再见公子时，公子能安然无恙！告辞！"说罢，她拂袖而去。桑生再三挽留，莲香只不理。

自此，桑生日夜与李氏女厮混。约两月余，桑生觉得身体大为虚弱。起初，尚能每日走数百步。到后来，身体羸弱，气力衰微，每日只能饮一碗稀粥。如此数日，沉绵床榻，不能起身。东邻生见他病重，日日派人送饭送药。直到此时，桑生才开始怀疑李氏女。一日，李氏女又来，桑生见她，口出怨言："我真后悔不听莲香之言，竟到了如此境地！"一口怨气吐出，顿时昏厥。待得醒转，桑生环顾四周，李氏女已不在房中。此后又数日，李氏女也不再前来，唯有桑生独卧病床，日夜盼莲香再来。

一日，桑生正卧床思念莲香，忽觉有人掀帘进房。桑生一看，竟是莲香！莲香进门，坐在桑生床榻间，见他形容枯槁，哂笑道："呆书生，我可有诳你？"桑生一听，只觉心酸无比，哽咽良久，言语中流露出悔意，不住恳求莲香施救。莲香说："公子已病入膏肓，我也无法。今日前来，是与公子永别。好让公子知道，我并非善妒之人。"桑生一听，面如死灰，闭目良久才说："我枕下有只绣鞋，烦请莲香帮我焚毁。"莲香掀开枕头，见枕下绣鞋精致华美，莲香才把它拿到灯下细细看视，李氏女忽然出现在房中，一见莲香，李氏女大惊，转身就想离开。莲香忙关上房门，李氏女心急如焚，不知该如何。桑生见李氏女，不住责怪她害人。李氏女一言不发，莲香见状，笑说："我今日才有机会与姑娘当面对质。昔日，我说郎君的病并非因我而起，郎君说我忌妒。如今，是非已明，不知你还有什么话要说？"

李氏女低头不言。莲香又说："姑娘绝世佳丽，为什么做出这样的事？"李氏女听罢，当即叩头大哭，楚楚动人，口中哀求莲香饶命。莲香把她扶起，细细询问她的生平。李氏女说："我是李通判之女，早夭，葬在墙外。我身虽夭亡，不过情思绵绵不绝。本想与桑郎结缘，不承想，桑郎因我而病重，这次确实是我的罪过。"莲香问："听闻人死后，对鬼最为有利。因为人死后化作鬼后，就可时常相聚，是否当真如此？"李氏女说："并非如此，两鬼相遇，并无乐处。若真是乐事，冥府的少年郎还少吗？我何必到阳间寻桑郎？"莲香叹道："你痴心太过了！夜夜欢好，人的身体尚且不能承受，更何况鬼！"李氏女问："听闻狐能魅惑人致死，不知你有什么方法，竟能使桑郎安然无恙？"莲香说："你所说的是害人之狐，它采补人的精气以供自身使用，我并非这类狐。因此，这世间有不害人的狐，却没有不害人之鬼。因为，鬼的阴气太盛了。"桑生听二人问答，这才知道此前狐鬼之言都是真的。所幸桑生已习以为常，也不觉得奇怪，只是想到自身命若游丝，不觉失声痛哭。莲香见状，问："不知当下可有方法医治郎君？"李氏女赧然，说："我并无妙法，还请姑娘施救！"莲香笑说："只怕我救治好了桑郎，有人吃醋就更厉害了！"李氏女听得此言，敛衣正襟说："若真有能治桑郎的方法，我愿埋首地下，如何还敢觍着脸出现在桑郎面前呢？"莲香听罢，也不再玩笑，拿出随身携带的药物，对桑生说："桑郎不必担心，我早知有今日，与桑郎分别后，就进仙山采药。历时三月，各类药物才备齐。服了此药，已死之人尚且可以复活，更何况桑郎的病？只是，病症因何而起，就需以何作为药引，还得麻烦李氏女郎。"李氏女忙问："不知姐姐需要我做什么？但有吩咐，无所不可。"莲香笑说："只需你口中一点唾液就行。我把药丸送到你口中，烦请你送到桑郎口中，再用唾液送服就行。"李氏女满脸飞红，低头看着脚尖。莲香嬉笑："李氏妹妹的绣鞋的确精致可爱，不如送姐姐一双可好？"李氏女一听，更加羞惭，只觉无地自容。莲香又说："妹妹平日技法甚熟，今日怎么不舍得施展？"李氏女只得含了药丸送于桑生口中，后又用唾液送下。如此三四唾，桑生口中的药丸咽下。不一会儿，桑生只觉腹中隆隆如雷鸣。莲香又拿出一药丸命桑生服下，亲自接唇以度气。须臾间，桑生就觉丹田火热，精神焕发。莲香大喜："好了！"

门外鸡鸣声起，李氏女彷徨离去。莲香以桑生病体初愈、需要调养为由，把房门朝外锁好，假装桑生外出未归，以此断绝与外人交往。如此，莲香日夜照料。李氏女也每夜必来，殷勤帮扶，把莲香当作姐姐一般看待。如此数月，莲香与李氏女就像姐妹一般要好。桑生也恢复如初。

后来，李氏女时常隔数日才来一次，即便来了，也是朝桑生望一眼就离去，与桑生相对时也是怏怏不乐。莲香见状，常留她与桑生共寝，她坚决不肯，只是匆匆离去。桑生追出来，把她抱回，只觉得她身体轻若无物。李氏女不能离去，只好和衣躺在桑生旁边。莲香知晓后，对她更加怜爱，偷偷示意桑生与她亲昵，不过李氏女始终不与他亲近。后十余日，李氏女不再过来。桑生对她相思更重，常拿出绣鞋把玩。莲香见状，说："李氏妹妹身姿袅娜，我见犹怜，更何况男子？"桑生也说："昔日，我一拿出绣鞋，她就会出现。我心中自然怀疑，不过却始终未料到她是鬼。今日，对着绣鞋想到她的音容笑貌，实在是伤感。"说罢，泣下数行，莲香只得好生劝慰。

此前，富户张家有一女，名燕儿，年十五，因病夭亡。一夜后，燕儿竟死而复活，起身就往门外奔去。张公忙命人关好门窗，不让她出门。燕儿见状，急忙说："我是李通判之女，死后做鬼。因桑郎眷顾，尚有遗物在他身边。我真是鬼，你们为什么禁锢我？"张公一听，大为诧异，忙问她为什么会到这里，燕儿茫然不知。有人说，桑生因病外出，至今未归，燕儿就把莲香锁门的事说出，家人一听疑心更重。

东邻生听说此事后，偷偷翻墙朝桑生家中窥看，果然见到桑生正与一美人相对闲话。东邻生大惊，悄悄进入房中，莲香一见，惊慌失措，急忙离去。东邻生大骇，问："刚才那女子为什么不见了？"桑生笑说："之前与你说过，若是雌性，我开门迎接。"东邻生这才知道，女子竟是狐。东邻生把燕儿的事说给桑生听，桑生听完就想出门前去查探，只是苦于没有合适的理由进张府。张母也听闻了桑生果然在家，并未外出，更加惊奇。于是，派了一名仆人到桑生家中索要绣鞋。张生拿出绣鞋交给仆人带回，燕儿见到绣鞋，大喜，忙穿到脚上，竟见绣鞋太小，穿不上！燕儿大为惊骇，拿出镜子一照，这才恍然明白，自己是借燕儿的身躯还魂。于是，她把其中的缘由说给张母。张母一听，这才相信。燕儿见镜中人容貌，大哭着说："我当日形貌绝佳，颇为自信。然而，每见莲香姐姐，犹觉自惭形秽。如今此番模样，还不如当日做鬼之时！"说罢，拿着绣鞋号啕大哭。张母见状，多加劝慰，始终不能使燕儿开心。燕儿只蒙头僵卧，不饮不食，浑身尽肿。她七日不曾饮食，也没饿死。等到燕儿体肿渐消时，觉得饥饿难耐，又恢复了饮食。数日后，燕儿觉遍体瘙痒难耐，浑身皮尽数退去。一日早起，睡衣忽地落地，燕儿捡起穿上，只觉硕大无比，又试此前绣鞋，大小肥瘦正合适。燕儿大喜过望，又忙照镜子，见镜中人眉目面容，都是李氏女生前模样，更是欢喜。梳洗完毕，拜见张母，张家人纷纷流露不可置信的神色。

　　莲香听闻此事，劝桑生央媒人前去说亲。然而，桑生考虑到桑家与张家贫富悬殊，不敢贸然前去。恰逢张家老太太过生日，桑生就跟从张家子婿前去做寿。张老太见到桑生，特意安排燕儿隔帘认客。桑生是最后来的，燕儿见到桑生，急忙提裙走出，想要跟桑生走。张母见状，一把拉住燕儿，燕儿这才羞惭地退入房中。桑生见燕儿的相貌与李氏女一模一样，不觉涕零，跪地不起，恳求张氏父母嫁女。张氏父母见状，忙与家人商议择吉日，招桑生入赘张家。桑生喜忧参半，回到家中，把当日之事说给莲香，二人商议莲香去处。莲香怅然良久，想要离开。桑生大骇，忙拉住莲香苦苦挽留。莲香说："桑郎要在张家洞房花烛，我如何跟随？"桑生说："我与张家说明情由，再迎燕儿入门。"于是，桑生把实情告知张家，张氏父母一听桑生家中有妻室，大怒，不住责骂桑生。燕儿见状，忙上前求情，明确表示自己愿意嫁给桑郎。张氏父母无奈，只好应允。

于是，二人成婚。新婚之夜，莲香扶新娘入青庐。燕儿揭开盖头，见到莲香，十分欢喜。莲香细问燕儿还魂之事，燕儿说："当日离开桑郎，抑郁无聊，身为鬼魂，自觉形秽。心下愤然，不愿回归墓穴，只好随风漂泊。每每遇见人，总会心生羡慕。白日依凭草木，夜间随意浮沉。不经意间路过张家，见有一少女躺在床上，我就想上前看一看，不料，竟然魂魄附到她身上，死而复生了。"莲香听罢，默然不语，只低头沉思。

数月后，莲香生下一子。产后身弱，莲香卧床，身体日渐羸弱。一日，莲香自知不久于世，拉着燕儿的手说："我恐命在旦夕，我儿就是你儿，有劳妹子抚育他长大。"燕儿听罢，也悲泣不已，只好安慰莲香好生休养。后来，燕儿与桑生商议为莲香请巫医诊治，都被莲香拒绝。未多久，莲香病入沉疴，气若游丝。桑生及燕儿正哭泣不已，忽然莲香睁眼说："你们不必难过，若有缘，十年后还能再见。"说罢，就撒手人寰。入殓之时，莲香尸身化为狐。桑生与燕儿把莲香厚葬，又把莲香之子取名为狐儿。燕儿把狐儿视若己出，每到清明时节，一定抱狐儿到莲香墓前祭拜。

后来，桑生科举中第，家境日益富裕，不过，燕儿却始终未能生育。狐儿十分聪慧，却体弱多病。燕儿为桑生子嗣忧心，经常劝桑生纳妾，桑生始终未置可否。

一日，燕儿在家中教子，婢女忽来禀报："门外有一老太太带一女子，想要卖给夫人。"燕儿一听，忙命婢女把二人带来。燕儿一见到老太太身旁女子，大惊："这是莲香姐姐复生了吗？"桑生出来一看，果真与莲香极为相似，也大为惊异。桑生问女子道："今年几岁了？"女子回答："十四。"桑生问老太太："不知需要多少聘金？"老太太说："老身仅有此一女，只希望她能有个好去处，老身也能有口饭吃，不至于死无葬身之地就行。"桑生于是留下女子，拿出丰厚的钱财给老太太。燕儿忙拉着女子的手进入内室，笑问："你可认识我？"女子说："不认识。"燕儿又问其姓氏，女子回答："我是韦氏，父亲原在徐城卖浆，已去世三年了。"燕儿屈指一算，莲香去世恰有十四年了。燕儿又仔细看女子仪容态度，无一处不神似莲香。于是，燕儿拍着女子的肩膀，唤道："莲香姐姐，莲香姐姐！你说十年后还可再见，果真没有骗我！"女子忽然如梦方醒，豁然道："咦！"又细看燕儿，目露惊喜之情。桑生见状笑说："这就是'似曾相识燕归来'。"女子泫然道："是了。听我母亲说，我生下来就能说话，家人认为不祥，就给我饮了犬血，于是前世因果就被压制。今日见你二人，方才如梦初醒。"于是三人共话前生之事，悲喜交加。

一日，寒食节，燕儿对莲香说："此前，每到清明，我与郎君都要到姐姐坟前祭拜。"莲香见墓前荒草离离，树已亭亭，叹息不已。燕儿对桑生说："我与莲香姐姐，两世交好，不忍离别，应使我二人白骨同穴。"桑生于是依照她的意思，打开李氏女的棺椁，把她的骸骨与莲香骸骨合葬一处。亲友听闻此事，虽觉奇异，也颇为动容，纷纷前来凭吊，常常有数百人不约而同前来。

——故事源于清·蒲松龄《聊斋志异·卷二·莲香》

56. 阿绣

海州（今江苏省连云港市）刘子固，十五岁时，到盖州（今辽宁省营口市）探望舅父。在城中徘徊数日后，刘子固忽然看见杂货铺中一女子，娇丽无双，心生爱慕，就悄悄进入铺子，借口买扇。女子见他买扇，就喊父亲出来。刘子固见竟是一老翁接待自己，意兴萧索，故意讨价还价。女子父亲不允，刘子固趁机离去。过不多时，刘子固远远看见铺中女子父亲出门去了别处，就又返回杂货铺。女子又想要喊父亲，刘子固忙制止说："不用喊你父亲，你只要跟我说了价格，我即刻付钱，决不讨价还价。"女子嘻嘻一笑，故意说高扇子价格，刘子固也不还价，如数付钱。

次日，刘子固又来。女子又故意抬价，刘子固依然付钱。待刘子固走出铺门，忽听得身后女子唤道："回来！适才价格卖贵了。"刘子固返回，女子退了一半的钱给他。刘子固见女子诚信，更加心悦，一有机会就往铺子去，因此二人日渐相熟。一日，刘子固又来了，女子问："公子住在哪里？"刘子固如实说了，又转问女子，女子只说了姓姚。刘子固见女子不言语，也不再问。当天，刘子固临行之时，女子把他买下的东西精心包好，又用舌头舔湿纸角粘好。刘子固回去后，不舍得打开，生怕弄乱了女子的舌痕。过了半月，刘子固行踪被仆人察觉。仆人偷偷与舅父商议，催促他返回海州。刘子固心中虽不悦，却也只得从命。因心中惦念女子，刘子固把那些从女子处买到的香帕、脂粉等物，悄悄放到一个盒子里，没人的时候，总会拿出看看，以解相思之情。

次年夏，刘子固又到盖州，刚一放下行装，就慌忙前往女子的杂货铺。一到地方才发现，杂货铺已关门，只好失望而返。刘子固以为女子与父亲只是恰好外出未归，次日一早又前去，可杂货铺门依然紧闭。刘子固向左右邻居一打听，才知女子原本是广宁（今河北省张家口市）人，因生意不兴隆，所以暂时回归故居，并不确定何时再来。刘子固一听，神思不安，数日后，怏怏返回海州。

刘母想到儿子年长，已到了成婚的年纪，就想要为他议亲。不料，刘子固坚决拒绝，因此事与母亲的关系变得剑拔弩张。刘母很是生气，心中又奇怪，不知儿子为何不愿娶亲。仆人见状，悄悄把盖州姚氏女子之事告知刘母。刘母知晓之后，立即断绝了刘子固前往盖州的一切机会。刘子固思念女子不得见，母亲又不允许他到盖州，又逼他与人完婚，心中实在难过，每日饮食、睡眠都不安宁。刘母见子固这样，也很担忧，却苦于没有别的办法。后来，刘母心想："不如就顺从儿子的意思，娶了姚氏女。"于是，刘母立即收拾行装，派子固到盖州，又捎信给舅父，让舅父代刘母向姚氏女提亲。舅父接到信后，随即启程到姚家拜访，多日后，舅父返回，告知刘子固道："亲事不成了！阿绣已许给了一个同乡的人。"刘子固听罢，垂头丧气，心灰绝望，回到家中，捧着在阿绣店中买的东西哭泣。此后，刘子固又时常在房中徘徊，口中不住念着阿绣的名字，心中期望能遇着一个像阿绣一般的女子。

恰好此时，有媒人前来，说复州（今辽宁省大连市）黄家有一个女儿，艳丽无比，想要和刘子固结亲。刘子固生恐媒人所说不真，就想亲自前往复州。进入复州西城门，见北向有一户人家，两扇大门半开，院内有一女郎，与阿绣相似。刘子固走近细看，确实是阿绣无疑。刘子固十分激动，忙租借阿绣东邻房屋居住，又细细向东邻打听，却得知女子竟是李氏女，不是阿绣！刘子固心中大为疑惑，天下当真有如此相似之人吗？此后数日，刘子固始终候在女子门前，希望女子能够出来。一日，傍晚时分，女子出门，忽然看见刘子固，立即反身回去。女子走到门口，用手指了指房屋后面，又把手掌放到额上，随后就回去了。刘子固大喜，却不知女子是什么意思。正当其凝神思量之时，信步走到房后，见荒园辽阔，西侧有一处短墙，才到人肩头。刘子固顿时豁然，于是蹲伏在草丛之中。许久，见有人从墙上露出头，小声说："你来了吗？"刘子固应声而起，细看，竟真是阿绣！刘子固想到自己满腹相思、一路风尘，一时心酸不已，泪下如雨。阿绣隔墙递来手绢，让他拭泪，又好生劝慰他。刘子固说："我想尽办法却始终寻不见你，原本以为今生再也不会相见，谁料竟能在此时此地相遇？前日，我向人打听，为什么说你家人姓李？你为什么会在这里？"阿绣说："这里是我表叔家，表叔姓李。"刘子固又见阿绣，心痒难耐，片刻也不愿相离，于是说："我能再度遇到你，定然不与你分别，我这就翻墙过去。"阿绣一听，忙制止说："公子先回去，把仆人安排到别处住，我再去你那里。"刘子固一听，再三叮嘱道："阿绣不可哄我！"阿绣笑说："自然守诺。"

刘子固依阿绣之言，遣走仆人，坐在房中等候。不一会儿，阿绣悄然而入。她的妆饰并不华丽，衣衫也如往常。刘子固拉她坐下，细说找寻之苦，又想到阿绣已许配人家，就问："听闻你已许了人家，为什么还未成婚？"阿绣说："这是谎话。我父亲因公子家远在海州，不愿与公子结亲，就编了谎话说给你舅父听，好使公子断绝念想。"刘子固大喜，强拉阿绣共寝。阿绣也不拒绝，婉转万态，款接之欢不言而喻。四更时分，阿绣起身翻墙回去。刘子固自此把黄氏抛在脑后，日夜与阿绣相伴，一月过去，乐不思返。

一日夜半，仆人起身喂马，见刘子固房中灯还亮着。仆人大奇，悄悄过去一看，房中竟见阿绣！仆人大为惊骇，也不敢声张。次日一早，就起身到市肆之中多番打听，回来之后，刘子固才刚起身。仆人问："昨夜在公子房中的女子，是什么人？"刘子固支支吾吾不愿说。仆人说："这里宅院岑寂，多有狐鬼出没，公子应当自爱。不知那姚家女郎为什么会在这里？"刘子固这才说："西邻是她表叔，可是有什么不妥？"仆人说："我已多方打听，东邻只有一孤苦老太太，西邻家中有一子尚年幼，两家都没有亲戚。公子所遇的女子，定是鬼魅。否则，已过数年，为什么衣衫都不曾改变？况且，她的面色过于苍白，两颊瘦削，笑起来并无酒窝，比不得阿绣美。"刘子固一听，反复思量，深觉仆人所言有理，问："那我该当如何？"仆人说："等她再来，我拿兵器进来试她一试。"

夜间，阿绣前来，见刘子固神色有异，说："我知道公子疑心我的身份，不过，我并没有别的想法，只是了却前日的缘分而已。"话未说完，仆人推门而入。阿绣见状，呵斥道："你扔下兵器，拿酒来！我这就与你主人分别！"仆人手中兵器登时落地，仿佛有人夺去一般。刘子固见如此，心中更加恐惧，只好准备酒菜，强颜欢笑。女子谈笑如常，对刘子固说："我知道公子的心事，正想要帮公子一把，谁知公子竟然想让仆人伤害我！我确实不是阿绣，是狐。不过，我自认为相貌也不输于阿绣，公子是如何看出我不是阿绣的？"刘子固听得毛发直竖，一句话也不敢说。女子听见漏壶响了三下，把一盏酒饮下，起身说："三更了，我这就走了，等公子洞房花烛之后，再来与新妇比较优劣。"说罢，转身而没。

刘子固听信了狐妖的话，径直到盖州，见到舅父，口出怨怼，怪舅父诓骗自己，也不待舅父辩解，就找了姚氏近旁的一所宅院居住，坚决不住舅父家中。随后，刘子固找来媒人，以重金为聘礼，托媒人到姚家说亲。媒人回来转述姚母的话："姚父携阿绣到广宁择婿，现下还不知结果如何，要等他们回来才能给答复。"刘子固一听，彷徨不已，执意留在盖州等阿绣回来。十余日后，传言有兵乱发生，刘子固以为是讹传。过了几日，传言愈来愈急，刘子固只好收拾行装暂避。乱中主仆离散，刘子固被一名侦察兵抓捕。因刘子固羸弱，士兵对他看管不严，刘子固趁机偷了一匹马逃了出来。

逃到海州地界，看见一名女子，蓬头垢面，一瘸一拐，行路艰难，刘子固驰马从她身旁经过，女子大喊："马上的人是刘子固吗？"刘子固勒马细看，竟是阿绣！刘子固担心又是狐作怪，忙问："你真的是阿绣吗？"阿绣问："刘郎何出此言？"刘子固把先前遇狐之事说与阿绣。阿绣听完，说："我真是阿绣。我与父亲从广宁回来，路遇兵乱，我与父亲都被俘虏。后来有一女子，拉着我的手腕逃跑。女子健步如飞，我拼尽全力也跟不上，总是落后。许久之后，听闻兵声远去，女子这才放手，对我说：'我走了。前方路途平安无事，你可缓缓而行，爱你的人马上就来，到时你就与他一起回去吧。'"刘子固心想，此女子定然是狐，心下感激不尽。忽然又想起此前到盖州不见阿绣，就问她缘故。阿绣说："此前，叔父为我选定一方氏子弟为婿，此番就是与父亲到广宁相看。不过，还没来得及定亲就遇到兵乱了。"刘子固这才知道舅父并未说谎，心下着实惭愧，心想，只有待来日向舅父请罪。当下，刘子固与阿绣同乘而归。回到家中，刘母亲自出门迎接。刘子固见母亲身体无恙，大喜，把途中遭遇告知母亲。刘母也十分欢喜，命人为阿绣梳洗，待阿绣装扮完毕出来，容光焕发，若神仙妃子。刘母拊掌赞叹："好个神仙人物！难怪我这痴儿睡里梦里也不肯忘。"于是，亲自为阿绣铺设被褥，安顿好阿绣后，刘母又派人赴盖州，向姚氏夫妇传信。不过数日，姚氏夫妇前来，亲眼看着刘子固与阿绣择吉日完婚后才离去。

婚后，一日，刘子固拿出珍藏的阿绣铺中之物。阿绣见当日包裹依然封裹完好，其中有一盒香粉。刘子固打开一看，登时化为赤土，心下诧异，问："为什么会这样？"阿绣掩口一笑，说："数年前我偷偷换了香粉，郎君今日才发觉吗？那时，我见郎君所有东西都听任我包裹，也不细看，我特意如此，与郎君玩笑。"刘子固嘿然。二人正嬉笑间，忽然看见一人掀帘而入，说："你二人如此快意，是不是该感谢媒人？"刘子固一看，大惊失色，又是一阿绣！刘母听见子固大叫，忙过来一看，两个阿绣，一模一样！刘母又唤来家中其他人，无人能分辨二人真假。刘子固也十分迷惑，细看许久，这才朝其中一女子作揖。女子拿镜自照，赧然走出，家人跟出看时，芳迹已无。

一夜，刘子固醉酒而归，房中没有点灯，正想点灯，忽然看见阿绣前来。刘子固一把搂住阿绣问："阿绣去往哪里？"阿绣笑说："刘郎酒气熏人，使人如何共处？如此盘问，刘郎是担心我逃跑吗？"刘子固笑着看向阿绣，阿绣问："刘郎觉得我与狐姐谁美？"刘子固说："自然是你更胜一筹，不过你二人相貌真是难以分辨。"说罢，刘子固关门想要与阿绣亲昵。不一时，忽听得有叩门声，阿绣起身笑说："君也是只看重相貌的人。"刘子固茫然不解何意，前去开门，一看，门外正是阿绣。刘子固大愕，这才明白，方才屋内不是阿绣，竟是狐！随后房中响起狐的笑声，刘子固与阿绣朝空中祈祷，希望狐现身。狐说："我不愿见阿绣。"刘子固问："你为什么不化作别人的模样？"狐说："我不能。"刘子固问："为什么？"狐回答："阿绣是我妹妹，前世不幸夭亡。从前，我与阿绣跟随母亲前往天宫见西王母，王母见阿绣相貌也赞赏不已。我心中爱慕她的貌，回来之后刻意效仿。我学了一个月后，已八分神似，三月后，已有十分。然而，阿绣妹聪慧，我始终赶不上。如今，我二人已隔世，我自以为已胜过了她。不承想，还是比不上。我感念你二人待彼此诚心诚意，有心帮你们一把。今日我要走了，以后再来。"许久，不曾有声音传出。阿绣说："狐姐已去。"刘子固心下颇为怅怅。

自此，每隔三五日，狐就前来，帮忙解决刘家一切疑难事。有时阿绣回娘家，狐女就一连数日住在刘宅，刘家人纷纷避去。每遇到家中有财物丢失，狐女总是盛装端坐，头戴数寸长的玳瑁簪，面色严厉，说："所窃之物，今夜送到某处，我就不予追究。否则，偷盗之人会头痛难忍，后悔不及！"到次日天亮，果然能在某处找见财物。三年后，狐女不再来。偶尔有金帛丢失，阿绣就效仿狐女的装扮恫吓家人，往往十分见效。

——故事源于清·蒲松龄《聊斋志异·卷三·阿绣》

57. 狐幻

宁波吴生，喜欢流连秦楼楚馆。某日，吴生遇到一狐女，妖妖娆娆，妩媚风流。狐女常与吴生幽会，不过，吴生依然不肯舍弃烟花之所。一日，狐女对吴生说："我能幻化，凡是吴郎所喜爱的女子，我只须见一面，就能幻化成她的模样。只要吴郎念头一转，就能现身眼前。如此，吴郎还要到青楼花费千金买笑吗？"吴生让狐女变幻，狐女果真顷刻间变幻成其他女子模样，即便是真人出现，也不能分辨。自此，吴生不再外出寻欢。

时日一久，吴生又心生遗憾，对狐女说："眠花宿柳，能使人心生惬意。如今，我虽见了各类女子，不过终究是幻化而成，始终隔着一层，总觉不能尽意。"狐女说："吴郎这话错了。声色之娱，本就如电光石火一般，一刹那而已。难道仅仅因为我变幻成某人的模样，某人就真的成了幻化的人了？难道仅仅因为某某是我幻化而成，那我就成了幻化的那人了吗？千百年来，名姬艳女，都是幻化。如今白杨绿草、黄土青山之处，难道不是古时的歌舞之场？温香暖玉与埋葬香魂，不过是须臾之间罢了。即便是有情投意合之人，可朝夕相伴，终也有诀别之期。若说诀别，数十年而分别与片刻相遇后分别，又有什么区别？不过都是转瞬成空。倚翠偎红，不也恍若春梦吗？即便是两相契合，百年好合，然而到了红颜凋零、霜华满鬓之时，她的身形相貌如何能恢复从前？那么此前黛眉粉颊，也可以说是幻化。公子为什么单单把我幻化成的某人看作是幻化呢？"

吴生听罢，恍然似有所悟。后数年，狐女辞别吴生而去。此后，吴生再不入青楼狎妓。

——故事源于清·纪昀《阅微草堂笔记·卷一》

58. 狐媒

枹罕县（今甘肃省临夏市）称年少的人为"噶"，称俊美的人为"雄"。杨雄，年少俊美，人称其为"噶雄"。杨雄本是粤东（今广东省）人，他的祖父曾任河州（今甘肃省临夏市）副将，卒于任上。因路途遥远，灵柩不能归乡，就葬在河州。自此后，杨家世代在河州居住。杨雄父亲杨锟曾任守备，年仅四十就去世了。杨雄幼年丧父，由叔婶抚养长大。杨雄叔父任千总之职。当时，大同周文锦任河州副将，见杨雄虽为官宦子弟，却落拓至此，大为怜惜，就召他做了编外士兵，同时任掌书记的职位。

杨雄十七岁，相貌英俊，聪敏慧黠，人人见而爱之。周文锦有个女儿，十五六岁，也心悦杨雄，时常给他一些饮食等物。时日一久，二人两情相悦，时常眉目传情。周家有一少年，名务子，年龄与杨雄相仿，为人也聪颖狡猾。务子与杨雄一样，同在书房当值，夜间也一同宿在书房一侧的房间内。

当时正值夏季，天气炎热。一夜，务子宿在廊下，杨雄宿在房中。因天热，杨雄门窗都未关闭，半夜，睡眼蒙眬中，杨雄忽然看见一女子站在床前。杨雄大惊，蜷缩一旁不敢乱动。女子用手抚摩他的肩膀，轻声说："别怕，是我来了。"杨雄一听，正是周女的声音，转惊为喜，忙起身问："深夜间，你怎会来此？"女子笑说："我看你孤身一人，甚是寂寞，特来陪伴你。"说罢，解衣衫上床。杨雄手摸到女子肌肤，只觉滑嫩柔软，香气馥郁，真是夺人魂魄。杨雄本想做柳下惠，却实在忍耐不住。于是当夜二人两情缱绻，到五更时分，女子才离去。杨雄暗暗回味昨夜男女之事，如痴如醉，恍若梦中。

次日，杨雄当值，见周女正对镜理妆，就朝她微微一笑，女子也微笑着回应。杨雄唯恐与周女相会之事被务子知晓，就假传周文锦的命令，命务子住在箭亭。务子说："箭亭中自有老军值守，何须我去？"杨雄说："主人的命令，谁敢有疑问？"务子只好答应，收拾被褥到了箭亭。然而，务子心下始终充满了疑惑。

当夜，务子翻墙到书房外，忽然听见房中有欢笑之声。务子隔窗偷窥，见杨雄正与一女子在房中，举止亲昵。务子看女子身影，极似周女，大为吃惊，只好怏怏而返。回到箭亭，老军正在床上辗转，见务子回来，就问："你方才去了哪里？"务子谎称是上茅房。老军一听，怒道："我常通宵不寐，有什么事不知？你二更去，四更才回，必定是有缘故。你若不说实话，我即刻把你扭送到辕门官处。"务子听罢大惧，只好把看到的说给老军。老军本是唬他，不料竟听到这样的事，骇然说："下人与千金小姐偷情，真是找死！你知道此事却不举报，也会被判罪。你依我之言，或许可保全项上人头。"说罢，与务子耳语一番。务子本就忌妒杨雄得周文锦赏识，如今被老军教唆，就把此事悄悄告知周文锦。周文锦一听，大怒，进入宅中，责骂夫人不懂教女。夫人闻言惊道："女儿日夜在我身旁，形影不离。你从哪里听到的闲话，也拿来诬我女儿清白？你身为朝廷堂堂二品官员，竟把马桶往自己头上戴，你该不是糊涂了吧！"周文锦一听，大为惭愧，好生向夫人赔礼道歉。女儿听闻此事，也万分羞惭，日夜泣涕，不饮不食。周文锦索性把杨雄杖责二十，驱逐出河州。

杨雄无依无靠，飘零到洮州（今甘肃临潭县），暂时栖身一所古庙中。一日，杨雄出外乞食归来，正自伤遭遇，忽然见一女子上前说："公子不必忧心，天地之大，何处不能栖身？我愿与公子一并归隐，不知公子可否愿意？"杨雄见女子，悲喜交加，哭着说："我身无长物，你虽对我情意深重，我怎忍心使你成为乞丐之妻呢？"女子说："何至于此。你只管跟着我，有我在，可保你一世吃穿不愁。"于是，二人一起到了西宁（今青海省西宁市）。女子出钱为他购置房产、器物、仆婢等，杨雄摇身一变，成了富人。杨雄暗自观察，不曾见女子有箱子、袋子，实在不知女子钱财从哪里来，疑心越来越重。

半年后，恰好杨雄叔父因有公事到西宁来，在街市遥见杨雄，身穿轻裘、乘肥马，风流潇洒。叔父不敢相认，向街上人打听："不知方才那位公子是什么人？"街上人说："河州杨公子，富裕得很，移居到这里才半年。"叔父一听，怏怏回到旅店，又派一老仆秘密查探，得知那人果真是杨雄。老仆擅自到杨雄家中，传话给杨雄说："郎君为什么突然发迹？老奴跟随二爷到这里也有数日了，郎君也不曾前去拜会，难道是忘了养育之情吗？"杨雄一听，大为惭愧，进房告知女子。女子听罢，说："即便是路人，有大恩也不能相忘，更何况是公子叔父？况且，你已是富人，叔父还住在旅店，实在是不妥。"杨雄于是跟随老仆到旅店拜访叔父，请叔父到家中居住。叔父见杨雄如此，大感欣慰，随他到杨宅。女子一听叔父到了，忙盛装出来拜见。叔父一见，竟是周女，大惊，问杨雄其中缘故，杨雄如实说了。叔父一听，十分诧异，细细想来，自己离开之时，并未听闻周文锦丢失女儿之事，莫非是周文锦恐惹闲话，并未声张？

两日后，叔父回河州。到了河州，拜见周文锦，并让他屏退左右，把所见之事详细告知。周文锦一听，大骇，说："我女儿好好在家中，方才还一同吃饭，怎会有此等事？如今看来，不得不查验明白了。"于是，周文锦派人到西宁把杨雄带回，严加审问之后，知道了事情的原委。周文锦愤然说："我怎能放任妖物假借我女儿之名行事？真是令我家族蒙羞！不过，此事还得从长计议。"于是，周文锦与夫人商议："杨雄之祖，曾任此地副总戎，与我家也算是门当户对。女儿年十七，与杨雄同岁，年龄也匹配，就把女儿嫁给杨雄，如何？"妇人说："现下也只好这样了。"

于是，周文锦与杨雄叔父商议婚事。洞房花烛之夜，杨雄见西宁之女已在室内，张皇失措，就想离去，女子笑说："公子为什么要回避？我虽是狐，却是为了报答公子恩德。"杨雄大奇，问："有什么恩德？"女子说："当年的事，公子还年少，自然记不得了。昔日，公子先祖在此地为官之时，曾在土门关狩猎。我不幸中箭被捕，但公子的先祖见我可怜，就放了我。后来我多次想报答，却苦无时机。此番为公子做媒，心愿已了。"杨雄一听，忙躬身拜谢，女子徐徐说："公子不必如此，公子与周女本就有夙缘，我只是伸手一助罢了。"说罢，女子起身出门，消失了踪迹。

——故事源于清·和邦额《夜谭随录·卷二·噶雄》

106

59. 黑狐

平阳（今山西省临汾市）百姓崇尚勤俭，多居窑洞。镇官署三堂后，有五圈窑，窑上建有五间房子，四周有女墙。相传，古时此地常有狐出没。

乾隆初年夏，总戎段公到辖地出巡尚未归来。段公有个儿子年方二十。一夜，月色朦胧，段公子在花厅西侧房中休息，书童也在他身旁。二更后，月明如昼，虫声唧唧，夜气清凉，段公子听闻院内有脚步声响起。他也顾不上穿衣，起身隔窗朝外窥探，隐隐见到一名少年及一名幼女，在花台畔对面而坐。二人风姿绰约，同赏明月。不一会儿，女子说："今宵月色清皎，煞是凉爽。想起去年中元节，在姑射山石室中，与无一大师饮般若汤、吃穿篱菜、唱《柳梢青》，真是欢快！三哥还记得吗？"男子说："去年的事，怎会忘却？只是那时我不太快乐。当时，妹饮酒过多，四处乱走，我在一旁想起受妹迷惑的人，觉得妹误入歧途，还替妹感伤。昨日经过李氏坟前，看到黄土还是新的，上面已长满了嫩草，心中大为不忍，还流泪伤感了一番。李氏受妹迷惑而死，妹竟不以为意，淡然处之。今夜，妹又想有所图谋，是在岔路上愈走愈远了啊！"女子说："少壮不努力，老大徒伤悲。人生在世，就像是轻尘栖弱草，转瞬即逝。妹虽容貌不出众，却是懂得自爱的。难道因李生亡故，妹此后就要忍受无穷孤独吗？"

男子长叹数声不言语，女子继续说："妹为李生所做也够多了，也不算负了他。妹刚到李家时，他家徒四壁，茅庐钻风漏雨。李生和牛一起住在牛棚，衣衫褴褛，就这样还故作清高不愿行乞。妹帮他建新房，置办衣食、器具，两年之内，使他家业兴旺。人说，茑萝不能独生，一定要依托乔木。李生就是乔木依附茑萝。在那时，妹另嫁他人，也不算有负李生，更何况，李生如今已成枯骨，妹为什么不能再觅良人？并且，李生身无所长，还爱在朋友面前装模作样，时时出言诋毁我；又喜欢拈花惹草，每每使妹难堪。起初李生相貌也算清秀，半年后渐渐形容憔悴，面目可憎，行将就木。妹始终不解，此前为什么竟然对这样的人痴心一片？他想吃鱼婢羹，我就殷勤给他烹饪。这些事三哥难道不知？"男子听完，笑说："我不过是随口一说，也不指望妹能听。只是担心妹冤孽过重，上天降罪，城门失火，殃及池鱼罢了。你我既为兄妹，我怎能不稍加规劝？还是希望妹能悬崖勒马，勿再伤人。"女子听罢，怫然不悦，说："妹行事自有分寸，不劳三哥挂心。即便妹遭祸，也必定不牵累三哥。"男子听罢，拂袖而起，走到院门口，回头向女子说："还望妹多加珍重。"女子只望向别处，不言语。男子去后，女子缓缓走入花丛，绕过亭后，倏忽不见。

段公子心知二人是妖狐，不过心中对女子美色难以放下，又见她慧黠，更是辗转反侧，不能入睡。良久，段公子忽然听见门外叩门声响，他隔门问："是谁？"门外传来一女子声音："你开了门自然知道，何必多问！"女子声音呖呖若黄莺一般动人，段公子知是狐女来了，大为欢喜，忙开门迎接。

女子一进门，段公子就闻到满屋异香，再看女子的容貌，真是美丽绝伦，仿若天女一般。段公子不禁拉女子与她亲昵，又担心书童醒来，就用手指书童，示意女子轻声些。女子见状，走到书童跟前，用袖子在书童面上轻轻拂过。如此三次后，女子说："无妨了。"段公子问女子来历，女子说："我姓萧，与公子有夙缘，因此前来相会。"段公子此时神思已迷糊，不暇细细询问，就想与女子交欢。缠绵一夜，女子黎明时才离去。自此后，女子每夜必定前来。女子喜欢饮酒，喜欢谈论神怪鬼狐之事，言语多荒诞不经。公子喜欢女子的个性，并不阻止。枕席之间，女子也很是狂荡放纵，更使得段公子心痴意迷，神思不安。

半月后，段公子精神恍惚，食量骤减，骨瘦如柴。段母见了，十分奇怪，多方打听，却无人知晓缘由。随后，段母又问书童，书童说："并未遇见别的怪事，只是半月前，我睡后梦魇，手足不能动弹。直到如今，每夜如此，鸡鸣才醒。"段母一听，很是疑心，不再让段公子在花厅西侧睡，让他跟自己住在一起。

当夜三更时分，段母与一众婢女都梦魇了。次日醒来，段母十分惧怕，却无可奈何，此后夜间，只能与一众婢女轮流彻夜值守。

不久，段公回来，段母把此事告知，段公沉思一时，说："不要慌张，今夜就让儿子跟我一起住。"于是，当夜段公子就与段公一起住。段公旅途劳顿，一沾枕头就睡着了。段公子见段公睡着了，心中忐忑不安。不一会儿，听闻院中人说："妹莫要使气，今夜断断不能过去。"女子应道："此前已说过了，与三哥无干，三哥不要阻拦我。"段公子知是女子，急忙坐起身来。女子用手轻轻敲窗棂，说："公子为什么还不开门？"公子偷偷到窗下，悄声说："今夜父亲在，你暂且回避，来日我们再相会。"女子笑说："今夜，我带了妙药前来，为什么反而要分开？况且，你父亲如何能干预儿子房中的事？"公子一听，不再踟蹰，打开房门迎女子进来。段公此时已经醒来，隔着床帏一看，女子妖魅，立即断定她是狐媚，于是，装睡以待时机。随后，听闻女子说："你父亲果然睡在此地吗？"段公子忙使她噤声。女子哧哧笑着，徐徐走到段公床前，掀开床帏，正要用袖子朝段公脸上拂去，段公忽起身，一把抓住女子手腕。女子大惊，想要挣扎逃脱。段公一把抽出枕畔的利剑，朝女子刺去，女子迎刃就化为黑狐，死在床下。

段公子见状，啜泣不止，请求父亲把它好生安葬。段公笑说："痴孩儿，这妖狐有什么值得眷恋的？"不过段公见儿子情真意切，就把黑狐尸身交给儿子处置。段公子为它置办棺椁，葬在后花园。次夜，阖府听闻后花园中哭声四起，好久才安静下来。天亮以后，公子到后花园中一看，黑狐尸身已不在。自此后，镇官署中再无狐妖出没。

——故事源于清·和邦额《夜谭随录·卷一·段公子》

60. 两性狐

　　天津何生在临河处有一所别墅，距离何家三里许。何生妻子张氏，虽貌美却善妒。何生素来喜欢拈花惹草，又担心被张氏觉察，常借口到别墅居住，趁机与妓女厮混。张氏一直被蒙在鼓里。

　　清明时节，天气晴朗，花柳烂漫，微风撩人。何生泛舟河上，遇见一少女独自乘舟，淡妆素服，身形袅娜。何生一见，心动不已，紧盯女子，目不转睛。女子也直视何生，微笑不语。何生见状，就出言挑逗女子："哪里来的美人？孤身一人要到哪里去？"女子低头应道："我想找一渡口。"何生说："此处并非秦淮，若不会划船，恐怕要落入水中。"女子笑说："公子既知如此，又何必再饶舌，还不快来迎接？"何生狂喜："时刻准备迎接娘子，还请娘子挪动玉足。"女子微笑着用眼神示意何生，何生立即会意，依旧乘舟前行。女子的船跟在何生船后，当时路人也不甚注意。

　　到了何生别墅，何生也不问女子姓名来历，就急忙求欢。事后，女子自言："我是胡氏女，名好好。夫君新丧，夫家门第微薄，邻居蛮横暴虐。我生恐被羞辱，想要回到母家。不料船行到此，又遇见公子引诱我。我已委身公子，自然要常伴公子身边。即使是作为妾室，也心甘情愿。"何生听得此言，怯懦不敢言。女子问："公子为什么不言语？"何生无奈，只得说："家中妇人善妒，纳妾之事，我不敢擅自做主。你我露水情缘，可不必较真。"女子一听，眉头微皱，说："薄命之人，本应为夫君守节。如今委身公子，又被抛弃，我无可依托，只能举身投河才能洗清我的罪孽！"说罢，泪如雨下。何生见状，又说家中妻子凶悍善妒。女子听罢，止住哭声，说："何郎若是有心，我有一个方法，能使两厢无事。"何生忙问："什么方法？"女子说："我母家近在河西，来往公子这里也不难。我就在花月之夜，前来与公子相会。风雨之夕，与公子分别。这里人烟稀少，定不会使你家中妻子知晓。"何生听罢，大喜："这个方法很好。只是，河水漾漾，让娘子夜间前来，真是辛苦了娘子。"女子说："公子不必忧心，我家中有渔舟，也识水性，等家人就寝后，再前来与公子幽会，必使神不知、鬼不觉。"

何生回家之后，借口读书需择清静地，于是辞家，长居别墅。何生与女子幽会数月，无人察觉。

时日渐久，何生担心张氏疑心，就偶尔抽个白天的时间回家一趟。一日，何生归家，远远看见一个少年书生，形容俊秀，径直登堂入室。何生觉得奇怪，偷偷在门外窥探。只见妻子喜盈盈地迎接书生，说："胡郎来得正好，我正想念你呢。"于是二人进到寝室。何生听见二人淫声浪语，大怒，进入房中，想要找一柄利剑斩杀书生，却遍寻不到，家中一众婢仆也不在。他只好厉声喊张氏，问："你房中是谁！"当时，张氏正与书生交欢，骤然听见何生回来，心中惊惧，不敢出声，暗中推书生藏匿。书生紧紧抱住张氏，不肯松手，一边继续交欢一边大笑。事毕，书生仍怀抱张氏躺在床上，不让她穿衣服。张氏十分窘迫，大喊："有贼！"书生也大声喊："我就是你的夫君，贼在何处？"

正在这时，何生已冲到寝室，揭开床帏，掀起被子，拉着书生就要杀他。不料，何生一看书生，双目圆睁，大惊失色，连称"怪事"。只见床上怀抱妻子，浑身赤裸之人并非书生，竟是好好。胡好好见何生，回眸微笑而已，依然紧抱张氏不松手。张氏见何生并未失态，心中稍定，又见书生化为美女，心情又转为惊骇。何生紧盯胡好好，呆立一旁，半晌无言。倏忽之间，胡好好又变作书生，当着何生之面，挑弄张氏。张氏羞惭，觉得无地自容，却又不禁婉转娇啼。何生知道这是妖怪作祟，于是走到床边，强拉二人分开。书生见状，松开张氏，又来抱何生。张氏手足仿佛被束缚，不能动弹。何生眩惑之际，见到抱着自己的人，又化作好好。胡好好对何生说:"何郎是把我忘了吗？不记得别墅共枕之时了吗？"于是,一手按何生胸膛,一手解何生衣衫,与他交欢。何生一开始极力挣扎,却不能脱身,而自己被胡好好逗弄,不能自已。不一时,何生力竭精尽卧床,置身二女之间,恍然如梦,左拥右抱,只觉欢畅,心中惊惧与怒气顿时消散。

胡好好笑说:"自清明后,与何郎交欢。次日,我就到何郎家中,与张氏暗通款曲,随后私通到今日。我与何郎同寝半年,与何郎妻同寝也有半年。白日夜晚,两地辗转,不曾有闲暇。今日东窗事发,两厢交恶,我也不便再留。我素性廉洁,不欠旁人分毫。从何郎处所取,已尽数还给你的妻子。"眨眼之间,胡好好又化作书生,与张氏交欢。张氏无可奈何,只能顺受。何生疲倦至极,也只能看着。夫妇相对,各有惭色。

良久,书生整衣下床,鼓掌大笑,挥手说:"我去了！"随后,变作一只狐,腾跃而出。自此后,狐再未来过。

——故事源于清·乐钧《耳食录·卷二·胡好好》

61. 蛇眼

晋太元年间,有一士人把女儿嫁到了邻村。成亲那日,到了吉时,夫家遣人来迎亲,女家准备停当,安排乳母送女儿去夫家。夫家门庭煊赫,与王侯不相上下。送女子进房时,乳母见廊柱下有一盏灯火,有一名婢女正认真看守。而新房中帷帐华丽精致,令人不禁暗叹。

到了半夜,忽听见女子哭泣的声音,乳母慌忙到房中问询,女子见了乳母,紧紧抱着乳母不住哭泣。乳母问女子缘故,女子只是摇头不言。乳母见女子说不出话来,心中疑惑,偷偷把手伸入帷帐一摸,床上竟是一条大蛇！蛇紧紧缠绕住女子身体,自头至足,密无间隙。乳母大惊,想要出门喊人，到了廊下，见到方才守灯的婢女竟化作一条小蛇，而那灯火就是蛇眼！

——故事源于晋·陶潜《搜神后记·卷十·女嫁蛇》

62．毒妇化蛇

　　御史中丞卫公的姐姐，为人性格刚戾恶毒，对府中婢仆动辄打骂，甚至曾打死过婢仆。一日，卫公姐忽然得了热疾，过了六七日，也不见好转。有人前来问询病情，卫公姐说："你们无须进来，我不再见人。"此后，卫公姐常常把自己关在房中，凡是前来问讯之人，都遭到她的怒喝。又过了十余日，婢仆忽然听闻屋内有窸窣的声音，奴仆大着胆子过来一看，房内有一条大蛇！仆人大惊，忙唤来众人。众婢仆一齐推开房门，只觉一股腥臊毒气扑面而来，令人恶心欲呕。房内的大蛇，长一丈多，浑身赤斑色。婢仆见卫公姐衣物、头发都散落满地，却到处找不到卫公姐。大蛇见了婢仆，怒目圆睁，全家都惊慌失措。于是，众人商议一番后，把蛇送到山野之中。大概是因为她性情暴虐，老天这才让她化为毒蛇。

——故事源于唐·皇甫氏《原化记·御史中丞姊》

63．白衣蛇女

　　元和二年，陇西（今甘肃省境内）人李黄，因官职调动到了长安。一日，李黄趁闲暇到长安东市游逛。街市上有一辆牛车经过，车旁有几个侍婢，手捧货物，等车中人挑选。李黄隔着帘子窥探，见车内坐着一个白衣女子，身姿绰约，有绝代风华。李黄心一动，忙上前打听，问："不知车中人是谁？"近旁一名侍者说："我家娘子是袁氏之女，娘子夫家姓李，李生早亡，娘子现在孀居。如今，服丧期满，娘子这才出门游逛。"李黄又问："娘子可愿再嫁？"侍从笑说："不知。"李黄拿出随身所带钱财，为女子买下婢女手中的所有物品。不一会儿，婢女传来女子的话："我家娘子说，今日算是借公子的钱来买这些东西。还请公子到庄严寺左侧我家宅中，娘子定如数奉还。"李黄一听，大为欢喜。当时，天色已晚，一行人催促牛车快步前行，到宅中时，天已黑透了。

牛车进了中门后停下，侍者揭开车帷，车中白衣女子下车，被一众婢女簇拥着进门。李黄下马在庭院中等了片刻，有一名侍者邀他到厅堂。到了厅堂坐下，侍者问李黄："郎君今夜就要领钱吗？若郎君不急领钱，不如先归家，明晨再来领钱也不晚，免得家中妻室担忧。"李黄嬉笑着说："原来娘子今夜不想还钱。不过，我并未有妻室，娘子何必急着赶我走呢？"侍者向女子通传李黄的话，须臾，侍者出来，对李黄说："若公子没有家室，自然可宿在这里，还请公子勿要嫌娘子怠慢。公子这边请。"李黄整理衣衫，跟随侍者进入中庭。他见一青衣老太太站在庭上，连忙施礼见过。青衣老太太说："我是白衣娘子之姨。"青衣老太太邀李黄在中庭坐下，不一会儿，白衣女子前来。她虽身穿素服，却华光四射，皎若白玉，娴静雅致，仿若神仙。

白衣女子出来只说了几句话，就反身回房。青衣老太太说："多谢公子慷慨解囊，不过货物的价钱，每天都不一样，不知今日公子花费多少？"李黄忙说："一点点粗陋之物，不敢要娘子钱财。"青衣老太太笑了笑，说："她浅陋卑微，本不配侍奉公子。不过，我看公子有意，她也愿侍奉公子左右，就让你们二人结为夫妇又有何妨？只是家中尚有三十千负债……"李黄未及青衣老太太说完，就慌忙说："三十千钱不足为虑。"李黄在附近有生意，立即派人前去取三十千钱过来。不一会儿，钱送到，李黄全部奉与青衣老太太。

青衣老太太欢喜万分，忙命人置办酒席，随后又邀李黄及白衣女入座。吃完饭，三人又饮酒。夜深之时，青衣老太太亲自送白衣女与李黄入洞房。李黄在白衣女处一住就是三日。到了第四日，青衣老太太说："李郎君在我家中已逗留数日，想必家人甚是惦念，不如暂且回去一趟，使家人放心。我家就在这里，李郎君可随时前来。"李黄一听，正合心意，于是起身告辞回家。

李黄出门一上马，仆人就闻到他身上有浓重的腥臊气。李黄回到家中，家人问他："你去了哪里？为什么好几日不曾回来？"李黄支支吾吾谎称到了某友家中，家人也不追究。李黄回到房中，忽觉浑身疼痛，头晕目眩，倒到床上蒙被就睡。李黄的妻子郑氏，不知他身体不适，在床侧对李黄说："郎君调官的事已办妥。昨日要拜见官员，却四处找不见郎君，只好我二兄代为拜见，这事才算了结。"李黄听罢，满口称谢，惭愧不已。不一会儿，郑氏二兄前来，脸色不悦，问李黄这几日的行踪。李黄此时已神思恍惚，语无伦次，顷刻间，说："我不行了。"随后就说不出话来了，身体仿佛被掏空。郑氏揭开被子一看，李黄的身体化成一摊水，只有头还好好的。家人大为惊骇，忙唤来李黄的随从详加拷问。仆人这才把白衣女子的事情说了。

家人忙派人到女子旧宅查看，一见，竟是一座空园，园中有一棵皂荚树，树上长满了钱，树下也满是钱。仆人收起钱一一数清，一共三十千钱，不过，其他的人和物都不见了踪影。家人又向附近的人打听，那人说："这树下此前只出现过一条巨大的白蛇，并没有见过别的人和物。"

——故事源于唐·谷神子《博异志·李黄》

64．醉蛇

会稽（今江苏省苏州市）郡吏薛重，因公务许久未能回家。一日，薛重告假回家，到家中已是深夜。薛重进入家中，听见房内妻子床上有男子的鼾声，大怒，粗声喊妻子起床开门。妻子睡意蒙胧中听见丈夫回来，十分欢喜，慌忙起床开门。薛重进门，手拿大刀，满脸怒气，问妻子："你床上是谁？"妻子大惊，忙说："郎君许久不曾回来，我一人独居，怎会有别人？"薛重不信，到床边掀开被子一看，确实没人。见妻子不像撒谎，薛重就与妻子一同搜寻，竟然在床脚找到一条蛇。蛇似乎是喝醉了，一动也不动。薛重提起刀把蛇斩作数段，扔到沟中。

一日后，薛重妻子忽然死去。几日后，薛重也死了。后又过了几日，薛重死而复生。亲友正在为他置办丧事，见薛重忽然醒来，惊慌不已，问他缘故。薛重说："我刚死的时候，有人把我捆绑到一个地方。一个官员问我：'你为什么杀人？'我大奇，说：'我不曾杀人。'官员说：'你说没杀？那么，是什么被你斩成好几段扔到了沟里？'我只好如实说：'这是蛇，确实是被我斩杀的。'官员又问：'那你为什么斩杀它？'我说：'我妻一个人在家，它醉酒睡在床下，我疑心它对我妻子不轨，这才杀了它。'官员听罢，若有所思，说：'我让它做神，它竟敢对别人的妻子不轨，被人斩杀后还敢前来告状，真是岂有此理！'说罢，命左右：'把它带上来。'小吏带一个人前来，官员问：'你为什么对别人的妻子行不轨之事，还状告别人？'那人支吾不言。官员大怒，把它下狱，又命人把我送回来了。"亲友听罢，各个惊奇不已。

——故事源于唐·窦维鋚《广古今五行记·薛重》

65. 蛇酒

有一李姓官员的弟弟忽然患了风疾，有人说，蛇酒可治风疾。李某就四处寻访黑蛇，终于在一座山中捕到一条。于是，李生把黑蛇放在酒瓮中，又加上酒母。数日后，李生听见瓮中蛇声不断。等蛇酒泡好，李某打开酒瓮，闻见酒香浓郁，酷烈香醇。他斟出一杯，一饮而尽，只觉通气舒畅。须臾间，李某就化作一摊臭水，只有毛发还在。

——故事源于唐·李肇《国史补·李舟弟》

66. 蕴藉蛇郎

有一织纱匠人卢某，他的妻子程氏，是程山人的女儿。程山人喜好山林，程氏也有父的雅意，因卢某粗陋，程氏常心存不满，满腹情思无处可诉，终日郁郁寡欢。卢某居住的地方近山，屋后有大片山林，程氏常进入林中游赏，排解忧愁。一日傍晚，程氏进入山林游逛，遇到一位士人，知情识趣，风度翩翩。士人见到程氏，出言挑逗。程氏含羞快步回家，士人紧随她到了房中。程氏见士人风流倜傥，心下大悦，当即半推半就委身于士人。卢某见到一名陌生男子进入程氏房中，大为惊奇，偷偷隔窗看去，竟见一条长蛇，缠在女子身上，时时吐舌与程氏亲吻。卢某大惊，忙唤程氏："蛇妖害人，你速速出来！"程氏笑说："你一粗鄙工匠，不可胡言！这是风流士大夫，他爱怜我，这才与我亲近，你如何懂得？"卢某见妻子意乱情迷，无奈之下，只得出门寻高人指点。

卢某在街市遇到了江巫，江巫道法高深，听了卢某的话，笑说："这有什么难！"说罢，就跟随卢某到了卢家。江巫披头散发，光着脚丫，在院中大叫大跳，又鸣鼓吹号，以张声势。房中蛇却恍若未闻。江巫又命人抬来一口大锅，在锅里煎油，不住念口诀，一直持续了一夜。大蛇有些忍耐不住了。程氏见状，怒道："不要聒噪我恩人！"说着，拿出一床被子，把蛇盖住。江巫见蛇如此反应，大喜，知道它本事不过如此，就命人分别在四方不住敲击铜铁器。蛇已恹恹时，江巫又命五人朝东拽蛇，另五人朝西拽女子。过了一会儿，终于把女子和蛇分开。江巫随即命人把蛇砍成好几段，放到油锅之中。程氏见状，扑上前来救，却已是来不及，只得大声哭喊，悲痛欲绝，想要与蛇同死，竟晕死过去。江巫命人把她扶到床上，喂入符水后，程氏苏醒，心神渐渐安定。随后，江巫又命程氏把药饵服下，清除她身上的蛇秽。如此过了一月，程氏才恢复如初。

——故事源于南宋·洪迈《夷坚三志·辛卷·五·程山人女》

67．鹿僧

嵩山有一老僧，在深林之中结庐而居。老僧每日参禅修道，从不外出。一日，忽然有个小儿前来，到了庐前倒身就拜，恳求老僧收他为弟子。老僧闭目诵经，并不理会。那小儿长跪庐前，从早到晚，不肯离去。老僧被他的诚心感动，问："我的草庐地处深山，人迹罕至，你为什么会到这里？又为什么要做我弟子？"小儿说："我家本在山前，父母双亡，孤苦无依。我想了很久，此番遭遇必定是前生未修善果。因此，我今日发愿，脱离世俗红尘。恳请师父收下弟子，使弟子能够为来世修些福报。"老僧听罢，说："若果真如此，为师自当度你。只是，僧家寂寞，与世俗不同。你心愿虽好，不过修道需要一心一意，你能做到吗？"小儿说："若师父肯收下弟子，弟子必定潜心奉佛，不敢有二心。若心生二意，但凭师父处置！"老僧见他聪敏颖悟，知道他有善缘。于是就为他剃发，收为弟子。

小儿落发为僧后，日日潜心礼佛，勤心事奉老僧，从未有懈怠。有时，小儿向老僧提问佛法，老僧竟无言以对。时日渐久，老僧把他视作圣贤，十分倚重。又过了几年，时至深秋，万木凋零，秋风萧瑟，小儿见山林一片肃杀之气，忽然慨然吟道："我本长生深山内，更何入他不二门。争如访取旧时伴，休更朝夕劳神魂。"吟罢，长啸数声。许久，有一群鹿从草庐前经过，小儿跃然鹿群之中，脱去僧衣，化作一鹿，随群鹿跳跃而去。

——故事源于唐·柳祥《潇湘录·嵩山老僧》

68．花姑子

安幼舆，为人慷慨好义，生性仁慈，喜欢放生。每每见有人猎到禽兽，他总会买下，把禽兽放归山林，即便是耗费再多钱财也从不吝惜。

一日，舅家有丧事，安幼舆前去帮忙。送葬归来，途经华山，当时天色已晚，山中林木密集，安幼舆盘桓一时，在山中迷了路。夜黑山深，四周尽是密林荒草。安幼舆心下大恐，环视四周，忽然见不远处有火光微微。安幼舆大喜，忙过去投宿，往前才走了几步，就遇见一老叟，身形佝偻，拄着拐杖沿山路前行。老叟见安幼舆夜间在山中，就问："公子为什么在此？"安幼舆回答："我迷路了，见前方有灯火，想来必定有人家，我想去投宿。"老叟一听，忙说："公子千万不可前去，那里并非安乐乡。幸好公子遇见老夫，老夫的茅庐就在不远处，公子可随我前往。"安幼舆自是感激不尽，跟从老叟前行数里，见到一处村落。到了一户人家门前，老叟叩门，一老太太走出，开门问："公子是否一同前来？"老叟指着身后安幼舆说："公子在此。"老太太忙邀安幼舆进入房中。

安幼舆见房内虽逼仄，却也干净整洁。老叟忙挑灯让座，又催促着准备酒饭。老太太正要去，老叟叫住老太太说："安公子不是外人，是我的恩人。老婆子行动不便，就唤花姑子出来斟酒吧。"老太太答应着去了。不一会儿，一女郎手捧碗盏前来。安幼舆见女郎芳容艳丽，明眸善睐，仿若天仙，不禁心旌摇曳。老叟一边吩咐女郎煨酒，一边为安幼舆夹菜。房屋西侧有煤炉，女郎前去拨火。安幼舆忙问老叟："不知姑娘是什么人？"老叟说："老夫姓章，如今年过七十，膝下仅有一女，名唤花姑子。山野人家并无婢仆，因公子也不是外人，这才让老妻幼女前来相见。还望公子勿要见怪。"安幼舆忙说："得蒙老丈收留，在下感激不尽，如何会见怪？不知姑娘夫婿是哪家公子？"老叟说："小女尚未婚配。"安幼舆心中暗喜，不住赞花姑子贤惠端丽。老叟连称："公子过誉，小女鄙陋，不敢当此称赞。"正当二人闲谈之时，忽听见花姑子惊号之声。老叟忙上前去，一看，竟是沸酒洒落到火堆上，导致火烧了起来。老叟急忙救火，责怪："老大一姑娘，怎么温酒也不成！"回头一看，见炉旁有个草编的紫姑神像，老叟又责怪她："老大一姑娘，怎么还像婴孩般贪玩？"说着，随手拿起紫姑神像对安幼舆说："竟因为贪玩这个，连酒沸腾了也顾不上，方才公子那般夸赞，真是惭愧！"安幼舆微微一笑，见老叟手中紫姑，眉目传神，袍服精致，赞道："虽是小孩子戏作，也可以看出姑娘兰心蕙质。"

不一会儿，花姑子前来斟酒，安幼舆偷眼细瞧，见她嫣然含笑，并无忸怩羞涩的模样。忽然，老太太喊老叟，老叟离去。安幼舆见四下无人，悄悄对花姑子说："姑娘美貌，令我神魂颠倒。我有意娶姑娘为妻，又担心姑娘父母不允，不知在下该当如何？"花姑子默然不应，仿若未闻，手持酒壶朝火炉走去。安幼舆又问了数遍，女郎只沉默不言。安幼舆渐渐靠近花姑子，还要再问，花姑子忽厉声说道："大胆狂徒！你想要做什么？"安幼舆慌忙长跪地下，苦苦哀求："还望姑娘能指给在下一条明路！"花姑子夺门而去，安幼舆慌忙起身追去，到了门口，他一把抱住花姑子就想亲近。花姑子大声呼喊，老叟听到了，慌忙前来，安幼舆急忙放开花姑子，满面羞惭。老叟问："女子为什么呼喊？"花姑子从容说："酒又沸腾，若不是安公子前来，酒壶恐怕就要化了。"安幼舆听见花姑子如此说，惴惴之心终于放下，对花姑子的爱慕更增添了几分。于是，安幼舆假装醉酒，老叟见状，为他铺设床榻，扶他上床休息。随后，老叟与花姑子关门离去。

安幼舆在房中辗转不寐，天色还未亮就起身离去。回到家中，他立即请人到老叟茅庐求亲。那人清晨去，日暮才回来，对安幼舆说："并没有见到人家。"安幼舆不信，亲自骑马前去寻找。走到昨夜住的草庐处，只见悬崖峭壁，并无村落。安幼舆又在临近村落四处打听，人们都说并没有章姓人家。安幼舆失望而归，不思饮食，终日怏怏，如此几日，竟致眼花耳聋。家人喂他喝汤粥，他也全部吐了出来，神思混乱之中，不住念叨："花姑子。"家人不明白他的心意，只日夜在他床前服侍汤药，不过安幼舆的气力却一日日衰弱了下去。

一夜，守在安幼舆床前的家人困倦不堪，倒头睡去。安幼舆蒙眬之中，忽觉有人前来。他略一睁眼，竟见花姑子站在床前。安幼舆顿觉神清气爽，见花姑子亭亭而立一如往常，潸然泪下。花姑子见状，歪头笑说："公子莫不是痴人？为什么竟成了这个模样？"说罢，不等安幼舆回答，就上床坐到他腿上，为他揉按太阳穴。安幼舆闻到脑麝奇香，穿鼻沁骨。花姑子为他揉按了一会儿，安幼舆忽觉满头大汗淋漓，热意渐渐到了四肢。片刻，花姑子附在安幼舆耳旁悄声说："你房中人多，我不便在此。三日后，我会再来。"说罢，从袖中拿出几个蒸饼放在床头，就离去了。安幼舆到半夜，浑身大汗渐渐消落，又觉得腹中饥饿，拿起床头蒸饼大口吞下。饼中不知是什么馅料，安幼舆只觉得甘美异常，一口气吃了三个。吃饱后，安幼舆把其余的蒸饼用衣衫包好，放在一侧，倒头大睡。到天色大亮才醒转，此时的他浑身轻松，如释重负。三日后，蒸饼吃完，安幼舆精神更加清爽。安幼舆知道花姑子就要来了，支走家人，独居房中等她。

过不多时，花姑子果然前来，见安幼舆痴心等候，笑说："痴郎！"安幼舆一见花姑子，喜出望外，急忙上前把她拉进屋，与她恩爱缠绵。事后，花姑子说："我清白之身，委身公子，是为了报恩。不过，我不能与公子永结同好，还望公子另结良缘。"安幼舆默然良久，问："你我素昧平生，为什么你说是报恩？"花姑子沉默不言，只说："公子好生细想便是。"安幼舆恳求花姑子能留下，结永世夫妻。花姑子说："我夜间总是到公子房中，自是不妥。不过，与公子永结良缘，也是不能。"安幼舆听罢，满脸不悦，悲不自胜。

花姑子见状，说："若公子定要结永世夫妻，还请明夜到我家中。"安幼舆顿时转悲为喜，继而问："两地路途险远，你纤纤细步，是如何前来的？"花姑子说："我自然是没有回家。东头聋媪是我姨母，我就住在姨母家中。因公子身体有恙，我已好几日未归，恐家中父母责怪，明日我就要回去了。"安幼舆深信不疑，靠近她时，只觉她呵气如兰，肌肤香气馥郁，问："你熏的是什么香，竟能使肌肤芬芳四溢？"花姑子笑说："我生来就是如此，并没有熏香。"安幼舆听罢，自是惊奇。

次日一早，花姑子起身告辞，临别之时，叮嘱安幼舆勿要失约。安幼舆说："我肯定不会失约，只是担心深山迷路，找不到茅庐。"花姑子说："安郎不必担心，到时候我在山下路口等你。"当夜，安幼舆驰马进山，果然在路口见到花姑子，二人一起到章家茅庐。老叟与老太太见安幼舆前来，十分欢喜，忙准备美酒佳肴招待。饭后，老叟为安幼舆铺设床褥，让他安寝。安幼舆悄悄拉过花姑子，想要与她同寝。花姑子面色犹豫，起身离去。到了半夜，花姑子到安幼舆房中，说："父母一直絮絮叨叨不睡，我也不能过来，安郎久候了。"安幼舆拉过花姑子与她交欢，二人欢洽一夜。清晨，花姑子对安幼舆说："你我此番就是最后相会，如今要永别了。"安幼舆大惊，忙问："你这是何意？"花姑子说："父亲因此处村落孤寂，打算迁往别处。我与公子的缘分，今日就尽了。"安幼舆悲痛万分，紧拉花姑子不忍相别。正当二人难分难舍之时，老叟忽然闯入，见花姑子在安幼舆身侧，大骂："你竟行此苟且之事，使我清白门庭受辱！"花姑子大惊失色，慌忙奔出。老叟也跟出门外，边追边骂。安幼舆又惊又愧，无地自容，偷偷回了家。

安幼舆思虑数日，对花姑子始终放心不下，又想起老叟曾说自己对他有恩，想着即使东窗事发，老叟也不会多加谴责。想定之后，安幼舆趁夜奔往山中，深山林密，前行数里，竟又迷路。安幼舆遍寻不到路，心中大惧，正想要回家，忽然看见山谷之中隐隐似乎有人家。他驰马过去，见到一处朱门大院，房屋高耸，似乎是显贵的人家。安幼舆上前敲门，向守门人打听章氏的住处。忽然看见有一青衣女子开门，问："是谁半夜打听章氏？"安幼舆忙说："我是章家旧识，深山迷路，这才前来问讯。"青衣女子上下打量安幼舆一番，说："公子不必打听章氏居所，这里是她亲戚家中，花姑子如今正在，且容我进去通报。"不一会儿，青衣女子返回门前，邀安幼舆进入院中。安幼舆果然见花姑子出来迎接。花姑子对青衣女子说："安郎奔波半夜，想必十分困倦，快快准备被褥，侍候安郎安寝。"片刻，青衣女子来报，房间已准备好。花姑子拉安幼舆到房中，安幼舆问："亲戚家中为什么没有其他人？"花姑子说："亲戚外出，我帮忙看家。幸好今夜安郎来了，否则我的孤苦寂寞如何安放？"说罢，花姑子依偎在安幼舆怀中，安幼舆立刻闻见一股腥膻之气扑鼻而来，心中顿时生疑。花姑子抱住安幼舆的脖颈，用舌头舔他的鼻孔。安幼舆顿时觉得脑仁仿佛针刺一般，惊骇之中，一把推开花姑子，慌忙奔逃，然而，浑身像是被绳索捆绑了一样，动弹不得。不一会儿，安幼舆昏睡过去，之后的事，懵然不觉。安幼舆很久不回家，家人着急，四处搜寻，竟在一处悬崖下见到他浑身赤裸而死。家人虽然惊怪，却也无从得知缘由，只好把他的尸首带回家中。

正当家人为他痛哭之时，忽然看见一女子前来凭吊。女子自门外呜呜咽咽，进入灵堂，查探安幼舆尸身，哭号着说："苍天，苍天！你为什么不瞑眼！"痛哭一时，起身拭泪，对安家人说："你们在此处停尸七日，千万不要殓葬。"众人不知道她是谁，也不知道她为什么这样说，正想询问，却见女子神情倨傲，起身出门，对众人不予理睬。家人跟着女子出门，转瞬之间，竟不见她的踪迹。家人疑心女子是神，就依照她的叮嘱，暂时不入殓。

次夜，女子又来，抚摩着安幼舆的尸身，像昨天一样痛哭一场。如此到第七夜，安幼舆忽然苏醒，辗转反侧，呻吟不止，家人大为惊骇。安幼舆睁眼见花姑子在身前，大喜，忙挥手令家人退去，房中仅剩花姑子在。花姑子拿出一束青草，煎了半碗汤，让安幼舆服下。顷刻之间，安幼舆言语如常，紧紧盯着花姑子看了一会儿，忽然叹道："你既要杀我，为什么还来救我？"花姑子大惊，忙问他为什么这样说。安幼舆就把实情说了。花姑子说："那是蛇精冒充我。安郎之前在山中迷路时看见的灯光，就是蛇精所在。"安幼舆想起她身上腥膻之气，这才醒悟，又问："你为什么能使死人复生？莫非真是仙人？"花姑子长叹一声，说："一开始就想告知安郎，又担心安郎惊怪，如今安郎询问，我就实话说了。不知安郎可还记得，五年前曾在华山道上放生过一只獐子？"安幼舆思索一时，说："此前确实放生过一只獐子，猎人猎捕了它，我见它可怜，花重金买下，后把它放回深山。你怎会知道？"花姑子说："獐子就是我父亲，此前父亲所说的大恩，就是这个。安郎鬼魂前日已投生西村王主政家，我与父亲告状到阎魔王跟前，希望公子复生。阎魔王不准，父亲情愿损毁修行，代替安郎死。不过，须得哀痛七日才行。如今，安郎能够复生，实在是幸事。不过，安郎此后，浑身定然麻痹，不能像常人一样行走。须得用蛇血和酒饮下，才能痊愈。"安幼舆知道自己竟被蛇精害成这样，咬牙切齿，只恨无法把它擒获。女子说："安郎想要抓捕蛇精？这也不难。它的洞穴在悬崖之中，你到申时，在它洞口焚烧茅草，逼它出洞。洞口派人准备好弓箭，妖物自然无处可逃。"随后，花姑子黯然说："我不能亲自把事情完结，实在是遗憾。不过，由于安郎的缘故，我的修行已损毁了七成，近来觉察到腹中微动，许是已有了安郎的骨血。无论是男是女，一年后，我定然把他送还给安郎。"说罢，流涕而去。

次日，安幼舆觉得浑身酸麻，自腰以下，失去了知觉。安幼舆把花姑子所说的方法告知家人，家人依照吩咐逼蛇出洞，不一时，果然见有一条巨大白蛇从洞中出来，家人忙把它射杀。等到火灭，家人进洞，见洞中大大小小的蛇有几百条，都被烧焦。家人回去后，把蛇血和酒喂安幼舆服下。三日后，安幼舆双腿渐能移动，半年后，才行动如常。

一日，安幼舆独行谷中，忽然遇见一老太太怀抱一个婴儿递给他，说："女儿命我送给公子。"安幼舆还要询问，抬眼间却不见了老太太踪影，他打开褓褓一看，是一男婴。安幼舆把孩子抱回家中，精心教养，终身未再娶亲。

——故事源于清·蒲松龄《聊斋志异·卷五·花姑子》

69．猴灯

湖南刺史薛公，因年老辞官，回京闲居。薛老素来勤俭治家，每天早晚必定拄着拐杖到宅中各处查看。一日，薛老晨起，到厨下查看，见灶中竟有微微灯光。薛老大怒，责骂伙夫："已是清晨了还不灭灯，灶中为什么还有火光？"说着亲自走上前去细看，竟看见一只猕猴，长六七寸，身侧有一盏灯，身前有一个小台盘，台盘方圆一尺多，盘中食品及各色物品都有，不过形状极小。猕猴对着灯吃食物。薛老大为惊异，伸出拐杖朝猕猴刺去。灶本来很浅，不过薛老的拐杖却打不到猕猴。薛老大惊，唤妻子及家中童仆来看。众人见状都疑惑不解，又见猕猴把灯放在盘子上，随后把盘子顶在头上走出炉灶。众人跟着猕猴到堂前台阶上，猕猴又在台阶上点灯备盘，旁若无人地大吃起来。

　　薛老大为惊惧，安排子弟外出寻访术士来驱除猴怪。一名子弟才出门，就遇到了一个骑驴的道人，道人见薛氏子弟神情慌张，说："公子神情仓促，必定家中有事故。我见这宅子妖气很重，在下不才，对于道术略知八九。若公子家中有事，在下愿排忧解难。"薛氏子弟一听，大喜，忙请道士入宅。薛家男女老少都出门相迎，请道士坐在中堂，长揖拜谢。道士连连还礼，说："不知猕猴身在何处？可否请老道看一看？"薛家人忙领道士见猕猴，那猴见道士，也无惧色。道士细细察看一时，说："这是薛老数世积累的怨恨所化。猕猴此番前来，恐有大祸发生。"薛老及妻子不住恳求道士降妖除祟。道士说："今日既然让我遇到了，自当为薛老驱除此祟。不过，还得委屈薛老一二。"薛老说："若能除此怪，老朽受些屈辱又有何妨！"道士说："我看方才猕猴之意，是想要携台盘及灯在薛老头顶饱食一餐才可离去，不知薛老可否愿意？"薛老面露难色，却也不敢推辞。薛妻及诸子都大怒，说："这是魅，如何能登上人的头顶！还请尊师想想别的办法。"道士思索一时，说："若不愿如此，可否先把台盘子放在头上，再使猕猴到盘中饮食，如何？"薛老妻又说："不可如此。"道士为难地说："若不如此，就别无他法了。"薛家子弟又不住恳求，希望道士能再思妙计。许久，道士问："家中可有橱柜？也可以让薛老到橱柜中，使猴在柜上饮食。"众人都说："如此自然可以。"

　　于是，薛家子弟抬出一个木柜，柜中铺设褥子，等薛老进入柜中后，关闭柜门。猕猴随即头顶台盘，提灯上柜，在柜上饮食。薛老妻子及薛氏子弟环绕四周，神情担忧，不住悲泣。没过多久，道士忽然消失不见，众人惊骇之中四处找寻，却遍寻不得，而猕猴及台盘与灯也消失不见。众人忙打开柜门一看，薛老也不见踪影。全家四处找寻，悲号不已，却始终找不到薛老，只好准备丧服，为薛老备办丧仪。

——故事源于宋·李昉等《太平广记·卷四四六·薛放曾祖》

70．白狼女

唐朝时期，某任冀州（今河北省北部）刺史有一儿子，入京变更任职。刺史子还没有走出冀州境，在半路上见到一个贵人乘车经过，马车周围仆妇婢女众多，声势浩大。当时，恰有一阵风过，掀起马车帷幔，刺史子见车中一名女子端坐，容色美丽，气质娴雅，顿时心生爱慕。刺史子立即上前打听女子名姓，仆妇见状，大为不悦。其中一老婢怒道："你是什么人！竟如此狂妄！这是幽州（今北京市、天津市、辽宁省一带）庐长史家娘子，因夫婿亡故，奉命回京师。公子又不是州县官吏，不必问询！"刺史子连连道歉，说："我父亲是冀州刺史，我想要与娘子结为夫妇，不知娘子可否愿意？"车中女子一听，先是大为惊异，过了几日，女子见刺史子情真意切，就与他野合。如此，刺史子竟不到京师，就携女子返回冀州家中。刺史夫妇见到儿子回来，十分惊讶，等儿子说明情由，二人也没有过多责怪。新妇进退有礼，落落大方，所带仆妇人马众多，刺史夫妇料想定是大家女子，疑心渐消，非常欢喜。

一月后，一夜，新妇马匹互相踢踢。刺史派遣婢女前去查看，等到次日天亮，刺史忽想起婢女一直没有回来，派人去寻，却遍寻不得。马棚中马也不见，刺史心中大疑，与妻子一起到儿子房前喊儿子来看，却无人应答。刺史只好命人把门撞开，竟见一只大白狼从房中冲出，倏忽不见。再看房中，刺史子已被吃干净了。

——故事源于唐·戴孚《广异记·冀州刺史子》

71．狼主仆

镇番（今甘肃省民勤县）人章伲，世代在水磨关居住。章伲勇武过人，十七八岁时曾独自背负弓弩进入北山中猎取麋鹿、雉兔。因进山过深，一直到了日暮，章伲出不了山，只好露宿在悬崖之下。酣睡到了夜半，忽然觉得有物在脸上拂过，章伲急忙睁眼，就着月光一看，竟是一个人！章伲起身，一把抓住这人的胳膊，仔细一看，竟是一个绝美女子！女子侧卧草丛中，不住呼痛，发出呻吟声，她的声音婉转娇啼，令人心痒。章伲心生怜爱，忙把她放开。女子起身坐地上，缓缓整理衣衫，章伲见她容华绝代，不禁问："姑娘为什么深夜在此？"女子回答："我家在数里外，今夜月色皎洁，出门闲步，不知不觉就走到了崖下。看见公子熟睡，我玩心大起，这才戏耍公子，不承想竟被公子抓得这么痛楚，真是后悔！"章伲也觉得自己方才用力过甚，唐突佳人，实在不该，因此不住地道歉。女子含羞俯首，沉默不语。章伲见女子含羞带怯，不觉已心动，到女子身前一把把她搂过，女子极力挣脱，章伲却不放手。正当两人扰攘之时，一名婢女忽然从山路中走出，见到二人情状，惊喝道："哪里的公子，怎么强拉别人家的女郎呢？"章伲嬉笑说："是她来接近我，并不是我唐突佳人！"婢女嗔道："强盗！强盗！真是胡说。我不与你多费口舌，这就带小娘子回去了。"说罢，拉着女子沿山路飞奔离去。

章伲年少放荡，见到如此美女，哪肯轻易放过。于是，偷偷跟踪二女子，只见二人跃过山岭，跨过溪涧，行五六里，见松林中有几间瓦房，四周围着竹篱笆，二女子进了其中一间房。章佖见二女进门，也尾随进去。婢女回头一看，吃惊地说："公子脸皮也太厚了，半夜到女子家中，这是想要干什么？"女子掩口微笑说："想必'非奸即盗'。"女子声音就像是春日黄莺般清越，章佖心旌摇曳，上前朝女子作揖："小人得罪姑娘，是以登门谢罪，如何敢说'奸''盗'？"婢女趁机问："我家小娘子，才貌双全，现今年十六岁，孤苦无依，想要寻一良人结为夫妇，却始终未遇。娘子曾作一上联，说是若有人能对出下联就……"章佖爱武恶文，一字不识，此时见婢女如此说，哪肯错失机会。不等婢女说完，章佖就说："姑且说来听听，或许我能对出。"婢女朝女子说："还请小姐写下来。"女子拿出笔墨书笺，写下上联。婢女拿给章佖看。章佖念道："织女星辰永相暌，且一年两会。"因这年正值闰七月，所以女子上联写一年两会。章佖不解对联的意思，辗转徘徊，脸色通红。婢女见状，偷偷背着女子悄悄教章佖道："公子只须说：黎花月午尝独坐，每半夜三更。"章佖结结巴巴把此联说出，还错了两字。婢女掩口忍笑，女子嗔道："定是婢子教坏公子！"婢女争辩："公子口吃，且并非吟诗作对的人，小姐还是不要拘泥于对对子了。"说罢，为她铺好床榻，起身离去。章佖见四下无人，就同女子亲昵，女子也不再抗拒，两下欢好无限。事后，女子赠给章佖一枚金钏作为定情信物，章佖也回赠一枚玉玦。女子把玉玦系在裙带上，日日佩戴。自此后，章佖与女子就在山间做了夫妻。女子极为聪慧，只是饮食十分豪放，每次吃肉，女子都狼吞虎咽，即使吃饱了，依然对盘中肉食虎视眈眈。章佖对女子颇为宠爱，只觉得她率真可爱，也不以为意，每日出门猎取野味，讨女子欢心。

数月后，女子与婢女隔一日就要外出一趟，晨出暮归。章佖问女子去哪里，女子说："我有一寡嫂，住在大黄山，我这是去探望她。"章佖很是吃惊，说："大黄山是群狼聚集的地方，太危险了。你每次回来天都黑了，以后就不要去了。"女子不语，依旧隔日往返。章佖十分忧心，多次提出陪同女子一起，都被女子坚决拒绝了。章佖心想，狼这种动物，性情狡猾，不知饥饱，遇到活物就要吃掉，娘子若是遇见，一定会葬身狼腹。于是，章伱想到一个妙法。木鳖子有毒，章伱找来许多木鳖子，把它涂抹到黄羊肉上，又把黄羊肉切成小块，分别放在北山到大黄山的路上，希望能借此杀狼而保护女子。

又一日，女子与婢女又出门，到了夜间，还没有回来。章伱等了一夜，次日一早，带着弓弩前去查探。走到半路，见到草丛中有两头狼的尸身，一旁还有没吃完的毒肉。章伱知道狼中毒而死，就把它们拖入林中。转身之际，忽然见林中有两件女子衣衫，章伱拿起一看，竟是女子与婢女出门所穿的衣衫。章伱大惊，拿起衣物检视，突然，有一物掉落石上，哐当有声。章伱捡起一看，正是自己赠给女子的定情玉玦。章伱大惊失色，忙把它捡起，带着满心狐疑返回家中。到家门口一看，此前的瓦屋、竹篱笆，都化为乌有，唯有土窟、枯枝。章伱在这里徘徊等候，不忍离去，始终没有女子消息，只好怏怏返回家中，终身不再娶亲。

——故事源于清·和邦额《夜谈随录·卷二·章伱》

72．白猿

梁大同末年，平南将军蔺钦南征，兵到桂林，击败李师古、陈彻的军队。别将欧阳纥率军攻到长乐，西南蛮荒之地民众全部平定。随后，欧阳纥又率兵深入崇山峻岭之中，追踪残余军队。欧阳纥的妻子身量纤纤，肌肤胜雪，容貌绝代。夫妇二人恩爱非常，欧阳纥行军打仗时，二人也不曾分别。现今入山，欧阳妻也在身侧，他的部下见状，说："将军不该带夫人来此。听闻当地有神灵，最喜欢少女，尤其是美貌女子，一见就要掠走。将军可要好生守护夫人，以免被掠走。"欧阳纥十分惊异，心中大惧，夜间，安排士兵守卫在住所四周，又把妻子藏在密室，紧锁室门，另派十多个婢女日夜守护。

一日夜间，阴风阵阵，天色晦暗，到了五更时分，门外忽然寂静无声。门外守护之人不耐困倦，开始打盹，蒙眬之中，忽然被惊醒，再看欧阳夫人，竟已消失不见。众人大惊，查看门户，都紧紧关闭，没有开启，没人知道夫人从哪里出去的。室外层峦叠嶂，走不了几步就会迷路，众人也不敢贸然找寻。到了天色大亮，欧阳夫人依然踪影全无。欧阳纥悲痛万分，发誓找不到妻子就不回去。于是，欧阳纥称病不能远征，就地把军队驻扎在山中，自己更是不避艰险，四处找寻。

一月后，欧阳纥忽然在百里之外草丛中找见一双绣鞋。绣鞋经风吹日晒，已有些褪色，但他还是认出这正是妻子鞋子。欧阳纥见到绣鞋，想到妻子不知现今何处，生死未卜，不禁悲从中来，更加坚定了寻妻的决心。当天，回到营帐，欧阳纥挑选精壮士兵三十人，手持兵器，带好干粮，继续寻妻。

又过了十多天，欧阳纥与三十士兵已走了二百多里。一日，众人休息之时，忽然见到南方有一座山，翁郁葱茏。于是，众人商议一番，决定进山。山周围有深溪环绕，山崖险峻，翠竹荫荫，不时有彩虹出现，恍惚间还能听到女子的欢声笑语。欧阳纥与众兵士听见人声，大喜，手拉藤蔓，攀缘而上。顶部是一处高台，周围有茂林佳卉，地上绿草如茵，丰软如毯。鸟语花香，仿若仙境。欧阳纥与士兵朝人声处走去，只见东面石门处有十几个妇人，服饰精美，嬉游歌笑，来往不绝。有一个妇人见了欧阳纥，问："你是谁？为什么来这里？"欧阳纥如实说了。几个妇人对视一眼，纷纷叹气，说："将军夫人来了有一个多月，如今卧病在床，你快去看看吧。"说罢，带欧阳纥到一处山洞，洞口的门是木制的，内中宽敞，有厅堂，四壁有床，床上的铺设都有锦绣花纹。欧阳妻正在其中一张床上，床前都是珍馐美味，却不见动筷。欧阳纥一见妻子，悲喜交加，忙上前拉着妻子的手，深情凝视。欧阳纥妻形容憔悴，对着他微微一笑，就挥手示意欧阳纥离去。

欧阳纥大惑不解，众妇人一看，说："我们十几个人与将军夫人一样，都是被白猿掳掠，有的来了有十年了。白猿有神力，能杀人。将军虽有万夫不当之勇，恐怕也不能与它抗衡。如今趁它外出未归，将军快快回去。先准备美酒两斛，食犬十头，麻数十斤，我们再行谋划，想来定能把它杀死。将军十日后再来，再来时，一定要在正午时分，不能太早。现下，将军快走吧！"欧阳纥回头看了一下床上的妻子，这才恋恋不舍地离去。

十日后，欧阳纥带着酒、麻、犬等如约前来。一妇人见之，说："白猿喜欢喝酒，常常喝醉。醉后必定要显示它的神力，让我们用彩练把它的手脚绑在床上，它稍一挣扎，彩练就断了。有一次，我们用三股彩练把它绑住，它就挣扎不开了。现今，我们已悄悄把麻混在彩练中，想来，它定然无法挣脱。它浑身坚硬如铁，不可侵犯，不过，我看它常常护住肚脐下部位，想来是它的致命处。你可以找机会攻击那里。"接着，妇人又指着旁边一块石头，说："那里是白猿饮食的地方，你藏到石后，静待时机。酒放到花下，犬放入林中，等白猿被捉住，再让它们出来。"欧阳纥依照妇人的话，在石后藏好，凝神屏气以待白猿。

傍晚时分，欧阳纥远远地见有一大物，状如白练，从别处山上飞下，径直进入山洞。不一会儿，就有一名身长六尺的美髯男子，穿着白衣，挂着拐杖，拥着几个妇人出来。白猿见到林中的犬，大惊，随即腾身跳跃，抓起一只犬，疯狂撕咬，顷刻间，犬就仅剩下白骨。妇人们虽面露惊恐，却也很快转为欢笑，纷纷劝男子饮酒，与他谈笑甚欢。数斗酒饮尽，男子已醉，众妇人把他扶到洞中。欧阳纥依稀能听见洞中传来的嬉笑之声。许久，一名妇人走出，召欧阳纥进洞。欧阳纥手持兵刃进入，见白猿手脚都被绑在床头，眉头紧锁，想要挣扎，却挣脱不开。白猿见欧阳纥，大惊，目光如电般射来。欧阳纥心中一惊，不敢再看，拿起兵刃朝他刺去。一刀下去，欧阳纥觉得他身硬如铁石，竟奈何不得。欧阳纥忽然想起妇人的话，又刺向他的脐下，白猿登时血流如注。白猿吃痛，大叹道："天要亡我！"说罢，又朝欧阳纥说："我今日就要死了，不过，你妻子已怀有身孕，还请你不要杀害她腹中的孩儿。他将来会遇到贵人，能光大你的门楣。"说罢，即刻身死。

诛杀白猿之后，欧阳纥心中大喜，却也疑惑，白猿究竟是什么神物？其中一妇人说："它最喜欢搜罗珍馐宝器、世间美人。这里的妇人，时间长的，已有十年。之前有妇人年老色衰，白猿就把她提走，不知最终结局如何。它行事独来独往，并无同党。它浑身都是白毛，长有数寸，行事与寻常人一样，穿衣戴帽，只是，不知冷热寒暑。它饮食无常，喜欢饮酒，喜欢吃果栗，尤其喜欢吃犬。今秋有一日，它忽怆然地说：'我被山神告了，可能有死罪。不过，我已请求一众神灵保护，也许可以免除死罪。'后来又有一日，它怅然若失，叹道：'我已千岁，却没有儿子。如今有了儿子，却要死了。一切都是天意，我也奈何不得。'"

欧阳纥听罢，唏嘘不已，随后，携妻子与众妇人一并下山。那些还记得家中住址的妇人，欧阳纥就派人把她们送回；不愿回家的，就听凭自愿，嫁给军士。欧阳妻一年后生下一个儿子，样貌酷似白猿。他儿子长大后，果然对诗文十分精通，在当世很是知名。

——故事源于唐·佚名《补江总白猿传》

73．猿女

广德年间，有一秀才，名为孙恪。孙恪进京赶考，不幸落榜，无颜回乡，就在洛中游荡。一日，孙恪游到魏王池畔，见一处新建的大宅，就向路人打听宅第主人。路人说："宅主人姓袁，其余就不知道了。"孙恪整日无事，又好奇此处宅第，径直上宅院门口敲门。敲了几声，却无人应答。宅院一侧，有一处小房，帘幕整洁，似乎是待客的地方，孙恪就进小房休息。许久，忽然听见宅院大门开启，孙恪忙透过小房窗子往外看去，竟见到一个女子，容光焕发，艳丽惊人，仿若仙女降落尘世。女子见门前无人，又返回庭院，摘庭中萱草静立凝思，许久，吟道："彼见是忘忧，此看同腐草。青山与白云，方展我怀抱。"吟罢，露出凄惨神色。

又过一时，女子前来小房，忽然见到孙恪在此，大惊失色，忙返回宅院。孙恪都没来得及自报名姓，正暗自懊悔不已，却见一婢女前来问："你是谁？为什么在这里？"孙恪忙向婢女解释说："我是落第书生，客居洛阳。不小心闯入这里，多有冒犯，还烦请姑娘通传，我想亲自向小娘子表达歉意。"不料，却听见女子远远地对孙恪说："我容貌丑陋，且没有妆扮。公子到我家，本应与公子见一面。还请公子稍候片刻，容小女子梳妆相见。"说着，女子就进入内宅。孙恪喜不自胜，问婢女："不知小娘子是哪家千金？"婢女说："小姐是已故袁长官的女儿，因父母早亡，又无亲友，只好与我们三五人暂居此地。小娘子芳龄正好，却还未婚配，实在是令人忧心。"良久，女子才出来见孙恪，孙恪一见，女子美艳更胜刚才，心中爱慕更深。两厢见过，女子吩咐婢女上茶，说："公子既然没有宅第，不如搬来这里居住？"说罢，女子又指着婢女说："公子有什么需要的，告知她就行。"孙恪先是惊喜，继而惭愧，当下就返回旧居，收拾行囊搬到袁氏宅中。

当时，孙恪尚未娶亲，见女子容色妍丽，就向她求亲，女子欣然接受，二人于是结为夫妻。袁氏很富有，钱财车马一应俱全。孙恪是穷书生，突然发迹，乘车骑马，服饰华丽，人们见了都很惊讶。孙氏亲友前来问讯，孙恪并不告知实情，只说谎糊弄。自此以后，孙恪不求功名，日日与豪贵游山玩水，宴饮取乐。如此三四年，孙恪都不曾离开洛阳。

一日，孙恪在街市上忽然遇见表兄张闲云处士。孙恪见到表兄，大喜，说："许久没有见表兄，真是想念，不如来我家中，你我彻夜长谈。"张闲云也十分欢喜，随孙恪同往袁宅。二人谈到半夜，张闲云忽然拉住孙恪的手，悄声说："我曾学过道法，看弟的脸色，妖气很浓，不知弟可有遇见什么？还请弟详细告知，否则，恐有祸殃。"孙恪一听，大惊，随即说："我并未遇见什么。"张闲云又说："人身有阳气，妖有阴气。我见弟的神采，阳气被夺，阴气正盛，定然是被怪物掠取。弟为什么不能把实情告诉我呢？"孙恪此时惊悟，就把遇见袁氏的事如实告知。张闲云一听，大惊，说："恐怕袁氏是妖怪无疑，这可如何是好！"孙恪说："我仔细想来，袁氏并没有异处。"张闲云说："难道袁氏在世上竟一个亲友也没有？且袁氏聪慧又能干，这就是异处！"孙恪沉思良久，说："我一生困顿，因娶了袁氏，生活才富足，如何能忘恩负义！不知表兄可有妙计？"张闲云一听，怒道："大丈夫应与人共处，如何能与鬼共处！人若正直，妖自然不敢接近。况且，恩义与自身哪个重要？你自身要受灾祸，却还念着鬼怪的恩义，不也太可笑了吗？"张闲云随即拿出一柄宝剑，说："这把宝剑能斩妖除魔。我暂借给你，妖见了它，必定现出原形。若没有现出原形，就不是妖怪，你们依然可以做恩爱夫妻。"孙恪犹豫着接过宝剑，张闲云告辞。

孙恪把宝剑藏在房中，面上忧心忡忡。袁氏入室，见状，知道孙恪疑心，大怒，说："你穷困之时，是我帮助你。如今你不顾恩义，胡作非为，如此，当真连猪狗都不如！你有什么脸面站在这人世间！"孙恪见状，忙下跪叩头说："我被表兄教唆，才有这份心思。现今，我愿歃血发誓，此后再不敢有他心。"说罢，满头汗如雨下。袁氏搜出宝剑，把它折断成数寸。孙恪见宝剑在袁氏手中竟像莲藕般脆弱，更加害怕，就起身想逃。袁氏冷笑着说："张闲云这小子，不教表弟道义之事，却让他做凶险的事。若他再来，看我如何辱骂他！不过，我料你也不会再有这样的心思。况且，你我夫妻数年，我怎会为难你？"孙恪听得此言，心下稍安。后数日，孙恪外出，遇到张闲云，说："你为何让我拔老虎的胡须？我险些葬身虎口！"张闲云忙问情状，孙恪如实告知。张闲云听见宝剑被轻易折断，大惊道："这妖物道行高深，我制服不了。"自此，张闲云不敢再来袁宅。

十多年后，袁氏与孙恪已有两个儿子。袁氏治家很严，家中一切太平。后来，孙恪到长安，拜访旧友王相国。在王相国的举荐下，在南康谋到了一个官职。于是，全家前往南康。一路上，袁氏每遇到有青松高山的地方，就凝神站立许久，神色怅然。到了端州，袁氏说："这里不远处有一座峡山寺，寺中有一僧人是我家旧相识，一别数十年，不知僧人是否还好。不如我们前去探望一番，做些布施，也算是积德行善。"孙恪说："如此甚好。"于是一行人到峡山寺。

袁氏见峡山寺，满脸喜色，梳洗打扮，带着两个儿子前去拜访老僧，步履匆匆，仿佛十分熟悉。孙恪暗暗疑心。袁氏见山中高松上有十几只野猿腾空跳跃，好不自在，目光流露出羡慕之色。随后，袁氏向僧人借来一支笔，往寺壁上题诗数句："刚被恩情役此心，无端变化几湮沉。不如逐伴归山去，长啸一声烟雾深。"写罢，把笔扔到地上，抚摩着两个儿子的头顶，悲泣数声，对孙恪说："你好生珍重！永别了！"说罢，化为一只老猿，跃入深山。

孙恪大惊，仿若魂飞神丧。许久，孙恪抱着两个儿子失声痛哭。随后，孙恪向老僧询问情况。老僧思索良久，这才明白，说："这猿是贫道还是小和尚时养的。开元年间，高力士经过此地，见它聪慧，就把它带往洛阳，献给了天子。后来遇到安史之乱，就不知所终，没想到今日竟遇到这样的怪事。"孙恪听完，十分惆怅，在寺中暂住六七日后，原路返回家中，不再赴任。

——故事源于唐·裴铏《裴铏传奇·孙恪》

74. 猿僧

乾元初年，会稽（今浙江省绍兴市）百姓杨叟，忽然病重卧床，痛苦呻吟了好几个月。杨家资产丰盛，富甲一方。杨叟的儿子宗素向来孝顺，见父亲病重，愿意倾尽家产为父亲请医诊治，却始终不见效。后来，有一个陈姓书生对宗素说："你父亲的病，是心病。因为家中财产过多，他整日劳心，这才使心离身而去。如今恐怕只有吃活人的心才能救治。不过，天下活人的心，如何能得到？"宗素一听，思索良久，想：活人的心确实不容易得到，不过修习佛法或许能使父亲病情好转。于是，宗素召集僧人轮番念经，而自己备好干粮，到郡中佛寺布施。

一日，宗素带着干粮找寻佛寺布施，不小心进到一座山中，山下有个石龛，龛中有一胡僧，容貌老瘦，形容枯槁，身上袈裟已破烂不堪，独自盘腿坐在石头上。宗素见山中胡僧，认为他定然有过人之处，就施礼问："不知师父是何人？师父独处深山，在人迹罕至处的地方修行，难道不怕山野的走兽吗？难道是因为师父已修得佛家妙法，不惧怕野兽？"胡僧睁眼看了宗素一眼，说："我姓袁，先祖世代居住在巴山，后世子孙，有的在弋阳，散落在山谷之中，成了林泉逸士，喜好吟咏啸傲。孙氏，也是我同族，最喜欢在权贵门庭游走。也有喜欢在市肆之间游耍的，他们靠嬉戏获利。我独好佛法，远离红尘，栖身山谷中好几年了。我常仰慕释迦牟尼佛割肉喂鹰的善举，不过，我整日食山果、饮清泉，从未见过有虎狼前来。我现在就等着虎狼前来。"宗素听罢，心生敬意，说："师父能不顾自身安危，真是活佛。弟子的父亲病重好几个月，药石无医。弟子整日忧叹，却没有好的办法。有一个医者说，弟子的父亲是心病，定要吃活人心才能痊愈。

如今，师父能舍身饲豺虎，定然能舍身救我父亲性命。"胡僧说："若果真如此，我也算是心愿得偿。你为了救父亲想要我的心，自然可以。更何况，饲喂猛兽如何比得上救人性命？不过，我今日还没有吃东西，希望能饱餐一顿再死。"

宗素大喜，连连道谢，拿出身上所带的干粮递给胡僧。胡僧立刻吃完。宗素邀胡僧一同回家，胡僧说："既然已经吃完了，自然要奉命。请等我礼拜四方的神圣之后再去。"于是，胡僧整理衣衫，走出石龛，朝四方——礼拜。礼拜结束，胡僧忽然跃上一棵高树。宗素以为胡僧神通变化，深不可测，也不敢言语。胡僧在树上厉声问宗素："你此前想要求我做什么？"宗素说："希望用您的心，医治我父亲的病。"胡僧说："你方才的请求，我已答允。如今，要先阐释《金刚经》的奥义，你可愿意听？"宗素说："我向来信奉佛法，如今得遇师父，如何敢不听？"胡僧说："《金刚经》上说：过去心不可得，现在心不可得，未来心不可得。你若要取我的心，也不可得。"说罢，忽然跳跃大呼，化作一只猿奔腾而去。

宗素大惊失色，惶惶而归。

——故事源于唐·张读《宣室志·卷八·求人心遇猿僧》

75．楚江渔猿

楚江边有一个渔人，在水边结庐而居。渔人只有草衣、小舟、钓竿，别的财物都没有。他常常打鱼换酒，一饮酒，就狂歌醉舞。人们常笑他癫狂，他也不以为意。有人问渔人姓氏及故乡，渔人始终不言语。于是，人们都认为他是隐士。

有人问他："你是隐士钓鱼，还是渔人钓鱼？"渔人说："从前，姜子牙垂钓、严子陵垂钓都名垂青史。人们认为他们是隐士钓鱼，却不知，他们并不是钓鱼，而是钓名。隐士钓鱼高尚，还是渔人钓鱼高尚？若拿渔人钓鱼来说，只要有明月，风平浪静，就可以钓到鱼来饱腹，多余的鱼拿来换酒吃醉。到那时候，还管他是隐士钓鱼还是渔人钓鱼？"问的人听完这话，对他大为佩服。

忽然有一日，有一个人带着一只小猿路过此地。渔人见到小猿，悲号不止，小猿也不肯离去，面露悲怆之色。人们十分奇怪。渔人向那人说："这只小猿原本是一名山僧赠给我的，我前年不慎丢失，希望您能把它还给我，好让我不辜负山僧的义举。"那人听到这话，就把小猿留下了。自此，渔人与小猿相依为命。

一年后，有一日，渔人跟其他打鱼人说："我在南山之中有同类，今日跟你们告别，回南山去了。"说罢，跳跃化作一只老猿，带着小猿奔走了，没有人知道它的踪迹。

——故事源于唐·柳祥《潇湘录·楚江渔猿》

76. 猩女

前浚仪县令焦封罢任后不久，妻子也去世了。开元初年，焦封在蜀地游玩，整天和蜀地的富人宴饮赌博。一日夜间，焦封宴饮结束，骑马回家，路上遇见一个女子。女子就像是认识焦封一样，上前邀焦封到她家中。焦封酒意正浓，心想定是女子认错了人，也不分辩，笑着跟随女子前去。

前行一里，焦封到一处宅地，见屋舍峥嵘，很是气派。女子进门后，焦封下马在厅堂稍坐。不一会儿，焦封见十几个婢女前来，身上穿着罗纨，头戴珠翠，容色都十分美丽。婢女齐称夫人稍后就会前来会见客人，还请稍待，焦封惊疑不已。不一时，他见有两行花烛在前，一把大扇拥蔽着一名妇人在后，大扇打开，焦封见方才的女子走出，仪态端方，妖媚风流。妇人朝焦封躬身施礼后，坐在堂上。堂前设有琼浆玉馔，又有女子演奏乐曲，妇人向焦封不住劝酒。须臾，婢女拿来红笺，妇人写了一首诗赠给焦封，焦封一看，笺上写着："妾失鸳鸯伴，君方萍梗游。小年欢醉后，只恐苦相留。"焦封捧着诗，沉吟良久，尽饮一杯，又斟满一杯后，写了一首诗酬答，诗道："心常名宦外，终不耻狂游。误入桃源里，仙家争肯留。"妇人看罢，笑说："谁叫你误入此地，不想留也不能。"焦封也笑着回答："只恐夫人不留，谁怕留千年万年！"妇人听罢，喜形于色，徐徐起身，装醉进入内室。焦封见状，忙扶妇人一起进帐。当下，两情缱绻。到了次日天明，宅中大摆宴席，欢歌笑语，妇人又与焦封同饮共醉。等到酒醒，妇人对焦封说："我是都督府孙长史的女儿，此前嫁给了王茂。王茂客死长安，我如今寡居，幸好遇见焦郎不因我不经媒人就与你私会而轻视我。想必当日卓王孙家中，文君爱慕司马相如就是如此情形。"焦封听罢，更觉妇人妖媚动人，眷恋更深。

不出一月，一日，焦封独行，忽然自言自语："我本是读诗书的人，所求的是名和官。今日，声名未显扬，官途也未称心，却沉迷酒色月余，此非大丈夫所为。"焦封这话恰好被一个婢女听到，婢女告诉了妇人。妇人找来焦封说："我出身簪缨之家，郎君也是官场之人，我嫁给郎君，也不算辱没郎君门庭。如今，郎君想要谋求名和官，我怎敢强留郎君在身侧，断送了郎君的仕途？郎君只须跟我说就行，何必如此伤叹呢？"焦封听罢，大为感动，说："还是夫人知我。夫人如此明理，我也不必为余生老死蜀地而感伤了。"妇人于是命人备好钱财送焦封入关。临别之时，妇人赠给焦封一枚玉环，说："郎君好生珍藏，这是我小时候常常玩弄的东西，是我母亲赠给我的。"说罢，吟诗一首送别："鹊桥织女会，也是不多时。今日送君处，羞言连理枝。"焦封接过玉环，听罢送别诗句，悲怆不已，留诗赠别："但保同心结，无劳织锦诗。苏秦求富贵，自有一回时。"妇人见诗，悲咽良久，二人依依惜别。

焦封别过妇人，正要登阁道，见险峻地势，正心惊不已。不经意回头，竟远远望见妇人奔逐而来，焦封大惊，忙停下来等候。不一会儿，妇人到焦封身前，悲泣不已，说："我不忍心与郎君分别，于是悄悄跟在郎君身后。不承想还是被郎君发觉了，还请郎君带我一起入京吧。"焦封大为惊讶，又十分欢喜。于是，二人结伴到前方旅店。傍晚时分，旅店前跑来了十几只猩猩，妇人见到猩猩，非常欢喜。焦封见状也走出旅店，妇人转头对焦封说："郎君进京，弃我不顾。如今，我的女伴召我归山，还望郎君好生保重。"说罢，化作一猩猩，与同伴相逐而去。

——故事源于唐·柳祥《潇湘录·焦封》

77. 骏马妇人

益州（今四川省、重庆市、云南省、贵州省一带）刺史张全养了一匹骏马，十分爱护。骏马只有张全一个人能骑，别人都不敢骑。张全每日安排两个人从早到晚专门照顾骏马的一应饮食。

忽然有一日，骏马化为一名妇人，美艳奇绝，站在马厩中。家中人大为震惊，忙告知张全。张全亲自前来一看，只见那妇人朝他盈盈拜倒，说："我本是燕中妇人，因太过爱马，常在马身旁感叹它的骏逸。几年后，我忽然醉倒，醒来后，就发现自己已经化作一匹骏马。我于是奔腾跃出，随意乱走，朝南行了近千里。仰赖您的精心照料，才使得我得以幸存。今日，我暗自悔恨化为畜生，一时泪落地下，被地神知晓了。地神可怜我，上奏给天帝，天帝准我还归旧身。如今想来，真是恍然一梦。"

张全大为惊异，把妇人安顿在家中。十余年后，妇人忽然说想要回乡。张公还在犹豫，却见妇人仰天长啸，以头撞地，身体忽然化作骏马，奔突出门。随后，不知所终。

——故事源于唐·柳祥《潇湘录·张全》

78. 猪女

李汾，越州（今浙江省绍兴市）上虞县人，生性好游山玩水。一日，他住在四明山下一间客店。附近有个张老庄，庄子里有一户人家，十分富有，养了上百头猪，也不屠宰，总是养几年后就放归山林。

永和末年，中秋夜，月圆如盘。李汾独步月下，抚琴自娱，忽然听见门外有嗟叹之声。李汾隔墙问："什么人深夜到此处？"只听一女子笑道："公子琴音美妙，小女子特来聆听一二。"李汾开门一看，见是一名女子，端庄美艳，只是口中仿佛有青黑色。李汾以为是月夜看不分明，也不以为意。女子朝李汾施礼，李汾问："姑娘莫非是神仙下凡？"女子说："我是山中张家的女儿，今夜父母到东村做客，我就偷跑出来了。不料想听见了公子弹琴，多有打扰，还请勿怪。"李汾非常欣喜，对女子说："姑娘若不嫌弃我房中简陋，还请进来一坐。"说罢，女子随李汾进入院中。李汾正想上茶，却见女子已起身煎茶，戏谑谈笑，相处甚洽。不一时，二人共寝，结琴瑟之好。到了次日晨鸡报晓，女子起身告辞，李汾心中不舍，就偷偷把女子的青毡鞋子藏起。女子向李汾说："还请公子把鞋子还我，我今夜一定还来。若公子不给，我定然身死。"说罢，哽咽起来。李汾装睡不理，女子只好无奈离去。

李汾等女子走后起身，见床前竟有鲜血满地，心下大异，忙找出鞋子一看，竟是一只猪蹄壳。李汾大为惊骇，循血迹下山，一直到了张公猪圈之中。圈中群猪见李汾前来，纷纷朝他瞋目咆哮。李汾忙把此事告知张公，张公听闻后大为惊异，就把无蹄的那只猪捉来宰杀。自此后，李汾离开四明山，另外选择别的地方居住。

——故事源于晋·干宝《（稗海本）搜神记·卷七》

79. 亭中三妖

安阳城南有一亭，传闻住在亭中的人，都会被鬼怪所害。有一个书生，精通道术，路过亭子时，就想住在亭中。附近百姓见状，劝道："此地不可留宿，此前住在这里的人，都死了。"书生说："无妨，我自有办法。"于是，当夜就宿在亭中。

夜间，书生端坐读书到半夜才睡觉。书生刚睡下，就见窗外有个人，穿着黑色的衣服，呼："亭主在哪里？"亭主应声："在这里。亭中可有别人？"黑衣人说："刚才有个书生在这里读书，刚刚睡下，现在应该还没睡熟。"说罢，寂然无声。不一会儿，又有一个人，头戴赤帻冠，就像刚才那人一样，来呼亭主。二人的问答也与此前一样。随后，又悄无声息。书生知道不会再有人来，就起身到了窗外，像方才二人一般，呼亭主。亭主应声。书生问："亭中可有别人？"亭主回答一如方才。书生又问："黑衣人是谁？"亭主回答："是北舍母猪。"书生又问："头戴赤帻冠之人是谁？"亭主回答："是西邻老公鸡。"书生又问："你又是谁？"亭主回答："我是老蝎。"于是，书生在房中静坐到了天亮，不再入睡。

次日天亮，附近居民见书生安然无恙，惊问："公子竟然还活着？"书生说："快快取剑来，我帮大家除怪！"居民大惑不解，递给他一柄长剑。

书生手持长剑，到昨夜应声处，果然见到一只老蝎，像鼓一样大，毒螯长有数尺。随后，书生又在西邻抓到了老公鸡，北舍抓到了老母猪，把它们一起斩杀了。自此，亭中太平无事。

——故事源于晋·干宝《搜神记·卷十八·安阳亭书生》

80. 荡羊女

长安（今陕西省西安市）杨氏宅中经常有个青衣妇人出现，没有人知道她的来历。妇人每次来时，就直接去见杨家几个女儿，说："上天叫我同你们这些女孩子交朋友。"杨家人又惊又怕，唯恐避之不及。妇人见杨家女儿对她并不友善，就出言不逊，言辞粗鄙，不堪入耳。有时，妇人在院中赤裸身体走来走去，使得杨家众人纷纷掩目。有时，妇人也径直到外间，调戏男子，公开与男子交欢。杨家派人抓捕，却始终抓不到。

一日，妇人拿出杨家女儿的内衣，放在庭院中。杨家女儿大怒，破口大骂，把她的丑事大加宣扬。十几天后，杨家请来神巫驱逐妇人。不料，神巫在时，妇人就藏起来。神巫离去后，妇人又出来。杨家见无法把她驱逐出去，只好全家搬到别处。

杨氏有个远亲来到长安，听闻此事后，大为惊异。远亲素来胆识过人，表示愿意独自住在杨宅，来应对妇人。当夜，远亲点灯独卧，妇人果然前来。远亲假装留妇人同宿，半夜偷偷起身，把妇人的鞋子偷偷藏起。天色大亮，妇人想要离去，却到处找不到鞋子，向远亲询问，远亲只推说不知。妇人只好狼狈离去。远亲拿出鞋子一看，竟是羊蹄。于是，远亲把这事告知给杨家人，杨家人派人在周边搜寻，搜到宅东寺中，见到一只长生青羊，双蹄无甲，行动不便。杨家人知道这就是妇人的原形，于是把它赎买下来，随后杀了煮肉。此后，杨家安然无事。

——故事源于唐·戴孚《广异记·杨氏》

81. 老黄狗

太叔王氏，娶了庾氏女。庾氏年轻貌美，太叔已年有六十，时常精力不济，只好住在外面，经常夜不归宿。庾氏不能有夫妻之欢，常常苦闷。一日晚上，太叔回来，庾氏格外温柔和顺，当夜夫妻和乐。次日，夫妇同桌吃饭，有个奴仆见到了，大惊失色，喃喃说："竟有两个太叔？"一会儿，太叔归，走到庭院中，桌前假太叔也走出房。二人在庭中一见，衣服、容貌一模一样。真太叔见状，举起拐杖打假太叔，假太叔也打真太叔，二人喊来各自的子弟帮忙。糟乱之中，太叔的儿子举起杖子痛打眼前假太叔，一杖下去，假太叔化为黄狗，家中子弟随即把它乱棍打死。庾氏得知真相后，羞耻难当，随后就病倒了，过不多久，就死去了。

——故事源于晋·陶潜《搜神后记·卷九·老黄狗》

82. 犬怪

贞元年间，大理评事韩生，客居西河郡（今陕西省南部）南。韩生有一匹马，十分神骏。一日清晨，马夫忽然见马把头垂在马槽中，大汗淋漓，喘息不已，仿佛是才出远门回来。马夫见状，感到十分奇怪，就把此事告知韩生。韩生大怒，说："定然是你偷偷骑马夜出，使我马精疲力竭！"说罢，命人责罚马夫。马夫无言以对，只得受罚。

次日早晨，马又是满头大汗，喘息不已。马夫心中大奇，却不知其中缘故。当夜，马夫睡在马厩旁边的小房中。关上房门后，马夫透过门缝偷偷窥视马厩，竟然看见韩生养的黑狗到了马厩，一边叫一边跳跃，忽然化作一名男子，身穿黑衣，头戴黑冠，跃上马背，驰骋出门。行到大门口，门垣有点高，黑衣人就拿鞭子鞭打马，马一跃而过，黑衣人乘马远去。清晨，黑衣人回来，下马后，又是跳跃嗥叫，还化为黑狗。后一夜，黑狗又骑马而去，到了清晨才回来。

当时，刚下过雨，马夫沿着泥地上的马蹄印，一路找寻，发现马蹄印迹消失在南方十余里处的一座古墓前。马夫于是在墓侧做好记号。又一夜，马夫先到墓侧等候，到了半夜，黑衣人下马进墓，把马系在树上。马夫听见墓中有人谈笑的声音，不敢妄动。许久，黑衣人告辞，一众人送他出墓穴。其中有一褐衣人对黑衣人说："韩氏名籍如今在哪里？"黑衣人说："我把它收在捣练石下，你们不必忧心。"褐衣人说："千万不可泄露，若泄露了，我们恐怕要尸骨无存。"黑衣人说："那是自然。"褐衣人又问："韩氏小儿可有名字？"黑衣人说："还没有，我等他有名字后，再把他编入名籍，必定不遗漏了。"褐衣人点点头，说："明夜再来！"黑衣人答应着离开了。

到了清晨，马夫回去，把所见悄悄告知韩生。韩生大惊，命人拿肉喂黑狗。黑狗一来，韩生就命人立即把它捆绑。经过韩生拷问，果然在捣练石下找到一部名册，册上详细记载了韩氏弟兄、妻子及童仆的名氏，这应当就是它们说的韩氏名籍。韩生的小儿子才刚满月，书中唯独没有记载这个孩子，大概是因为他还没有名字。韩生大为惊异，命人把黑狗乱棍打死。随后又召来厨师，好生烹调，把狗肉分给家中众人食用。

次日，韩生又率领十余人，执弓箭兵器，到郡南古墓前，打开坟墓，见墓中有好几条狗，面目凶恶，骇人心神。众人射箭、砍打，把它们全部杀死了。

——故事源于唐·张读《宣室志·卷三·犬怪》

83. 雉女

卫国与齐国是姻亲之国。卫侯女与齐国太子有婚约，就在她前往齐国完婚途中，忽然有太子的死讯传来。她十分惊慌，不知该如何，于是问傅母："我该怎么办呢？"傅母说："你只管前去奔丧。"卫侯女到了齐国，凭吊太子。丧仪结束，卫侯女却不愿回母家，最终死在了齐国。傅母十分悔恨，取下卫侯女所弹的琴，在卫侯女坟上弹奏。不一会儿，有两只雉从墓中飞出。傅母用手抚摩雌雉，说："公主果真化为雉了吗？"话未结束，两雉一起飞起，忽然不见。傅母悲痛之中，弹奏一曲。后来人们把这支琴曲命名为《操》，又名《雉朝飞》。

——故事源于汉·扬雄《琴清英》

84. 鹭女

晋建武年间，剡县（今浙江省嵊州）商人冯法乘船贩货。一夜，冯法的船停泊在荻塘。半夜，有一名女子前来，请求搭船。女子身穿白衣，皮肤白皙，身形小巧，姿态高雅，冯法满口答应。次日清晨，船就要开了，女子才说："我去取行李。"女子去后，冯法才发现自己丢失了一匹绢。女子再来时，竟抱了两束干草放到船上。如此来往十几次，冯法丢失了十四绢。冯法疑心女子不是人，于是乘女子不备，把她双脚绑上。女子惊叫着说："公子的绢在前面草丛中。"说罢，化作一只大白鹭。冯法把它烹煮后吃肉，觉得十分美味。

——故事源于南朝·刘义庆《幽明录·冯法》

85．鹦鹉女

陇右（泛指陇山以西地区）百姓刘潜家中很富贵，却仅有一女。刘女十五六岁，姿容美丽，不断有人前来求亲，刘潜都没有答应。刘家养有一只鹦鹉，能说会道，刘女每日与鹦鹉聊天解闷。一日，刘女拿了一卷佛经，教鹦鹉念诵，每次鹦鹉念错了，刘女必定纠正它。忽然有一日，鹦鹉对刘女说："你打开我的笼子，你自己进来，我该飞走了。"刘女十分奇怪，问："你这话是什么意思？"鹦鹉说："你与我本是同类，只因你偶然托生在刘潜家中，这才有了今日。如今你需要回归本族，别人不认识你，我却认识你。"刘女十分惊慌，把事情告诉了父母。父母于是打开笼子，放鹦鹉飞去。

随后，刘父母日夜守护女儿。三日后，刘女无故死去，刘父母痛哭不已。为刘女装殓时，她的尸身忽然化作一只白鹦鹉飞走了，不知所终。

——故事源于唐·李隐《大唐奇事·刘潜女》

86. 江郎

吴少帝五凤元年，会稽余姚县（今浙江省宁波市）百姓王素的女儿，年十四，容貌娴雅。邻里前来求亲的人很多，王素始终不肯女子嫁人。一日，有一少年，风姿超绝，二十多岁，自称江郎，想与王素的女儿结为夫妇。王素夫妇见少年姿容甚美，欣然许婚。王素问江郎家在哪里，他回答："住在会稽。"几日后，江郎领了三四个妇人和两个少年，到王素家中下聘。随后，王素的女儿与江郎顺利成婚。

一年后，王素的女儿怀孕，到了生产那日，竟生下一物，形状像绢囊，有升斗大小，在地上一动不动。王素夫人十分惊异，用刀割开一看，囊中都是白鱼子。王素也不解，于是问江郎："女儿生下白鱼子，不知是什么原因？"江郎说："是我命不好，这才生出这种东西。"王素夫人疑心江郎不是人，二人悄悄商议对策。王素派家中婢女趁江郎解衣就寝时，把他的衣物收起，查看他的身体样貌。一婢女依照王素吩咐，收起江郎衣物，再看江郎，竟然通身都有鳞甲。婢女把看到的告知王素，王素大骇，命人准备巨石镇压江郎。

次日清晨，江郎四处找不见衣物，不住诟骂。不一会儿，王素听见江郎房中有声响，开门一看，只见床下有条白鱼，长六七尺，在地上跳跃。王素大怒，拿刀把它砍成两段，投入江中。

——故事源于宋·李昉等《太平广记·卷四六八·王素》

87. 鱼女

明月峡中有两条小溪，宋顺帝升明二年，溪人微生亮钓到一条三尺长的白鱼。微生亮把它放到船上，用草盖好后，就去准备炊具。等他取鱼烹调时，忽然看见一个美女在草下。女子十六七岁，通体洁白。微生亮大惊，忙问："姑娘从哪里来？"女子说："我本是高唐女，因偶然契机，化作白鱼，在溪中游荡，昨天却被公子钓到了这里。"微生亮觉得这事十分奇异，就笑问："既然已是人身，能不能做我的妻子呢？"女子说："天意如此，有何不可？"于是，二人结为夫妇。三年后一日，女子忽对微生亮说："时间到了，我要回高唐去了。"微生亮大惊，问："不能一直留在这里吗？"女子说："天意如此，不可久留。"微生亮又问："那你什么时候能再来？"女子回答："郎君若不忘情，此后相思之时，我就会来。"此后，女子一年总会来三四次，微生亮却始终不知女子去了哪里。

——故事源于宋·李昉等《太平广记·卷四六九·微生亮》

88. 鲤鱼

彭城（今江苏省徐州市）有一名男子因与东邻女子有染，对他的妻子十分不满，常常夜不归宿。一日，妇人问他："你为什么不回家？"男子说："你夜间总是出去，我也不愿在家。"妇人惊道："我夜间从不曾出去！"男子大为惊愕。妇人说："郎君是有二心了，如今被别人魅惑！若以后有人前来，你就把她留下，点起火把看一看，到底是什么东西。"

后来有一夜，有一个人装作妇人的模样回家，前脚还未进门，身后就有一个人推她进房。到了床上，男子拉着妇人说："你为什么夜夜出门？"妇人说："你与东邻女子来往，我想假借鬼魅来吓你，使你不敢出门。"男子听罢，就松开妇人的手，二人同寝。夜半，男子忽然醒悟，想：这是怪物魅惑人，并不是我妻子。于是男子抱住妇人，大声喊人点灯，昏暗中男子只觉妇人身体渐渐缩小。等到他妻子点灯过来看时，怀中人竟变成了一条二尺长的鲤鱼。

——故事源于魏·曹丕《列异传·彭城男子》

89. 美女鱼

元和年间，有个处士名为高昱，以钓鱼为业。一夜，高昱泊舟昭潭。三更时分，高昱尚未睡下，忽然看见潭上有三朵大荷花，红艳异常。三朵荷花上各有一美女，身穿白衣，光洁如雪，容华艳丽，妩媚动人，仿若神仙。高昱大惊，呆立一时，只听见美女说："今夜水面平静，江波澄澈，天高月皎，怡情赏景，正好可以共谈玄理。"一美女说："那边有一条小舟，不知舟中人能否听到我们说话？"另一美女说："纵使有，也并非清白之士，不用害怕。"又有一个人说："人说'昭潭无底橘州浮'，果然名不虚传。"有一女子说："不如我们各自说说自己所擅长的学问吧。"一美女说："我擅长佛法。"另一美女说："我擅长道学。"又有一美女说："我擅长儒家学问。"于是三人各谈佛、道、儒的学问，义理精妙，令人大为赞叹。忽然一美女又说："我昨夜有一个不祥的梦。"一美女问："什么梦？"美女说："我梦见子孙仓皇流徙各地，遭人斥逐，我们举族奔波，惊惶万分。"一美女说："灵魂偶然出游，不足为信。我们还是各自推算一下，明日能吃到什么食物。"良久，一美女说："自然是各自所喜好的，僧、道、儒罢了。我向来做的梦，都是先兆，我们恐怕真有祸殃。"说罢，三人忽然消失。高昱把三人谈话，暗暗记在心中。

次日清晨，有一个僧人渡河，到了河中央就被淹死了。高昱大惊，心想：昨夜美女所说的竟是真的。不一会儿，又见一道士要渡河，高昱忙劝他不要过河，并把僧人的事告知。道士说："你是妖怪！僧人被淹死，是偶然。智者召我，我前去赴约，不能失信。"说罢，呵斥船夫渡河。船到了中央，道士又被淹死了。随后，又有一儒生，背着书袋，想要渡河。高昱诚恳地说："还请不要渡河，方才僧人和道士都已被淹死。"儒生正色说："死、生都是命。今日我全族祭祀，不能不去。"说罢，就要划桨。高昱见状，忙拉住儒生的衣袖，说："哪怕把你的臂膀拉断，也不能让你渡河。"儒生无奈，只得大声喊着让高昱放手。正当二人争执时，忽然有一物从潭中飞出，此物洁白如练，把儒生绕在其中。高昱拉着儒生衣襟的手，竟被滑出，高昱无法拉住。一时，高昱长叹一声："命啊！顷刻间死了三人！"

不一会儿，又有一老一少二人乘小舟前来。高昱与老者打招呼，问他姓氏。老者说："我是祁阳山唐勾鳌，今日到长沙，拜访张法明。"高昱听闻老者竟是高人，精通道术，非常惊喜，对老者十分恭谨。不一时，忽然听见岸上有人的哭声，原来是刚才那三个溺毙的人的亲属。高昱嗟叹不已。老者见高昱如此，问他缘故。高昱把实情告知老者。老者听罢，大怒，说："怎敢如此害人！"说罢，打开箱笼，拿出朱笔写了一个符，对舟中少年说："你拿着这符到潭中，命令水族速速迁到别处！"少年领命捧符入水。

少年进入水中，如履平地，水中宫室跟人间一样。少年见三条白鱼在石床上熟睡，身旁有数十条小鱼环绕嬉戏。少年持符到了，三鱼忽然惊起，化作白衣美女，周边小鱼也化为童女。三鱼见到符，泣道："我那个不祥的梦，果真应验了。"一女子上前，对少年说："能否请尊师开恩，允我们三日后再归东海？我们在此已住了很久，有些不舍。"说罢，拿出好几颗明珠献给少年。少年说："我要这没有用。"说完就转身离去。

少年把白鱼的请求告知老者，老者大怒，说："你再替我跑一趟，告诉这些畜生，明天早晨就离去。否则，我就让火神处置她们。"少年又入水。三美女听见老者这样说，恸哭不止，说："就依照尊师所说的，我们即刻迁走。"

次日清晨，潭面有黑气升起。不一会儿，烈风阵阵，迅雷滚滚，波浪汹涌，一群鱼沿水流而去。高昱看见三条大鱼，身长数丈，周围有无数小鱼围绕。他知道昭潭此后应当会太平无事，大为欣悦。老者说："我不虚此行啊！若没有公子，如何能驱除昭潭的祸害？"随后，老者与高昱共乘离去。

——故事源于唐·裴铏《裴铏传奇·高昱》

90. 田螺女

邓元佐，颍川（今河南省禹州市）人，在吴地游学。因他喜欢山水，只要听闻某处有美景，定要前去观赏。一日，邓元佐前去拜访长城宰，与他畅叙旧情，欢饮而别。快到姑苏的时候，邓元佐误入岔路，艰险曲折，十多里不见人烟，只有荒草丛生。当时天色已昏，邓元佐极目望去，忽然见前方有灯火，仿佛有人家。邓元佐大喜，忙到了有灯火的地方。走近一看，是一间小房子，房中唯有一个二十多岁的女子。邓元佐向女子道明来意，说："我今晚与友畅谈，误入此地。如今天色已黑，恐继续前行被恶兽吞食，还望姑娘能容在下借宿一宿。"女子说："家中大人不在，这可如何是好？更何况，我家中贫穷，也没有多余的床褥。若公子不嫌弃，就先将就一晚吧。"邓元佐连连道谢。女子整理土榻，铺上软草，让他在土榻安寝。随后，女子又拿出饭菜，邓元佐腹中饥饿，也不推辞，只觉饭食美味异常。饱餐一顿后，邓元佐睡下。

次日天明，邓元佐醒来，见自己卧在田中。邓元佐大惊，左右一看，见身旁有一只田螺，像升子一般大小。邓元佐想起昨夜吃的饭菜，十分不安，狠命催吐。吐出一看，都是青泥。邓元佐大为诧异，不住感叹，许久，才起身离去，没有伤害田螺。自此后，邓元佐潜心修道，再不四处游历。

——故事源于唐·薛用弱《集异记·邓元佐》

91.苍獭妇

吴郡（今江苏省、浙江省一带）无锡有一个大陂，陂吏丁初，每逢天降大雨，总会沿堤坝巡视。春雨正盛，丁初外出巡视，日暮才回。一日，正当丁初巡视完毕匆匆回家时，忽然听见身后有人声，喊着："等等我！"丁初回头一看，是一个妇人，身穿青衣，头戴青伞，急急跑来。丁初很是不解，不知妇人用意，就想停下来等她，随即又想到："夜间此处从不见人，今夜忽然有妇人冒雨赶路，恐怕一定是怪物。"于是丁初只管快步向前，再看妇人，脚步也加快。丁初又快走一会儿，回头再看妇人，见她竟自己投身陂中，哗然作响，她身上的衣衫、青伞都飞散了。丁初稍稍走近一看，竟是一只大苍獭，她身上的衣衫、青伞都是荷叶。丁初这才明白，苍獭化为人形，专门来魅惑少年。

——故事源于晋·干宝《搜神记·卷十八·苍獭》

92. 鼍妇

荥阳人张福，夜间泊船岸边，忽然遇到一女子，容色绝美。女子独自乘一艘小船前来，见了张福，说："天色已晚，小女子害怕虎狼，不敢夜行，还请公子能照拂一二。"张福问："您贵姓？为什么独自出行？如今下雨，你也没戴斗笠，快快过来避雨吧。"女子于是上到张福船上，把她的船系在张福船边。二人嬉笑打闹，夜间共寝，大为欢畅。三更时分，雨停月出，张福扭头看身旁妇人，竟是一只大鼍枕着自己的臂膀入睡。张福大惊失色，连忙起身，把它拉起，投入水中。再看女子的小舟，竟是一段枯木！

——故事源于晋·干宝《搜神记·卷十九·鼍妇》

93. 蚁王

吴富阳县董昭之，曾乘船过钱塘江。船行到江心，忽然看见江心有一只蚂蚁在一根短短的芦苇秆上爬来爬去，似乎很是害怕。董昭之说："这个蚂蚁怕死啊。"于是把它救到船上。船中人见状，大骂："这是毒物，不能救！应该把它踩死。"董昭之见蚂蚁可怜，不愿踩死，一直带着。船靠岸时，他把蚂蚁安全放到地上，这才安心。

当夜，董昭之梦见一个人，身穿黑衣，带领百余人前来叩谢，说："我是蚁王，不慎落入江中，蒙公子相救才能保全性命。此后，公子若有急难之事，还请告诉我。"

十余年后，盗贼横行，董昭之被官吏蛮横地充作盗贼，抓到余杭狱中。董昭之忽然想到："此前梦见蚁王，说我遇见急难，可告诉他。我该如何告知？"正当沉思之时，同牢房中一个人问："你在想什么？"董昭之如实说了。那人说："你只须取三只蚂蚁放在掌心，说给它们听就行。"董昭之依言做了。夜间，果然梦见黑衣人说："你可逃往余杭山中，天下已经大乱，马上就会有大赦。"董昭之醒来时，发觉自己身上索铐已被蚂蚁咬断。他趁机逃出大狱，到了余杭山中。不久，果然天下大赦。

——故事源于晋·干宝《搜神记·卷二十·董昭之》

94．大蚁

信州（今江西省上饶市）有一座版山，山势险峻，树木林立。当地人伐山上的树木来制作笏板，因此命名"版山"。信州有一个人，名叫熊遁，曾和他的徒弟及弟弟进山伐木。日暮时分，熊遁弟落在兄长身后很远，正想奋力追赶，忽然看见有甲士吆喝开路。士兵队伍从东而来，厉声传呼，声震山川。熊遁弟十分害怕，只好蹲伏在草丛中。不一会儿，他又见旗帜、矛戈等物络绎而来。道旁也有别的行人，没有来得及避开的，都被屠戮。队伍中间，有一员大将，威风凛凛，令人望而生畏，一行人朝西奔驰而去。熊遁弟等他们远去后才敢起身。

天色快明的时候，弟弟才见到熊遁，他把自己所见说给兄长听。熊遁说："这里并不是巡逻的地方，西面尽是溪滩险绝的地势，怎么能去？你该不会是看错了吧？"见熊遁弟信誓旦旦，熊遁及徒弟决意一寻究竟。到了十余里外，隔着溪滩，他们远远看见旌旗猎猎，人马众多。熊遁徒弟中有壮勇的人，大声喊叫，却见人马忽然消失不见。众人走近一看，人都是树叶所化，马都是大蚁所化。众人捡起树叶捏碎，竟然能看见鲜血。

——故事源于宋·徐铉《稽神录·卷四·熊迺》

95. 青衣蚱蜢

晋孝武帝时，徐邈担任中书侍郎。在官署住处，他左右的人总见他独自在帐内与人说话。

徐邈有个门生，见徐邈如此，觉得奇怪，就在徐邈门外等候了一夜，始终没有见到有人出入，而徐邈分明在跟人说话。次日清晨，天微有亮光，徐邈打开窗户。门生看见有一物，从屏风中飞出，直飞到窗前一口铁锅中。门生追过去一看，见铁锅内菖蒲根下，有只大青蚱蜢。门生怀疑这只蚱蜢有异，不过又想蚱蜢为妖怪，真是骇人听闻，他也不敢妄动，只偷偷把蚱蜢的两只翅膀摘了下来。

半夜，蚱蜢给徐邈托梦，对他说："你门生伤了我，我困在当地不能动了。你我虽近，却像是隔了不能跨越的山河。"徐邈梦醒之后，面色凄然。门生见徐邈脸色，就把折断蚱蜢翅膀的事稍稍提了。徐邈不满他擅自伤蚱蜢，又担心他四处张扬，就对他说："我才来官署时，见到一青衣女子从我面前经过。女子有两髻，姿色很美。我出言挑弄，女子就来与我亲近。此后，我就与女子有了情，我们这些日子一直难舍彼此，我也不知道她从哪里来。"门生一听大惊，徐邈又把梦中的事告知门生，门生听完，深觉自己冒失，再也没有伤害蚱蜢了。

——故事源于唐·薛用弱《集异记·蚱蜢》

96. 蛴螬

平阳（今山西省临汾市）人张景，因射箭技术高超而被长官举荐为本郡裨将。张景有个女儿，十六七岁，机敏聪慧。张景夫妇对她十分宠爱，让她住在夫妇房间一侧的小房间中。

一夜，张女独自在室中安睡，睡眼蒙眬时，忽觉有人推门进来。此人身穿白色衣衫，相貌丑陋，身形肥胖，侧身躺在女子床上。张女很是惊惧，不敢出声。白衣人见张女不叫喊，又靠近张女，强迫张女笑。张女更加害怕，又担心他是怪，会祸害自身，就呵斥道："你是盗贼吗？或者并非人类？"白衣人笑说："说我是盗贼，自然不是。说我不是人类，那也太过了！我本是齐人曹氏之子，风度翩翩，仪容美甚，你难道没听说过吗？虽然你拒绝我，但是，我还是要住在你处。"说罢，就在女子床上睡去。女子心中厌恶，不敢直视，仰躺床上，整夜无眠。白衣人到了清晨才离去，次日夜间又来，女子心中更加恐惧。次日，女子把事情告知张景。张景一听，眉头紧锁，半晌，说："定然是怪！"于是，命人拿来一个金锥，在金锥末端系上丝绳。张景把金锥磨得锋利无比后，递给女儿，说："等他再来，你用金锥戳他。"

当夜，白衣人果然又来。张女对他强颜欢笑，白衣人果然满心欢喜。夜半时分，白衣人睡去，张女偷偷拿出金锥，朝白衣人脖颈猛然刺去。白衣人吃痛，跃然大呼，跑出门外，金锥及丝绳也被带走。次日一早，张女把夜间刺怪的事说给父亲听。张景忙命童仆循丝绳追踪，果然在宅外十余步处，古木下的洞穴中见到丝绳。童仆顺着丝绳下去，洞穴深不过数尺，内中有一蛴螬，长一尺多，脖颈中还带着金锥。童仆把它抓住之后杀死了，随后向张景复命。张女这才知道，白衣人所说的齐人曹氏的意思。

——故事源于唐·张读《宣室志·辑佚·蛴蟆》

97. 华亭大蛇

下邳（今江苏省睢宁县）士人陈甲，现居吴郡（今江苏省、浙江省一带）海盐县北乡亭。晋元帝时，陈甲住在华亭，曾外出打猎，在东野大泽中看见一大蛇卧在土冈下。大蛇长六七丈，身形像大船，蛇身有黑、黄五色花纹。陈甲一见巨蛇，立即引弓射箭，正中大蛇七寸，大蛇立时身亡。

三年后，陈甲与同乡一起出猎，走到从前射蛇的地方，指给同乡说："三年前，我在这里射杀一条大蛇。"同乡细问，知是陈甲趁蛇熟睡时把它射杀。同乡忧心地说："据说，在睡梦中被杀的蛇死后会化作蛇鬼，蛇鬼最是有仇必报。不过，此事已三年，你平安无事，蛇鬼也许原谅你了。"陈甲说："我也有些忧心，不过悔之晚矣！听天由命吧！"

晚间，二人各自回家。三更时分，陈甲睡意正酣，忽然看见一个人，身穿黑衣，戴黑帽，对着陈甲怒气冲冲说："昔日你无缘无故杀我，今日就是你的死期！"陈甲慌忙问："我与壮士素不相识，壮士是认错人了吧？"黑衣人怒极反笑："三年前，你趁我酒醉昏睡时把我射杀，还说什么'素不相识'！原先我并不知道仇人是你，今日你自己说曾杀我，我这就来取你性命！"陈甲听罢慌忙起身，不住叩头求饶，那黑衣人却倏忽不见了。陈甲惊恐，在睡梦中醒来，心下惴惴。不一会儿，他忽然觉得腹中犹如刀绞，不住呻吟呼痛，到清晨时，骤然离世。

——故事源于晋·干宝《搜神记·卷二十·华亭大蛇》

98．落头民

三国时期，东吴将军朱桓在街市上偶然遇到一个孤女。朱桓见她楚楚可怜，就把她留在府上做奴婢，侍奉朱桓茶水。

一日夜间，朱桓在房中夜读，感到口渴，就喊婢女倒水，一连喊了好几次都无人应。朱桓心下疑惑，就命一奴仆倒水后喊婢女出来。谁知仆人去了之后，许久不返，朱桓又遣人去寻，最终在婢女所住的房间外见仆人晕倒在地。

仆人醒后，把自己的所见告诉了朱桓。原来，仆人听命前去唤婢女，谁知到了窗外，却看见一颗头飞出来，这颗头就是婢女的头。仆人向房中看，只见婢女身体还在床上，头却不在。仆人过去摸婢女的体温，比常人的体温略微低些，且气息微弱。仆人惊惧过度，这才晕倒。

朱桓听后，心下大惊，命仆人不得声张。随后又派下人在夜间偷偷窥探，一连数日，朱桓摸清了婢女的异状：她每到夜深酣眠后，头就会飞走。头有时从狗洞出去，有时从天窗出去。只要头有行动，就用耳朵作为翅膀。等到鸡鸣天晓，头就会飞回到婢女身上。

后来一夜，朱桓趁婢女头飞走，命人用被子盖住婢女的身体，等到清晨天亮，婢女的头回来了。因为身体被蒙住了，头不能与身体复合，尝试再三，终于坠地。头上的面容愁苦，呼吸很急，似乎快要死掉了。朱桓连忙命人拿开被子，婢女的头又飞起来与身体连接。不一会儿，容色变得平和，呼吸也渐缓。随后婢女起身，行动坐卧，跟常人一样。

朱桓认为婢女太过妖异，不敢收留，赠给她钱财让她自谋生路。

过后，朱桓听别人说起，南方有一种落头民，他们的情状与婢女一样。

朱桓也曾听参与南征的大将说过，他们曾虏获落头民，有人用铜盘盖住头飞走后的身体，头飞回来后没办法挤进铜盘里面。不久，这人就死了。

朱桓后来又派人找寻婢女，始终不见她的踪迹。

——故事源于晋·干宝《搜神记·卷十二·落头民》

99．宅妖

长山县（今山东省邹平市）李公家中常有奇怪的事。一次，李公见厅堂莫名多了一张肉红色的春凳，摸上去柔软温润。李公很惊异，走上前来用手按凳，春凳随即弯曲，像人的肌肤一样软弹。李公大骇，忙起身离开。等到走出厅堂回头再看，却见春凳四脚挪移，渐渐隐入墙壁中去了。

又一次，李公见家中墙壁上立着一根白木杖，木杖修长光滑。李公想要上前取来细看，却见这木杖顿时变得绵软，像蛇一样钻入墙壁中去了。

康熙十七年，李公家中请了塾师王俊升前来教书。一日讲课结束，王俊升穿着衣服和鞋子在榻上小憩，忽然看见屋中进来一个三寸长的小人，小人在屋中盘旋一番后起身离去。王生正自诧异，须臾之间，又见小人拿两只小凳进来，摆放在房屋正中。王生细看小凳，与孩童用高粱秆所制的玩具小凳并无分别。不一时，又有两个小人抬着一个四寸小棺进来，放在小凳上。安排妥当，就见一名女子领一众婢女仆妇进来，她们的身形都跟小人一样高。女子身穿孝服，腰系麻绳，头裹白布，用袖掩着脸面嘤嘤哭泣，哭声像蚊蝇声一样细微。王生窥视良久，只觉毛骨悚然，浑身冷汗淋漓。于是大叫着起身出外，不料腿软跌倒在地，竟无法起身。李公家中人听到喊声忙过来看，却哪里还有小人踪影。

——故事源于清·蒲松龄《聊斋志异·卷一·宅妖》

100．促织

　　明宣德年间，宫中斗蟋蟀盛行，每年都要向民间征缴大量蟋蟀。蟋蟀并非陕西特产，但华阴县（今陕西省渭南市）有个县令想要讨好上司，就命手下日夜寻觅，终于搜捕到一只雄壮的蟋蟀进献给上官。上官命人试试此蟋蟀是否勇武，一试，果然凶猛异常。上官大喜，就责令县令多多搜捕，大肆供应。县令领命，把命令传达给里正。自此以后，当地人不得不暂停手中一切事务，日夜捉蟋蟀。街上那些游手好闲的人觉得这是发财的好机会，日夜寻觅，捕到了凶猛的就放入笼子里好生养着，用高价卖给需要的人，以此牟取暴利。有些狡猾奸诈的差役更是借机敲诈，按照每家人口数量摊派进献蟋蟀数量多少。因为一只蟋蟀，常常把人逼得倾家荡产。

　　当时，县里有个书生叫作成名，年过三十依然是个童生。成名为人迂腐木讷，差役见他好拿捏，就命他做征缴蟋蟀的里正，成名百般推托，却推辞不了，只好硬着头皮接过这项差事。成名木讷，常常催缴不上来，只好自己出钱买蟋蟀进献。不到一年，成名家中微薄的积蓄就已赔光。而此时，征缴蟋蟀的任务又分派下来，成名不敢按户摊派，又没有钱来抵偿，心中郁闷，想要寻死。成名妻子见状，说："死有什么用！不如我们自己捉捕，万一捉到一只好的呢？"成名觉得妻子说得很对。于是，他提着蟋蟀笼子早出晚归，日日到墙角、草丛，搬石头，挖土洞，凡是蟋蟀有可能出没的地方都找遍了，也只找到两三只病病弱弱的蟋蟀，跟上司要求的相差甚远。县官见成名如此无能，又限期追缴。十几天过去了，成名依然征缴不上来。成名挨的板子累计已有一百多，直打得他两条大腿脓血淋漓。如此，更是不能去捉蟋蟀了。成名此时心念颓丧，一心想求个了断。

正当此时，村中出现了一个驼背老巫婆，传说老巫婆可以通过神灵占卜吉凶。成名的妻子就前去卜问，到那儿一看，门口早已密密匝匝挤满了人。成名妻子挤过人群，走到巫婆房中，只见屋内另有一间密室用帘幕隔着。她见一个人在帘外香案上烧香磕头后，侍立一旁。巫婆望向空中，口中念念有词，那人站得很恭谨，听候占卜结果。不一会儿，从帘内飞出一张纸，纸上所记的正是这人想问的，人人都称赞巫婆灵验，神力无边。轮到成名妻子，她也像之前那人一般烧香跪拜，随后恭立一旁。约莫一盏茶的工夫，帘幕微动，纸片飞出，成名妻子捡起一看，却是一幅画，画中绘有一座寺庙的殿阁，殿阁后有小山，山上乱石嶙峋，荆棘丛生，其中有一只"青麻头"蟋蟀，旁边还有一只仿若跃舞的蛤蟆。成名妻子看见画本来不明白其中意思，然而见到促织，她心念一动，慌忙把纸折好，拿回家给成名看。

成名看到画后，反复揣摩，与妻子商议一番后，一致认为，这画上画的就是蟋蟀藏匿的地方。画中的殿阁，与村东的大佛阁十分相似。于是，成名强撑着起身，拄着拐杖，拿着画，到寺后小山寻找。他在小山上发现了一座古代陵墓，周围怪石纵横，正与画中景象一致。成名于是在荆棘丛中细细找寻，他一边睁大眼睛细看，一边竖起耳朵细听，然而费尽了力气也没有找见蟋蟀。成名不敢大意，继续用尽心力搜罗，不料想忽然跳出一只蛤蟆，成名吓了一跳，回过神来意识到，这蛤蟆不正是图上所画的蛤蟆吗？成名慌忙又去追蛤蟆，见蛤蟆隐入草丛，他蹑手蹑脚扒开乱草去找，蛤蟆没找见，却见到一只蟋蟀！成名又惊又喜，忙用手去扑，蟋蟀一跳，钻到石洞中去了。成名扯了一根长草去撩拨，蟋蟀始终不出。成名见旁边有溪流，就取水往洞里灌，蟋蟀这才一跃而出，他马上起身去捉，这才捉住。只见这蟋蟀，身姿矫健俊美，青脖子，长尾巴，金翅膀，成名高兴极了。刚一到家，就把喜讯告知妻儿，妻儿也欢喜无限。当晚举家庆贺，异常珍视。成名妻特意为蟋蟀准备了一个装土的盆子，并用蟹肉、粟黄精心喂养它，只等期限一到，就把它进献给官府。

一日，成名九岁的儿子见父亲不在家，偷偷打开盆看蟋蟀。谁知，才打开一条缝，蟋蟀就一跃而出，成名儿子慌忙扑去一把抓起，却见蟋蟀已断腿折翅，不一时就一命呜呼！成名儿子害怕极了，哭着把此事告知母亲。母亲听说，面如死灰，跌坐在地，吃惊地说："孽障！你的死期要来了！等你父亲回来跟你算账！"成名儿子听罢，哭着跑了出去。

不一会儿，成名回到家中，妻子把事情告知了他。成名一时仿佛置身冰雪之中，随后大怒着要抓儿子。不料，四处都找不见儿子的踪影，成名不禁也着了慌。有人说，看见成名儿子在井旁徘徊。成名与妻慌忙到井边找寻，竟然在井中看见了儿子的尸首。成名夫妇由怒转悲，呼天抢地。把儿子的尸身抱回家中后，二人相对默然，枯坐良久。

天色渐晚，成名夫妇找来一床草席，把儿子抬出去埋葬。成名往草席上抱儿子时，无意中摸到了儿子的脸颊，只觉得脸颊温热，再探儿子鼻息，气息微弱。成名大喜，慌忙把儿子抱到床上，与妻子细心呵护，寸步不离。夜半时分，儿子渐渐苏醒，夫妻二人这才放下心来。只是，自此之后，儿子神情痴呆，每日昏昏欲睡，不似从前健壮模样。

再说成名见儿子无事，想起蟋蟀不见，料想自己命不久矣，万念俱灰，呆坐房内，自夜至明，不曾合眼。天色已经大亮了，成名依然在房内长吁短叹，只觉生无可恋。忽然，成名听见窗外有蟋蟀的叫声，他猛然跳起，心想：莫不是蟋蟀复活！于是他连忙出门去逮蟋蟀。谁知那蟋蟀，叫了一声之后就一跃而去。成名慌忙去扑，眼看已落入掌中，却觉得手中虚若无物，手才一张开，蟋蟀又叫着跳走了。成名紧跟蟋蟀，只见蟋蟀轻巧地跳过短墙不见了。成名又急又丧，在短墙边徘徊，正自左右环顾，忽然看见墙壁上趴着一只蟋蟀，走近一看，身体短小，黑赤色，与前番蟋蟀迥然不同。成名看见蟋蟀短小，心中不屑，也不去管它，只一心想找原来那只。正当成名四处寻觅无果之时，那墙上蟋蟀忽地跳到了他的衣袖上。成名仔细观察，只见这只蟋蟀样子像土狗，翅膀上有小点，形状像梅花，方头，长腿，看起来似乎有几分凶猛。于是，成名心中一喜，把蟋蟀小心收好，预备把它献给上官。思忖一时，成名又担心蟋蟀角斗不狠，不能使上司满意，就想让它跟别的蟋蟀斗一番，试试其威力。

村中有个少年，最喜斗鸡走狗。少年养有一只蟋蟀，它的蟋蟀有个响亮的名字"蟹壳青"，少年天天带着"蟹壳青"同别人的蟋蟀角斗，从无败绩。这天，少年路过成名家门口，正巧看见成名揣着蟋蟀笼出门，少年就笑问："又去捉蟋蟀？"成名回答："不是，蟋蟀就在笼中！"少年听完一惊，说："我来看看你的蟋蟀怎么样？"成名本是要出去找人斗蟋蟀的，少年如此说，自是无不可，因此拿出自己的蟋蟀笼递给少年，边递边叮嘱说："小心，不要放跑了它。"少年见成名小心翼翼的样子，有些不耐烦，等到看见笼中蟋蟀模样，不禁哈哈大笑，说："就这样的，你也当个宝贝！"成名不禁面红耳赤，仍强辩："谁优谁劣，一试就知！"少年强忍住笑，说："那就试试吧。"于是，少年放出"蟹壳青"与成名的蟋蟀角斗。成名见少年的蟋蟀体格健壮，勇武非常，又见自己的蟋蟀一动不动，蠢若木鸡，心中又忧又急。少年见状又大笑起来，一边笑，一边去撩拨成名的小蟋蟀。经过少年的一番撩拨，小蟋蟀终于被激怒，直奔"蟹壳青"而去，二虫随即斗作一团，飞腾扑打，好不激烈！不一会儿，只见小蟋蟀跳起，一口咬住"蟹壳青"的脖子。少年见状大惊失色，生怕自己的蟋蟀有闪失，急忙把它们分开。只见那成名的小蟋蟀，尾巴高翘，发出阵阵鸣叫声，仿佛是在跟自己的主人邀功。成名心中十分欢喜，正打算好好欣赏一番这只勇猛的蟋蟀，不料一只鸡猛然冲出来，径直来啄小蟋蟀。成名一惊，忙大声叫唤，小蟋蟀跃开数尺，没有被啄中。可是，那鸡也不放弃，继续往前去啄小蟋蟀，小蟋蟀不幸被公鸡抓到。成名仓促间也不知道如何去救，急得在一旁直跺脚，走近再一看，小蟋蟀竟然跳到了公鸡的冠子上，紧紧叮着公鸡的冠不放，成名又惊又喜连忙把蟋蟀收到笼中。

第二日，成名把蟋蟀进献给县官，县官一看就大怒，喝道："大胆成名！竟然用这样劣等的蟋蟀来糊弄本官！"成名战战兢兢把蟋蟀的勇猛说给县官听，县官只是不信。成名就说："不如让它跟别的蟋蟀角斗，一试就知。"县官命人拿来一只蟋蟀与成名的蟋蟀角斗，成名的蟋蟀果然一斗就胜。县令又让它与鸡角斗，蟋蟀果然又叮咬鸡的冠子。县官大喜，厚赏成名，随后把蟋蟀进献给抚军，抚军得到蟋蟀很是欢喜，特地为它打造金笼，一并进献给皇上。这蟋蟀一入宫，皇上就让各地所进献的有特异本领的蟋蟀与它角斗，竟没有一只能胜过成名的蟋蟀，并且这只蟋蟀在听到琴瑟声音时，还会随着音乐舞动。皇上见到它如此神异，龙颜大悦，下诏厚加赏赐抚臣。抚臣又厚待县官，不久，县官就因政绩卓著而闻名。县官也因此免去了成名的徭役，又叮嘱主管学政的长官，让他入学。

一年以后，成名儿子精神恢复如常。儿子把病中的经历讲给成名听："我变成了一只蟋蟀，十分勇猛，斗遍天下都没有敌手，皇上对我赞不绝口。"成名夫妇听罢心中十分惊异，也不敢与别人说。

成名自此以后，蒙受抚军厚赐，不过数年，就有了百顷良田，数间阁楼，千头牛羊。一出门就有车马仆从，他的富贵远超世家大族。

——故事源于清·蒲松龄《聊斋志异·卷七·促织》

101. 狐鬼

秦陇之地（今陕西、甘肃、宁夏一带）有一少年，随塾师在山寺读书。传说，山寺中常有狐鬼出来魅惑人。少年心想狐鬼必定绝艳，期盼能见一见。于是，他每日夜间都到寺楼外祈祷，说些轻浮浪荡的话，希望能遇见狐女。

一夜，少年在树下徘徊，忽然看见一个小婢朝他招手。少年大喜，以为狐鬼来了，欢欢喜喜到小婢身旁。小婢悄悄对少年说："公子知情识趣，无须我多说。我家娘子心悦公子，不过这样的事不好公然说出口。我家主人知道娘子的心意，很是生气。不过，公子是贵人，主人不敢迫害，只能日夜严格约束娘子。今夜，恰好主人外出，娘子派我来叫公子，公子快随我来！"少年跟随小婢到了一处宅中，宅内房屋摆设与山寺不同，沿着蜿蜒曲折的走廊到了一间房中。房门半开，没有点灯，隐隐能看见其中有床及帷幔。少年心痒难耐，却不敢妄动，小婢又悄悄说："我家娘子初见公子，十分腼腆，她已在帐内。公子只须进帐解衣衫，直接上床就行，千万不要出声。我担心别人听见。"说罢，小婢起身离去。少年喜不自胜，慌慌张张解衣上床，他揭开床上被子，把床上人拥入怀中亲吻。忽然，怀中人大声惊呼，少年忙起身一看，房屋、床帐都不见了，竟是塾师睡在檐下乘凉。塾师大怒，把他打了好几鞭子，随后逐出山寺，永不能返。

——故事源于清·纪昀《阅微草堂笔记·卷十六》

102．猴妖

孝武帝太元末年，吴县（今江苏省苏州市）杨羡家中出现一个鬼物，身形似猴，脸似人，头上生有头发。杨羡每次吃东西，鬼总会出来抢夺。杨羡对鬼深恶痛绝，想提刀杀鬼。当时，杨羡的妻子正在织机前织布，那鬼走向织机，杨羡妻忽然化作鬼的样子，杨羡生气地砍了几十刀。须臾，他忽然看见鬼拊掌大笑，跳着出去了。杨羡顿时惊悟，再去看方才砍杀的人，鲜血淋漓，妻子被砍成了几十块。当时，杨羡妻已有六个月身孕，腹中胎儿头发都已长出。杨羡心中大恸，惋惜悲叹而死。

——故事源于唐·窦维鋈《广古今五行记·杨羡》

103．蛮神

唐高宗时期，狄仁杰任监察御史，江岭一带的神祠都被焚毁。端州有一庙中有蛮神，狄仁杰想要把它焚毁，不过，先后派了好几拨人进庙，都死了。一时，民众大为惊惧。狄仁杰用丰厚的赏钱招募壮士，若能把它焚毁，能得到百千赏钱。当时，有两个人勇武过人，表示愿意进庙烧蛮神。狄仁杰大加赞赏，随即问："这次进庙想要什么？只管说来。"二人说："需要一封敕牒。"狄仁杰立即把敕牒赠给二人。二人拿着敕牒进庙，刚跨进庙门，就高声说："我有敕牒，奉旨烧祠，鬼神不要阻拦。"说罢，二人点火焚烧神祠，蛮神不再作怪，神祠于是被焚。

数年后，狄仁杰回到汴州，遇到一个人，自称能见鬼。这人对狄仁杰说："侍御身后有一个蛮神，说神舍被你焚毁，要报复你。"狄仁杰听罢微惊，问："那我该怎么办？"自称能见鬼的人微微一笑，说："您地位尊崇，为人方正，身旁有二十多鬼神日夜守护，蛮神又能把你怎么样？"狄仁杰这才放心。又过了些年，蛮神见无法靠近狄仁杰，就只好作罢，自行回了岭南。

——故事源于唐·戴孚《广异记·狄仁杰》

怪部

1．风狸

南中地区（今云南省、贵州省和四川省西南部）有一种兽，名为风狸。它的样子像猴子，眉毛细长，见人总会羞答答地低下头。它的尿液能治疗风疾。风狸有一宝物，名为风狸杖，卫士总说风狸杖比翳形草还难得。南方人总是想方设法想要获得风狸杖。最常用的方法是，在野外找到一棵大树，把长绳子系在树上，然后人顺着绳子下到旁边的树洞中藏好。三日后，风狸见无人前来，就会在草中四处寻摸，摸到的草茎，就是风狸杖。把草茎折成一尺来长，朝着树上众鸟聚集之地随意一指，众鸟就可坠地，风狸就上前取鸟食用。此时，风狸警惕稍松，人若迅速前来，就可夺取风狸杖。风狸见人前来，会迅速啃食风狸杖，有时来不及啃咬，就把它丢弃在草丛中。有时风狸始终握杖不放，人打它数百下，它才肯放手。得到风狸杖的人，拿杖随手一指，禽兽就可毙命。凡想要得到的东西，拿杖一指，均可遂心如意。

——故事源于唐·段成式《酉阳杂俎·诺皋记下》

2．鹿活草

鹿活草，也叫天名精。南朝宋元嘉年间，青州刘炳射中一鹿。刘炳把鹿的五脏剖开，在它的腹中塞满鹿活草，那鹿竟然起死回生了。自此以后，刘炳就秘密种植鹿活草，用它来治疗那些断折之伤，往往效验显著。于是，人们也把它称作"刘炳草"。

——故事源于唐·段成式《酉阳杂俎·广动植之四·草篇》

3．木皮怪

临湍寺僧智通入禅宴坐时，一定要在整洁清静、人迹罕至的密林深处。后来，智通为了便于修行就在林中盖了一间小屋，日日在其中念诵《法华经》。

一年后，忽一夜，智通听闻有人在门外呼喊他的名字，一直喊到次日清晨才停止。天明以后，智通出门巡视，不见有人。如此三夜，夜夜如此，智通夜不成寐。一夜，又听见有人呼喊时，智通就答应说："你夜夜呼喊我，可是有事？不如进来说吧。"话音刚落，就见一怪物，长六尺余，黑衣黑脸，双目圆睁，嘴巴巨大。那怪物见智通，合手见礼。智通打量它许久，说："你可寒冷？不如来火旁取暖。"那怪物也移步火旁。智通见它并无害人之心，就又开始念经。直到五更时分，那怪物因火旁温暖，竟闭上双眼，张开嘴巴，靠着炉火睡倒一旁。智通见其情状，有心想探知它的原形，就用香匙把火中的炉灰倒入它口中。于是，那怪物惊叫着跳起来，朝门外跑去。智通听见门外倒地之声，出门看去，只见倒地之处有一片木皮。智通手持木皮登山寻找，见山中有一棵大青桐树枝干已老，根部有一块凹陷，却是新痕，智通把木皮放到凹陷处，竟严丝合缝，不留缝隙。大树树干处有砍柴之人用斧头砍伐的一个缺口，想来是用作脚蹬的。缺口深六七寸，缺口中的炉灰，还有星火荧荧，此处大概是怪物的嘴巴。智通见状，心下了然，就纵火把树焚烧，那怪就再没出现过。

——故事源于唐·段成式《酉阳杂俎·支诺皋上》

4. 火鼠

南荒外有一座火山，山上大火熊熊燃烧，昼夜不停。火中有一种鼠，重达上百斤，毛长二尺余，且鼠毛细密，与丝线十分相似。它常年居于火中，全身通红，一旦从火中出来，身体就会变成白色。这种鼠一碰到水就会死，此时人们可取它的毛来织布。

——故事源于西汉·东方朔《神异经》

5. 黄雀

汉朝时期，弘农（今陕西省华阴县）有一少年，名杨宝。杨宝九岁时曾在华阴山北面，见到一只黄雀坠落树下。杨宝走近一看，黄雀羽毛尽毁，身上带血，周围还有蝼蚁环绕，模样甚是可怜。树上有一只鸱枭，昂首立于枝头。显然，黄雀是为鸱枭所伤。杨宝见黄雀可怜，就把它揣入怀中，带回家中好生照料。黄雀日日食黄花、饮清水，百余日后，黄雀羽毛又复长成，日日朝去暮回，意态娴雅。

一夜，杨宝读书到三更时分，忽然看见一黄衣童子走到他跟前，拱手施礼说："我是西王母的使者，奉命前往蓬莱仙山，谁知不慎被鸱枭所伤。您心存仁爱，把我救起，我着实感念您的大恩。"说着，把四枚白玉环赠予杨宝，说："您的子孙后代会像此玉环一样，品行高洁，荣登高位。"说完，振翅飞去，再不见还。

——故事源于晋·干宝《搜神记·卷二十·黄鸟报恩》

6. 冶鸟

越地深山之中有一种冶鸟，大小如鸠，羽毛呈青色。冶鸟喜欢在大树上打洞做巢，它的巢像一个能容纳五六升粮食的容器，不过巢口直径仅有数寸，周围是泥土垒砌的小堤障，大概是用来作为装饰的。小堤障红白相间，形状像箭靶子。砍伐树木的人见到此类树，就会特意避开。

天色一黑，冶鸟会隐身，冶鸟知道人看不见它，就鸣叫着说："咄，咄，上去！"人们就知道次日适宜到山上砍伐。若是冶鸟鸣叫着说："咄，咄，下去！"人们次日就会到山下砍伐。若鸟并未说去向哪里，只笑个不停，人们就得暂停砍伐。若有人口出污秽之言或者不停止砍伐，就会有虎通宵值守，人若还不离开，虎就要伤害人。白日见到此鸟之时，它是鸟形，夜晚听它的鸣叫也是鸟鸣之声。它们出去观赏游乐时，会化作身长三尺的人形，到山涧之中捉石蟹。若是在靠近人的地方生火烤石蟹，人就不能伤害它。越人认为此鸟是越国"巫祝"的始祖。

——故事源于晋·干宝《搜神记·卷十二·越地冶鸟》

7. 服留鸟

晋惠帝永康元年，京师出现一种奇异的鸟，无人能识。赵王伦派侍从带着鸟到京师周边各城邑中周旋问人，没有人能说出它的名字。一日，宫西有一小儿见此鸟，说："这是服留鸟。"侍从回去之后回复赵王伦，赵王伦十分惊异，就想见此小儿。侍从把小儿带入宫中，和鸟安置在同一间房中。第二日，鸟和小儿都不见踪迹。

——故事源于晋·干宝《搜神记·卷十七·服留鸟》

8. 玄鹤

古时，有一个孝子，名哙参。他幼年丧父，与母亲相依为命。哙参十分孝顺，成年以后，常常靠打猎供养母亲。一日，哙参外出打猎，在山中见到一只玄鹤（黑鹤）中箭倒地。哙参见它可怜，就把它带回家中包扎伤口，悉心照料。待得玄鹤伤好，哙参就放它归林。

数日后，一夜，玄鹤又飞回哙参身旁，哙参一看，竟是一双雌雄玄鹤前来，各自衔一枚明珠，前来报恩。

——故事源于晋·干宝《搜神记·卷二十·玄鹤衔珠》

9．驴鼠

宣城出现一种怪物，如水牛般大小，身体呈灰色，脚掌像大象，胸前及尾巴雪白，力大无比却反应迟钝。一众宣城百姓不识得怪物，十分惧怕，闹得人心惶惶。

宣城太守殷祐派人埋伏路旁，伺机逮捕怪物。当时，郭璞是殷祐的部下，很博学，且擅长占卜，殷祐就让郭璞占卜是否能捕到怪物。郭璞占卜的卦象显示，怪物名为"驴鼠"。占卜才结束，就有人来报：伏击之人拿戟刺中了怪物。殷祐忙去看，只见驴鼠已被抬去庙中。殷祐又祈问庙中神灵，打算把它击毙。庙中巫师在神像前祈祷半晌后，说："这是驴山君使，要到荆山去。只是路过此处，你们不可乱杀，惹得庙神不悦就不好了。"于是殷祐下令放驴鼠离去，谁知，才给它松绑，它就立即消失不见了。

——故事源于晋·干宝《搜神记·卷四·郭璞卜驴鼠》

10．青蚨

南方有一种虫子，名为青蚨。它的身形像蝉，却比蝉稍大。它的肉可食用，味道辛美。青蚨生子一定要在草叶上，青蚨子大小如蚕卵。一旦有人拿了青蚨子，青蚨母不论在多远的地方，必定会立即飞过来。纵是偷偷把它的孩子拿走，青蚨母也必定知道其子去处。用青蚨母子的血各涂八十一文钱，无论人先用母钱还是先用子钱，花出去的钱都会重新回到人手中。

——故事源于晋·干宝《搜神记·卷十三·青蚨还钱》

11．蝼蛄神

庐陵（今江西省吉安市）太守庞企的远祖曾被诬入狱，远祖并无罪，因不堪忍受拷打之刑，不得已违心承认自己犯罪。定罪之后，尚未行刑，远祖在牢中忽然见有蝼蛄虫在他身旁绕行，远祖长叹一声说："若你能通灵，救我一命就好了。"说着，他把自己的饭菜拨出一部分给蝼蛄吃，蝼蛄把饭菜吃完就离开了。自此以后，蝼蛄虫每日都来，身形总要比先前稍稍大些。如此十余日，蝼蛄虫已身大如豚。到了远祖行刑前夜，蝼蛄虫在牢房的一角挖了个大洞，远祖趁机从洞中逃出。许久之后，远祖昭雪，得以存活。因感念蝼蛄恩德，庞氏子孙后代都会在路口祭祀蝼蛄。

——故事源于晋·干宝《搜神记·卷二十·蝼蛄神》

12．蜮

汉灵帝中平年间，江水之中有一种怪物，名为"蜮"。只要有人经过江边，蜮就会现身，含沙射人。凡被射中之人，身体抽筋，头痛，发热，严重的甚至会死去。人们深受其害，不知如何是好。后来，有一当地人，不知从哪里得到一个方子。凡被蜮用沙射中的人，按照这个药方服用后，沙石就可自行从身体中排出，人也就痊愈了。

——故事源于晋·干宝《搜神记·卷十二·江中蜮》

13．饭臿怪

景初年间，咸阳县吏家中出现一件怪事。每日夜间，总会有人无故拍手呼叫。家人起身去看，却一无所获。县吏母亲十分勤劳，夜夜纺织到半夜。一夜，县吏母亲劳作辛苦，身体倦怠，上床安歇。不一会儿，听见灶下有人呼喊："文约为什么不来？"县吏母亲头下的枕头说："我被枕住了，去不了。不如你过来我这里，我们共饮？"县吏母亲大为惊异，却也不敢作声。次日，县吏母亲起身，竟见灶下饭臿在枕侧。县吏母亲此时才明白，原来是饭臿作怪。于是，她把此事告知县吏，县吏忙把饭臿及枕头一并放火焚烧。自此以后，家中再无怪事。

——故事源于晋·干宝《搜神记·卷十八·饭臿怪》

14．金银杵

魏郡（今河南省安阳市一带）人张奋，家境殷实，富甲一方。忽然一日，张奋瞬时衰老，家中财产尽失。不得已，他只好把宅地变卖，换些银钱，到乡下过活。买到张家宅地的人叫程应，程应搬入宅中不久，全家人都病倒了。程应认为此宅不祥，又以低价把宅地转卖给邻居阿文。

阿文心知此宅怪异，因素来胆大，也不甚恐惧。一日傍晚时分，阿文手持大刀进入宅中，到北堂后，爬上房梁，想要伺机窥探宅中境况。三更将尽之时，忽然看见有一个人，高一丈多，头戴高冠，身穿黄衣，到堂上喊："细腰！"立时就有声音答应："在！"黄衣人说："宅中为什么有活人气息？"细腰答："并不曾有人来。"那黄衣人听罢，就起身离去。

须臾，又有一头戴高冠、身穿黑衣之人和一头戴高冠、身穿白衣之人相继到堂上，呼喊问答一如方才。到天色将明之时，阿文从梁上下来，站在堂上，也像先前几人那般呼喊："细腰！"细腰应声说："在！"阿文就问："黄衣人是谁？"细腰回答："是金子，它在堂西墙壁之下。"阿文又问："黑衣人是谁？"细腰回答："是铜钱，它在堂前井边五步远的地方。"阿文又问："白衣人是谁？"细腰回答："是银子，它在墙东北角的柱子下面。"阿文接着问："你又是谁？"细腰回答："我是杵，如今在灶下。"阿文心下明了，只不动声色。到天色大亮，阿文依细腰所言，依次挖出金银五百斤，钱千万贯。随后，阿文到灶下，拿出杵，一把火把它焚烧。自此以后，阿文成为当地的富户，宅中也清静安宁下来。

——故事源于晋·干宝《搜神记·卷十八·细腰》

15.梓树青牛

春秋时期，秦国武都（今甘肃省西和县南）故道有一座怒特祠，祠前长有一棵粗壮的梓树。秦文公二十七年，国君派人前去砍伐梓树，不料，刚一砍伐，就有狂风暴雨突起，被斧头砍伤的树干也随即愈合，仿佛从未遭砍伐一般。秦文公数次派人砍伐，梓树都未砍断。秦文公大怒，又增派兵士前去砍树，依然砍不断。兵士疲惫且无奈，只得返回家中休息。其中有一位兵士，因不小心扭伤了脚，不能走，只好暂坐树下稍歇。正当兵士昏昏欲睡之时，忽听得有一声音说："树神，此战很辛苦吧？"树神说："并不怎么辛苦。"那声音又说："秦公定然不会善罢甘休，今后该当如何？"树神笑说："秦公能拿我怎么办？"那声音说："秦公若派三百士兵，披头散发，穿赭衣，用大红丝线缠绕树干，取炉灰来，边撒边砍，难道还不能把树砍断？"树神听罢，缄默不言。士兵又细听良久，并无声音，也就睡去。

次日，士兵把听到的言语告诉了秦公。秦公大喜，忙派士兵三百，个个披头散发，穿赭色的衣服，一边撒炉灰一边砍树，不一时，树就轰然倒下。士兵正喜不自胜，却见从梓树中跑出一青牛，直奔丰水中去。士兵忙跟去丰水边，又见青牛从丰水中跑出。秦公忙派一名精壮士兵骑马追击，那士兵与青牛几经交战，不曾获胜，士兵精疲力竭，从马上坠下，发髻也随即跌散了。秦公喊士兵起身再战，士兵强撑着上马，青牛见士兵散发，颇为忌惮，忙跃入水中，再也不敢出来。

——故事源于晋·干宝《搜神记·卷十八·怒特祠》

16．碓桯怪

李楚宾，生性刚直，以畋猎为生。他的箭法高超，只要出猎，就会有丰厚的收获。

一日，李楚宾到青山打猎，到了山下，忽然看见路旁有一个人，好像在等人。李楚宾也不以为意，径直走过去。不料，路过那人身旁时，却被拦住了去路。李楚宾奇道："你为什么拦我？"那人躬身施礼说："在下董元范，家住青山，因母亲身染奇病，特来候壮士相助。"李楚宾笑说："我又非医士，如何懂治病？你是认错人了吧？"董元范忙说："壮士勿怪，并非我错认人，我是受人指点才等到壮士。"李楚宾更奇，问："这话如何说？"董元范说："我母亲患病已一年有余，昼日无恙，夜间发病。发病之时，背如刀刺，兼有被殴打之痛，母亲苦不堪言。一年以来，医药针灸都试过了，没有效果。前日我朋友朱邯来访，在我家中留宿一夜，听得我母亲哀痛呼唤，就询问母亲病情，我以实情告知。朱邯精通《易》，为我母卜得一卦，随后就告知我，今日未时在路旁等着，遇到一持弓箭壮士，就上前拜见。朱邯还叮嘱我务必诚恳恭敬，留壮士夜宿。还说，壮士定能知母亲的病源，也可医治母亲之病。我这才在路旁等候，还望壮士不辞劳苦，为我母亲医治！"李楚宾听罢，说："我是真的不通医术，不过你我既有此机缘，我愿前往一试。"董元范大喜，忙请李楚宾到家中。

董母早已备好酒饭，见到李楚宾来了，忙请他上座，热情招待。李楚宾见董家虽清贫，却是干净整洁，又见董元范侍奉母亲十分孝顺，况且董母亲善慈爱，就说："今夜我定当尽力而为。"董元范及其母亲再三拜谢。

到夜间，月明如昼，二更时分，李楚宾走出房门四处探视，忽然看见空中一只大鸟飞来，落在董母房顶。大鸟用嘴狠啄房顶，董母房中立即有痛楚之声传出。李楚宾心中思索：此鸟莫非是妖魅？于是他进入房中取出弓箭，拉弓射鸟，一箭就中。李楚宾又连射数箭，都射中鸟身。随后，鸟连箭飞走，董母呼痛之声立即停止。

次日清晨，董元范朝李楚宾叩谢说："多谢壮士相助，我母亲昨夜痛楚已减大半。"李楚宾忙扶起董元范，说："董母之病今日就可痊愈。"董元范大喜，问："壮士知道我母亲的病源了？"李楚宾说："董母之病是一大鸟为祸。此鸟浑身朱色，两眼如金，夜间出没，啄董母屋顶，董母这才痛楚难忍。我已取弓箭连射数箭，它带箭飞去，以后应该不能再祸害人了。"董元范听罢，大为惊喜，绕宅寻鸟，并无所见。忽然看见碓程上有两支箭，中箭之处有鲜红血液流出。董元范这才知道原来是碓程作怪。于是，董元范放火把它焚烧。自此后，董母痊愈，家中一切安宁。

——故事源于晋·干宝《（稗海本）搜神记·卷七》

17. 馎饦媪

　　有一韩姓书生，独居别墅读书已有半年不曾回家，他的妻子独居家中。一夜，韩妻正要睡觉，听到外室有脚步声响起，她赶忙起身去看。外室炉火旺盛，照得整间房子明亮耀眼，另有一八九十岁老太太，正站在炉侧。老太太皮肤枯瘦，弯腰驼背，头上仅有几根稀稀拉拉的白发。老太太见韩妻来，就笑着问："可要尝尝我做的馎饦？"韩妻此时又惊又惧，不敢应声。那老太太见韩妻并不答应，也不理她，只顾用铁箸拨弄炉火。等到锅中沸水翻滚，老太太撩开衣襟，取出腰间的口袋，把数十片馎饦投入锅中后，对韩妻说："你且稍等，我去找筷子，馎饦马上就好咯！"于是就出门去了。

　　韩妻趁着老太太离去，急忙端起炉上的铁锅，把铁锅中的汤及馎饦全部倒到了墙角。刚一倒完，韩妻就听见脚步声由远而近。她慌忙上床躺下，蒙上被子。老太太到房内见锅中汤及馎饦都不见了，大声喊："谁拿走了我的汤！"说着就要走入内室。韩妻害怕极了，大声呼喊："来人啊！来人啊！"家中人听见喊声，忙起身过来查看，那老太太见状匆匆离去。韩妻把方才经历跟家人一一说明，家人顺着韩妻所指的墙角一看，哪有什么馎饦，竟是几十只土鳖虫！

　　——故事源于清·蒲松龄《聊斋志异·补遗·馎饦媪》

18. 酒虫

　　长山（今山东省邹平市长山镇）刘氏，身体肥胖，嗜酒如命，每次独酌总要喝光一瓮酒。刘氏在城郊有三百亩肥田，有一半用来种黍酿酒，另一半种粮食食用。刘氏家中富裕，纵使他嗜酒如命，花费巨多，家境也从未变贫。

　　一日，刘氏在街市上遇到一番僧，番僧上下打量刘氏一番，说："您身上可有奇怪的病？"刘氏只觉莫名，回答说："没有。"番僧又问："你可是嗜好饮酒，却又千杯不醉？"刘氏自豪地说："确实如此！"番僧笑说："就是如此，你身上有酒虫。"刘氏愕然，忙问番僧："可有法医治？"番僧笑着说："这容易得紧！"刘氏又问："不知需用哪种药物？"番僧摇摇头说："不需要。"刘氏更惊，不知该当如何。番僧笑说："你带我到你家中，我来为你驱虫。"刘氏忙把番僧请到家中。番僧令刘氏在正午时分，俯卧院中，手足捆绑起来，在距刘氏头半尺的地方，放一坛酒。当时日头正中，刘氏只觉口干舌燥，而酒香扑鼻，酒瘾上来，真是难受莫名。无奈手足被捆绑，动弹不得。不一时，刘氏只觉咽喉暴痒，忍耐一时，忽然哇的一声，有一物自喉中直入酒坛。番僧解开绑着刘氏的绳索，让他看方才吐入酒坛之物。刘氏一看，竟是一块长二寸多的红肉，上面有清晰的嘴巴、眼睛，那肉在酒中像游鱼一般自在游动。刘氏大惊，忙拜谢番僧，并且以丰厚钱财酬谢。番僧坚决不接受，只说想要借酒虫一用。刘氏问："此虫有什么用？"番僧说："此虫是酒化为精，只需在瓮中盛满水，把此虫放入，拿棍一搅拌，就可成佳酿。"刘氏十分惊异，忙上前一试，果真如此。回头再看番僧，却已无影踪，酒虫也不见。

自此以后，刘氏痛恨饮酒，形体日渐消瘦，家境也渐渐贫寒，最后竟至饮食不能自给。

——故事源于清·蒲松龄《聊斋志异·卷十四·酒虫》

19. 板怪

吴聂友，豫章（今江西省南昌市）人。少年时期因家境贫寒常外出打猎以补贴家用。一日，吴聂友外出打猎，直到日暮时分，依然一无所得。正当他打算回家之时，忽然看见一只白鹿从眼前跃过，吴聂友连忙追赶，拉弓射鹿，一箭正中鹿身。当时天色已黑，吴聂友心想等明日天亮再去寻白鹿踪迹也不迟。于是，当夜就在一棵树下稍歇。

次日清晨，吴聂友醒来，朝着昨日射白鹿的方向去寻，不料，四处找寻却始终不见白鹿踪迹。找了半日，吴聂友又累又饿，就在一棵大梓树下休息，不经意抬头，竟见一支箭射在树枝上！吴聂友仔细一看，这不正是自己的箭吗？为什么会在树枝上？他心中奇怪，却也不解缘由，只心知此树必有异。于是，吴聂友匆忙还家，召集亲友手持斧头上山砍树。亲友把树砍倒，除了在砍伐之处见点点血痕之外，并未见有其他怪异之处。众人随后把树干裁作两块木板，把它置于水塘之中。说来也怪，木板常常沉入水中，然而，不需片刻就又会浮出。

自此以后，每当吴聂友乘二板出行，总会遇见吉庆之事。因此，每次迎接宾客，吴聂友总使宾客乘此木板。有时，木板会在河流正中忽然沉水，惹得宾客惊惧，吴聂友只要一呵斥，板子就又会重新浮出。

吴聂友在官场上也很顺利，官至丹阳太守。他在丹阳郡做官一年之后，一日，木板忽然来到石头上。负责外事的官员说："这块木板本来在水中，忽然来到石头上，真是奇怪！"吴聂友大惊，说："木板到石头上，必定大有深意。"思索一番之后，吴聂友决定辞职回家。他上船之后，紧闭船舱，把两块木板放到船两边，只用了一天时间，就从丹阳到了豫章。自此以后，凡是木板浮出水面，必定会有凶祸发生，吴聂友家多有不顺。

——故事源于晋·陶潜《搜神后记·卷八·吴氏梓》

20. 菊精

马子才，顺天（今北京市）人。马家世代爱菊，至马子才，对菊之爱更是无以复加。每当马子才听闻有好的菊花品种，不论何时何地，他必定立即起身前去寻访，即便是千里迢迢也不辞劳苦。

一日，马家有一客人从金陵来，与马子才说起菊花品类时，说到表亲家中有一两类菊花品种，是北方所不曾有过的。马子才听罢，欣然起身，即刻整理行装，央求客人携自己入金陵。客人见马子才如此痴心，就只得答应。到金陵，客人多方营求，终得两颗菊花种子，马子才把它仔细包好，视之如珍宝一般，心满意足返回家中。

回家途中，马子才遇到一少年，风姿潇洒，玉树临风，身下骑一匹骏马，跟在一辆油壁车一侧。马子才见少年举止不俗，就与之交谈，少年也颇为健谈，自言姓陶，二人谈起诗文，很是相投。言谈中，少年问马子才："马兄哪里来，要往哪里去？"马子才据实答说："自金陵求得两枚菊种，这就返回顺天家中。"少年听罢，微微笑说："凡菊花种子都为佳品，关键在于人如何培植灌溉。"于是，少年又说起培植菊花的方法，马子才一听，大喜，问："不知陶贤弟将往哪里？"少年回答："我姐姐不喜金陵，想要移居河朔之地。"马子才听罢，欣然说："我虽家中并不富裕，然也有茅屋几间可供居住。若贤弟不嫌弃家中简陋，可与为兄同住，何必另觅他处？"少年思索片刻说："我去问问姐姐意下如何。"说着就到车窗处，把马子才之意说与车中女子。车中女子以手掀帘，马子才见一双纤手，莹白如玉，继而见女子容颜，年约二十许，竟是绝色！马子才只看两眼就怦然心动，忙环顾他处，不敢再看。女子对弟弟说："房屋简陋与否有甚要紧，不过庭院须得宏阔。"马子才忙回说："家中庭院宽阔，且请宽心。"女子微启朱唇，说："如此，有劳马公子了。"马子才慌忙回礼，说："无妨，无妨。"于是，三人同归马家。

马家宅地南面有一处荒园子，仅有三四间房屋，少年与女子却对此处甚是喜爱。于是，马子才就安排二人居此处。少年日日到北面马子才家中为他培植菊花，那些已经枯萎的菊花，少年把它连根拔除，再次精心种好，菊花就可复活。少年种菊手艺之高，每每令马子才惊叹。然而，少年家中甚是清贫，只得每日与马子才一起吃饭。马子才见少年家中似乎从不生火做饭，虽有疑心，却也不放在心上。马子才的妻子吕氏，见少年姐姐秉性恬淡，很是喜欢，不时拿些钱粮接济姐弟二人。少年姐姐名为黄英，也很善谈，不时到吕氏房中，与之一起做女红。两家相处很是融洽。

一日，少年对马子才说："你家并不富裕，却还要时常接济我姐弟二人，我好生过意不去，况且靠人接济也不是常事。如今看来，卖菊足以谋生。如此，就不必时时劳烦兄台了。"马子才素性耿介，听闻少年之言，心下鄙夷，面露不悦说："贤弟风流雅士，我向来敬重。本以为贤弟定能安守清贫，谁知今日有此言语。贤弟此言，有辱菊花淡雅君子之名。"少年听得马子才如此说，也不生气，只笑说："自食其力也算不上贪，贩花为业也并不俗。人固然不能对富贵蝇营狗苟，然而也不必刻意谋求贫困。"马子才却不以为然，默然不应。

自此以后，少年常常去捡拾马子才所丢弃的残枝劣种培植。渐渐地，少年也不再主动前往马子才家中，直到马子才唤他，他才过去一趟。不久后，少年菊花将开，门庭喧嚣如市。马子才觉得奇怪，走近一看，原来是人们纷纷到少年家中买菊花，有人用车载，有人用肩扛，路上人摩肩接踵。少年所培植菊花都是稀有品类，马子才从未见过，有心上前一看，但因厌恶少年的贪心，就刻意与之疏远，盘算着与少年绝交。

几日后，马子才虽心中怨恨少年私藏稀有菊花品种，然实在禁不住对菊花的喜爱，几经思量，终到少年家中。少年见马子才过来，热情地拉着他的手到菊花园中，只见此前的一片荒园已尽种菊花。那些含苞欲放的菊花，尽是妙品，马子才仔细一看，这些菊花正是此前自己所丢弃的残枝劣种。正自愣神间，忽然看见少年自房中拿出美酒菜肴，设席招待马子才。马子才微觉尴尬，少年却笑说："我不能安守清贫，凭借卖菊花也得些微钱财，令你不齿。不过今日马兄既然前来，不若放下芥蒂，你我共醉？"二人于是开怀畅饮，酒过半酣，忽听得房中有人呼"三郎"，少年答应着过去。不一时，少年端来精美菜肴，说："家姐感念公子恩情，特以此相谢。"马子才忙连称"不敢"。一时，马子才问："令姐为何至今未嫁？"少年微微一笑，说："时机未到。"马子才疑惑地问："那什么时候是好时机？"少年说："四十三月后。"马子才更诧异，问："为什么？"少年只微笑不言，二人再次饮酒，兴尽方散。

第二天，马子才又到少年家中拜访，见昨日少年新插之菊已一尺多高了。马子才大为惊奇，苦苦哀求少年传授培植之术。少年说："此法不可言传。况且兄台也不以此谋生，学了也无用。"数日后，少年门庭略略安静。少年就叫来几辆车，用蒲席裹好数捆菊花，放入车中，同车一道离去。

又过了一年，仲春时节，少年才又乘车载着南方的奇异花卉回到顺天。少年在城中开了一间花店，不到十日，载回的花卉全数卖完，又回到家中继续培植菊花。那些此前在少年处买菊花的人，本来想留着菊花的根，来年再种。谁知，到次年，菊花根竟都腐烂，只得再次向少年购买。少年因此日益富裕。一两年间，少年家中新建房舍，广院高厦，好生气派！少年作息完全根据自己的心意，不必听谁差遣。院中旧日花园，尽数变为廊舍，于是，少年就在家外重新买了一片田地，好生侍弄，尽数种了菊花。这年秋天，菊花将开之时，少年用车载菊花离去，到次年春尽依然未归。而此时，马子才妻子吕氏因病而亡，马子才对少年姐姐黄英颇有好感，就派人前去打探黄英之意。黄英听来人之意，只微笑而已，并不言语。看她意思，似乎已然应允，只等弟弟回来就可成亲。过了一年，少年还没回来。黄英殷勤督促仆人种菊，一切都如少年在时。黄英用卖菊花的钱，买了二十顷良田，家境更加富裕。

忽一日，有人自东粤而来，捎来少年的书信。马子才启信一看，少年信中写，希望姐姐嫁与马子才。马子才心想，少年不在顺天，如何得知吕氏去世的消息呢？又看书信落款日期，正是马子才妻子吕氏去世之日。马子才再一细想，如今距离此前饮酒之日，恰好四十三月！马子才大为惊奇，忙拿着书信给黄英看，黄英笑说："就如三弟所言。"因马子才家中简陋，黄英想要马子才随自己到南面宅中居住。马子才觉得如此竟如赘婿一般，不答应。于是二人成亲之后，黄英就在墙壁上开了门，使两处宅地相通。黄英夜晚住在北宅，白日到南宅督促仆人种菊。

因黄英富有，马子才常以此为耻，他时常叮嘱黄英把南北宅的账目记清楚，以防混淆。然而，家中所需一应物事都是黄英自南宅中取来。不到半年，马家中所见器物都来自陶家。马子才见状忙派人把它一一送还，并且告诫众人不可再拿过来。没过几天，两宅物事又混杂在一起了。马子才不胜其烦，却又无可奈何。黄英笑说："相公如此不觉辛苦吗？"马子才听罢，心中暗自惭愧。随后，不再送来送去，一应事务都听黄英安排。黄英又安排匠人起高楼、建房屋，数月之后，南北宅地就合二为一了。黄英听从马子才的建议，闭门不再以卖菊为生，然而家中一应饮食用度都超过世家贵族。马子才心中常觉不安，说："我三十年来，德行优良，清廉自持，不料如今受你连累，过上此等生活。我依靠妻子过活，真是半点都没男子气概！人人祝我富贵，我却只愿清贫如初。"黄英冷笑说："并非我贪婪，我只是想要稍有丰裕，使千年以后之人，不要以为陶渊明贫贱，百世不得发迹。不过，贫穷之人想要富有着实不易，富有之人想要贫穷却是容易得很。床头钱财随你挥霍，我不干涉就是了。"马子才说："花费别人钱财，也非君子所为。"黄英不悦，说："相公不愿意富有，我也不愿贫穷。没有别的办法，不若你我分室而居，清者自清，浊者自浊，于相公名声也无折损。如何？"随后，黄英命人在园中建茅草屋，择一二清秀婢女与马子才一并居住，马子才如此才心安。然而，过得数日，马子才因思念黄英召其前来。不料，黄英不肯前来，不得已，马子才只好到黄英处。如此，每隔一夜，马子才就到黄英处留宿。黄英笑说："白日居茅屋，夜晚宿大厦，清贫之人不该如此。"马子才只得尴尬赔笑，随后，二人又如此前一般一同居住。

数月后，马子才有事到金陵，恰逢秋季菊花盛开。马子才经过花市，见市上各色菊花，尽是妙种，不禁心中一动，疑心是少年所培植。不一时，花店主人出来，马子才一看，果然是少年。马子才大喜，拉着少年的手，畅叙别后思念之情，当夜就留在少年处，二人彻夜长谈。马子才邀少年回顺天，少年说："金陵是我的故乡，我将在此完婚。现今我有些积蓄，烦劳你带给我姐姐，我待岁末会回去。"马子才苦苦相劝少年回去，并且说："家中颇为富裕，你坐享其成就可，不必再做卖花商贾。"少年无奈，只得在店中使仆人代为定价，一应菊花都贱卖，数日后，售罄。少年整理行装，与马子才一起，坐船北上。

到顺天家中，黄英已命人打扫好房屋，床榻、被褥一应具备，仿佛事先知道陶生要回来一般。陶生回来之后，每日侍弄菊花，修整庭园，与马子才下棋饮酒，不再与他人结交。马子才有心为陶生说亲，陶生坚决推辞不受。黄英只得送两名婢女为陶生侍寝，三四年后，陶生得一女。陶生素性喜饮酒，却从不见其醉酒。马子才有一朋友曾生，颇有酒量。一日，曾生前来拜访马子才，恰遇马子才与陶生共饮，于是马子才就令曾生与陶生比较酒量。陶生与曾生纵情欢饮，都有相见恨晚之意。饮到四更时分，二人已喝尽百壶。曾生烂醉如泥，倒在地上。陶生起身回房，才一出门，被门前的菊花绊倒，登时倒地化为一人来高的菊花。菊花上有十余枝花朵，都有拳头大小。马子才大为震惊，忙跑去告诉黄英。黄英赶忙上前，把菊花连根拔起，说："何至于醉成这般模样！"说着，往菊花身上盖上衣衫，拉着马子才起身离去，并且再三叮嘱马子才千万不要回头看。

到天色大亮，马子才再去陶生化菊之地一看，依旧是陶生倒在原地。马子才这才明了，原来姐弟二人都是菊精！自此后，马子才对二人更加敬爱。而陶生自从显露真身，饮酒更加肆无忌惮，经常自己写请柬邀请曾生前来共饮，二人因此成为莫逆之交。

这一日，正值花朝节，曾生命仆人抬了两坛药酒，前来与陶生共饮。三人喝到酒坛将空，陶生与曾生依然没有醉倒，马子才就悄悄往坛中又倒入一瓶，二人又喝完了。曾生已露醉态，仆人背着他回去了。陶生醉倒在地，又化作菊。马子才因先前见过陶生化菊，也不以为怪，只如黄英一般，把它连根拔起，并且站在一旁，等着看菊化人形。良久，马子才见菊叶渐枯，大为吃惊，这才前去告知黄英，黄英听罢大惊道："你杀了我弟弟！"奔到菊旁一看，菊根已腐。黄英大恸，掐掉菊花及叶子，把根埋入盆中，移盆入房中，日日灌溉。马子才心中悔恨万千，也归咎于曾生。不料，数日后，马子才听闻曾生竟也醉死，心中颇为不安。

黄英盆中菊渐渐发芽，到九月，终于开了数枝粉菊，菊花有淡淡的酒香，黄英把它命名为"醉陶"。醉陶最喜酒，以酒灌溉则枝繁叶茂。后来陶生之女长大，嫁与世家子弟为妻。黄英也得以终老，不曾有怪事发生。

——故事源于清·蒲松龄《聊斋志异·卷十一·黄英》

21．白衣女

兖州（今山东省济宁市）徂徕山有座光化寺，一名儒生在此苦读。他心志坚定，发誓不中第绝不还乡，故而在此地客居良久。

一个清凉的夏日，儒生读书困倦，到寺中廊下散步。长廊一侧的墙上绘着佛教壁画，壁画色彩鲜艳，线条粗疏，画面中一男子手持笏板正在向一名绿衣红裙的娇俏女子躬身求爱。壁画中有榜题云："若多淫欲，常念恭敬观世音菩萨，便得离欲。"儒生似乎并没有领会壁画劝人"离淫欲"的主题，只痴痴看着壁画中的娇俏女子，口中尚喃喃自语："窈窕淑女，君子好逑。"

儒生刚一回过神来，却见身旁不知什么时候竟有一白衣女子立于长廊尽头，一阵清风微拂，衣袂翩跹，摇曳生姿。白衣女约十五六岁，双目清秀洁净，不染纤尘，堪称绝色。儒生不禁呆住了，心想：莫不是到了武陵源！

见女子笑意盈盈，儒生忙上前见礼，问："不知姑娘来自哪里？我在这寺中客居良久，近旁邻人都相熟，却从不知还有这等美人儿！"白衣女笑着说："我就住在山前，不常出门，你没见过也是寻常。"儒生深觉有理，也不存疑，只贪看女子容貌，露垂涎之意。于是就用轻佻的言语挑逗女子，女子也不以为意。儒生就更大胆，诱女子入室，拥入怀中，软语温存。女子半推半就，顺水推舟，二人自是无限欢好。

缠绵过后，女子深情款款地对儒生说："我本是山野女子，举止粗陋，承蒙郎君不弃，对我情深义重，眷顾之情，永不敢忘，必定为郎君洒扫庭除，殷勤侍奉。只是，今晚我一定得回去一趟，明日再来就永远留在郎君身旁，决不离去。"儒生自是恋恋不舍，生怕女子一去不返，用尽各种办法想要女子留下，女子不肯，儒生无奈只得送女子离开。

临别之时，儒生取出自己最珍爱的白玉指环赠予女子，并殷殷叮嘱："见物如见人，希望你看见指环能想到我，我等你快快回来！"边说边送女子到寺门口。

女子回身告别儒生："可能家人会来迎我，让她们看到我同一男子一起，怕有不妥，我还是自己回去，你不用送我了。"女子态度坚决，儒生也无法，只得转身回去。可心中又实在不舍，于是就转身上了寺门楼，藏身柱子后偷偷目送女子离开。只见女子走了百十来步，忽然没了踪影。儒生诧异，忙下楼到女子消失的地方仔细察看，四周土地平旷，一草一木历历可见，并不曾有女子踪迹。

暮色西沉，儒生怏怏正打算回去，却忽然发现花草丛中一株百合有些异样。它的花苞硕大，尚未开放就已远胜其他花朵，儒生于是就把它连根挖出，发现它的根也很奇特，是拱形的，像一块玉珏。儒生掰开百合花苞，重重花瓣散开，只见一枚白玉指环赫然其间。

儒生忽然明白了。

于是惊叹悔恨成疾，堪堪过了十日，儒生病情加重，强撑着病体出门透气，不觉又到了长廊，墙壁上的绘画色彩依然鲜艳，而儒生却在此地撒手人寰。临死之时，手中还紧握着那枚白玉指环……

——故事源于唐·薛用弱《集异记·光化寺客》

22. 柳将军

洛阳东郊有处旧宅，宅内厅堂、内室、走廊、台阶无处不精致雄伟，然而居于此地之人，多暴病而亡，是以旧宅空闲许多年。

贞元年间，一名军士卢虔见宅地宏阔，且空闲已久，就想买下宅子自己住。有人把宅中异事说与卢虔听，劝他："此宅中有怪物作祟，不可居住。"卢虔听罢，不以为然，胸有成竹地说："无妨，我自有办法。"

当天夜里，卢虔带领数名健壮男仆进入宅中。他安排数名健仆与自己一起住在正堂，另有数名健仆则守在门外。正堂的健仆都骁勇强悍，射术奇高，卢虔命他们手执弓矢埋伏床下。不一时，听闻有敲门声响起，健仆就问："什么人敲门？"门外人应声说："柳将军遣我送书信给卢大人。"卢虔默然不应。过了一时，只见一封信自窗户投入堂中，卢虔打开一看，字迹纤弱娟秀，上写道："我在此安家已有数年，厅堂、内室、走廊、台阶都是我的居所。门神、户灵都是我的奴仆。如今，你贸然闯入我的居所，简直岂有此理！倘若我也像你一样，贸然闯入你的居所，难道你也乐意？你可以不惧怕我，难道心中也无愧疚之情吗？速速离去吧！莫要妄想与我抗衡，以免招致败亡之辱！"卢虔才读完，书信就化作灰烬，飘然四散。卢虔与众仆都惊愕。忽又听闻有人说："柳将军愿见卢大人。"卢虔未及答复，就见一怪前来，站立庭中，身长数十尺，手中拿着一只瓢。卢虔示意健仆拉弓射箭，一箭射中怪物手中瓢，怪物见状，丢下手中瓢，回身退去。

过了一会儿，怪物又过来，站在廊上低头朝正堂窥视。一健仆见状，又拉弓射之，正中怪物胸口。怪物惊慌失措逃出宅院，朝东面奔去。

次日天亮，卢虔派人沿怪物逃跑的方向搜寻，到宅地东面一处空地，见有一株柳树，高百余尺，树干上插着一支箭，众人这才明了，原来这就是柳将军。此后，卢虔派人把柳树砍倒，把它的树干、树枝劈成柴烧。此后，住在此宅的人都安然无恙。又过了一年多，卢虔命人修整房屋，在屋瓦下见到一个瓢，有一丈多长，有一支箭贯穿瓢柄，这瓢正是柳将军手中的那只瓢！

——故事源于唐·张读《宣室志·卷五·卢虔》

23．古杉魅

太和七年夏，僧人董观与表弟王生一起到荆楚（今湖南省中南部）之间游玩。二人后来又自荆楚到长安（今陕西省西安市），途中路过商於（今陕西省商洛市）。当时，天色已黑，二人就在一处山村野店留宿。

二更时分，王生已睡去，董观正虔诚诵读佛经。突然之间，房中灯光暗了下来，董观抬头一看，烛下竟有一物，以手掩烛，然而此手却并无手指。董观仔细一看，此物就在烛影之外。慌乱中，董观朝王生大喊："快起！有魅！"王生才一起身，那怪物的手就撤去了。二人大惊，面面相觑。王生还要继续睡去，却听董观说："先别睡，估计此魅会再来。"于是，二人挺直腰板坐在灯下，专候魅出现。良久，寂然无声，王生对董观说："魅为什么还不来？董兄想必是预料错了。"于是，倒头就睡。

不一时，就有一物，长五尺余，站在烛前，身体遮蔽了烛光，董观一看，此魅无手也无脸。董观十分害怕，又喊王生起来，王生睡正熟，以为董观又是大惊小怪，赌气不起。董观无法，只得随手拿起一根木棒，朝魅的头部戳去，不料，木棒穿入那魅的身体就拔不出来，董观费尽力气，终无可奈何。不一会儿，那魅又自行退去。董观担心魅会再来，就彻夜不眠，直到清晨。天色才一亮，董观就去问野店主人关于此处怪物的情况。主人说："此处西数里有一株古杉，常夜间出没作祟，你遇到的大概就是它。"董观若有所思，就又央求主人说："不如你带我去看看？"主人也不推辞，于是董观就与王生跟随主人寻访古杉踪迹，果然在西三里外，见一株古杉，树枝之间有一根木棒。董观大惊，说："这就是昨夜我戳怪物的木棒！"主人说："常听人说古杉为魅已久，却从未见过，如今看来却无虚假。只是如今该当如何呢?"董观沉思片刻,与店主人一道到店中取来斧头,把古杉砍倒,劈作柴薪。自此以后,再无怪事发生。

——故事源于唐·张读《宣室志·卷五·董观》

24.葡萄怪

晋阳(今山西省太原市晋源区)西郊有座童子寺,贞元年间,邓珪暂住于此。

这年秋天,邓珪与数名友人在寺中欢聚,因天气已凉,几人关好门窗在室内谈笑。不一时,忽有一只手打开窗户,伸进房中,那手颜色蜡黄,且枯瘦如柴。众人见状,大为惊骇,独有邓珪丝毫不惧,反而打开窗户,探头去看。然而窗外空无一人,邓珪于是开着窗与众友继续谈论。不一时,又听得有吟啸之声,邓珪神色如常,淡然问:"你是谁?"只听窗外回答:"我隐居山谷已有年头了。今夕月明风清,因此出外游览。听闻先生在此,特意前来拜访。在下鄙陋,不堪入席,且请允我坐在窗下,听先生与众友交谈就可。"邓珪听罢,笑说:"悉听尊便。"于是,窗下之人与众人隔窗谈笑,十分畅快。许久,窗外之人才告辞。临行之前,那人对邓珪说:"今夜畅谈,大为快意。明夕我再来,还望先生不要多嫌我。"

那人离去之后,邓珪与友人纷纷议论此怪。一友人说:"此人必为鬼。若不找寻它的踪迹,恐怕将遗患无穷。"众人纷纷赞同,商议一番后,众人准备好长绳,专等那人前来,把它捆绑。夜间,那人果真前来,又伸手开窗。邓珪见状,忙拿出绳索绑住那人的手臂,那人几经挣扎,不能解开,无奈地问:"为什么无故绑我?我们昨夜约好一同谈笑,莫非是你们反悔?"说完就带着绳索一并离去。

次日，邓珪与众人四处搜寻那人踪迹，终于在寺北百步外，见一株葡萄树。其树枝繁叶茂，有一枝干上系有一条绳索，正是昨夜邓珪所系的那条。众人这才明了，原来那是葡萄为怪。众人又仔细看，见葡萄叶子极像人手，就如窗户中所见的一般。邓珪等人把它连根挖起，又放了一把大火把葡萄树焚烧殆尽，方才安心。

——故事源于唐·张读《宣室志·卷五·邓珪》

25. 水银精

大历年间，吕生自会稽上虞（今浙江省绍兴市上虞区）调往京师。到京师后，吕生住在永崇里。一夜，吕生邀来数名友人到居处欢聚，饮宴完毕，将要就寝之时，忽然看见一老太太，高二尺许，身穿洁白衣衫，面色怪异，自房间北面的角落中缓缓走出。

众人大为吃惊。只见老太太渐渐走近吕生的床榻，说："各位郎君聚会宴饮，好不热闹，为什么不叫上老身一起，如此待我，实在不太厚道。"吕生见此人言语无状，就呵斥她离去，老太太见如此，只得又缓缓走向北面的角落，渐渐消失了身影。众人又惊又怪，不知老太太从哪里来，又去往了哪里。

次日，吕生独寝，又见老太太在北面角落，踟蹰不前，仿佛是有所惧怕。吕生见老太太如此，心中不喜，又呵斥老太太退下，老太太又倏忽消失。后一日夜间，吕生心想："此老太太必定是怪物，今夜想必还会过来。若我不把它斩除，必定会因此招致祸患，我恐命在旦夕。"于是，吕生拿出一把利剑放在床下，用以对付老太太。

当夜，老太太果然又从北面角落缓缓而来，脸上却没了惧色。吕生待老太太到榻前，立即挥剑砍杀，老太太见状，忙跃上榻，用手臂捶击吕生胸口。随后，又在吕生左右跳跃，挥舞衣袖扰乱吕生视线。吕生只觉眼花缭乱，不知该刺往什么地方。不一时，又有一老太太上榻，也用手臂捶击吕生。吕生顿觉浑身寒战，仿佛被冰霜覆盖一般。吕生举剑乱挥。不一时，又出现数名老太太，依然在吕生身旁挥舞衣袖。吕生不住挥剑，又见有十余名老太太，各自身长一寸多。众多老太太，身量不一而容貌相同，在屋内随处乱走，吕生无法分辨，心中大惧，不知该当如何。

中间一老太太见书生不知所措，笑说："我这就把它们合而为一，你且看着。"说罢，就见一众老太太纷纷往榻前聚来，不一时，众多老太太就合为一人，正是此前老太太。吕生见状，更加惧怕，颤抖着问："你是何方怪物？怎敢如此打扰活人？快快离去，否则，我就让术士以法术来降伏你。"老太太笑说："你如此说就大错特错了。若真有如此高明的术士，我倒愿意一见。我此番前来，不过是与你戏耍玩笑一通罢了，并非要加害你。我这就回去了。"说完，就又到北面角落销声匿迹。

次日，吕生把夜间发生之事说与友人。友人中有一田生，擅长用符术降妖除怪，在长安很是有名。田生听闻此事，不以为忧反以为喜，兴奋地说："此正是我所擅长之事，除去此怪，正如捏死一只蚂蚁一样简单。今夜我同你一起，专待此怪。"吕生大喜，连连道谢。夜间，吕生与田生坐于榻前等老太太前来，不一时，老太太果然走到榻前。田生呵斥："快快离去！"老太太哈哈大笑，昂首抬步，在二人身前徘徊。许久，老太太忽然挥手，手坠落地上，登时变作一个小老太太，小老太太上榻，突然跳入田生口中，田生大惊，叫道："我恐命不久矣！"老太太厉声对吕生说："我先前跟你说过，不会伤害你，你不信。如今田生的遭遇，都赖你。"说罢，又转身离去。

天亮以后，吕生出门，听闻田生浑身寒栗而死。吕生体似筛糠，十分惊惧。有人见吕生如此，对他说："不如你试着找找北面角落中有什么？"

吕生忙回到房中，到角落一看，空无一物。他又挖地一尺多，在地下找到一个瓶子，内中贮水银，约有一斛之多。吕生此时方才醒悟，老太太竟是水银精。

——故事源于唐·张读《宣室志·卷六·吕生》

26. 乘龙出谷

京兆（今陕西省西安市）韦家，是世家大族。韦家有一女子，嫁给了武昌（今湖北省鄂州市）孟生。唐大历末年，孟生与韦氏之弟同时选官，韦氏之弟被授予扬子县（今江苏省扬州市）县尉之职，孟生则被授予阆州（今四川省东北部）录事参军。二人分别后，各自携家眷赴任。韦氏跟从孟生入蜀地，一路上道路坎坷，马车不可通，只得乘马而行。一日，韦氏一行人乘马到骆谷口时，韦氏所乘之马忽然受惊，马失前蹄，堕入山崖。山崖约有数百丈，望之黑洞洞，并无出入之路。孟生料定韦氏定无生还之机，在崖上捶头痛哭，却也无可奈何，只得好生祭祀一番后，方才离去。

不料，韦氏跌落山崖之后，恰巧落在数丈枯叶之上，毫发无损。韦氏刚跌落到枯叶上时，只觉胸闷难当，不一时便即苏醒，过得一日后，饥肠辘辘，只得找寻一些树叶裹着雪充饥。韦氏环顾四周，身堕之处，仿佛一口大井，并无上崖之路。正当彷徨无助之时，韦氏忽然看见旁边一处深潭中有微光如豆，不一时，微光渐渐明亮，竟显露出两处亮光。韦氏走近一看，两处亮光竟是龙的双目！韦氏大惧，只得贴着石壁站着，不敢乱动，只见潭中龙渐渐现身，长五六丈，到水面，忽然腾空而出。不一时，韦氏又见潭中出现一双龙目，竟是又有一龙欲腾空。韦氏心想，如今在崖下，倘若找不到出路，必定葬身于此，不如趁龙腾空之时，乘龙出谷，或许还有一线生机。略一思量，韦氏瞄准龙腾空之时，一扑跨上龙背。那龙也并不在意，直冲上天，腾空飞起。韦氏在龙背上，不敢往下看，任由龙盘飞，也不知自己身在何处。约莫过了半日，韦氏估计龙已飞过万里，就睁开眼往下看，只见龙越飞越低，渐渐可以看见江海及草木，眼见距离地面四五丈时，韦氏松开手，从龙背上坠下，落在草丛之中，许久才苏醒。

韦氏已有三四日不曾饮食，又兼神思紧张，身体倦怠，只得徐徐而行。不一时，忽遇一渔翁，韦氏忙问渔翁："不知这是什么地方？"渔翁见韦氏蓬头垢面，有气无力，大惊，问："这是扬子县。你是什么人，为什么在这里？"韦氏又问："距离扬子县城有多远？"渔翁回答："二十里。"韦氏大喜，把自身经历说与渔翁，渔翁心中虽惊异，然而见其并无害人之意，忙取来茶、粥供其食用。饮食罢，韦氏又问："此县韦少府可曾到任？"渔翁回答："并不知少府是否到任。"韦氏说："我是韦少府的姐姐，倘若你能送我到韦少府处，我必定重谢！"渔翁见她可怜，就送她到韦少府处，一番打听后，得知韦少府已上任数日。韦氏大喜，忙到门前，遣守门人进去通报，说是十三姐到了。韦少府听得此言，并不相信，对守门人说："十三姐随孟生入蜀，如何能在此地？你速速把她打发了吧！"守门人向韦氏转告韦少府之言，韦氏大急，哭着把跌入深谷又乘龙出谷之事详细述说。守门人只得又进去通报，韦少府听得此言，大惊，却并不如何相信，半信半疑地到了门口。韦氏见兄弟，一通大哭，韦少府见果然是十三姐，连忙把她扶入府中，好生安置。韦少府虽然见到姐姐，却始终不信韦氏乘龙之事。数日后，蜀中传来韦氏身死的噩耗，韦少府才知道姐姐所言不虚。于是，忙遣人给孟生传信，又派人护送韦氏入蜀。随后，韦少府又赠予渔父两千钱以表谢意。孟生得知韦氏生还，喜极而泣。

——故事源于唐·皇甫氏《原化记·韦氏》

27. 笔怪

　　元和年间，博陵（今河北省定州市）崔钰侨居长安延福里。一日，崔钰正在房中读书，忽然看见一个童子，自北面墙上走到榻前。童子身高不到一尺，身穿黄衣，额发漆黑，见到崔钰就说："我想寄居您的砚台之上，不知您可否同意？"崔钰觉得童子奇怪莫名，一口回绝了他。童子并不离去，说："我正当壮年，愿意听凭您驱使，何必如此拒绝我！"崔钰见童子此话奇怪，也不理会。童子无奈，跳上崔钰床榻，站立良久，于袖中拿出一小幅文书递给崔钰。崔钰接过一看，竟是诗作，字虽小如米粟，却清晰可辨。诗中写道："昔荷蒙恬惠，寻遭仲叔投。夫君不指使，何处觅银钩。"崔钰看完，笑着对童子说："既然你愿意跟从我，可不要后悔！"童子听罢，又拿出一首诗，掷于几案之上，崔钰打开一看，仍是诗作，上写着："学问从君有，诗书自我传。须知王逸少，名价动千年。"崔钰笑着摇头说："我并无王逸少的书法造诣，即便是有了你，又有什么用？"童子听罢，又扔来一首诗，上写道："能令音信通千里，解致龙蛇运八行。惆怅江生不相赏，应缘自负好文章。"崔钰此时方觉童子甚为有趣，就笑说："可惜你并非五彩。"童子笑着下榻，朝北墙走去，进入一洞穴中。崔钰见状，忙唤来仆人，探查洞穴，竟在洞穴中找到一管刻有花纹的毛笔。崔钰忙取来试着写了几个字，只觉笔锋锐利，运笔流畅。崔钰拿这支笔用了一个多月，并无其他怪事发生。

——故事源于唐·张读《宣室志·补遗·崔钰》

28. 金缶怪

元和年间，进士李员居长安延寿里。初夏某夜，李员在房中独寝，将睡未睡之时，忽听得房间西南角有窸窣声，声音悠远纤细，如同金石相击，音韵锵然，久久不绝。不一会儿，又听闻有歌声起，歌声清越，依然久久不绝。李员心中默默记住歌词，歌词道："色分蓝叶青，声比磬中鸣。七月初七夜，吾当示汝形。"歌词唱完，歌声也随之暂歇。李员心中大为惊异，不知歌声从哪里来。

次日一早，李员吩咐家童寻觅发声之物的踪影，家童四处寻找，一无所得。当夜，李员正独处，又听见歌声，比前夜更为凄厉清越，而歌词一如前夜。一曲结束，李员料想定是有怪物，默然不出声。如此数夜，夜夜有歌声响起。直到秋天，一连数天大雨，李员房间北面的院墙被雨势冲塌。次日，李员召集家童查看颓墙，又听见墙北面的歌声，李员忙循声看去，竟在北墙下见到一只缶，仅一尺大小，用黄金制成，形状奇古，与一般的金缶颇为不同。仔细一看，缶底隐约有文字，只是年代已久，字迹看不真切。李员拿起金缶轻轻叩击，只听其声韵极长，清越凄厉与此前听到的一样。随后，李员命人把缶上的泥土苔藓洗干净，隐隐约约看见上面的字体是小篆，刻的是崔子玉的座右铭。李员惊异非常，然而始终不知此缶是什么年代的。

——故事源于唐·张读《宣室志·补遗·金缶吟》

29. 焱屃精

无锡（今江苏省无锡市）华生，仪容清俊，风流轩朗。华生家住水沟头，近旁有学宫。学宫前有座桥，桥面宽阔，游人多在此憩息。盛夏某日，华生到桥上纳凉，不知不觉到了黄昏时分，忽然想起学宫中友人，就进入学宫访友。刚进学宫大门，华生就看见学宫的侧门前有一个女子，徘徊流连，若有所思。华生见女子眉眼俊俏，莲步婀娜，顿时心中一动，想要与女子攀谈，于是就以借火石为由，与女子嬉笑。女子递与他火石，莲脸飞红，眼波流转，似乎对华生有意。华生见状，就想与女子进一步交谈，然而，女子已进入一屋，并带上了房门。华生不敢造次，只得记下房屋位置，悻悻离去。

华生心念女子，整夜辗转，次日一早，就前往学宫中女子处。刚到学宫，就见那女子已在门前等候。华生心中窃喜，故作镇定问："不知姑娘姓甚名谁，家在哪里？"女子含笑回答："小女子是学宫门役家眷。"华生见女子并无避开之意，就继续说："不知姑娘可否邀我到房中稍憩？"女子听罢，微笑说："小女子房屋逼仄，不能掩人耳目。公子家近在咫尺，如何就无静僻之室，可供你我幽会？"华生喜形于色，女子又悄声附耳说："公子夜间门前等我就是。"说罢，女子又进入房中，掩上房门。华生喜极，狂奔归家，先是编谎话骗妻子说自身不耐暑热，适宜独寝。见妻子并不生疑，华生又忙洒扫房间，悄悄在门前等候。到夜间，女子果然如约而至，二人携手入室，两情缱绻，欢好无限。

自此以后，女子每夜必来与华生幽会。数月后，华生身体渐渐羸弱。华生妻及父母心中疑惑，就乘其不备，悄悄在门外窥视，竟见华生与一个女子床前并坐，谈笑风生。华生妻及父母大为惊异，推门而入，却见房中仅有华生一个人，女子踪影全无。华生父母大惊，质问华生那女子来历，华生只得如实说了。华生父母心知事出反常，次日，偕同华生一起到学宫寻访女子下落。然而，遍寻学宫各处，却不见此前女子房屋。华生父母朝学宫各处门役一一询问，无人家中有如此女眷。华生此时才疑心女子为妖。于是，华生父母广邀僧道，遍请符箓，降妖祈福。不过，华生身体依然没有好转。

一日，华父寻得一方子，把朱砂研磨成粉，悄悄交代华生道："等那女子再来，把朱砂粉撒到她身上，我们可借此寻访女子踪迹。"夜间，女子又来，华生趁女子熟睡，把朱砂粉悄悄撒到女子头发中。次日，父母与华生一道到学宫四处搜寻，却依然未见女子踪迹。正当众人一筹莫展之际，忽听得邻妇大声责骂小儿："刚给你换了新裤子，这是从哪里染的猩红色？"华父听闻，心中一动，到小儿处一看，裤上染的正是朱砂红迹。华父忙问小儿："红迹是从哪里染的？"小儿惊恐地说："方才在学宫前石碑下骑龟首，也许是那时染的。"华生父母及华生忙到小儿玩处一看，石碑下有一个石赑屃，赑屃头上朱砂历历。华父忙打碎石赑屃，见其头部石片上有片片血迹，腹中有鸡蛋大小的石头，光滑坚硬，猛锤不碎。华父命人把石龟碎片远远扔往太湖之中。自此以后，女子再也没来过。

又过得半月，华生独寝，女子忽然进到华生房中叱责："我什么时候辜负过公子？公子竟把我身体砸碎了！不过，我也并不怪你。你父母担忧你的身体，如此行事本也无可厚非。如今，我已到仙宫乞得灵药，你服用之后，身体自当康复。"于是女子拿出数根草叶，强迫华生服下。华生不知什么东西，只觉得入口香甜，并无异味。女子眼看着华生服下，又说，"此前你我居处相邻，我可夕往朝返。如今居处甚远，我此后要在这里常住了。"自此，女子白日也出现，与华生一道起居坐卧，只不需要饮食。华家男女老幼都知此女，然也无可奈何。华生妻心中不喜，常破口大骂，女子也笑而不答。每日夜间，华生妻拥华生坐于床沿，不令女子上床，女子也不勉强，只在一旁微笑而已。不过，华生妻一挨枕头，就长睡不醒，而女子又与华生共寝。华生服用灵药之后，精神大好，不似先前羸弱。华生父母虽不喜，却也无法，只得听之任之，如此一直过了一年多。

一日，华生偶然走到街市，遇到一个道人。道人见华生，上下打量一时，说："公子身上妖气太重，若不如实说来，时日就不多了！"华生大惊，忙把女子之事告知。道人沉思片刻后，邀请华生到茶肆，取下背上的葫芦，倒出一杯酒饮下，随后又拿出两张画有符箓的黄纸，叮嘱华生说："你把此二符带回家中，一张贴房门，一张贴床上，千万小心，不可使女子知晓。你与女子缘分未尽，等八月十五日夜，我再来见你。"当时正是六月中旬。华生回家后，依道人之言贴符。一时，女子到房门，见符，大怒，骂道："公子为什么如此薄情？不过，公子想岔了，我怎会惧怕此物！"话虽如此，女子朝书生冷笑，咬牙切齿，却始终不敢进门。许久，女子大笑说："我有要紧的话要告诉公子，听与不听全在公子。若是愿听，请公子揭下符纸。"华生听罢，心中怜爱女子，于是，揭下符纸，令女子进房。女子进入房中，对华生说："郎君俊美，我爱你，道人也爱你。我爱你，是想要你成为我的夫君。道人爱你，是动了龙阳之兴。谁是谁非，请公子自行判断。"华生一听，恍然大悟，把道人言语抛之脑后，揭下符纸，与女子欢爱如初。

到八月十五中秋夜，华生正与女子并肩赏月，忽听见有人呼喊他的姓名，华生循声一看，见短墙外有个人。华生走近一看，竟是道人！道人见华生过来，忙拉过他说："你与此妖孽缘已尽，我特意前来为你驱妖。"华生面露难色。道人接着说："我知道，此妖以污秽之言诽谤我，此番我定不饶她。"于是画下两道符，递与华生，说："速速擒妖来！"华生正自犹豫不决，恰逢华生父母出来，忙把符纸送到华生妻处。华生妻大喜，拿着符纸朝向女子，女子浑身战栗，噤若寒蝉，华生妻又命人把女子双手捆绑，送到道人跟前。女子见道人，知命不久矣，又见华生，泣下两行，说："我一早就知你我缘尽，我该当离去，却因一点痴情，流连至今，反遭横祸。你我恩爱数年，今当永别，我有后事委托于你，望郎君莫要推辞。"华生心下老大不忍，于是说："请直言无妨。"女子说："恳请你把我的尸身安置于墙阴处，莫使月光照我，或许可使我缓死片刻。不知郎君可否能遂我心愿？"华生不忍拒绝，于是，把女子拥到墙阴处，解开女子手上的绳索。华生正待好言抚慰，却见女子奋力跃起，化作一团黑云，飞入空中。道人见状，长啸一声，向东南方向腾空追去。须臾之间，二人踪影全无。

——故事源于清·袁枚《子不语·卷六·飂尸精》

30．猴怪

杭州举人周云衢有个女儿，嫁给盐商吴某之子为妻。吴某因家中居室逼仄，使夫妇二人在园中书房居住。完婚三月后，忽然有一日，周女患上了怪疾。周女先是心痛，继而腹背疼痛，随后耳目口鼻无不剧痛，以至哀号蹦跳，使人不忍直视。吴某与周云衢遍召医士，却无人知其病源，只见周女身上有黑、白二气缠绕，使周女周身如被绳索捆绑一般，动弹不得。吴某与周云衢不得已，只得延请僧道来做法事，依然无效。听闻城隍庙求神颇为灵验，二人又写状纸投到城隍神处，已过半月，依然无好转。二人不得已又投状纸到关神处催问，果然，后一日，周云衢与女儿及女婿突然沉睡两日，仿佛死去一般。两日后，三人才苏醒。醒转过来后，周云衢与家人说了这两日所历之事。

原来，城隍神收到状纸，立即就要拘捕此妖，岂料，此妖叛逆，拒不归案。后状纸投到关帝处，关帝在状纸上用朱笔写道："派遣温元帅前去擒拿审问妖怪！"温元帅骁勇，很快捕得妖怪，经过一番审问，才知道，作祟者原来是一只雌猴，周女身上的黑、白二气则是一黑、一白两条大蛇。

雌猴与周女的仇怨起于元朝至正七年。那一世，周女为余家婢女，吴某子是猎户，名为张信。一日，雌猴正与雄猴一起在余氏园中偷果子，余家婢女恰巧碰见，就用石头掷二猴，雄猴赶忙逃跑，慌乱之中，恰遇见猎户张信，张信见雄猴体格健壮，就弯弓射箭，正中雄猴心口，雄猴登时毙命。雌猴见状大惊，乘猎户不备，逃往括苍山中修道数百年。如今，猎户张信托生为吴某之子，余家婢女托生为周氏女，因此雌猴特来寻仇。

温元帅问："你既然与二人有仇，为什么不早些报仇，一定要等到四百年后呢？"猴怪说："此女托生七世，有时担任文学侍从之类的官职，有时担任方伯、中丞一类的官职，我没有机会报仇。因她前世官声不佳，所以此生被罚作女身，恰逢她所嫁的人正是当日猎户，因此我的仇就可一并报了。"温元帅点点头，又问："黑、白二气从哪里来？"猴怪说："是吴氏园中的黑白二蛇。吴氏园中之物，都可为我驱使。"温元帅听罢，怒说："周女前世为婢女，掷石驱猴，本是她分内之事。吴某子前世为猎户，射杀猴，也人间常事。你不去朝吴某子报仇却去朝周女报仇，实在是有悖常理！"说着又转向二蛇说："此事与你们并不相干，为什么助纣为虐！"说罢，掷剑喝道："先斩猴怪的党羽！"不一时，就见一个皂衣人把两颗蛇头呈给温元帅复旨。

处置完二蛇，温元帅转头对猴怪说："你罪责深厚，理当被诛，但念你修炼多年，颇有神通，且距修成正果之期不远，就此斩杀你，实在是可惜。这样吧，你好生悔过，治好周女的病，我就赦免了你！"说罢，温元帅起身到关帝前，把详情一一禀告。随后，温元帅回来，见猴怪狰狞不服，双目如电，奋力朝前举爪，仿佛要扑向温元帅。温元帅只冷冷一笑，须臾，听得空中有声音，洪亮如钟，说："伏魔大帝有令，妖猴若是不服，立即斩首！"说罢，听得屋瓦上有刀环声琅琅作响，猴怪此时方露出惧意，只得叩头谢罪。

温元帅叫来周女，令猴怪为其医治。猴怪把周女眼耳口鼻中的横刺、铁针、竹签一一取出，周女的痛楚方稍减，然心痛依然未解。温元帅用目光示意猴怪，猴怪依然不肯疗治，温元帅随即喝道："那就将你斩首！"猴怪忙跪求道："周女心痛易治，只是，我有一个请求，须得吴某答允了，我才肯医治。"吴某忙问："不知你有什么请求？但讲无妨。"猴怪说："吴氏园子雅洁清静，我素来喜爱，想令吴翁打扫西首的三间云楼供我居住。"吴某一听，此事不难，就应允了。猴怪这才伸手到周女口中，直伸到胸前，掏出一方尚带缕缕血丝的小铜镜。周女此时才觉得不再心痛，自此后，周女痊愈。随后，温元帅命人把三人送还家中，几人这才苏醒，与家人闲谈后，才知道已沉睡两日。

——故事源于清·袁枚《子不语·卷十·猴怪》

31. 联句怪

宝应年间仲春末，书生元无有独行维扬（今江苏省扬州市）郊野。当时正是兵乱过后，郊野村落人户逃窜，寂无人烟。正值天色已晚，风雨忽作，元无有慌乱之中进入一处空房避雨。不一会儿，风停雨止，斜月东升，元无有见近旁并无旅舍，就决意暂留此地过夜。当时，元无有在北屋歇息，忽听得西廊上有脚步声响起，不一时，脚步声到了堂上。元无有隔着门缝看见四人，衣冠各不相同，互相谈笑吟咏，好不畅快！其中一人说："今夜好风月，我等作文来记平生之事，可好？"另一人说："独自作文未免孤寂，不若我等来联句？"另外几人听罢，纷纷赞同。只听其中一个穿雪白衣衫、身材修长的人吟道："齐纨鲁缟如霜雪，嘹亮高声予所发。"另一个穿黑色衣冠、身材短陋的人吟道："嘉宾良会清夜时，辉煌灯烛我能持。"还有一个穿黄色衣冠、身材短陋之人吟道："清冷之泉候朝汲，桑绠相牵常出入。"最后一人，也是穿黑色衣冠，身材肥硕，吟道："爨薪贮水常煎熬，充他口腹我为劳。"四人声音洪亮，且正值夜半，元无有听得十分真切。随后四人各自吟诗完毕，又互相赞赏、褒扬，元无有也不以为异。四人一直到天色将晓之时才没了声响。天亮后，元无有找寻四人踪迹，并无所见，堂中唯有铁杵、烛台、水桶、破铛而已，元无有此时才知道，昨夜的四人就是这四物所化。

——故事源于唐·牛僧孺《玄怪录·卷一·元无有》

32. 袋怪

北周静帝初年，居延部落主勃都骨低暴虐凶残，骄奢淫逸。他最喜音乐，常有精通音律之人前来献艺，因此，居所常常门庭若市。一日，忽有数十人拥向骨低门前，为首一人递上名帖拜见骨低。骨低见其名帖上自称：省名部落主成多受。骨低心中颇为好奇，就在堂上召见此人。此人携数十人上前拜过骨低。骨低问："贵部落为什么叫作省名部落？"那人回答："在下成多受，我等数十人名字都为多受，唯有姓氏不同。有姓马的，姓皮的，姓鹿的，姓熊的，姓獐的，姓卫的，姓班的。"骨低笑问："我看你们仿佛是伶官，不知各位可有什么绝技？"成多受说："虽为优伶，然我等生性不俗，言谈都出自经义。最擅长的是耍碗珠。"骨低大喜道："我从未见过，可否展示一二？"有一优伶上前说："幸甚。只是我等饥肠辘辘，不知部落主可否容许我等饱腹后再展示？"骨低忙吩咐左右，备办酒食，等数十人食毕，骨低笑问："现下可做展示了吧？"一人上前说："请看在下展示'大小相成，终始相生'。"说罢，一众伶人上前，长人吞食短人，肥人吞食瘦人，直到最后只余下二人。这时，身长的伶人又说："接下来是'终始相生'。"说完，吐出一个人，吐出的人口中又吐出一个人，如此一一吐出，又恢复了此前人数。骨低只觉惊异，于是拿出重金厚赏伶人，随后派人遣送他们离去。

次日，此数十伶人又至，戏耍一如昨日。如此半月，骨低已生厌烦，不再为他们准备食物。一众伶人见状，怒道："部落主想必以为我等在施展幻术。劳烦部落主请家中亲眷前来，一试就知我等本领。"骨低无奈，只得将儿女、弟妹、甥侄、妻妾请到了堂上，伶人把诸亲眷一一吞入腹中，只听得伶人腹中啼哭呼救之声不绝于耳。骨低惊惶万分，忙到伶人身前，下跪再拜，乞求伶人把亲眷放出。伶人见状大笑说："无妨，部落主不必忧虑。"随即，亲眷被吐出，个个完好如初。

骨低心中恼怒，却不敢直言，好生殷勤相待。待伶人走后，骨低偷偷派人跟踪伶人，以探查伶人身份。后有仆人来报，说："在下跟踪到一古宅时，伶人踪迹全无。在宅地处深掘数尺，在瓦砾下发现一大木槛，里面有数千皮袋。木槛旁有谷物、小麦等，轻轻一捻就化作灰，看来时日不短了。槛中还有竹简书，小人不识，连同皮袋一起带回来给部落主辨认。"骨低打开一看，竹简上文字磨灭，模糊不清，只隐隐见有字，似乎是"陵"字。骨低沉思片刻，才想到是皮袋作怪，大怒，拿出皮袋，想要一把火把它焚为灰烬。

正当骨低吩咐人架火时，忽听得槛中呼号之声："我等本无性命，合该化作灰烬。只因李都尉在墓中放置水银，我等这才得以长存。我等是李都尉的粮袋子，年深日久，房屋倒塌，房梁朽坏，我等渐渐有了神识。愿部落主把我等收为己用，我等可日日为部落主做戏，听凭取乐，莫要焚毁我等。"骨低哪里肯听，随手把皮袋扔进火中，诸袋一时尽焚。冤楚之声四起，血流遍地，一连数月骨低家中冤楚痛叫之声不止。后来不久，骨低全家都病倒了。一年后，骨低家人尽死。

——故事源于唐·牛僧孺《玄怪录·卷二·居延部落主》

33．翠钗怪

文明年间，竟陵（今湖北省天门市）刘讽夜宿夷陵（今湖北省宜昌市）一处馆驿。当夜，月色明朗，馆驿空无一人，刘讽在月下闲坐。忽然看见一女郎自西轩徐徐走出，女郎仪容俏丽，气质温婉，缓歌闲步到中轩。女郎环顾见四下无人，回身对身旁婢女说："紫绥，去西堂把我的花垫子取来。顺道去请刘家六姨姨、十四舅母、南邻翘翘小娘子，一并把溢奴也带来。你就跟她们说：'此间好风月，最宜游赏。弹琴咏诗，自是乐事。竟陵判司虽在此间，不过，想必此人已睡，明月之下也不必回避了。'"婢女应诺而去。刘讽暗暗惊奇，也不好出声，只静坐且看诸女郎如何。

不一时，三个女郎并一个童子说笑着前来，刘讽偷偷看去，只见三人都是绝色。紫绥把花垫铺在庭中，诸女郎互相揖让着坐下。紫绥又受命在座中设犀角酒樽、象牙勺、绿蜡花觯、白琉璃盏等，月明风清，酒香四溢。诸女郎谈笑歌咏，词曲婉转，歌声动人。谈笑一时，先前女郎举起酒杯祝道："唯愿六姨与十四舅母寿比祈山，刘姨夫得任太山府纠判官，翘翘小娘子嫁得诸余国太子，溢奴作诸余国宰相。我等姐妹几个能嫁给地府司文舍人。再不然，嫁给平等王郎君的六郎子或是七郎子，也可慰平生之愿。"众人听罢，都大笑说："那就借蔡家娘子吉言了。"刘讽这才知道，先前女郎姓蔡。

只见那位名为翘翘的女郎独饮一杯后，说："刘姨夫才貌温茂，为什么做不得五道主使？只说做纠判官，你也不怕刘姨姨不悦？快快自罚一杯！"蔡姓女郎笑说："我就知道你会如此说。单论刘姨夫的才貌自是无双，只是刘姨夫年老眼花，恐怕看不得五道黄纸文书，再误了公事就不好了。我又不怕饮酒！"说罢，持酒杯尽饮。诸女郎听得如此，笑倒一片。

待诸女郎稍安，蔡姓女郎起身，说："不如我等传口令玩，如何？我等传翠簪，翠簪传到手中，就要开口说令，若是说得不通，就要受罚。"诸女郎纷纷赞道："此游戏甚好！"于是，又拉紫绥一并加入。蔡姓女郎接着说："听好了，令便是：'鸾老头脑好，好头脑鸾老。'"诸女郎依次轮流说，到紫绥处，一时也想不出来，大急，口中只说："鸾老……鸾老……"诸女郎见状，都大笑说："当年贺若弼嘲笑长孙鸾侍郎年老口吃，且须发都脱，因此作此令戏弄于他。不承想，今日戏弄了紫绥。"

三更后，诸女郎纷纷弹琴击筑，互相唱和。翘翘歌道："明月秋风，良宵会同。星河易翻，欢娱不终。绿樽翠勺，为君斟酌。今夕不饮，何时欢乐。"蔡姓女郎歌道："杨柳杨柳，袅袅随风急。西楼美人春梦长，绣帘斜卷千条入。"六姨歌道："玉户金缸，愿陪君王。邯郸宫中，金石丝簧。卫女秦娥，左右成行。绮缟缤纷，翠眉红妆。王欢顾盼，为王歌舞。愿得君欢，常无灾苦。"

歌毕，已是四更时分，忽然有一个黄衫人，头上有角，仪容俊伟，走入堂中拱手说："婆提王命诸娘子速来。"诸女郎纷纷起身躬身回道："适才在此赏月玩乐，不知婆提王召见我等，我等即刻就去。"说罢，诸女郎匆匆离去，命紫绥留下收拾器物。

夜凉，刘讽闲坐半夜，颇觉寒意，不禁喷嚏数声，待再看庭中，却不见一物。次日，刘讽到夜间诸女郎宴饮处，见地上有翠钗数双。刘讽收起翠钗，到市集问询，竟无人认得翠钗是什么东西。

——故事源于唐·牛僧孺《玄怪录·卷二·刘讽》

34．酒瓮怪

姜修，并州（今山西省太原市）人，生性落拓不拘，嗜酒，整日烂醉如泥，最喜与人对饮。他每次到街市，不论看见什么人，随手就要拉人饮酒。并州人都知道姜修习性，只要看见他出门，都纷纷躲避。因此，姜修少有朋友。

一日，并州忽然来了一个人，皂衣乌帽，身长三尺，腰阔数围，径直到姜修家中与之对饮。姜修大喜，拉此人痛饮。此人笑说："我平生好酒，不过腹内酒却不常满，深以为憾。若腹中酒满，我就安乐。若不满，则甚觉无趣。不知您可否容我长日在此？我一直仰慕您的高义，希望能日日与您把酒言欢，狂歌痛饮！"姜修笑说："你能与我有共爱同好，是真朋友无疑。长日对饮，求之不得。"二人都有相见恨晚之意。于是，席地而坐，痛饮起来。此人饮酒近三石，然毫无醉意。姜修大为惊讶，把他看作异人，起身朝那人拜倒，问："兄台海量，在下佩服。不知兄台姓甚名谁？家住在哪里？如此海量可有甚妙法？"客扬声回答："我姓成，名德器，起初多栖身郊野。蒙天地垂怜，使我得以为爱酒君子效命。如今，我年老，最喜饮酒。若是满腹，则需五石，到那时心中才安。"姜修听闻此言，又惊又疑，却也不再多问，又与他狂饮。不一时，客饮酒到五石，已是大醉，狂歌狂舞，自叹道："乐哉！乐哉！"摇摇晃晃，站立不稳，登时倒地。姜修知道他大醉，令家中奴仆把他扶到房中歇息，到了房中，此人忽然跃起，大惊失色，朝门外急奔。奴仆忙追过去，见那人不小心被一块大石绊倒，嚯然有声，登时不见了踪影。奴仆无奈，只得回家向姜修禀报。次日，姜修与奴仆一同到那人倒地处，却见满地酒瓮碎片。姜修这才意识到，那人的原形竟是酒瓮。

——故事源于唐·柳祥《潇湘录·姜修》

35. 棋盘怪

唐朝后期，武将马举镇守淮南（今江苏省扬州市）。一日，有一个人携一棋盘拜见马举。棋盘四周以珠玉装饰，十分精美。马举花费数千万钱把棋盘买下，日日精心养护，爱不释手。数日后，棋盘忽然消失不见。马举命人四处搜寻，不见踪迹。

一日，有一老翁，拄着拐杖到马举门前拜访，说有兵法之事与马举商谈。马举命人把老翁带入厅内，老翁见过马举，道明来意。马举不以为然，远远坐着问老翁："不知老翁要谈什么兵法？"老翁铿然说："如今正是用兵之时，您为什么不去研究战略战术来抵御贼寇侵犯呢？若不为此，您何必镇守此地呢？"马举说："我正忙于治理疲敝的百姓，不曾有闲暇研究战略战术，先生既然来了，不知有何见教？"老翁说："兵法不可废弃，若是废弃，就要生乱。一乱则百姓疲敝，不能安宁。为今之计，应该先训练兵士，使其勇武过人。再教导将校，使其精明强干。身为将校之人，要能辨别虚实，明辨人心向背，敢于冲锋陷阵。身为士兵之人，要敢于赴汤蹈火，出生入死，不可临阵脱逃。如今，您既为一地主帅，自当该有为帅之才干，不可失职。"马举躬身问："敢问先生，将帅该当如何？"老翁说："作为将帅，必定先赢得军士之心，其次再考虑对付敌军。每一士兵上阵，将帅都要考虑他的生死。每走一条道路，将帅都要想好进退。至于冲关打阵之事，虽是军中小事，也不可忽视。若是遇到为了保全小部分军队而损失大部，或因急躁而屡次使敌人逃脱的情况，则需占据险要地势，布置疑惑敌人之兵，急速进攻，不可心存疑虑。若迟疑不决，必定不能取胜。这就是为帅之道。"

听完老翁的谈论，马举大为惊异，说："先生是什么人？为什么学问如此高深？"老翁笑说："我是南山一耿直之人，自幼喜好奇异之事，人对我多有赞誉。由于屡经战争，因此通晓兵家之事。今日得与您共谈兵法要术，希望您今后多加留心。"说完，老翁就辞别欲去，马举坚持留老翁在客馆暂住。到夜间，马举另有兵术未曾明白，派人到客馆邀老翁问询，然而，室内却只有一棋盘而已，老翁不知所终。而那棋盘正是马举此前丢失的，马举细细思量一番，这才明白老翁原来是精怪。于是，马举连忙命人拿古镜照棋盘，古镜才一照到，棋盘就由桌上跃起，忽然坠地，摔得粉碎，并未见到变化。马举惊异之余，命人点火把它焚毁了。

——故事源于唐·柳祥《潇湘录·马举》

36. 七树精

顺宗年间，书生贾秘自睢阳（今河南省商丘市）到长安（今陕西省西安市），走到古洛城附近，见树林之中有数人环坐，且歌且舞，且饮且乐。贾秘大为惊奇，就上前作揖说："在下叨扰了。"数人既惊又喜，忙起身还礼，邀贾秘同坐。贾秘见数人都身穿儒者之服，举止有礼，就问："我看数君子，都有名士之风，为什么在四下无人的山野之间聚饮？"其中一人说："我等共七人，都有济世之才，却未被重用。如今谈兴正浓，蒙您不弃，加入我等。且来饮美酒，赏美景，纵论古今兴亡、人间取舍，莫要因此地鄙陋而饮不尽兴！"听得此言，贾秘肃然起敬，于是与七人纵声谈笑。许久之后，贾秘见七人互相使眼色，仿佛有甚疑心之处。贾秘慨然说："诸位都是君子，有什么话不妨直说。"其中一人笑说："今日，公子既已发表高论，为什么不向我等道明您的志向呢？"贾秘笑说："我本睢阳人，少好读书，熟知古人所说的王霸之道。如今，新皇继承大统，广开言路。在下不才，也想要跻身朝堂。不求富贵，只盼能一展平生才学。方才见七君子高论，这才前来拜访，还望诸君子勿要鄙弃在下见识浅陋。"七人相视一笑，忙说："无妨无妨，听君高论，是我等的荣幸。"随后，其中一人笑着对贾秘说："我等是七树精，分别是松、柳、槐、桑、枣、栗、樗。既然公子已言明志向，我等也各言其志。"贾秘初时大为惊异，然念及七人言谈潇洒有气度，心中着实佩服，并不在意其为异类。

只见松树精起身说："我本身处空山，并非寻常木材。我有坚贞的气节，即便是凌霜冒雪，也不改节操。若是工匠建大厦，用我的木材做房屋的栋梁，则房屋永无倾覆之险。"松树精说罢，柳树精起身说："我，风流之名纵贯古今，柳絮纷飞之时，纵身一众才子诗赋之中；柳叶纤嫩之时，跃然一众佳人画笔之上。我虽柔弱，却能以柔克刚，能自保本性。"槐树精接着说："我是不材之木，大川无梁，人不选取我；大厦无栋，人们不用我。若非能工巧匠细致雕琢，必然长短大小都不合用。不过，三公朝见天子，都要面向我站立！"桑树精徐徐说："我平生最喜蚕，甘愿供给蚕食。蚕结茧，茧抽丝，丝可织作纨绮，纨绮专供贵族使用。倘若贵族们见到美丽的纨绮就能想起我，我又何须在乎被大用还是被小用呢？"枣树精起身拱手说："我自辩士苏秦入燕之时，已有兼济天下之名。汉武帝曾把我作为贡品进献给西王母，我又何必担心别人不知道我呢？"栗树精说："我虽身处蓬荜之中，然生性恬淡，也可襄助大国。倘若君主效法古人重用我，我定然可使百姓安定，国内无纷扰之乱！"樗树精起身说："我与你们都不同。天覆我，地载我，春荣秋落，世人都以为我不才，我也时常心怀愤懑。空有凌云之势，构厦之材却未能遇见赏识之人。骏马不能纵横驰骋就会被人看作是驽马，璞玉不经雕琢就会被人看作是顽石。我若能得遇赏识之人，必有用武之地。"说罢，七人各自又歌又舞，且饮且乐，一如先时。贾秘听见七人言论，大为惊惧，坐立不安，只好起身告辞。七人劝其满饮一杯再行离去，并说："天地间，人与万物，都深不可测，千万不要轻信于人。"贾秘大汗淋淋，满饮一杯后，辞谢而去。

——故事源于唐·柳祥《潇湘录·贾秘》

37. 空宅三怪

太原掌书记姚康成，奉命出使汧陇（今陕西陇县一带）。正赶上节使替换，出使八蕃的使者回来，驿站的客官人满为患。姚康成只得借住故友邢君牙的旧宅。邢君牙的旧宅空废已久，满院荒草丛生，狼藉不堪。他也不在意，在宅中打扫出一间房，作为休憩之地。他日日清晨出门赴宴应酬，晚间酩酊大醉，就近宿于宴饮之处，因此数夜不曾歇于宅中。

一日，姚康成外出回来，当时天色尚早，他也不曾醉倒，就闲坐房中饮茶。一时，忽然想起一众仆人连日辛苦，就命人到酒店打酒，赐给仆人欢饮，以慰劳仆人的辛苦。不一时，仆人都大醉，姚康成见天色不早，也上床安歇。

二更后，月华如练，映入门户，姚康成夜醒，披衣走出门外，在月下徘徊院中。许久，姚康成正要回房，却远远见一人进入一房中，随即，就听见房中数人饮乐之声。姚康成初时以为是家中仆人，然而仆人都醉倒了。于是，他蹑手蹑脚走到房门外侧耳细听，听见房内言语吟啸之声，确实不是家中仆人。姚康成于是坐在门外继续听，只听得房中有一人说："诸公可知今日时人所作诗赋，都追逐巧丽。至于托物言志、借景抒怀之意，皆已尽失。"随后，此人又长叹一声说："今日，不如我们三人各自赋诗一篇，以寄心志？"其他人都说："甚好！"此时，姚康成隔窗窥探房中，只见一个人，身材细长，皮肤黝黑，随口吟道："昔人炎炎徒自知，今无烽灶欲何为。可怜国柄全无用，曾见人人下第时。"又有一个人，身材细长，却是黄皮肤，面上多疮孔，此人张口吟道："当时得意气填心，一曲君前值万金。今日不如庭下竹，风来犹得学龙吟。"又有一个人，身材短小，体格肥硕，鬓发垂散，此人吟道："头焦鬓秃但心存，力尽尘埃不复论。莫笑今来同腐草，曾经终日扫朱门。"姚康成听得此诗实在妙极，就推门进房，欲与此人畅谈，然待其推门，房中三人都消失不见。姚康成心下颇为疑惑。到次日天亮，姚康成又到此房中寻觅三人踪迹，房中空无一人，只有一柄铁铫子、一管破笛、一把秃头扫帚而已。姚康成心知此三物已成魅，却也不忍心伤害它们，就把它们分别埋于他处。

——故事源于唐·张荐《灵怪集·姚康成》

38. 君山笛怪

洞庭（今洞庭湖一带）商人乡筠，常年贩卖杂货，从中取些薄利。若有多余的钱，就赠给家境困难的亲戚，若再有剩余，就把它赠予当地的贫困之人，自己并无多少积蓄。

乡筠善吹笛，每次到山水佳处，都会在舟中吹笛。曾有一仲春月夜，乡筠在君山一侧泊舟，见月色皎然，春意融融，山迢迢水潇潇，就自顾月下独酌，饮一杯后，就吹笛数曲。一时曲歇，忽然看见水波之上有一渔舟漂来，舟中有一老翁，须发皆白，宛若神仙真人。乡筠收起笛子，起身朝老翁拱手施礼，邀老翁到船上。老翁到乡筠舟中，见乡筠气度高华，沉静自然，说："方才笛声可是您吹奏？"乡筠忙说："是在下献丑了。"老翁笑说："公子莫要自谦。公子笛声嘹亮，曲调非常，我这才乘舟前来。"乡筠与老翁共饮数杯后，老翁说："老朽也喜吹笛，听你数曲，吹笛之心跃跃欲动。"乡筠忙说："愿聆老人妙音。"老翁于是从袖中拿出三管笛子，一笛甚为粗大，一笛大小如常，一笛十分小，跟细笔管一样。老翁看了看三支笛子，说："大笛不可吹奏，中笛也不可吹奏，小笛也许可以一奏，只是不知能否奏完一曲。"乡筠心中微微诧异，说："这是为什么？"老翁说："大笛是专为上天演奏的，聆听此笛声的必是玉帝、元君、上元夫人等，需合上天之乐吹奏。若在人间吹奏，就会人消地裂，日月无光，五星混乱，山岳崩毁。中笛专为诸洞府仙人、蓬莱姑射、昆仑王母及诸位真君演奏，需合仙人之乐吹奏。若在人间吹奏，就会飞沙走石，飞鸟坠地，走兽脑裂，稚幼震死，人们倒地。小笛是老身与诸位朋友可听的，不知今日能否对你吹奏完一曲。"说罢，抽出小笛，轻吹三声，只见湖上风起，波涛翻滚，鱼龟跳跃，乡筠及童仆被震得心胆欲裂。到五六声，君山之上鸟兽噪乱，月色昏暗，小舟不住摇动，老翁只得停止。乡筠尚未回过神来，只见老翁满饮数杯，吟道："湘中老人读黄老，手援紫藟坐翠草。春至不知湘水深，日暮忘却巴陵道。"又饮数杯，对乡筠说："明年社日，你可再来此地，我们再论音律。"于是，不等乡筠回答，就乘渔舟而去，渐渐隐没于浩渺烟波之间。到次年约定之日，乡筠在此地苦等许久，老翁却始终未至。

——故事源于唐·谷神子《博异志·吕乡筠》

39. 甌杵

唐建中末年，有一青年，名为独孤彦，喜欢游山玩水、高谈阔论。一日，他游历到淮泗之间，忽然遇到大风天，舟楫不能前行，只好泊船在岸，以候风止。

夜间，月色朦胧，独孤彦登岸散步，不知不觉到了一佛寺中。恰巧，当夜里民有集会，寺僧都前去赴会，寺中空空荡荡，独孤彦独步庭中，月下徘徊。良久，忽然看见有两男子前来。一个人身材修长，着黑衣，自称姓甲，名侵讦，排行第五；另一个人又胖又矮，着青衣，自称曾元。独孤彦与二人一一拜见，闲谈数句，见曾元谈吐玄奥微妙，与常人不同。独孤彦素来最喜奇异玄奥之学，也常与僧道谈论佛理玄学，对于佛道之学钻研颇深，但此二人言谈见识，都在他之上。独孤彦大奇，想要拜二人为师，于是躬身施礼说："我生性喜猎奇，今日得遇二先生，愿为门下弟子，还望二人勿要因在下粗陋推辞。"二人忙回礼说："我二人些许微末见识，如何敢为先生师长？"独孤彦见二人推辞，就问："不知二位从哪里来？"黑衣人说："我的祖先，本是卢氏。我年少时期，刚劲有力，凡是有瘀滞不通之物，必侵犯之，使其疏通无碍，人们都说我侵讦，随后就以此为名。后来被仇家击断，就改为姓甲，以避仇人。因我素来精通药术，曾在宫中任过医官，不过，研磨药材还需假手于人。后来年老体衰，圣上本想赐我一小官，我极力推辞了，现隐居乡间。我有舅父，曾与我是同僚，其行止起居，与我形影不离。不过，自我隐居后，常思念舅舅却不得见。今夜，您问我，我这才能一吐平生之事，真是痛快！"

独孤彦见此人磊落不羁，十分敬服，正要开口称赞，却听曾元说："我的祖先是陶唐氏的后人，后来改为曾姓。我此前跟从莱侯，身居要职，但我素性浮躁，后又负气顶撞上官，因此遭属下诽谤，其时当真是人声鼎沸。因此，被解官去职。自我被弃置，日日身处尘土之间已有许多年了。如今同瓦砾一般，再无其他奢望。不过，我父亲现下还在莱阳侯府为官，我父素来坚贞正义，人有危难必定为之赴汤蹈火，因此得到重用。如今依然被旧职所羁绊，不得安歇。我因被父嫌弃，二人已有数年未曾相见。今蒙公子询问，也就把实情说出了。"话刚说完，听闻门外寺僧喧闹而归，二人面面相觑，神色颇为慌张畏惧，忙起身告辞。独孤彦正想留人，却见十余步后，二人已不见踪影。

独孤彦向寺僧打听二人情况，寺僧听罢大异，说："我在寺中已有多年，并未曾见过公子所说之人，此二人莫非是精怪？"独孤彦对二人才学大为惊奇，也心生疑惑，想到二人行止及言语，猛然悟道："曾元，莫不是甑？'甑'是左'曾'右'瓦'，'瓦'中之点挪到顶上就是元。甲侵讦，莫不是铁杵？甲乙五行属木，位于东方，是以有'甲乙东方木'之说。'木'在第五字，因此是排行第五。'五'与'午'又是同音，左'木'右'午'可不就是'杵'！'侵讦'音类似'金截'，再以反切法读来，就是'铁'字。如此说来，此二人不就是甑和铁杵吗？"

次日，独孤彦四处找寻二人痕迹，果然在一处荒地中找见了铁杵和甑。

——故事源于唐·张读《宣室志·辑佚·甑杵为妖》

40. 银女

宜春郡民章乙，其家族以孝义闻名，数代不分家，家中子弟都同饮共灶。章家所居别墅，清幽精美，其中有亭子、高台、流水、竹林。家中子弟都好行善事，勤于读书。往来方士、高僧、儒生等宾客前来，章家都热心接待，从不曾怠慢。

一日傍晚，有一妇人及一小婢来到章家门前。妇人年纪甚轻，容貌端丽，衣着华丽，饰品精美，小婢也清丽可人。妇人向主人道明来意，说："我访亲到此，岂料亲友竟不见。听闻府上乐善好施，特来叨扰一宿。"章家女眷见妇人举止娴雅，自是欣然迎接，并为之摆设酒菜，饮酒谈笑到深夜方罢。章家有一少年，文采风流，且年少机敏，知家中来一美妇，就偷偷窥探，一见妇人，果真艳若桃李。于是，少年叮嘱乳母，专为妇人洒扫一房间，令其主仆二人居住。到深夜，章生于妇人窗下听得室内寂然无声，偷偷潜入妇人房中，蹑手蹑脚步入床榻。章生见妇人不曾惊觉，就伸手到被中，一摸，竟触手冰冷。章生大惊，忙点烛一照，竟见床上有两个银人，正是妇人及婢女的模样。俩银人合计有千百金。章生忙叫来家中诸人，家人一看，都惊喜非常，然恐其化身为人，立即命人点火化银，果真是白银无疑。

——故事源于五代·王仁裕《玉堂闲话·宜春郡民》

41. 古琴词女

刘过,字改之,襄阳人,虽是一书生,但家中富足,也是慷慨之士。刘过有一爱妾,美貌且深情。刘过与之情谊深厚,常日夜相伴。

淳熙元年,刘过离家参加省试。临别之时,小妾呜呜咽咽,刘过悲悲切切,难分难舍。离别之后,刘过情动于衷,在路上赋《天仙子》一词,以抒相思。其词道:"别酒醺醺容易醉,回过头来三十里。马儿只管去如飞,牵一会,坐一会,断送杀人山共水。是则青衫终可喜,不道恩情拼得未。雪迷村店酒旗斜,去也是,住也是,烦恼自家烦恼你。"此词虽粗浅不工,然也足以表刘过相思之意,因此,每到一处,刘过就让随行的小厮歌咏,以示情深。

走到建昌,刘过见麻姑山巍峨葱郁,就暂驻山下,游览胜景。薄暮时分,刘过在山下独酌,屡屡歌咏此词,着实想念小妾,以至心酸落泪。二更后,忽有一美女到刘过跟前,手执拍板说:"我愿为公子歌一曲,以助公子酒兴。"刘过虽惊,然见女子眉眼盈盈,笑靥如花,并无歹意,就默许了。女子随后展喉歌道:"别酒未斟心先醉,忽听阳关辞故里。扬鞭勒马到皇都,三题尽,当际会,稳跳龙门三级水。天意令吾先送喜,不审君侯知得未?蔡邕博识爨桐声,君背负,只此是,酒满金杯来劝你。"刘过听得词中过龙门之句,心中大喜,又令女子再歌一遍,而自己则把此词记录下来。只是,刘过并不知词中"蔡邕背负"是什么意思,问女子,女子也只笑而不答。刘过见女子,脸映烛光,满脸红晕,就有意留女子伴寝。女子也不拒绝,刘过借机问女子说:"不知姑娘从哪里来?"女子回答:"我本麻姑上仙之妹,只因度化王方平和蔡经时,行事不妥,被谪居此山,许多年不得回天宫帝都。今夜恰好听闻公子新制雅词，勉力趁韵自填一词，还望公子勿要怪罪我冒昧。"刘过忙说："我填词，美人酬唱，实为风雅之事，何来怪罪。"女子嫣然一笑，说："那公子可否答允带我同行？"刘过心下犹疑，本想推辞，然见女子貌美深情，长路漫漫，若得美人相伴，也是乐事一桩。因此就与女子一同东行。一路上，女子乘小轿，刘过骑马，二人相隔有百步距离。入京之后，刘过在一偏僻小巷中租下一室，此后二人就同居一室。后不久，刘过果然中第，调往金门为官。如此，刘过又携女子同归金门。

走到临江，二人同游合皂山。夜间，门外忽有一道士谒见。刘过见道士仙风道骨，衣袂飘飘，仿若神仙中人，忙施礼问："不知仙人此来所为何事？"道士说："在下熊若水，有一言进献，不知大人可愿听否？"刘过忙说："但讲无妨。"熊若水环视左右，见四旁无人，悄声说："我擅长符箓，疑心大人随车娘子恐非人类，不知大人与此女如何相识？"刘过忙把与女子相识经过详细告知。熊若水听罢，连连点头，说："是了，是了。待今夜，大人与娘子共枕之时，我在门外作法。大人听到我的呼喊，就抱紧娘子，切勿令其逃窜。"刘过连忙答应。到夜深，刘过拥女子共寝，忽听得门外大喝："抱紧！"刘过忙搂紧怀中女子，女子几经挣扎，后停止不动。刘过忙唤奴仆点灯入室，就着蜡烛一看，怀中抱的竟是一张古琴！刘过顿时醒悟此前女子词中蔡邕句，原是取蔡邕精通音律、雅好古琴之意。此后，刘过把古琴放在身旁，一路上亲自守护，即便是睡觉、吃饭也不离眼前。

途经麻姑山之时，刘过于当地逗留数日，寻访当地道士，打听古琴的来历。其中有一道士说："听闻从前有赵知军携一古琴经过此地，古琴音色绝妙，赵知军十分爱惜。不巧的是，一次，赵知军抚琴之时，不小心误触台阶石上，致古琴破损不可修复。赵知军心痛不已，就把它埋在官厅西面。"刘过听罢，忙命人掘地挖琴一看，深数尺后，果然在地下找到一个琴匣。刘过打开一看，琴匣空空如也。众人大惊，刘过沉思良久，命人把身旁古琴取来，放入匣中，果然大小正好。随后，刘过命道士焚香诵经，举火把琴并琴匣一起焚烧。

——故事源于南宋·洪迈《夷坚支志·丁卷六·刘改之教授》

42. 苑花

唐天宝年间，处士崔玄微隐居洛阳城东。他生性淡泊，不求功名，未娶妻室，只一心隐居修道、读书、莳花。崔玄微所居庭院宽敞明亮，雅致洁净。且一向喜爱草木花卉，于是就在宅中辟出一个园子，作为花苑，遍植各种花草，所有花木都亲手精心侍弄，连童仆都不能随意入内。三十年来，每到初春时节，苑中杨柳依依，桃花灼灼，李花洁白，石榴花鲜艳，真是姹紫嫣红，尽态极妍。崔玄微就于花间读书、饮酒，常自念叨：书似君子，花如美人，有君子美人相伴，实乃人生乐事！

一个初春的夜晚，崔玄微解衣欲睡，忽然看见月色入户，满院清辉。此良辰美景，崔玄微欣然起行，到院中散步。

不觉到了三更后，忽然看见一绿衣女子踏月而来。女子柳眉纤细，身姿窈窕，行动处似弱柳扶风，一见崔玄微就盈盈拜倒，说："冒昧打扰，在下姓杨，住在近旁的花苑，今夜和女伴要迎候表姨，借贵宝地一用，不知是否打扰？"崔玄微虽吃惊，却并不诧异，只觉女子有些眼熟，一时也想不起在哪里见过，见女子问询，忙对着绿衣女作揖说："不胜荣幸！"

不一会儿，就见绿衣女子引领十余妙龄女子穿花度柳而来，绿衣女子一一引见。其中一李姓女子，一袭白衣，肤若凝脂，容色胜雪。又一陶姓女子，淡粉衣衫，神情娇美，有宜家之相。另有一石姓女子，绯色衣衫，活泼灵动，眼神倔强，自报名醋醋。另有数名女子，妆容或浓或淡，神色或清或媚，都容颜绝丽，不一而足。崔玄微与众女子一一见礼，命童仆备酒，邀众人入席，分宾主落座。

崔玄微内心暗暗纳罕，与众女子虽是初见，却像是旧相识，竟有一种莫名的熟悉感。当下不便言明，只是寒暄，问她们夜半出行的缘由。绿衣杨姓女子善谈，就说："我们几个虽是异姓，却亲如姐妹，数日前封十八姨说要来看我们，等了几日也不见她来，所以趁今夜月色甚好，我们就出来迎迎她。"正说着，忽听家中童仆来报，说封十八姨到了。

众女子连忙起身到门外，笑脸相迎。崔玄微紧随其后，还未及门口，就见一众女子簇拥着一中年妇人快步从身旁走过。尚未及见礼，就觉一阵狂风自身旁掠过，带来阵阵肃杀之气。崔玄微纳罕：这大概就是众女子口中的妇人封氏，这一众女子是何等可意人儿，怎会有这样的表姨？紧跟着众女走到席间，封十八姨主位落座，崔玄微这才看清封氏容貌，年纪四十许，俊眉飞动，眼露寒星，鼻挺如剑，风韵无边。崔玄微见礼，封十八姨这才明白了似的，忙假意起身，说："是我鲁莽！竟鸠占鹊巢了，乡野之人粗鄙，见谅！见谅！"众女子不等封氏起身就按住了她，绿衣女子忙说："主人是贤士，不会计较这些虚礼，此地清雅至极，在此迎候封姨最是相宜！您且安坐！"崔玄微也连声称道："无妨，无妨。"于是命童仆置备瓜果、佳肴、美酒，以供众人享用。

酒到半酣，众女子见封十八姨微微有些醉了，就纷纷上前以歌劝酒，其中白衣李姓女子满饮一杯，轻启朱唇唱道："皎洁玉颜胜白雪，况乃当年对芳月。沉吟不敢怨春风，自叹容华暗消歇。"唱完默默低头垂泪。女子歌声清丽婉约，再配以哀怨动人的歌词，让人对这雪白皎洁娇嫩却被春风无情吹落的花朵心生怜惜，更有甚者，这花朵娇怯怯不敢怨春风，只能感叹自己容颜易逝。纵然崔玄微是个男子，也难免生出恻隐之心，只不知这女子遇见了什么事，作此伤心语。

未及细想，就见淡粉衣衫的陶姓女子执酒杯上前，也歌一曲："绛衣披拂露盈盈，淡染胭脂一朵轻。自恨红颜留不住，莫怨春风道薄情。"这一曲与白衣女子所唱有异曲同工之妙，也是娇美容颜不耐春风摧残，只能自怨自艾，不敢埋怨春风薄情。粉衣女子唱完对着封十八姨把杯中酒一饮而尽，其余诸女子都默然无声。崔玄微看向封十八姨，只见她眉眼微挑，含笑带威，夹着一丝傲慢，自顾自转动酒杯，并不看一众女子。

正当众女子暗暗垂泪，全场默然之时，穿绯色衣服名唤石醋醋的女子拿起酒杯朝封姨走来。封十八姨饶有兴致地看着石醋醋娇俏的脸庞硬挤出的几分虚假的笑意，起身相迎。二人举杯正欲尽饮，却见封十八姨白嫩的纤手一抖，杯中美酒就尽洒在了石醋醋簇新的绯红色石榴裙上，衣裙登时污了一大片。封十八姨见状忙笑说："酒喝多了，手就抖，醋醋见谅！"作势要对醋醋致歉，众女子忙去扶封姨，眼神示意醋醋退到一旁，可石醋醋见酒污了衣裙，顿时俏脸微红，柳眉倒竖："你算什么东西！两面三刀的疯婆娘！一时温和轻拂，又一时发了癫，对我们肆意搓磨！她们都奉承讨好你，我偏不！"于是离席径去。封十八姨面露尴尬，微微扬起一侧嘴角，失笑说："这小妮子怕不是喝醉了耍酒疯吧！"于是起身出门，众女子也忙起身，到门外好言相劝，殷殷送别，封十八姨余怒未消径自朝东而去。众女子纷纷与崔玄微匆匆告别，于花苑处消失了行迹。

次日夜间，月色如昨，众女子又聚在崔玄微的院中，商量着如何去给封十八姨赔罪，希望她莫要生气，好生照拂众姐妹。正你一言我一语闹哄哄吵得不可开交，只见一旁醋醋冷脸上前说："何必再去求那封老太婆！现有崔处士为人旷达，好与人善，想必也愿意对我姐妹施以援手，我们且去见崔处士。"众女子面面相觑，继而露出喜色，携手并肩拜见崔玄微。

醋醋性格直率，言谈爽利，对着崔玄微略施一礼就说："我们姐妹住在近旁花苑，每年都要受狂风袭虐，摧花折枝，不胜其扰，苦不堪言。处士倘若愿意庇护我们，我等感激不尽，也愿为处士效绵薄之力。"崔玄微忙问："我一隐居修道之人，于世间好似一微末尘埃，微不足道。不过，你们若需要帮忙，我愿略尽绵力！"醋醋正襟敛色说："说来也不难，只需处士每年元旦在花苑东面立一朱幡，画上日月五星的花纹，就可保我们免受于难。不过……"醋醋犹豫了一下，眉头紧皱，继而定神说："今年元旦已过，还请处士在本月二十一日清晨，东风微起之时，把朱幡立于花苑东面，但愿此法有效，能保我们平安吧！"说罢长叹一口气，众女子也纷纷恻然哀叹。崔玄微听了，忙说："这有什么难，我定然办妥！"众女子齐齐跪拜众口称谢，辞别而去。崔玄微月下送别众女子，只见她们又是行于花苑处，瞬间没了踪影。

崔玄微依照醋醋所说，在二十一日清晨东风微起时，把朱幡立在苑东。朱幡才立，微风就已转作大风，呼呼地刮。崔玄微急奔屋内闭门关窗，隔窗而望，只见狂风呼啸，沙飞石走，掀茅卷瓦。而花苑中繁花绚烂夺目，岿然不动，半点儿也不为狂风所扰。

崔玄微这才恍然大悟，众女子就是苑中诸花所化，是花仙子。联想到众女子所说"居住在花苑"，且两次消失于花苑旁，又对封十八姨貌恭心畏。再对照诸女的姓氏、形容及衣衫的颜色，就知绿衣女是杨柳仙子，白衣女是李花仙子，淡粉衣衫女子是桃花仙子，绯红衣裙的石醋醋是石榴花仙子，封十八姨就是风神。怪不得初见众女子就觉得眼熟，这么一想就全都明白了。崔玄微本是修道之人，对此事虽觉离奇却并不惊异。

几日后，一天夜里，崔玄微正临窗夜读，忽闻花气袭人，出门而视，却见一众女子各携花篮飘香而来，一见崔玄微，倒身再拜，玄微忙还礼。杨柳仙子绿袖轻扬，众女子纷纷提花篮上前，篮中各色花瓣重重，鲜妍娇嫩。杨柳仙子笑说："得蒙庇佑，我等姐妹感激不尽，为报答您的恩情，特意准备数篮上好花英，食之可延年益寿，还望您不要推辞。"崔玄微大喜，忙说："我只尽了些许绵力，你们这般酬谢，幸何如之！"醋醋上前笑说："有了崔处士庇佑，何惧那封老太婆！希望崔处士能长居于此，殷勤庇护，可莫要某天舍我们而去呀!"崔玄微躬身说:"我本隐居修道之人,能得众仙相伴,何其陶陶,岂会另居他处!"

自此,崔玄微依旧每日读书、修道、莳花,遇风雨之时殷勤护花。众花仙依时令采新鲜花朵供其食用。到元和初年,几十年过去了,崔玄微不仅没有衰老,反而愈加年轻,青丝童颜,看上去像个年轻人。

——故事源于唐·谷神子《博异志·崔玄微》

43.食龙

元和六年,京兆(今陕西省西安市)韦思恭与好友董生、王生一起在嵩山岳寺修习课业。寺东北百余步岩石下有一取水盆,水盆巨大,盆围有一丈多,可容十斛水。盆中水随取随满,从不曾干涸。三人自春居于此地,到七月盛夏。这日,天气酷热难当,三人趁空闲时间出来打水,到石盆处,见一大蛇,长数丈,浑身漆黑上有白花,仿若锦缎一般,蜿蜒盆中。三人见状,大为惊骇,观察良久,王生与董生商议说:"我等可杀而烹之。"韦思恭一听,忙说:"不可。古书中记载:葛陂之竹,渔父之梭,雷氏之剑,都是龙。此地处名山大镇,怎知此蛇并非潜龙呢?更何况,此蛇鳞甲不同寻常,我等不可造次。"王生和董生听罢,笑说:"你也太迂腐了,那些都是传说,如何能信?"于是,二人从旁边捡起几块石头,朝蛇投去,不一会儿,蛇就死了。二人把蛇带回寺中烹煮后,邀韦思恭同食。韦思恭连连摆手,坚决不吃。二人嗤笑道:"你真是假清高!"说完,也不管韦思恭,二人大快朵颐起来。

次日,三人又听说取水盆中有蛇,王生和董生又到取水盆处,打算用石头砸死大蛇，取来食肉。韦思恭又苦苦劝说，无奈二人不听。正当二人拿起石头想要扔下之时，盆中蛇忽地腾空而起，飞入天上，隐没在云层中。三人皆目瞪口呆，许久方悻悻回到寺院。刚进房门，忽听得山中有隆隆声响起，随之地面开始晃动，三人走出房门一看，只见山间风云突起，飞沙走石，眼见风云马上就卷到寺中。三人大惊，面面相觑，忽然看见天地阴晦，韦思恭急忙喊："快躲起来！"于是三人各自奔逃。韦思恭藏身于寺廊之下，远远听见寺中有人喊道："莫要击错人！"须臾间，雷火自空中而下，三人所住房屋焚毁殆尽。许久，风停云散，韦思恭安然无恙，而王生和董生却不知身在什么地方，四处搜寻都无踪迹。

——故事源于唐·谷神子《博异志·韦思恭》

44．魃雀

北号山上有一种鸟，外形像鸡却头顶雪白，双足与鼠相似，它的爪子很像虎爪。这种鸟名为魃雀，会吃人。

——故事源于先秦·佚名《山海经·东山经》

45．白泽

东望山上有种兽，名为白泽，知晓过去，通晓未来，能说人话。白泽是祥瑞之兽，人若见到它，可逢凶化吉。

——故事源于唐·王瓘《轩辕本纪》

46．驺虞

林氏国有一种兽，像虎一般大小，身上有五彩花纹，尾巴比身体还长，名为驺虞。它生性仁慈，行动迅疾，能日行千里。

——故事源于先秦·佚名《山海经·海内北经》

47．烛龙

西北海之外，赤水之北，有一座山，名为章尾山。山中有神，人面蛇身，通体赤红。它的眼睛和眼珠都竖立着，睁开眼睛，就是白昼，闭上眼睛，就是夜晚。它一吹气，就是寒冬，一吸气，就是炎夏。它不食、不寝、不息，有呼风唤雨的本领。它能照亮阴暗之处，因此被称作烛龙。

——故事源于先秦·佚名《山海经·海外北经》

48．夔

东海之中有座流波山，远在七千里外。山上有兽，外形像牛，却没有犄角。它仅有一只脚，出入水中必伴随大风大雨。它发出的亮光如日月光华，它的吼叫声如同雷鸣。人们把它称为夔。相传黄帝捕得夔，用它的皮做鼓面，用雷兽的骨头做鼓槌。只要一擂鼓，声音可传到五百里以外，声势威震天下。

——故事源于先秦·佚名《山海经·大荒东经》

49.应龙

大荒山东北角，有一座山，名为凶犁土丘，应龙就居住在此山南面。应龙因杀蚩尤与夸父，不能重回天庭兴云布雨。下界的旱灾也常因应龙而起，因此，民间百姓一遇到旱灾，扮作应龙的模样，天上就会降雨。

——故事源于先秦·佚名《山海经·大荒东经》

50.絜钩

硬山上有一种鸟，外形像野鸭子却有鼠尾。这种鸟擅长攀登大树，它的名字叫絜钩。若絜钩出现，当地就会闹瘟疫。

——故事源于先秦·佚名《山海经·东山经》

51.瞿如

祷过山上有一种鸟，外形像鹁却有白色脑袋。它长有三足、人面，名为瞿如。瞿如发出的声音仿佛在叫自己的名字。

——故事源于先秦·佚名《山海经·南山经》

52. 狌狌

招摇山中有一种兽，外形像猿猴却有白色耳朵，能匍匐爬行，也能像人一样直立行走。它的名字叫狌狌，人若吃了它的肉就可疾步如飞。

——故事源于先秦·佚名《山海经·南山经》

53. 凤凰

丹穴山上有一种鸟，外形像公鸡，身上有五彩羽毛，且有花纹。它的名字叫凤凰。凤凰头顶的花纹是"德"字状，翅膀上的花纹是"义"字状，背部的花纹是"礼"字的形状，胸前的花纹是"仁"字的形状，腹部的花纹是"信"字的形状。凤凰这种鸟，所饮所食都从自然中来，常自歌自舞。它是昭示祥瑞的鸟，人若见到它，天下必定安宁祥和。

——故事源于先秦·佚名《山海经·南山经》

54. 蛊雕

滂水中有一种兽，名为蛊雕。蛊雕的外形似雕却有角，它的声音如同婴儿，会吃人。

——故事源于先秦·佚名《山海经·南山经》

55. 旋龟

有一怪水发源自杻阳山，东流注于宪翼之水。怪水之中有很多赤黑色的龟，它的外形与寻常龟类相似，却有鸟头、蛇尾，它的名字叫旋龟。旋龟发出的声音与劈柴声相似，佩戴旋龟可使人耳朵不聋。它还可以用来去除人足底的老茧。

——故事源于先秦·佚名《山海经·南山经》

56. 长右

长右山中有一种兽，外形似猿猴却有四只耳朵，它的名字叫长右。长右的叫声与人呻吟之声相似。长右一出现，郡县就会发大水。

——故事源于先秦·佚名《山海经·南山经》

57. 祝余

招摇山上有一种草，外形似韭叶却开青花，它的名字叫祝余，吃了它人就不会感到饥饿。

——故事源于先秦·佚名《山海经·南山经》

58. 颙鸟

令丘山上有一种鸟，外形与猫头鹰相似，却长有人脸、四眼，也有耳朵，这种鸟名为颙鸟。颙鸟发出的声音仿佛在叫自己的名字。颙鸟出现，天下大旱。

——故事源于先秦·佚名《山海经·南山经》

59. 谨

冀望山中有一种兽，外形如狐狸，有一只眼睛，三条尾巴，它的名字叫谨。谨能发出上百种叫声，可用来抵御凶敌。谨的肉可用来医治黄疸病。

——故事源于先秦·佚名《山海经·西山经》

60. 驳

中曲山中有一种兽，外形似马，身体的毛色雪白，尾巴的毛色漆黑。它的名字叫驳。驳有一只犄角，有虎的牙齿和利爪，发出的叫声如同擂鼓。驳能吃虎豹，能用来抵御兵士。

——故事源于先秦·佚名《山海经·西山经》

61．凫徯

鹿台山中有一种鸟，外形像雄鸡，却有人的脸，它的名字叫凫徯。凫徯发出的声音仿佛在叫自己的名字。凫徯出现，天下将有兵事。

——故事源于先秦·佚名《山海经·西山经》

62．橐蜚

羭次山中有一种鸟，外形像猫头鹰。它有人的面孔，仅有一只脚，名字叫橐蜚。橐蜚冬天出没，夏天蛰伏。把橐蜚的羽毛插在身上，就可不惧天雷。

——故事源于先秦·佚名《山海经·西山经》

63．毕方

章莪山中有一种鸟，外形像鹤，它的名字叫毕方。毕方仅有一只脚，有白色的喙，身上羽毛为青色，羽毛上有红色花纹。毕方发出的声音仿佛在叫自己的名字。毕方出现，当地必生怪火。

——故事源于先秦·佚名《山海经·西山经》

64．鵹鸟

翠山上有很多鵹鸟。它的外形像鹊，通身羽毛呈赤黑色，有两个头，四只脚。人们认为养着它，就可避免火灾。

——故事源于先秦·佚名《山海经·西山经》

65．朱厌

小次山上有一种兽，外形像猿，有白色的头和红色的脚，它的名字叫朱厌。朱厌出现，天下必有大兵事。

——故事源于先秦·佚名《山海经·西山经》

66．混沌

天山中有一种神，外形像黄色口袋，能发出赤红的火光，它的名字叫混沌。混沌有六只脚，四只翅膀，混混沌沌没有面目，却会唱歌跳舞。它是帝江在天地开辟前的模样。

——故事源于先秦·佚名《山海经·西山经》

67. 狰

　　章莪山中有一种兽，外形像赤色豹子，名字叫狰。狰有五条尾巴，一只犄角。它的声音如击石般铿锵。

——故事源于先秦·佚名《山海经·西山经》

68. 狡

　　玉山有一种兽，外形似犬，身上有豹纹，长有牛角一般的犄角，名字叫狡。狡的声音如同犬吠。狡一出现，国必丰收。

——故事源于先秦·佚名《山海经·西山经》

69. 举父

　　崇吾山中有一种兽，外形似猿猴，名字叫举父。举父胳膊上有花纹，有豹子的尾巴，擅长投掷。

——故事源于先秦·佚名《山海经·西山经》

70. 钦原

昆仑之丘有一种鸟，外形像蜜蜂，大小像鸳鸯，名字叫作钦原。鸟兽被钦原刺蜇必死，树木被钦原刺蜇必枯。

——故事源于先秦·佚名《山海经·西山经》

71. 英招

英招外形像马，人面，身上有老虎的花纹，有鸟的翅膀。英招常巡游四海，传达天帝的命令。它还主管着天帝的园圃——槐江山。英招发出的声音就像辘轳汲水。

——故事源于先秦·佚名《山海经·西山经》

72. 当康

钦山中有一种兽，外形像小猪豚，有獠牙，名字叫作当康。它发出的声音仿佛在叫自己的名字。当康出现，预示天下将大丰收。

——故事源于先秦·佚名《山海经·东山经》

73．青鸾

玄丹山中有一种鸟，羽毛呈五彩，长有人的面孔、头发，名字叫青鸾。青鸾和黄鸾一旦聚集某国，这个国家必亡。

——故事源于先秦·佚名《山海经·大荒西经》

74．金乌

金乌是太阳中央的一只黑色三足乌鸦。汤谷上有棵扶桑树，每天当一个太阳回到树下，另一个太阳就会升起。太阳的升落都是由金乌所负载的。

——故事源于先秦·佚名《山海经·大荒东经》

75．耳鼠

丹熏山中有一种兽，外形似老鼠，长着兔子一样的脑袋、麋鹿一样的身体，发出的声音如同犬吠。它的名字叫耳鼠。耳鼠可以用自己的尾巴飞行。人吃了它的肉，可治疗肚子胀大的病，还可以抵御百毒侵害。

——故事源于先秦·佚名《山海经·北山经》

76．精卫

发鸠山中有一种鸟，外形像乌鸦，头上有花纹，它有白色的喙、赤色的足，名字叫作精卫。精卫是炎帝的小女儿，名叫女娃。女娃到东海游玩，溺水而亡，化作精卫。精卫常衔西山的木石，填入东海。

　　　　　　——故事源于先秦·佚名《山海经·北山经》

77．诸犍

单张山上有一种兽，外形如豹，有长长的尾巴，人的脑袋，牛的耳朵，一只眼睛，名字叫诸犍。诸犍可发出巨大的声音，行走时总衔着尾巴。

　　　　　　——故事源于先秦·佚名《山海经·北山经》

78．幽鴳

边春山中有一种兽，外形如猿猴，身上有花纹，名字叫幽鴳。幽鴳喜欢笑，看见人就卧倒在地。它发出的声音仿佛在叫自己的名字。

　　　　　　——故事源于先秦·佚名《山海经·北山经》

79. 酸与

景山中有一种鸟，外形像蛇，有四只翅膀，六只眼睛，三只脚，它的名字叫酸与。酸与发出的声音仿佛在叫自己的名字。酸与出现，当地必有可怕之事发生。

——故事源于先秦·佚名《山海经·北山经》

80. 乘黄

白民国有一种兽，名为乘黄，它的外形像狐，背上有犄角。人若乘坐乘黄，就可有两千岁的寿命。

——故事源于先秦·佚名《山海经·海外西经》

81. 开明兽

昆仑山上有一种开明兽，它的身形像老虎，有九个脑袋，每个脑袋都有人的面孔。开明兽面向东方，立于昆仑之上。

——故事源于先秦·佚名《山海经·海内西经》

82．猰貐

少咸山中有一种兽，外形像牛，红色身子，人的面孔，马蹄般的脚，它的名字叫猰貐。猰貐发出的声音如同婴儿，会吃人。

——故事源于先秦·佚名《山海经·海内西经》

83．兕

兕，外形像牛，全身苍黑，有一只犄角。它生长在帝舜墓穴的东面、湘水的南面。

——故事源于先秦·佚名《山海经·海内南经》

84．跂踵

复州山中有一种鸟，外形像猫头鹰，尾巴与猪尾巴相似，它的名字叫跂踵。跂踵出现在某地，当地必发生大瘟疫。

——故事源于先秦·佚名《山海经·中山经》

85. 夫诸

敖岸山中有一种兽，外形像白鹿，有四只角，它的名字叫夫诸。夫诸出现在某地，某地就会有水灾。

——故事源于先秦·佚名《山海经·中山经》

86. 三足鳖

从水之中有很多三足鳖，它有叉开的尾巴。吃了它的肉可使人不患蛊疫。

——故事源于先秦·佚名《山海经·中山经》

87. 鸩鸟

女几山中有一种鸟，大小像雕，羽毛呈紫绿色，细长脖颈，红色的喙，它的名字叫鸩鸟。鸩鸟喜欢吃蝮蛇的头。它的羽毛有剧毒，若用来泡酒，可毒害人。雄鸩鸟名字叫作运日，雌鸩鸟名字叫作阴谐。

——故事源于先秦·佚名《山海经·中次八经》

88.盟器婢子

开成年间，洛阳卢涵在万安山北面有座庄子。当时正值小麦丰收，各色果子成熟的时节。卢涵一时心血来潮，独自骑马前往庄子上看视。行十余里，卢涵甚为疲惫，忽然看见前方大柏林一旁，有数间干净整洁的房舍，看起来似乎是旅店。

当时，太阳西沉，天色将晚，卢涵下马，进入旅店，想要稍歇一时。店中有一婢女，头上双鬟，眉眼间媚眼可人，见卢涵前来，忙殷勤招呼。卢涵见婢女容色娇美，就问："姑娘是什么人？可是独自在此？"婢女笑说："小女子是为耿将军守墓的婢女。与父兄一同在此，今日，父兄有事外出，仅我一个人在此。"卢涵见婢女言语巧丽，顾盼多情，心生爱慕之情。谈笑一时，婢女说："小女子有少许佳酿，不知公子可否赏脸，饮两三杯？"卢涵说："自然甚好！"婢女走入内室，捧出一古铜酒樽，与卢涵共饮，一时酒酣耳热，卢涵浑身躁动。忽听得婢女以手拍席子，口中念念有词，不住往卢涵口中送酒。卢涵听得婢女口中之词："独持巾栉掩玄关，小帐无人烛影残。昔日罗衣今化尽，白杨风起陇头寒。"大为不悦，只觉似乎与桌上氛围不相称，但也说不出哪里不合常理。又饮一时，酒坛见底。婢女对卢涵说："我进内室为公子添些酒来。"说罢，手持蜡烛，捧着酒樽进入房中。

卢涵心中起疑，悄悄跟在婢女身后偷窥，见房中悬挂着一条大黑蛇，婢女上前，用刀刺黑蛇，蛇血滴到酒樽中，登时化作酒。卢涵登时酒意醒转，大为惊惧，知道婢女为怪魅，慌忙逃出旅店，策马狂奔。婢女在其身后连呼数声，说："今夜之事，需留公子在此一宿，请勿离去！"卢涵哪里听得进去，不住策马。婢女见状，恐卢涵逃脱，大喊："东边方大，快快帮我拦着这位郎君！"卢涵心下疑惑，不知婢女向谁呼喊，只顾赶路。忽听得柏林中，一名大汉应声而起，卢涵回头一看，身后一物如一棵大枯树，举足沉重，距卢涵仅有数百步。卢涵快马加鞭，一刻也不敢停歇，奔到前方一小柏林中，见其中有一巨物，黑夜之中隐隐可看到它浑身雪白。正自惊疑之时，忽听得有人说："今夜必须擒得此人，否则，明日我等必当有灾殃。"

卢涵听罢，更加害怕，只拼命奔往庄子。待到庄子门前，已是三更时分，庄子一片寂静，仅有数辆空车停在门外。眼见身后怪物已赶上，卢涵只得匆忙下马，藏身车下。那大汉径至庄门，庄子院墙本已极高，却也只到大汉腰胯之间。卢涵不敢出声，只在车下偷偷窥探。只见大汉手持戟，进入庄内，拿起戟就往庄内小儿身上刺去。大汉用戟把小儿挑入空中，小儿已死，一声不发。许久，大汉方才离去。卢涵估摸着大汉走远，才起身前去敲门。庄客开门见卢涵，大为惊异，问："公子为什么星夜在此？"卢涵喘息声未平，头上大汗淋漓，不能出声。

到清晨，卢涵忽听见院内有庄客的哭声，说："我儿才三岁，昨夜睡时还好好的，为什么今晨竟醒不过来了！"

卢涵把昨夜之事说与庄客，庄客大惊，愤然说："我要为我儿报仇！"卢涵也痛恨大汉及婢女无故伤人，于是率领庄客数十人，手执刀斧弓箭等，沿昨夜之路寻踪迹。到昨夜饮酒之处，只见房屋破旧朽坏，并无其余杂人。到柏林中，见一陪葬泥俑，高二尺多，正是婢女的模样，一旁有一条大黑蛇，已然死去。一众人又到东侧柏林中，见到一个巨大的驱妖用的神像架子，卢涵命人把它拆毁焚烧。他又带人寻昨夜白物，竟是一具白骨，众人把它挖出，扔到深沟之中。自此，此处再无怪魅为祸。卢涵本来有头风之疾，自从饮了蛇酒，竟神奇痊愈。

——故事源于唐·裴铏《裴铏传奇·卢涵》

89. 荆山槐

开成年间，有一个叫江叟的人。他喜欢读书，尤其喜欢读道书，更是喜欢四处搜罗方术。江叟擅长吹笛，喜欢在永乐县灵仙阁逗留。

一日，江叟到阌乡（今河南省三门峡灵宝西部），一时饮酒过度，醉倒在盘豆馆东宫道大槐树下。到半夜，睡中忽听到一阵"隆隆"之声，江叟睁眼一看，竟是一巨物，举步沉重，缓缓前来。江叟登时酒意全醒，待得巨物稍近，看见一巨人，身高数丈，体格健硕，在槐树一侧坐下，见江叟在一侧，就用毛手摸江叟，一时笑说："我以为是树下锄地之人，却原来是个醉汉。"

于是，巨人也不管江叟，只用手敲大槐树，说："荆馆二郎来探望大兄。"大槐树中立时有声音传出："有劳二弟！"江叟不言语，听得槐树与荆山槐相谈许久，随后又有饮酌之声。荆山槐问："大兄什么时候辞去两京道上槐王之位呢？"大槐树说："待我三甲子后，就辞去此位。"荆山槐说："大兄已年老，还在贪恋此职位。难道非要等到将死之时才辞去此位吗？为什么不趁现在有震霆之力，自己连根拔起，必定可成为有用之材，或许也可用来作为大厦的栋梁。大兄也可保全重重叶子、片片真花。难道非要等到他日做朽烂之柴薪，投身灶炕之中才安心吗？"大槐长叹一声，说："雀鼠之类尚且偷生，我怎可自寻死路？"荆山槐不高兴地说："我与大兄话不投机，不说了。"于是，起身告别，匆匆离去。

到次日清晨，江叟起身，径入阌乡荆山之中。山中一槐树枝繁叶茂，高耸云端，枝干粗壮，将近十围，仿佛有神灵附身。江叟心知此槐必定是荆山槐，就等日暮之时，在树旁用酒肉祭奠，说："我昨夜听闻槐神与盘豆官道大槐王的言论，我虽饮酒，却记得清楚。今日特来拜访，希望能与槐神长谈。"江叟刚一说完，就听得有声音自槐树传出："您特来拜访，实在是令人感动。不知您前来有什么请求？"江叟说："我一生好道，却不曾遇见仙师。树神有灵，还望您能为我指引学道之处。"槐神说："这有什么难。你只需要进入荆山，寻鲍仙师就可。若能找到，不管水中还是陆上，必定可学到一样本事。不过，今日之言，你千万不可泄露，否则将会殃及我！"

江叟十分感谢，辞别而去。

次日，江叟入荆山，攀岩蹬水，多番找寻，果然找到了鲍仙师。一见鲍仙师，江叟就匍匐拜倒行拜师礼。鲍仙师问："你是如何知道来拜我为师的？请务必如实说来。"江叟不敢隐瞒，只得说："是荆山槐树神告诉我的。"鲍仙师说："小小魅怪如何敢擅自指导别人！我虽不能大段把它砍断，暂且用飞符斩断它一条枝干。"江叟忙跪拜，哀求说："还望鲍仙师手下留情。"鲍仙师说："今日若不惩罚于它，来日定还有人前来。"说罢，问江叟："你有什么能力，仔细说来。"江叟说："好道，最喜吹笛。"鲍仙师于是命江叟取笛吹奏，笛声清逸，五音激越，仿若枯叶坠地，轻云出岫。一曲奏毕，鲍仙师感叹说："你的笛音已到佳境。只是，你目前吹的是一管竹笛，日久竹枯，声音必变。我今日赠你一管玉笛，此玉笛是荆山之中上好的笛子。只要你像平常一样吹奏，三年后，就可召唤洞中龙，龙若出，必定衔明月之珠赠你。你若得到明珠，就用醍醐煎三日。此时，小龙定然脑疼，持化水丹来赎明珠。你得了化水丹，服用之后，就可成水仙，能有万岁的寿命。"

江叟一听大喜，见鲍仙师递来玉笛，问："玉笛与竹笛有什么区别？"鲍仙师说："竹笛，青色，与龙的颜色相似，能吹得像龙吟，这不足为怪。玉笛，白色，与龙相克，听到笛音，龙必定感到奇怪，所以会出来观看。此时就可感召它，使它为你所用。"江叟大悟，手持玉笛辞别鲍仙师而去。

三年后，江叟才能用玉笛吹出乐曲。后来，江叟到岳阳，刺史李虞把他留下。当时正值大旱，江叟无事，就在夜间到圣善寺吹笛。刚吹一时，就见洞庭之中有龙飞出，驾着云雾在寺上空盘旋。随后，果然有一老龙衔明珠赠江叟，江叟拿到明珠，就依鲍仙师之言，煎煮三日，果然有龙化作人，手持化水丹，请求赎回明珠。江叟于是接过化水丹，还回明珠。服用化水丹后，江叟登时返老还童，身强力健。随后，江叟游历天下洞穴，许多年后，依然容颜如旧。

——故事源于唐·裴铏《裴铏传奇·江叟》

90. 水精

贞元年间，处士周邯在街市遇见一个彝人卖奴。奴仆十四五岁，机灵聪明，擅长潜水，在水中如履平地。奴仆自称可终日沉潜水中，且云南、蜀地（今四川盆地及其附近地区）溪流深潭都潜入过。周邯见他机敏，于是把他买来，取名为水精。

周邯自蜀地乘舟到江陵（今湖北省荆州市），经过瞿塘、滟滪时，令水精沉入水中探其深浅。水精入水，不一会儿带着一堆金银器物出来。周邯十分欢喜，于是，每次船行江潭之中，必定要水精入水，水精每次也都能为周邯取来珠宝。船行到江都，经过牛渚矶，传闻此地最深处是温峤烧犀角照水怪的地方，周邯又命水精下水查探是否属实。不一时，水精出水，带出一些珠宝。周邯问他水底情形，水精说："的确有水怪，我也没看清它的具体形状，只看到它怒目戟手，十分凶残。我也是勉强才得以脱身。"

由于水精的缘故，周邯日渐富裕。数年后，周邯恰好要到河北，路过相州（今河南省安阳市）时，忽然想起他的友人王泽在相州做官，周邯趁机拜访王泽。故友重逢，自是欢喜无限，二人一连数日四处游览宴饮。相州北边有一口八角井，八角井的井壁用天然磐石砌成八角形，井口宽三丈余。每到清晨或日暮井周围烟云密布，绵延百余步。每到夜间，总能看见火红的亮光从井中射出，照得四周如同白昼一般。传说，此井底有金龙潜伏，久旱无雨时，向它祈祷，总能灵验。王泽把此井传说告于周邯后，二人就前往八角井游览。到了八角井，王泽说："这井中应有宝物，但无法确定它到底是什么宝物。"周邯听得此言，笑说："这也不难。"说着，叫来水精，说："你到这井底看看，有什么怪异。若果有宝物，王大人定重重赏你。"

水精本已许久未入水，听得周邯吩咐，欣然脱去衣物，潜入井底，许久才出。出来后，水精对周邯说："水底有一条极大的黄龙，正抱着几颗明珠熟睡。黄龙身上的龙鳞金光灿烂，十分耀眼，看来不是一般的龙。我本想夺了明珠，不过手上没有兵刃，担心黄龙察觉，因此不敢惊动。若我有一柄利剑，就算是夺明珠时黄龙醒来，也可提刀把它斩杀，明珠唾手可得。"周邯与王泽听得此言，大喜。王泽说："我有一柄宝剑，削铁如泥，你可持剑再去。"

一会儿，王泽命人准备酒菜，水精吃饱喝足，持剑入井底。众人听闻此事，纷纷前来凑趣，井沿观者如堵。众人半是好奇，半是忧心水精安危。须臾，忽然看见水精从井中跃出，随后又有一只长数百尺的金手，从井中伸出来捉拿水精。金手爪甲锋利，一把捉住水精，把他拉入井中。众人大为惊骇，不敢近前观看。此时，周邯担忧水精生死，王泽正为宝剑下落不明而可惜。二人紧张地在井沿伫立良久，却不见井中有动静。又过得一时，有一位老人，身穿褐裘，容貌古朴，径直走到王泽身边，说："我是此地的土地神。想问大人为什么如此轻视百姓？井底金龙，是上玄使者，它掌管美玉，恩泽一方百姓。你怎妄想用一柄宝剑，趁其熟睡之时斩杀它？若金龙震怒，摇动天关，摆动地轴，使得山岳裂、丘陵碎，百里成湖，万人成湖中鱼鳖，大人的骨肉至亲又如何得以保全？昔日，钟离不爱珍宝，孟尝亲自送还宝珠。大人不学他们，反而放任自己的贪婪之心，放纵狡猾之人肆无忌惮夺宝！现今，他已被金龙吞食，用以锻造明珠去了！"

王泽羞愧悔恨，无言以对。老人见状，说："事已至此，你须速速悔过，祈祷金龙勿要发怒！"老人说罢，忽地离去，王泽忙着人准备牛羊等祭品虔诚祭祀金龙。

——故事源于唐·裴铡《裴铡传奇·周邯》

91．衢州三怪

张握仲在衢州驻兵时，曾听闻衢州有三怪。

其一，夜深人静之时，衢州人不敢在街上独行。因为钟楼上有鬼，头上有角，相貌狰狞可怖。它只要听到行人的脚步声就飞身而下，朝人扑过来。行人见状飞奔逃窜，鬼也就随之离开。见过此鬼的人往往会得病，且有很多会死去。

其二，衢州城中的一个水塘会在夜间悄悄伸出一匹白布。白布光滑洁净，有很多人捡拾它。凡是捡拾白布的人，都会被卷入水中。

其三，水塘中有鸭鬼，夜半万籁俱寂时，常发出叫声。行人路过此地，听见鸭叫声，就会得病。

——故事源于清·蒲松龄《聊斋志异·卷十四·衢州三怪》

92．山臊

西方深山有一种怪人，身长一尺多，喜欢袒露着上身捕虾蟹，生性不怕人。它们见到在山中夜宿的人，就偷偷用人的篝火来炙烤虾蟹，还会乘人不备偷人的盐来给虾蟹调味。它的名字叫山臊，它发出的声音仿佛在叫自己的名字。

——故事源于西汉·东方朔《神异经·西荒经》

93．讹兽

西南大荒中有一种兽，名为讹兽。它的外形像兔子，有人的面孔，会说话。讹兽常常欺骗人，把东说成西，把恶说成善。它的肉十分美味，人一旦吃了，就不再说真话。

——故事源于西汉·东方朔《神异经·西南荒经》

94．蜚虫

南方有一种蜚虫，寄生在蚊子翅膀之下。此虫又细又小，蚊子常不能察觉，于是又名细蠛。

——故事源于西汉·东方朔《神异经·南荒经》

95. 梼杌

西方大荒中有一种兽，外形像老虎却长有狗的毛，身长二尺，有人的面孔，老虎的脚，猪的牙齿。它的尾巴长一丈八尺，能把大荒搅乱。它的名字叫梼杌，又有一名傲狠，一名难训。

——故事源于西汉·东方朔《神异经·西荒经》

96. 穷奇

西北有一种兽，外形像老虎，有翅膀，能飞，喜欢吃人和禽兽。它能听懂人的言语，听见人有争吵，就去吃掉有理的一方；听说有人忠厚诚信，就去咬掉人的鼻子；听说有人作恶多端，就去捕杀野兽，馈赠给恶人。它的名字叫穷奇。

——故事源于西汉·东方朔《神异经·西北荒经》

97. 饕餮

西南方有一种兽，名为饕餮。它的周身有很多毛，头上顶着一头小猪。饕餮像恶狼一样贪婪，喜欢积蓄财物，不吃五谷。强壮的饕餮会欺负老弱的饕餮，它们畏惧兽群，喜欢攻击落单之兽。

——故事源于西汉·东方朔《神异经·西南荒经》

98. 希有

　　昆仑山有一铜柱，高耸入云，人称其为天柱。天柱之下有座大屋，方百余丈。屋上有大鸟，名为希有。希有双翅巨大，左翅膀可盖住东王公，右翅膀可遮住西王母，它左右两只翅膀相隔一万九千里。希有的背上有一小块地方没有羽毛，据说，每年西王母与东王公就在此相会。

——故事源于西汉·东方朔《神异经·中荒经》

99. 玉鸡

　　扶桑山中有玉鸡，玉鸡一鸣叫，金鸡就会鸣叫。金鸡一鸣叫，石鸡就会鸣叫，石鸡一鸣叫则天下的鸡都会鸣叫。

——故事源于西汉·东方朔《神异经·东荒经》

100. 毛人

　　晋武帝时期，宣城人秦精到武昌山采茶。当时，茶树茂盛，嫩芽散发阵阵清香，秦精沉浸采茶，不防一个人忽然从眼前闪过，停在了不远处的茶树上。秦精吓了一跳，定睛一看，此人身长丈余，遍体黄毛，不似常人。秦精心中惊惧，暗自思索如何脱身。却见此人并无歹意，只用手拉秦精往茶山深处走。秦精不敢反抗，跟随毛人一直走到茶山深处一大片茶林中。此处茶林与别处不同，茶叶更为茂密，嫩芽青翠，别有一番风味。秦精大喜，看向毛人，毛人松开秦精的手就离开了。秦精一个人采茶，许久，采完茶。秦精正想回家，却见毛人回来，把二十余枚柑橘一并送入秦精怀中，又转身离去。秦精诧异，剥开一枚柑橘，入口清甜，如饮琼浆，心为之醉。几枚柑橘下肚，秦精腹内充实，在茶树下静坐，且看毛人还有什么举动。一直等到太阳落山，毛人还是没有出现，秦精遗憾回家。此后，秦精经常入山采茶，也进到深山茶树丛中，却再也没见过毛人。

——故事源于晋·陶潜《搜神后记·卷七·毛人》

101. 镜姬

俞逊，字抑之，淮上（今安徽省淮水市以北）人，因为家境贫困，入赘到扬州一户富贵之家。俞逊的妻子沈氏，容貌娇美，擅长涂脂抹粉，喜欢以天下第一美人自居。沈氏自与俞逊成亲之后，二人琴瑟和谐，从无争吵或越轨之事，一众亲戚朋友都十分艳羡。沈家此前极为富有，家传有一面古镜，据说是唐宋时期的旧物，从不轻易示人。俞逊听说之后，想要见一见，然而多次向妻子索要，都被妻子拒绝了，俞逊心中着实不快。

一夜，沈家有盗贼潜入，遗失财物并不多，不过古镜却一并丢失了。沈家人心中诧异，几番思量，都纷纷猜度盗贼定是自家人，否则怎会知道古镜是宝物？沈家上报官府之后许久，都没有盗贼及失物的信息，此事不了了之。

过了一段时间，俞逊到街市闲逛，在一处卖镜子的老翁摊前，见到一面铜镜，样子十分古朴，绝非当代所铸。俞逊有心，就问老翁："此镜价值多少？"老翁回答："二缗。"俞逊心喜，就把它买走，带回家中。进入房中，恰逢妻子正对镜整妆，俞逊有心逗弄妻子，说："你家把一废铜镜视作稀世珍宝，从不拿出来让我一睹真容。今日，我在市上买到一面铜镜，只需百钱，只怕也不逊于你家古镜。"于是，俞逊从袖中拿出铜镜，递给妻子。妻子接过古镜，大惊失色，说："这正是我家古镜！夫君从哪里得来？"俞逊此前从未见过沈家古镜，见妻子如此说，大为震惊，只得实言告知。

沈氏听完俞逊之言，心中着实诧异，持镜自照，忽然看见镜中有一个人。沈氏大惊，叱道："你是什么人？"镜中人也朗然问："你是什么人？"俞逊与沈氏大为惊奇，面面相觑。随后，听见镜中人徐徐说："我是郎君的姬妾，理应参拜正室。否则，正室娘子醋意大发，如何能容得下我？"沈氏听得此言，一把把镜子掷到地上，说："吓杀我了！"镜中人也说："摔杀我了！"俞逊与妻子惊骇异常。俞逊轻轻捡起镜子一看，见镜中竟立着一个美人，蛾眉纤细，满目含情，艳丽非常，比妻子美过百倍。俞逊大着胆子问："你是什么人？为什么在镜中？"镜中女子说："我本是五代时期朱温的宠妾。朱温为后唐所灭，我也死于乱军之中。后来得遇一仙师，用我的血来铸镜，自此，我的魂魄就依附此镜。算来，已有数百年了。听闻郎君风流雅致，我愿为妾室，侍奉郎君左右。"俞逊听得此言，不置可否，问："恐怕你会为我带来祸患吧？"镜中女子说："岂敢带来祸患？只不过供郎君把玩而已。况且，我并不与沈氏争枕席之欢，无须多虑。"俞逊听得此言，大喜，问："那你可有异能？"镜中女子说："能歌数曲。"于是，俞逊把古镜放在榻前，和妻子并坐听女子唱歌。女子声音娇美，词曲工雅，夫妻二人听得如痴如醉。数曲歌罢，镜中女子忽然自解衣衫，露出洁白如玉的胴体，随后又舞动身体，折腰曲腕，献媚呈身。夫妇二人见女子满脸春意，都情不能自禁，于是，翻身上床，缠绵欢好，丝毫不顾镜中女子就在一旁。

自此以后，镜中女子常常且歌且舞，以此引诱俞逊夫妇二人交欢。不过数日，俞逊竟卧病在床，情势危急。俞逊岳父得知此事，忙把古镜收起，叱责沈氏道："此前，不给儿孙见此物，是因为此中有妖异，每每害人。我因其为祖上遗物，不忍把它焚毁，岂知你们竟朝夕与妖异共处。"说完，把它扔到铁柜中，紧锁柜门，无人能取。随后，岳父又请医生诊治俞逊，半年后，俞逊才病愈。后来，岳父去世，古镜也随之不见。

——故事源于清·庆兰《萤窗异草·二编·卷二·镜中姬》

102．白头公

桂阳太守张辽，字叔高，在故乡江夏（今湖北省北部和河南省南部一带）有数十亩祖传的田地。因张辽在桂阳为官，于是派遣家仆回故乡照料。数十日后，仆人返回桂阳回禀张辽，说："田中有一棵大树，树干有十余围，枝繁叶茂，荫蔽数亩，使得地上不长庄稼。"张辽听罢，说："这有什么难，派人把它砍了也就罢了。"仆人说："已安排人伐了，谁知，才伐几下，就有赤红色汁液流出，有六七斗。此树怕是有来历，不可妄动！"张辽听罢，怒道："老树流血，滑天下之大稽！"于是趁公务之余，亲自返回老家，派人到田中砍树，果然大树血流不止。张辽沉思良久，命人先砍树枝。几根树枝砍掉，忽然看见树上伸出一个白头公，身高四五尺，朝张辽奔来。张辽挥手格挡，他身旁的仆人都被惊吓到了，纷纷扑地不敢乱动，而他却泰然自若。张辽仔细端详，见白头公非人非兽，也无奇异本领，于是派人把树砍倒，收拾好田地种庄稼。

这年，司空征辟张辽担任兖州（今山东省济宁市）刺史，地位尊贵，有两千石的俸禄。后来，张辽回乡祭祖，询问众乡亲田中之树的情状，乡亲们都说并无怪事发生。

——故事源于东汉·应劭《风俗通义·张叔高》

103.树女

内阁学士汪晓园曾租住在阎王庙街上一处宅院。宅院中有一棵枣树，已有百年。每到月明之夜，人们总能见到树干上有一红衣女子垂足而坐，女子身影翩跹，双足晃荡，翘首望月，如处无人之境。不过，人们只有站在远处才能看见女子，走近了却看不见，若是再退往远处，则又能见女子仍在原处。曾有二人商议，一个人站在树下，一个人在远处，同时看树上的女子。远处之人能看见女子身影，树下之人则一无所见。远处的人，见地下树影婆娑，却看不见女子的影子。有人用瓦块、石块等朝女子扔去，瓦块、石块到了女子身上，就像是在空中一样。有人又击铳想要看女子反应，只见这时女子应声散灭，然而，待烟火一过，女子复归如初。宅主人说："自从买了此处宅院，就有此怪。不过此女子从不曾害人，因此也就各自相安无事。"即便如此，汪晓园依然觉得事出反常，恐有妖异，因此另觅他处居住。后来，宅主人找人把枣树砍伐，树上女子再也不曾出现。

——故事源于清·纪昀《阅微草堂笔记·卷四》

104. 桃夭柳媚

吴士冠，豫章（今江西省南昌市）人，暂居沈氏别业。别业有处庭院，院中有一汪小池，池水清浅，池畔有桃、柳各一株。当时正值春日，桃红柳绿。每遇朗日微风，纤柳轻摆，夭桃飞落，吴士冠就在树下吟咏妙词佳句，深以良辰美景不能得佳人相伴为遗憾。

一夜，风清月朗，吴士冠远远看见桃花树下有一人影徘徊，曼妙窈窕，似是一女子。吴士冠心中窃喜，走近一看，果然是一美貌女子。女子云鬟高耸，明眸桃腮，身穿浅红色衣衫，看见吴士冠前来，慌忙躲避。吴士冠赶忙上前拉住女子的衣衫，说："既然天送清风把佳人吹来，我怎能任其把佳人吹走？"浅红衣衫女子躬身施礼说："我是西邻某氏之女。因今夜月色甚美，故来游赏，不料想遇见公子。我这就离去！"吴士冠忙说："我与姑娘志同道合，也因此良夜美景到此，能遇见佳人，实在荣幸！寒舍距此不远，还请姑娘赏光！"女子见吴士冠恳切相邀，不便再拒，就随吴士冠进入房中。房中灯烛昏黄，映照得女子更加妩媚动人，吴士冠不由得春心大动，就想亲近女子。女子见状，忙说："公子相貌、人品俱佳，我怎能不动心，不过此时不妥，恐家人知晓。公子且待来日。"说罢就要离去。吴士冠无奈，只得拉着女子盟誓后，才放女子回去。自此后，吴士冠日日扫榻理床，专待女子再来。

三日后，一更时分，吴士冠听闻有敲门声，大喜，连忙跑去开门，一女子径直入室。吴士冠仔细一看，此女子绿衣翠袖，并非前日所遇女子，不过，这个绿衣女容色绝佳，姿态妖冶，与前日女子不相上下。吴士冠十分惊讶，正想开口询问，却听绿衣女子大为惊骇，说："这不是阿姨家吗？我走错了？"随即就要离去。吴士冠见美貌女子，如何肯舍，忙拉着绿衣女笑说："谁是你阿姨？你并未走错，这里就是。"绿衣女见吴士冠如此，又气又笑说："我可真是太苦了！"吴士冠关上房门，强拉绿衣女子留宿，绿衣女子不得已，只得与之同寝。事后，女子对吴士冠说："我家距此不远，因阿姨派婢女召唤我，我才误入公子房中，结此良缘。如今，我还要赶赴阿姨处。"吴士冠忙问："以后何时能再见？"绿衣女回答："公子莫急，一有时机就来与公子相会。"吴士冠再三叮嘱绿衣女千万不要失信，女子答应着就离去了。由于吴士冠租住在沈氏别业，且不常出门，因此并不认识邻人，更无从得知女子下落。女子走后，吴士冠辗转反侧，不能成寐。

不一会儿，又听得门外有叩门声，吴士冠以为绿衣女去而复返，欣然开门。待女子进门，吴士冠点灯一看，此女子婉转低眉，浅红衣衫，飘飘长袖，正是此前桃花树下的美人！吴士冠心中窃喜，一夜之间能得到两个美人的陪伴，真是人间乐事！于是，吴士冠温声对女子说："自你去后，日日等你来。你今日果然来了，可见是守信之人。"浅红衣衫女子眉头微微蹙起，似有愁怨之色，也不答话，只低头默坐。吴士冠百般问询，女子始终不言语，坐到清晨，女子才默默离去。

次夜，绿衣女子又来，说："昨夜与公子欢好，回去之后，心中如痴如醉，因此写了拙诗一首以记夜间乐事，还请公子指教。"吴士冠听得此言，狂喜，迫不及待催促绿衣女快快拿出一观。绿衣女从袖中拿出一张碧色书笺，笺上字迹端丽，写道："小院春愁听子规，风前舞断小腰肢。韩郎忽走章台马，烟散红楼月上时。"吴士冠看罢，赞赏不已，如获至宝，随后将碧色书笺珍藏书匣之中。当夜，二人缠绵风流自不必说。绿衣女临去之时，忽然说："我父母并不约束，我这才得以随意往来。然而，我担心夜夜前来过于打扰公子，今后还是定期前来。"吴士冠正愁若二女一起来，倘若遇见，可如何是好？于是与绿衣女约好每隔一夜幽会一次。

次夜，浅红衣衫女子又来了，女子此番妖娆谐谑，惹得吴士冠心花怒放。浅红衣衫女子牙尖嘴利，口中多有讥讽之意，仿佛知道绿衣女之事。吴士冠见她如此，也只尴尬赔笑。清晨时分，女子临去之时，也与吴士冠约相会日期。吴士冠装作期盼的样子，请求女子每夜都来。女子冷冷一笑，并不答允。如此，吴士冠只好与之约好每隔一日相会，恰好与绿衣女间错开来。自此以后，吴士冠夜夜欢歌，竟无虚夕。二女子也不曾遇见。

一日，吴士冠闲坐无聊，拿出绿衣女的诗细细品味，随后又在诗后写诗附和。写完之后，把它压在砚台下。当夜，浅红衣衫女子来了，二人闲谈一番后，女子闲翻吴士冠书册，又摆弄笔墨。吴士冠见女子如此，笑说："美人也能作诗赋吟咏吗？"浅红衣衫女子含羞笑说："闲来也常作诗赋，恐贻笑大方。不过，我的心志，不可磨灭。"于是，向吴士冠索要书笺，写下两首绝句，分别是："镇日无言忆玉真，天台明月是前身。芳声孤负襄阳赋，偏让灵和殿里人。""为谁消恨助谁娇？红雨丹霞自寂寥。惆怅刘郎并阮客，断魂翻在灞陵桥。"吴士冠接过一看，知其在暗中讥讽自己心思不一，然而心中却对她的才藻大加赞赏："此诗大有唐人之风，胜过多少男子之诗！"浅红衣衫女子笑说："公子谬赞，我不敢当。只是，公子觉得，这诗与章台柳相比，如何？"吴士冠愕然说："这是什么意思？"女子就拿出砚台下的绿笺，说："就是此意。"吴士冠大为羞惭，于是就把绿衣女之事告知，并且恳求女子千万不要离开。浅红衣衫女子笑说："我并没有别的意思，只是，写此诗的并非人，恐怕日后伤害郎君，郎君还是远离为好。"

吴士冠还未听得明白，忽然见有人推门而入，竟是绿衣女子怒气冲冲指着浅红衣衫女子骂道："你本是妖异，为什么竟来构陷我！"浅红衣衫女子也骂道："你个癫狂小婢，只应该在长安道上牵行人衣袂，为什么入武陵源引诱别人的渔郎？"绿衣女怒道："我先人九烈君最喜欢奖励士人，曾把蓝袍赠给李秀才，李秀才立即中第。古往今来，词人、学士往往称赞我。即便是高风亮节如陶渊明，也为我心折。你所说的癫狂，恐怕是你这样轻薄、随意委身流水的人吧？况且，即便我当真如此，又与你何干？"

此时，吴士冠正神魂不定，不知所云，只两厢劝道："不可妄言，不可妄言！"二女犹自争辩不休，良久，浅红衣衫女子才说："郎君有什么罪过！这都是你我的罪过，既然已经事发，怎可再留在此？此后你我应当发誓，再不到郎君处。若有再来，就让她忍受斧刃之痛！"绿衣女回答："如此再好不过！"见如此，吴士冠凄然说："你二人为什么互相倾轧？我正想化解二人矛盾，谁知你们竟出此言，全然不顾惜我吗？"二女冷冷说："郎君勿要留恋，缘分已尽。世间有繁华就有凋零，更何况娇花弱絮？"于是起身离去，吴士冠追出门，却已不见了踪影。

后来，吴士冠特地到邻居左右打探，邻居纷纷说不曾见过二女。吴士冠悻悻而返，走到桃柳处，只见桃花带雨，遍地狼藉，一片残红；柳条含烟，飘零摇曳，满树惨绿，仿佛含愁。吴士冠沉思许久，想到二女互骂的话，这才醒悟二女竟是桃柳精。吴士冠叹息良久，每到淡月微风之夜，桃柳影子摇动，总会疑心是二女翩然而来。然而，二女始终不曾来过。自此以后，吴士冠就病了。因思念过深，以至于心死，于是赋《醉春风》一阕以抒怀，词中写道："柳外仓庚唤，花间蝴蝶散。东风吹老艳阳天，叹叹叹！前度刘郎，当年张绪，一般凄断。独倚雕栏畔，情根谁剖判？相思相见定何时？算算算！除是来生，现身花柳，才完公案。"许久后，吴士冠病重还家，未过多久，就因病去世。

——故事源于清·乐钧《耳食录·卷七·吴士冠》

105. 牡丹女

常大用，洛阳人，生性爱花，最爱牡丹。世传曹州牡丹冠绝齐鲁，常大用每每心生向往。某日，恰因有事到曹州，当地一乡绅有座牡丹园，常大用就租借园子暂住。当时才二月，并非牡丹开放的季节，但常大用喜爱牡丹，每日徘徊园中，双眼紧盯牡丹嫩芽，恨不得牡丹立时就盛放。然而，花开有时，又岂会被常大用的意念所左右？常大用即便是日夜徘徊，作《怀牡丹》诗数百首，牡丹也未含苞。又过了一段时日，春日渐暖，牡丹含苞，然而，常大用盘缠将尽，只好典卖衣物作为房费，继续留居，以待花开。

一日清晨，常大用又到园中看牡丹，忽然看见园中有一女郎及一老太太。常大用以为二人是乡绅家中女眷，不敢打扰，就悄悄退去。不料，日暮时分，常大用又在园中见那女郎，女郎听到他的脚步声，从容避开。常大用趁机多看了两眼，见女郎妆容富丽，姿色绝佳，不禁意乱神迷，心中暗自思想：此女子必为仙人，世上怎会有如此绝色女子？于是忙朝着女郎离开的方向找寻，翻过假山，恰好撞见安坐石上的女郎，一旁还有一老太太，正是清晨女郎身旁之人。老太太见状，忙挡在女郎身前，叱道："大胆狂徒！快快退去！"常大用慌忙跪地，说："姑娘必定是仙人，请受我一拜！"老太太怒道："你再敢胡言乱语，我就去报官了！"常大用一听，脸上现出惧色，正不知该当如何，却见女郎微微一笑，对老太太说："我们走吧。"说罢，二人起身离去。

常大用返回房中，心内暗悔自己孟浪，生怕女郎告知父兄。若果真告知，女郎父兄必定前来问责。不过，女子离去前并无怒容，或许并不曾怪罪于我？如此想来，整夜又悔又惧，辗转反侧，竟至病倒。待到次日，并无人前来问罪，常大用心中稍稍安宁，不过，想起女郎音容笑貌，他心中的不安顿时转为相思。如此三日，常大用面容憔悴，几欲身死。

当夜三更时分，常大用在床上辗转病躯，忽然看见女郎身旁老太太手捧一碗汤药过来，对他说："这是我家葛巾娘子亲手所做毒药，请公子速速服下！"常大用一惊非小，骇然说："我与娘子平素并无仇怨，为什么要毒死我？"说罢，苦笑一声，对老太太说，"既然这药是娘子亲手所制，那我就饮了它。与其受相思之苦，不如这便就死。"于是，仰头一饮而尽。老太太随后接过碗，微笑着离去。常大用饮罢毒药，仰身躺在床上，只等身死。然而，过了一时，常大用并未觉得身上有异，又闻得房中药气香冷，似乎并非毒药。不一时，常大用只觉浑身舒畅，头颅清爽，竟酣然而眠。

常大用一觉醒来，见窗外红日高照，又觉神清气爽，病气全消。如此一来，常大用更加确信女郎是仙女，然而苦于再无相见之机，唯有整日虔诚跪拜，默默祈祷。

一日，常大用又徘徊园中，忽在一树下又见女郎。当时，四下无人，常大用大喜，忙五体投地朝女郎行大礼。女郎又惊又笑，上前把他拉起，常大用只觉一阵异香扑鼻而来，忙顺势握住女郎的手腕起身，女郎肤若凝脂，常大用触手温润，顿觉骨节欲酥。常大用还待与女子言谈一番，忽然看见老太太匆匆而来，女郎忙令他藏身石后，悄然说："公子可在夜间登花梯翻墙，四面红窗的屋子就是我居所，公子万勿失约。"说罢，女郎迎着老太太匆匆离去。常大用见女郎离去，心下怅然，失魂落魄，诸事不做，只待天黑。

刚一入夜，常大用立马到墙角，见已有花梯在，心中大喜，攀缘而上，果见有一红窗。常大用悄悄到窗外，听得屋内有棋子落枰的声音，他不敢贸然进去，只得返回居所。不一时，常大用又偷偷过来，听见落子声依然在，就悄悄透过窗缝窥视，见女郎与一素衣美人对坐下棋，老太太也闲坐一旁，另有一婢女侍立一侧。常大用只得再次翻墙返回。如此三个来回，已是三更时分，常大用悄悄隐身花梯之上，忽听得老太太问："是谁把花梯挪到这里了？"于是，唤来婢女把花梯移走。常大用只好趁机悄悄溜走，此夜折腾再三，并未见女郎一面，只得郁郁而眠。

次夜，常大用又到墙边，见花梯依然在，四下寂静无人，忙翻墙到红窗处，隔窗见女子手托香腮，凝神思量。常大用大喜，忙推门而入。女子见常大用来得突然，大惊，含羞起身施礼。常大用也作揖说："在下福薄，本以为不能与仙女结缘，岂料能有今日！"于是上前抱住女郎就欲亲近。

女郎纤腰一扭，想挣脱常大用怀抱，谁知常大用见女子呵气如兰，身似弱柳，哪里肯放手。女子边挣脱边说："公子何必急于一时？"常大用忙说："自来好事多磨，迟了恐事不成。"话未说完，听得窗外有人说话，女子急忙推开常大用，说："玉版妹子来了，你快躲到床下！"常大用慌忙藏入床下。不一时，常大用果然听见一女子笑说："败军之将，今日可敢再战？我已烹好香茗，姐姐快到我房中与我彻夜弈棋。"女郎推辞说："今日困乏了，不若改明日？"玉版不听其理由，只坚持邀女郎下棋。女郎再三推辞，玉版笑说："姐姐如此恋恋不舍，莫非是有男子藏在房中？"女郎忙笑说："妹子胡说，我去就是了。"于是起身随玉版出门。常大用心中大为遗憾，失望地从床下出来，环顾女郎房间，见室中并无香奁，只床头有一柄水晶如意，上面结有紫色丝巾。常大用见其颇有女郎之风，悄悄将其揣入怀中，翻墙回房。回到房间，常大用整理衣衫，闻到身上的女子体香，对女子的倾慕更加恳切，有心再去，又担心被人发觉，就不敢再去，只得将如意好生珍藏，以待女子前来找寻。

隔夜，女郎果然到常大用处，笑说："我一向以为公子是君子，却不知公子竟是盗贼？"常大用说："有时确实不太君子，不过，我也只是希望能再一亲仙女芳泽。"于是，揽女郎入怀，解开裙结。女郎玉肌乍现，全身香气四溢，常大用怀抱女郎只觉软玉温香，情动不已。事毕，常大用说："我一直以为你是仙人，如今才知不假。能与你结缘，真是三生有幸。只是，我深恐缘浅，仙女离我而去，终成离恨。"女郎笑说："公子也想太多了。我不过如同离魂的倩女一般，偶然情动。今日之事，务必保密。世人最喜欢捏造是非，颠倒黑白，你我又不能一一辩白，恐怕到那时陡生祸患。"常大用连连答应，然而心中依然把女郎看作是仙人，问："不知姑娘高姓大名？"女子笑说："我既是仙人，何必有姓名？"常大用见女子不愿回答，又问："姑娘身旁老太太是什么人？"女子说："她是桑姥。我少时受她的恩惠，因此对她很是亲厚，不同于一般婢仆。"说罢，女子起身想要离去，常大用百般挽留，女子说："我那里耳目众多，不可久出。等再找到时机，我定然再来。你且把如意还我，这如意并非我所有，是玉版妹子所赠。"常大用又问："玉版是谁？"女子说："我的堂妹。"说罢，女子接过常大用递来的如意，起身离去。

女子去后，常大用独卧榻上，闻见床榻及枕被都染了异香，又想到与女子的温存，不禁心思荡漾。自此以后，女子每隔三两夜总会到常大用处。常大用也不再惦记返回家乡，不过，眼见盘缠将尽，他只好盘算着卖马。女子知道后，对常大用说："公子因我才滞留于此。公子春衣已典，如今又要卖马，今后公子如何回乡呢？我实不忍心公子这般，现有一些积蓄，可助公子维持日常用度。"常大用连忙推辞道："姑娘深情我心领了。然既为男子，怎能图谋姑娘的钱财？"女子只得说："姑且算我借给公子的。"常大用只得再三感谢，答应着日后必定归还。女子一把拉过常大用到院中一桑树下，指着一块石头，说："你把石头搬开。"常大用不解，只得把石头挪开。女子随即又拔下头上发簪，朝土中刺数十下，说："扒开。"常大用听从女子吩咐，把土扒开，见其中有一瓮。女子打开瓮口，从瓮中拿出白银五十余两。常大用忙制止，女子不听，又拿出数十两。常大用无奈，只得收下一半，把另一半放入，又用土把瓮盖好，石头挪到土上。自是，常大用对女子更加爱重。

一夜，女子到常大用处，二人闲聊许久，女子忽然说："近日我身旁已有流言，恐你我之事发，不可不提前绸缪。"常大用惊问："不知该当如何绸缪？只要你吩咐，刀山火海，我也绝不推辞。"女子悄声说："不如我同你私奔回故乡？"常大用喜道："如此甚好，我既可归家，也可与你长相守。"于是，女子把计划说与常大用，命其先行离去，二人在洛阳相会。常大用心中盘算着回到洛阳后，派车来接女子。不料，常大用刚返回家中，女子已乘车到常家门前。女子径直登门拜见常家尊长，以常妻自居。四邻见状皆惊，又见女子绝色，纷纷前来贺喜。常大用着实害怕私奔之事泄露，一直惴惴不安。女子却坦然自若，且劝常大用说："郎君不必担心，旁人如何得知千里外人家之事？即便是被人所知，古有卓文君与司马相如私奔，传为佳话。我也是世家女子，说不定你我之事也会被传为美谈呢？"于是，二人就如寻常夫妻一般生活。

常大用有一弟，名大器，年仅十七，女子见其弟聪慧，就笑对常大用说："大器有慧根，今后前程比郎君远大。"常大器曾娶妻，不过仅一年，妻子就去世了。女子见状，就与常大用商议："我的妹子玉版，郎君也曾见过，相貌清秀，年龄与大器相仿，二人可成佳偶，不知郎君觉得如何？"常大用大喜，忙请女子做媒。女子笑说："这有什么难？玉版妹子与我最是亲近，我这就派一辆马车、一老太太前去相迎，须臾可至。"常大用听罢，转喜为忧说："此番前去恐牵扯出娘子与我私奔之事，不如我们从长计议？"女子说："无妨，郎君不必忧虑。"说罢，命桑姬及车夫驱车而去。

数日后，女子命大器着盛服于门前相迎，不一时，就见玉版乘车前来，敲锣打鼓，拜天地，入洞房，夫妻礼成。自此，两兄弟都得美妻，家境日渐富裕。

一日，忽有贼寇数十人骑马入城，闯入常宅。常大用心知不妙，率全家登楼避祸。贼寇把楼团团围住，在楼下大呼常大用名字，常大用站在楼上问："不知您与在下可有仇怨？"贼首回答："并无仇怨。不过，我此番前来，有两事相求。"常大用忙问："什么事？"贼首说："一则，听闻常家两位夫人貌美如花，世间罕有，但请一见。二则，我兄弟一行辛苦，请为每人准备五百金作为辛苦费。"常大用怒道："无礼至极！我是断断不会答应的！"贼人见常大用不应，就在楼下堆集柴薪，以纵火为威胁。常大用无奈，只得答应给贼人钱财，却不允两位夫人相见。贼人不满，又作势焚楼，常家人大恐。无奈之下，女子与玉版下楼，众人苦劝二女，不可前去，二女不听。二女子衣袂翩跹，容饰华丽，一步步走下台阶，到第三层台阶处，二女子止步，贼众见女子恍若仙人，不禁呆了。二女对贼首说："我姊妹都是仙人，暂入尘世，怎会畏惧盗贼！就是我二人赐你万金，也恐你等不敢接受！"贼众听罢，忙跪倒，说："不敢冒犯仙子！"二女子继续说："你等还想要什么，现在说来还不晚！"众贼寇面面相觑，默不作声。二女子从容上楼，贼寇轰然而散。

两年后，二女子各生一子，此时女子才渐渐对常大用说些自身姓名身世等。女子说："我姓魏，母亲被封为曹国夫人。"常大用心中生疑，曹州并无魏姓世家，且如此世家女儿丢失，如何置之不问？然而，常大用也不敢追问，只在心中暗暗诧异，他借口到曹州办事，四处打听暗访，均被告知曹州并无魏姓世族。无奈之下，常大用仍借此前与女子相遇之宅居住，忽然看见宅壁上题有赠曹国夫人诗。常大用惊骇非常，忙问主人："曹国夫人是什么人？"主人笑而不答，携常大用到园子中，指着其中一株牡丹，说："此就是曹国夫人。"常大用忙问："为什么？"主人说："此株牡丹花色为同曹第一，因此友人戏封而已。"常大用又问："不知这牡丹是什么品种？"主人回答："葛巾紫。"常大用更加诧异，疑心女子是花妖。回家后，常大用也不敢向女子问明，只把赠曹国夫人诗递与女子，悄悄看女子反应。不料，女子看完，面色大变，忙唤玉版抱着孩儿出来。常大用见女子携儿子，玉版也抱儿子，大为不解。女子说："三年前，感念郎君相思之意，委身相报；如今却被郎君如此猜疑，这夫妻不做也罢！"于是，与玉版怒举儿掷地，两儿坠地后，都消失不见。常大用大惊，再看二女子，也消失不见。常大用悔恨终日，然二女始终不见。

后数日，常大用在二女掷儿处徘徊，见有二株牡丹长出，一夜之间，就长有一尺多高。两株牡丹当年就开了花，一紫一白，花朵硕大如盘，比寻常的葛巾、玉版更加花瓣繁密。数年后，牡丹已繁茂成荫，常大用把它的分枝移种他处，竟变作异种牡丹，无人能识其品类。自此以后，洛阳牡丹之盛，天下无双。

——故事源于清·蒲松龄《聊斋志异·卷十·葛巾》

106. 杏童

京师云居寺中，有一书生暂居读书。一日，书生在房中读书，见门外有一小童到寺中随喜。小童模样清秀，面容白俊，书生见了，心中一动。书生本就是浪荡子弟，于是找机会与小童亲近，小童也不推辞。当夜，小童就留宿书生房中。

次日，书生有客来访，因是熟客，客人径直推门而入。书生大为窘迫，正不知如何安置小童，谁知，客人竟自顾与书生谈话，仿佛不曾看到小童。不一会儿，有一僧人前来送茶，进入房中，也仿若不曾见小童。书生心中大异，待客人离去，就拉着小童问："为什么他们看不见你？"小童说："公子勿要惊怖，只因我本是杏花之精。"书生大骇，说："难道你要魅惑我吗？"小童说："公子错了。精与魅不同，山魈厉鬼等物，依附草木为祸人间，此为魅。千年老树，内中聚集英华，天长日久，化作人形，就像道家所说的'结圣胎'，此为精。魅会害人，精不害人。"书生又问："花妖多为女子，你为什么是男子之身？"小童笑说："杏有雌雄，我是雄杏。"书生又问："那你为什么甘作娈童？"小童说："只因有前缘，所以才如此。"书生惊奇地说："人与草木为什么会有前缘？"小童见问，面露惭色，神情沮丧，良久方说："若不借用人的精气，不能修炼成形。"书生听得此言，气愤地说："如此说来，你确实是魅惑我了！"说罢，愤然起身。童子无言，默然离去。

——故事源于清·纪昀《阅微草堂笔记·卷八》

107. 芭蕉精

有一奴仆，忠厚老实，主人对他很信任。有一年，主人在山中修筑了一座庵堂，安排奴仆前去守卫。

一日，天色将暮，有一妇人前来，一见奴仆就款款拜倒，说："小女子土名小水人，能否在此处借宿一宿？"奴仆坚决拒绝："这里是主人庵堂，不能留生人居住。"说罢，起身关门。妇人趁奴仆关门之际，闪身进入奴仆房中，任奴仆如何驱赶，始终不肯离开。奴仆把妇人推到门口，妇人紧拉门框不松手，说："只见船靠岸，从不见岸靠船的，你怎的如此无情？"说着，走近奴仆身旁，解下衣裙，强拉奴仆上床。奴仆见妇人如此，心知不妥，就一把推开妇人，在另一床上安歇。半夜，妇人又到奴仆的床榻，奴仆把她抱起，放回到妇人床上。妇人身轻如羽毛，奴仆抱之若无物。奴仆心中大为惊惧，忙起身取佛经念诵。妇人见状笑说："经虽从佛口中出，佛难道真的在经书中？你难道以为我害怕经书？"奴仆不理会，继续念诵。

待到天快亮时，奴仆起身撞击庵堂神钟报时，妇人听见钟声，紧捂双耳，皱眉说："莫敲！莫敲！敲得人心碎。"奴仆如常敲完神钟，妇人起身取头上梳子整理好头发后，起身离去。奴仆见妇人离去，大喜，偷偷跟在妇人身后，见妇人进入松林间，忽然消失。奴仆走近一看，林中芭蕉丛生，并没有见到人。奴仆回来之后，见房中墙壁上有首五言诗，诗中写道："妾住小水边，君住青山下。青年不可再，白石坐成夜。只见船泊岸，不见岸泊船。岂能深谷里，风雨误芳年。薄情君抛弃，咫尺万里远。一夜月空明，芭蕉心不展。解下绿罗裙，无情对有情。那知妾身重，只道妾身轻。经从佛口出，佛不在经里。即在妾心头，妾身隔万里。月色照罗衣，永夜不能寐。莫打五更钟，打得人心碎。"奴仆原也识字，见到诗才明白，妇人原来是芭蕉精。

——故事源于元·佚名《湖海新闻夷坚续志·后集·卷二》

108. 莲女

唐僖宗中和年间，苏州某县有个叫苏昌远的读书人，仪表堂堂，才华出众。一天，苏昌远出城到郊外游玩。当时正值盛夏，郊野塘中水面被田田的碧绿莲叶密密遮蔽，出水的夏荷白的纯洁，粉的娇美，在绿叶的衬托下宛若神仙妃子。清风徐来，荷香袅袅，苏昌远顿觉心旷神怡，飘飘欲醉！

正当苏昌远沉醉之时，忽然看见一女子亭亭立于水塘边，素白衣裳，脸庞粉嫩，容貌清丽脱俗，仿佛天界仙子。苏昌远与女子四目相对，一时彼此钟情。

恰好，水塘旁边有一座庄园，二人于是进庄园休憩。苏昌远痴痴表达爱慕之情，女子低头羞笑，不时抬眼偷觑。至此，二人情意已通。此后，二人就常常在此幽会。苏昌远对女子用情至笃，以一枚玉环相赠。女子也深受感动，珍而重之，随身携带，片刻不离。二人于是山盟海誓，相约生死相依。

一日，苏昌远与女子相约见面，苏因为不耐相思之苦，早早来到庄园。见女子还未到，他就四处游览，走到一廊下，忽然看见栏杆外的水塘中有一朵白莲将开未开，似含羞带怯，与其他白莲迥然不同。于是就仔细赏玩，却发现花苞中似乎有异，掰开细看，原来是那枚赠给女子的玉环。

苏昌远大惊，不明所以。于是随手折下白莲，取出玉环，想要等白衣女子来时细问。可是，左等右等，早已过了约定的时间女子还是没有来。

此后，苏昌远又在此处等了数日，还是没见女子身影。想到前日折莲情景，隐隐有所悟。再看那株折下的白莲，早已花萎香消。后来，苏昌远常常一得闲暇就来此地，从风荷婀娜飘香到枯叶残荷满塘。只是，女子再也没有出现过。

——故事源于宋·孙光宪《北梦琐言·卷九》

109. 藕花

商丘宋文学，客居禹航（今杭州市余杭区），在湖畔建草庐居住。草庐外满墙薜荔如衣，苔藓满地如毯，柴门面向湖面，环境极为清幽雅致。夏秋之间，满湖翠叶红莲，煞是可爱。宋文学素性爱莲，更是日夜作诗吟咏，咏莲诗多达上百首。

盛夏某日，宋文学倚门赏莲，见湖中有二女郎，撑小艇采莲。一女郎着红衣，一女郎着紫衣，身姿都曼妙，而红衣女郎更是容色妙绝。宋文学伫立许久，见二女郎采莲毕，撑小艇离去，没入藕花深处，心中颇为怅怅。

次日申时，女郎又出现，一如昨日，撑小艇采莲。一连数日，女郎都申时来，酉时去，宋文学每日目迎目送，也不敢上前与二女交谈。又过数日，宋文学见女郎言笑晏晏，温柔可亲，就上前与女郎寒暄数句，女郎也有回应。如此，两相渐熟。一日，二女郎又撑船出来，宋文学站在湖岸，笑问："在湖上撑小艇是危险之举，采莲也并非紧急之事，为什么你们竟不害怕、厌烦呢？"红衣女郎笑而不答。宋文学又挑逗红衣女郎说："敝人草庐就在近处，何不赏光到寒舍饮一杯清茶？"红衣女郎依然不答，只是催促紫衣女郎掉转船头到宋文学所在湖岸，说："你既邀我二人来做客，我们就叨扰了。且看你如何待客。"宋文学一听，大喜，慌忙扶女郎上岸，女郎哪里用扶，从船头一跃，就到岸上。

宋文学一向独居湖边，身旁只有一奴仆替他浆洗洒扫。奴仆见宋文学携二女郎归来，大为诧异，悄悄问："公子在哪里遇见如此美人？"宋文学笑说："这是家中姊妹，知我一个人独居，特来探访。你千万不要泄露给外人，以免增添不必要的应酬。"奴仆只得唯唯听命，到厨下煮茶做饭，无暇顾及其他。二女郎听得主仆私语，相顾一笑。紫衣女郎问宋文学："谁说书生又痴又呆，公子如此满口胡言，都不需要思索吗？"宋文学也尴尬一笑，见女郎并不生气，就与她们调笑，愈加亲昵。宋文学问女郎姓氏及居所，红衣女郎说："我名为藕花。"指着紫衣女郎说："此为我的婢女，名菱花，我家在湖上不远处，是当地人。"宋文学见天色擦黑，就说："天已渐暮，女子夜间出行多有危险，不如在此留宿一宿？"红衣女郎笑说："如此，有劳公子了。"宋文学自是惊喜非常，当夜，二人自是温情款款，欢情无限。

次日鸡鸣时分，红衣女郎起身告别，宋文学苦苦挽留。女郎愀然良久，对宋文学说："承蒙公子厚爱，难道我能忍受与你分别吗？确实是有不得不去之缘由。我知公子为旷达之人，必定不把它视作怪事，这就告诉你实情吧。我与菱花并非人类，是花妖。"宋文学一惊，只听女郎继续说："公子若真的不舍得我，我告诉公子一个法子：湖心芙蕖中有一茎异常鲜红的荷花，它身下有菱花一簇，此就是我与菱花。公子把它移植家中，公子切记，移植时，不可伤其寸根片叶，移入盆中后，以湖水养之。不可使畜犬惊扰，不可使恶客擅动，如此你我就可日日夜夜相依相伴。"宋文学又惊又喜，忙说："在下必当谨记！"于是，送红衣女郎及婢女离去。

旭日初升，宋文学就迫不及待撑一叶小舟到荷花深处，遍览群花，见花中果有一株，艳若朝霞，香气袭人，不同凡品。宋文学再看花下，果然有一簇菱花。宋文学大喜，忙出湖招募渔人，把此花与泥一并移植巨瓮中，放在室内。自此以后，宋文学闭门谢客，终日坐在花旁。一连三日，始终不见女子出现，宋文学千般思索，万般思量，疑心重重，不解缘故。

　　到第四日正午，宋文学闷闷不乐，正待午睡，忽觉耳畔有长裙拖地之声，回头一看，竟是二女郎朝他榻前款款而来。宋文学见女郎，十分惊喜。藕花施礼说："蒙公子日夜细心照拂，十分感激。只是，我资质柔弱，不堪移居，是以休养数日，不能现身。使你寂寞思虑，是我之过。"宋文学忙说："只要能与你长相厮守，暂时不见又有何妨？我此生至今，诸事皆不如意，今可得你二人为伴，此生再无遗憾了。"女郎说："希望您能始终不渝，世之人，人人都追名逐利。岂不知，名利不过是过眼云烟，起灭只在须臾间。若不及时行乐，纵活百年，也不过是像蜉蝣朝菌一般罢了。不如朝夕相伴，虽死无憾！"说罢，吟诗一首赠予宋文学，诗道："弹指韶光易老，瞥眼初阳又曛。从此朝朝暮暮，不隔秋水思君。"自此以后，宋文学与二女郎形影不离，朝夕相处。二女郎也极为和睦，常互换衣履，不分你我。

　　一日，宋文学有事外出，有二友人前来拜访。一友人见盆中菱花秀丽异常，就把它采下带回家中。宋文学日暮方归，藕花向其痛诉菱花之遭遇，说："郎君若不能怜惜她、救治她，我也不能独活！"宋文学听此，心中也感大恸，问："有什么方法能救治菱花？"女郎说："只须好生培植她的根茎，每日清晨为她诵读'观音咒'九九八十一遍，明年此时，她就能再生。"宋文学依女郎之言，悉心培植，日日诵咒。次年，菱花果然又来了，虽身形瘦弱，然姿色更显秀丽。故人相见，悲喜交加，日夜不离。宋文学自从再次得到两位美人，越发精神，每日只觉神清气爽，读书一遍就能默诵。

　　又一年隆冬，一夜大寒至，冰雪千里，二女郎都不来。宋文学独居无聊，日日对着瓦瓮思念女郎，夜夜不寐，日夜祈祷女郎出现。冬去春来，春尽夏至，忽一日，藕花忽然前来，形容憔悴，瘦弱不堪。宋文学见状，大惊，问："你为什么如此孱弱？菱花呢？为什么没有与你一同来？"藕花泣涕涟涟，说："别提菱花了，她早已被去年的冰雪冻死了。我也不耐严寒，寒冬腊月，几近死去。尚存一息，苟活至今。我不久后也将辞别人世，到那时就要与你永别了。"宋文学大恸，几欲寻死，幸有藕花相伴，心中虽难过，却不至死。只是，藕花日渐羸弱，宋文学心中忧虑，虽然心知藕花是妖，却依然请医为她诊治。医士一见藕花，艳丽逼人，不觉神魂颠倒，好一时，才为她诊脉，一号脉，又察觉她并非常人，只好留下一张药方，记下宋文学的草庐地址后，才离去。医士虽离去，然而心中惦念藕花，日日在宋文学草庐外偷窥，期待能再见藕花一面。

又一日，恰逢宋文学外出，当时已是薄暮时分，藕花独自在湖边散步，其身形婀娜，风姿绰约，纵是湖中莲千千万万也难与之争妍。医士不觉贼心大起，奔到藕花身前，一把把她抱起。藕花大骇，转身逃跑，匆忙之间，一跃入湖。医士慌乱之中拉住了藕花的足踝，藕花一只足登时折断。医士大惊，一看，竟是一节藕。此时医士才知她是妖，忙告知宋文学。宋文学一听，大为痛恨，奔到湖上藕花投湖之处大哭。哭得许久，再看水中，竟有一莲花浮于水面，花瓣枯萎，断藕清晰可见。宋文学只好把它捞起，种在盆中，岂料，次日莲花更加枯萎。宋文学心知藕花已死，只得为她准备棺衾，葬于湖上，作《芙蓉诔》以凭吊。

随后，宋文学落发为僧，云游四方，不知所终。

——故事源于清·和邦额《夜谭随录·卷三》

110. 蛇衔草

从前，有一名农夫在田中耕作，见一条蛇受伤在地。那蛇正口衔草药往伤口上敷，忽然看见农夫前来，匆忙间逃走，不小心把草药遗落在地。农夫把地上遗落的草药捡起收好。后来，每每受伤，农夫就用此草疗治，灵验无比。即便是手指摔断，敷了它也能恢复如初。因为不知道草药的名字，农夫就叫它"蛇衔草"。

——故事源于南朝·宋·刘敬叔《异苑·卷三》

111. 蟒气

天门郡（今湖南省常德市）有一处幽山峡谷，有人从上面经过时，忽然如飞仙一般，飞出林外，随后人就消失了踪迹。一年中有多次这样的情况，于是，当地人就把此处命名为仙谷。当地有修道的人想要修仙，就进入此谷中沐浴，希望能飞升成仙，往往能如愿。有个精明强干的人，疑心此处有妖怪，于是在狗身上绑上大石头，使狗进入山谷，不一时，狗又飞出。

于是，这个精明强干的人就回去招募了十几个同乡，他们手拿兵器到山顶查探。人们远远看见有一物，长数十丈，耳朵像簸箕。那人下令使十几个同乡一齐杀巨物，不一会儿，巨物被杀死。人们走近一看，竟是一条蟒蛇，它身旁还有好几堆枯骨，应该是此前飞升之人的。此人与同乡一起推断，应该是巨蟒开口巨大，宽阔有十几丈，人们经过时，都为蟒气所逼，这才飞升。自从巨蟒被杀后，当地再也没有过飞升的事情发生。

——故事源于晋·张华《博物志·卷十》

112. 高山君

汉齐人梁文喜欢道家，他家中有神祠，神祠中有三四间房屋，房屋中供奉着众神牌位，牌位都用黑色帷帐围住。十几年后，一日，梁文家中祭祀众神，忽然听见帷帐中有人说话，自称"高山君"。高山君饭量极大，十分灵验，向他祈求，都能如愿。于是，梁文对高山君的供奉更是虔诚无比。

数年后，梁文向高山君表达仰慕之意，想瞻仰他的风采。高山君答允了，梁文这才能够进入高山君帷帐。此时，高山君饮酒醉倒，对梁文说："伸出手来！"梁文伸手，摸到了高山君的下巴，他的胡须很长。梁文悄悄抓住胡须，突然拉拽，听到了羊呼痛的叫声。梁家人很是惊异，忙上前把两人拉出。一看，竟是邻居家的山羊。这只羊已走失七八年，随后，梁文把它斩杀了。

——故事源于晋·干宝《搜神记·卷十八·高山君》

113. 驴怪

天宝初年，长安延寿里住着一个书生王薰。一夜，王薰与三四好友一同宴饮，正酒酣欢畅时，忽然看见烛前有一只巨臂出现。王薰与好友都十分惊惧，凑近一看，臂呈黑色，且毛很多。不一会儿，有人说："公子们宴饮，怎么也不招呼我一下呢？还请公子把肉食赠我一些，放到我掌中就行。"王薰拿了肉放入那人掌中，那臂随即缩回。不一会儿，那臂又伸出，说："多谢公子赠肉，很美味，希望公子能再赠我一些。"王薰只好又把肉放到他掌中，那臂又缩回。

众友与王薰面面相觑，商议："这必定是妖怪。等它再来，我们斩断它的臂膀。"不一会儿，那臂果然又来，一个朋友拔剑砍下。那臂猝然落地，鲜血淋漓，而人声也渐渐远去。众人低头一看，竟是一只驴足！

次日，众人循血迹追寻，到了一户百姓家中。王薰问："你家中可有养驴？"百姓说："有一头驴，已养了二十年。昨夜不知怎的，竟被人砍去了一只足。"王薰一听，登时明了，把昨夜的事如实告知。百姓一听，大惊。随后王薰等人向百姓赎买驴子，把它杀了煮汤吃肉。

——故事源于唐·张读《宣室志·卷二·驴怪》

114.杨生狗

晋太和年间，广陵（今江苏省扬州市）人杨生有一条狗。杨生对它十分怜爱，无论在家还是出门，都与狗一起。一日，杨生酒醉，走到了大泽草中，倒地睡去，不能动弹。当时正是冬月火烧田野之时，风势很大。狗担心杨生被烧死，就在他四周不住跳跃乱叫，杨生始终不醒。狗环顾四周，见前方有个水坑，就走到水坑中，浑身沾满水，洒到杨生周围的草地上。如此好几次，狗精疲力竭，杨生四周草都被沾湿。火势来时，遇水就灭了，杨生这才得以活命。

后来有一次，杨生夜行，不小心掉入井中。狗整夜不住乱叫，有人经过井边，见狗朝井乱叫，大为惊异。走上前一看，竟见杨生在井中。杨生对那人说："公子请救我出来，我定当厚报。"那人说："你把这条狗赠给我，我就救你出来。"杨生说："这条狗曾救过我的性命，我不能赠给你。其他东西，只要你要，我绝不吝惜。"那人说："若是如此，我就不救你。"狗听见那人这样说，缓缓走到井边，看向杨生。杨生知道狗的意思，忙叫住那人，说："我把狗赠给你就是。"那人大喜，果真把杨生救出，随后牵狗离去。

五日后，狗又返回杨生家中。

——故事源于晋·陶潜《搜神后记·卷九·杨生狗》

115. 鼠人

正始年间，王周南担任襄邑（今河南省睢县）长官。一日，王周南正在处理公务，忽然见到一只老鼠从墙角洞中走到他跟前，说："王周南，你在某月某日会死。"王周南大惊，就要追鼠，老鼠钻入洞中，不再出来。

到了老鼠所说的王周南死的那日，老鼠又跑出，穿着官吏服饰，戴头巾，说："王周南，你今日正午会死。"王周南依然去追鼠，鼠又进洞。不一会儿，鼠又出洞，后又进洞，不断重复着方才的话。到了正午，鼠又说："王周南，你不回应，我还说什么呢？"说罢，倒地蹬腿而死，它身上的衣冠全部消失不见。王周南走近一看，这只老鼠与寻常老鼠并无区别。

——故事源于晋·干宝《搜神记·卷十八·王周南》

116. 魇鼠

天宝初年，邯郸县境内常有魇鬼出没。魇鬼一到，村落中人人都会梦魇，要十几天才能痊愈。

一日，有三名宿卫兵夜投村落。一个老太太说："留宿自然可以，只是恐怕有魇鬼出没，还请你们自行防范。它虽不伤人，却会吓到人。"宿卫兵已决定在村中留宿，听老太太如此说，好生感谢一番，也不以为意。二更后，两名宿卫兵已睡熟，一名兵士忽然被惊醒，恍惚间看见有个东西自外进入房中，形状像老鼠，浑身黑毛。那物到床前，穿上绿衫，手持五六寸长的笏板朝两个熟睡兵士弹去，二人随即梦魇。那物又到被惊醒的士兵跟前，士兵迅速拉住那物的脚，让它不能动弹。士兵只觉得那物身体冰冷，于是，唤起另外两人，轮流抓住那物的双脚。

到了次日，宿卫兵与一众村民审问此物。此物一开始并不说，一个士兵大怒，说："你再不说，我就用油锅煎炸你。"于是命村民准备油锅。那物这才说话，原来那物是千年老鼠，需要使三千人梦魇，才能转为狸。随即老鼠恳求道："还请放过我吧！我以后定然到千里外，再不使你们梦魇！"众人想到它虽使人梦魇，却也不曾伤人，就把它放了。自此后，当地人不再梦魇。

——故事源于唐·戴孚《广异记·魇鼠》

117．雄鸡

代郡（今河北省蔚县）有一亭，当地怪事不止。一日，一个壮勇的人夜间到亭中，想要在亭中休息一夜。亭吏劝道："这里有怪，不能住。"那人说："无妨，我自有办法。"于是，亭吏只好为此人准备饮食。

夜间，怪物坐在庭中，用一只手吹奏五孔笛。那人见状，笑说："你只有一只手，哪能把五孔都按到，还是让我来为你吹奏吧。"怪物说："你如何说我少手指？"于是伸出手，那人一摸，果然有十指。此时，怪物手已经在壮勇人手中，他趁机拔剑朝怪物的手砍去，怪物登时倒地。壮勇人一看，竟是一只老雄鸡。

——故事源于南朝·刘义庆《幽明录·代郡亭》

118. 屐鸟

汧阳郡（今陕西省千阳县）有一座张女郎庙。上元年间，有个韦氏子弟途经张女郎庙，下马歇息，忽然看见庙宇地上有两只木屐。韦生走近一看，是草编成的，纹理细密，颜色洁白，编织巧妙，韦生把它收于囊中。离去之后，韦生到了郡上，郡守安排韦生住在馆亭中。当夜，韦生拿出捡到的草屐，仔细观摩，不知不觉睡着了。

次日醒来，韦生到处找不见草屐，派人四处找寻，竟在馆舍房顶上找见。众人大惊，忙告知韦生。韦生派人把它取下。夜间，韦生又把草屐放在身边入睡。次日，草屐又不见，又在屋顶找见。如此好几次，韦生悄悄对一个仆人说："这也太奇怪了！你今夜要偷偷看看，它是如何上屋顶的。"当夜，韦生又把它放在身侧，仆人在门外偷窥。夜半时分，草屐忽然化作白鸟，飞到屋顶上。次日，仆人告知韦生，韦生大为惊奇，命人把它取下烧掉，草屐竟飞走不见了。

——故事源于唐·张读《宣室志·卷四·屐化白鸟》

119. 八哥化手

广陵（今江苏省扬州市）有一少年蓄养了一只八哥。八哥聪慧异常，少年十分珍爱，把它关在笼中每日逗弄，精心照料。不料，八十日后，八哥忽然死去。少年悲痛之余，为它准备了一口小棺材，埋在田野中。

少年带着八哥的棺材到城外安葬，走到城门口，守门吏打开棺材检视，竟见棺中有一只人手。守门吏大惊，忙把少年捉拿了。八十日后，棺中人手又化作八哥，少年这才被放出。

——故事源于宋·徐铉《稽神录·广陵少年》

120. 苍鹤怪

唐开元年间，户部令史的妻子容貌绝美，却忽然得了一种怪病，令史妻自己还不知道。令史家中有一匹骏马，向来吃很多草料，如今却越来越瘦弱。令史不明白其中缘故，就向邻居胡人询问，胡人也是术士，听完令史所说，笑说："马行百里就会疲倦。如今日行千里，怎会不瘦呢？"令史说："家中没有人出门，怎么会这样呢？"胡人说："大人每日到官署，夫人总要出门。大人若不信，明日到了官署后再偷偷返回家中，一看就知。"

令史依胡人所说，偷偷返家，藏在一旁。一更时分，妻子起身梳洗打扮，令婢女准备马具。不一会儿，妻子骑马，婢女骑扫帚跟在身后，二人冉冉升空，不见踪迹。令史大为惊骇。次日，又去见胡人，说："你所说的，我如今信了。可是，这下该怎么办呢？"胡人让他下一夜再等候时机。当夜，令史回家。不一会儿，妻子返回家中，问婢女："为什么会有活人气息？你把扫帚点着，四处看看。"婢女点燃扫帚，四处查看。令史为了不被发觉，只好狼狈地躲入大瓮中。须臾，妻子又乘马而去。因方才已烧了扫帚，婢女没有可骑的东西，正不知如何是好。妻子说："随便一物就可骑，为什么一定要扫帚？"婢女仓促间，只好骑大瓮跟在妻子马后。令史在瓮中，一动不敢动。过了一会儿，到了一处，是山顶林间。此处帘幕重重，筵席盛大。一群七八人在此欢饮，十分畅快。三更后，筵席散去。妻子上马，让婢女骑瓮。婢女吃惊地说："瓮中有人！"妻子已醉酒，令婢女推着大瓮下山。婢女也酒醉，就把令史推出，自己骑瓮离去。令史也不敢出声，只好眼看着二人离去。

次日天明，令史四处找不见人，只好找路下山，前行数十里才到山口。令史忙问路人，这是哪里？路人说此地是阆州。令史大惊，阆州距离京师千余里！无奈之下，令史只好一路行乞，走了一个多月才到家。令史回到京师家中已经狼狈不堪了，妻子一见，大惊，问："夫君去了哪里？为什么去了这么久？"令史随口说了一地。次日，令史又去问胡人，胡人说："魅已成，等夫人再去，就可把它捉住。"

于是，令史夜间趁妻子出门之时，把妻子绑住，随后又命人放火焚烧。仆人不敢，令史就自己放火。火一着，令史就听见空中传来饶命之声。不一时，一只苍鹤被烧死，坠于地上。令史的妻子安然无恙。自此后，令史妻病愈，家中骏马也渐渐长膘。

——故事源于唐·戴孚《广异记·户部令史妻》

121．元绪

吴孙权时，永康有人进山遇到一只大龟，此人把它带回家中。大龟说："今日不幸，竟落入人手。"此人见龟能说话，很是奇怪，就想把它献给吴王。前往吴宫路上，一夜，此人泊舟越里，把船系在大桑树下。半夜，大桑树喊大龟："元绪，敢问你如今是如何情状？"大龟长叹一声说："我被人捉了，恐要被煮成肉糜。不过，即便如此，我也不会轻易屈服。纵使他们用尽南山的柴薪，也不能把我煮烂。"桑树说："诸葛元逊博学，必定要让你受一番苦楚。若是吴王派人来砍伐我作为柴烧，该当如何？"大龟说：

"子明不要多说，小心祸及自身。"桑树寂然而止。

大龟到了吴宫，孙权命人煮龟，不料，焚尽了数百车柴薪，大龟坚硬如故。诸葛元逊说："恐怕只能用老桑才能把它煮熟。"献龟之人把龟和桑树的对话说给孙权，孙权立即派人前去伐桑。果然，用桑树做柴薪煮龟，龟立即肉烂。

——故事源于南朝·宋·刘敬叔《异苑·卷三·永康人》

122.怪哉

汉武帝前往甘泉宫，行到半路，车队忽然停下。有人前来禀报，说路上有一只虫，赤色，头、眼、牙齿、耳朵、鼻子都有，不知是什么虫。东方朔是个博学的人，汉武帝命他前去查探。

东方朔回来后禀告汉武帝，说："这种虫名为'怪哉'。昔日，秦抓捕无辜百姓，使他们含冤受辱，他们纷纷仰头长叹：'怪哉！怪哉！'于是感动上天，生出了这种虫，这里必定是秦朝的监狱。"汉武帝一听，忙命人取来地图，一看，果然是。汉武帝又问："那有什么办法能消解它呢？"东方朔说："只要忧愁，遇到酒就能消解。"汉武帝命人取来虫子放到酒中。须臾，虫消散。

——故事源于南朝·梁·殷芸《殷芸小说·卷二》

123. 消面虫

吴郡（今江苏省、浙江省一带）陆颙，家住长城的东面，先祖以明经取仕。陆颙也常苦读，希望能考中。他自幼喜欢吃面条，不过，吃得越多却越瘦。陆颙成人后，参加科举，却没有考中，只好继续在太学苦读。

后来数月，有几个胡人带着美酒佳肴前来拜访陆颙。陆颙邀胡人坐下，问他们的来意。胡人说："我是南越人，听闻唐天子网罗天下英俊之才，想要用文化感化四夷。因此，我们登山跨海来到中原，希望能一睹大唐风采。我们来后，看见你衣饰整肃，行止有度，是大唐真儒生。因此，我们特意前来与你交往。"陆颙说："我侥幸在太学读书，并没有其他才能，怎敢劳你们如此看重呢？"说罢，数人饮酒畅谈，兴尽而去。

陆颙是诚信的人，认为胡人必定不会欺骗自己。十多日后，几个胡人又来了，手持金缯为陆颙祝寿。陆颙见胡人的礼物很厚重，担心他们动机不纯，就坚决推辞。胡人见状，只好说："公子住在长安城中，却面有饥寒之色。我们特意送公子金缯，希望能使公子欣然，并无他意，还请公子笑纳。"陆颙听得此言，只好收下。

胡人离去后，太学生们听说了这件事，纷纷前来对陆颙说："听说胡人最是好利，有时为了利连性命都不顾，些许微利都要争个你死我活，他们怎肯拿金缯为你祝寿呢？况且，太学中学生这么多，为什么独独爱重你呢？你还是暂时藏身郊野间，等他们走后再回来。"陆颙于是搬到渭水之上，闭门不出。

一月后，几个胡人又来了。陆颙大惊，不明白胡人为什么知道他的下落。胡人见陆颙，大喜，说："先前公子在太学中，我没有说明缘由。如今公子住在郊野，正合我意。"说罢，胡人拉着陆颙的手，悄悄说："我与公子交往，并非偶然，其实是想要使公子成为富人。我所祈求的，对公子来说，并无弊处。对我来说，却有极大的好处。"陆颙说："还请细细说来。"胡人说："公子可是好吃面？"陆颙回答："是。"胡人又说："好吃面的人，不是公子，是公子腹中的一只虫子。如今，只要公子服下一粒药，就可把虫吐出，我愿花高价买这只虫，不知公子可否愿意？"陆颙说："若果真如此，自然无不可。"于是，胡人拿出一粒紫色药丸，命陆颙服下。不一时，陆颙吐出一条虫，长二寸多，呈青色，形状像青蛙。胡人指着虫说："这是消面虫，是天下至宝！"陆颙一脸疑惑，问："这怎么说？"胡人说："我曾见太学之中宝气冲天，因此特意前去拜访你，希望能得到此虫。不过，一月后，清晨再看，见宝气已转移到渭水上了，过来一看，果然是公子在这里。此虫秉承天地中和之气而生，因此喜欢吃面。公子喜欢吃面，便是如此。"不一会儿，胡人端出一碗面放在虫前，虫立即就把它吃完了。陆颙又问："这虫有什么用处？"胡人说："凡是天下奇宝，都秉承中和之气。现在，所有中和之气都聚集在这只虫子身上，得到了这只虫子，天下宝物就尽数可得。"随后，胡人拿出盒子，把虫装好，命陆颙把它放在寝室。临走之时，胡人对陆颙说："我明日还来。"

次日清晨，胡人用十辆车马载金银、玉帛等物赠予陆颙，随后拿着虫离开了。陆颙自此大富，每日吃果子、肉食，穿上好的衣物，在长安街市游荡。一年后，几个胡人又来了，对陆颙说："公子可愿与我们共游海上？我想要取海中的宝物，公子难道不好奇有什么宝物吗？"陆颙现已富裕，日子闲适自在，听见胡人如此说，就立即与胡人到了海上。胡人在海上结屋而居，他把油放在银鼎之中，油烧热后，他把虫子放入油中，一连炼了七日。忽然有一日，有个小童，身穿青襦，从海中走出。童子手捧白玉盘进献给胡人，盘中有好多明珠，都圆润硕大。胡人大声呵斥他，童子面露惧色，捧着盘离去了。不一时，又有个玉女，容貌极为艳丽，身穿彩霞一般的衣衫，佩玉戴珠，从海中翩翩飞出。玉女手捧紫玉盘，盘中有几十颗珠子。玉女把珠子献给胡人，胡人又大声呵斥她，玉女也离去。不一时，又有一位仙人，头戴碧瑶冠，身穿彩霞衣，手捧红色帕籍，籍中有一颗明珠，直径有两寸多，光彩夺目，能照几十步远。仙人把珠子献给胡人，胡人笑着接过。仙人离开后，胡人笑着对陆颙说："至宝就在这里。"说罢，命人不再炼虫。随后，他把虫子依然收入盒子中。那虫子虽然被火炼了许久，却依旧鲜活能跳跃。

胡人吞下珠子后，对陆颙说："你随我下海，不用害怕。"陆颙拉着胡人的腰带，跟着胡人进去。所到之处，海水自动分开，虾蟹等物纷纷退避。陆颙随胡人游龙宫，看蛟室，奇珍怪宝随意拿取。才一夜，就有丰厚的收获。胡人对陆颙说："有了这些珍宝，几世都花不完。"随后，胡人又拿几枚珍奇贝壳赠给陆颙。陆颙出海之后，直接到了南岳，把它卖了千镒。自此后，陆颙更加富裕，也不再想要求得考中，最终在闽越之地终老。

——故事源于唐·张读《宣室志·卷一》

124. 三魅

宋高帝永初年间，张春担任武昌（今湖北省鄂州市）太守。当地有个人嫁女儿，女儿还未上花轿，忽然行止变得十分奇怪，竟然走到街上殴打众人，口中还不住说："我不乐意嫁！"家人大惊，忙叫来巫师查看。巫师说："是邪魅附体。"说罢，巫师把女子带到江边，又命人击鼓，用巫术疗治。

次日，有一条青蛇来到女子身前，巫师忙命人用钉子钉它的头。到了正午时分，又见一只大龟从江中来，伏在巫师身前。巫师用朱笔在龟背上画符，又把它送入江中。日暮时分，有一只大鼋从江中走出，大龟在它身后，不断催逼它前行。鼋已料到自己会死，冒险前来，到女子面前跟她辞别，并恸哭着说："我将永远失去我的爱。"随即，巫师把蛇、龟和鼋都斩杀了。

有人问巫师，邪魅是何物？巫师说："蛇是通传者，龟是媒人，鼋是其郎君。"

——故事源于唐·窦维鋈《广古今五行记·武昌民》

125．枭鸟

枭鸟一出生，就会把它的母亲吃掉。黄帝认为此鸟不孝，想要使它灭绝。于是，每到祭祀之日，就用它做汤羹，宴请群臣。

——故事源于东汉·班固《汉书·郊祀志》

126．貔貅

乌戈山离国有桃拔、狮子、犀牛。桃拔，又名符拔，外形像鹿，有长长的尾巴，头上有角。独角的桃拔被称为天鹿，两角的桃拔被称为辟邪，也称貔貅。

——故事源于东汉·班固《汉书·西域传》

127．獬豸

獬豸，是上古时期的神羊，头上有角，有智慧，通人性，能辨别是非曲直。獬豸发现奸恶的官员，就用角把他顶翻，然后吃掉。楚王曾得到一只獬豸，他用獬豸的形态做冠帽，来表示他执法公正。

——故事源于南朝·宋·范晔《后汉书·舆服志下》

128．甪端

甪端可日行一万八千里，通晓四夷的言语。若明君圣主在位，对四方之事都通晓明达，甪端就会捧书前来，辅佐君主治理天下。

——故事源于南朝·梁·沈约《宋书·符瑞志下》

129．天鹿

天鹿是高洁极富灵性的兽。它身上有五色花纹，浑身散发出耀眼的光泽，遇到德才兼备的君王，天鹿就会现身。

——故事源于南朝·梁·沈约《宋书·符瑞志下》

130．龙马

龙马是天地精气化形而成，它的身形像马，却有龙鳞，它的名字就是这样来的。它有八尺五寸高，像骆驼，却长有翅膀。龙马蹚水时，不会被水淹没。圣人在位，龙马就会背着图出现在孟河中。

——故事源于南宋·陈元靓《事林广记别集·卷十》

131．鸾鸟

女床山中有一种鸟，外形像鸡，身上有五彩花纹，名字叫鸾鸟。传说，罽宾王曾在峻卯之山得到一只鸾鸟，十分喜爱，不过，它一直不鸣叫。罽宾王用金银珠宝装饰它，用珍馐美味饲养它，悉心呵护三年，它始终不叫一声。罽宾王心中不悦，夫人见了，说："听说，鸟见到自己的同类就会鸣叫，不如大王悬一面铜镜让它看到自己，也许就叫了？"罽宾王听从夫人的建议，悬了一面铜镜，鸾鸟见到镜中的自己，悲鸣不已，哀响天地，猛然朝天上奋飞，登时气绝身亡。

——故事源于南朝·宋·范泰《鸾鸟诗序》

132. 重明鸟

尧在位七十年时，折支国向尧进献了一只重明鸟。它还有一个名字，叫双睛，因为它眼中有两个瞳仁。重明鸟外形像鸡，叫声像凤，性情凶猛，能与猛兽虎狼搏斗，使妖灾群恶不能为祸人间。重明鸟有时一年出现多次，有时多年不来。国人都扫洒门户，希望重明鸟前来。若重明鸟不来，人们就用木雕刻或者用金铸造成重明鸟的形状，放在门户之间。这样魑魅怪妖就不敢出来。如今有人把它的模样画出，贴在墙上，日夜供奉，用来辟邪。

——故事源于东晋·王嘉《拾遗录·卷一·唐尧》

133. 冰蚕

员峤山也叫环丘，山上有冰蚕，长七寸，黑色，有角有鳞。冰蚕常在霜雪下作茧，茧长一尺，颜色有五彩，能用来织文锦。用它织成的锦沾水不湿，遇火也不会被烧坏。海人把它进献给尧帝，用来制作华贵的礼服。

——故事源于东晋·王嘉《拾遗录·卷十·员峤山》

134．五足兽

因墀国派使者朝觐晋武帝，使者进献了一头外形像狮子的五足兽，以及千缙环形玉钱。朝中大臣问："五足兽是怎么来的？"使者说："东方有一类解形民，它的头飞到南海，左手飞到东山，右手飞到西泽，自脐以下，就只有两只脚。到了夜间，它的头重新回到肩上，两只手遇到急风不能回来，只好飘在海外，落在玄洲上。它手的每根手指都化为一足，这才有了五足兽。"

——故事源于东晋·王嘉《拾遗录·卷九·晋时事》

135．蔓金苔

祖梁国向晋进献蔓金苔，它的颜色像黄金，能发光，它的光像是萤火虫聚集。蔓金苔大小像鸡卵，放在水中，能浮在水面，发出耀眼的光芒，就像水面有火在燃烧。有的宫人比较幸运，能够被赏赐金苔。金苔佩在衣襟之上，衣衫上仿佛有火光；放在漆盘中，能照耀满室，当时人称它为"夜明苔"。

——故事源于东晋·王嘉《拾遗录·卷九·晋时事》

136．丹雀

丹雀衔九穗禾飞翔时，遇到了炎帝，它把九穗禾的种子放在地上。炎帝捡起种子赐给先民播种，成熟后的粮食，供人们食用。人们食用后，可以活到很老也不会死去。

——故事源于东晋·王嘉《拾遗记·卷一·炎帝神农》

137．比翼鸟

崇吾山有一种鸟，外形像野鸭子，却仅有一只翅膀一只眼睛。这种鸟常双双飞翔，名字叫蛮蛮，也称比翼鸟。比翼鸟出现，天下就会发大水。

——故事源于先秦·佚名《山海经·西山经》

138．比肩兽

西方有一种兽，名为比肩。它与邛邛岠虚比邻而居，平日常常给邛邛岠虚采摘甘草。若比肩兽有难，邛邛岠虚就会背着它逃跑。

——故事源于西周·佚名《尔雅·释地》

139. 玄蜂

旷野之中有一种玄蜂，身形巨大，腹部像壶，会蜇人，有毒，能置人于死地。

——故事源于《山海经·海内北经》

140. 却火雀

顺宗皇帝即位那年，拘弭国进献了却火雀、履水珠、常坚冰、变昼草等。却火雀有两只，一雌一雄。它们的身体纯黑，大小如燕，声音清越，不同于寻常鸟类。把它放在火中，火就会四散而去。皇帝觉得它很是奇异，极力嘉奖，把它放在水晶笼中饲养，水晶笼日日被悬挂在寝殿。夜间，宫人不小心用蜡烛烧到它的羽毛，却始终不见它的羽毛有损伤。

——故事源于唐·苏鹗《杜阳杂编》

141. 狻猊

龙生九子，各有不同的喜好。第八子是狻猊，外形像狮子，喜欢烟火，因此它的形象常出现在香炉上。

——故事源于清·高士奇《天禄识余·龙种》

142．睚眦

龙生九子，各有不同的喜好。第七子是睚眦，生性好杀，因此它的形象常出现在刀剑刃身与手柄接合的吞口处。

——故事源于清·高士奇《天禄识余·龙种》

143．螭吻

龙生九子，各有不同的喜好。第二子是螭吻，它的外形像兽，生性喜欢眺望远方，如今屋脊上的兽头就是螭吻。

——故事源于清·高士奇《天禄识余·龙种》

144．命命鸟

久远的上古时代，雪山下有一种命命鸟。它有一个身体两个头，它的两个头生死一体，一荣俱荣，一死皆死。

——故事源于隋·阇那崛多《佛本行集经》

145.金翅鸟

大理以前是泽国，洱海之水常泛滥成灾，淹没农田，淹死很多家畜及百姓。世传水中的龙敬畏塔，惧怕金翅鸟，于是人们在崇圣寺三塔顶部铸造了巨大的金翅鸟，用来镇水。

——故事源于明·邹应龙、李元阳《万历云南通志》

146.蛟

蛟的身形像蛇，脑袋像虎头，有的蛟身长数丈。它们多住在溪潭石穴下，叫声与牛声类似。

——故事源于宋·彭乘《墨客挥犀·卷三》

147.虎鹰

虎鹰是一种飞鸟，身形巨大如牛，翅膀宽广，方广二丈多，能捉捕虎豹等兽。

——故事源于宋·彭乘《墨客挥犀·卷二》

148．白鹿

新丰县（今陕西省西安市临潼区）西面有白鹿原，周平王时有白鹿出现。鹿有千年寿命，满五百岁身体就会变白。因此，古人把它奉为瑞兽。

——故事源于南朝·宋·范晔《后汉书·郡国志》

149．能言龟

元封三年，数过国进献一头能言龟，它的身长一尺二寸。使者把它放在青玉匣中，匣子长一尺九寸，盖子上留一个孔来通气。东方朔见了，说："它只能饮露水，放在通风的台面上。"当时有人占卜，让东方朔向龟问询，龟所说的都很灵验。

——故事源于东汉·郭宪《洞冥记》

150．吉云草

东方朔曾对皇帝说："臣在九景山中种有一种吉云草。这种草两千年一开花，现今已有一千九百九十九年了，明年就会开花。臣请求前去割一些回来喂马，马吃了它就不会感到饥饿。"皇帝答应了他。东方朔清晨去，暮时返回，拿了好几把吉云草。它的叶子像麦子，颜色金黄。皇帝命人把它铡好，用来喂马，马很快就膘肥体壮。

——故事源于东汉·郭宪《洞冥记》

151. 怀梦草

有一种草，名为梦草，外形像蒲，颜色鲜红。梦草白天缩入地下，夜间长出来。人们把它放在怀里，就能知道梦的吉凶。汉武帝思念李夫人，想在梦中再睹芳容，却始终不能。东方朔就进献一株梦草给汉武帝，汉武帝睡觉时把它放在怀里，梦中果然见到了李夫人。因此，汉武帝把它改名为怀梦草。

——故事源于东汉·郭宪《洞冥记》

152. 赤龙

赤龙，浑身赤红，身长好几丈。传说，丙丁日，天帝会在南方杀赤龙。

——故事源于战国·墨翟《墨子·贵义》

153.灵龟

灵龟身上有五色，色泽温润如玉。它的背隆起，对应上天的弯拱。腹部平坦，对应大地的平整。它的行动对应着四时的变化。灵龟有蛇头龙胆，左眼珠像太阳，右眼珠像月亮，能感知兴亡吉凶的变化。

——故事源于汉·刘向《说苑·辩物》

154.谏珂

相传东方有一种鸟，名为谏珂。它身上有花纹，双足呈朱红色。谏珂憎恶鸟类，喜欢狐。

——故事源于汉·刘向《说苑·辩物》

155.貘

貘，长在南方山谷之中，有象的鼻子、犀牛的眼睛、牛的尾巴、老虎的足。人睡在它的皮上可避瘟疫，绘出它的图形带在身边，可以避邪祟。

——故事源于唐·白居易《貘屏赞》

156. 乖龙

乖龙，畏惧打雷下雨。它每次遇到雷雨就四处窜匿，有时藏在人身上，有时藏在古木楹柱中。若藏于楼阁鸱甍之中，必定会被雷神捕到。若是身在旷野中，无处逃避，就只好躲到牛角中或者牧童身上。牧童与牛往往会被它连累，被雷震死。

——故事源于宋·黄休复《茅亭客话·卷五》

157. 祸斗

南方有一国，靠近黑昆仑。国中有的百姓能吃火炭，有一种兽能吃火。这种兽名为祸斗。

——故事源于明·邝露《赤雅·卷三》

158. 犼

康熙二十五年夏，平阳县（今山西省临汾市）有龙从海中腾空而起，随后有一物逐龙也从海中出来。此物与龙在空中激斗三日三夜，未分胜负。后来有人见三蛟二龙一齐与这物争斗，此物杀了一龙二蛟后，体力耗尽后身死，与龙、蛟一齐坠入山谷。后来，又有人在山谷中见到一只死犼，长一二丈，外形像马，有鳞鬣。人纷纷认为犼就是斗龙、蛟的怪物。

——故事源于清·东轩主人《述异记》

159．龙刍

东海岛龙驹川，是穆天子养八骏的地方。岛上有一种草，名为龙刍。马如果吃了它，就能日行千里。有古语说：“一株龙刍，可以使驽马成为龙驹。”

——故事源于宋·佚名《绀珠集·卷八》

160．嘲风

嘲风，平生喜欢到奇险的地方，如今宫殿角上的走兽就是它的遗像。

——故事源于清·张英、王士禛等撰《渊鉴类函·鳞介·龙》

161．虬龙

虬龙是头上有角的小龙，可以兴云布雨。遇到天下大旱，百姓向它祈祷，它就会降甘霖。

——故事源于三国·张揖《广雅·释鱼》

162. 应声虫

淮西（今安徽省江淮地区）士人杨勔，发现自己身上有些奇怪的事：每次他自己发言应答，腹中总有小虫效仿。一连好几年，虫声愈来愈响。有一道士见状，大惊，说："这是应声虫，如果一直不医治，时间久了，妻子儿女腹中也会生此虫，家中没有人能幸免。我有一个方法，能除去它。"杨勔忙问："先生有什么方法？"道士说："你取来《本草》读，读到此虫不应声的地方，就抓书中的药服用。"杨勔依道士之言，读到雷丸处，腹中虫默然不应。杨勔忙到药铺抓来雷丸，一连服用好几颗，自此后，腹中再无应声虫的声音。

——故事源于宋·陈正敏《遯斋闲览·人事》

163. 山蜘蛛

山蜘蛛，身形巨大，像车轮一般。它吐出的丝可以用来止血。

——故事源于宋·钱易《南部新书·庚》

164. 垂髫女

　　江西人孟龙潭与朱孝廉客居京城。一日，二人到城郊散步，偶然看见一座寺庙，名为兰若寺。兰若寺很是平常，寺中殿堂禅室也不宽敞宏阔。大殿中仅有一个老僧暂住，老僧见二人进来，起身整衣恭敬迎入。二人见老僧礼数周全，心生敬意，就说："可否烦请老师父带我二人到寺中参观一番？"老僧应允。随即，二人随老僧进入大殿，大殿正中有志公雕像肃然而立，两侧墙壁都绘有精妙的壁画，其中人物栩栩如生。尤其是东壁上所绘的散花天女，其中有一个垂发少女，拈花微笑，唇若樱桃红艳欲滴，眼似秋波脉脉含情。

　　朱孝廉见壁画中垂髫少女俏丽可爱，含情欲诉，不禁看得痴了，注目良久，不觉神思恍惚，身体如飘飘浮云，飞到壁上，而壁上殿阁重重，已不是人间景象。朱孝廉飘荡到一处大殿中，看见一个老僧正盘坐说法，众僧人围坐四周。朱孝廉心中恍惚，不知道自己在哪儿。突然，有人悄悄拉他的衣襟。他回头一看，是一个垂发少女，再一细看，正是刚才壁上所画的少女！朱孝廉心中不禁一荡，那少女拉了他后就笑着离开了。朱孝廉立即跟在少女身后，只见少女穿过曲折的走廊，进入一间小屋。朱孝廉心下犹疑，踟蹰不前，却见少女不知何时手中拿了一束花，她举起花示意朱孝廉过来，朱孝廉急忙上前。小屋内外一片静寂，朱孝廉环视左右无人，就上前一把抱住少女，少女只含羞低头，也不抗拒，朱孝廉因此更加大胆，又拉少女与她亲热。事后，少女叮嘱朱孝廉，藏身屋内，不要出门，也不可发出声响。说罢，少女起身关门离去。夜间，少女又来小屋与朱孝廉幽会。如此两日，少女的几个同伴发觉了异常，在屋内搜出了朱孝廉。其中一个同伴跟少女嬉笑说："你腹中小儿已成形，还散着头发做黄花姑娘装扮？"少女粉面通红，满脸含羞不语，其余同伴纷纷嬉笑着拿来发簪、耳环等佩饰，帮少女绾发，打扮成妇人模样。盘好头发，一个同伴笑说："姐妹们，我们不能在此久待，省得人家嫌我们碍事！"说着，一众女郎哄笑着离去。房内仅剩二人，朱孝廉目光在少女脸上流转，只见少女发髻高耸，钗环低垂，比先前散发时更加妩媚，不禁意荡心摇，当时屋内兰麝香隐隐约约，二人自是欢好无限。

突然，窗外有靴声铿铿，且有绳索声锵锵。随即，又传来一阵喧哗争辩的声音。少女惊起，与朱孝廉一同隔窗望去，只见众女郎围着一个金甲使者，使者面色漆黑，左手握绳索，右手提大槌，厉声问："人都到齐了？"一女郎回答："齐了。"使者说："如果有藏匿下界凡人的，你们要立即禀告。如果隐匿不报，被我发现，有你们的苦头吃！"众女齐声说："不敢。"使者心满意足预备离开，众女长舒了一口气。使者忽然转身，眼神狐疑地从一众女子身上一一扫过，一字一顿说："我去搜一遭。"众女听后大惊，却无人敢拦。屋内少女面如死灰，神色张皇地对朱孝廉说："快藏到床下。"等朱孝廉藏好，少女连忙打开窗户，悄悄出去。朱孝廉趴在床底，大气不敢出。不一会儿，就听见靴声越来越近，又过了一会儿，靴声渐渐远去。朱孝廉一直等到屋外众人脚步声远去，心绪才慢慢平复。他想要从床底出去，却听见窗外不断有人声往来，不敢贸然出去。许久，朱孝廉渐渐觉得耳际蝉鸣声响，眼中火花飞溅，实在是难以忍耐，但如今的他也只能静听窗外声音，等少女归来。说来也怪，此时的朱孝廉竟然连自己从哪里来的都不记得了。

而原本与朱孝廉一起在殿中看壁画的孟龙潭，转眼之间发现朱孝廉不见了，心中疑惑，就问老僧："师父看见朱生了吗？"老僧微笑说："他听佛说法去了。"孟龙潭更加疑惑，问："说法处在哪里？"老僧说："不远。"不一时，老僧用手敲墙壁喊："朱檀越！怎么这么久了还不回来？"孟龙潭此时注意到，东壁上众散花天女之中有朱孝廉的身影，他正伫立一旁，凝神倾听，看起来十分专心。老僧又喊："老衲等你好久了！"说罢，只见朱孝廉飘飘忽忽从壁上下来，呆立殿中，面色如灰，双目呆滞，全无前时风采。孟龙潭大惊，忙向他盘问方才情形。

朱孝廉缓了好一阵才慢慢把经历的事情说了，末了说："我当时正在床下凝神静听少女声音，却听见敲门声咚咚作响，因此走出房门查看情形。"孟龙潭心下依然有很多疑惑，朱孝廉对着东壁，指方才所见的少女给他看。却见此时壁上的少女已高缩发髻，不再散发了。朱孝廉十分惊异，忙朝老僧施礼敬拜，请求老僧解释缘由。老僧笑说："幻象由人而生，贫僧如何得知？"朱孝廉无奈，心中郁郁，百思不得其解。孟龙潭心中骇然惊叹，二人各揣疑惑离寺而去。

——故事源于清·蒲松龄《聊斋志异·卷一·画壁》

165. 旱魃

贞祐初年，洛阳大旱，周边禾苗枯萎，寸草不生，百姓心急如焚。相传登封西四十里告成一带，有旱魃出没，为祸人间。当地有一个老者，见多识广，见这般情形，就与众人说："若是旱魃到来，必定会有火光相随，各位可留心有火光的地方。"黄昏时分，有个少年登高而望，果然看见有火光进入一户农民家中。少年大声呼喊，于是当地青壮男子纷纷拿起棍棒上前，果然看见一个怪物，身长三尺。青壮男子对着它一通乱击，不一时，就见火焰散乱，伴随奔驰之声怪物消失不见。

——故事源于金·元好问《续夷坚志·卷一·告成旱魃》

166. 泥塑四美姬

蜀地眉州城外三十里处，有一个濒江小镇。镇上人烟阜盛，商贾云集，买卖兴旺。镇上有一座古庙，相传是花蕊夫人费氏的祠堂，在庙中求神许愿很是灵验。

古庙旁边有处大宅，宅主人姓钟名声远，富有且懂礼节，最喜欢聘请名师大儒前来讲学。钟声远的姐姐嫁给了谢氏，谢家也是世家大族。姐姐生有一个儿子名谢琏。谢琏年仅二十，生得仪容清秀，风度翩翩，全无半点儒生的迂腐之态，深受亲友长辈的喜爱。谢母知钟声远家中名师众多，就派谢琏到舅父家中读书问学。谢琏与舅父一同下棋饮酒，吟诗作赋，谈笑风生，好不畅快！钟声远对谢琏有相见恨晚之感，生恐谢琏某日离去，失了一个忘年之交。

钟宅西侧，有一个园子，最是幽静清雅。钟声远在其中建有碧漪堂、水月亭、玩芳亭、醉春馆、翠屏轩等，其中亭台歌榭、山水花鸟无一不有，真是古朴雅致，巧夺天工。谢琏在学业之余，常到园内，白日流连草木花鸟之间，夜间徜徉月色清风之中，也常成夜住在这里，不忍离去。

一日，谢琏出门访友，晚间才回，刚到园中，忽然看见四个女郎，十五六岁，袅袅婷婷，正在玩芳亭畔戏耍。谢琏以为是舅家表妹在此游玩，就上前作揖见礼，等走近一看，四人中竟没有一个认识的，谢琏颇觉尴尬，连连说："叨扰，叨扰。"女郎见谢琏，谈笑自若，并不躲避，也无娇羞之态。谢琏不禁问："不知小姐们如何来到这里？"女郎嬉笑片刻，其中一年长女郎应道："吾姊妹是东邻花氏之女。久闻钟宅园林胜景，高台厚榭精美，奇花异草馥郁，因此前来观赏。不料竟遇见公子，多有打扰，还望见谅。"谢琏一听，深信不疑，也不以为意。不一会儿，女郎告辞，谢琏也回房就寝。

二更时分，谢琏正要安寝，忽然听见窗棂轧轧声响，仿佛是有人敲窗。谢琏起身，开窗一看，竟是刚才看见的四女郎之一。谢琏好生惊讶，忙开门问："不知女郎深夜来此，有什么事？"那女郎向谢琏躬身施礼，和颜悦色，轻声低语说："我蒲柳之姿，丹铅弱质，今日遇见公子，像是见了宋玉潘安。我心生仰慕，牵动柔情，不能自持。这才深夜来此委身郎君，虽于礼不合，却也是情深所致。还望郎君不弃，允许我殷勤侍奉。"说罢，含羞低头，等谢琏言语。谢琏初时听见这话，心中自是惊讶，等到女郎道明来意，一番言语，情真意切，不禁柔肠百结，与女子共寝，相与媾欢。事后，谢琏嬉笑说："你那三个姊妹如今何处？你怎么独自前来？"女郎笑说："郎君不要着急，等明日，我把此床笫之乐与三个妹妹分享。"不一时，鸡鸣渐起，天色微白，女郎揽衣而起，说："我走了。"谢琏自是百般不舍，女郎轻声安慰说："公子等今夜。"说罢轻悄悄离去。

当日夜间，谢琏净室焚香，开窗等候。到了二更时分，果然看见女郎又来，身后另有一个女郎跟随。女郎见谢琏，笑吟吟地说："昨夜的欢快，今天分给二妹。"说罢，又回头对身后女郎说："你好生侍奉郎君，尽享男女之乐。"随即，起身离去。谢琏于是与二妹谈笑甚欢，二人同床共枕，两相欢好，自不待言。次日清晨，二妹依依告别，谢琏很是不舍，二妹说："郎君不必忧虑，保管不教郎君寂寞独宿。"说罢，迤逦而回。

随后，到了夜间，大姐又送三妹到谢琏房中。谢琏见大姐容色殊丽，就想要大姐一起留下，大姐推辞："郎君莫急，等郎君与我姐妹四人轮番度完良宵，我姐妹今后当周而复始，轮流服侍。"谢琏当夜又与三妹一夜春宵。晨起，谢琏见三妹鬓乱钗横，残妆尚在，更有一股妖媚之态，想到三妹即将离去，自是不舍。三妹知谢琏的心意，说："今夜，该四妹与郎君共寝，仍由大姐送她过来。"说罢，敛袂而起，翩然离去。当夜又是二更时分，四妹果然盛装随大姐前来，谢琎与四妹行周公之礼，海誓山盟，互诉蜜情。

自此以后，四女郎轮流夜间与谢琎共寝。谢琎想到自己年纪轻轻，竟有此奇遇，更何况四个女郎个个花容月貌，妩媚风流，真是幸运！于是挥手作了一篇《峨眉古意》来庆贺自己喜得佳人。写成之后，四女竞相传阅，交口称赞谢琎文采风流，纷纷赞道：此文一出，子建只怕都要惭愧了！只有大姐默然不语，良久才叹道："我姐妹四人是堂姊妹，都是闺阁处子，不曾议亲。前夕因游园遇谢郎，承蒙谢郎不弃，与谢郎欢好。只恐岁月匆匆，佳期消逝，谢郎今后定然娶新妇，而我们却不能再许人。我们既无苏蕙织锦寄夫的技艺，更没有倩女离魂奔婿的勇气，只能与谢郎劳燕分飞。这此后悠悠长恨，绵绵情思可该如何呢？我们今日欢好，日后恐有大祸啊！"众姊妹听罢，都唏嘘哭泣，悄然离去。

又过了一年，谢母果然派人接谢琎回家完婚。四女郎得知此事，纷纷前来与谢琎告别。临别之时，四妹对谢琎说："大姐往日说的，今日果然应验，谢郎要娶亲与我们分别。不过，我姊妹与谢郎还有一年的缘分未尽。我们心中所愿的琴瑟和谐，夫妻伉俪，都已如愿。愿你成婚之后，能时时重来与我姐妹共叙旧情，我姐妹定日日在翠屏轩下等候，扫榻相迎。"随后，她把头上一双金掩鬓赠给谢琎，其他女郎也分别把翠钿、银镯、耳坠赠给谢琎作为留念。随后，洒泪而别。

谢琎把四个女郎所赠的东西放进行李箱，带回家中。谢琎回家时，婚期已到，匆忙完婚后，他见妻子宜室宜家，心中爱重她。不过，他思念四女郎的心，也未曾丢弃。新婚一月后，谢妻回娘家，谢琎孤枕独宿，忽然在梦中见到四个女郎，音容笑貌一如从前。三妹见谢琎，说："与谢郎分别很久了，今日重逢，没什么可取乐的，我就表演风舞来庆贺吧。"于是她挥舞翠衣，翻飞罗袖，轻盈神捷之态能比得上赵飞燕、公孙氏。舞罢，大姐又表演风曲。二妹、四妹也纷纷上前，二妹说："此情此景，且歌且舞，真是乐事。我来吹箫，四妹唱歌来助兴。"说罢，箫声与歌声同时响起，箫声清和，歌声婉转，直让人有置身凌霄宝殿中听仙乐的感觉。

正当谢琏醉心声乐时，忽然听见有寺庙钟声响起，谢琏醒来，竟是南柯一梦！他想起梦中所见，对女郎更加思念。于是他以完成课业为由，再次前往舅父家中。

到了钟宅，谢琏就日夜住在园中，与四个女郎日夜相会，恩爱眷顾更胜往昔。谢琏与四女说起梦中的事，一个女郎说："这是因为谢郎思念我们姐妹，这才做梦，不足为怪。"谢琏有四女相伴，十余日不曾出门。钟声远觉得奇怪，趁他不注意，潜入园中，窥探谢琏的行为，恰巧遇见谢琏与四女赏月，戏谑谈笑，欢闹异常。钟声远大怒，高声呼："谢琏！"四女见有外人来，慌忙四散惊逃。钟声远叱问谢琏说："这些女子是什么人？"谢琏只沉默不语。钟声远无法，只得命人好生看顾谢琏，不让他与诸女相见。

钟声远回到房中与妻商议："园中竹树繁多，花草茂盛，恐是花月妖、水石怪出来迷惑外甥。况且，外甥英俊潇洒，生得齐整，如何不令妖怪垂涎？还是速速送外甥回去，不要让他久留致病。"钟妻深以为然。次日，钟声远安排数名仆人把谢琏送还家中。谢琏到了家中，日夜思念诸女，不到半年，就相思成疾，神情恍惚，言语无状，久久不愈。钟声远听说这事，赶忙到谢家探视外甥，并把所见的事告诉姐姐姐夫。谢父谢母一听，非常惊讶，忙到谢琏房中好生询问，谢琏这才把遇见诸女的事情说给父母。听说诸女有赠钗环等物，谢父忙命人拿出，一看，竟都是泥捏而成。谢父见诸女身世有异，料想必是鬼魅为祟，就与钟声远一起到钟氏园中寻访，然而园中花草山石并无异样。钟声远忽然想起谢琏曾说诸女自称来自邻家，就与姐夫一起前往旁边的花蕊庙中探寻，进到庙中，经过东廊，见尽头有一间小室，室中门窗被帷幔遮蔽，人迹罕至。二人揭帘一看，见牌位上写道："巫山神女之位"。牌位两侧有泥塑四美姬。东侧女郎头上缺一个金掩鬓，右侧女郎臂上缺两只银镯，左边一女郎脸上缺两枚花钿，右边一女耳上缺一对耳环。谢父与钟声远大惊，把谢琏所示的泥捏之物一一放到诸女身上，十分契合。谢父与钟声远这才知道谢琏所遇的竟是四个泥塑的美姬。于是二人亲手把四尊泥像摔毁，命仆人把它们沉入江中。

此后一个多月，谢琏的病才渐渐痊愈，无论在园中梦中，他都没再见过四美姬。

——故事源于明·李昌祺《剪灯余话·江庙泥神记》

167.胭脂娘

王氏出身大族，家中收藏有大量名书古画，其中有一幅美人图，世代视为珍宝，轻易不示人。美人图是工笔所绘，图上有几个妖姬，有的倚栏，有的抱扇，有的扑蝶，有的轻舞，个个风神绝代，令人一见忘俗。王氏之子名王韶，年十六岁，也是风流之士，每次赏美人图时，都要痴立许久，喃喃自语，很想让美人从画中出来。王韶日思夜想，在美人图上题诗两首，大赞美人的风韵，抒发心中痴想，题诗结尾，落款"二八王郎题赠美人"。王家众姊妹见王韶如此，纷纷嬉笑。王父见儿子痴迷于虚幻美女，很是生气，把王韶叱责一顿后，藏起了美人图。王韶心中不舍，却也不敢问美人图踪迹。

后来几年，王氏家道衰落，王韶以授书讲学为生住在别处。同族中有斗鸡走狗的子弟，偷偷潜入王家，把王家收藏的字画纷纷卖出，美人图也不知流落何地。王韶知道后，很是怅怅，心中一直惦念着美人。

后来，王韶客居洪都（今江西省南昌市），在许氏西斋讲学。东斋是主人的休息之所，与内室相通，外人不得擅入。一日夜间，月色皎然，庭院中松树下有个女子，穿着红色衣裳，斜倚松树，向王韶招手。王韶仔细一看，竟是一个十七八岁的妙龄女子。女子与王韶一起到西斋，默默垂首，虽未曾言语，却能看出她的深厚情意。王韶问女子的姓名，女子不答，多番相询，女子才小声说："小女子名为胭脂娘。"王韶与女子相伴整夜，到天色微明，女子告别而去。王韶心中以为女子也许是许氏姬妾，夜会先生，不敢让人知道，心中虽不舍，却也无可奈何。

次夜，胭脂娘又来，身后还跟随两个女子，两个女子都盛装丽服，妖娆非常。王韶与她们一一见过，才知道，她们一个名绛花，一个名云碧，当夜王韶与两个女子缠绵到天亮，女子告别而去。夜间，绛花又来，身后跟着一个女子，名粉怜，实在是丰韵天然，难以描摹。自此以后，四个女子轮流夜间与王韶相会。王韶与四女子情深意重，恍若熟识，却始终记不起何时何处相识。王韶心中思忖，或是四女共游柳堤花径间，而王韶恰巧遇见。一夜，王韶问胭脂娘："不知在哪里见过你们？为什么会这么眼熟？"胭脂娘笑说："郎君此前还给我们赠诗呢，怎么都忘了？"王韶憬然不觉，也未深究。如此日久，王韶与四女情意更深，就想要白日与她们相见，四女都不答应。王韶后来悄悄向许氏奴仆打听许家姬妾，知道许家并没有这四个姬妾。他心下更为疑惑，却不敢问。

一夜，四女一起来，见了王韶，眉头紧锁，面有愁容。王韶忙问："为什么事这么愁苦？"胭脂娘说："今日与公子的缘分就要尽了，此后再无相见日了。"王韶大惊，问她原因，四女都悲泣不语。王韶见状，心中酸楚，也悲泣。稍后，王韶又问："今后果真无法相见了吗？"四女说："也许能见，也许见不到了。"王韶不明白这是何意，又问，四女始终不肯说明白，片刻后，洒泪而去。

次日，许氏主人对王韶说："你在这里住了许久，还没有到过我东斋，今日邀你看看。"于是，主人带王韶到东斋。王韶四面环顾，忽然看见壁上挂的画竟是此前自己家中所藏的美人图，图上的四个女子正是此前所遇的四个美人。画中四个美人，脸晕消红，眼波流转，带笑含颦，仿若呼之欲出。王韶先是吃惊，继而恍然大悟，随后潸然泪下，泪珠滴滴洒落酒杯中。主人心中奇怪，问："不知先生这是怎么了？"王韶不敢说与四个美人有关，只说："此画先前是我家中所藏，画上的诗句也是我所作。抚今追昔，心中一时感慨，这才悲泣。"主人一听，慨然说："既是先生家的旧物，就还给公子。"说着，卷起图画，递给王韶。王韶起身拜谢，回到家中，把美人图挂在床侧，日日相对。白日对它敬若神明，夜晚则像夫妻一样对待它。花月之日，风雨之时，吃饭睡觉时，都要先祝祷。自此，王韶日思夜念，最终染疾，提笔写下数句诗："相见不相亲，不如不相见。"随后，心中大恸，竟撒手西去，年方二十一岁。王韶临终之际，留下唯一的遗愿，务必以美人图殉葬。

——故事源于清·乐钧《耳食录·卷八·胭脂娘》

168．画师

世上子嗣艰难的人家，多供奉张仙，因他能使人子孙昌盛。张仙的画像是美男子，穿锦袍，佩角带，额头宽广，胡须浓厚，左手挟弹弓，右手摄弹丸，飘飘乎仿若朝霞飞升。他身旁另有一只狗，仰视云中，在不断狂吠，它就是俗称的天狗。

某县有一个画师，十分擅长画张仙像，画作中的张先师，眉目如活人一般，勃勃有神气。每次遇到小儿受惊啼哭，人们对着它祈祷，总能应验。于是，远近数百里的人都奔走相告，画师门庭若市，因此富甲一方。

县东数里某村有一个人，娶了一个美貌妻子，却数年不育。此人于是亲自前去拜访画师，向他求画，往返好几次，终于得到一幅。他把画挂在家中，日日殷勤供奉香火，十分虔诚。十日后，某天，此人有事外出，妻子独居家中。二更时分，忽然有一个美男子到妇人榻前。妇人正要惊叫，却见男子捂住妇人嘴，说："我是张仙，因感知你家中供奉虔诚，想要赐给你一个儿子。不过，你丈夫瘰弱，不能诞育，如今，我来代他使你有孕，你切莫惊讶。"说罢，他解衣上床。妇人见男子仪表堂堂，风采神俊，不觉心动，欣然答允。二人欢好达旦，男子整衣下榻，衣冠严整，飘然而去。妇人再看画，男子已在画中。妇人因此更加信了张仙的灵验，对丈夫也秘而不告这事。自此，妇人与男子两相情浓，只要丈夫不在家，男子就来，妇人也不拒绝。时日一久，男子更加放肆，即便是丈夫在家，也来与妇人相会。丈夫心下起疑，妇人最终不能隐瞒，就羞答答地把此事告知丈夫。她心中一直以为是张仙庇佑。

丈夫听闻此事，知道必是妖异。于是他怒烧张仙像，等到烧到卷轴时，见上面有一行小字，仔细一看，竟是某人的生辰八字。丈夫更加诧异，把它放在炉中焚毁殆尽。几日后，画师无疾而终，某县的人们十分惊诧，悄悄向画师徒弟打听情况。后来，事情始末最终被丈夫得知，却原来是画师见他的妻貌美，心志动摇，又见丈夫前来求画，就把自己的生辰八字刻在画轴上，且祝祷道："倘使有缘，就让我梦中见她。"后来过了十余日，果然梦中与妇人交欢，画师自以为是奇遇，私下里把这事当作玩笑与徒弟说起。等到某日，应是丈夫焚毁画像那日，画师突然大叫："有人正在用火焚我的身躯，我要死了！"说罢，立时死去，全身如同烧焦了一般。丈夫听闻此事，心中畅快，把此事广泛宣扬，不过数日，画师所画的张仙像尽成灰烬。

——故事源于清·庆兰《萤窗异草·初编·卷二·张仙》

169. 罗刹鸟

　　雍正年间，北京内城一家富户为儿子定亲。女方出身世家，家族显赫。两家门当户对，一对新人也是年龄相仿，才貌相当，自是人人称羡。

　　迎亲这日，新郎着红袍，戴红花，伴着吉庆的鼓乐声，一派喜气洋洋吉祥气象。到了女方家中，诸般热闹之后，终于迎得新娘登上花轿。新娘家住沙河门外，迎亲队伍一路吹锣打鼓往内城走去。路上原有一座古墓，人们从未在意。迎亲队伍从古墓旁经过时，忽然自墓中卷起一阵狂风，狂风绕喜轿数次，卷起尘沙乱飞，慌乱之中，迎亲之人丢下喜轿，四散躲避。过了好一会儿，狂风才止，迎亲队伍又继续前行。

　　到了夫家，喜轿停在门前，陪嫁女郎掀开轿帘扶新娘下轿。不料新娘才从轿中走出，又一个新娘掀帘下轿。两位新娘并肩而立，装饰衣着，一模一样。众人震惊，一时真假难辨，只好扶两位新娘入室行祭拜天地之礼。

　　拜天地、祭祖先、谒父母，新郎站在中间，两位新娘并立左右。新郎心中窃喜，一下子娶得两位娇妻，何曾听闻过如此人间大喜。礼毕，送入洞房，新郎及一双新娘同坐床沿，饮罢合卺酒，一众丫鬟仆妇退去，留三人洞房花烛。

　　夜半时分，宴罢宾客，热闹暂歇。忽听一声惨叫自新房中传来，新郎父母及一众仆妇推门入内，只见满地鲜血淋漓，新郎满脸血污跌坐在床下，床上一个新娘也是满脸血迹，另一个新娘不知所终。新郎父母大惊失色，正不知如何是好，忽然看见房梁上有一只灰鸟，眼神凶狠，喙若弯钩，爪子雪白。众人觉得此鸟不祥，奋力抓捕，而鸟安然栖于梁上，并不飞走。人们正商议着取弓箭、长矛射杀它，却见灰鸟振动翅膀，自大门飞出，众人追之不及，只得作罢。

而此时，新郎悠悠转醒，新郎父母忙上前询问缘由，新郎说："当时，三人并坐。一会儿，儿忽见左旁新娘抬手挥袖，顷刻间，儿双目就被挖去。儿吃痛，就晕了过去，并不知她怎的化为灰鸟。"众人面面相觑，又见新娘苏醒，忙扶起询问，只听新娘说："郎君惨叫时，我吃了一惊，还未看清，那物已化作怪鸟又来啄我的眼睛，自后我就晕了过去，后事一概不清了。"

新郎父母请道人驱祟，道人问罢情形，就说："这是罗刹鸟，是坟墓间尸气所化，坟墓阴气盛，尸气积聚久了，最容易生罗刹。此鸟羽毛灰黑，常变幻人形害人，最喜欢吃人的眼睛。如今已离开了，无妨。"

数月后，一对新人经医家悉心诊治，身体并无大碍。夫妇二人伉俪情深，不过四目俱盲，悲哉！

——故事源于清·袁枚《子不语·卷二·罗刹鸟》

170. 黑鱼精

相传鄱阳湖有一条黑鱼，受湖水灵气滋养，年深日久，化而为精。又五百年，修得法力高强，神通广大。只是这黑鱼精蒙智未开，不识善恶，专喜食人精髓，害人体魄，成为鄱阳湖一大害，当地人纷纷避而远之。

一日，一名姓许的外地客商，乘船从湖上过。湖水碧绿，烟波浩渺，清风徐来，水光潋滟，客商不禁心旷神怡，生出苏子泛舟赤壁之感。不料，船走到湖心，忽一阵黑风自水中涡旋而起，初时才数寸高，顷刻间就裹挟着湖水蹿起数丈高的水浪，水浪顶端有一个石臼大小的鱼嘴，吸力极大，不待客商反应呼叫，就把他吸进了鱼嘴，随后黑风渐渐停止，波浪也渐渐平静，湖心依然碧波荡漾，只不见客商踪影。

客商儿子闻讯，悲恸万分，发誓要斩黑鱼为父报仇。听闻龙虎山有个天师，道行高深，能斩妖除魔。客商儿子辗转各地经商数年，把所得财资，换成厚礼，亲赴龙虎山拜见天师，请天师出山相助。

客商儿子见到天师就知父仇有望，天师须发皆白而精神矍铄，翩然如真人。客商儿子说了父亲的遭遇，请求天师斩黑鱼为父报仇。天师听完，徐徐说："除怪斩妖，倚仗的是纯气真煞。我已年老，行将就木，恐怕不能为你父亲报仇了。"客商儿子听了，心想：天师脸色红润，为什么说自己行将就木，莫非嫌礼轻？立马跪地请求，只见天师冲客商儿子微微笑着说："修道之人有真气附体，衰色不显，但我确已油尽灯枯。"说罢，摆摆手说："罢了，念你孝心至诚，即便我身死，也会嘱咐我儿帮你斩黑鱼。"客商儿子连忙跪地叩头，感激不尽。

过不多久，天师去世，他的儿子继天师之位。

一年后，客商儿子又到龙虎山，请小天师出山。不料小天师面露难色，客商儿子忙问缘故，小天师说："父亲确留下遗命，要我斩杀黑鱼精，我不曾忘记。不过，此妖据鄱阳湖五百年，神通广大，法力高强。我虽有咒符法术，单凭我一人之力却奈何不了它，必须有一位有仙根的仙官助我，才能降伏此妖。"客商儿子忙问："不知仙官在何处？"只见小天师从箱中取出一枚铜镜，向客商儿子说："你拿着这枚铜镜去照人，遇到能照出三个影子的人，就是仙官。找到此人后，你且莫声张，立即来告诉我。"

客商儿子拿着铜镜，走遍了江西各地，所照之人都是一人一影，找了一年多，也未见三影之人。一天，走到一个乡村，客商儿子在一户杨氏农家歇脚。他照旧拿出铜镜照人，竟见杨家童子有三个影子，客商儿子又惊又喜，又照了几次，确认无误后，欢喜非常，忙回去告知小天师。

小天师立马派人到杨家，哄骗杨家父母说："听闻你家小儿有神童之名，我们想要请他到府中试试他的学问。"随后，此人又给了杨家大笔钱财。杨家本就不富裕，听闻有人慕儿子神童之名，且又有丰厚的礼品，自是欣然同意。

小天师把童子好生供养在龙虎山。几日后，小天师带童子和客商儿子一起到鄱阳湖。小天师安排人建法坛，诵咒语，一切准备就绪后，他给童子穿上金色锦衣，并且把一柄宝剑绑到童子背上，趁童子不注意，径直把他投入湖中，众人大惊。童子父母闻讯更是号啕大哭，冲着小天师呼喊着要索命。小天师笑着说："无妨，管保你儿毫发无伤。"不一会儿，只听一声震天霹雳，童子手提着大黑鱼头，站在高高的水浪之巅。天师派人把童子抱回船上，杨家父母忙检视儿子，只见童子浑身上下分毫未伤，连衣服也未曾沾湿。再看水面，原本的一湖碧绿清澈，竟在刚才童子所在之处，被鲜血染红了方圆十里。

此事被当作一件奇事，童子归乡后，人们争着问他详情。童子只说："我没受什么苦，就睡了一会儿，梦见金甲将军递给我一个鱼头，还抱着我站到水浪之巅，好生威风，其他我就不知道了。"自此以后，鄱阳湖再无黑鱼为祸。

——故事源于清·袁枚《子不语·卷三·鄱阳湖黑鱼精》

171. 九尾蛇

有一茅姓客商，家中排行第八，人称茅八。茅八年轻时，曾到江西贩纸，暂居纸厂厂舍。纸厂地处深山，幽僻险寂，少有人烟，常有异物出没。因此，厂中人告诫茅八，天黑以后，关门闭户，切勿出门。

一天夜里，月色皎然，清辉满地，茅八睡意阑珊，就欲出门赏月。忽记起厂人叮嘱，心下犹豫。又想山中不过是虎狼，自己勇武过人，自不必畏惧，踟蹰再三还是决定出门。

才出门不过数十步，就见一群猴子奔跳而来，隐隐中似乎有哭泣之声。茅八心内诧异，正待上前细问，却见数十只猴子急蹿上树，隐蔽其中。茅八心知有异，忙爬上一棵大树，藏身枝叶间，透过叶缝窥探究竟。

不一会儿，就见一条巨蛇自林中出来，身形如柱，蛇身有鱼鳞状的坚硬盔甲，自腰以下，有九条尾巴，曳地而行，声如铁甲，震天撼地。

巨蛇双目炯炯，巡视四处，仿佛在找寻什么。茅八战战兢兢，气不敢出。

巨蛇走到众猴藏身附近，就停了下来，随即把尾巴倒置，九条蛇尾纷纷舞动，让人眼花缭乱，异常骇人。巨蛇九尾顶端都有小孔喷射涎水，几番喷射，就有猴嚎叫着坠地，肠穿肚裂而死。茅八这才知道蛇涎水竟像弹丸一般，威力甚大。不一会儿，茅八又见巨蛇缓缓到死猴处，吃掉三只猴子后，飒然离去。

随后，众猴哀嚎哭泣，四散奔逃。茅八待林中寂然无声后，才惶惶而归。自此以后，晚上再也不敢出门。

——故事源于清·袁枚《续子不语·卷八·九尾蛇》

172. 树神黄祖

庐江郡（今安徽省合肥市）龙舒县有个叫陆亭的地方，当地有一条长河，蜿蜒曲折，河水虽清浅，却也潺潺不绝。河边有一棵大树高数十丈，伟岸挺拔。当时正值盛夏，大树枝叶繁茂，有数千黄鸟筑巢而居。每到清晨，叫声不绝，婉转动听，热闹非凡。

这一年，庐江大旱，许久未下雨。陆亭当地百姓殷切祈雨，却始终不见雨滴。当地的几位长老聚在一起商议对策，其中有一长老年过八旬，缓缓说："陆亭河畔的大树常年被黄色云气笼罩，或许树上有神灵，我们可以试着向它祈雨。"于是，第二天一大早，长老们和一众百姓就带着丰厚的祭品到树下祈雨。盛大的祈雨仪式结束，而大树枝叶青绿，黄鸟啁啾，一如往昔。

当天一起去大树下祈雨的还有寡妇李宪。当天夜里，李宪梦中醒来，忽然见到房中站着一个身穿绣花锦衣的妇人，头顶黄气氤氲，面如满月，声如贯珠，向李宪说："我是树神黄祖，能兴云布雨，你们的祈雨请求我已上报天帝，明日正午就有大雨。"李宪大喜，自是千恩万谢。妇人继续说："此地百姓良善，祈雨心诚，供奉丰厚，我当赐福百姓。因你一向品性高洁，我将附于你身，借你的肉身行好事。"说罢倏忽而去，不见踪影。李宪疑心是梦，也不在意。

到了第二天中午，果然开始下雨，大雨数日，旱情得以缓解。李宪这才明白，昨夜并非梦，于是把实情告诉众乡亲。当地人感念树神黄祖的恩德，建祠堂供奉，使她永享香火。

一天，李宪到祠堂祭拜，忽然头顶氤氲一片黄色云气，面现慈色，开口如贯珠，对来祭拜的一众乡亲说："我些许降雨功劳，蒙各位父老乡亲尽心供奉，受之有愧。因我一直居住在水边，就送一些鲤鱼来报答乡亲们的厚爱吧。"话刚完，就有几十条鲤鱼飞来落在祠堂大堂，众人无不感到惊奇。收拾起鲤鱼，再看李宪，一如往常，并无异色，众人这才知道是黄祖附身。

一年之后，黄祖又给李宪托梦，说："此地将有兵乱，到时候战乱纷繁，不能安然居住，我来向你告辞。"说罢，她递给李宪一枚玉环，说："这枚玉环可消灾避祸，你千万收好。"李宪醒来才知刚才是梦。再一看手中，竟真有一枚玉环。

数月后，刘表、袁术为争夺地盘掀起战乱，龙舒县的百姓为避战祸纷纷四处流离，而李宪所在的陆亭乡依然安宁和美。

——故事源于晋·干宝《搜神记·卷一八·树神黄祖》

173．马皮蚕女

上古时期，偏僻的山村有一户人家，母亲早亡，只余父女二人及一马相依为命，日子虽不富裕，却也和乐融融。

一日，父亲出外远征，留女儿独自在家。临别之时，望着女儿泪眼盈盈的模样，父亲很是不舍，就跟女儿说："战事纷乱，尚不知何日归来。这匹马随我数年，忠诚勇武。我把马留在家中，你若有事，就派马儿给我传信。"

与父别后，女儿整日在家。独居日久，思父心切，无可排遣，女儿就常向马儿倾诉。一次，女儿又向马儿诉说思父之情，马儿一如从前，沉默不应。女儿忽起玩笑之心，对着马儿说："你是公马，我是女子。如果你能把我父亲带回，我就嫁你为妻，决不食言！"女儿言毕，许久，忽然看见马儿挣断缰绳飞奔而去，女儿惊呼出门，然而却不见马儿的踪影。

女儿不知，一句玩笑话却惹了大麻烦。

马儿离开山村，径直朝父亲所在之地一路狂奔。父亲见到自家马儿，心中欣喜，继而忧惧，见马儿朝着家的方向悲鸣，又念起离家所言，不禁心中惴惴，担忧女儿有事，忙纵马归家。父亲到家，见女儿无事，心下大安。念起马儿千里奔驰传信，心知马虽畜生灵性却通，自是厚待。每日喂以上好草料，饮以山中甘泉，但马却不吃不喝。只在女儿经过身旁之时，撒欢、打滚，不住嘶叫。

父亲暗暗纳罕，悄悄到隐秘处问女儿缘故。女儿就把许嫁之事告诉父亲，父亲听完，眉头微皱，怅然不乐，半晌方说："此事事关女儿清誉，不可外传。近日不要出门，我来想办法。"数日后，忽听见父亲在庭院中的磨刀声，女儿大惊，才一出门，就见马儿倒于庭院，胸前插着一把利刃，鲜血满地。父亲对女儿说："这马不过是一只畜生而已，竟敢觊觎人女，想要娶你做妻子，这是罪有应得。"随后，父亲剥下马皮，把它悬挂在庭院里。

后来有一天，父亲有事外出，女儿邀邻女来家戏耍。邻女见庭院马皮，很是惊奇，女儿就把许嫁之事告知了邻女。邻女笑说："这匹马真是不自量力！"女儿也拉着马皮笑着说："早知有今日剥皮之祸，又何必当初！"正说着，忽然马皮竖立，卷起女儿飞出门外。邻女大骇，呼救不及，忙找女子父亲施救。等到其父回来，女儿已经踪迹全无。

女儿生死未卜，父亲追念前事，悔之不及，却也无可奈何，只得暗自神伤。

原来这马皮深恨女孩儿失信、父亲残忍，就裹着女孩儿隐身树间，年深日久马皮与女孩儿俱化为蚕，日日蛰伏，吐丝织茧。因它的茧硕大，丝多且韧，深得妇女喜爱，引得纷纷争相取养。后来，人们为了悼念女孩儿，把它藏身之树命名为"桑"，取"丧"的谐音。

——故事源于晋·干宝《搜神记·卷十四·马皮蚕女》

174．赉羊

春秋时期，鲁国上卿季桓子当政。

一日，有下人来向季桓子禀报，说有人在费邑挖井，挖出了一只土缶，离奇的是土缶中有一只羊。

季桓子不明所以。当时世人都说孔子博学，季桓子很是不服。他就想，刚好可以借此事试探一下孔子的学问。于是他派人问孔子："从井中挖出一只狗来，这怎么说？"

孔子听完眉头微皱，说："依我粗浅的见识来看，井中挖出的应该是只羊吧？"来人脸色微变，讪笑着未说话。孔子见状，心下了然，微笑着摇摇头说："树木、石头中的怪物，称为夔、魍魉。水中的怪物，称为龙、罔象。罔象长得像三岁小儿，红眼睛，大耳朵，长胳膊，红手掌。泥土中的怪物，称为贲羊。贲羊长得像羊，却是非雌非雄。"

来人向季桓子复命，季桓子忙去查看贲羊，果然如孔子所言，自此以后，对孔子佩服不已。

——故事源于晋·干宝《搜神记·卷十二·土中贲羊》

175.彭侯

吴主孙权当政时期，传言建安（今福建省建瓯市）某地有人无故消失，经查均与一棵大樟树有关。有人说："樟树确有异常，我曾见樟树流血。"时任建安太守的陆敬叔听闻此事，问当地老者："樟树有多少年岁了？"老者说："听祖辈们说，已有一千多年了。"

陆敬叔听完，心中有了计较。他亲自带着当地乡吏来到樟树下，命乡吏举斧砍伐。乡吏畏惧，说："此树已有千年，怕是已经成神，砍了不祥。"陆敬叔说："此树不是神，是妖物。"说罢，他亲自夺下斧头，砍伐数下，再命众吏砍伐。众吏才伐数斧，就见树干有红色鲜血汩汩而出，随后自流血处中断，樟树轰然倒地。众人大惊，又见树干中跃出一物，人脸，狗身，无尾。

众人战战兢兢，急欲奔逃。只听陆敬叔大喊："快！此妖无神通，并且味道和狗肉一样好吃，我们把它抓了回去煮着吃！"众人这才镇定下来，合力抓到怪物，把它煮了，肉也分给众人吃了，众人都觉得十分美味。自此以后，此处再无异象。

后来，有人问太守："您如何得知樟树不是神是妖？"陆敬叔说："古书《白泽图》有记载：依树成精的怪物叫'彭侯'，它身形像狗，没有尾巴，烹煮后可以食肉。"

——故事源于晋·干宝《搜神记·卷十八·陆敬叔烹怪》

176．能言牛

晋惠帝太安年间，国家动荡，百姓困苦。江夏郡（今湖北省北部和河南省南部一带）功曹张骋到田间视察。张骋骑牛，众吏步行随之。

没走多久，牛就开始喘息。张骋笑说："这头牛伴我很多年了，现在它老了！"众吏正要接话，忽然听见一个沧桑的声音说："如今天下即将大乱，我实在是太疲惫了，你要骑我到哪里去？"张骋与众吏十分震惊，环顾四周，并未见其他人，这才知道这声音是牛发出的。张骋心知不祥，忙对牛说："这就让你回去，不要再开口说人话了。"于是他也不去田间，立刻掉头回家，并嘱咐众吏不得把牛说话的事情外传。

刚到家，又听见牛开口，用沧桑的声音说："今天为何回来这么早呢？"张骋心下十分忧虑，不敢跟任何人说。

安陆县（今湖北省安陆市）有个擅长占卜的先生，通晓灵异怪事。张骋就去向他问询，先生听完，吃了一惊，徐徐说："京房的《易妖》中写道：'如果牛说话，可根据它的言语判断吉凶。'如今牛说天下即将大乱，恐怕国家将有战事，整个江夏郡都要家破人亡。"

张骋郁郁而归，才回到家，又见牛像人一样站立行走，引得众人聚观如堵。

张骗心中不安，派人四处打探消息，想要知道何处有战乱的消息。多方探问，得知张昌正作乱。

张昌原本为蜀地一小吏，李流进攻蜀地，张昌流亡在外。后来，张昌以讨伐李流为名，集结千余百姓，队伍迅速壮大。随后，张昌又改名为李辰，把山都县小官吏丘沈改名为刘尼，假称刘尼是汉朝皇室的后代，尊奉刘尼为天子。他打着兴复汉室的旗号，蛊惑百姓加入叛军，反抗朝廷，并且散布谣言：凤凰现身，天降祥瑞。圣人出世，复兴汉祚。额前绛抹，以彰火德。

张骗得知此事，心知不好，忙上奏朝廷，请求派兵镇压。还没等到朝廷的回复，这年秋，张昌叛军攻入江夏。受谣言蛊惑，不明真相的百姓纷纷抹红额头追随乱军。一时，江夏大乱。

朝廷命张骗兄弟几人担任将军都尉，负责剿灭叛军。无奈叛军声势浩大，张骗的军队敌不过，不多久，就败亡。江夏郡被攻破，百姓死伤过半，而张骗家全族被灭了。

——故事源于晋·干宝《搜神记·卷七·牛能言》

177. 患忧

汉武帝东巡，队伍浩浩荡荡，车马塞途，走到函谷关（位于今河南省灵宝市北）附近，停滞不前。

有人来报，说是前方有一怪物横在道路中间，队伍通行不畅。汉武帝听了感到诧异，叫上博学的东方朔一同去看。只见那怪物身形巨大，有数丈长，长得像牛一样。眼睛明亮，炯炯有神。四肢如柱，插入土中，身体能动，四肢却不移位。百官惊惧，不明所以。

汉武帝看向东方朔，只见东方朔转头对身边人说："拿酒来。"下人匆忙拿酒来，东方朔接过酒就向怪物身上浇洒，怪物身形渐渐消没，一直浇洒数十斛酒，怪物的身形才完全消亡。

汉武帝问东方朔："这怪物是什么？"东方朔回答说："这个怪物名为患忧，是忧虑之气郁结而成。据臣推断，此地必定是秦朝时期的监狱，或者是罪犯流放的地方。秦皇残酷，肆虐无辜百姓，致使他们身虽死而幽怨依然郁集，这才化为患忧。酒能解忧，所以以酒浇洒，此物就可消散了。"

汉武帝叫来当地官员询问，此处果然是秦朝时监狱所在。

——故事源于晋·干宝《搜神记·卷十一·东方朔消患》

178．犬蛊

民间关于蛊的传说很多。人们普遍认为，蛊是一种像鬼的怪物，它的形态妖异且变化多样，种类繁杂，差异悬殊。有的像狗、猪，有的像虫、蛇。只有养蛊的人自己才知道蛊的形象，如果把这些蛊投放到人身上，中蛊的人会死去。

鄱阳郡［相当于今江西省鄱阳湖以东信江、鄱江流域（婺源县除外）及进贤、都昌等县地］的赵寿养了六七条大黄狗，见人就怒目而视，穷追猛咬。因此，当地人很少与他交往。

当时赵寿的友人陈岑前来拜访。陈岑不知道赵寿家中有凶悍黄狗，一到赵家门口，就大叫赵寿的名字，声音刚落，就见几条大黄狗争先恐后蹿出来朝陈岑狂叫。陈岑慌不择路，逃也似的飞奔出去，自此以后再也没有到过赵寿家。

后来有一次，邻居妇人与赵寿妻子同桌吃饭。饭后，妇人吐血数升，几乎死去。在别人的指点下，把桔梗磨成碎屑煮水服下，妇人这才痊愈。

自此以后，当地人都知道，赵寿养的大黄狗其实是犬蛊，纷纷对他退避三舍。

——故事源于晋·干宝《搜神记·卷十二·鄱阳犬蛊》

179．犀犬

晋惠帝元康年间，吴郡（今江苏省、浙江省一带）娄县（今江苏省昆山市）怀瑶居家读书，隐约有狗叫声入耳，一开始并未在意，然而，狗叫声却不绝于耳。怀瑶在房中四处检视，见书桌下有一小孔，大小如蚯蚓穴，狗叫声从穴中传出。怀瑶找来一根细棍，插入穴中刺探深浅，数尺之后，觉察到有异物。怀瑶忙叫来家人，挪桌椅、挖洞穴，果然在穴中挖出两只初生的小狗。小狗比一般的狗体形稍大，一雌一雄，熟睡之时兀自乱叫。家人看小狗乖觉可爱，就拿食物喂养，两只小狗吃完就呼呼大睡，不再乱叫。

左右邻居听闻此事，十分惊奇，争着前来看小狗，对此事啧啧称奇。有年长老者说："这狗名为犀犬，若是养育它，可使家族富贵昌盛。"怀瑶妻说："小狗双眼尚未睁开，不适合转移别处，还是送还此前的洞穴中，我们每天给它喂食就好。"于是，怀瑶又把小狗送还洞中，并用石磨盖好洞口。

第二日，怀瑶妻来喂食，移开石磨，却不见洞口。怀瑶妻忙叫来怀瑶细看，许久，始终不见洞口。多年过去，怀瑶家族并无特殊祸福之事。

地中有犬这样的事情，在晋元帝大兴年间也有传闻。吴郡太守张懋听见房间床下有狗叫声，四处搜寻不到。正疑惑时，忽然见地面裂开，缝隙中有两只初生的小狗。张懋就把它们取出喂养，不过几日狗就死了。张懋随后也被沈充所杀。

——故事源于晋·干宝《搜神记·卷十二·地中犀犬》

180. 傒囊

三国时期，吴国诸葛恪任丹阳（今江苏省南京市）太守。一次，诸葛恪出外打猎，走到两山之间，忽然看见一个小孩儿，赤身露体，伸出右手，想要拉人。诸葛恪左右侍从十分震惊，四下环顾，并未见有小儿父母。部下以为小儿来历不明，身世有异，劝诸葛恪速速离开。诸葛恪并不理会，脸色如常，上前拉小儿离开。不一会儿，小儿就死了，随后化作轻烟缕缕，倏忽不见。

见部下诧异，诸葛恪缓缓说："这没什么奇怪，《白泽图》中有记载，两山之间的精怪为傒囊，小儿模样，喜欢伸手拉人，不会害人。拉他离开所在之地，就会死去，化作轻烟消散了。"

——故事源于晋·干宝《搜神记·卷十二·山精傒囊》

181. 槎妖

衡阳某地有葛祚碑，碑身刻有八大字："正德祈禳，神木为移。"意为：葛太守德行正直，为民祈福消灾，终使木筏显灵，自动移走。

三国时期，衡阳境内一处水域有大木筏作妖，有时沉下，有时浮起，飘忽不定。乘船的人稍有不慎，被木筏绊住，就会樯倾楫摧。因此人们不敢在此处行船，百姓苦不堪言。后来百姓为它建造庙宇，供奉香火。每逢乘船就去祭祀祈祷，木筏就会沉下，船行无阻。若有人出行前没有供奉，木筏就会漂浮水面，船毁人亡。

当时葛祚任衡阳太守，得知此事，就要为民除害，却没有良策。葛祚离任前，心一横，誓为衡阳百姓除去祸害。这天，葛祚准备好几把大斧头，又召来好几个壮士，向上天祈祷，说："明日我要为百姓伐去妖筏！"百姓群情激奋，相约第二天前去相助。

次日，葛祚与众人奔赴江畔，却见江水浩荡，不见木筏踪影，有人寻访数里，才在一江湾处见木筏。江湾宽阔，船行无阻，木筏无法作妖，众人闻讯欣喜欲狂。又有人说，听闻昨夜江水大浪滔天，一定是木筏知道将遭砍伐，不待众人动手就自己顺流漂浮数里到了河湾。

自此，衡阳再无木筏作妖，行人也不再担心船沉没。当地人为了纪念葛祚，就为他立碑，这就是"葛祚碑"。

——故事源于晋·干宝《搜神记·卷十一·葛祚碑》

182. 危狐

谯（今安徽省亳州市）人夏侯藻母亲病了好久，且越来越重。夏侯藻日夜忧思，不知吉凶。听闻沿街有一个人名为淳于智，擅长占卜，灵验无比。于是他就想请淳于智为母亲占卜。夏侯藻正要出门，忽然见一只狐狸站在门口对着大门悲嚎。他又惊又怕，忙不迭跑去找淳于智。淳于智听完夏侯藻所说，忙说："灾祸即将发生。你快快回家，站在狐狸悲嚎的地方，捶胸恸哭，把家里人都引出来。一定要家中老小都出来，一个都不能少。

一个不出来，哭不能停。这样可保你今日免遭祸殃。你母亲的病，日后再说。快回去！快回去！"

夏侯藻听罢，飞奔到家，站在门口，按照淳于智所说，捶胸恸哭。家人听到大惊，一个个走出门来看，到最后连病重的老母也出来了。老母才到大门口，就听见身后房屋轰然倒塌。一时间，尘土飞扬，五间堂屋顷刻化作瓦砾场。

——故事源于晋·干宝《搜神记·卷三·淳于智卜祸》

183.嘘猿

赵固有一匹良马，通体雪白，矫健异常，赵固爱之如命。忽然有一天，马倒地而死。赵固抚尸痛哭，恰巧郭璞前来拜访赵固，听闻此事，就对赵固说："你派十几个人拿竹竿，到东面三十里外的山林中，敲打陵园的树，直到有异物出现，命人把异物抓捕回来，马也许能获救。"赵固听完，止住悲伤之情，急命人按郭璞所言行事。果然，捕到一个模样似猿的怪物。

不到半日，下人带着异物回来。异物刚进家门，见到死马在此，就跳到死马身旁，对着马的鼻子不停地吹气、吸气。不一会儿，马就能起身。动作敏捷，嘶鸣洪亮，饮食如常。赵固欢喜非常，正要朝异物拜谢，却四处找不见异物踪影，只好作罢。随后，赵固准备厚礼拜谢郭璞。自此后，赵固与郭璞十分亲厚。

——故事源于晋·干宝《搜神记·卷三·郭璞救死马》

184. 霹雳

　　晋朝时，扶风郡（今陕西省泾阳县）有一个农人名叫杨道和。当时正值夏天，杨道和在田间锄草，暴雨骤然而至，杨道和扛起锄头慌忙跑到桑树下躲雨。忽然电闪雷鸣，天上一个霹雳下来，朝着杨道和猛然击来，杨道和立马举起锄头抵挡。电光石火之间，见一只怪物，双眼清亮，炯炯有神，唇色朱红。头上俩角长三寸多，角上有毛。看着像家畜，头又像猕猴。它的大腿断折，正倒身在地，不停呻吟。

　　杨道和十分惊异，呆立原地。又见怪物怒说："我是霹雳神，劈你不成却被震断了大腿，使我不能回归天庭。可恼！可恼！"杨道和听罢，退后数步，见霹雳神果然不能起身追击，就飞也似的跑了。

　　——故事源于晋·干宝《搜神记·卷十二·霹雳落地》

185. 陷湖

　　邛都（今四川省西昌市）县城郊有一个心地善良的老太太，家徒四壁，一人独居。老太太每日饮食简陋，勉强饱腹而已。有一天，老太太吃饭时，忽然见一条头上长角的小蛇出现在床边，老太太心慈，就分给它一些饭食，小蛇吃完就离开了。

　　此后，每当老太太吃饭，小蛇都会出来，老太太也每次都分它一些饭食，小蛇逐渐长成了一丈多长的大蛇。

一天，老太太正在家中纺线，邛都县令带人威风赫赫前来。只见县令怒目而视，问："你家中大蛇喝了我骏马的血，吃了我骏马的肉！它如今在哪里？"老太太心中忐忑，小心翼翼回说："在床下。"县令命人去寻，并没有见到大蛇。县令又命人掘地三尺，还是没见到大蛇。县令无计可施，迁怒于老太太，命人杀了她。

当夜，只听雷声隆隆、风声呼呼，一条大蛇给百姓托梦，说："县令不讲道义，我要为母报仇，你们是无辜之人，我不愿伤害你们，快快离去吧！"

随后，大蛇又给县令托梦。它吐着鲜红的蛇芯子恶狠狠地责问县令："你为何迁怒我母亲！我要为母报仇！"县令惊醒，只见方圆几十里的土地都已陷落成湖，县令溺水而死。百姓劫后余生才发现大地陷落，只有老太太的房屋依然矗立，毫无损伤。

后来，当地百姓依湖打鱼为生。每遇风浪，船行到老太太故居就可风平浪静。当地人就把这湖称作"陷湖"。

——故事源于晋·干宝《搜神记·卷二十·邛都老姥》

186. 无支祁

唐贞元年间，陇西（今甘肃省境内）人李公佐出外游历。丁丑这年，到湖南一带，游潇湘妙水、览苍梧胜景，山光水色，李公佐好不畅快！

一日，李公佐泛舟水面，见岸上有佛寺，就想到寺中随喜一番，随即命船工泊舟。李公佐才下船，就见一个人从另一船下来，李公佐一见大喜过望，原来是征南从事中郎弘农人杨衡。二人原是旧相识，就结伴到佛寺游览。晚上，二人回李公佐船上饮酒谈笑，说些奇闻异事。

杨衡跟李公佐说了一个他听到的故事：永泰年间，楚州有一渔人趁月色在龟山下钓鱼，鱼钩入水，半晌不动。渔人使劲拉钩，还是不动。渔人水性极好，就沿钓绳潜入水下五十丈，在水中见到一条粗大锁链盘绕在山底。渔人在水中绕山一周，也未见锁链的开口处，十分惊奇。第二天，就把此事告诉了楚州刺史李汤。

　　李汤派渔人及几十个水性好的人到水下打捞锁链，几十人下水，一起拉锁链，那锁链却岿然不动。李汤又命人牵来五十头牛，尽力拉扯，那锁链才缓缓挪动，待得锁链出水之时，原本平静的水面竟惊涛滚滚，岸上围观的百姓大惊失色。锁链出水，人们才看清，原来锁链末端拴着一只猿猴模样的怪物，头发雪白，体毛老长，雪牙金爪，身长五丈。怪物一跃，跟猴子一样蹲踞岸边，双目紧闭，眼耳口鼻水流如注，气味腥臭无比，众人纷纷掩鼻退后。不一会儿，只见怪物懒腰一伸，哈欠一打，双眼忽然睁开，光彩如同闪电。怪物四顾众人，龇牙咧嘴似是发怒，见众人四散逃窜，就慢慢拖着锁链又入水中，再也不出来了。

　　当时楚地博学名士辈出，却无人知道怪物来历。

　　李公佐听完杨衡所说，大为惊奇，翻遍古籍，不见有这类怪物的记载，心中虽有疑惑也只能搁置。

　　到了元和九年春，李公佐到古东吴一带游览。洞庭之景胜，浩浩汤汤，横无际涯。包山景色奇绝，山中有洞穴，如神仙府地一般。一夜，李公佐住在道人周焦君修炼的山洞，一洞之内，别有天地。又往深处，见石壁内有小洞，李公佐深入洞内，找到一古书残卷，名为《岳渎经》第八卷。书中文字古老，书还被虫蛀了，文辞艰涩难懂。公佐与焦君辨识许久，才大致读通书中意思。原来书中记载的正是大禹治水时，降伏怪兽无支祁的故事。

　　话说当年大禹治水，三次到达桐柏山勘探地形，都遇大风呼啸，惊雷阵阵。后来，大禹得知是鸿章氏、章商氏、兜卢氏和犁娄氏等怪在兴风作浪。大禹大怒，于是召集百灵、夔、龙及桐柏山神千君长出来作战，降伏诸怪。又活捉幕后指使淮涡水神无支祁。

无支祁身形跟猿猴相像，头发雪白，鼻短额高，雪牙金爪，双目灿灿若电。它气力超群，身体轻盈，奔跑迅捷。只是耳朵和眼睛都不太好，不能长久听声音，也不可长久看东西。大禹为了降伏它，先后派童律、乌木由出战，都打不败无支祁。最后，派出庚辰，才擒获了无支祁。

为了避免无支祁再为祸人间，大禹在无支祁的脖子上锁上铁链，鼻子里穿上金铃铛，沉入水底。为防止无支祁脱身，大禹还把锁链一头缠到山底。自此以后，淮水再无风波。

李公佐拿古书记载参照杨衡所说，两相符合，自此解惑。

——故事源于唐·李公佐《古岳渎经》

187．土蝼

昆仑山，是天帝在人间的都城所在，归天神陆吾管辖。天神陆吾身形、手掌皆像老虎，面孔则像人脸，有九条尾巴。它同时还主管着广袤的天界九部以及天帝的苑圃。山中有一种野兽，身形像羊，名字叫土蝼。土蝼有四只角，锐利无比，喜欢攻击人和动物。人和动物碰到它的角，就会立即死去，随后被土蝼吃掉。

——故事源于先秦·佚名《山海经·卷二·西山经》

188. 巴蛇

上古时期，我国西南部有个小国，名为巴。巴国有一种巨蛇，蛇身夹杂着青、黄、赤、黑好几种颜色，生性凶狠，能吞下大象。巴地曾有人见巨蛇吞食一头大象，过了三年才吐出大象骨头。也有人说，巴蛇长有黑色的身子和青色脑袋，经常在犀牛的西面活动。传说，巴蛇之肉可以医治心腹中的疾病。

黄帝时期，巴蛇伤人，黄帝派羿斩蛇。羿拉弓放箭，正中巴蛇七寸，巴蛇身死。随后，羿又拿剑把巴蛇斩为两段。巴蛇的尸体后来变成了山丘，就是如今的巴陵。

——故事源于先秦·佚名《山海经·卷十·海内南经》

189. 腾蛇

柴桑山上盛产白银，山下盛产碧玉，山中冷石、赭石到处都是。山中树木多是柳树、枸杞树、楮树，山中兽类多是麋和鹿，还有很多白蛇和飞蛇。

飞蛇又称腾蛇，能兴云驾雾，御风飞行，也能覆地。传说黄帝出行被河流所阻挡，腾蛇就匍匐河上，化作桥，连接两岸，使黄帝得以通过。

腾蛇凶狠好斗，喜欢吃同类脑髓。有神力，身子断成好几截，还能自行续接，复活如初。

——故事源于先秦·佚名《山海经·卷五·中山经》

190. 鸣蛇

　　西南部的鲜山，出产金属矿物和玉石，不生草木。鲜水从这里发源，向北流入伊水。此地有鸣蛇，长得像蛇却有四只翅膀，能发出巨大的叫声，叫声像是敲磬。鸣蛇，吸收天地山水灵气，灵智已开，但凡现身某地，当地就会出现严重旱情。

——故事源于先秦·佚名《山海经·卷五·中山经》

191. 化蛇

　　阳山中有很多石头，没有花草树木。发源于阳山的水流为阳水，水中有化蛇。化蛇有人的面孔，豺的身体，鸟的翅膀，像蛇一样爬行，能发出人的呵斥声。但凡化蛇现身某地，当地就会发大水。

——故事源于先秦·佚名《山海经·卷五·中山经》

192. 肥遗

　　太华山，山势陡峭像是用刀削过，四方形，高五千仞，有方圆十里广。山中没有别的鸟兽，只有一种蛇，六只脚，四个翅膀。凡一出现，天下大旱，人们称其为肥遗。

——故事源于先秦·佚名《山海经·卷二·西山经》

193.蝮虫

蝮虫，也称蝮蛇，大的有百余斤，身上有绶纹，鼻上有像针形状的东西，十分可怕。多见于猿翼山、羽山、非山。

——故事源于先秦·佚名《山海经·卷一·南山经》

194.九尾狐

青丘这个地方，树木葱茏，花草繁多。百姓安乐，吃五谷杂粮，穿丝绸衣服。此地有九尾狐，它常发出婴儿般的叫声，引人走近后，把人吃了。传说吃了九尾狐的肉就可不被邪祟迷惑。

——故事源于先秦·佚名《山海经·卷一·南山经》

195.野狗

清顺治年间，山东于七发动叛乱，所到之处，死人无数。乡民李化龙为避于七之乱，从山中逃出。当时天已漆黑，正值一队官兵路过，李化龙担心被误认为乱军，遭杀身之祸，赶忙躲避。环顾四周无山石丛林可藏身，见身旁尸横遍野，就佯装死人，隐于尸体丛中。直到听得官兵脚步声远去，李化龙才欲起身。

然而李化龙身体尚未动弹，忽然看见身旁尸体，缺头的、断臂的，竟都齐刷刷站立起来。其中一个尸体的头还连在肩上，嘴里说："野狗来了，怎么办？"众尸体零零散散地应答："能怎么办！"不一会儿，众尸体又齐齐倒下，四周寂然无声。

李化龙见状，不明所以，不敢起身。顷刻间，果见一怪物奔来，兽首人身，低头依次吸食尸体脑髓。李化龙大惧，忙把自己的头藏在一尸身下，那怪物果然来拨弄李化龙的肩膀，想把他的头拉出来，李化龙大气都不敢出，只用力把头埋入尸身下。怪物见拉不动他，就挪动尸体，李化龙的头随即就露了出来。正在这千钧一发之际，李化龙手往身旁一摸，摸到一块碗大的石头，那怪物低头正欲吸食李化龙脑髓，李化龙忽然起身，大叫一声，拿石头朝着怪物的头用力砸去，正中怪物嘴巴。怪物吃痛，吐血数升，发出猫头鹰般的怪叫，匆忙逃跑。

李化龙于怪物吐血处，拾得两颗牙齿。长约四寸，中间弯曲，一头锋利。后来，李化龙拿此牙齿给很多人辨认，竟无一人识得。

——故事源于清·蒲松龄《聊斋志异·卷十五·野狗》

196. 猪 婆 龙

猪婆龙产于江西，身形似龙，但比龙短，能横飞，水陆两栖，常到江边捕食鹅和鸭。陈氏和柯氏是大族，世代喜欢吃猪婆龙肉，于是当地有人捕到后，就把它卖给这两家，其他的人家都不敢吃。

江右一客商乘船到江西，途中捕得一头猪婆龙。听闻陈、柯二姓喜食猪婆龙肉，就想卖给陈、柯二家。于是，他命人用绳索绑了猪婆龙，用船载着走水路。到钱塘，暂泊码头，客商稍一松绳索，猪婆龙迅即一跃入江，踪迹全无。随后，风浪大作，波涛汹涌，阖船倾覆。

——故事源于清·蒲松龄《聊斋志异·补遗·猪婆龙》

197. 夜明

有一商人到福建贩货，船行南海。一夜，舟中无事，商人早睡。三更时分，忽觉舱中渐亮，仿若破晓。不一时，舟中大亮如白昼。商人起身，隔窗而望，见海面浮一个巨物，半身出水，高大挺拔若山岳，双目如朝阳初升，光芒四射，照得海面亮如白昼。

商人见状大惊，忙问船夫："海面是什么？"船夫摇头不知，问船上众人，无一知晓。一众人等只呆望窗外巨物。过了一会儿，巨物缓缓缩入水中，天色渐暗。等到那物全没入水中，夜色再次降临，四处晦暗。

后来到了福建，商人偶然听到当地人传言：不久前，有一夜三更时分，天色明如白昼，后复转暗，十分怪异。商人算算时日，恰好是在船上见到怪物的那晚。

——故事源于清·蒲松龄《聊斋志异·卷十·夜明》

198. 画马

　　山东临清有一姓崔的书生，家中一贫如洗，房内徒有四壁，甚至院墙坍塌了也无钱修补。一日清晨，崔生早起念书，见一匹马卧在院墙东边的草丛中。马毛呈黑色，间杂有白色花纹，此马身姿矫健雄壮，一看就是一匹骏马。不过，马尾处的毛略微有些杂乱，似乎是被火燎过。崔生惊异，赶马离开，不料到了第二日清晨，马又回卧草丛，一连几日都是如此。崔生问左右乡邻，都说不认识这马。

　　崔生有个好朋友，在山西做官，他想要赴山西，但自己盘缠无多，且脚力弱，恐不能远行。正忧愁间，忽然想起草丛中的骏马，于是就决定骑这匹骏马前去。临走时又叮嘱家人："如果有人来寻马，一定到山西去告知我，我好归还。"说罢，骑马而去。

　　一路上，骏马奔驰，瞬息百里，崔生好不畅快！夜间在一处馆驿留宿，崔生心中感激骏马神勇，准备了上好的草料喂马，但马似乎并无食欲。崔生以为骏马日行百里，许是疲累致病，于是第二日就勒紧马缰绳，不让马快跑。谁知马不住地嘶鸣乱踢，嘴里冒着白沫子，崔生略一松缰绳，骏马就飞驰如昨，才刚午时就已到达山西。

　　此后，崔生在山西暂驻，闲暇时，常骑马在市集闲逛，惹一众人围观赞赏。晋王爱马，听闻崔生有骏马，就想出重金向崔生买马。崔生担心马主人来寻，未答应卖马。过了半年，一直没有人来寻马，于是崔生就以八百两银子的价钱卖给了晋王府。而崔生自己拿钱买了一匹健硕的骡子，骑骡子回家。

一年后，晋王有紧急事务，派校尉骑骏马到临清办理。不料，刚一到临清，骏马就跑了，校尉急追，见骏马进入崔生东邻曾家就不见了。校尉进去找，却不见马踪迹。曾家主人诚恳地说："确实没见到骏马呀！"校尉不依，一时吵嚷起来，崔生忙去探问，曾家主人邀崔生及校尉入房中稍坐，命家人奉茶。崔生环顾四周，见墙上挂着一幅赵子昂的画，画上骏马数匹，其中一匹正与丢失的骏马一模一样。因画幅下设有香案，画上有一处被香烛烧黑，恰是骏马尾巴处。此时，崔生才明白骏马来历。心知有异，却也不敢多言。

然而，校尉因难以向晋王复命，打算状告曾家主人。当时崔生用卖马所得银两购置产业，家中盈余颇丰。于是就自愿替曾家主人出钱，交付校尉复命。曾家主人感念崔生的恩德，却不知崔生卖马的事情。

——故事源于清·蒲松龄《聊斋志异·卷十五·画马》

199. 钩蛇

先提山有一种蛇，身长七八丈，蛇尾有分叉，且有弯钩。这种蛇常常隐藏在山涧水中，用蛇尾钩岸上的人和牛。凡是被钩的人或牛，无一生还，都被钩蛇吞食了。

——故事源于宋·李石《续博物志·卷二》

200. 九婴

九婴是水火怪，生在北狄凶水中。它能喷水吐火，长了九颗头，有牛的身体龙的尾巴。它的叫声跟婴儿的声音很像。

尧帝时期，天上一起出现十个太阳，庄稼草木都被晒得枯焦。九婴趁机上岸吃人，为祸人间。后来，九婴被羿诛杀，死在凶水之上。

——故事源于西汉·刘安《淮南子·卷八·本经训》

201. 魑魅魍魉

夏朝鼎盛时期，人们把九州的山川、湖泽、奇禽、异兽等画成图形，随后把图形铸在鼎上，使百姓知晓天下众神鬼的模样。当时，山林湖泽之中常有异气幻化的东西，在无形之中魅人杀人，百姓苦不堪言。这类异气幻化的东西，被人们称为魑魅魍魉。

百姓见过鼎上所绘图形后，再进入山林湖泽之中时，就不会受到魑魅魍魉的惊吓或杀害。因此百姓能够安乐，得到上天的福佑。

——故事源于春秋·左丘明《左传·宣公三年》

202. 担生

唐开元初年，有一年轻书生趁夜回乡，路上遇到一条小蛇。当时细雨霏霏，天气转寒，书生见小蛇可怜，把它放入背后书篓带回家。此后，书生无论读书或是外出，小蛇都依偎身旁。数年后，小蛇渐渐长成大蛇，书生背不动了，就改用扁担担它。因此，书生把这蛇叫作担生。担生越长越大，书生恐担生吓到邻里，就把担生送到范县东面的大江中。

一晃过了四十年，当年的青壮书生已垂垂老矣。一日，老书生在集市听到一则传言：范县东面大江中有神蟒，身形像船一样巨大，凡是过江之人都被吞食。老书生听完，心中不安，决定亲自去大江边一探究竟。

老书生刚到江畔，就见江水汹涌，乌云密布，顷刻间看见一条巨蟒前来。书生见到巨蟒身体颜色，心下更加确定，就对它说：“你是我的担生吧？”巨蟒一听，低头良久，一时乌云散、江水宁，老书生对着巨蟒遥遥作揖，蹒跚而去。

老书生安然无恙回到范县，邻人大惊，争相传布。县令听闻此事，觉得老书生必定有异，于是把老书生下狱以待审问。老书生在狱中捶胸顿足叹道：“担生啊！我养你一场，反而因你落得如此下场，悲哉！”

当夜，狂风怒吼，暴雨忽至，百姓大惊失色，只见风雨直往县衙而去。一时县衙所在之地塌陷为湖泊，县令及家眷、衙役都命丧水中，唯有老书生所在的监狱完好无损。此桩奇事无人能解。不过，自此以后，范县东面的大江中风平浪静，再无巨蟒出现。

——故事源于唐·戴孚《广异记·担生》

203. 委蛇

　　春秋时期，齐国国君齐桓公外出打猎，到一处沼泽，忽然见到一个紫衣朱冠的鬼。齐桓公很惊异，当时恰好管仲在身旁，他就拉着管仲的手问："仲父可有看到一个穿紫衣戴朱冠的鬼？"管仲莫名其妙，据实说："臣没有看见。"

　　齐桓公心下不安，回宫以后，就此病倒，一连几天卧床不朝。

　　齐国有个读书人皇子告敖，他听说之后，入宫觐见齐桓公。皇子告敖对齐桓公说："鬼并不能伤害您，您如今这病完全是自己伤害自己啊！"齐桓公不解，皇子告敖又说："人体气血郁结会导致魂魄脱离躯体，而人也会神思不安，或善怒，或善忘，或凝集于心，最终致病。"齐桓公眉头微皱问："那这世上到底有没有鬼呢？"皇子告敖说："有。室内有鬼，名字叫作履；灶房有鬼，名字叫作髻；院内厕中，有雷霆；东北方墙角，有阿鲑蠪；西北方墙角，有泆阳；水中有鬼，名字叫作罔象；丘陵有鬼，名字叫作峷；山上有鬼，名字叫作夔；荒野的鬼，名字叫作彷徨；沼泽的鬼，名字叫作委蛇。"齐桓公又问："那么，委蛇长什么模样呢？"皇子告敖说："委蛇，像车毂一般大小，像车辕一般长短，身穿紫衣，头戴朱冠。它一听雷车之声，就抱头而立。见到委蛇的人，可成为霸主。"

　　齐桓公拍掌大笑说："寡人见到的就是委蛇！"顷刻，齐桓公病就痊愈了。

　　　　　　　　——故事源于战国·庄周《庄子·外篇·达生》

204．马绊蛇

汉州（今四川省广汉市）古城有一处深潭，潭中有一种怪物，头如猫、鼠，头顶有斑点，体形巨大如龙。怪物身体湿滑，腥臭无比。怪物经过之时，轰隆如雷，房屋狼藉，河川都污秽不堪，空中也弥漫阵阵恶臭，当地人称它为"马绊蛇"。

马绊蛇常为祸乡里，食人无数，百姓深受其苦。于是，乡里招募勇士前去讨伐。勇士全身涂药，使马绊蛇不能下口。随后，潜入潭底，果然见马绊蛇在潭底栖息。马绊蛇见到勇士，慌忙起身追赶，勇士把它引出深潭，在水边沙滩处和它激战。最终，马绊蛇体力困乏，渐渐落入下风。乡里人见状，大声叫喊为勇士助威，终于马绊蛇被击毙。

——故事源于五代·孙光宪《北梦琐言·逸文卷第四·伐蛟》

205．猪豚蛇

南宋时期，建康（今江苏省南京市）城外一众士兵正在操练。忽然有一条蛇从竹丛中蹿出，蛇身长三尺，蛇头大小如杵，有四条腿，通体有毛，能发出猪的叫声。士兵见蛇奔突而来，似乎想要吃人，都惊慌失措，不知该如何。眼见蛇越来越近，有迅捷士兵忙顺手拿过马槽，把蛇罩住。

在蛇刚出来时，就有士兵飞奔去禀报长官成俊。成俊来了之后，掀开马槽一看，连忙闭眼念咒。不一时，蛇蜷缩一团，一动不动，随后化作一摊血水。

士兵长舒了一口气，成俊说："这是猪豚蛇，喜欢攻击人，只要被它咬到，必死无疑。"

——故事源于南宋·洪迈《夷坚支志·戊卷三·猪豚蛇》

206. 唤人蛇

广西近郊趾山中有一种唤人蛇，蛇身长短不一，有的数丈，有的长达数仞。唤人蛇常常藏身草莽之中，喜欢唤路过行人的名字。

唤人蛇每次遇到行人，就大喊："何处来？哪里去？"只说这六字，且字正腔圆，吐字清晰，是中原一带的口音。如果有人不明状况，随口应答，即便是应答的人远在数十里外，唤人蛇也必掀风摧树，开门而入，吞食应答之人。因为它凶猛恐怖，竟没有人能除掉它。

——故事源于清·俞樾《茶香室丛钞·卷二三》

207. 稍割牛

越巂国有一种稍割牛，牛的身体呈黑色，牛角纤细，能有四尺多长。稍割牛的肉需十天割一次，否则就身体困乏，很快死去。

——故事源于北宋·欧阳修、宋祁等《新唐书·西域传上·天竺国》

208. 燃犀

西晋时期，温峤在朝中颇有名望。朝廷有意留他辅政，温峤认为，朝中已有王导辅政，就推辞返回江州（今江西省九江市）。路过牛渚矶（今安徽省马鞍山市西南翠螺山麓的采石矶）时，已是红日西坠，温峤见水面浩荡，波涛奔涌，不禁心生浩然之气。忽听部下禀报："此处水中有怪物，不能久留。"温峤心下疑惑，就命人点燃犀牛角照亮水面，细看水下情形。不一会儿，只见水中各类怪物争先恐后聚集过来遮掩住火光。它们奇形怪状，颜色各异，其中还有穿红衣乘马车的。温峤虽然惊奇，但想到这些怪物并不曾伤害百姓，就并未派人诛灭。

当时，天色已暗，温峤一行人在矶旁休息。三更时分，温峤睡意蒙眬间见一个人前来，身穿红衣，怒说："我们与你阴阳有别，各自相安便好，你为什么点火照耀我们？"温峤惊醒，见四周空空，并未有红衣人，知是梦，也不以为意。

几日后，温峤因牙疾复发，在医者的建议下，拔掉病牙。刚开始的几日，只是疼痛。后来有一日，忽然中风瘫痪，只好卧床。又过了不到十日，温峤就去世了，享年四十二。

——故事源于唐·房玄龄等《晋书·温峤传》

鬼部

1. 疫鬼

从前，颛顼氏有三个儿子，死后都成了疫鬼。长子化作散播疟疾的疟鬼，住在长江中；次子化为魍魉鬼，住在若水中；幼子化作小鬼，居住在人的宫室中，专门惊吓小孩。疫鬼为祸人间，帝王很是忧心。当时正值正月春初，万物生长，最容易染上疫病。于是，帝王就在正月里命令方相氏举行肆傩仪式来驱除疫鬼。

——故事源于晋·干宝《搜神记·卷十六·三疫鬼》

2. 祟鬼

信都（今河北省冀县）县令家中很不太平，先是夫人头疼，后女儿又腹痛，又有仆妇心口疼，且夜间不断梦魇，惊恐交加，病情加剧。家中女眷接连受惊生病，使县令焦头烂额，不知缘由，求医问药也不见好。

世传管辂是个神人，每次说的都能说中，出神入化。有人对县令说，府内女眷恐怕是被邪祟缠身，可请管辂卜筮，或许可以搞清楚真相。县令听罢，立即着人请来管辂占卜。管辂用蓍草占卜结束，悠悠说："贵府北堂西头地下埋有两个男子。两个男子的尸身都被墙壁压着，头在墙内，身在墙外。一男子手持长矛，专刺人头，所以有女眷头疼欲裂。一男子手持弓箭，专刺人胸、腹，所以有的女眷胸、腹、心口疼痛，无法饮食。这二人尸身未得到妥善安置，这才化作祟鬼。白日游荡，深夜出来，使家中女眷惊恐，不得安宁。只须挖掘墓穴重新安置就行。"

县令听罢，连忙命人到管辂所说的地方挖掘，挖地八尺，果然见到两副棺材。打开棺材一看，果然就像管辂所说。县令命人把二人的骸骨迁往城外二十里好生安葬。自此以后，家中女眷疾病痊愈，不再受惊。

——故事源于晋·干宝《搜神记·卷三·管辂筮信都令家》

3．方相鬼

东晋时期，鄢陵人庾亮，在镇守荆州（今湖南省、湖北省全境）时遇到一件怪事。

一日，庾亮如厕时，忽然在厕中见到一个怪物从土中缓缓钻出。怪物双目通红，身体散发出耀眼的亮光。等到身体全部出来，怪物伸出手臂挥舞拳头朝庾亮打去。只听咚的一声，庾亮挨了一拳。随后，怪物又重新缩回地下。

第二日，庾亮就卧病在床。缠绵病榻一个多月，恰逢术士戴洋前来拜访，见庾亮病重，沉吟再三对庾亮说："先前，苏峻作乱，你在白石祠祈福，许诺若心愿得偿，就用牛酬谢神灵。但是，您一直未去还愿。因此，触怒神灵，受到惩罚，现在无法可施了。"庾亮听完，暗自悔恨，却也无济于事，最终在一年后去世。

——故事源于晋·干宝《搜神记·卷九·庾亮受罚》

4．刀劳鬼

临川郡（今江西省抚州市）有怪物，常在山间出没。异物出没时常伴有狂风骤雨，且发出山呼海啸般的声音。异物有雌有雄，喜欢射人。凡被异物射中的人，他的身体部位必定肿大，如果不及时施救，一定会死。若被雄性怪物射中，不出半日就会发作。若被雌性怪物射中，往往要经过一天一夜才会发作。民间把这种异物称作"刀劳鬼"。

——故事源于晋·干宝《搜神记·卷十二·临川刀劳鬼》

5．大鬼

夏侯弘曾说自己见过鬼，且与鬼相谈甚欢。当时的人认为他痴傻，也不以为意。

一日，夏侯弘遇见镇西将军谢尚，又开始喋喋不休地说自己与鬼的故事。此时，谢尚正为自己的爱马死去而伤心不已，心中烦忧，不耐烦听夏侯弘絮叨，就随口说："你若能让我这匹良驹死而复生，我就信你。"夏侯弘听罢愣了片刻就起身告辞。

许久后，夏侯弘回到谢将军府中，禀报谢尚说："我已得知将军良驹的消息，原来是庙内神灵喜欢您的骏马，这才暂借一用，马上就归还您。您再等片刻，骏马可死而复生。"谢尚半信半疑，随后夏侯弘到死马跟前，不一时，只见一匹骏马自门外飞奔而来，它的身形与死马并无二致。再看这骏马奔到死马跟前，倒地没了踪影。随即，地上的死马微动，不消片刻就起身，行动如常。谢尚大喜，自此以后相信夏侯弘可与鬼互通。

几日后，谢尚找到夏侯弘，犹豫再三，终于开口说："我年已四旬，未有子嗣，可否请您向鬼探问其中缘由？"夏侯弘自是满口应承，让谢尚回去等候消息。

可是，一连过了好几日，夏侯弘都没有消息传来。谢尚不由得心急，又去找夏侯弘。夏侯弘说："最近见的都是些小鬼，它们肯定不知其中缘由，您且再等等。"谢尚只得悻悻而返。

又过了几日，夏侯弘出门遇见一个鬼，穿着青丝布袍，乘华丽的牛车，有数十个随从，迤逦而行。夏侯弘上前拉住牛缰绳，牛止步，车暂停。车中鬼问夏侯弘："你为什么拦我的车驾？"夏侯弘说："有问题请教你，这才阻拦，还望见谅！"鬼说："你且说来。"夏侯弘施礼："镇西将军谢尚，人品端方，举止风流，为什么年过四旬还无子嗣？"鬼听罢冷笑着说："谢将军的确是风流人物，不过因他年少时与家中婢女私通，山盟海誓不相负，谁知不出几年就另娶他人。婢女郁郁而终，死后把他告上天庭，因此上天责罚他，让他没有后嗣。"说罢催牛快行。夏侯弘拜别鬼去见谢尚，把鬼所说的告诉他。谢尚听完，半晌不言语，沉思许久，徐徐说："的确有这事，如今后悔也晚了啊！"

几年后，夏侯弘在江陵一带游览，遇到一个大鬼，手提矛戟，面色狰狞，身后跟着几个小鬼。夏侯弘见状很是害怕，忙闪避路旁，等大鬼过去，忙拉住最末的小鬼问："这是谁？"小鬼说："这是大鬼，它有锋利的矛戟，只要被它的矛戟刺中心腹，立时毙命。"夏侯弘心惊，又问："可有什么方法化解？"小鬼左右看了看，见近旁无人，悄声说："用乌骨鸡热敷心腹处，就能使人痊愈。"说罢匆匆前行，夏侯弘跟上前又问："你们如今去往哪里？"小鬼边快走边答："去往荆、扬二州。"夏侯弘还想再问，小鬼已离去数丈远，追不上了。

当时，江陵（今湖北荆州）一带正流行心腹病，患者痛苦不堪，医者束手无策。夏侯弘命人用乌骨鸡热敷在病人患处，病情立马好转。

——故事源于晋·干宝《搜神记·卷二·夏侯弘见鬼》

6．四鬼

叶老脱，不知来自何处。头不戴冠，脚不穿鞋，身穿布袍，手拿竹席。四海云游，萍踪浪迹。一日，叶老脱在维扬（今江苏省扬州市）旅店投宿，店家见他贫寒，选了一处劣等房舍让他居住，房舍处在楼梯边上，往来人声不绝。叶老脱嫌此处太过嘈杂，就请店家为他另换一间清静的房间。店家面露难色，说："此时各房间都已客满，并无空房，不如您暂且将就一晚？"叶老脱冷哼一声说："此处嘈杂，叶老脱如何将就？"店家忙说："确实没有空房了。"说着忽然又拍脑袋说，"倒有一空房，不过……"叶老脱忙问："如何？"店家说："那房间闹鬼，只怕住不得。"叶老脱一听，哑然失笑说："怪力乱神如何可信！无妨，你只管带我过去。"店家无法，只得带叶老脱过去。

房屋在最里间，幽冷僻静。一进房间，叶老脱就把竹席摊到地上，径直睡去。直到三更时分，忽听门"吱呀"一声，似有人进来。叶老脱惊觉，不动声色地看来人，只见一个妇人，颈中系着一条白帛，双眼珠凸出在眼眶外，舌长好几尺，挂在身前。妇人缓缓进房，身后另有一个无头鬼，手提两颗头，鲜血淋漓。无头鬼身后另有两个鬼，其中一个遍体都是黑的，看不清耳目口鼻；其中一个四肢浮肿，大腹便便。四鬼到了房中，面面相觑，惊诧道："此间如何有人的气息？"说着，四鬼四处搜寻，始终近不了叶老脱身旁。一个鬼说："奇怪！明明就在房间，为何搜寻不到？"大腹鬼说:"我们摄人魂魄,主要是因为常人心生怖而魂先出。这人心中没有怖,魂不离身,我们能拿他怎么办呢?"正说着,忽听一声断喝:"我在此!你们快快离去!"四鬼彷徨四顾,见叶老脱端坐席上,面容整肃。四鬼心惊,忙跪地求饶。叶老脱说:"你们是什么人?"那妇人指着其他三鬼一一说:"无头鬼生前因杀人被斩;遍体黑焦的鬼是被火烧死的;大腹之鬼是被淹死的;我是在这间房梁上上吊死的。"叶老脱说:"既然如此,死生都是天命,你们在此作祟,实在不是明智之举,快快投生去吧!"四鬼忙磕头再拜:"多谢高人指点!"说罢相继离去。

次日清晨,叶老脱把夜间的事说给店主,并称:"这房间以后就太平了。"自此以后,这个房间再无闹鬼之事传出。

——故事源于清·袁枚《子不语·卷二·叶老脱》

7.绿毛尸

山西芮城县有一座庙,庙内供奉着刘、关、张三兄弟的神像。传言庙内有怪物作祟,因此,庙门常年紧闭,且上了铁锁,只有在春秋祭祀时才会开启,庙内原来供奉香火的僧人也到了别处居住。

一日,有一个陕西贩羊客商路过此地,客商有千头羊,天色已晚,无处落脚,就乞求僧人打开庙门,供人与羊暂歇一宿。僧人把庙中传言说给客商听,并劝诫客商到别处过夜。客商心中犹豫,但周围并没有能住的地方,且自恃身强力壮,坚持让僧人开庙门。僧人无法,只得听从。客商把群羊赶到廊下,自己到室内安歇。因忧心怪物出没,客商秉烛而卧,到三更时分才合眼。他刚一合眼,就听见神座下曜的一声,有一物跳跃出来,贩羊者细看,它身长七八尺,头脸同常人一样,眼窝深陷,双眸有核桃大

354

小，漆黑有光，自脖子以下，浑身绿毛。绿毛怪双目紧盯贩羊人，边走边嗅，到贩羊人身边，忽然张开利爪，朝贩羊人抓来。贩羊人忙随手拿起羊鞭朝绿毛怪甩去，怪物却毫无痛感，夺下羊鞭，一口把它咬断。贩羊人害怕，忙飞身出庙，谁知那绿毛怪竟也跟了出来。眼看就要追上，贩羊人忽然看见前方有一棵大树，忙狂奔过去，飞身上树，在树荫中藏身。绿毛怪站在树下，又急又怒，却无可奈何。

许久，东方渐晓，天色大亮。贩羊人见路上有行人经过，慌忙从树上下来，哪里还有怪物身影。贩羊者把此事告知僧人，僧人忙与贩羊人一起到神座地下探寻，并未见可疑之处。正当众人一头雾水的时候，贩羊人在一处石缝处发觉有一团黑气。僧人见状，不敢冒失，忙派人到官府讲明情况。芮城县令佟公于是命差役移开神像，顺着石缝掘地三尺，果然见到一具朽坏的棺木，打开一看，棺中人衣服已经腐烂，尸身遍体绿毛，跟贩羊人夜间所见一样。佟公命人准备柴薪，焚烧尸体，只听噼里啪啦声乱响，血如泉涌，尸骨悲鸣。自此以后，庙中再无绿毛怪。

——故事源于清·袁枚《子不语·卷十·绿毛怪》

8. 崔少府女

范阳卢充，二十岁那年曾在冬至日外出打猎。他听闻自家宅地西侧常有獐子出没，就带了弓箭去找獐子。果然在树下见到一只獐子，獐子体格硕大，身材健壮，卢充忙援弓射箭，恰好射中了獐子的前腿，獐子随即倒地。卢充还没来得及前往查看，只见獐子又起身奔逃。卢充急忙追赶，不知不觉离家越来越远，却一直没有见到獐子。

正当卢充又累又渴之时，忽然看见路旁不远处有一处府第，高门瓦屋，看上去威严不可犯。卢充想要进门讨口茶水，踟蹰再三，一直不敢进。正当卢充犹豫之时，忽然看见府门大开，走出来一个人，向卢充说："少府有请。"卢充诧异，问："少府贵姓？"那人说："少府姓崔。"卢充又说："在下粗鄙，衣衫褴褛，如何敢拜见贵人？"那人说："无妨，给你新衣。"说着把一套新衣递给卢充，那人引卢充到府内一间耳房更衣，随后又带他拜见崔少府。

卢充见了崔少府，忙施礼说："在下范阳卢充，不知少府有什么事？"崔少府笑说："少年不必拘谨，我与你父亲相交多年。如今，你父亲不嫌弃我门第低微，传信来说想替你求娶小女，我这才请你来。"卢充心中疑惑，说："在下父亲已去世多年，如何为在下求亲？"崔少府笑说："这是你父亲亲手写的信，你且请看。"说着把一封信递给卢充。卢充打开一看，果然是父亲笔迹，就说："既然是父亲的心意，我自然遵从。"崔少府听罢，欢喜无限，派人传话给女儿："卢郎已经来了，且请好生装扮，等黄昏就可完婚。"又转头对卢充说："贤婿先到东廊稍稍休息，等吉时一到就举行婚礼。"

待黄昏时分，有人来报，说女郎已装扮好了。卢充忙起身迎接，见女郎已下车到了东廊。于是有人引新人拜堂，随后入洞房。夫妻和顺，自是美满无限。崔少府心中欢喜，大宴宾客三日。三日后，崔少府对卢充说："你出来已三日，且回去吧。小女如今已有孕，若是生男，就送还给你。若是生女，我们就自行养育。"随后命人送客。卢充虽不明就里，心中也不敢多问，只好向崔少府告辞。

卢充才出中门，就见崔女泣涕如雨，卢充心中不忍，好生安慰，拜辞而去。他走到大门，见门口停着一辆牛车，自己的弓箭和旧衣依然在。卢充恍惚间仿佛做了一场梦，正要乘车离去，忽然听到一个人大呼："留步！"卢充回头，看见一个仆人把一包衣物及被褥送过来，说："小姐命我赠给姑爷。"说罢离去。卢充接过，感念崔女深情，不禁潸然。

卢充驾车回家，一路飞驰，须臾就到了家中。母亲见了卢充，喜极而泣，忙问卢充这几日的去处，卢充如实回答。母亲若有所思："你父亲生前确实与一个崔姓官员有交往，但他离世比你父亲还早，怎会有如今嫁女的事？"卢充也心内诧异。第二日，卢充乘牛车到崔府，却见一堆荒冢，并无宅地，卢充这才意识到自己是入了崔少府的墓室。

四年后，三月三日上巳节，郊外绿柳繁花、青草如茵，卢充与好友出外踏青，正在溪边散步，忽然见到水中有两辆牛车。卢充心中一惊，水中牛车与四年前崔府的牛车十分相像。不一时，牛车靠岸，一双纤手从车窗伸出，帷幕拉开，只见一个美貌少妇冲卢充莞尔一笑，卢充不觉脑中嗡嗡然，这不是崔女是谁！再细看，见崔女车上还有一男童，卢充更是惊诧：莫非这是我的儿子！卢充正要上前与崔女叙旧，却见崔女用手指着后车说："父亲要见你。"卢充忙到后车拜见崔少府，崔少府没有下车，只隔窗说："今日特来给你送儿子，你我阴阳殊途，就此别过吧。"卢充又去见崔女，崔女泪眼盈盈，把儿子抱给卢充。卢充还想问询分别之后的事，只听少府连连催促，崔女只好洒泪离别，临别之时，把一个金碗及一封信递给卢充。

卢充打开信，见纸上笔迹秀丽灵巧，写着："风雨如晦，鸡鸣不已。既见君子，云胡不喜。君若修竹，轩轩猗猗。妾若桃夭，其华灼灼。邂逅相遇，适我愿兮。阴阳殊途，夫妻分离。赠金还儿，泣涕如雨。恩爱断绝，断肠伤脾。"卢充见信，心内百感交集，抬头再看，却不见二车踪迹，只有一个三岁小儿在侧。好友见状，都大为吃惊，问小儿："你父亲是谁？"小儿直扑进卢充怀抱。众人都认为小儿是鬼魅，纷纷查验，有人看他的影子，有人朝他吐口水，小儿并未变化。等到卢充把崔女信中的诗四处传阅，众人才相信小儿是人，又是感叹崔女情深，又唱叹生死玄通。

一年后，卢充的儿子在院中玩闹，小孩子一定要金碗玩，卢充无奈，只好给了他。谁料小儿一把把金碗扔到门外，恰好砸中一个过路老妇的脚，老妇大叫着拾起金碗，一看，倒吸一口冷气。这时，卢充也拉了小儿出门，一边叱责一边命儿道歉。谁料老妇并未同卢充分说一二，就匆匆离去。卢充只好赶着不迭道歉。

不一会儿，有一富贵公子到卢宅。公子见到卢充，拱手施礼说："听闻贵府有只金碗，我能看一看吗？"卢充命人拿来金碗，公子仔细一看，问："不知兄台是在哪里得到这只碗的？"见卢充脸有不悦，公子忙解释说："并非我唐突，因为这只碗是我母亲赠给亡故甥女的东西，不知为什么在您手里？"卢充没有说话，问他："你母亲的甥女姓什么？"公子说："姓崔。此前我姨母嫁给崔少府，生有一女，幼年早夭。家母痛心，在她棺中放了一只金碗，就是公子的这只。"卢充这才把与崔女婚配之事和盘托出，公子听完，啧啧称奇，告辞而去。

第二日，公子与母亲一起到了卢充家中。老夫人的手颤颤巍巍地拉住卢充的孩儿，仔细端详孩子的容貌，有崔氏的模样，又有卢充的神情。她一边把孩子拉入怀中，一边心肝儿肉地叫着，在场众人无不动容。

后来，卢充常带孩儿去看望老夫人，一直到老夫人离世。此子长大之后很成大器，还任过俸禄二千石的郡守。他的子孙后代也都世代为官。

——故事源于晋·干宝《搜神记·卷十六·卢充幽婚》

9. 汝阳鬼魅

后汉时期，汝南汝阳（今河南省商水县）西门亭附近，有异物作祟。

一日，汝南郡侍奉掾郑奇路过此地，在附近路旁遇到一个美貌妇人。当时天已黄昏，郑奇见妇人孤身一个人，就邀她同乘。妇人也不推辞，上车后与郑奇相谈甚欢，二人颇有相见恨晚之意。车到亭中，郑奇与妇人下车，径直说说笑笑着上楼。守亭小吏劝道："大人三思，此楼有异物作祟，不能上。"郑奇与妇人停下脚步，朝小吏看了一眼，随口说："无妨。"说罢与妇人相视一笑，继续朝楼上走去。小吏见劝阻无果，也只好默不作声。当夜，郑奇与妇人同床而眠。

次日清晨，天色未明，郑奇就起身离开。守亭小吏上楼打扫屋子，却见那妇人尸首横陈在地。小吏大惊，赶忙报官，官府在周围村镇张贴认尸告示。第二日，果然有人前来领尸。原来这妇人是亭西北八里的吴氏妻，刚刚去世，当夜即将下葬。恰遇一阵大风，把灵前的灯火吹灭了，等家中人重新点灯后，却找不见妇人尸首。官府与吴家人确认后，尸首就由吴家人抬走了。

却说郑奇自当日清晨离开后，驾车赶了几里路后，就开始腹痛。郑奇以为是食物不干净导致的，也不在意，继续前行。到了南顿县利阳亭，郑奇腹痛加剧，随后就很快死去。

后来，陆续有旅居汝阳西门亭的人无故死亡，人们这才知道此处有鬼魅害人。自此以后，再也没有人敢上楼留宿了。

——故事源于晋·干宝《搜神记·卷十六·西门亭鬼魅》

10. 鬼客

阮瞻是个坚定的无鬼论者，他有一套逻辑缜密的关于阴阳世界的理论，只要有人与他谈论鬼神，都被他用这套理论驳倒。渐渐地，阮瞻更加坚定自身的看法和理论。

一日，有客人慕名前来拜访阮瞻。寒暄过后，二人畅聊名理之学。客人的口才很好，阮瞻与他谈论颇觉畅快。不一时，话题转向鬼神，阮瞻逻辑缜密，客人雄辩滔滔，几番争论，客人终于败下阵来。阮瞻很是得意，客人眉头紧皱，脸上露出苦色，正色说："鬼神之说，古今圣贤都相信，为什么你却执意说没有鬼神？"阮瞻还要再辩，却见客人摆手说："鬼神确是存在。你看我，就是鬼。"说着忽然变作异状，不消片刻就消失不见。阮瞻大惊失色，眼中流露出萧然之色。自此以后，他闭口不谈鬼神。一年后，郁郁而终。

——故事源于晋·干宝《搜神记·卷十六·阮瞻见鬼客》

11. 鬼孙

琅琊（今山东省东南部）秦巨伯，年有六十，有两个孙子。一日，秦巨伯与老友一起饮酒，到半夜才回家。回家路上路过蓬山庙，忽然看见两个孙子迎面走来，殷勤照顾他，搀扶他走了百余步。到了一块大石头边，两个孙子把他推倒在地，狠命掐着他的脖子骂："老东西，前日你竟敢捶我，今日我就要了你的老命！"秦巨伯这才想起，前两日的确因两个孙子调皮，把他们捶打一通。如今两个孙子来报仇，这可怎么办？秦巨伯忽然灵机一动，闭眼装死。果然，两个孙子见状，就松手离开了。

秦巨伯回到家中，见两个孙子在门前张望，满脸都是担忧之色。想起方才两个孙子的行为，秦巨伯大怒，即刻就要惩治两个孙子。大孙子忙跪地求饶，哭着说："不知祖父为什么责打我二人？"秦巨伯说："方才在蓬山庙，险些遭你二人毒手。如此忤逆，应该狠狠责打！"小孙子哭着说："我二人一直在家，并未出门。祖父半夜还没回来，我二人担忧，这才在门前苦等。"秦巨伯说："我看得真切，就是你们二人。"大孙子说："孙儿再不肖，也不能做这样的事。听闻蓬山庙附近多鬼魅，许是鬼魅冒充我二人。"听孙儿如此说，秦巨伯心中有些怀疑。大孙子见他意有所动，就说：

"祖父若是疑惑，可以想办法试一试。"秦巨伯心中有了主意。

几天后，秦巨伯故意装作醉酒的样子，又从蓬山庙经过，果然又见两个孙儿来搀扶他。秦巨伯趁机把俩小鬼夹到腋下，小鬼动弹不得。等到了家中，秦巨伯把俩小鬼扔到地上，却见只是两个布偶人。秦巨伯把布偶投入火中，不一时，布偶腹背烧焦破裂。秦巨伯好奇，又把它从火中取出，想看它内里是什么。不料，才一拿出，布偶就一跃而起，闪入庭院，顷刻间就没了踪影。秦巨伯心下懊恼，后悔不迭。

几月后，秦巨伯瞒着家人，又假装醉酒，在夜间经过蓬山庙。他怀揣利刃，想斩杀二小鬼。不承想，一直等到月上中天，俩小鬼仍未出现。正当秦巨伯想要回家时，忽然看见前方二人前来，恰是两个孙子的模样，秦巨伯见状猛冲出来，挥刀就刺，两个孙子血流满地，秦巨伯心满意足离去。刚进家门，儿子焦急出迎，说："父亲去了哪里？儿子好生担心，方才让你两个孙子去接你，路上可曾遇见？"秦巨伯听完大惊，随即捶胸顿足大哭起来："可恶小鬼，使我误杀了两个孙子！"一时，满院悲号。

——故事源于晋·干宝《搜神记·卷十六·秦巨伯斗鬼》

12．宛城鬼

南阳郡宋定伯年少时曾遇过鬼。那时，宋定伯从朋友家回来，正值夜半，少年胆大，也无所畏惧。途中遇到一物，宋定伯问："你是什么？"那物如实说："我是鬼。"宋定伯听罢，也随口说："我也是鬼。"鬼说："夜半相遇就是缘分，不知你想去哪里？"宋定伯说："去宛城的集市上。"鬼说："我是宛城的鬼，也要去宛城集市，既然是同类，不如你我同行？"宋定伯说："甚好！"于是二人同行。

行到数里外，鬼说："步行太慢了，不如我们轮流背着对方，能更快些。"宋定伯说："这个方法很好，就这样。"于是鬼背着宋定伯行了一段路，放下定伯后，鬼气喘吁吁地说："你太重了，恐怕不是鬼吧？"宋定伯淡然地回答："我是新死的鬼，所以才重。"接着轮到宋定伯背鬼，鬼却轻飘飘，并无重量。定伯一边行路一边说："我是新鬼，不知道应该避忌什么？"鬼说："也没有别的，只是畏忌人类的唾沫。"

二人轮流背负对方，途中遇到一条河流。宋定伯担心鬼发觉自己异常，就让鬼先过。鬼起身渡河，毫无声响。轮到宋定伯过河，只听蹚水声哗哗。鬼又问："你蹚水为什么会有声响？"宋定伯忙说："我新死之鬼，不熟悉水性的缘故，不必奇怪！"鬼不作声，继续同行。

快要到宛城市集时，宋定伯乘鬼不备，抓起鬼，把它扛到肩上。鬼急忙大喊："放我下来！放我下来！"宋定伯哪里听它呼喊，一路把它扛到市集上，立定放下时，发现鬼已变成一只肥羊。定伯就趁机卖羊，得到一千五百文钱。宋定伯担心它变化，朝它吐了几口唾沫，才放心离去。

——故事源于晋·干宝《搜神记·卷十六·宋定伯卖鬼》

13. 金枕驸马

战国时期，陇西（今甘肃省境内）辛道度出外游学，走到雍城郊外，在路旁小憩。忽然看见身后有一座高门大宅，辛道度暗自纳罕：郊野之外竟有如此恢宏宅地！不一时，听见大门"吱呀"声响，一个女子探头朝外看，辛道度忙朝女子点头作揖，却见女子迅速掩了大门，进去了。辛道度又稍坐了一会儿，不见大门动静，就想起身赶路，却在这时，大宅门大开，先前女子款款朝辛道度走来。

辛道度见女子一身青衣，面容娇俏，不似寻常人家女子，忙躬身施礼。青衣女子拜见辛道度，说："公主有请。"辛道度心中诧异，也不敢多问，就随青衣女子进入一间楼阁。阁中尽是珍奇，辛道度暗自称奇，忽听有女子声音婉转说："敢问公子贵姓？"辛道度猛一抬头，忽然看见西榻坐着一个女子，曼妙婀娜、妩媚风流，辛道度慌忙自报姓名。女子嫣然一笑，道："我是秦闵王之女，原本与曹国公子有婚姻，不料婚前我就亡故了。二十三年来一直独居在此，孤苦寂寞。今日遇到公子，想要与公子结为夫妇，不知公子意下如何？"辛道度初见女子容貌，就觉得亲近。又听闻女子是鬼，冷汗涔涔，等女子说完，心下也释然了，一点恐惧的心都没有了，点头答应。于是，二人行鱼水之欢。

三日后，女子依依不舍地对辛道度说："你是人，我为鬼。人鬼相交，不能长久，若久在一起只怕公子会有祸殃。你我这就别过，我也没有别的东西，就把这只金枕赠给你，见到它就像是见了我。愿君珍重！"说罢，取出床后盒子中的金枕递给辛道度。辛道度心中不舍，还要再言，只见女子已唤了先前的青衣女子送他出去，他知道多说无用，只得拭泪离开。宅地大门在辛道度身后关上，他恋恋不舍回头，却见身后哪有高门大宅，竟是荒冢一座！辛道度慌忙看怀中金枕，金枕在怀，并无异变，于是慌忙离开。

怀揣金枕，辛道度踉踉跄跄走到了秦国雍城，正在市集上无所适从之时，恰遇秦王妃出游。辛道度怀揣的金枕落入王妃眼中，王妃大惊，忙停车遣人唤他来问话，辛道度如实说了。王妃听说之后悲不自胜，说："我女儿死去已有二十三年，金枕是我亲手放入她棺椁中的。如今，金枕重现，爱女却不见，教我如何不泪垂？"说罢，王妃命人把辛道度带回王宫。

第二日，王妃又悄悄派人到公主坟前，打开公主棺材，果然看见陪葬器物一应俱全，唯有金枕不见。仔细查看公主的尸身，果然能看出男女交合的痕迹。王妃这才信了辛道度所说，并叹道："此事新奇，我女儿已去世这么多年，却能与活人结为夫妇，这位辛道度才是我的真女婿呀！"于是，秦王妃封辛道度为驸马都尉，并赐给他金银、丝绸、车马等物。

自此以后，皇帝的女婿都被封为驸马都尉，人们也称之为驸马。

——故事源于晋·干宝《搜神记·卷十六·驸马都尉》

14．白骨

处州丽水县位于仙都峰南侧，由于地处山区，耕地贫乏，因此当地很多人沿山开荒，一直开垦到半山腰处。传闻，山中频频有怪物出没。因此，人们都是日出而作，日落而息，天色昏暗之时决不出门。

一日，有个田主李某到田中割稻。当时正值深秋，李某暂且独住村头。当地人担心说鬼怪会吓到李某，就只告诫他天黑不能出门，并未告知他鬼怪的事。一天晚上，月色皎皎，李某欣然出门，散步到了山前。正当他心下怡然时，忽然听见有咕噜的声音，细看，却是一白物捶胸顿足翻滚而来，它的形态说不清楚，很是奇怪，像一具白色骷髅。李某大惊，急忙返回住处，刚进院子，那白物就追到了门口。李某连忙紧闭栅栏门，白物在门口推弄，却进不来。它又啃咬栅栏，还是进不去，终于无计可施。

良久，鸡鸣声响，骷髅应声倒地。李某出门一看，地上有好几块碎骷髅，并伴有阵阵腥臭。等到天色大亮，骷髅已化为乌有。李某把这件事说给当地人听，当地人说："万幸你遇到的是白骨精，这才能平安无事。若是遇到白发老妇，一定会骗你吃烟，一旦吃烟，绝无生还的可能。这些怪物常在月白风清之夜出没，只有用笤帚才能把它击倒。到现在我们也不知到底是什么怪。"

——故事源于清·袁枚《子不语·白骨精·卷十七》

15. 鬼打额

　　安丰侯王戎，琅琊临沂人。曾有一日，王戎前去一户人家参加葬礼。当时，主人家棺椁殡葬的事还没有安置妥善，送葬的人已到了厅堂。此时，王戎在车中躺着休息，忽然看见空中有一异物，形状像鸟。王戎仔细一看，这鸟越来越大，越来越近，竟是一辆赤色马车，车上坐着一个人，戴头巾，穿红衣，手持一把斧子。车马到王戎车旁停下，车中人径直到王戎车上。王戎大惊，还没有开口，却听见此人说："你眼神清明澄澈，能看见别人看不见的。我有一句话，还请你谨记在心。"王戎说："但讲无妨。"此人说："凡是别人家丧葬之事，如果不是至亲，都不要着急过去。若非去不可，可以让髯奴驾车，你乘这辆赤车，或者你骑白马，这样才能消除灾祸。"王戎忙应了。那人又对王戎说："你可位至三公。"随后，又与王戎交谈良久。主人家一切准备妥当，将要出殡之时，一众送葬之人拥入灵堂，这人也进入灵堂。进去之后，他手持斧头在棺材上行走，一众人都看不见他。死者有一个亲属，悲痛欲绝，大哭着扑上棺材，要与死者诀别。那人用斧头朝亲属的额头打去，亲属立即倒地不醒，众人这才把棺材扶出。王戎见状大惊，那人朝王戎微微一笑，拿着斧头就走了。

——故事源于晋·陶潜《搜神后记·卷六·异物如鸟》

16. 韩冢人

　　晋升平年间，徐州刺史索逊乘船去往晋陵（今江苏省常州市）。他在黄昏时分出发，水流平缓，船缓缓前进，行数里后，忽然听见河岸有人喊："船家！船家！"船家出来，看见一个人站在岸边，大喊："我家住韩冢，现在腿脚受伤了，行动不便，能否容我搭一程！"船家远远看见这人形容魁梧，相貌粗野，嗓门粗大，应该不是和善的人，不敢擅自做主，就把这人的请求告知索逊。索逊见天色已晚，这人又行动不便，就同意他上船。

　　四更时分，船到了韩冢，那人站在船头大喊："到了！到了！快靠岸！"船家依言靠岸，却见此人下船就走，头也不回。索逊虽心有不快，也并不在意，吩咐船家继续前行。船家想要划船驶离此处，却觉得船沉如巨石，纹丝不动。船家无奈，只好喊索逊帮忙，索逊推船，依然不动。船工看着那人远去的背影，恨恨地说："此人也太无礼，搭完船也不道谢也不推船。难道是手太尊贵，怕痛？"说着又与索逊费力推船，二人正无计可施，突然觉得船轻飘飘挪动，转头一看，正是那人。二人想要道谢，却见那人上岸，头也不回走了。

　　索逊忙追上去道谢，却见那人闪入一片墓地，不见了。索逊疑心那人是鬼，想转身离去。忽然听见一人说："载公！借你的甘罗用一下！"嗓门粗大，正是方才搭船人。"甘罗前日已被你弄坏，如今用不得了。"一老者沙哑着声音说。那人悻悻地说："方才我搭船回来，那船家竟然怨怪我没有帮忙拉船，今日定要教训他们一番！载公甘罗已坏，我另寻别的东西吧，告辞！"说罢径直离去。索逊心知不妙，忙上船吩咐船家快走。

　　不一时，船离岸数里，索逊在船头望向韩冢，却见一只大物旋舞而来，长两丈多，大如百斗篇。索逊见了大怒，骂道："我好心载你，你却恩将仇报，如此不仁不义之鬼，必遭天谴！"话毕，那大物忽地消失。过了一时，没有动静，索逊就吩咐船家继续上路，一路无事。

——故事源于晋·陶潜《搜神后记·卷六·索逊》

17. 两头鬼

南朝宋武帝永初三年，谢南康家中一个婢女出外采买，回来途中，遇到一只黑狗。婢女可怜黑狗，不过，她身上也没有食物，只好转身离开。婢女已走了数百步，扭头一看，黑狗还跟在她身后。婢女正想呵斥它离去，却听见黑狗口吐人言："你看我身后。"婢女抬头一看，倒吸了一口冷气，只见一个巨人，身长三尺，有两头。婢女惊惧，飞奔回家，那巨人及黑狗也紧随其后。家中人见到两头巨人及黑狗，纷纷躲避。

婢女又惊又怕，颤抖着声音问狗："你们要干什么？"黑狗说："腹内空空，想要吃点东西。"婢女忙到厨下准备食物。须臾，食物盛好，黑狗及两头巨人一起进食。吃完，两头巨人离开。婢女见黑狗并没有离去的意思，就问："那人已离去，你不跟随？"黑狗淡淡地说："正巳这日，他还会回来的。"婢女小心翼翼陪侍许久，黑狗才离去，不知所终。

后几年，谢南康家中祸患不断。后来，家中人几乎死完了。

——故事源于晋·陶潜《搜神后记·卷七·两头人》

18.骷髅兵马

晋永嘉五年，张荣担任高平郡（今山东省巨野县）戍逻主将，戍卫一城百姓安危。当时贼寇曹嶷作乱，百姓纷纷建坞堡来自保。忽然有一日，有人看见山中燃起大火，尘埃飞扬，火光冲天十余丈，火苗直蹿到树梢。又有人听见人马喧嚣，打斗声震天撼地。人们都以为是曹贼攻入，全城百姓十分惊恐，纷纷躲入坞堡，不敢出门。

张荣命全城戒严，一边派兵驻守城门，一边派兵到山中剿贼。张荣及一众兵马到山下，没有见到贼军人马踪迹，只看到山中火苗熊焱，人马像是在烤炉中，于是官兵暂时退去。

第二日，张荣的兵马再来山中，见山中草木绿意盎然，没有看到灰烬。张荣带人到四周巡视，看见一处空地，有上百个骷髅，散布在四处。

——故事源于晋·陶潜《搜神后记·卷八·骷髅百头》

19.煞鬼

淮安李某与妻子成亲十几年，夫妻恩爱，琴瑟和鸣。李某三十余岁忽然病故，妻子悲痛欲绝，几次想要寻死。李某已入殓，他的妻子却不忍心钉棺，每日早晚都要打开棺材看他，整日以泪洗面。

民间传说，人死七日需迎煞鬼。依例，这日家人准备好祭品后就要回避，然而李某的妻子总不愿离开丈夫，无奈，家人只好留她独处李某帐中，儿女安排在别的房间。

二鼓时分，阴风飒飒，烛火摇晃。窗子忽然大开，煞鬼用绳子牵着李某魂魄从窗外进来。妻子细看那煞鬼，红发圆眼，身长一丈多，手持铁叉，十分可怖。只见煞鬼进入房中，看见李某棺前酒肉丰美，就放下铁叉，松开绳子，自顾自大快朵颐。一旁的李某见房中旧物，不禁抚几摸柜，怆然长叹，走到床前，揭开帷帐，见妻子独坐其中，不禁大惊。妻子见李某揭帐而来，心中大恸，抱着李某就大哭起来。李某此时，身体冰冷，妻子心疼不止，忙用被子裹住他。煞鬼扭头看见这个情状，慌忙过来抢夺李某的魂魄。不料，此时妻子竟大叫起来，家中人及子女很是吃惊，纷纷进房来看。煞鬼见人越来越多，连铁叉也不及捡拾就踉跄离去。

妻子及儿女把被子所裹的李某魂魄放入棺中，让他身魄合一，不一会儿，李某尸身渐渐有了呼吸。于是家人又忙把李某挪到床上，给他喂米粥。到了天亮，李某果然苏醒，行动举止与常人无异。当天，家人收拾灵堂，妻子见煞鬼丢下的铁叉，与俗世焚烧的纸叉并无分别。李某死而复生，与妻子恩爱更胜往昔。

转眼二十多年过去，李某妻已年过六旬。一日，李某妻在城隍庙上香，恍惚之中见两个差役押一个犯人从身旁走过。那犯人红发圆眼，肩扛枷锁，见到李某妻就大骂："我因为馋嘴，不幸中了你的圈套，二十余年来，我每日戴枷，生不如死。今日，老天有眼，让你我相遇，我岂肯放过你！"李某妻惊惧，踉踉跄跄回到家中，没过几天就亡故了。

——故事源于清·袁枚《子不语·卷一·煞神受枷》

20. 疟疾鬼

清朝时期，陈齐东与友人张某夜宿在太平府关帝庙内。二人同屋而寝，夜半时分，陈齐东恍惚看见窗外有个童子，面色白皙，身上衣帽鞋袜都是深青色。不一会儿，童子进房，站在张某床前。陈齐东心中疑惑，正要询问童子，起身却不见童子踪影。再看张某，浑身寒战，汗出如浆，是疟疾的症状。陈齐东心急如焚，想要请医诊治，恍惚间又见童子出来对张某说："我去去就回。"说罢，童子又不见踪影。陈齐东再看张某，他脸色一如往常，于是暂时放心。

第二日午间，二人正午睡，陈齐东忽然听见张某狂叫。陈齐东惊起，见张某痰如泉涌，而童子又现身床前。童子见陈齐东神色惊异地看着他，非但不走，反而手舞足蹈，做出一副鬼脸，神色十分得意。陈齐东此时才意识到，这童子是疟鬼。于是起身捉童子，手才挨到童子，只觉冰冷刺骨。童子闪身出门，陈齐东追到中庭，没有看到童子踪影，只好快快而返。

回屋见张某，疟疾已痊愈，起坐交谈跟常人一样。而陈齐东的手因摸到了童子，一直有黑气，像被烟熏了一般，一直过了好几天才恢复。

——故事源于清·袁枚《子不语·卷七·疟鬼》

21. 腹鬼

乾隆四十六年夏，焦孝廉的妻子金氏莫名亡故。亲友惊问缘故，焦孝廉支吾不言语。后来，人们听金氏婢女说，金氏是被腹鬼害死的。

据说某日，焦宅门前有一个算命瞎子经过，瞎子嘴里喊着："天灵灵，地灵灵，看相算命我最行。上知天文，下知地理，中间明白事理，通晓人理。"焦孝廉之妻金氏听了，觉得好笑，就命婢女召算命瞎子过来，想看看他是不是真的灵验。瞎子随婢女进门，拜见金氏，问了她的生辰八字后，掐指算出金氏过往所经历的事情，无不准确。突然，瞎子眉头一皱，沉吟半晌，说："夫人恐怕有一劫。"金氏心中一惊，忙问："可有化解的方法？"瞎子摇头说："在劫难逃。"金氏心中忧惧，赠给他丰厚的钱财，命婢女好生送出门去。

当天夜里，金氏还在琢磨算命人的话，却听有声音咯咯笑说："呵呵，呵呵，呵呵，我借娘子腹中暂住几日。"金氏四顾无人，正不知声音从哪里出来，却忽然惊觉，声音是从自己腹中传出！金氏试探着问："你是灵哥儿吗？"那声音说："不是灵哥儿，是灵姐儿。师父命我在娘子腹中作祟，恫吓娘子来骗取钱财。"说罢，腹中那人揉搓金氏肠肺，金氏腹痛难忍，大呼"救命"。

如此数日，焦孝廉命人千方百计四处找寻算命之人，终于在一处僻静的地方找到了他的踪迹。焦孝廉亲自前去，许诺算命之人："若能使灵姐儿出，我赠你百金。"算命之人一听，心中自是欢喜，随同焦孝廉到焦宅，见了金氏，对着她的腹说："二姑快快出来！"一连数声，腹中那人应道："我不出！我前世姓张，给人做妾时，被正妻欺凌至死，金氏就是正妻转世。我之所以投入师父门下，就是为了报仇。如今已进到金氏腹内，一定要她死了才肯出来。"算命之人大惊，对焦孝廉说："这是宿世冤孽，我无计可施。"说罢慌忙离去。

金氏腹痛难忍，家人为她延请医者，谁知，医者一到，腹内人就说："这是庸医，他的药无效，只能进入喉咙口。"再请一位医者，腹中人说："这是良医，他的药能治我，不能让他的药进入口中。"因此，只要药一入口，腹中人就紧紧掐住金氏之喉咙，一定要把药吐干净才罢休。

腹中人随后说："你们若是软语求我，我或许会让她少受些苦楚。若是用法术降我，我一定啮咬她的心肺。"此后，焦孝廉也请过僧道到家里，谁知，只要僧道一来，金氏就如万剑刺心，滚地哀号，焦孝廉始终无计可施。

一日，金氏又受腹中人捶打之苦，不住跪地哀号，腹中人说："你如此煎熬，依然苟且偷生，也未免把性命看得太重了。"金氏听见这话，忽然起身撞向柱子，最终流血而死。

金氏被腹鬼折磨致死，焦孝廉不愿声张，就对外声称金氏是染病而亡。其中详情，始终缄口不言。

——故事源于清·袁枚《子不语·卷十四·鬼入人腹》

22. 失魂鬼

江南南昌县有两个书生，一个老，一个少。二人寄居在北兰寺读书，时日长久，感情甚笃。一日，老书生归家探亲，途中暴毙身亡。老书生有心事未了结，所以魂魄回到北兰寺去见少书生。当时夜已深，少书生读书一如往常，忽然看见老书生推门进来，少书生大喜，起身迎老书生入座，说：“兄长怎么回来得这么快？”老书生面色凝重执其手说：“贤弟安坐，听愚兄为你细细道来。”少书生满面疑惑说：“兄长请讲。”老书生长叹一声说：“我今晨与贤弟分别，谁料途中忽然腹痛难忍，竟暴毙身亡。”少书生听完惊起，老书生继续说：“贤弟莫慌，我如今虽已是鬼，绝无害人之心，确实是由于有心愿未了，这才前来托付你。”少书生心稍定，说：“我与兄长一见如故，兄长有事，弟不敢辞。”老书生说：“我要托的有三件事，其一，家中老母年已七十，妻尚未三十，我死后，她们生计艰难，还望你多加照拂。其二，我有文稿数篇，还未刊印发行，希望贤弟为我代为刻印，使我微名能够流传后世。其三，我还欠卖笔的人几千钱，希望贤弟替我偿还。”少书生说：“兄长所说，我一定照办，兄长不要担忧。”老书生起身，朝少书生躬身拜谢，就要告辞。

少书生见老书生说话通晓人情事理，相貌也如常人，不再害怕，拉着他的手挽留说：“我就要与兄长分别了，很是不舍，兄长再坐片刻吧。”老书生见状，也是不舍，又坐下，二人叙话半晌。老书生起身说：“我走了。”少书生知道不能再挽留，就起身相送：“兄长慢走！”却见老书生并不挪步，再看他相貌，渐露凶相。少书生惊怖，催促道：“兄长所托，弟自当尽力，兄长放心去吧。”却见老书生依然不离去。少书生拍门大叫，老书生依然站立不动。少书生十分害怕，起身开门跑了出去，而老书生也起身跟随。少书生狂奔，老书生紧跟着他。跟了数里，少书生见有处院墙，忙翻墙过去，落地后就昏厥了。老书生尸身不能翻墙，只能把头耷拉在院墙上，口中的涎水流了少书生一脸。

第二天，天色大亮，有人发现了昏厥的少书生以及墙外老书生的尸身。少书生饮了姜汤，渐渐苏醒，忙唤老书生家人领尸身回家安葬。少书生把此番经历说给人听，有人见多识广，说：“人有魂和魄，魂善而魄恶，魂聪而魄愚。人刚死的时候，魄随着魂而动，因此所说所做都是良善的。等到他心愿已了，魂飞而魄在，这才面目凶恶，世人所说的行尸走肉就是这类人。"

——故事源于清·袁枚《子不语·卷一·南昌士人》

23．鬼技

松江廪生吕某，性格豪放，纵任不拘，自号豁达先生。

一日，吕某途经泖湖西乡，正值天色渐晚，便想找一处暂歇。忽然在林中看见一个妇人，脸上脂粉浓重，颇有几分俗艳。吕某正暗自诧异：这是谁家妇人，怎么夜间出门？那妇人望见吕某，神色慌张，拿着绳索就向前奔跑。吕某心生疑虑，跟在妇人身后，只见那妇人一边跑一边把手中所拿绳索放到地上，吕某捡起绳索，一股阴霾之气扑鼻而来。又向前走了一段，妇人到一棵大树下停了下来，吕某起身把绳索藏在怀中，径直从树旁走过也不停下。

那妇人见吕某对自已视而不见，心生不悦。于是，走到吕某身前，阻挡他的去路。吕某已经知道了妇人是吊死鬼，于是向着妇人直冲过去。妇人见阻拦不了，无奈恨恨地发出一声长啸，化作一个披头散发、血流满面、舌长数尺的女鬼，不停地在吕某身前跳跃。吕某哭笑不得，说："你先是涂脂抹粉，想要迷惑我；然后挡住我的去路，想要阻拦我；最后化作恶鬼的样子，想要吓唬我。这三个方法都用完了，我依然无动于衷，你想把我怎么样呢？"妇人一惊："你怎会知道鬼的三技？"吕某笑说："鬼的伎俩，古书中有记载。且我自号'豁达先生'，怎能被鬼吓到？"妇人此时收起恶鬼的形状，化作原形跪地说："我是城中施氏，因与夫君发生口角，一时想不开寻了短见，自缢身亡。如今，我听闻泖东某家妇人也与夫君不睦，我想让她做替死鬼，好让我去投生。不料半路被先生识破鬼身，我已没有方法了，只求先生能助我超生。"吕某说："如何助你？"妇人说："烦请先生转告城中施家，为我做道场，请高僧念《往生咒》。如此，我就可超生。"吕某笑说："这有什么难？我这就作为高僧为你念《往生咒》，助你超生。"妇人喜道："如此最好！"吕某就高唱："无遮无碍。死去生来，有什么替代？要走便走，岂不爽快！"妇人听罢，如醍醐灌顶，恍然大悟，伏地朝吕某拜了又拜，起身离去。

后来，吕某把此番经历说给别人听，人们纷纷称赞他仁善高义，胆魄非常。当地人说，此地本不太平，自从豁达先生来过后，再也没有鬼怪作祟。

——故事源于清·袁枚《子不语·卷四·鬼有三技过此鬼道乃穷》

24. 青衣鬼

溧阳潘公在河南陈州（今河南省淮阳市）督学。当时，岁试已经结束，次日就要放榜。潘公当夜住在陈州学院衙堂后楼。二更时分，潘公听见堂上有击鼓的声音，忙派书童出去查看。书童到了堂上，正见值班书吏跌坐一旁，浑身战栗。值班书吏见书童前来，忙说："方才有一个青衣妇人，看不清容貌，从西考棚走出，要求见潘大人。我想此时夜深，潘大人定然已歇息，不便传话，命她明日再来。谁知她执意要见大人，并说：'我是鬼！'说着，化作怪状：身长二尺，面长二尺，无目无口无鼻，披头散发，真是吓死我了！我两股战战，竟不能起身。那鬼见我不能去通传，就自己去敲鼓鸣冤。"书童素日胆大，出来见到妇人，问："你有什么冤屈，非要半夜鸣鼓？"妇人说："我定要见潘大人，恳请您为我通传！"书童无奈，只好上楼请潘公。不一会儿，潘公过来，见到妇人异状，强定心神问：

"你有什么冤屈，只管说来。"妇人叩头说："我是某县某生家中仆妇，主人见我有几分颜色，就想对我行不轨之事。我设计逃脱，把这件事告知了夫君。夫君卑微，以酒解闷，醉后出言不逊，痛骂主人。主人得知后，大怒，杀了我夫君喂马！次日又把我绑到房中，奸污了我。我破口大骂，主人被激怒，就把我活埋在后园石槽下。我的眼耳口鼻都被土蒙蔽，这才成了今日的样子。今日还请大人为我昭雪！"潘公说："你所状告的人，可是此次参加考试的秀才？"妇人说："已被录取在第二等第十三名。"潘公命人拿来榜单，查到第二等第十三名果然是妇人所告之人的名字，忙安慰妇人说："你且放心，必使你沉冤得雪！"妇人听罢，仰天长啸而去。

潘公连夜发文给县令，命县令查办此案。县令派人前去挖掘，果然如妇人所言，在石槽下挖到一具女尸。于是县令逮捕秀才，把他正法。

——故事源于清·袁枚《子不语·卷四·陈州考院》

25. 鬼将军

康熙十二年冬，楚地（今湖南省、湖北省区域）有一客商到山东贸易货物。途经符离（今安徽省宿州市）时，天已二更时分，当时北风怒吼，路旁一酒店灯火通明。客商进店投宿，顺便要店家准备酒菜。谁知店小二竟面露难色，客商不明缘由，忽然看见一个苍苍老者前来说："小店正设酒食招待远归的将士，没有多余的酒菜供给，只能留您在右侧耳房暂歇。"客商虽心中不悦，却也只得忍耐，进房休息。

客商实在又饥又渴，不能成眠，正想起身与店家好言相商，让他略备酒食。忽然听见外间大堂人马声喧嚣，心下大疑：半夜怎么会有喧闹声？于是起身偷偷从窗子向外看。只见大堂中密密匝匝满是士兵，他们席地而坐，大口吃肉喝酒，对战场的事高谈阔论。不一时，有兵士大喊："大将军到！"众士兵忙起身出外迎接。只见数十只纸灯笼依次进入大堂，随后一个魁梧雄壮的大将进店上座，大将长髯数尺，目光炯炯，扫视一眼众兵士，说："各位将士远征辛劳，且各自归队休整。我也暂且饮食、休息，等朝廷公文到了，我们再出发！"众将士应声告退。

店家见状，忙端上备好的酒菜，将军大快朵颐，酒足饭饱之后，喊："阿七，过来扶我！"果有一少年军士上前搀扶醉酒将军进入一个房间。客商偷偷潜出房门窥视，见将军房中只有一盏灯，一张竹床，并无睡觉的被褥。此时，将军正坐在床上，阿七用手轻摇将军的头，取下放到床上。又轻拉将军左右胳膊，也取下分别放在竹床左右。随即，将军倒身卧床。阿七轻摇自身，自腰以下，身体断为两截，倒地而眠，房中灯随即熄灭。客商惊怖非常，飞身返回房间，忙用袖子遮住脸，在床上辗转，不敢出门。

不知过了多久，客商听见有鸡鸣声从远处传来，忽然觉得寒气袭人。他偷偷移开袖子，见天色微明，而自己竟身在乱树丛中。四周一片旷野，并无房舍，也无坟堆。客商浑身寒战，冒着严寒前行三里多，终于见到一家酒店。敲门进入，店主讶然："客官怎来得如此早？"客商把夜间所遇告诉店主，问："不知那地有什么故事？"店主笑说："那地曾是古战场。"客商这才恍然。

——故事源于清·袁枚《子不语·卷四·符离楚客》

26．牛头鬼

四川酆都县（今重庆市丰都县）差役丁恺，手中有一份文书须投往夔州（今重庆市奉节县）。丁恺一路朝夔州行进，路过鬼门关时，见关前石碑上刻有"阴阳界"三字，丁恺很是诧异，走到碑下，摩挲碑身许久，不知不觉就身入阴界。等到丁恺察觉，想要原路返回，却无论如何也找不到路。无奈，丁恺只好信步而行。前行了一段路，忽然看见一座古庙，年深日久，供奉的神像已斑驳，神像身旁站立的牛头鬼脸上满是灰尘，蛛网密集。丁恺见雕像破败狼狈，心下不忍，于是抬手用袖子拂去牛头鬼面上的灰尘及蛛网。

又继续前行二里地，前方有一条大河，水声潺潺。有一个妇人正在河边洗菜，菜呈紫色，枝叶环抱，状若芙蓉。丁恺忙走近问她："敢问这是什么地方？"妇人回头，丁恺吃了一惊，妇人也十分惊异，问："夫君怎么会来这里？"原来，这妇人正是丁恺的亡妻。丁恺乍见故人，又惊又喜，正想询问亡妻情状，见亡妻问话，忙把迷路的经过细细说给亡妻。那妇人说："原来如此。这里是阴司地界，夫君一个活人怎么能来呢？"二人正不知该当如何，丁恺忽然看见妇人身旁深紫色菜，问："这是什么？"妇人说："这是紫河车，就是人间的胞胎。这是阎王分派给牛头鬼的差事。"说着抬眼看了一眼丁恺，有些难为情地说："我死后到了阴司，被牛头鬼娶去了。"丁恺不以为意，问："洗它有什么用处？"妇人说："你不知道，这胞胎洗的次数不同，托生的小孩面目就不同。洗过十次的胞胎，出生后，小孩面目清秀且富贵；洗过两三次的胞胎，出生的孩儿就是一般人；那些不洗的胞胎，出生的孩儿就会愚昧丑陋。"丁恺笑说："原来人的美丑贫富因此而来。"妇人说："阴司处处与阳间不同，不如你随我到家里，等我同阴间的夫君商议一番，再做计较。"丁恺自是答应。

妇人把丁恺邀到家中，与他谈论家常，询问故亲好友的近况。听见有人富贵显达，拊掌而笑；听见有人境遇悲惨，唏嘘不已。半晌，丁恺听见门外脚步声响，很是惊惧，忙钻入床下。妇人知道牛头鬼回来了，忙迎上去，取下牛头鬼的牛头面具，放在几案上。却见这牛头鬼摘掉面具，眉眼清秀，与常人无异。妇人说："夫君今日身子可乏了？"牛头鬼说："今日很是劳累。侍奉阎王审理十几个大案，站了一天，腿酸脚痛。你快去为我斟杯酒！"妇人正答应着起身，忽然听见牛头鬼疑惑地说："怪哉！家中为什么有活人的气息？"说着，边嗅边寻。妇人知道不能隐瞒了，就把丁恺从床下拉出来，二人朝牛头鬼跪下。妇人把丁恺的身份及经历告知牛头鬼，并哀求牛头鬼能助丁恺返回阳间。

牛头鬼对丁恺上下打量一番，笑说："这个人我是一定要救的，并不仅仅是因为他是你的故人，更是因为此人对我有恩德。"丁恺与妇人面面相觑，只见牛头鬼徐徐说："我的神像在庙中时日已久，尘网满面，无人清理。他用袖子帮我拭净，可见他心地仁厚。只是不知他的阳寿多少，明日我到判官处查阅生死簿，到那时再做计较。"丁恺再三称谢。牛头鬼连连摆手说"无妨"，又让丁恺坐下，三人饮酒谈笑，很是融洽。不一时，妇人端上菜肴，丁恺正要举筷夹菜，却见牛头鬼与妇人慌忙夺掉丁恺筷子，说："阴间的酒能饮，肉不能食。一旦吃了，就会长留此地，再也无法回阳间了。"唬得丁恺慌忙停筷，只敢饮酒。

第二日，牛头鬼一早就出门了，到了黄昏时分才回家。他回来后，兴冲冲地对丁恺及妇人说："我今日查了生死簿，你的阳寿未尽。恰好我明日有差事需要出关一趟，正好送你到阳间去。"丁恺与妇人一听，喜之不尽。牛头鬼说着把一块红色腐肉递给丁恺，说："不要嫌它烂臭，你且收下，它能助你发大财。"牛头鬼见丁恺满脸疑问，就解释说："这是河南富人张某背上的肉。因张某恶行昭著，阎王把他捉拿并用铁钩钩他的脊背，悬挂在铁锥山。谁知，半夜脊背肉烂，张某趁机逃回阳间。如今张某正受背疮的苦痛，药石无医。你去后，把这块肉研碎，敷在张某背上就可使他痊愈。如此，他必重谢你，你也可因此发一笔财。"丁恺自是感激不尽。

次日，丁恺收好腐肉，与牛头鬼一起出鬼门关，才一出关，就不见了牛头鬼踪影。丁恺到了河南，果然有张姓富人患有背疮。丁恺依法把他治愈，张家拿出五百金感谢他。

——故事源于清·袁枚《子不语·卷五·洗紫河车》

27．大小绿人

乾隆辛卯年，袁香亭与邵一联同路进京。四月二十一日，走到栾城东关，二人想要找一处客店暂歇，谁知各店车马云集，都没有空房。正当二人一筹莫展之时，忽然听见当地人说："稍远处有一家新开的客店，暂时没有人住。"二人于是就在新店投宿。

一更时分，二人熄灯歇下，邵一联住外间，袁香亭住里间。就在袁香亭睡意蒙眬之际，忽然看见房门大开，有个人大步进房，他身长一丈有余，进门时头碰到屋顶，发出"哗哗"的声响。他身后还有一绿人，身高不足三尺，头大如斗。二人都是绿面、绿衣、绿靴，全身都是绿色。只见二绿人走到袁香亭床前，在他面前挥袖舞动。袁香亭大惊，想喊邵一联过来，却发现自己不能出声，身体也不能动弹。正在惊恐之时，袁香亭又见床前桌旁有个人，麻子脸，长胡须，头戴纱帽，腰系大带，指着大绿人说："这不是鬼。"又指着小绿人说："这是鬼。"说罢，起身朝二绿人招手，同他们耳语一番。二绿人点头，朝袁香亭拱手，一边拱手一边退出房间，戴纱帽的人也朝袁香亭拱手而去。

此时，袁香亭猛然跳起，朝外间去，却见邵一联大叫着："怪事！怪事！"进到里间。袁香亭忙问："你可也有见到大小二绿人？"邵一联说："我方才睡梦中忽然觉得床边阴风习习，寒风入骨。忽然看见有大大小小几十个人脸在屋内飘浮不定，一开始，我以为自己眼花，并不在意。可之后却见这些大大小小的人脸层层堆叠在门框中，都看着我笑。我既惊且怖，拿起枕头朝门框扔去，这些人脸就都不见了，我这才大声唤你。你说的大、小二绿人是什么情形？"袁香亭于是把自己见到的告诉邵一联，二人也顾不得喂马，即刻起身离开。

数年后，袁香亭听一个栾城人说起当地风物，说："东关一家客店闹鬼，投宿的人很多都身死了。当地县官已经把它关停了，不许人投宿。"

——故事源于清·袁枚《子不语·卷十一·大小绿人》

28．蓝衣鬼

清朝时期，京师有一处徽州会馆，地段繁华，雅致幽静。会馆前厅有三间屋，宽敞轩豁，两侧东、西厢房干净整洁。屋后有数间小屋和一些树木，其中不乏读书人借住，吴耀庭年轻时游学京师，就住在此处。

当时，有一个姓李的守备和侍卫一起住在前厅，吴耀庭住东厢房。一日清晨，吴耀庭从东厢出来经过前厅，见厅中柱子上悬一柄大刀，寒光森然。吴耀庭正要细看，却见此刀忽然出鞘，吴耀庭惊恐至极，跌坐地上，半晌方回过神来。不一会儿，李守备过来拿起刀端详，说："吴生勿惊，这柄刀随我出征西藏，沾血无数，已有几分灵异。只要刀出鞘，必有异象，需要用血来祭它。"说着，命手下杀鸡取血，和烧酒一起洒到刀上。

当日正午，吴耀庭在窗前读书，忽然看见有一个蓝衣人翻墙进入会馆，吴耀庭疑心他是盗贼，忙命人搜捕，却并不见蓝衣人踪影。吴耀庭自嘲："我尚未四十，就老眼昏花了？"正当吴耀庭自愧眼花之时，书生范某及其奴仆携行李进入大厅。范某见了吴耀庭施礼说："我也是徽州人，进京考试，想在这里暂住些时日。"吴耀庭听罢，忙起身把他引入后院一间小屋，说："这里清洁僻静，是极好的读书居住之处。不过，院墙略有低矮，院外就是繁华街市，要小心盗贼出没，尤其是夜间。"范某拱手谢道："多谢兄台叮嘱，不知兄台可有防贼的方法？"吴耀庭思虑片刻，说："李守备有一柄大刀，可借来给你用。"说着到前厅向李守备借刀，李守备一听，慷慨解刀相赠。范某把刀悬挂在房中，心中很是安宁。

当夜，二鼓时分，范某正想就寝，忽然看见墙外一名蓝衣人开窗进房。范某大惊，忙唤奴仆。奴仆也看见了，他忙起身拔刀朝蓝衣人砍去。奴仆与蓝衣人格斗数回合，未分胜负，依旧尽力挥刀砍杀。许久，奴仆突然觉得身后有人紧紧抱着他的腰，扭头一看，正是主人范某，只见范某浑身鲜血淋漓，已然倒地，奄奄一息，口中犹自喊着："是我！住手！住手！"奴仆见状大惊，号啕大哭。

吴耀庭及李守备听到后院声响，忙起身前往，一看情形，大惊失色。等听完奴仆自述，李守备说："奴仆杀主人，按律要受凌迟之刑。然而，范某奴仆一心救主，被鬼捉弄，这可如何是好？"吴耀庭也很同情奴仆，说："不如趁范某尚有气息，让他留下亲笔信，免除奴仆的罪责。"李守备听罢忙命人拿来纸笔递给范某，范某忍痛写下"奴误伤"三字，就血流不止，没了气力。吴耀庭家中老仆见状说："我见院墙下有一种草，名为'血见愁'，止血效果极佳。"吴耀庭忙命老仆带领数人到院中采集，果然敷上这种草，血渐渐止住了，范某的性命也因此得以保全。范某好生将养一段时日后，身体渐愈。吴耀庭与李守备想着范某是同乡，就一起出钱送他还乡。

范某去后当日，吴氏老仆奉主人命到后院打扫，忽然觉得有人一巴掌朝脸上扇来，怒道："我来报仇，干你何事！让你多管闲事来卖弄'血见愁'！"吴氏老仆定睛一看，只见眼前一蓝衣人圆睁怒目，阴气森森而立。

——故事源于清·袁枚《子不语·卷十一·血见愁》

29．僵尸

宿州李九，以贩布为生。一日，李九贩布路过霍山，当时，天色已晚，李九想要到客店投宿。不料，一连去了好几家都是客满，李九不得已，只好在郊外一座佛庙中借宿。佛寺的大殿供奉韦驮神，李九见神像威风凛凛，不禁心生敬意，倒身虔诚拜了几拜就在大殿一侧和衣而卧。

二鼓时分，李九已熟睡。梦中忽然看见韦驮神神色慌张，拍他的后背说："快起！快起！大难要来了！速速躲在我身后，我来庇佑你！"李九惊醒，踉跄起身。果然看见大殿另一侧有木材挪动的声音，细看竟是一个僵尸移开棺盖走出，满身满脸都是白毛，通体仿若把银鼠反穿身上一样，双目漆黑，透出森森绿光。李九呆立片刻，见僵尸径直朝自己扑来，他正惊慌失措，无计可施时，忽然抬头见韦驮神像，脑中闪现梦中情形。李九迅即爬上佛台，躲到韦驮神像身后。僵尸紧跟他身后，见他藏匿起来，无计可施，竟伸出双臂，对着韦驮神像撕咬。李九听见嚼神像之声，惊怖非常，生怕僵尸不一刻就会啃咬自己，不禁大声呼喊。佛寺僧众听见呼救之声，忙持火把到大殿，僵尸见了，反身逃入棺内，棺盖迅速恢复如常。

到了天亮，李九随同僧众检视大殿损毁情况。韦驮神像被僵尸损坏，他所持的杵也折为三段。李九见僵尸的气力如此刚猛，不禁暗自心惊，越发感念韦驮神救命之恩，为他重塑金身。佛寺僧众随后焚毁棺材，此后，佛寺中再无异事。

——故事源于清·袁枚《子不语·卷二十二·僵尸抱韦驮》

30．常媪

乾隆丙子年，丹徒（今江苏省镇江市）世家子弟吴某之妻突然病故。吴某与妻数十年来琴瑟和鸣，一朝阴阳两隔，自是心痛不已。他日日追思亡妻，形容憔悴。

同城子弟朱长班常年游走于阴阳两界当差，吴生为妻治丧时，他也来帮过忙。某日，吴生悄悄向朱长班询问阴司的事，朱长班说："阴司与人世一般无二，无罪的人安闲自在，有罪的人受责入狱。"吴生心念一动，拉着朱长班恳求道："亡妻去阴司，不知现下如何？我好生挂念。不如你带我到阴司见一见我妻子，使我不再受相思之苦。"朱长班面露难色，说："阴阳殊途，阳间人不能进入。你我交情深重，我如何能让你无故进入阴司地界？"吴生哪里听得进去，依旧殷切恳求。朱长班被纠缠得无法，只好说："若你果真坚持前往，就拿着丰厚的钱财到城内太平桥侧寻常媪，常媪爱重钱财，想必会答应你的请求。"吴生听罢，自是大喜。

次日，吴生按朱长班所说，果然在太平桥侧寻到了常媪。常媪听完吴生所说，脸色惊慌，连连摆手，说："老妇如何有这本事，想是相公听差了。"吴生忙取出所带的若干银钱，那常媪果然眉开眼笑，一把接过，说："不是老身推辞，这事确实难办。老身也是看相公一片赤诚之心，这才勉力为之。"吴生连连作揖。常媪对他耳语一番后，他就告辞了。

到某日，吴生称病，派人唤婶母前来。婶母见吴生如此情状，忧心忡忡。吴生却不以为意，只悄悄叮嘱婶母说："侄儿如今身体欠安，须早些安歇。希望婶母出门后，帮我紧锁房门，不要使人进出。千万不能动我的衣服、鞋子，事关侄儿性命，切记切记！"婶母惊骇，忙问缘故，吴生却闭口不答。婶母无法，只得依吴生所说，紧锁房门。吴生依常媪所说，在床前点燃一盏灯，等着常媪把他引到阴司。良久，不见动静，吴生心想："常媪不曾叮嘱我睡去，那么她如何带我到阴司？"

二鼓时分，吴生恍惚间见一线黑烟飘飘袅袅从窗户缝隙进入。吴生心下惊惧，不一时，黑烟化作黑团，黑团越变越大，忽然化作斗状朝吴生袭来，吴生随即晕倒。片刻，忽然听到耳旁有人轻轻说："吴相公醒来了，快随我同去吧。"吴生睁眼一看，正是常媪。常媪把吴生扶起，拉着吴生从门缝中穿过。

吴生与常媪刚出大门，就见眼前黄沙漫漫，不辨东西，全然是另一番天地。沿途街道集市，与阳间并无不同。二人到了一处，见到一个大池子，池中满是血水，有妇女在其中哀呼号叫，惨烈异常。吴生正惊骇，听得常媪说："这就是佛家所说的'血污池'，吴氏娘子想必也在其中。"吴生仔细一看，果然见妻在池子东角，吴生朝妻奔去，妻一见吴生就痛哭哀号，吴生心下不忍，伸手想要拉妻，妻也伸手。常媪见状大惊，忙跑到吴生身边，说："池中血水一旦有丁点溅到人身上，人就不能返回阳间。"吴生忙缩手，妻即刻又跌入池中哀号。吴生泣涕如雨，常媪说："在这个池中的人，都是因为生前殴打婢女或妾室使她们血流不止，她进入池子的深浅由婢女或妾室所流血的多少而定。"吴生心生疑问："我家娘子从未殴打婢女、妾室，为什么也入这血污池？"常媪说："也许是前世。"吴生又问："听说女子生育过多，会触污神佛，死后就要入血污池中喝污血受苦。可我娘子也没有生产啊！"常媪说："生育是人间寻常事，怎会是罪过。我先前已向你说过，不是生产的缘故。"说罢，拉着吴生从原路返回，吴生昏睡到午后才起身。吴生起床后，面色惨白，看上去就像是久病的人。他在家中休息了好几日，身体才渐渐恢复。

一月后，吴生又到常媪家中，央求常媪再带他入阴司见妻一回。常媪坚决不答应，吴生又拿出更多银钱，常媪这才点头。吴生像先前一般，叮嘱婶母锁门，随常媪入阴司。二人走出门几里后，常媪忽然撇开吴生跑了，吴生正纳闷，忽然看见迎面一个老翁乘轿而来。吴生定睛一看，正是自己已故多年的祖父，吴生心下一惊，就想避开，却听祖父呵斥他说："你怎么会在这里！"吴生无奈，只好说了实话。祖父听罢大怒："各人死生都由天定，你怎么如此愚痴？"说罢抬手给了吴生一耳光，说："你若再来，我定告知阴司官吏，即刻斩杀常媪！"随后，祖父命轿夫把吴生送到河畔，轿夫从身后把吴生推入河中，吴生大叫而醒。醒来发现自己左颊青肿，疼痛难忍，过了十几日才消肿。

自此以后，吴生神情萎靡，双目隐隐现蓝光，常常在傍晚时分，说自己见到了鬼。

——故事源于清·袁枚《子不语·卷二十二·吴生两入阴间》

31．厕鬼

太原王戎和赵郡（今河北省赵县）李咸是姨表兄弟，二人居住在相州（今河南省安阳市）、卫州（今河南省新乡市、鹤壁市一带）。永泰年间，二人有事到荆襄（今湖北省）去，路过邓州（今河南省邓州市）时，在当地一家旅店留宿。当时正值夏天，二人分别歇在东西间床上，仆人们在外屋休息。盛夏之夜，酷热难当，二人辗转不成眠。于是，随意闲聊。许久，睡意袭来，二人渐渐没了声音。

三更过后，月色朦胧，庭院中树木萧萧，王生忽然被凉风吹醒，正觉得惬意，忽然看见窗外有一妇人探头探脑朝屋里偷看。王生心中惊异，不动声色，静观妇人举动。只见妇人来来回回偷窥几次后，来到李生窗前。妇人绿裙红衫，脸上不施脂粉却依然娇艳夺目。随后，王生见李生坐起，招手挑逗妇人。王生想此人必是李生的相好，只是不知二人何时互相留意的。又想，一路上二人同吃同宿，并不曾见李生与女子有接触，也许此人是店主之妻？二人趁他不留意时互生情意，因此今夜前来幽会？王生一边想，一边装睡，暗中偷偷观察二人举止。不一时，李生起身跟随妇人出门，二人在窗外执手相谈甚欢，王生凝神细听，听不清说话内容。过了好一会儿，二人又携手出了旅店。王生心中好奇，就偷偷跟随二人。只见李生与妇人到了一棵大树下，依偎着坐下，互相调笑。须臾，王生见李生匆匆离去，而妇人依然在树下。

李生行色匆匆返回旅店，王生又悄悄跟在身后。只见李生取出蜡烛、纸笔，神色凄然，留下书信一封后，又取出衣物，题上字迹。王生见他这样，以为他要把衣物赠给妇人，就默不作声，想着等李生睡去，再偷偷看衣物上的题字。李生做完这些事，起身出门与妇人会合。

许久，李生还没回来，王生起身寻他。走到庭院，见院中树木森森，正堂床帐闪动，王生心想："这二人必定在亲热，我悄悄去看看。"于是，王生蹑手蹑脚走到堂外，隔窗一看，见李生在床上安睡，那妇人正用衣带缠了李生的脖子使劲勒，李生马上就要死去。王生见状大惊，忙上前拉妇人，却见那妇人面色雪白，长三尺有余，并没有五官。那妇人见有人前来，慌忙离去。王生惊惧良久，才起身追捕妇人，却哪里还有妇人身影，只恍惚中记得妇人似是逃入西北角的茅厕中。

王生此时也顾不得妇人，慌忙叫人救李生。一时旅店人听见呼喊，忙来问询，见李生七窍流血，奄奄一息，忙为他招魂。次日早晨，李生才渐渐苏醒。王生忽然想起昨夜李生纸笔所书，取出一看，原来是寄给家中人的绝笔信。信中词句郑重，说留下衣物作为念想，言语凄怆恳切，令人不忍卒读。王生忙问李生夜晚经历，李生说："只恍惚梦见一个绝美妇人，招我过去，其他的不记得了。"

王生又问旅店店主："这里可有可疑的妇人？"店主说："没有。不过，相传这里有厕神，先天年间，有一个客人被她绞杀。"王生若有所思，随后，逢人就劝道："夜间不能独睡。"

——故事源于唐·陈劭《通幽录·李咸》

32. 鬼食

杭州有个儒生，名为王绳玉。他受横塘钟氏的邀请，教授钟氏子弟读书学问。钟家第三子名字叫有条，当时已经二十岁了，但他自称十六岁。一日，有条问王先生说："弟子年已十六，读书可还来得及？"王先生说："读书贵在坚持，任何时候读书都不晚。"有条听罢大喜，日日刻苦诵读，勤学不辍。有条的父亲钟某是一介商贾，不把读书当作要紧事，日日逼迫有条到吴门经商。有条无奈，只得抛下学堂郁郁前往，白日到集市贸易，夜晚挑灯苦读，满墙张贴"岁不我与"四字。如此过了四个月，有条积劳成疾，一病不起，只得匆匆归家。一路舟车劳顿，有条刚到家，就病死了。

第二年七夕前夕，王先生在睡梦中听见房门声响，随即有脚步声进入内室。王先生起身一看，见有条左手持烛，右手端碗，走到王先生床前，笑说："夜已深，先生吃些夜宵吧！"说着，把右手的碗递给王先生，王先生接过一看，碗中有热气腾腾的四只汤圆，还有一只铜汤勺。王先生恍惚中并不曾意识到有条已死，于是，汤圆一个个下肚，到吃完第三个时，王先生就已经饱了，他随手把碗交还给有条。有条接过碗出门离去。王先生也倒头就睡。

须臾，王先生惊起，心想："有条已死了近一年，今晚怎么会在这里？方才莫不是有条的鬼魂？"正想着，忽觉体内寒热交替发作，一夜之间，往返茅房好多次。到清晨，他已疲惫不堪，不能起身。

王先生无奈，只好请人向主人告假。主人命人备车，送先生回家。谁知，王先生的马车刚到家门口，就见有一群鬼围住了家门。群鬼有男有女、有老有少，有本地的，也有外地的，多是面黄肌瘦、衣衫破烂的穷鬼，万幸并没有形容恐怖的恶鬼。鬼虽聚众围门，却并不作恶，王先生安然回家。

王先生的父亲见到儿子病重，忧心忡忡。整日请医用药，可是，每到家人扶起王先生预备喂药时，群鬼就蜂拥而上，有的扳肩膀，有的拉胳膊，使他不能喝药。如此好几次，王先生无奈，只好违抗父命，不服药。王父见儿子病情并不见好，另请名医医治，名医看完药方，叹道："万幸！若照着这个方子服用，恐怕令郎今日已不能开口说话了。"说罢，名医另开一方，说来也怪，这次服药群鬼竟不再捣乱，异常顺遂。

自此以后，王家各处都是鬼。它们或坐或立，或说或笑，在王家聚集了十多日。王父请高僧诵经、放焰口、做法事，都不见效。王家众人无计可施。一天，一个女鬼向王先生说："若请老僧宏道法师来为我们诵经超度，我们就会离开。"王父知晓了，忙请来宏道法师。果然，不等施法，群鬼就四散了，王先生的病也一天天见好。

——故事源于清·袁枚《子不语·卷二十二·鬼送汤圆》

33．债鬼

李公，名着明，生性慷慨，乐善好施。同乡人张某在李公家中帮佣，张某家中贫穷，为人好吃懒做，爱四处游逛。不过，张某有些手艺傍身，经常帮李公做些活计，往往能获得李公丰厚的酬劳。张某家中时常缺吃少喝，每每向李公乞求，李公总毫不迟疑，慷慨赠粮。一日，张某对李公说："小人日日受主人照拂，家中四口才能不被饿死。可是如此也不是常法，不知主人能否借我一石绿豆，我用它来做些小生意。若是发达了，日后正好报答您的恩情。"李公听罢，说："若果真如此，那也是浪子回头了。"说着命人把绿豆给他。谁知，张某拿了绿豆走后，过了一年也不见回来。后来，李公听人说张某生意失败，绿豆也全部赔光了。李公怜惜他贫困，也没向他讨债。

三年后，某夜，李公在萧寺读书，夜间犯困，迷迷糊糊中看见张某走来说："小人欠您的绿豆钱，今日来偿还。"李公安慰说："不必急着偿还。"张某说："主人虽不计较，我却不能装糊涂。"李公笑说："若你要还绿豆钱，那平日所欠的钱粮怎么还呢？"张某听罢，若有所思，说："主人说得对，欠人一升一斗的粮，也要偿还，更何况主人资助我这么多！"说完就离去了。李公心中正疑惑，却听家人来报："昨夜家中驴子生了一头驹，高大壮实。"李公顿时清醒，欢喜非常，忽然想起梦中张某的话，心想："这驹莫不是张某？"几日后李公回家，见到了家中的马驹。李公试着对着它喊张某的名字。那驹一听，就立刻奔赴李公身边。自此以后，李公就对着驹喊张某的名字。

一日，李公骑驹到青州。衡府内监见到李公的驹，十分喜爱，想花重金向李公买来。两人正在商议价格，李公家人来报，家中有急事，希望李公速速回家。李公听罢即刻回家，卖驹的事情这才作罢。

又过了一年多，驹与雄马同槽食草，竟被咬断了胫骨。李公请兽医来看，兽医都说医治不了。后来某日，有一个牛医前来，看见驹伤情严重，就对李公说："这只驹的伤情，需好些时日细心疗养。李公若信得过在下，可由在下把它带回家看顾。若能痊愈，卖得的钱，我愿与李公平分。"李公答应了。

数月后，牛医来见李公，把卖驹的钱分了一半给李公。李公接过钱，顿时醒悟，这钱数恰好与张某所欠的钱数一样。

——故事源于清·蒲松龄《聊斋志异·卷十三·寒偿债》

34. 泥鬼

唐某年少时，随表亲到寺庙中嬉戏。二人在廊下见到一座泥鬼的雕像，它双目圆睁，眼珠若琉璃，光彩耀眼。表亲见状心中害怕，就起身到别处戏耍。唐某虽年幼，却是坦荡磊落，胆气豪壮，对泥鬼的眼睛很是喜爱，就偷偷用手指抠出眼睛，带回了家中。

不料，回家第二天，唐某就得了急病，不能说话。家人十分担心，日日床前照料，寸步不离。忽然一日，唐某在床上惊坐起来，厉声大喊："为什么挖我的眼睛！"随后就聒噪不休，直喊："还我眼睛！"家中人不明所以，忙叫来表亲询问当日的情形，表亲也不知缘故。忽然，表亲看见枕下有琉璃珠滚出，认出那是廊下泥鬼雕像的眼睛，就告诉了唐某家人。家人这才知道是触犯了鬼神，忙朝神佛祈祷说："童子年幼无知，挖掉了您的眼睛，我们即刻就归还，还望饶了孩子的性命！"须臾，再去看唐某，只见唐某又坐起说："如此最好，那我就去了！"说罢，唐某又倒床昏睡，喊叫不醒。

唐家人忙到寺庙把琉璃珠安放在泥鬼眼中，随后，唐某一切行动如常。家人问唐某病中景象，唐某一概不知。等到家人把发生的事情一一说明，唐某一脸茫然。

——故事源于清·蒲松龄《聊斋志异·卷十四·泥鬼》

35．蛊鬼

南方有一个贩蝎的客商，每年都要到临朐县收购大量蝎子。当地人常年持木钳子进山翻石头、找洞穴，四处搜捉蝎子卖给客商。

一年，客商又来临朐县收购蝎子。到了以后，他住在县城客店中，预备第二日下乡。正当客商收拾妥当、预备安歇时，忽觉心跳异常，浑身毛骨悚然。客商心知不妙，忙叫来店主人说："我常年贩蝎，杀生过多，蛊鬼发怒，只怕今日要取我性命！店主救我！"店主听罢，也着了慌，看见房内有一只大瓮。店主忙让客商藏入瓮中，用木板盖上瓮口。不一会儿，店主见一个人冲入店内，正想拦住询问，却见此人满头黄发，面目丑陋狰狞。店主不敢阻拦，此人在店内横冲直撞，四处找寻，见店主在旁，就问："那个南方客商在哪里？"店主支支吾吾地说："不在店内。"黄发人听后并不离开，一边走一边嗅，到了客商房内，四下环顾，走到大瓮旁用力嗅了几下，就离开了。店主人长舒了一口气，对着大瓮说："出来吧，万幸没被发觉！"可是木板却没有移动。店主人心中诧异，打开木板，只见瓮中客商已化作一摊血水。

——故事源于清·蒲松龄《聊斋志异·补遗·蝎客》

36．庙鬼

秀才王启后曾在家中见到一妇人，身体肥胖，容貌丑陋。她堂而皇之进入内室，见了王启后就媚笑着靠近，举止轻浮。王启后坚决拒绝，谁知妇人并不离去，依然对着他戏谑取笑。

此后，妇人日夜纠缠王启后。然而，王启后为人正直，始终躲避着妇人。妇人无计可施，盛怒之下，扇了王启后一个响亮的耳光。说来也怪，王启后竟没有感觉到疼痛。后来，妇人又拿出白绫悬在房梁上，拉着王启后一起上吊，王启后不知不觉走到房梁下，伸出脖子，做出上吊的样子。家人见状，忙上前想要把他救下，却见他双脚悬空，脸上并没有痛苦的样子。自此以后，王启后虽然没有死，却变得疯癫无状。

一日，王启后忽然说："她要拉我一起投河！"说完，就朝着河狂奔，家人拼命拉住了他。他常常有这样疯癫的举动，家人请医用药也是无效。家人焦头烂额，某日，忽然看见一个武将手持锁链朝王启后走来，边走边呵斥："如此实诚的人你也敢来骚扰？"说罢就用锁链套上妇人脖子，牵着妇人从窗缝中出去。家人追出去看，见到妇人已不成人形，她的双眼如电，口大如血盆。家人见到妇人这般模样，忽然想到，这模样与城隍庙中的泥鬼一般无二。

自此以后，王启后再无怪病缠身了。

——故事源于清·蒲松龄《聊斋志异·卷十四·庙鬼》

37．棋鬼

扬州督同将军梁公解甲归田后，每日下棋饮酒，与一众亲友优游山林，日子过得惬意畅快。那年，恰逢九九重阳日，梁公与友人登高览胜，不胜欢欣，兴致正浓时，一友人提议说："不如我们在这里对弈一番，才能不辜负今日胜景。"梁公喜道："正有此意！"于是，梁公就与友人对弈，一行其他人都在旁围观。棋下到一半，梁公不经意抬头，忽然看见一个陌生男子眼盯棋盘，来回踱步。男子衣衫虽有些褴褛，然而意态温雅，有文士风度。梁公就邀请男子坐在旁边观棋，男子谦逊一番，坐下了。一局终了，梁公见此人正凝神细思，猜想此人也许是棋中高手，就说："先生定然擅长对弈，不如坐下与我朋友对弈一局，怎么样？"男子推辞了一番后，坐下对弈。一局未终，男子已露败相。此时男子神情烦躁懊丧，越下越气，终于惨败。男子并不服气，要求再下，谁知又输，越输越气，越气越输。梁公见此人越来越浮躁，就命人拿来酒食，劝男子饮用些，谁知男子不饮不食，只拉着梁公之友下棋，从早下到晚，连吃喝拉撒竟都不顾。

正当二人为一颗棋子争得面红耳赤，互不相让之时，男子忽然离席，浑身颤抖，呆立一旁，神色凄惶。梁公及众人都不明所以。男子呆立片刻后，对着梁公屈膝叩首，嘴里说："梁公救我！"梁公大惊，连忙扶起男子，说："游戏而已，不必紧张！"却见男子声带哭腔哀求说："恳求梁公嘱咐您的马夫，千万不要用绳索绑小生的脖颈。"梁公疑惑地问："你所说的马夫是谁？"男子说："马成。"

梁公有一马夫，名马成，常年在阴阳两界游走，每隔十几天就要到阴间充当勾魂的差役。听了男子的话，梁公心中更加疑惑，他命人回去查看马成的踪迹，来人汇报说，马成已僵卧床上两日两夜。于是梁公明白了几分。回到家中，梁公带男子到马成床前，对着马成呵斥，要马成对男子不得无礼。顷刻间，男子消失无影。梁公这才确定，这男子是鬼魂。

第二日，马成醒来，梁公召来马成询问男子的情况。马成说："这男子是湖北襄阳人，爱棋成痴，因下棋败光了家产。男子父亲无奈，就把他锁到书房，不让他外出下棋。谁知男子竟偷偷翻墙出去找人下棋。父亲每每都严厉叱责他，他却始终不改，竟生生把父亲气死了。阎王爷看这书生太不像话，缺了大德了，就削减了他的阳寿，罚他入饿鬼地狱，到如今已有七年了。前些时，东岳大帝新建的凤楼落成，下帖遍请阴司众人为楼作碑记。阎王爷就把他从狱中放出，让他作碑记来赎罪。谁料想，他半道又因贪看你们下棋，误了时辰。东岳大帝等不到他，就迁怒于阎王。阎王命小人把他捉回，昨日小人尊奉您的命令，没有用绳索绑他。"梁公问："那如今这人在哪里？"马成说："已交给了阴司狱吏，永世不得超生。"梁公长叹一声，说："谁承想，癖好竟能误人到如此地步！"

——故事源于清·蒲松龄《聊斋志异·卷十四·棋鬼》

38. 山魈

孙公年轻时曾在南山柳沟寺读书。麦熟时节，孙公回家收麦，十余天后返回寺中，竟发现自己所住的房屋已经满是灰尘，窗子上蛛网密集，看上去像是数十年没有住人。孙公命仆人打扫房屋，仆人忙活了一整天，到了晚上才使屋子窗明几净。孙公见屋子干净清爽，就收拾卧具准备就寝。当夜月色透窗而入，孙公伴月而眠，好不惬意。

夜半时分，只听风声隆隆，寺门哐当作响，孙公以为是寺僧没有关好寺门，就想起身去查看一番。须臾之间，风声已经渐渐逼近自己的房屋，顷刻间，房门大开。孙公心中一惊，又听见有靴声铿铿，脚步声越来越近。孙公浑身汗毛倒竖，只见一个大鬼大踏步走到床前。大鬼面色如老枯瓜皮，双目炯炯，朝屋内环视一周后，张开如盆大口。大鬼牙齿尖利，长有三寸多，舌头一动，喉咙随之发出嘶鸣之声，震天撼地。孙公害怕极了，想要起身逃跑，却没有机会，匆忙之间，从枕下偷偷抽出一把刀，朝着大鬼刺去。鬼被刺中了腹部，大怒，伸出巨爪抓孙公。孙公后退几步，躲到床里侧被子中。鬼抓住了孙公的被子一角，揪着被子一通乱甩后，愤愤而去。孙公连带着被掀翻在地，又惧又痛，不禁哀号呼叫起来。

家人听见响声，忙拿着烛火前来。孙公房门紧闭，家人从窗子进屋。

一进去，就看见孙公裹着被子翻滚在地。家人很吃惊，把孙公扶到床上，孙公情绪稍缓，徐徐说出了遇鬼的事。家人依照孙公所说一一查验，见被子夹在床内侧，被子一角有爪痕及五个破洞。

孙公命家人连夜收拾行李，天一亮就告辞寺僧离开。后来，有人问寺僧寺中可有异样，寺僧说一切如常。

——故事源于清·蒲松龄《聊斋志异·卷十三·山魈》

39．负尸鬼

有个樵夫到市集卖完柴薪，担着扁担晃晃悠悠回家。樵夫走着走着，忽然感觉扁担一头下沉，仿佛有重物，樵夫回头一看，扁担一头竟有一个人！樵夫见这人四肢完整，头却不在，心中大惊，疑心是鬼，慌忙拿起扁担一通乱抡。当樵夫气喘吁吁停下来再看时，已不见无头之人身影。

樵夫越想越怕，朝着家的方向狂奔。当时天色已暮，樵夫路过一个村子时，看见一群人举着火把似乎在找寻什么东西。樵夫暂停稍歇，问众人找寻何物。其中一个人回答："方才我等聚在一起说笑，空中忽然掉下一个人头，须发蓬松散乱，倏忽间就不见了。"樵夫听罢，把自己的经历说给众人听，于是大家纷纷断定，樵夫所见的身体与众人所见的头一定是同一个人！大家纷纷猜测，终究也不清楚此物是从哪里来，也就不了了之了。

后来，樵夫又听说，有人提着篮子行路，在篮中出现一颗人头。此人十分惊惧，慌忙扔下篮子，而人头顷刻间也消失了。

——故事源于清·蒲松龄《聊斋志异·卷十二·负尸》

40．鬼津

一日午后，李某在房内小憩，忽然看见一妇人从墙中走出。妇人头发蓬乱，看不清楚面容。李某心惊，想要大喊，喉咙却发不出声音，身体也动弹不得，只能看着妇人走到床前。她用手分开乱发，露出又肥又黑的丑脸。李某满心厌恶，把头扭向一侧，不愿看她。谁料妇人竟上到床上，扳过李某的头，低头就想接吻。李某避不开，只好任由妇人摆布。妇人又伸出舌头，把唾液传到李某口中。李某只觉得冷如冰块，丝丝入喉。他本不想咽下去，无奈不能喘气，只好咽下。谁知这唾液竟然黏稠异常，堵塞在喉间。李某好容易喘一口气，那妇人就又传一口唾液进来，李某无奈又咽下。正当李某憋气良久，实在忍不下去时，忽然听见窗外有脚步声响，妇人这才放开李某匆忙而去。

自此以后，李某腹胀难忍，几十日不能进食。有人建议试着喝点参芦汤，李某家人慌忙让他服用，喝下不久，李某就吐出一大摊蛋清一般的秽物。此后，李某的病就渐渐好起来了。

——故事源于清·蒲松龄《聊斋志异·补遗·鬼津》

41．毛鬼

唐建中二年，江淮一带纷纷传言，当地有一只从湖南来的毛鬼，凶狠残暴，好吃人心。男女老少，都会遭到它的毒手，百姓惶恐，纷纷聚居一起自救。当时，男子好几个人结成一组，拿弓箭、刀棒巡逻，女子则殷勤看护老幼。每当鬼来了，巡逻的男子就大声呼喊，其他人也敲锣打鼓，声震天地，希望能借此震慑毛鬼。然而，毛鬼依旧猖狂，却有很多无辜的乡民被猛然的锣鼓声吓死。也曾有人上报官府，请求捉拿毛鬼。不过，官府也没有办法。

前兖州（今山东省济宁市）功曹刘参，之前住在淮泗（今江苏省徐州一带），后来全家迁到广陵（今江苏省扬州市）。刘参听闻当地毛鬼作祟，就与家中人商议办法。所幸，刘参有六个儿子，且各个勇猛强悍。于是，每到夜晚，刘参就带领六个儿子拿着弓箭在家门外守护，家中女眷则在院内。一日，夜半，天色昏暗，刘参忽然听到院中有妇女的尖叫呼喊声，刘参与儿子互相看了一看，心中警觉，知道鬼已进入院中。当时大门紧闭，不知鬼是如何进入的。大门是从里面关闭的，刘参及六子无法进门，心中着急，只能扒着门缝往里看。只见一张长满毛刺的床，方方正正，高三四尺，有四只脚，顷刻间进了房中。当时，房门大开，毛床恰在房屋正中，毛床身旁还有一鬼，遍身黑毛，爪牙如剑，看上去让人心生惧意。毛鬼把刘参的小女儿放到毛床上，接着就去抓次女。当时情况十分紧急，刘参及儿子翻墙进去，慌忙拉弓射毛床及毛鬼，谁知那毛床及毛鬼狡猾异常，不住躲闪。须臾，毛鬼踪影已无，而毛床东奔西突，中了数百支箭，无法逃脱。

刘参一个儿子连忙上前奋力擒拿，抓着毛床的毛刺用力拉扯，谁知那毛床竟与刘参儿子争斗不休，随后，一起跌入河中。刘参大惊，与其他儿子一起站在岸边，不一时，听得河中刘参儿子大叫："我已捉到毛鬼！毛鬼已经没有力气了，快快拿火把来！"其他人赶忙举着火把靠近，却见他抱着的只是根柱子而已。失望之余，再看儿子，只见他浑身鲜血淋漓，显然是被毛鬼抓伤。再看小女儿，匆忙间被毛鬼丢弃在路旁。刘参一边带儿子女儿回家养伤，一边派人向官府报告毛鬼害人之事。

几日后，郊外军营一士兵在夜间见毛鬼在屋顶上飞驰，士兵拉弓射它，没有射中，于是大声呼喊，惊动一营将士。次日，官府降罪士兵，并晓谕百姓：因有盗匪猖獗，夺人钱财，害人性命，且假托毛鬼害人。如今已抓到盗匪，还望百姓不要再以讹传讹。后来，毛鬼就再也没有出现过，没有人知道此前的毛鬼究竟是怎么回事。

——故事源于唐·陈劭《通幽录·刘参》

42．缢鬼

张客，江西余干乡人，常年以贩运货物为生。一日，张客贩货途中，住在一家乡镇旅店。夜半时分，张客沉沉入梦，梦中遇见一个美貌妇人，珠翠满头，衣饰华丽，想要与张客亲近。张客欣喜不尽，一通颠鸾倒凤过后，还觉意犹未尽。等到梦醒，张客忽然看见那妇人竟在身侧，方才所经历的，竟不是梦境！张客一惊非小，正要细问那妇人，却见妇人眼望窗外，说："天已拂晓，我就要离去了。今晚你别走，等着我。"说罢朝张客嫣然一笑，匆匆而去，张客百爪挠心，万事不关心，只等天黑。

到了晚间，夜幕刚刚降临，张客在房中点上蜡烛，妇人款款而来。张客见妇人如约而至，喜不自胜，拉着妇人一番云雨后，问妇人说："你是哪里人，为什么会在这里？"妇人说："我是邻家女子，其他不便说明。"张客见妇人不欲多言，只好不问。此后数日，妇人夜间过来，早晨离去。张客与妇人温存日久，渐渐神思恍惚。店主见张客的样子，心下狐疑，问："张公子近日可有艳遇？"张客连连摆手，说："一如往常，何来艳遇？"店主说："并非我多嘴，此地从前有妇人缢死，曾有人见到她的鬼魂出没，迷惑世人。张公子可别被她迷惑了。"张客一听，略有迟疑，也不言语，径自回房去了。

当夜，妇人又来，张客把白日店主的话说给妇人听，妇人说："我的确是店主所说的妇人，公子是怕了？"张客本来心中有几分狐疑，几分害怕，等见到妇人媚眼如丝，摄人心魄，也不觉得人鬼相交有什么不妥，与妇人更是亲昵。后几日，妇人见张客对待她一如往常，就把自身遭遇和盘托出："我本是娼女，因与客人杨生关系亲厚，就有了婚姻之约。后来杨生以家贫没有聘礼为由，拿走我两百千钱，并承诺明媒正娶我。然而，三年过去了，杨生迟迟未归，我心知所托非人，渐郁郁成疾。故交好友见我如此，纷纷疏远。我心中又急又愤，就上吊自尽。如今这个旅店，这间房舍，正是我生前住的，我眷恋旧居，不忍离去，因此常到这里来。"张客听罢，感伤妇人遭遇，不胜唏嘘。妇人又说："杨生与你是同乡，你可否认识？"张客略一思索，说："认识。听闻他移居饶州，娶妻开店，生意很是兴隆。"妇人听罢，慨叹良久，说："这人负心，天理难容。我想托你一件事，不知你可否愿意？"张客说："只要我能办到，必为你赴汤蹈火。"妇人说："我记得此前偷偷埋了五十两白金在床下，可用来作为你帮我的酬劳。"张客依妇人所说，在床下挖地数尺，果然挖到了五十金。张客问："你想托我什么事？"妇人说："不要着急，时间到了自会告知。"

自此以后，妇人白日也会出现，与张客在房中私会。一日，妇人对张客说："此地不宜久留，希望你能带我一起回家，可以吗？"张客自然答允，问："我如何带你回家呢？"妇人说："你且准备一个牌位，上面写廿二娘之位，把牌位放到箱中。此后，你每到一处，打开箱子，对着我的牌位叫我，我就会出来相见。"张客对妇人言听计从，一切照办。随后，张客收拾行李，跟旅店主人道别。店主见张客鬼气浓郁，担心他半路死于非命，劝他三思。张客哪里听劝，起身离去，每到一处，就呼妇人出来相见。到家之后，张客把牌位放在壁间，张妻以为张客供奉的是神灵，正要上前祭拜，却见妇人从牌位中走出，张妻吓了一跳，问张客："这是谁？难不成你偷拐良家妇人？你可别牵累我呀！"张客跟妻子说了实话，张妻虽然惊惧，但心中贪恋妇人的钱财，也就不再追问。

张客在家中五日，每日与妇人同处一室，难分难舍。五日后，妇人对张客说："你带我到饶州城中可好？"张客问："有什么事？"妇人说："索债。"张客自是应允。第二日，二人到城南渡江，船到中途，妇人对张客说："我与你相伴时日已久，对你情意深重。不过我还有心事未了，日后不能与你共处。此前瞒你，我很惭愧，愿君保重，不要挂念我。"张客听罢，潜然泪下，不知妇人说这话何意，想要问个仔细，妇人却并不答言。妇人进饶州城门时尚且一如往常，待到旅店房中，张客拿出牌位，多番呼喊，妇人却并不现身。张客心中生疑，忽想起妇人所说的杨生。他急忙到杨生宅邸拜访，敲了大门很久，无人应答。张客正想离去，忽然看见杨生的邻人出门，说："杨生突发恶疾，七窍流血而死。"张客问："为什么突然发病？"邻人摇头说："本来杨生身体健壮，并没有不适，此次染病身亡，也是莫名其妙。"张客听罢，想起妇人最后说的话，一时，浑身汗毛直竖，不敢在此地逗留，赶忙收拾行李回乡。此后，张客再不曾见过妇人。

——故事源于南宋·洪迈《夷坚丁志·卷十五·张客奇遇》

43. 自赞枯骨

扬州汪某住在苏州上方山上一座佛寺内。一日清晨，汪某到寺中散步，走到一座殿前，正要上台阶，忽听见一阵喃喃自语的声音。汪某疑心大起，凝神细听，声音竟是从台阶下发出的！汪某大惊，慌忙叫来寺中僧侣，僧侣一听，确实有喃喃声。众人面面相觑，随后七嘴八舌议论说："为什么声音从地下传来？""地下有什么玄机？"其中一个人说："怕不是地下有鬼要鸣冤吧！"众人听罢一惊。其中一个人提议说："不如掘开看看？"众人纷纷赞成。于是，众僧侣纷纷拿来锄头、铲子等，掘地五尺多深，果然见到一口棺材，开棺一看，棺内除了一具枯骨，没有别的东西了。众人有些失望，仍旧按照原样把棺材掩埋起来。

不出半刻，地下又有喃喃声响起，众人侧耳倾听，确定声音从棺中传出。不过，却无人听懂说的内容，众人十分惊异，又纷纷议论该当如何。只听其中一个人说："西房中的德音禅师，道行颇高，能同鬼神交流，不如请他来听听？"说罢，汪某与众人互相簇拥着去请德音禅师。禅师听罢众人所说，就跟随众人到声音处，凝神细听。许久，禅师哂笑说："不必理他。这个鬼生前是大官，最爱听人奉承。如今死了，无人前来奉承，他就在棺中自称自赞！"众人听罢哄然而笑，随即散去。

——故事源于清·袁枚《续子不语·卷二·枯骨自赞》

44. 贪财鬼

金陵（今江苏省南京市）张愚谷与李某相交多年，二人交情很深。一次，二人一起到广东卖货，恰逢张愚谷家中有事要从广东返家，李某就托张愚谷为他带信回家。张愚谷到家后，把李某的书信送到李家。李家家仆引张愚谷到客房稍坐，张愚谷见正堂中央摆着一口棺材，十分吃惊，问仆人才知，是李某父亲亡故。张愚谷忙上前祭奠行礼，李妻感念张愚谷仁义，从房内出来拜谢。李妻二十出头，容貌端庄秀丽，拜谢完毕就拉着张愚谷细问李某出外的情形，得知李某一切无恙，又命人准备酒食款待张愚谷。不知不觉，天色已晚，李妻命仆人收拾客房，留张愚谷在李家歇息一夜。不一会儿，收拾妥当，仆人引张愚谷到客房歇息。张愚谷所住的客房与停放棺材的地方仅隔着一个天井。

二鼓时分，月色皎然，张愚谷正隔窗望月，忽然看到李妻悄悄走到窗前，透过窗子向房内窥视。张愚谷立马躺到床上装睡，心中却十分愕然：男女有别，理当避嫌，李妻为什么这样？随后又想，倘若李妻推门进入，自己一定要正色拒绝。想罢，他就躺在床上等着李妻推门，过了片刻，门口却没有动静，只听见对面房内李妻喃喃自语的声音。张愚谷大奇，起身隔窗看去，见李妻手持一炷香，跪在李父灵前喃喃自语。说完之后，李妻到张愚谷房门口，把腰带解下，紧紧绑住张愚谷门上的铁环。张愚谷见状又惊又疑，也不敢上床睡觉，只呆坐床沿暗自思索。

不一时，听得窗外有棺材挪动的声音，张愚谷趁月色一看，只见棺盖轰然落地，有一个人从棺中坐起，那人面色深黑，两眼凹陷，眼中绿光闪闪，满脸狰狞。那人发出一声鬼啸后，就大步朝张愚谷房间走来。张愚谷只觉阴风四起，来不及躲藏，就听见房门铁环叮当响，想是李妻所绑的腰带断了。眼看那人就要进入房内，张愚谷慌忙顶住门，无奈力量相差悬殊，那人竟猛冲进来。张愚谷见挡不住那人，就慌忙藏身在衣橱后，乘那人不备，推倒衣橱，把那人压倒。张愚谷此时也精疲力竭，昏迷过去了。

李妻听见响声，率领家丁连忙奔来，见公公尸体被压在衣橱下，而张愚谷昏倒在地，连忙命人把李父尸身抬入棺中，又命人端来姜汤给张愚谷灌下。不一会儿，张愚谷醒来，惊恐地把刚才的事情说给李妻。李妻听罢叹道："这人正是我公公死后变成的僵尸，我公公平素行为不端，死后也常化作僵尸作祟。公公爱财，前夜托梦给我说：'有一张某来家送信，且身带二百金，我预备把他杀害，拿了他的钱财。一半留给我，另一半给你以做家用。'我醒来一想，梦不能信，也不在意。不料，第二日公子果然来我家。我恐公公生事，就在他棺前焚香祷祝，希望他不要生恶念。祷祝完毕我依然不放心，生怕他出来害你，就把你的门环绑住，谁知鬼劲儿如此大！"张愚谷听罢，劝李妻将李父尸身速速火化，以免再生妖异。李妻说：

"我本有此意，不过因为他是我丈夫的父亲，于心不忍。如今看来，还是早日火化最好。"张愚谷说："如此最好！"

于是，张愚谷帮助李妻安排李父火化之事，并出资为他做道场，邀请高僧为他超度。自此以后，李家家宅安宁，再无异事发生。

——故事源于清·袁枚《续子不语·卷六·僵尸爱财》

45. 秤吏

卫达可，秀州（今浙江省嘉兴市）人。一日，卫达可忽然得了急病，飘飘然竟入了冥府。卫达可站在庭下候命，庭上有四个少年，其中一个少年说："把他的善恶簿检查一下！"其余三人面露不悦，并不动身。少年说："如果不检，该如何发落？"三人说："他还要回去的，何必检查，多此一举！"少年见三人不动，招呼一个朱衣吏说："你去拿此人的善恶簿。"不一会儿，朱衣吏捧着一个盘子过来，盘中有一红、一黑两个牌子，红牌上有烫金的大字"善"，黑牌上有雪白的大字"恶"。少年指指黑牌，朱衣吏拿起黑牌离去。不一时，朱衣吏过来，他身后跟着好几个人，各自捧着几册簿子站在庭下。随后，又有两个人把一杆巨秤横在庭中，秤两端都有秤盘，朱衣吏把簿子放在东侧的秤盘中，秤盘受重登时坠地，卫达可只觉得地面动摇，几乎要站不住。庭上三个人都大惊失色，埋怨少年："方才已经说了不必检查，如今一查竟然这样，这可怎么办？"少年面露难色，很是后悔，强自镇定后，对朱衣吏说："把善簿也拿来验看一番。"朱衣吏拿着红牌离去。众人正等朱衣吏回转，忽然看见西北方隐隐透出微光，仿佛落日余晖一般。不一时，一个朱衣道士，手捧玉盘翩然而来。庭上四人连忙起身让座，朱衣道士也不客气，居中坐下。四人随后在朱衣道士身侧分别坐下。

朱衣道士把玉盘递给朱衣吏，只见盘中文书仅有筷子大小，朱衣吏把文书放入西侧的秤盘，西侧秤盘登时坠地。而此时，东侧秤盘高高翘起，大风陡起，把秤盘中的恶簿子刮得满天乱飞，片刻间，东侧秤盘已空无一物。卫达可还不知这是什么意思，只见庭上四人满脸喜气，起身朝着卫达可拱手施礼说："可喜！可贺！"卫达可拱手说："不知有何喜可贺？在下年未四十，平生不敢作恶，为何恶簿会有这么多？"少年说："心善的人，恶轻；心恶的人，恶重。只要心中有不正的念头，恶簿中就会有记载，并非真的作恶。不过，如今都已灰飞烟灭了。"卫达可躬身相谢，又问："原来如此，敢问我行了哪些善事？"少年说："朝廷要耗费人力、物力修三山石桥，你曾上书劝谏，那文书就是你当时的奏疏。"卫达可疑问："我虽上书劝谏，不过，朝廷并未采纳，我在这件事上并无作为。"少年说："你对这件事很是尽心，若你的谏议被采纳，就可救数万人性命。你今后将位极人臣，虽恶簿很多，依然能到高位。你今后要勤勉自持，多行善事。"卫达可躬身应诺。

随后，少年派人送卫达可回到阳间。卫达可最终官至吏部尚书。

——故事源于南宋·洪迈《夷坚甲志·卷十六·卫达可再生》

46. 连琐

杨于畏，三十岁，生性淡泊名利，有归隐之心。他在泗水边的旷野中建了一处别业，日日读书饮酒，好不快活。别业所处的地方，人烟稀少，幽僻宁静，常常能在夜间听见白杨萧萧之声，声音洪亮如汹涌波涛。因墙外多古墓，杨于畏听见声音，总能觉出凄冷之意。一夜，杨于畏正要睡觉，忽然听见墙外有个女子吟道："玄夜凄风却倒吹，流萤惹草复沾帏。"声音哀婉凄楚，反复吟诵。杨于畏心中疑惑，此处并没有人家，哪里来的女子？杨于畏默不作声，许久女声渐远，他渐渐入睡。次日醒来，杨于畏到墙外一看，并无人的踪迹，却有一条紫色衣带丢在荆棘丛中。杨于畏捡起衣带，把它放在窗台上，心想，如果有人来寻就能立即看见。当天夜里二更时分，又听到有女声吟诵，所吟诗句及哀婉跟昨日一样。杨于畏悄悄趴在窗台向外看，吟诵声立马戛然而止。杨于畏心中怀疑女子是鬼，然而，因她的诗十分凄楚而心生怜惜，急切盼望女子再来。

次夜，杨于畏悄悄趴在墙头等女子出现。一更将尽时，他听见草丛间有窸窣声，随即就见一女子款款而来。女子走到一棵小树旁，一手扶树，一手捧心，低首哀吟那两句诗。此时杨于畏因旷野风冷，不禁打了个喷嚏，女子惊觉，迅速没入荒草间，不见踪影。此后，杨于畏夜间就在墙下等女子出现，听得女子吟诵完毕，就出声续她的诗："幽情苦绪何人见？翠袖单寒月上时。"许久之后，并无声响。杨于畏就进入房内，预备安寝，刚进屋坐下，忽然看见一个美貌女子跟着来。女子见杨于畏，敛襟施礼说："公子本是风雅之士，是我多心，唯恐公子有猥亵之心，多次畏避。"杨于畏见女子前来，十分欢喜，忙拉女子就座。他的手一触到女子胳膊，就觉得骨瘦体寒，柔弱异常。杨于畏问女子："姑娘住在哪里？"女子回答："我叫连琐，原本是陇西人，随父亲流落此地。不过十七岁时，父亲因病去世，距今已二十余年。荒山野地，孤寂清冷。我所吟的两句是自己忧愁苦闷之时所作，我苦思良久，并无佳句可续。如今您所续的句子，情思与意蕴都很好，我很是欢喜。"杨于畏见连琐乖觉可爱，就有亲近之意，连琐见状蹙眉说："朽骨不比活人，如果与朽骨欢好，恐怕有损活人的寿数。我怎忍心祸害公子？"杨于畏听罢，忙收手。只是，杨于畏见连琐实在娇美喜人，就忍不住把手伸入连琐衣内，摩挲她的酥胸，见她仍是处子之身，又要求看她的双足。连琐低头笑说："你也太啰唆了！"说着，伸出双足放到杨于畏腿上，杨于畏见连琐脚穿月白色锦袜，一只脚上有紫色带子系着，另一只脚却用彩色丝线系着。杨于畏拉着系彩色丝线的脚问："这只脚上为什么不系紫色带子？"连琐含羞说："那夜因害怕而闪躲，匆忙之中遗落了。"杨于畏笑说："你且稍等，我为你系带。"说着走出窗外，把紫色带子拿来，递给连琐。连琐惊问："您从哪里找到的？"杨于畏照实说了。连琐拿过紫色带子系好，起身到杨于畏书桌前翻看，忽然看见桌上《连昌宫词》，慨然说："我生前最爱读的就是这本书，如今再见，恍如梦中！"于是杨于畏与连琐谈论书中内容，连琐常有妙思，杨于畏连连称赞。二人就在西窗秉烛而谈，十分畅快！

自此以后，每夜连琐都会出现，有时在灯下为他抄书，有时与他闲坐对弈，有时拨弄管弦。连琐时常叮嘱杨于畏说："请你千万不要把我的事告知旁人。我体弱胆小，恐被恶人侵犯。"杨于畏自是连连点头。二人虽无鱼水之欢，却也渐渐生出暧昧之意，时常相依相伴，忘却时间，到天色快亮了连琐才张皇离去。

一日，杨于畏的朋友薛生前来拜访，恰逢杨于畏正在睡觉。薛生见杨于畏房中有琵琶、棋盘，心中疑惑，他知道杨于畏并不擅长这些，就想等杨于畏醒了来问他。闲坐之时，翻到女子为杨于畏抄的书册，见字迹端秀，不是男子所写，心中更加疑惑。不一时，杨于畏醒来，薛生就问："杨兄房中为什么会有琵琶？"杨于畏随口回答："闲来无事，随手一学。"薛生又问："这书卷从哪里来？这字体可不似杨兄的笔迹。"杨于畏就说："一个朋友随手所写。"薛生拿起书卷反复检视，见最后一页有一行小字："某月日连琐书。"就笑说："杨兄还不从实招来！这'连琐'分明是女子的名字。"杨于畏大窘，不知如何解释。薛生苦苦追问，杨于畏都不答话。薛生无奈，就一把卷起书卷，说："你若不说，我就把它拿走，总能问到书写之人。"杨于畏不得已，只能把遇见连琐的事如实相告。薛生一听，心生好奇，要求见一见连琐。杨于畏说："连琐叮嘱我不能把这事告知别人！"薛生哪里肯依，殷切恳求，诉说仰慕之情，杨于畏无法，只好答应了他。

　　一更时分，连琐前来，杨于畏把薛生的想法传达给连琐。连琐生气地说："我千叮万嘱，你还是跟别人说了！"杨于畏忙解释说："并不是我主动说起，实在是薛生言辞恳切，我这才说了。薛生并无歹意，对你只是仰慕而已。"无论杨于畏如何解释，连琐都态度坚决，说："我决计不会与他相见，今后我也不再与你相见了！"杨于畏还要好言相商，而连琐始终不为所动，起身离开，说："我这段时日要暂且避一避，不会再来了。"

　　第二日，薛生前来，杨于畏传达了连琐不肯相见之意。薛生疑心是杨于畏自己的托词，就故意晚间约了一个朋友在杨于畏家中久坐不肯离去，杨于畏知道他的用意，却也无可奈何。一连好几夜，薛生与友人在杨于畏家中喧哗吵闹，期盼着连琐能出来一见，可连琐始终没有踪迹。薛生已经萌生离去的想法。一夜，薛生与友人商议，次日就去，忽然听见窗外有吟咏之声，二人对视一眼，心中大喜，只听吟咏之声哀婉凄绝，薛生不禁为之动容。谁知，友人王某是一介武夫，最不喜女子哭哭啼啼作哀怨之声，就往窗外扔了一块石头，大声喊："干什么忸怩作态不出来见客！所吟的是什么句子，呜呜咽咽，使人烦闷！"女子吟咏之声顿时停止。薛生埋怨王某不该如此愚鲁，杨于畏埋怨王生。一行人等了一夜，连琐始终没有出现。

　　第二日，薛生及友人离去，杨于畏独宿。杨于畏心中希望连琐能够出现，然而，苦等一夜未见佳人。过了两日，夜间，连琐突然出现在杨于畏面前，杨于畏又惊又喜拉着连琐又是致歉又是欢喜，而连琐却低着头默默不语。杨于畏低头细看，却见连琐梨花带雨，着实可怜，不禁心若刀刮，急忙问："连琐为什么哭泣？"连琐一边啜泣一边说："你请的好友，凶神恶煞，险些吓杀我！"杨于畏慌忙又是道歉又是安慰，而连琐此时却转身离去，说："你我缘分已尽，自此永别！"说罢快速离开，杨于畏想要挽留，而连琐踪影杳然。

　　自此，过去了一个多月，连琐都没有出现。杨于畏心中惦念，茶饭不思，致使形销骨立、神色憔悴。又一夜，杨于畏在房中独酌、思念连琐时，忽然看见连琐进来。杨于畏大喜，说："你可是原谅我了？"连琐又是低着头啜泣，一言不发。杨于畏心中着急，不停追问，连琐张口欲言，却又停下，只说："昔日我负气而去，如今事态紧急又来求人，叫我如何不羞愧？"杨于畏听罢，忙说："你要求什么事，只管说来。"连琐说："阴司来了一个差役，人品龌龊、举止轻浮，逼迫我嫁给他。我想自己原本一个清白女儿，如何能嫁给一个腌臜鬼！然而，我一个弱女子，如何能与他抗衡？我想到先前你我情谊深厚，因此前来求你帮忙。"杨于畏听罢大怒，双手握拳，似要与那鬼拼生死。但转念一想，人鬼殊途，自己又有什么力量与他抗衡？连琐见杨于畏神色由怒转忧，就说："我知道事情凶险，公子好生想一想也是。"杨于畏听得此言，生恐连琐以为自己胆小怕事，就忙说："我一定拼死助你，不知道如何帮你？"连琐说："明日夜间，你早些睡，我会在梦中邀你。"于是二人当夜一如从前，通宵达旦，秉烛畅谈。

连琐临去时叮嘱杨于畏："白日千万不要睡觉，夜晚好入眠，留着梦中相见。"杨于畏忙点头答应。于是，他在傍晚时分，小酌几杯，等到略有几分酒意之时，就上床睡觉。才一会儿，忽然看见连琐走来，神情郑重，把一把佩刀递给他，随后带他走到一处院落。连琐关上门正要和杨于畏说话，却听见门外有人拿石头砸门。连琐大惊，轻声说："仇人到了！"杨于畏立刻起身开门，见门前一个男子，戴赤帽，穿青衣，胡须满脸，像刺猬一般。杨于畏怒斥鬼差："快快离去！"鬼差怒目而视，言语颇轻慢，说："就凭你也敢与我斗？太自不量力了！"杨于畏大怒，右手捉刀朝鬼差奔去，鬼差捡起石头一通乱扔，石头如雨点一般纷纷落下，其中一个石头砸中了他的手腕，佩刀瞬时落地。眼看鬼差立时上前要取杨于畏性命，忽然杨于畏眼光一转，见远方有个人，手握弓箭，正是王生。杨于畏连忙大声呼救，王生见状，挽弓就射，正射中鬼差的大腿，鬼差立即倒地。鬼差见王生勇武，想要逃窜，却见王生第二箭又到，鬼差立时毙命。杨于畏心中欢喜，忙上前道谢。王生细问其中缘故，杨于畏把实情和盘托出。王生听了，很是欢喜，说："今日偶然施救，就算是赎我前日冒犯之罪。"杨于畏于是拉着王生一起到连琐的房中。连琐见有生人，又羞又怕，远远站立一旁，不发一言。王生见连琐如此，知道自己不便久留，就要告辞，转头时忽然看见桌上有一把小刀，长数尺，刀柄佩有金玉装饰，映着灯光一看，光芒四射。王生赞不绝口，随即见连琐很是害怕自己，就与杨于畏略微道了几句别，起身离去。此时杨于畏见事情已了，也告辞归去，走到家门口，翻墙进院，忽然惊醒，听到远处村庄鸡叫声不断。杨于畏略微怔了怔，忽然觉得右腕疼痛，一看，皮肉又红又肿。

午后，王生来拜访杨于畏，把梦中奇遇说给他听。杨于畏问："你没梦到射鬼差？"王生惊问："你怎么知道？"杨于畏把右手腕伤处给王生看，又把其中的原委告知王生。王生想起梦中见到的连琐，遗憾不能亲见，心中不胜感慨，忽然转念一想，自己对她也算有恩，也许连琐愿意出来相见。于是，王生让杨于畏转达相见之意。夜间，连琐果然过来，向杨于畏施礼道谢。杨于畏盛赞王生的功劳，并且传达王生之意。连琐说："王公子拔刀相助，此番恩义，连琐誓不敢忘。然而王公子气势汹汹，威武凶猛，着实令人望而生畏。"接着，连琐又说："我有一柄佩刀，是我父出使粤中，花费百金买到的。我十分珍爱，用金丝、明珠装饰它。父亲怜我早亡，用此刀给我陪葬。今日我愿割爱，把此刀赠予王生，见刀如见人。"

次日，杨于畏把连琐之意向王生说明，王生大悦。当日夜间，连琐果然携刀前来，把刀郑重交给杨于畏，并叮嘱道："务必嘱托王生珍重此刀，此刀不是中原的东西。"自是，连琐与杨于畏又往来如初。

数月后，一夜，连琐前来见杨于畏，面带微笑，仿佛有话要讲。在灯火的映照下，连琐脸色红润，粉面含春，杨于畏看得痴了，不觉抱连琐入怀，问："你有什么事？但说无妨。"连琐说："我蒙受公子眷爱日久，浸染活人气息，日日受人间烟火熏陶，棺中枯骨渐有复生的气象。然而，还需要活人的元阳及人血，才能复活。"杨于畏十分惊喜，看着连琐。连琐含羞说："不知公子可否愿意助我？"杨于畏说："你我相敬如宾，原是你的意思。如今你既愿意，我如何不肯？"说着就拉连琐交欢，连琐忙制止："我二人一旦有了肌肤之亲，你必会有大病持续十余日，不过及时服药就能痊愈。"杨于畏哪里顾及这些，连连说："无妨。"说罢二人就云雨起来。事毕，连琐又说："已受元阳，还需几滴人血，不知公子能否忍痛舍我几滴？"杨于畏立马取出利刃，刺破手臂，鲜血登时渗出。连琐躺床上，命杨于畏把血滴在肚脐中。随后，连琐起身说："我百日内不会再来。等百日之期一到，你若看见我坟前有青鸟在枝头鸣叫，就立即挖开坟墓。到那时，我就可复生。"杨于畏仔细听完，用心记下。临出门时，连琐又特意叮嘱："切记时日，早一刻、晚一刻都不行！"说罢离去。

十余日后，杨于畏果然腹痛难忍，请医诊治，服药后腹泻几次后就痊愈了。百日后，杨于畏命家中仆人扛着锄头到连琐坟前等着。黄昏时分，果然有青鸟在坟前鸣叫。杨于畏大喜，说："时辰到了。"于是挖开坟墓，打开棺材，棺木虽已枯朽，然而连琐脸色红润如活人。杨于畏轻轻摸连琐的手背，体温微暖。杨于畏给连琐盖上衣服，带回家中，放在温暖的地方，果然见连琐渐有气息。他又陆续喂了些汤羹，到了半夜连琐就醒了。连琐睁眼看见杨于畏，微笑说："二十余年，恍若一梦！"

——故事源于清·蒲松龄《聊斋志异·卷三·连琐》

47. 公孙九娘

清朝初年，于七发动叛乱，朝廷平乱后，诛杀于七党羽。这个案件牵连很广，遭株连被杀的人多来自栖霞、莱阳两县。那时，官兵把俘获的数百人在济城演武场全部屠戮，一时，血流满地，白骨成堆。有的官员内心慈悲，拿出钱来给被杀者置办棺材，一时城中木材被哄抢一空。当时，被杀的人大多埋葬在城南郊外。

莱阳有一书生，他的两三个亲友也因为此案被诛。甲寅年间，莱阳生到济南城预备纸香之类的祭品，祭奠被诛亲友，暂时住在南郊旁的寺院中。次日，莱阳生有事进城，可到了日暮，还没回来。此时，恰有一少年来拜访他，见他不在，就摘下帽子上床躺着，等他回来。少年不拘小节，上床连鞋子都没脱。仆人见他有些无礼，就问少年名姓，少年紧闭双眼并不理睬。仆人无奈，只好在门前等主人回来。晚间，莱阳生回来，仆人禀告有人来访，并把少年的举止如实告知。莱阳生一听，心下疑惑：我在当地并没有熟人，来的是谁？他于是推门进房。当时天已漆黑，屋内灯火昏暗，看不清人脸。少年见有人来，以为是仆人又来询问，就瞪目说："我在这里等候你家主人，你屡屡逼问，难道我是暴徒吗？"莱阳生听罢笑说："我就是主人！"少年连忙起身整理衣冠，对着莱阳生施礼。莱阳生听少年声音十分耳熟，再靠近细看，竟是同乡朱生。他乡逢故人，他心中一喜，却忽然醒悟：朱生已经在于七之案中被杀了，今日见到的莫非是鬼！于是，他慌忙转身就跑。朱生却一把拉住他，说："你我二人有文字之交，今日怎么如此寡情？我虽已成鬼，却始终心念故人。今日来访有事相求，还望你不要以人鬼殊途为由来搪塞我。"莱阳生只好坐下，问："不知你所求什么事？"朱生说："你的外甥女云英如今未嫁，我有意与她结为夫妇，多次请媒人前去说和，奈何她总以无长辈之命为由推辞。你是她舅父，若能作为长辈应下婚约，我万分感激！"莱阳生说："我确实有个外甥女，早年丧母，我与妻子养育了好几年。十五岁她才回家，后来被俘到济南。她在父亲被杀时，吓病了，没过多久就死了。不过，她有亲生父亲可做主，你为什么来求我？"朱生说："她父亲的灵柩已被迁往别处，如今不在这里。"莱阳生问："那如今外甥女孤身一人独自过活？"朱生说："现在她与邻居老太太相依为命。"莱阳生听罢,心中着实对外甥女的遭遇很是唏嘘。可转念一想,活人如何为鬼做媒?他想推辞,朱生看出了他的顾虑,说:"您随我走一趟吧。"于是他拉起莱阳生的手就往外走,莱阳生连连推辞,问:"去哪里?"朱生并不停步,说:"您只管随我走就是了。"莱阳生无奈,只好跟着。

向北走数里,有一处村落,约有百十来户人家。到了其中一户人家门前,朱生敲门,随即一个老太太出来开门,见到朱生就问:"你来有什么事?"朱生回答:"烦请告知娘子,就说她舅舅来了。"老太太进去后片刻,出来邀请莱阳生进屋,转头对朱生说:"茅舍太狭窄,劳烦公子在门外稍坐,等候片刻。"莱阳生进入小院,见院中有两间小屋,外甥女正在屋门口低声啜泣,莱阳生见状也不禁鼻中一酸,滚下泪来。老太太见状,忙把莱阳生引入屋内坐下,外甥女忙问:"多年未见,家中长辈可还安康?"莱阳生说:"大家都好,只是你舅母已故去了。"外甥女听得此言,泪下如雨说:"舅舅舅母把我抚育长大,对我像亲生的一样。谁料我还没报答,舅母就被埋葬在黄土之中,真是遗憾。前年,伯伯家堂哥把父亲的灵柩迁走,独留我一人在此,孤苦伶仃。我已魂归地府,舅舅还惦念着我,每年来祭奠,送我金帛,这些我都收到了,多谢舅舅费心!"莱阳生说:"我把你当作亲生女儿一般,虽你去世,却时刻惦记。我今日能来见你,全仰赖朱生。朱生想要与你结为夫妇,不知你意下如何?"外甥女听罢,低头默不作声。老太太见状说:"朱公子先前托杨姥姥来过三五回了,依老身看来,这门婚事极好。但是小娘子不肯自行草草结婚,今日舅舅在此主持婚事,自然是没什么不满意的了。"

老太太刚说完,就见一个十七八岁的青衣女郎,风风火火从门外进来。莱阳生见女郎英气逼人,一双美目弯如秋月,两颊红晕灿若朝霞,仿佛是天女一般,不禁多看了两眼。女郎没料到房内有生人,一时愣住,随即慌忙转身离开。外甥女见女郎要走,慌忙拉住女郎衣襟说:"不必见外,这是我舅舅。"随后，外甥女又拉着女郎对舅舅说，"这是九娘，出身栖霞公孙氏。她的祖上也是世家大族，只是到她父亲一辈就败落了。如今也穷困零落，不太如意。九娘与我极好，常来跟我做伴。"莱阳生与九娘互相施礼见过后，看着九娘说："果然是出身世家大族，气度非凡，乡野中怎会有如此娟好的女郎！"外甥女笑说："舅舅有所不知，九娘不仅相貌好，而且还是女学士，词作极佳。"九娘见外甥女如此说，忙嗔她说："你这小丫头无端败坏女子名声，也不怕你舅舅笑话我！"外甥女又笑着对莱阳生说："我舅母已故去，舅舅还未续弦，这个小娘子，舅舅可还满意？"莱阳生一时大为窘迫，九娘也笑着跑出去，一边跑一边还说："这小丫头又发疯癫了。"待九娘离去后，外甥女对莱阳生说："九娘才貌无双，我看舅舅也对她有意，舅舅若不介意人鬼殊途，我明日就可向她母亲说明。"莱阳生很是高兴，但是心中却忧虑人鬼婚配于礼不合，犹豫再三，不敢应承。外甥女说："舅舅莫要犹豫了，九娘与舅舅是天定的缘分！"莱阳生听外甥女如此说，就也不再推辞，看天色不早，莱阳生告辞，外甥女送他出门，并叮嘱说："五日后，月明人静时，我派人去接你。"说罢，莱阳生出门。到了门口，他才想起竟忘了朱生，然而，环顾四周，并没看到人。莱阳生只好自行离开。

此时，月亮半圆，夜色朦胧，莱阳生凭着记忆沿来时路返回。走了几十步，见朝南一座宅邸前有一个人影，莱阳生走近一看，正是朱生坐在门前石头上等他。朱生见他来了，就起身说："我已等候多时，这是寒舍，若您不弃，可进去稍坐。"莱阳生于是随他进去，朱生殷勤招待，随后又拿出一樽金爵，百枚晋珠，说："我并没有别的好物，这些就权当是聘礼吧！"继而又说："家中有数坛浊酒，真想与你畅饮几杯。不过这是阴间之物，不能用来款待贵宾，唉！"莱阳生忙起身道谢，连说："不必。"随后，朱生送莱阳生出门，一直送到半路，方才作别。

莱阳生夜半返回寺院，见众僧正聚集一处议论纷纷，有人说："怕不是遇着鬼了？"又有人说："不知道他能否平安归来？"还有人说："可惜了！"莱阳生惊问："师父们深夜不睡，可是寺中出了大事？"众僧见莱阳生安然无恙，纷纷围过来问："你去哪儿了？"又有人问："你有没有遇着鬼？"莱阳生听罢，忙把今日经历隐去，只说："你们这般胡言乱语，成何体统？我只是跟朋友喝酒这才回来晚了。"一众僧人听罢纷纷散去。五日后，朱生果然又来见莱阳生，此时的朱生衣冠齐整，手摇羽扇，意气风发，一见莱阳生就作揖道："您的婚事已经谈妥，今夜就是吉期，劳您随我来吧！"莱阳生说："这几日因没有得到回音，聘礼还没有送去，怎能贸然举行婚礼？"朱生笑说："聘礼不用担心，我已替你送去了。"莱阳生十分感激，于是一路跟随朱生到了他的住所。一进门，就见外甥女妆容华丽，站在一旁微笑施礼。莱阳生在朱生家中见到外甥女，知道二人已成亲，问："你二人什么时候成亲的？"外甥女说："已有三日了。"莱阳生于是拿出朱生赠的晋珠，当作嫁妆交给外甥女。外甥女推辞一番，收下了。接着，外甥女对莱阳生说："我已把舅舅续娶的想法说给了公孙老夫人，夫人听完大喜。不过，老夫人说自身年迈，只有九娘一个女儿，不舍得九娘远嫁，所以希望今夜舅舅入赘公孙家。她家没有别的男子，舅舅这就随朱郎前去吧。"莱阳生于是跟随朱生走到村尾一处宅院，只见此宅大门敞开，二人进入厅堂。不一会儿，听见有人说："老夫人来了！"果然有两个婢女扶着老夫人进来，莱阳生立刻就要行跪拜大礼，老夫人见状，忙说："老朽年迈，也不受这礼了，免了吧！"说着，老夫人指派婢女准备丰盛的宴席。朱生也命人另外置办一桌酒席，专供莱阳生食用。此间宴席与人间并无二致，只是主人自斟自饮，并不劝酒。

宴席结束，朱生告辞，婢女领着莱阳生进入内室，喜烛闪烁，光影晃动中见床边九娘极尽妩媚艳丽。二人洞房花烛，极尽欢昵。事罢，九娘说起生前事。九娘母女原是被押解进京的，不过才到济南城，母亲就被折磨而死，九娘伤心欲绝，自刎随母。九娘说到此处，伤心不已，呜呜咽咽，难以成眠。莱阳生听罢也不胜唏嘘，只听九娘哽咽着口占两首绝句："昔日罗裳化作尘，空将业果恨前身。十年露冷枫林月，此夜初逢画阁春。""白杨风雨绕孤坟，谁想阳台更作云？忽启镂金箱里看，血腥犹染旧罗裙。"

不一时，天色快亮了，九娘催促说："相公该回去了，悄悄地，不要惊动人，夜间再来。"莱阳生自是依依不舍，奈何九娘催得急，只好离去。自此以后，莱阳生夜来晨去，夫妇二人恩爱非常。

一夜，莱阳生与九娘闲话，问："这村叫什么名字？"九娘说："莱霞里。因为这里有很多莱阳、栖霞的鬼。"莱阳生长叹一声，不出一言。九娘悲泣着说："我一缕柔魂，孤身葬在蓬蒿丛生之中，无人问津。还望你念在你我夫妻一场，把我的尸骨迁入你家祖坟，使我孤魂有托。"莱阳生满口答应。九娘又说："人鬼殊途，相公不宜长久滞留此地。"说着，拿出一双罗袜赠给莱阳生作为念想，挥泪与他告别。莱阳生心中凄然，三步一回头地离开了。路过朱生门口时，他敲门喊朱生，朱生听到敲门声，连鞋子都未来得及穿，连忙起床开门。外甥女也顾不上散乱的发髻赶忙起床，问舅舅发生了什么事。莱阳生惆怅半晌，才讲述了九娘的话。外甥女说："就是舅母不说，我也有此心。这里不是人间，不可久居。"莱阳生心中怅怅，含泪告别。回到寺院住所，辗转反侧，一到天明就立即起身，打算寻九娘的墓穴，忽然想起竟忘了问九娘的墓穴有什么标志！于是，他只好等到天黑，又去往莱霞里。谁知他到了一看，只有千坟累累。他迷路其中，万般无奈之下，只好悻悻而返。回到寺院住处，莱阳生拿出九娘的罗袜，谁知那罗袜一经风吹，就化作灰烬四散，寸缕不留。莱阳生心内悲苦，立刻收拾行李起身返家。

一晃半年，莱阳生还是无法释怀。一日，他专程到济南，希望能再遇着九娘。等他到了南郊，天色已晚，匆忙到寺院放下行囊，就起身到坟地处，只见坟墓累累，满目荒凉，鬼火狐鸣，骇人异常。莱阳生心下惴惴，急忙返回寺院，第二日就起身回乡。莱阳生心中失意，垂头丧气。走了一里多地，远远看见一个女子站在坟墓上，看那神情身形，与九娘十分相似。莱阳生忙走近细看，果然是九娘。他一时惊喜非常，想要对她诉说相思之情，谁知女子径直离去，仿佛不认识他一样。莱阳生快步走到女子身前，却见女子脸有怒容，抬起袖子遮住自身。他刚喊一声："九娘！"女子就如一缕烟般消逝在眼前。

——故事源于清·蒲松龄《聊斋志异·卷四·公孙九娘》

48．冥刑

席廉，为人朴实木讷，性情憨直。年轻时曾与同乡财主羊某结怨。羊某去世几年后，席廉病痛缠身，性命垂危，席廉之子席方平日夜在父亲床前尽孝。一日，席廉看着病床前的儿子，叹了一口气说："我的病，全因羊某。他贿赂冥府差役来对我用刑，我活不久了！"席方平一惊，还想再问，却听父亲大号一声，两眼紧闭，撒手人寰。席方平心中大恸，见父亲全身红肿，面色痛苦。一想到父亲在阴间遭遇苦楚，席方平就心如刀绞，茶饭不食。一日，席方平对家人说："我父亲老实木讷，如今却被恶鬼欺凌，我这就去冥府为父申冤！"家人苦劝不得，只好由他。他自此不再言语，有时坐着，有时站立，神情痴呆。不知不觉，他的魂魄已经离身。

席方平的魂魄晃悠悠走出家门，却不知该去哪里。他见到路上的行人，一把拉住问县城所在。不一时，席方平进城，一打听才知道，父亲已被收入冥府狱中。席方平又几经周折找到了监狱，他一到监狱门口，就看见父亲孤身一人横卧在牢房一角，样子十分狼狈。父亲也看见了席方平，赶忙拖着两条血淋淋的腿与儿子相见。他一边哭一边对儿子说："羊某贿赂了狱吏，日夜对我用刑，我双腿已残。"席方平又是心疼又是愤怒，大骂："大胆狱吏，我父若有罪，自有王法处置，怎能任由你们这些魑魅魍魉随意摆布？"说罢，他忙好生安慰父亲。离开监牢，席方平径直到衙门，一纸诉状递到城隍跟前。城隍接状审理，谁知，羊氏也贿赂了城隍。几日后，城隍以席方平所告无实据为由，不再受理。席方平有冤无处诉，心中气愤，连夜行百余里路到了郡司，状告城隍徇私枉法、收受贿赂。谁知，此案拖延到半月后才开始审理，郡司不问缘由对着席方平就是一顿毒打，随后又把他押解给城隍，城隍又对他用了酷刑。席方平无处申冤，又惨遭毒打，心中十分忧愤。城隍唯恐他再告状，就派遣差役把他押解回家。一路上，差役对他非打即骂，十分不耐烦，刚把他送到家门口，差役就转头走了。

席方平站在家门口，想到父亲还在狱中蒙冤，而自己也无辜受刑，心中郁郁，并不回家，转身又到阴间。他这次径直到阎王跟前，状告城隍、郡司残酷贪墨。阎王听罢，大怒，立即派人通知二人前来对质。二官见形势不妙，一边动身，一边叮嘱心腹劝席方平撤诉，并许诺给他千金。席方平不为所动。数日后，一个客店主人听说了此事，好心劝席方平说："官府与你求和，你却执意不从，只怕对你并无益处。如今，听说城隍和郡司已派人给阎王送了大礼，你这冤情怕是伸张不了了。"席方平半信半疑，只等阎王通知。不一会儿，一黑衣差役传唤席方平上公堂，不等席方平见礼，就见阎王怒道："大胆席方平，攀诬阴司官员，杖二十！"说着，就有差役拖席方平行刑。席方平大喊："我有什么罪？"阎王置若罔闻。席方平边挨打边喊："我今日遭打，只是因为没有行贿罢了！"阎王见他大庭广众之下说出这样的话，怒气更盛，命差役拖他去受火床之刑。两名鬼差架着席方平把他放在东面铁床上，席方平受了杖打，动弹不得，只能任由差役在床下架柴烧火。一时火光冲天，席方平被烧得骨肉焦黑，痛得恨不得立即死去。被折磨一个时辰后，阎王命差役把他重新带上公堂，此时席方平已无法动弹，只好任由差役把他扔到堂上。阎王问："你还敢继续告状吗？"席方平咬牙说："我天大的冤屈还没申诉，只要我还活着，就一定要告！"阎王怒极反笑，问："那你接下来状词写什么？"席方平说："只要是我遭受的刑罚，我都一一写上。"阎王又怒，罚他受锯身之刑。二鬼差把他拉到一处，只见此处竖着一块高木，长八九尺，上面有两块木板，木板上满是血痕。鬼差刚把他绑上高木，就听见阎王在堂上大呼一声："席方平！你还敢继续上告吗？"席方平仰头回答："告！"于是，阎王命人行刑。二鬼用两块木板把席方平夹住，在高木上绑好。随后，鬼差拿出锯子，从头锯起。锯子一挨头，席方平就觉得头要被劈开，疼痛难忍，然而他却咬紧牙关决不求饶。二鬼见状，赞道："此人是真汉子！"锯子轰隆隆锯到胸口处，席方平听见一个鬼对另一个鬼说："这人是个大孝子，本不必受此苦楚。不若我们把锯子稍偏一些，不要锯坏了他的心。"另一个鬼说："正合我意。"于是锯子曲折向下，不一会儿，席方平身体已被锯作两半。两个鬼差上堂禀报行刑完毕，阎王命二人把他合身来见。于是二鬼把席方平的身体又重新合起来，拖着他进了公堂。席方平只觉锯缝处有撕裂的疼痛，走了几步就倒在地上，动弹不得了。其中一个鬼从腰间拿出一条丝带递给席方平说："念你一腔纯孝之心，这条腰带赠给你。"席方平接过，道了谢，系在腰间，顿时觉得疼痛全消。于是，他上堂见阎王，阎王又问："你还要上告吗？"席方平唯恐再惨遭酷刑，就说："不再告了。"阎王听罢，心中大悦，扬扬得意地说："算你识时务！"说罢，命人把他送回阳间。差役送他出北门，又给他指了回去的路，就头也不回地走了。

席方平看着两个鬼差离去的背影，一时陷入了沉思：想要回家吧，心有不甘，不回家又能去哪儿找回公道呢？这阴曹地府比人间更黑暗，只恨我没有直达天庭的路径，不然，无论如何我也要为父申冤！席方平一边走一边思索，忽然想起世人常说灌口二郎神最是聪明正直，或许他可助我！一想到这里，席方平顿时觉得浑身充满了力量，暗自窃喜两个鬼差并未跟随，于是转身向南，想要赴灌口寻二郎神。刚走没几步，就听见有人大呼："席方平！站住！"席方平回头一看，不禁浑身冒冷汗，来的正是方才的两个鬼差。鬼差上前喝道："果然如阎王所料，你不回家想去哪里！"说着也不容席方平辩解就拉他回去面见阎王。席方平心想此番一去怕是会有更重的刑罚，只得暗暗叫苦。不料，阎王见到席方平，并无怒色，和颜悦色地说："你的孝心着实令人感佩。这样吧，我为你父昭雪，让他往生富贵之家。如此，你不必再为他辛苦奔波。此外，我命人送你回去，赠你千金，寿命延至百岁。你看如何？"席方平不答。阎王见他略有动容，急忙命人拿来生死簿，把许诺的一一记下，并盖上了大印，拿给席方平过目。席方平见所说不假，就拜谢离去。阎王见状，忙使眼色命两个鬼差跟随，走到半路，鬼差嘟囔着说："这厮真是奸猾，来回折腾好几趟，使我二人也受牵累不断奔波！要是再有下次，我一定把他投入大磨中把他磨成灰！"席方平听见鬼差如此说，怒道："你这鬼东西想要干什么！我能忍受锯身之刑，却容不得你们用言语羞辱我！走！你们这就随我见阎王，若是阎王明白说要我自行回家，我必不劳二位相送！"说着就拉着两个鬼差要反身见阎王。二鬼见他这样，着了慌，忙对着席方平赔礼作揖，一顿好言相劝，席方平这才答应继续回家。路上，席方平故意放慢脚步，走几里就要休憩一时，二鬼差敢怒不敢言。大约过了半日，路过一个村庄，其中一户人家大门半开，二鬼差就拉着席方平一齐在这家门口休息。席方平才坐到门槛上，二鬼差就猛地一推，把他推到门内。

席方平毫无防备，等到定下神来，才发觉自己已成了新生的婴儿。他心中恼怒，不吃奶水，三日后就死去。如此，席方平的魂魄又开始飘荡。这次，他主意已定，直接赴灌江口。狂奔几十里后，忽然看见路上有豪华车队经过，鸣锣开道，旌旗蔽空，剑戟林立。席方平忙闪身路旁，慌忙之中，一不小心被路旁石头绊倒，惊扰了开路的马队。一个侍卫翻身下马，拉起席方平送到车前，车中人问："你是什么人？"席方平抬头见车内少年，丰神俊逸，气度非凡，料想到此人必是大官，又想，自己如今落到这步田地，正因官官勾结相护所致，官员最能作威作福，荼毒百姓。忽又转念，自己连阎王酷刑都受了，还怕其他？于是就夯着胆子把自身经历细细说来。车中少年听完，沉默不语，命席方平跟随自己的车队行进。不一会儿，到了一处所在，路旁站有几十个官员，车中人一一跟他们打招呼。随后，少年指着席方平对其中一个官员说："他是凡间的人，想求你为他主持公道。我恰巧碰上，就带他来见你。"少年又指着官员对席方平说："这就是二郎神君。"席方平忙躬身施礼，二郎神扶起席方平后，对少年说："在下自会秉公处置，一有结果立即派人知会九王殿下。"席方平这才知道少年是玉帝第九子。九王微微一笑，也不言语，起身离去。席方平暗自打量二郎神，只见他身形高大，胡须满脸，与世人所传并不相同。二郎神命席方平把所受的冤屈一一道来，听完席方平的讲述，他面无表情，吩咐手下一声，随后，带着席方平到了一处官署。席方平见乌泱泱一大片人，其中父亲、羊某及阴司一众差役都在！席方平听见车声辘辘，回头一看，原来是辆囚车，车中正是阎王、郡司和城隍！席方平这一惊非小，只感激地看向二郎神。二郎神根据席方平所说对阴司官员、差役一一审问，得知席方平所言不虚，怒目扫视三官，三官低头战栗，不敢言语。一时，二郎神提笔写下判词："阎王贪赃枉法、恃强凌弱，辜负玉帝盛恩，罚他受西江水洗肠之痛、三昧真火炙烤之苦；城隍、郡司凶残奸狡，横行霸道，罚他受剔骨、剥皮、抽筋之刑；鬼差狐假虎威，甘为鹰犬，罚他受剁骨、汤煮之刑；羊某为富不仁，勾结官员，罚他家产全部赔给席家。"说罢命人把他们押往泰山立即行刑。

席方平父子沉冤得雪，感激涕零，跪谢二郎神大恩。二郎神扶起父子二人，对席廉说："你儿子的孝心天日可表，你生性温良纯善，念你在阴司蒙冤受苦，赐你三十六年阳寿。"二人又惊又喜，又要跪拜。二郎神连连摆手，命人把他们好生送回家中。

家中的席方平身体渐渐苏醒，把阴司的经历说给家人听。说罢，家人忙打开席廉的棺材，见棺中席廉尸身依然冰冷，过了好一会儿，才渐渐有了温度。

自此以后，席家家道渐丰，不出三年，就已坐拥遍野良田。而羊氏子孙渐渐衰落，家中田产楼阁败尽，最后都成了席家产业。席父一直活到九十多岁才去世。

——故事源于清·蒲松龄《聊斋志异·卷十·席方平》

49. 奈河

高苑（今山东省邹平市）人王十以贩盐为生。一次，他到博兴（今山东省滨州市）买食盐，回家路上却被二人拦住了去路。王十以为这二人是当地盐商派来专管私盐贩子的巡逻兵，丢下盐袋子就想逃跑。无奈他双脚此时不听使唤，只能任由二人捆绑。王十苦苦求饶，诉说自己的悲苦，希望二人能网开一面。二人说："我二人是来自阴间的鬼差，不是盐商派来的。"王十心中更加惶恐，以为自己阳寿已尽，这鬼差是来索命的。于是，他乞求鬼差说："此番一去就阴阳殊途了，请允准我回家与妻子告个别吧！"二人一听，笑着摇头说："此去并非你阳数已尽，只不过是暂服几天劳役而已。"王十问："不知要我服什么劳役？"二人说："阴间新阎王到任，见奈河快要淤平了，十八层地狱的茅厕也快满了，因此命我们捉三类人清理奈河淤泥，另捉一类人清理茅厕秽物。"王十大着胆子问："不知被捉的都是什么人？"鬼差说："清淤泥的三类人分别是小偷、私自铸钱之人和私盐贩子，清理茅厕的一类人是乐户。"

二鬼差押着王十进城，到了一处官衙，堂上坐着一个人，刚直威严，看上去凛然不可冒犯。鬼差拉着王十下跪行礼，说："回禀阎王，这是私盐贩子王十，还请阎王处置。"阎王看了王十一眼，怒喝鬼差："混账！他算哪门子私盐贩子！贩卖私盐的人，对上来说，损害国家税收，对下来说，残害民生。世间贪官奸商所说的贩私盐的人都是天下的良民！贫苦百姓为了生活，拿出微薄的本钱，求得丁点利息，如何算得上是私贩！"二鬼战战，不敢答言。阎王见状，说："罚你二人买来四斗盐，连同王十所背的盐，一并替他送回家中。"二鬼领命。阎王又递给王十一根狼牙棒，说："你这几日就随鬼卒到河边监工去吧。"于是，就有鬼卒领王十到奈河边。王十见河中人夫，一个个被绳子拴着，如同蝼蚁一般。又见河水浑浊赤红，奇臭无比。淘河的人都赤身裸体，手拿着铁锹把河中挖出的朽骨和腐尸放入筐中，筐满之后再运出来。河水深的地方需要人扎猛子进去捞取。稍有偷懒，就会受鬼卒狼牙棒的捶打。王十看得心惊，鬼卒递给他一颗香绵丸，说含在口中再靠近河岸。王十走近河岸，见高苑盐铺的掌柜也在其中，想起他一向恃强凌弱，专门欺压贩私盐的贫苦百姓，心中十分愤恨，专挑他的错处。掌柜下河，王十就拿狼牙棒捶他的后背，掌柜上岸，王十就敲他的大腿。盐铺掌柜生恐再被殴打，常常钻入水中。如此，王十才罢手。经过众人三天三夜的劳作，河工死伤大半，奈河的清淤工程终于完工。阎王又命先前捉王十的鬼差护送王十回家。

先是，王十到博兴买盐一夜未归，第二天，妻子担忧王十，就出门找寻。刚走出房门，妻子忽然看见院中有两袋盐，却并不见王十身影。妻子一路走一路寻，终于在半途找见已不省人事的王十。妻子探其鼻息，气若游丝，立时吓了一跳，费力把他背回家悉心照料。一日，王十突然醒转，把阴间所历细说给妻子。妻子听罢，十分惊诧说："前日，听说高苑盐铺掌柜突然气息奄奄，不知现今状况怎样？"说着，妻子出门探听，片刻后回来，说："掌柜的已然苏醒，不过听闻他长了恶疮，背上和大腿都流脓腐烂，臭不可闻，连医士都不愿意上前医治。"王十听罢思忖一时说："是了，这两处正是我用狼牙棒捶打的地方。"第二日，王十特意去探视掌柜，掌柜看见王十过来，浑身战战，缩到被中不敢出来。

一年后，掌柜的身体才渐渐痊愈。自此以后，他就不再经商了。

——故事源于清·蒲松龄《聊斋志异·卷十一·王十》

50．卓女坟

永泰年间，牛爽被授予庐州（今安徽省合肥市）别驾职位。牛爽赴任时，他的乳母也随行。乳母一路乘驴，因路远驴慢，乳母大腿内侧被马镫磨破了，过了一年多，伤处也不见好。一日，乳母伤处太痒了，她用手搔痒。可是，并不济事。她感觉伤处像虫子爬咬一般，正想细看，忽然看见有几只秋蝉从伤处飞到了庭中树上，通宵不住悲鸣。乳母大奇，牛家人觉得事有蹊跷，慌忙请来一位女巫占卜。女巫颇通鬼神，见到树上秋蝉，大声呵斥，那蝉并不飞走，竟与女巫交谈起来。牛家人不通它们的言语，等交谈结束，牛家人问女巫："不知这是什么意思？"女巫说："适才见到一个女鬼，身穿黑衣，头戴黑冠，用手指引蝉与我说话。"牛家人忙问："女鬼说什么？"女巫说："女鬼说：'东堂下是我住处。若祭祀我，就可得福；若欺辱我，将祸及三个女儿。'"牛爽听见这话，大为不悦，说："怪力乱神！鬼神之说，我不信。"等女巫走后，牛爽命人抓到蝉，把它杀了。

过了一年，牛家平安无事。牛爽有三个女儿，个个安分守己，恪守女德。一个夏夜，三更时分，牛爽与妻子已安寝。忽然，房门大开，牛爽大奇，忙起身预备关房门，突然见身旁有一具女尸，身盖白布，僵卧在床。牛爽大怖，悄悄推醒妻子告知女尸之事，妻子也大为惊骇。二人一时不知该怎么办。须臾，牛爽忽想起家中藏有宝剑，就悄悄起身，取出宝剑，朝女尸砍去。一剑下去，听得女尸大声惊叫，牛爽和妻子恍惚中听出声音是长女发出的，二人忙点上蜡烛，一看，女尸已不在。夫妇二人忙到长女闺房，一看，竟见长女被剑拦腰砍断，满地鲜血。牛爽又惊又恸，一时手足无措，不住惊叫乱跳，不明白到底是什么情况。

半年后某夜，牛爽吹灯要睡，忽然觉得身旁不对劲。他骤然惊起，又见此前的女尸躺在床上。牛爽此时神思恍惚，仓促之间，又拿剑砍杀。突然，次女在闺房大叫一声，众人前去一看，次女也被拦腰砍断，全家都十分震惊。家中一个老仆见状，劝牛爽说："这些一定是鬼神做的，大人不如搬到别的地方居住。继续住在这里，恐怕还会生祸端，人如何能与鬼神抗衡？"牛爽大恸，却始终不信，并不搬走。次年，又见女尸，三女也被杀。牛爽此时已神志不清，每日大喊大叫，亲友见状，强制要他家人迁到别处居住。没过多久，牛爽就因病而亡。

牛爽生前与一个道士交好，道士名叫褚乘霞，擅长驱鬼，听说了牛爽家中的事，亲自到牛家旧宅，一探究竟。此时，牛爽旧宅已废弃许久，当地人把它看作凶宅，没有人敢住在这里。褚乘霞进入旧宅，在庭中结坛。到了日暮时分，雷霆轰隆声响起。次日天明，旧宅房屋坍塌，树木连根拔起。听说凶宅有异，众人纷纷前来，一时观者如堵。有人问："道长可知昨夜雷声是怎么回事？"褚乘霞微微一笑，说："我在此结坛，有一个黑衣甲兵与我交战，随后他溃败而逃。然后有一个二十多岁的女子走出来，自称卓女郎。我责问她为什么伤人，女郎说：'这不是我的错，牛爽和他三个女儿命中该亡。蝉是我信使，牛爽毫无仁慈之心，把它杀了，牛爽这是罪有应得。现下，我落入你手，你打算如何处置我？'我说：'你虽伤人，却也有缘故，就把你迁到别处，今后不要再害人了。'女子朝我叩头称谢，起身离去了。"众人没想到世间竟真有鬼神，纷纷称赞褚乘霞道行高深。褚乘霞命人拿着铁锹等工具，在堂下挖了好几丈深，见到一座古坟，坟旁有铭文写着：卓女坟。褚乘霞命人把坟迁到别处，此后，牛爽旧宅不再有诡异之事。

——故事源于唐·陈劭《通幽录·牛爽》

51．牛头马面

洪州（今河南省辉县市）学正张某，天性刻薄，如今已年老，变得更加刻薄。每有学生告假，他总会找各种理由不批。学官要是准假五日，他就改为三日，要是准假三日，他就改为两日。这类事件比比皆是，惹得一众学子心生不满。

众学子因此想出一个办法捉弄他。学生中有一个张鬼子，他长相可怖，容貌似鬼。众人想让张鬼子扮作阴司索命吏，对张某追魂索命，把他吓得大病几日，来解解气。张鬼子一听，大赞："好办法！"于是，欣然答应。众人大喜，不一会儿，张鬼子皱眉说："既要装鬼就要装真切，还需要一份冥司牒才行。"众人问："冥司牒从哪里找？"张鬼子说："我曾见人做过，用白矾水在纸上书写索命词。据说凡人是看不见的，但被索魂的那人却能看得真切。"众人一听，忙起身备水、纸笔及明矾，张鬼子如法炮制，一切很快就准备妥当了。

当夜，张鬼子与一众学子到了州学。那时，州学门已关闭，张鬼子用头巾蒙上脸和头，从门缝中进入，众学子在外等待。张某见鬼子，大惊，随即就怒道："大胆畜生！胆敢擅闯州学！必定是那些竖子让你扮鬼吓我，你速速退去！"张鬼子一听笑说："我奉阎王的命，带你回阴司，这是冥司牒！"张某说："冥司文牒在哪里？拿来我看看！"张鬼子递给他，不等他看完，张鬼子就揭下头巾，张某一看，鬼子头上有两只牛角！张某惊吓过度，登时毙命。

张鬼子出州门见一众学子，说："我是阴司的狱卒牛头鬼，之前奉命追捕张某。因为渡河时不小心丢失了文牒，不能回去复命，这才在人间逗留二十年。如今仰赖众位秀才的帮助，我才能回去交差。这事对于我来说，可不是弄假。"说罢，对着众学子好生拜谢一通，随后就去世了。

——故事源于南宋·洪迈《夷坚丙志·卷十三·张鬼子》

52. 雷鬼

侍郎上官彦衡的家眷在扬州。一日上午，夫人杨氏在堂上与儿女闲话家常，忽然听见门外雷声隆隆，一时暴雨倾盆。杨氏与儿女很是惊奇，忙到门口看，只见一个奇鬼自天而降。他身长仅有三尺，浑身皮肤都是青色，额头两侧有肉角。奇鬼见众人涌到门口，掩面大笑，不一会儿，家中男女老幼都出来看，奇鬼依然笑个不停。顷刻间，只听得一声炸雷落在屋顶，登时天昏地暗，风雨如晦，那鬼趁机飞到空中消失不见了。

——故事源于南宋·洪迈《夷坚丙志·卷七·扬州雷鬼》

53. 冥府鬼犯

高俊，睢阳（今河南省商丘市）人。高家世代是兵卒，骁勇善战。绍兴二十二年正月辛亥日，高俊登夔州（今重庆市奉节县）高山察看山形地势，在半山腰遇到一个人披发执杖朝他走来。高俊迎上前去，那人出示公文给高俊，说："你阳寿已尽，我奉命捉拿你到阴司。"高俊一听，惊怖非常，忙起身狂奔回家中，那人跟在他身后。高俊慌乱之中随手拿起家中的器具朝那人掷去，那人十分生气，气冲冲地冲到高俊面前，用手扼住他的喉咙。高俊登时倒地，不一时，只觉身轻如叶，跟随那人飘飘然向西走了。一路漆黑，过了一个桥洞，豁然开朗，眼前的城墙坚固高大，城中商铺林立，与人间一样。又往前走，到了一座府衙内，两侧回廊都是人犯。那人指着一个吊在梁上的女子，说："这个妇人生前好用膏油涂发，生活靡费，因此让她受热油淋身之苦。"又指着一个双手反绑、正被钳子夹舌头的女子，说："这个妇人生前最喜摇唇鼓舌，搬弄是非。"再往里走，高俊遇见一个相识的人，那人说，"此人想必你认识，他原是宁江都将，生前喜欢滥杀无辜，死后要受刑罚。"高俊见他扛着枷锁，脚系锁链，身后的一个小吏不住拿刀割他大腿上的肉，一时血肉模糊，形容枯瘠。

再往前走，又陆续见头破血流的、缺腿断臂的、胸穿肚烂的，不胜枚举。高俊看了只觉头皮发麻，汗毛直竖。那人说："只要人生前作恶，死后就要入地狱受刑。"再往前走，高俊又看见一个熟识的部将，他被鞭子打得体无完肤。又看见原来的面铺掌柜冉二，高俊记得他已死了好几年，冉二面前有一排大瓮，瓮中泔水发出阵阵腐臭，那人对高俊说："这个瓮中都是他生前糟蹋的面汤饭菜，现在他每日要饮三杯，你看，他旁边的七个大瓮都空了。"高俊不敢多看，又跟随那人往前，不一会儿，他又见曾在街上卖软糖的黄小二，黄小二现今是狱卒，见到高俊殷勤招呼："你什么时候来的呀？"高俊寒暄几句，就又跟随那人到了庭下。那人吩咐高俊等候传召，起身离去。高俊一路所见，多有熟识的人，心中又惊又惧，一时惴惴难定。

不一会儿，高俊听见大堂上主官呼喊，忙上前拜见，主官问："你是何年何月何日何时生？"高俊说："我现年二十五岁，六月二十日辰时生。"主官翻开册簿，看了看说："抓错了，我要抓的那个人是巳时生的，你先在此稍候。"说罢，又一一叫庭下人问询，所问的不过是姓名、籍贯、年岁等。问罢，有披枷戴锁东去的，也有关到其他牢房的。

高俊等了许久，却不见有什么安置，见庭中有持斧而立的金甲壮士，就上前作揖说："主官留我稍候，已经过了很久，却没有处置，我该怎么办？"金甲壮士说："我去帮你问一声。"说着进入堂上，一会儿，金甲壮士出来，对高俊说："你可以回去了。"对旁边一小童说："你快些送他回去，要是他家人把他埋了就晚了，切记快些！"小童答应着，领高俊沿原路返回，等到原来一段黑漆漆的长路走完，那小童忽然没了踪迹。高俊继续往前走了数里，登上一座高山，见山下有河流，水势湍急，其中有很多溺毙的人。再往前走数步，高俊见一个官员坐在岸上，命手下小吏把行人赶入水中，行人多被鱼龙吃掉了，能安全过河的屈指可数。高俊见状，惊恐异常，忙起身奔到一处山岭，极目远眺，见东方一马平川，就继续东行，走到一个岔路口，不知走哪条路，就坐在路旁休息，想要等着有人过路，伺机询问。不一时，高俊觉得有人拉扯他的衣角，转头一看，竟是一条犬！犬拉高俊走左侧道路，一直走了七里，犬忽然消失，高俊就一个人继续前进。翻过山冈，才走过溪桥，桥就坍塌了，高俊吓了一跳，随即见身后有一个人骑马前来。那人看见桥坍塌了，大喊："修桥！修桥！"不一会儿，有四五个人抬着几根木头横在溪上，不过不知为什么，骑马的人竟没能过桥。高俊见诸事奇怪，只想速归，于是疾步快走，一会儿，走到夔州东津，然再看自己，竟赤身裸体，行人见了，纷纷对他叱骂、拍打。高俊一时情急，醒转过来，发觉自己身在家中，家人在身侧呼号哀泣，他这才明白自己已死两日了。

——故事源于南宋·洪迈《夷坚甲志·卷十二·高俊入冥》

54.溺鬼

南宋绍兴十二年，唐信道参加殿试结束后，暂住西湖灵芝寺。当时已是农历五月，天气渐渐燠热，唐信道与两个仆人在湖边纳凉。唐信道因贪看一池新荷，不知不觉走得远了，忽然听见远处有仆人喊叫的声音，他大吃一惊，忙反身找仆人。走到湖边一棵柳树下，见仆人死命拉着一个僧人，而那僧人却挣扎着要赴水。仆人见唐信道来了，忙说："公子快来拉一把，这个僧人要赴水寻死！"唐信道眼见那僧人一脚已踏入水中，忙飞奔过去把他拉到湖边，随后与两个仆人把他带回寺中。

唐信道把僧人的举止说给寺中人听，寺中一老者沉吟半晌说："之前，贼寇进犯临安，有两个僧人投湖而死，如今僧人所见，也许是二僧的鬼魂。"于是唐信道就同老者一起问僧人看到了什么，僧人说："有两个僧人前来传话，说孤山有隆重的设浴招亡仪式，邀请我同舟前去。我一脚已登舟，谁知竟有人死命拉我，使我不能前去！"僧人言语恨恨，静坐片刻，就起身打开箱子，取出新衣、新鞋袜换上，径直走向方才的湖岸边。他双目呆滞，行动像是有人引导。众僧见他如此执迷，又要投湖，忙跟上去把他拉住。那僧人更加生气，责问众僧："方才我游兴正浓，偏你们眼疾手快，强拉我出来，我定会寻到良机再去！"寺中住持见他这样，安排三人在他房内守护，并且把他的房门紧锁。唐信道的房间恰好与僧人的房间相邻，中间有苇席隔开。僧人嘴里不住喃喃念诗，唐信道只听清其中一东坡诗句：日日移床趁下风。唐信道心知僧人已被鬼附身，就高声说："你是出家人，应该把形骸看作土木，即使不幸身死，也应当超然洒脱。如今游魂日日在世间飘荡，真让出家人蒙羞。"那鬼借僧人之口说："我并不是厉鬼，是想超度他。再说，我超然与否，跟你有什么关系？"唐信道说："我能眼看人赴死而不救吗？况且，你既然不能自我超脱，又如何超度他？无非是使湖中多一个鬼魂罢了。"如此争辩到夜半，鬼恼羞成怒，说："你也并非看透生死之人！"唐信道嬉笑着回答："我若死就坦然死去，必不做游魂，淹留世间。也不会像你一般，强迫活人无辜赴死！"那鬼听罢，似有所悟，半晌不言语。过了许久，僧人昏昏睡倒。

次日，寺中人问僧人赴水之事，僧人茫然不知所云。

——故事源于南宋·洪迈《夷坚甲志·卷二十·灵芝寺》

55. 焚尸女

吴域材曾在余杭县（今浙江省杭州市）一寺中暂居，听闻寺中有宗室女的灵柩寄放。传言宗室女貌美，且棺材半开半合，时时出来与人交往。吴域材心生好奇，想要亲眼一见，寺中僧人苦劝不听，他说："我一个秀才，怕什么鬼神！"僧人又劝他可与人同往，他满不在乎地摆摆手，径直往寄放宗室女灵柩的房间走去。棺材上刻有宗室女的姓名、年龄及生平，吴域材细细读完才知道，宗室女去世已有四十多年了。吴域材透过棺材盖板缝隙看去，只见棺中女子二十多岁，粉面含春，竟像活人一般。他惊叹许久，走出室外。

次日，忽然有一官员带着一众家丁气势汹汹前来。吴域材赶忙跟上前去，只见官员及家丁径直走到放宗室女灵柩的房间，不一会儿，家丁把棺材抬到院中，又在棺材周围堆满了柴薪。吴域材及一众僧人十分吃惊，有僧人上前问询，官员说："这是我的女儿，虽已身死却不守女德，秽乱寺院，我今日就把她焚毁了！"说着，命家丁点火，一时火焰熊熊燃烧。吴域材透过火焰看见女子腹部隆起，不一会儿，女子身体折裂开，显出一个婴儿的身形，女子与婴儿随即在烈火中化作灰烬。

吴域材一打听才知道，原来是这个女子在寺中久了，与寺中僧人饮酒谈笑，时日一久，更与僧人有云雨之欢。女子每每夜间出来，到天明时再返回棺材，如此已有两年了。她的父亲得知，大怒，就想要把她焚毁。然而，当夜女子就给母亲托梦说："女儿不幸身死，这是命数。我与僧人交欢，自知淫秽不堪，令父母蒙羞。只是，我已有身孕，倘若不能使孩儿平安降生，那女儿就要沉沦地狱，不得超生。愿父母稍缓我三个月，让我顺利产子。到时再焚毁，女儿毫无怨言。"母亲见状，于心不忍，哭着从梦中醒来。次日，母亲把梦中的事告知官员，官员一听，更加生气，怒道："女儿已身死，却与僧人交欢，又要生子，真是不知廉耻！一定要把她焚毁才行！"当夜，母亲及家人都梦到女子前来托梦，泪眼婆娑地说："祈求父亲可怜我早亡，再给我几日生下孩儿吧！"第二日，家中人一并到官员面前，说了梦中女子所托的事，官员听罢，更加生气，也不专门选择时日，当日就召集家丁冲入寺中，接下来就是吴域材所见到的情形。

——故事源于南宋·洪迈《夷坚乙志·卷十·余杭宗女》

56．阎罗城

绍兴十八年夏，襄阳南漳人张腆梦中到了阎罗城。大梦初醒后，就慨然离家到武当山修道。

要说这场大梦到底是怎样情形？原来是，张腆梦中不知因为什么离开家，向东行了两里多，他穿过固城铺继续北上。又走了不知多久，进到一座大城，城中街市繁华，溪流潺潺，有桥横在溪上。张腆登上溪桥，却见桥下水中有人往来如织，而妻子郑氏竟也在水中。妻子见张腆站在桥头，就涉水登岸，张腆一时心生疑惑，想等妻上岸一问究竟。谁知，转眼间，妻子就踪影全无。

张腆懵懵懂懂继续前行，不一会儿，又走到一座城。一同入城的人数不胜数，张腆被人群簇拥着进城，见城中街市、房屋很是陌生，就向路旁一人打听："这是什么城？"那人说："阎罗城。"张腆一听，心中"咯噔"

一下，暗想："不好！我已经死了！"随后悲伤、忧惧，彷徨在路上，不知该去往何处。

不知不觉见到一处台阶，他拾级而上，见北面有一三楹大门。张腆与一众人进入大门，走了百余步，又见一个门，这个门有五楹，金碧辉煌，雕梁画栋，十分华丽。再往前走，又是一个门，这门更富丽。两侧廊下有两排房屋，每间房门口都有牌匾，对应着各司。当中是正殿，高大宏阔，雄伟非常，殿正中有黄帘垂下，看起来整肃威严。张腆一边走一边看，走到东边一处官吏房舍中，见房中人都戴官帽，束腰带，官服或朱或紫，雍容华贵。张腆忙上前作揖，然而官员却对他置若罔闻，他一时颇有些尴尬，正不知如何是好，却见一个绯衣官员微微点头以示招呼。张腆见状，忙到绯衣官员身边，绯衣官员见张腆手足无措，心中不忍，顿起恻隐之心，就让他安坐一旁。张腆刚坐下，忽然看见妻子站在门外，二人四目相对，神情漠然，竟像是不认识一样。

不一时，有一人从正殿黄帘后走出，这个人身穿黄色锦缎衣，双手背后，仰视屋檐，在堂前来回踱步，若有所思，许久后又进入大殿黄帘后。张腆悄悄问绯衣官员："这人是谁？"绯衣官员摆摆手轻轻说："这是阎罗天子。"张腆细思："刚才看他的容貌，与世间所画的并不相似，竟像是清元真君的模样。"话未说完，就听见殿上有差役卷帘而出，直呼："众官员若有文书上奏，请速速呈上，过时不候！"一时，众官员纷纷到殿前奉上文书，站在一旁等待传召。又有一众囚徒排列殿前听候发落。须臾，阎罗天子开始审理案件。于是，有人入狱，有人受刑，有人当庭释放。约莫过了两个时辰，囚犯都已被发落，官员也已归位。张腆在绯衣官吏所在的房舍中，远远看见他的妻子郑氏被罚杖责二十，他虽痛心，却无能为力。妻子受刑后就被差役带走了。

随后，黄帘又垂下，绯衣官员回到官舍，换下官服后，指着张腆对其他官员说："这个人并没有恶行，为什么不放他回去？"众官都不言语。

绯衣官员又问，其中一官员说："你若是想放他回去就让他回，何必问我们？"其中又一官员说："纵使放他回去，三重门又怎么过？"绯衣官员沉思片刻对张腆说："你且回去，过三重大门时若有人问，你就只说'司里让我招呼犯人'。"

张腆万分感激，再三拜谢后出门，果然像官员所说的那样，每出一道门必有守门差役询问。张腆就按照绯衣官员所教的说了，果然通行无阻。出门后，张腆急忙沿旧路返回，走到溪桥上时，他一不小心跌入水中，登时醒来。

此时，鸡已打鸣，张腆回想梦中场景，历历在目，忙把妻子唤醒。妻起身，听见张腆讲完梦中所历，吃惊地说："我也做了同样的梦！"随后，妻子对着张腆大骂："梦中我受杖刑时，你就在旁边，却不为所动。如此冷情之人，怎么能与你做夫妻？"此后，妻子就与他分房而居。数日后，郑氏忽然觉得腰下疼痛，起初是微疼，几日后愈来愈严重，痛不可忍，后来又溃烂流脓，一直医治了几十日才痊愈。

张腆因此事有所顿悟，于是入山修道，十七年后仙逝。

——故事源于南宋·洪迈《夷坚丁志·卷十七·阎罗城》

57. 冥状

明州（今浙江省宁波市）夏主簿与富商林氏合伙买了一家酒坊，因林氏还有其他产业，就常从酒坊中拿酒，每当此时，夏主簿就把酒钱计入账簿。几年后，二人盘算酒坊账目，算下来，林某欠夏主簿两千缗。夏主簿多次向林氏索要，林氏总是各种拖欠赖账。无奈之下，夏主簿一纸诉状把他告上了衙门。

不料，衙门官差受林氏贿赂，颠倒黑白，反倒说夏主簿欠了林氏两千缗。而且，林氏又收买了八名店铺伙计，让他们做伪证，把账簿更换。如此，夏主簿冤屈不得伸张，反而因欠钱被下大狱。夏主簿心中苦闷，数日后，抑郁成疾。

当地有名义士，名为刘元八郎，平素最是倜傥豪爽，行侠仗义，最喜替人打抱不平。他得知夏主簿与林氏的案子后，愤愤不平，曾当着众人说："本乡竟有这样的败类！夏主簿讨钱反蒙冤入狱，州县为虎作伥，还有没有王法了！若当时我是证人，一定说明情由，让歹人还钱、受刑，还夏主簿一个公道！"

八名伙计听到刘元八郎如此说，日日忧心，生恐刘元八郎多管闲事。商议一番后，他们从中推举出两名口齿伶俐的人邀请刘元八郎到旗亭饮酒。刘元八郎如约而至，三人酣畅痛饮一番后，其中一个人故意谈起夏主簿与林氏的案子。果然，刘元八郎听罢，大骂林氏奸猾，官员狡诈，另一个人赶忙上前劝说："义士不要说这样的话，别管他人闲事，小心惹祸上身！"说着又倒酒给刘元八郎。酒过三巡，刘元八郎已有几分醉意，其中一个人小心翼翼从袖中拿出一张两千的钱票给他，并赔笑说："我知刘郎家中并不富裕，小小心意，不成敬意，还望笑纳。"刘元八郎见状，勃然大怒道："你们起不义之心，兴不义之狱，如今又拿不义之财来玷污我！我宁可饿死，决不要你一文钱！此案的是非曲直，在阳间没有公论。倘若到阴间不审理此案便罢，若审理此案，我一定做证，让夏主簿昭雪！"说罢，喊酒家结账，问："这顿酒花费多少？"酒家说："一千八百钱。"刘元八郎说："三人一起喝酒，这是我的六百！"说着，从怀中拿出六百钱拍到桌上，径直离去。

几日后，夏主簿病势更重，已入沉疴，官府放他出狱回家。没过几天，他就因病而亡。临死之前，夏主簿嘱咐儿子说："我含冤而死，你须尽力搜集酒坊契约、账簿等证据，把它放到棺材中，我就算到了阴间也要告到底！"

才过了一月，伙计八人相继暴毙。又过了一月，刘元八郎在家中忽然觉得头晕目眩，浑身冷汗，强撑着对妻子说："我今日情状，十分不好。想是阴间审理夏主簿的案件，要我前去做证，我恐怕是要死。然而，我平生豪气干云，未曾作恶，只怕还会复生。若我死了，你先别着急把我入殓，以三日为限，若我没有回来，那一切后事由你料理。"当天晚上，刘元八郎果然死了。过了两天，刘元八郎忽然死而复生，惊坐而起，把阴间的经历讲给妻子听。

原来，刘元八郎被两名公吏拘着，走了百里，最终到了一座官府。正好一绿袍官人从廊下房中走出，刘元八郎凝神细看，这人正是夏主簿！夏主簿见刘元八郎，忙拉着他的手，再三感谢："烦劳刘郎前来一遭。如今契约、账簿等物证都在，只差人证，你只须据实说明就行。"说着，夏主簿领他上堂。堂上有八个伙计，共戴一副连枷，枷长一尺五丈，上面有八个洞，八人各占一洞。不一会儿，有公吏报："阎王到！"众人连忙行礼。阎王让他免礼，说："夏主簿一案现今已明了，只是这其中二人与你楼上吃酒的事还需要你说明白。"刘元八郎就把与其中二人饮酒的事细细说来。阎王听罢，对左右说："世上竟有如此重义轻利的人！我要奖励他，且让我看看他有多少阳寿。"片刻，一个小吏捧着一册簿子递给阎王，阎王翻开一看，说："阳寿七十九。"沉吟片刻又说："刘元八郎虽贫，却不为银钱所动，如此义士，怎能不赏？且额外赏他十二年阳寿吧！"如此，此案了结。

阎王又命公吏引刘元八郎参观地狱。刘元八郎见地狱情形跟人间牢狱相差无几，狱中关押的人犯都是同乡的人。他们各个披枷戴锁，日日受苦，见刘元八郎来了，纷纷悲泣，悔不当初。有人说欠了某家钱，有人说欠了某家租子，有人说，借了某家物事未还，也有人说，赖了某家田产。这些人纷纷把自己的姓名、住址告知刘元八郎，让他给家里人捎信，还钱、还物、还地，来减轻他们在阴间的苦楚。刘元八郎见众人凄苦，不忍再看，转身退出。

公吏又把他带到官府大殿，阎王在殿中安坐，见刘元八郎回来，说："你既然看见了地狱的惨状，就知道因果报应之说并不是虚妄。你返回人间之后，要把地狱的情形说给世人，让他们知道有地狱，不要作恶。"刘元八郎拜谢阎王后，随公吏离去。公吏把他送到家门口，说："我来回奔波，很是劳累，你难道不该付我一点儿辛苦费？念你家中贫困，就给十万贯吧！"刘元八郎听罢，冷笑着说："这本来就是你的差事，怎能索要钱财？再说，我家中穷困，哪有闲钱给你？"公吏一听，怒发冲冠，一把抓住刘元八郎的头发，把他推翻在地，刘元八郎还要挣扎，却忽然醒转，这才知道自己死而复生。他一摸头发，果然有一块头皮已秃，而头发就在枕边。

此后，刘元八郎义名远播，使得一众人悦服赞叹。他八十多的时候，生了一场大病。县尉亲自来看望他，十分忧心。他见县尉如此，忙安慰说："县尉不必忧虑，我死期没到呢。"随后，他果然痊愈，活到了九十一岁。

——故事源于南宋·洪迈《夷坚支志·戊卷五·刘元八郎》

58．骷髅

淳熙五年，嘉兴徐某进京为官，他的儿子徐大忠也随着进京。徐家在京没有房产，就在仁和县仓畔租房居住。房子南面有一个关王池，池中鱼虾龟鳖之类非常多，有龟鳖在池中年深日久，体形庞大，大到可以载人。池水清澈见底，水量丰盈，即便是大旱年月也从未干涸。有人传言，关王池很灵异，曾有人在连日阴晦时，见到一口铁制棺材浮在水面。其中原委，无人知晓。

这日，徐大忠正命家仆收拾房屋作为书房，因窗外有一丛枯竹，憔悴凋零，有碍观瞻，他就命仆人把它移走。仆人领命，把竹连根挖起，挖掘时，忽然看见地下有一个大圆顶，白森森，亮堂堂，光可照人。徐大忠命仆人把它挖出，掸去泥土一看，竟是一具骷髅头。徐大忠是读书人，对鬼神之说并不迷信，拿着骷髅审视良久，想到医书中有记载，天灵盖能入药。心中一喜，就把骷髅头随手放到书架上。

第二日，家中人纷纷议论前晚在书房见到一个小儿，穿着轻纱、青裙，正要问询，小儿立即跃窗而出。人们出门找寻，却杳无踪迹。一时传为稀奇故事。徐大忠静坐书房，并不言语，只想着昨夜的梦。原来徐大忠昨夜也梦到一个小儿，轻纱青裙，身形敏捷，来索要移尸钱。不等徐大忠答应，那小儿又说："你替我烧三千贯纸钱，再转《金光明经》三十部，我就离开。"徐大忠见小儿无赖，也不理睬，谁知那小儿竟上前捶打他，他一时气急，就要起身与他扭打，却忽然梦醒。

徐大忠知道这是骷髅作祟，思虑再三，起身从书架上拿下骷髅，把它砸碎，扔到关王池中。当夜，徐大忠又梦见小儿。他朝徐大忠再三拜谢："'德'蒙徐公深恩，如今我可以托生了。"徐大忠一听，冷笑着说："昨日你还朝我索要移尸钱，我不答应，你还要打我。如今，我把你砸碎，扔到池中，你反来相谢。这是什么道理？"那骷髅笑说："昨夜与今夜，境况不同啊！"徐大忠问："有什么不同？"骷髅说："我身首异处，头颅深埋地下已不知多少年岁。前日你把我挖出，我满心以为你可以助我度脱。不料，你竟想用我入药，使我永世无托生之望。我的三魂七魄早已分散，现今仅有一缕魂留在头颅。我担心头颅不在，魂无所依，因此托梦吓你，让你不要损坏头颅。今日，你把头颅砸碎扔到池中，我仅存的一丝执念也随之而灭，可安心投胎，以待来生了，因此特来拜谢！"徐大忠说："你既说自己身首异处，可是如今的样子，头颅、身体、四肢都在，这是为什么？"骷髅说："这只是一缕魂魄所化的幻象。"徐大忠点点头，随即又问："你刚才为什么自称'德'？"骷髅说："我生前名叫小王德，隶属于吴越国国王钱穆的护圣步军，我在军中为旗头。一日，钱大王入朝，我跟从队伍出门，有人禀报营中失火，我偷偷回去救火。后来被人发现举报，依军令把我砍头示众。当时也没人敢为我收尸，多年来我被执念所困，流连阴间。今日全因你的善举，使我能超脱往生。"说罢，又再三拜谢后，消失不见了。

——故事源于南宋·洪迈《夷坚支志·戊卷五·关王池》

59．活死人

临安（今浙江省杭州市）城中瓦市上有一卖鱼的吴翁，他与儿子儿媳生活在一起。后来儿媳生了一个女儿，乖巧可人，玉雪可爱，小名丑儿。吴翁十分疼爱小孙女，日日与她逗趣玩耍。不料，小孙女刚满周岁，吴翁就溘然长逝。

九年后，淳熙二年三月，儿媳在河边洗衣服，听到有人唤她，抬头一看，竟是吴翁。儿媳这一惊非同小可，随即脑袋一蒙，竟没有觉出吴翁出现有什么不妥。吴翁问儿媳："我儿小乙在哪里？"儿媳说："在中瓦市卖鱼呢。你如今可好？"吴翁说："好，好。我现今在湖州市第三闸边做生意，只是想念丑儿乖孙女。"儿媳指着远处玩耍的丑儿说："在那边玩儿呢，我叫她过来。"还没等儿媳开口，吴翁就喊丑儿。丑儿听见有人叫喊，急奔过来，不小心摔倒在地。儿媳见丑儿跌倒，急忙上前扶起，却见丑儿已不省人事。再转头看吴翁，哪里还有半点影子？儿媳急忙找回丈夫，把刚才的事细细说明，丈夫慌忙查看女儿情况，却发现丑儿已死去多时。

夫妇二人伤心欲绝，把女儿葬在德寿门外吴翁墓旁。夫妇二人觉得此次吴翁的出现及丑儿之死颇有蹊跷，想要一探究竟。于是，三日后，吴生往湖州第三闸处寻访吴翁，几番搜寻，不见吴翁身影，到了一间茶肆，吴生问茶肆老太太："这里可有一个卖鱼的吴翁？"老太太看向旁边凉棚说："有一个吴翁，只是今日没来。"说着，指给吴生说："日常就在那边凉棚下设大纸伞处卖货。前几日，还抱了一个小女孩儿过来，让我帮她梳头呢。"吴生说："那你可知他住在哪里？"见老太太有些不耐烦，他随即央告："您若是知道，万望告知我。我是他的亲戚，找他有要紧事。"老太太说："并非我不告诉，我不曾问他住址。只知他每日拂晓时来，过午就走。"吴生心中怅怅，无功而返。

吴生走到湖州城北门，却见城门已关，于是只好到同行郑二家中暂住一宿。郑二见吴生垂头丧气，细问缘由。吴生不觉潸然泪下，许久才把原委告知。郑二听罢笑说："世间怎么会有这样的事？你且宽宽心，想来是过于思念父亲和女儿以致有些痴狂了。"吴生不想多说，暂且歇下。第二日，他又到茶肆，不一时，就见吴翁头戴斗笠帽，拉着丑儿走来。吴生大喜，连忙上前喊："爹！丑儿！你们果真在这里！"不料吴翁却并不应声，只拉着丑儿赶忙离去。吴生连忙起身去追，吴翁就在前急跑。吴生快，吴翁也快，吴生慢，吴翁也慢，吴生始终追不上。正巧有一队兵士背着草料从街上走过，一时，人车塞途，等到队伍离开，吴生再看，却不见祖孙二人。吴生无奈，只好返还茶肆，茶肆老太太说："吴翁原来是你父亲，方才他气冲冲地责怪你无故前来，跟我说，不想见你，这才离开的。"吴生无奈，只好还家。

夫妇二人商议一番后，一致决定第二天一起过去，若是能再遇见，就一人追赶，一人围堵，如此祖孙二人就无处可去了。第二日，两人出门前，邻人问他们去哪里，二人如实说了。邻人劝说："你二人分明是因过于思念女儿才产生了幻觉，哪有死人能在街市卖东西的呢？你们应当斩断旧情，不可再做这些荒唐事了。"二人觉得此言有理，也就当真不再去寻。

过了数日，有军士敲门，吴生妻开门问："你有什么事？"军士说："我是龙山白塔畔的兵士，在附近卖冻鱼的吴翁要我来取一些女孩儿的衣物、鞋子。吴翁还特地叮嘱,女孩儿喜欢的青罗衫、红娟中衣、红鞋子一定要带上。"吴生妻起初有些狐疑,等到军士说完,她回想起女儿确实有这些衣物,看来军士所言不假。她连忙到房中收拾,忽又想到,如此说来,并不是我二人的幻象,这事还须等候夫君归来,从长计议。她于是出来留军士稍坐,军士推辞说:"我今日奉命来此地取粮,耽搁已久,过时恐被责罚。女孩儿衣物明日你可亲自送去。"说罢,匆匆离去。

等到吴生回来,妻子把事情说明。第二日一早,两人就到龙山,恰好遇见昨日的军士。二人好生恳求,军士答应带他们去见吴翁。祖孙二人昨夜宿在张木匠家,二人一路打听,得到消息就去找,到了张木匠家却不见祖孙踪影。张木匠指着家中一间小屋,说:"昨夜二人就住在这里,今日恰巧出去了,听他说像是要进城取孙女的衣物。"吴生又问张木匠吴翁及丑儿的样貌,果然是父亲和女儿。于是夫妻二人急忙告别,沿入城的道路一路追赶。经过净慈寺时,遇到一卖纸盒的人,恰是旧识。二人就问他是否见到祖孙二人。卖纸盒的人说:"刚才吴翁领着一个女孩儿经过,女孩儿想要纸盒,我还给了她一个。刚走过去,约莫有半里路。"吴生夫妇听罢又起身追赶,果然见不远处有祖孙二人在前,可转眼间就不见了,二人只好悲痛而归。

邻人见夫妇二人这样悲恸癫狂,苦劝说:"这一定是妖异现象,不如焚烧二人的尸骨,也许家中能安宁。"当时正是寒食节,夫妇二人上坟,趁机打开墓穴一看,两副棺材都空荡荡的。

——故事源于南宋·洪迈《夷坚志补·卷十六·卖鱼吴翁》

60. 白衣鬼

　　宋徽宗政和年间，刘良士任殿中崇班之职，他奉朝廷的命令携全家老小赴河北领兵。一日傍晚，一行人走到一处乡村驿站。驿站门外乱石丛生、草木疯长，大门紧闭，无人值守。驿站亭长听说有武将前来，慌忙从远处赶来，刘良士见亭长，责问他："身为亭长，却另居他处。听见召唤，许久才来。如此擅离职守，该当何罪？"亭长擦了擦额头的汗珠，小心说："驿站被鬼怪占领，这才无人敢住。刘崇班还是暂离此处，另寻歇脚之地吧。"刘良士听了，冷笑说："我是武将，刚猛勇武，不信鬼神之说。更何况现如今暑热难当，哪有放着这高屋广厦不住，却去住小旅店的道理？"亭长还想再劝，只见刘良士摆手说："少啰唆，快去收拾房屋，我等着歇息呢！"

　　亭长见不好劝，只好打开大门，请刘良士一行人进去。一进大门，见庭院内荒草茂盛，高约尺余，刘良士眉头微皱，命所带的士卒割草，开出一条路来。刘良士问亭长："鬼怪常在哪里出没？"亭长指着西侧厢房说："多在西厢小厅下。"刘良士听罢，就命士卒在中堂外守卫，又把妻儿安排在中堂内歇息，自己在西厢设榻，身旁放了弓箭来自卫。

　　二更时分，一个白衣老者拄着拐杖颤巍巍进来，刘良士惊问："你是什么人？"老者笑着回答："崇班莫惊！我是此地土地神。此处妖魅作祟，害人无数，然而我法力有限，无法降伏它们。听闻崇班一向胆识过人，恰逢今夜群鬼欢饮醉倒，我想趁此时把它们绑来，请崇班除掉它们。如此也算为民除害，造福一方了。"刘良士听罢，大喜，说："如此甚好！"于是，白衣老者离去。须臾，老者带着一个怪物到刘良士跟前，说："劳崇班贵手了，请务必从速，不要惊扰其他怪物。"刘良士不假思索，一刀砍下，血溅三尺，只觉畅快。那老者连续带来三十余个怪物，刘良士把它们一一斩杀。一时，西厢房内满屋血腥，处处尸体横陈。那老者起身朝刘良士拜谢："终于杀完了，今夜有劳崇班了！现已四更，我也该离去了。"说罢，起身走出房门到廊下，拍手大笑。听见老者笑，刘良士觉得蹊跷，出门一看，老者倏忽不见。

刘良士回到房内，点上蜡烛一看，方才所杀的哪里是怪物！竟是家人！全家老小三十余人都身首异处，无一人存活！刘良士先是震惊，后又懊悔，待回过神来，尖叫数声后就发痴发狂，第二天就死了。亭长得知，大为痛惜。于是，把此事上报官府，官府下令，焚毁此处驿站。自此后，再未听说有怪物作祟。

——故事源于南宋·洪迈《夷坚志补·卷十七·刘崇班》

61．天赐夫人

广宁（今河北省张家口市）闾山公庙，有很多灵异事件。庙处在丛林之中，庙中神像狰狞可怖，即便是白天，人们进去，也会觉得阴气森森，毛骨悚然。住在庙近旁的人说："曾在静夜时，听到有问讯拷打的声音，还有惨叫的声音。"因此，凡是路过这里的人都会特地绕路走。

本地牵马岭有一个举子，名梁公肃。一年夏天，下学后，他与一众学子闲谈，谈着谈着就说到了神仙鬼怪的事情。其中有一学子，说起当地某人胆识过人，不怕鬼神，一连说了好几个人，梁公肃都摇头。学子问梁公肃说："这般胆识还入不了您的法眼？那你可有如此胆识？"梁公肃说："我敢在傍晚或者阴天时候，进闾山公庙，沿走廊游一圈。不信你们可以在庙外等着瞧。"众学子很是惊奇，说："我们又不进去，如何得知你游览了没有？"梁公肃说："说来简单，我在游览的地方，隔数尺就画个记号。出来后，你们可一同进去验证。"

第二日晚间，梁公肃与众举子一同前往间山公庙。梁公肃对着众人作揖后，昂首阔步进庙，众举子站在庙门外等候。梁公肃一边走一边做记号，到了庙的东角，忽然看见前面有一人倚壁而立，梁公肃以为有鬼出没，赶忙把此人背上直奔庙门，一边走一边喊："有鬼！我把它背出来了，大家快来看！"一时，众学子赶忙举火把来看，竟是一个美貌妇人，妇人衣装华美，面色绯红，气息奄奄，似是薄醉。众人面面相觑，不知该当如何，环立良久，妇人美目渐睁，见被人环视，一时又惊又羞，问："这是什么地方？"梁公肃忙安慰说："姑娘莫慌，此处是间山公庙，我方才在庙中见姑娘形迹可疑，就把你背出了。不知姑娘为什么一人在此？"妇人说："我是扬州大族某氏的女儿，今日正是我出阁的吉日，已上了花轿，路上忽然一阵大风吹来，令我神识散乱，不知为什么就到了这里。"众举子一听，又惊又喜，说："这是天降姻缘啊！梁生尚未婚配，如今上天从扬州赐下一位夫人，真是冥冥之中自有天定！"梁公肃忙制止众举子说："不可造次，不知姑娘意愿，怎好唐突？"众举子说："梁生也忒迂腐，姑娘定然愿意。既然梁生如此说，那就问问姑娘吧。"说着，就问姑娘是否愿意。那妇人低眉敛笑说："全凭各位做主！"众人大喜，梁公肃于是携妻而归。

不久后，梁公肃高中。不出十年，官身显赫，夫妇恩爱，儿女成群。当地人把此事传为美谈，称梁公妻为"天赐夫人"。

——故事源于金·元好问《续夷坚志·卷二·天赐夫人》

62. 食尸鬼

南朝宋元嘉年间，南康县百姓区敬之与儿子一同乘船出游。二人从县郊下河，一路北上，沿途水光山色，美不胜收。父子二人贪看美景，不觉船漂荡已远。等到二人察觉，只见两岸幽深荒僻，再无人迹。两人先是为此地野趣而欣喜异常，不料越行越偏，环境荒凉阴森，令人生怖。

二人心下惴惴，区敬之强定心神吩咐儿子停船靠岸。当时天已黄昏，二人在岸边一间茅屋中暂歇一时，忽觉饥肠辘辘，儿子就主动出外寻找食物，区敬之独留屋内。一会儿，儿子回到茅屋，见父亲倒地不动，一探鼻息，已无生气。儿子大惊，哀号恸哭一时，就在父亲身旁燃起火堆，打算第二日把父亲尸身送回家中。

忽然，远处有悲泣之声传来，痛呼："阿舅！"须臾，声音到了跟前，区子惊异，只见眼前的人，长发垂地，遮蔽脸庞，看不清五官。这人见区子，躬身施礼，说一些劝慰吊唁的话。区子心中更加惊异，忙往火堆中加柴，想趁着火光大起看清那人模样。那人坐在区敬之头边大哭着说："我是来吊唁死者，慰问孝子的，你何必如此提防？"区子听他说话不对劲，趁火光偷看那人，只见那人用长发掩蔽住父亲的脸面，不一会儿，那人起身，而父亲面上的肉已被撕裂，露出白骨森森。紧接着，皮肉都入那人口中。区子大惧，想要痛击此人，奈何身旁并无棍棒，只好默不作声。不一会儿，那人起身离去，再看区敬之的尸身，皮肉已被吃完，只剩下了白骨。

——故事源于南朝·梁·任昉《述异记·区敬之》

63.巴峡人

唐调露年间，有一个人乘船过巴峡。夜晚时分，星空朗朗，秋风习习，他泊船岸边，顿时诗兴大发，清清嗓子，正要张口，忽听见有人吟道："秋径填黄叶，寒摧露草根。猿声一叫断，客泪数重痕。"声音凄厉，慷慨悲怆。此人大惊，心想：能作如此悲切之诗，吟诗之人必定非同凡响，我定要与他见一面。只不知吟诗的人在哪里，于是，他朗声说："兄台的诗，凄怆感人，令在下佩服！"此人静候许久，并无人应答。随后，此人又几番问询，而四下静寂，唯有吟诗之声不断，直到天色拂晓才停止。

此人心下疑惑，等到天亮，向吟诗之处寻觅，只见幽谷曲隈，溪流潺潺，并无人迹。他又四下环顾，见一旁乱草丛中有一具死人尸骨。

——故事源于唐·牛肃《纪闻·巴峡人》

64.鬼造饭

开元十五年，城中一位朝士的妻子去世。传闻青龙寺禅师僧仪光，佛法高深，法力无边。朝士就请僧仪光到家中为亡人念经超度、焚香作法，使她早日托生。朝士为僧仪光安排了洁净的房屋暂居。听闻世间传言，人死几日后，鬼魂必定回来，这天是煞日，若不避离，会妨害活人的福寿。因此，家中人商量出门躲避几日。

当日夜间，朝士家人从北门倾巢而出，忙乱之中，并没有告知僧仪光。

当时，僧仪光正在堂上诵经超度亡魂，忽然看见身旁有两个人侍立一旁。不一会儿，又听见堂上有人起身取衣开门，随后就见一妇人到厨间烧火造饭。僧仪光以为她是朝士的家人，也不在意。天色渐近拂晓，妇人捧粥前来，这妇人面上蒙纱，光着双脚，躬身拜倒，说："劳烦大师亲临，如今家中人都避煞而出，恐怠慢高僧，这才起身为大师造饭，请您暂用。"僧仪光听她这样说，知道妇人正是朝士的亡妻，于是接过了粥，继续祝祷。不一会儿，北门外响起开锁的声音，原来是朝士的家人回来祭拜亡者，妇人匆忙离去。家人祭拜完了又拜见僧仪光，问："大师昨夜可安稳？"僧仪光还没有答言，朝士之子见他身旁的热粥，大惊，问："昨夜我全家外出避煞，这粥是谁造的？"僧仪光笑而不答，指向堂内，朝士子进去一看，只见死者竟然尸身横陈，双手沾有面粉，双脚沾有泥渍。他呆立片刻，忽然醒悟，一时全家惊恐。

——故事源于唐·牛肃《纪闻·僧仪光》

65. 孤坟父女

大和六年，李佐文到南阳临湍县访友。友人袁测、王汧分别住在县城北郊的庄子上。由于李佐文性情高洁、雅好音律，与袁、王二人志趣相投，因此常常在二人庄子上轮流过夜。

一日，天色渐晚，李佐文应约从王庄前往袁庄。不料，离开王庄才一二里，就见阴风骤起，一时，黄埃散漫，昏天黑地，李佐文在昏暗中独行，不辨东西，也不知行了多久，忽然看见前方不远处有灯火。他朝着灯火处走去，走近才看清，原来是一处乡村野舍，房屋简陋，地方逼仄。李佐文敲门许久，才有一老翁走出，问："你是谁？为什么在这里？"李佐文回答：“想要到袁庄访友，因天色昏暗，迷了路才到了这里。小生想在此借宿一晚，不知可否？”老翁听罢点点头道：“从这里到袁庄是越走越远了，你等明日天亮，往南走就能顺利到达。你进来吧！”李佐文忙躬身致谢，随老者进屋，围炉而坐。

忽然，屋内有小孩子大哭，听她的哭声，似有大委屈。老翁听见哭声，就朝内屋说：“孩儿别哭了，事已至此，哭有什么用？”哭声随即停止。然而，不过须臾，又听见哭声再起，老翁依旧重复此前话语。李佐文心中疑惑，多次开口问小孩为什么哭，老翁只环顾他处，并不作答。一时，小孩子哭声又起，李佐文说道：“小孩子年幼畏寒，不如让她出来烤火，或许就不再哭了。”老翁听罢，到内屋牵出一个小女孩儿来，李佐文见女孩子才八九岁，形容卑怯，衣着质朴，见有生人也不害羞，只蹲在一旁在地上拿树枝在炉灰上乱画。她举止郁郁，仿佛有莫大遗憾，忽然又哭起来，呜呜咽咽，悲不忍闻。老翁又以刚才的言语来劝慰她。李佐文尝试着再问，而老翁始终不答一言。天近拂晓，李佐文起身告辞，老翁把他送出门外，指着东南方说：“那里就是袁庄，距此有十里地。”李佐文拜别老翁离去。前行数十步，环顾四野，周围并没有人家，只有老翁一处茅屋坐落在遍野荒地中。

又前行数里，偶遇一村妇，村妇带着一壶酒和一些纸钱，行色匆匆。村妇看见李佐文，惊讶地说：“此处荒郊野岭，没有人家，你怎会大清早在这里？”李佐文就把昨夜之事说了，谁知，才一说完，就见村妇哀号着说：“谁说人鬼不能相遇？”李佐文见妇人如此，吃惊地说：“为什么这样说？”妇人说：“你昨夜借宿的地方是我亡夫的墓穴，我在袁庄做女佣有七年了，去年春天，丈夫因病猝然离世。第二日，我八岁的女儿也去世了。我贫弱无能，只好把二人安葬在同一墓穴中。我寡居一年，赋税未减。如今孤苦无依，想要改嫁，我今日是来与他们诀别的！”

李佐文听罢，不胜唏嘘，随同妇人一起到昨夜借宿的地方，没有见到房屋，只看到一座坟茔。妇人见了又是悲痛大哭，泪珠泉涌。李佐文一时有感人生无常，众生悲苦，顿时大彻大悟，径直到临湍一座佛寺中剪发出家。此后，再无下落。

——故事源于唐·薛用弱《集异记·李佐文》

66．汲水枯骨

河内（今河南省北部、河北省南部一带）人金友章，性情高洁，鄙夷功名，效法渊明在蒲州（今山西省永济市）中条山隐居。五年过去了，金友章优游山水之间，长歌啸傲，乐趣无穷。他心中唯一的遗憾就是夜半读书之时，身旁没有佳人红袖添香。一日，金友章在山间散步，到一处溪畔，忽然看见一女子到溪边用瓶子汲水。女子见溪畔有男子，转头微微一笑，就起身离去。金友章见女子容颜姣好，妩媚动人，心生爱慕。后来几日，金友章常在溪边游走，还想再次邂逅女子。不料，却一直未见，金友章心中怏怏不乐。

一日，金友章心中挂念女子，不思读书、饮食，正当百无聊赖之时，忽然听见溪边有瓶子撞击石块的声音，金友章大喜，忙起身到溪边，果然看见女子又在溪边汲水。金友章一时喜形于色，朝女子调笑说："谁家女子，怎么频频来我溪畔汲水？"女子听罢，笑说："山中清泉，自然人人能取，我为什么不能？你这书生，你我并不相识，说这样的话，也太造次！"金友章恐女子生气，忙赔笑说："是在下唐突，玩笑罢了，还望姑娘海涵！只不知姑娘家在哪里？姑娘身形柔弱，怎么能受这汲水的辛劳，小生为你汲水送到家中可好？"女子听罢，忽然悲泣良久，说："我住的地方不远，不过我自小父母双亡，如今暂居姨家，受尽白眼冷笑。公子若去了，被姨

449

知晓，不知今后该当如何自处。"金友章听罢，心中顿生怜爱，说："不瞒姑娘，在下对姑娘一见倾心，想与姑娘结良缘，不知姑娘是否许了人家？"女子低头沉思半晌，说："承蒙公子不弃，小女子愿与公子结百年之好。"金友章大喜，想上前拉女子，女子闪身避开，说："小女子还要回去告知姨母，等夜间再来与公子相会。"说罢，女子起身离去。金友章看着女子曼妙的身影，心痒难耐，焦急地等到夜间，女子果然如约而至，金友章殷勤接迎女子进入房中，当夜，行夫妇之礼，欢好缱绻自不必说。自此以后，二人恩爱非常。

金友章常常读书到三更，女子就在桌前陪伴，添茶送水，挑灯披衣，关怀备至，如此过了半年。一夜，金友章手捧书卷，读得正酣，忽然看见妻在一旁犹豫徘徊，欲说还休。金友章拉妻子坐，问她可是有话要说。妻子并不言语，推说身体倦怠，要早些歇息。金友章笑着送妻子回房休息，妻子在门口临去之时，叮嘱金友章说："夫君今夜回房，千万不要点烛。"金友章一边答应，一边又拿起书看。又过了一个时辰，金友章手持烛台回房，掀开被子，只见被下一具枯骨，却不见妻子。金友章大惊，须臾，定神后才记起妻子临睡前的嘱托。他心中很是悔恨，只好把被子盖好，自己呆坐一旁懊恼。许久，枯骨化作人形，妻子起身说："时至今日，我就实话说了。我不是人，是山南枯骨经岁月日久化作人形。阴间有恒明王是众鬼之首，凡鬼都要每月前去朝拜一次。我自从与夫君成婚，半年都未曾去朝拜，鬼使把此事记录在案。我受了杖刑，苦痛难忍，这才没有来得及化作人形。不料原形被夫君看见，夫君快快离开此地。否则，只怕这山中的精灵鬼怪要伤害你。"女子悲悲切切，哽咽着说完就消失不见。金友章心中又是遗憾又是懊恼，最终怅然离去。

——故事源于唐·薛用弱《集异记·金友章》

67. 箕踞枯骨

于凝，为人洒脱豪爽，嗜好饮酒，常常往来于邠州和泾州之间与友人以酒相会，不醉不归。于凝有个好友名宰宜禄，也好饮酒。于是，他就常到宰宜禄家中与他痛饮，有时盘桓十余日才回家。一次，两人喝得尽兴，于凝酩酊大醉。他的仆人先行到旅店为他收拾床榻，于凝在酒醒后才骑马回旅店。

当时正值孟夏，麦田韶润，风吹麦浪，麦香四溢。于凝醉心眼前的田园气象，骑着马缓缓而行。远远看见前方路旁有大片绿树成荫，他就骑马前去稍憩。他把马拴在路旁草地上，让马吃草，自己坐在路边石上。当时，绿茵浓密，微风习习，让人好不畅快！于凝正休息，忽然听见马朝着南面嘶鸣，好像十分恐惧。于凝朝着马叫的方向望去，看见百步以外，有一具雪白的枯骨，箕踞在荒坟上！于凝大惊，走上前去细看，只见它五体百骸都在，七窍通明，肋骨、脊椎玲珑小巧，人体的骨骼，它都有。于凝惊异未定，忽然见枯骨开口吹嘘，一时枯叶与灰尘齐飞，另有乌鸦飞出，呱呱乱叫。登时，飞沙走石，聒噪异常。再看那枯骨，已悚然挺立，高大异常。于凝心下害怕，忙上马快走，奔驰回旅店。

仆人已在旅店门口等了很久，见于凝骑马慌乱而归，忙问："公子为什么神色慌张，面色死灰？"于凝把自己方才见到的说给仆人听，当时恰好有巡逻兵士也在店中，大家商议一番后，纷纷拿起长短兵器，随于凝前去探看。路上，于凝跟众人说："倘若枯骨还在，我们就一起把它击碎。只是不知那枯骨是否还在。"一时，众人到荒坟，见枯骨依然端坐。众人之中有人冲它大声喊叫，枯骨纹丝不动，有人放箭射它，总无法射中。大家面面相觑，不知该当如何。良久，枯骨忽然站起，朝南面走去，步态潇洒，如若无人。

当时天色已晚，众人各自心下大骇，纷纷离去。于凝也翻身上马，前行数步，回头再看，只见荒坟之上乌鹊翔集，久久不散。此后，于凝多次经过此地，向当地人打听枯骨之事，当地人纷纷摇头，再未曾见过。

——故事源于唐·薛用弱《集异记·于凝》

68.鬼花

广陵（今江苏省扬州市）法云寺僧人珉楚，与中山商人章某相交深厚。忽一日，章某身死，珉楚为他设祭坛，诵经超度。数月后，珉楚在集市竟遇见章某，寒暄一番过后，珉楚才意识到章某已死，如今见到的又是什么？章某见珉楚神色有异，已知珉楚心中疑问，他看珉楚还没有用饭，就请珉楚到街上一家店中稍坐。

章某吩咐店家拿来胡饼，珉楚一边吃饼，一边问章某："你已死了，怎么出现在这里？"章某说："我已成鬼，如今因小罪被发配扬州做掠剩鬼。"珉楚问："什么是掠剩鬼？"章某说："无论官员、小吏、商贾、小贩所得的利息都有定数，若贪心从中多取利息，我就把多取的掠走。如今，人间像我这类鬼有很多。"说着指着门外街上往来的人群，说，某男、某女都是。不一会儿，又有一僧人路过，章某指着僧人说："这人也是！"说罢，章某召僧人过来，与他闲谈许久方去。

等珉楚吃完胡饼，二人一起南行，路遇一卖花妇人，妇人的花朵很是妖异。章某指着妇人说："这妇人也是鬼，她所卖的花人间罕见，只有阴间的鬼才能用。"珉楚点点头，不作声。章某叫来卖花妇人，拿钱买了一朵，赠给珉楚说：“凡是看见此花就笑的人，都是鬼。”说罢，与珉楚道别，告辞离去。珉楚一路糊里糊涂，见章某离去，怅然若失。再看手中花朵娇艳欲滴，拿着只觉得沉甸甸，也没有多想。珉楚拿着花回寺中，一路上，见花而笑的大有人在。

到了法云寺北门，珉楚深思昏昏，把花放置一旁，双手合十口中喃喃念道：“我与鬼同游！”念罢，又去拿花，却无论如何也拿不起。他抬脚把花踢入水沟中，只听“咕咚”一声，鬼花入水，溅起数尺高的水花。回到寺中，寺院中人见珉楚神情怪异，身上隐隐有鬼气，忙请老方丈为他作法。老方丈念动咒语，一时，珉楚神色渐渐恢复，面上也有往常和善的神色。等珉楚醒转过来，众人纷纷上前询问缘由。珉楚据实相告，方丈微笑说：“那花很妖异啊！”于是众僧人忙到珉楚踢花的地方找寻，见水沟中并没有花朵，只有一只死人的手。

——故事源于宋·徐铉《稽神录·卷三·僧珉楚》

69. 蜉蝣关

大宋何思明，号烂柯樵者，博闻广识，通晓五经，尤其对于《易》的研究颇有建树。然而，对于道家和佛家的学说，何思明深恶痛绝。路上偶遇学佛学道的弟子，何思明毫不避讳地叱责说：“士、农、工、商，四类人之中，纵然你们不能读书为士，为农、为工、为商，难道不好吗？为什么非要学这些歪理邪说！”引得一众佛道弟子莫名其妙。何思明还专门写了《警论》三篇，每篇洋洋洒洒数千言，发表天理之说，痛斥异端邪说，用来匡正人心，扶植世教。

至正丁酉年正月初六，何思明突然身染恶疾，几日后，病情加重，药石无效。他的弟子十分忧心，也如世俗百姓一般，到神佛面前祝祷，乞求老师早日康复。弟子原本是偷偷祝祷的，没料到还是被何思明知道了，他大怒，叫来弟子跪在床前怒斥："你们虽然读书，却不明理，鬼神难道是俗人用酒肉就能贿赂的吗？人寿命的长短难道可以靠纸钱买到？你们是在欺骗谁？欺骗上天吗？"弟子低头不敢说话。当夜，何思明死去。不过，弟子摸到他的尸身心口处还有暖意，也不敢贸然入殓。众弟子守在何思明床前，历时七天七夜，忽然见何思明身体绵软似有微动，弟子赶忙拿出一片羽毛放在何思明鼻前，果见羽毛微动。弟子大惊，赶忙捣了一大碗姜汁灌到何思明口中，许久，何思明双眼微睁，到次日早晨，何思明已无大碍，呼吸如常人，只是还不能说，不能动弹。弟子精心侍奉十日后，何思明已能讲话，他叫来一众弟子，说："佛道教理，真是高深宏阔。鬼神之说，绝非妄言。从前我思想狭隘，见识浅薄，诋毁佛道，致使如今削官减禄，几乎死去。真是悔不当初！"弟子们面面相觑，大感震惊，问："老师为什么这样说？"何思明长叹一口气，说："子不语怪力乱神，固然有理。不过，我今日要同你们讲因果报应。"

于是，何思明把病中魂魄的经历讲给众弟子听。原来，何思明初病之时，忽然看见两只苍蝇落在床前，一眨眼，苍蝇已化作人形。二人都穿着青衣、戴黄头巾、红抹额，朝着何思明作揖说："我等奉命请您走一趟。"何思明神思昏昏，问："奉谁的命？"二人说："御史台。"何思明微微一惊，说："如今天下纷乱，大道受阻，为什么要我去？况且我在京中御史台也没有熟识。"那人冷冷地说："地狱酆都御史台。"何思明听了大为不悦，说："我是儒生，并不知你所说的地狱。"那人也不跟他废话，一把把他塞到大网袋中，提起就走。两人提着何思明出门后，跃上树巅飞行，何思明听见树梢掠过网袋的声响，知道飞行速度很快，不知要去哪里。后来，二人又在空中继续前行，何思明见四周渺渺茫茫，无边无际，只有波涛汹涌，其中夹杂着阵阵腥风。他心中惊异，虽无不适，却也不敢作声。那二人提着他，上天入海，如履平地。也不知过了多久，二人才把何思明放出网袋。何思明环顾四周，与方才景象不同，如今竟是在一处大门前。守门人鼻梁高耸，眼窝深陷，头发卷曲，满脸胡须，不似中原人。守门人见戴黄巾的二人，问："什么篆？"二人回答："朱篆。"正在这时，旁边又有两名黑衣人押一名男子和三名妇女过来，守门人又问："什么篆？"黑衣人说："黑篆。"守门人说："请出示一下文书！"两名黑衣人各自拿出一块长约寸半、宽约寸许的木牌，一块刻"朱"字，一块刻"黑"字。何思明偷偷瞧去，上面字体清晰可见，却不认识。守门人仔细看了木牌后，说："没错。"于是开门放他们进城。二青衣人带着何思明沿着左侧长廊走，黑衣人押着方才的几个人沿着右侧的长廊走。何思明心中有疑问，说："这是哪里？"青衣人回答："地狱酆都第一关。"何思明这才意识到自己确实死了。心中虽对人世尚有不舍，却也只能暗自无奈。须臾，何思明又问："你们所持的木牌为什么分朱牌和黑牌？"青衣人说："阴司捉人都有牌，那些暂时死去后又复活的人用朱牌，那些死去永不复生的人用黑牌。"何思明听罢又惊又喜，问："难道我还能复生？"青衣人长叹一声，说："虽能复生，不过还是要费好些周折。"何思明心下欢喜，心想：只要可复生，费些周折又何妨？又见青衣人脸上似乎很是怜悯他，忙上前作揖说："我此番地狱之行，全仰仗二位，在下这厢有礼了！"青衣人见他如此诚恳，说："你虽没有重罪，然而阴司法令严苛，不比人世，我等也不好徇私。"说着到了一处门前，拿出绳索，系到何思明的脖子上，牵着他进门。刚进去，青衣人就悄悄告诉他："这是冠服司。"接着，有人上前扒下何思明的衣服，喊："送到寄存处存起来。"这时，有个小吏上前接过何思明的衣服，又扔给他一套囚服，就离开了。何思明只能穿着囚服，戴着铁索继续往前走。

又到了一处门前，一个青衣人进门。顷刻间，从门内出来五六个人，拉着何思明进去，让他在台阶前跪下。何思明抬头看见上方端坐的人，他的衣着冠带像君王，身旁侍卫众多，各个躬身肃立，好不威严！何思明心想此人应该就是御史台尊。台尊此时开口说："你是衢州何思明吗？"何思明忙回话："是。"台尊又说："你贵为儒者，本应上窥天理，中法圣人，下穷物理。如今你持偏见，做文章，毁僧谤道，实是迂腐狂谬至极！如何称得上是儒者？"何思明心下惴惴不敢言，只听台尊吩咐身边一个侍卫说："取何思明的生死簿来！"一时，侍卫递上，只见台尊拿朱笔在簿上涂抹、书写，等写完后，说："你本该有六品官的荣耀，然而你不信神佛、诋毁鬼怪，特降为七品。"何思明忙叩头谢恩，口中大喊："多谢台尊开恩，在下一定改过自新！"台尊笑说："你这人最是能表面应承心中非议，你退下之后，去地狱游览一番，相信那时你定然心悦诚服。"说罢，就有数名兵卒上前，拉何思明出去。

几个兵卒把何思明交给此前的两名青衣人，命青衣人把他领往省业司。何思明进入省业司，见司中有一座宝塔，一个老僧站在塔旁，塔内香雾氤氲，烛影幢幢，塔身金碧荧煌。青衣人上前朝老僧施礼，何思明也连忙施礼。老僧见三人，面无表情，开启宝塔，从塔中取出一颗巨大的明珠，用金盘盛好，交给青衣人。青衣人双手恭敬地接过，随后离去，进入幽暗境地。何思明悄悄问青衣人说："这老僧是谁？"青衣人说："导冥和尚。"何思明又问："这颗大珠子有什么用？"青衣人说："这是地藏王菩萨的愿珠，地狱中怨气深重，全仰赖珠子的光芒化解。否则，鬼王就会暗中吃人的心肝，让人无法逃脱此地。"何思明听罢，冷汗涔涔，小心跟随。

青衣人带何思明参观的第一处监狱是"勘治不义之狱"，狱中有一条长槽，红砖砌成，槽中堆满了炭火，火焰橙红。狱吏命犯人跪在槽边，自己拿出在火中烧红了的粗铁条，刺入犯人眼中，一连刺了十几根铁条。随后，狱吏串联铁条，把犯人像悬挂干鱼一般吊起来。犯人全程死命呼痛，撕心裂肺，何思明看得胆战心惊。青衣人看了一眼何思明，说："这些人在世时，把兄弟视如仇寇，轻灭人伦，重利轻义，这才有这样的报应。"

再往前走，是"勘治不睦之狱"，狱中都是老少妇人，每人舌上挂着一个钩子，钩上悬着一颗西瓜大小的圆石，圆石不住旋转，把舌头牵拉出一尺多长，妇人痛不可当，双眼泪汪汪，极为可怜。青衣人说："这些妇人在世时，不能和顺妯娌，恪守妇道，使夫家分门别户，互相仇视。因此有这样的报应。"

东南方向有一座大狱，是"阎浮总狱"。狱中三教九流、男女老幼混杂。

青衣人领何思明径直走过，到总狱北面的"剔镂"。这个狱中有人被绑柱上，狱吏用刀在他身上镂刻，随后又拿小扇把剔除的碎肉扇去，人身上就出现了好多细小的孔洞。狱吏往孔洞中灌入热蜡，犯人被疼醒后，狱吏用凉水泼他，犯人的肉则又会变回从前，狱吏接着继续雕刻。青衣人介绍说："这里的罪犯活着时都是穷凶极恶、虐害良善的人。"

"剔镂"狱近旁是"秽溷"狱，狱中都是大粪池子，池中粪水翻沸，臭气熏天。狱吏用长叉把这里的犯人叉入池中煮，犯人在池中随着沸腾的粪水沉浮，顷刻间就全身溃烂，化为蛆虫。狱吏接着拿竹箩把蛆捞出，放到铁锅中翻炒，等炒成灰后，又在锅中倒入粪水，须臾间，锅中之物就又化作人形。何思明看见只想作呕，问："这个监狱惩治的是什么人？"青衣人说："世间小人，毁谤谄媚，恶意中伤，他们都要入秽溷狱。"

出秽溷狱，二青衣人说："不用带他一一看了吧，直接把他带到那边吧！"何思明于是又跟随青衣人走了数百步，又到了一处门前。门上匾额写着："惩戒赃滥"。此处有十余人裸体站立，旁边有几个夜叉，相貌狰狞，拿着铁锁牵来八九个饿鬼，夜叉拿刀割下裸体人大腿上的肉，放到锅里煎烤，随后喂给饿鬼吃。等饿鬼吃完，夜叉继续割肉、煎肉，直割到裸体人只剩筋骨才罢手。何思明看得心中不忍，才一转头，只觉一股风吹来，再看那些裸体人，他们的血肉又恢复如常了。

地狱中还有专门吸人血髓的铁蛇铜犬，专吸那些在世时的虚伪恶人，他们或招揽权贵，或收受贿赂，或欺世盗名，或仗势欺人，或损人利己。

何思明听见这些人叫苦声撼天动地、撕心裂肺，心中大为触动，默默不语。

等到游历完地狱，两个青衣人送何思明回省业司，把金盘明珠还给老僧，随后向台尊复命。台尊训诫何思明说："你今后要改过自新，莫要再像从前一样毁僧谤道。若是你执意不改，一如从前，此后的下场可想而知！"何思明心下惴惴，恭谨回道："不敢，不敢。"随后，二青衣人又送何思明出来，往冠服司取回衣服换上。青衣人说："您且在此稍候，我二人去领符牌后，再来送你。"约莫过了一顿饭的工夫，青衣人回来，对何思明说："回去时，我们走捷径，不走来时路了。"何思明于是跟随青衣人走了好几个关卡，其中有一处新设的关卡，何思明抬头见关上牌匾写着"蜉蝣"二字。守关的人与青衣人寒暄一番后，得知何思明是大儒，喜道："这是新设的关隘，还请儒者为它作一篇《蜉蝣关铭》。"何思明忙说："我很荣幸，只是不知'蜉蝣'二字是什么意思？"守关的人哈哈大笑说："凡是鬼到人间投生，都从此关出。不用多久，人死，又会从此关入，就如同蜉蝣朝生暮死一般。"何思明若有所思，提笔写下一篇铭文，言辞警拔，内含劝导世人，警醒开悟之义。守关人见何思明铭文写得很合心意，大喜，忙放何思明出去。二更时分，何思明到家，看见自己的肉身正躺在床上，妻子和门人在一旁悲啼痛哭。青衣人猛一把把何思明推入门中，他登时从床上坐起，死而复生。家人大惊，何思明这才把梦中经历一一说给众人，众人听罢，不胜唏嘘。

后来，何思明果然以七品知县终老，他一生廉洁奉公，谨慎自守，深受百姓爱戴。

——故事源于明·瞿佑《剪灯新话·卷一·何思明游酆都录》

70. 红粉骷髅

元末农民起义军领袖方国珍占据浙东时，每到元宵节，明州（今浙江省宁波市）都张灯五夜。一时全城男女，纷纷前往观灯，车水马龙，好不热闹。

至正庚子年元宵时节，镇明岭下的乔生因妻子新丧，鳏居无聊，站在门口看张灯结彩、人群如织。三更时分，游人渐渐稀少，乔生正想关门回房，忽然看见门前一个丫鬟手提双头牡丹灯从门前经过，丫鬟身后跟着一个美人。美人年纪十七八，红裙翠袖，袅袅婷婷，款款西行。当时月色正好，清辉满地，乔生在月下看美人，更觉她明眸皓齿，娇艳无比，真是国色！他一时心旌摇曳，不能自已，尾随美人而去。走了一程，那女子忽然回头朝乔生一笑，嗔道："你我不相识，月下偶然相遇，为什么要尾随我？"乔生赶忙上前作揖说："与姑娘萍水相逢，这是缘分。在下居所距此不远，不知姑娘可否愿意来坐一坐？"女子听罢，叫住丫鬟说："金莲，挑灯前往公子家中。"那丫鬟依女子所说，挑灯折回。金莲依旧在前挑灯，乔生与女子携手在后。到了乔生家中，二人已是亲昵异常。乔生心中暗喜，自以为此番艳遇也如楚王遇巫山之女、曹植遇洛神一般，是人间美事一桩。乔生询问女子姓名及住址，女子说："姓符，字丽卿，名漱芳，是已故的奉化州判的女儿。父亲去世，家业凋零，也没有兄弟姊妹及亲戚，只剩下我孤身一人。如今我与金莲暂居湖西。"女子边说边垂下泪来。乔生一看美人梨花带雨的模样，更是心疼不已，留女子与他同宿。女子也不拒绝，态度妖艳，言语婉媚。一时巫山云雨，极尽欢爱，直到天色拂晓，女子才辞别乔生匆匆离去。

如此半月，女子夜夜前来与乔生相会，清晨离去。邻翁见乔生满脸春色，不似新鳏，心生怀疑。一夜，女子又来，邻翁透过墙洞窥视，竟见乔生与一粉骷髅一起坐在院中！邻翁大吃一惊，到了次日，问乔生经历的事，乔生缄口不言。邻翁着急地说："你有祸上身了！人是纯阳之体，鬼是幽阴邪祟。如今，你和幽阴鬼魅同处、同宿，一旦真元耗尽，大祸就要临头了！到那时你年岁尚轻就形容枯槁，可悲啊！"说罢连声哀叹。乔生听完，心中开始惊惧，把近日所遇说给邻翁。邻翁说："她说居住在湖西，你就去湖西寻访一番，结果如何，一看便知。"

乔生果然听从邻翁的建议，径直往湖西去，他在长堤上、高桥下往来，并没见有房屋。他又询问路人哪里有房屋，路人也连连摇头，说这里没有房屋！天色将暮，乔生拖着疲惫的身体到湖心寺稍憩。从东廊走到西廊，在走廊尽头看见一间暗室，室中有灵柩，上有白纸写着："故奉化州判之女丽卿之柩。"灵柩前悬有一个双头牡丹灯，灯下有一个随葬明器，是婢女的模样，乔生看它背上的字："金莲"。乔生一看，毛发尽竖，浑身战栗，头也不回地狂奔出湖心寺。

当夜，乔生也不敢回家中居住，生恐遇见女子，就暂住邻翁家中。邻翁见乔生满脸忧怖，说："玄妙观魏法师，是从前开府王真人的弟子，他的符箓术天下第一，你应该前去向他求符。"第二日，乔生一早就到玄妙观，要求参见魏法师，法师一见乔生，惊道："你怎么满脸妖气？"乔生倒身就拜，把遇见女子的事细细说来。法师听罢，沉吟不语，须臾，画好两道朱符递给他说："一张放在门前，一张置于榻前。切记，不可再往湖心寺！"乔生拿了朱符，依照法师所说放置，果然，那女子再没来过。

一月后，乔生前往衮绣桥访友，友人欢聚，痛饮一番，乔生有些薄醉。回家之时，他竟忘了法师的告诫，径直走了湖心寺那条路。快到湖心寺门时，他忽然看见金莲挑灯在前，似乎已经等了很久，见到乔生后，金莲施礼说："娘子已恭候许久，公子也太薄情了！"说着转身朝西廊走去。乔生

460

也懵懵懂懂随金莲走去。暗室里，那女子在一旁静坐，见乔生前来，满脸欢喜说："我与公子平素并不相识，只因月下见过一次，情根深种。这才与公子相伴，暮往朝来，对公子深情似海。谁知公子竟听信妖道的话，对我生疑，想要与我断绝交往！"说到此处，女子伤心欲绝，擦干眼泪后，继续说："我恨公子负心薄幸，苍天有眼，让你我今日能再见，我怎能忍心与你分离？"说着就拉起乔生的手，走到灵柩前。灵柩忽然大开，女子拥抱着乔生一同进入，灵柩门随之关闭，乔生就糊里糊涂因此丧命。

邻翁见乔生数日不归，心中奇怪，到各处询问，并无人见。后来，他听闻乔生到袭绣桥访友，就到袭绣桥见乔生朋友。朋友说："那日与乔生饮酒，他当日就回去了。"邻翁心知不好，到湖心寺停柩的房屋，室内昏暗阴森。邻翁向寺僧说明来意，寺僧听罢，忙打开灵柩一看，果然看见乔生与女子一同在灵柩之中，已死了很久。寺僧感叹："这是奉化州判符君的女儿，死时才十七岁。因当时他们全家北上，临时把灵柩停在这里。谁知十二年来杳无音信，女子竟化鬼为祟，可叹！"于是，寺僧把女子灵柩葬在西门外。

自此以后，每到阴晦之日或者月黑之夜，总有人见乔生与女子携手同行，另有一丫鬟挑双头牡丹灯在前。凡是遇见他们的人，总会得重病，身体一时发冷又一时发热，药石无效。总要往西门献上祭品才能痊愈。当地人十分害怕，纷纷前往玄妙观拜见魏法师，希望魏法师能够除去邪祟。魏法师说："我的符箓，只能防患于未然。如今邪祟已成，我也无计可施。听闻四明山顶有个铁冠道人，最擅降妖伏魔，法力无边，他或许有办法。"

于是，众人派出几个年轻力壮的人到四明山，攀缘藤草，跨越溪涧，到了山顶，果见到草庵一座，内有一道人悠闲地凭几而坐，闲看童子喂鹤。年轻人上前，倒身就拜，恳求道士下山。道人说："贫道是山林隐士，已是风烛残年，哪有什么高超法术，你们另寻高人吧！"说罢摆手，命年轻人回去。年轻人面面相觑，接着恳求："我们本来不知您的大名，是玄妙观的魏法师要我们来找您的。"道人听罢叹了一口气说："老夫已六十余年不下山了。这小子多嘴，还害得我跑一趟！"随后，他命童子收拾行李，与年轻人下山。道人年纪虽大，但步履轻盈，毫无老态。道人随年轻人到西门外，视察一番后，命人建起一座一丈见方的高台，端坐台上，又拿起笔画出好几道符，放在火上焚烧。一时，出现了几个符吏，头戴黄巾，身穿锦袄，手执戈矛，站在坛下。符吏见铁冠道人，向他鞠躬请命，貌甚恭肃，等待道人发号施令。道人说："这里有邪祟作恶，惊扰百姓，你们难道不知道吗？快去把他们驱逐出去！"符吏受命而去，不一时，符吏押着女子与乔生及金莲到，三人都披枷戴锁，鲜血淋漓。道人对着三人一番呵斥，命三人把所犯罪行，写成罪状，说给世人。

听了三人的罪行，道人说："乔生好色，符女贪淫，金莲愚昧。你们三人，以灯为媒，为鬼作恶，惊扰百姓。即刻命烧毁牡丹灯，押赴九幽地狱，听候发落！"三人听罢，哭哭啼啼，踟蹰不肯前去。符吏多番驱逐，才无奈离去。

此后，铁冠道人拂袖入山。第二日，当地百姓纷纷前来相谢，却见四明山顶只有一间草庵，道人却不在。众人又往玄妙观拜访魏法师，却见魏法师已成哑人，有口难言。

——故事源于明·瞿佑《剪灯新话·卷二·牡丹灯记》

71．绿衣人

天水人赵源，早年间父母双亡，他年过二十，还没有妻室。

延祐年间，赵源到钱塘游学，暂住在西湖葛岭上，他所住的西面就是宋代巨商秋壑的旧宅。赵源独居无聊，时常日暮时分在门前闲步。每次赵源散步时，总能见到一个女子，年十五六岁，绿衣双鬟，从东面款款而来。女子虽没有盛装浓抹，然姿色清丽，自有动人之态，惹得赵源总会注目良久。

一日，赵源又见女子走过，忽然兴起问女子说："不知姑娘家在哪里？为什么每日傍晚路过这里？"女子嫣然一笑，施礼说："我就住在你的东面，你客居在此，自然不识。"赵源见女子善谈，就挑逗女子，女子也不推辞，欣然与他调笑。赵源又邀女子留宿，女子就与赵源一番亲昵，到次日清晨才离去。如此，女子傍晚前来，次日清晨离去，一连数月，二人恩爱非常。赵源时常问女子姓氏及住址，女子说："你有我这个美妇人就行了，为什么非要知道我姓名、住址呢？"赵源问的次数多了，女子就说："我常穿绿衣，你只叫我绿衣人就行。"赵源见女子始终不愿透露，也只好作罢。他心想，女子也许是大户人家妾媵，每夜偷偷出来与人私会，唯恐此事败露，所以不肯言语。如此一想，深觉有理，他深信不疑，与绿衣女更是情深日笃。

一夜，赵源饮酒微醉，指着女子的绿色衣衫嬉笑说："你如此可真是'绿兮衣兮，绿衣黄裳'。"女子问："这是什么意思？"赵源一手执酒杯，一手拉女子说：《绿衣》诗，是卫庄姜因贱妾上位，自身失位而伤己，这才写的这首诗。"女子听罢，沉默良久，悄然离去。一连数夜，女子都不曾过来。赵源心下慌乱，不知女子为什么不来。找寻许久，无果。

数夜后，女子又来，赵源一见女子就赶忙拉着女子的手，问："不知我如何唐突了姑娘，你怎么好几日不来？"女子看着赵源，说："本想与公子偕老，谁料竟被视作婢女、媵妾一类，真是令人寒心，这才好几日不来。今日来见公子，我就说实话吧。我与公子的感情，并不是露水情缘。只因你我是旧相识，感情深厚，且夙缘未尽，这才有前日的邂逅。"赵源一听大惊："你我是什么时候相识的，我竟然不知？"绿衣女惨然说："前世。"赵源目瞪口呆，绿衣女悠悠说："前一世，我本是临安良家女子，因擅长下棋，十五岁那年被选到秋壑府中做专侍弈棋的侍女。秋壑每次散朝回家，到半闲堂闲坐，必定召我前去对弈，我很受秋壑重视。当时，公子是秋家奴仆，专管为秋壑烹茶，常奉茶到后堂。那时，公子正年少，仪态潇洒、面容俊美，我一见倾心。曾把荷包、扇坠偷偷赠给公子，公子也会把玞瑁、胭脂赠给我，当时你我二人互相有意。然而秋家规矩森严，仆从众多，你我二人没有相会的机会。后来某日，你我之事被另一个侍女知晓，她向秋壑进谗言，诬陷你我二人有苟且之事。秋壑大怒，把你我一同赐死在西湖断桥下。如今，你已再世为人，而我，鬼魂还在阴间飘飘荡荡。"说罢，呜呜咽咽哭起来。赵源颇为动容，沉思良久，说："若果真如此，我愿与你再续前缘，今后你我二人相亲相爱，也不负前世之情。"绿衣女听见赵源如此说，心下感动，此后就留在赵源居所，再不离去。

二人相处日久，闲来无事时，常互相对弈。赵源棋艺平平，绿衣女就把弈棋之中的精妙道理教授给他，如此数月，赵源棋艺大进，与人对弈，无人能敌。赵源也曾问绿衣女，为什么二人仅生情愫而已，秋壑就狠心把二人赐死？绿衣女说："秋壑每见少年郎就心生忌妒，常与少年郎比美。让一众姬妾评判，姬妾没有人敢说秋壑老丑。更有甚者，仅因一个姬妾盛赞两个少年郎，就被秋壑斩首。"赵源惊问："这是怎么回事？"绿衣女说："一日，秋壑倚楼闲望，众姬妾一旁随侍，恰遇两个少年乘小舟登湖岸，二人乌巾素服，仪表堂堂。一个姬妾见了，就心旌摇曳，赞道：'美哉！二少年！'秋壑听罢，面无表情，说：'你若心仪这二人，我请人说媒，让你们永结百年如何？'姬妾听罢含羞而笑。过了一时，秋壑叫来府中一众姬妾，说：'这是聘礼，我为某姬准备的，你们看一看，可还中意？'说着就有一个人手捧一个盒子过来，一个姬妾打开盒子一看，竟是刚才那位姬妾的头颅！一众姬妾胆战心惊，纷纷退避，自此再不敢谈论俊美少年郎。"

一日，赵源忽然想起一事，问绿衣女说："你如今是鬼，能长留世间吗？"绿衣女说："时限一到，精气就要散去。"赵源问："那到什么时候会散？"绿衣女说："三年。"赵源听罢，暗自忧伤许久。

果然，三年后，绿衣女卧床不起。赵源赶忙为她请医者医治，女子拉着他的手说："不必去了，先时已与你说过，你我夫妇的姻缘，从此就要尽了。"赵源悲泣不已，女子紧握着赵源的手，说："我借着身为鬼魂，与你再续前缘。承蒙公子不弃，恩爱三年。前世因你我一丝情意，双双遭遇不测。然而，海枯石烂、地老天荒，此情不渝！你我重叙旧好，我的心愿已经满足。自此就永别了，还望公子不必惦念我！"说完，侧身面壁而卧，赵源再三呼叫，女子只不应。

赵源心知女子已去，悲伤大恸，备办棺材安葬她，墓地选在北山脚下。将要下葬之时，抬棺之人忽然觉得棺材很轻，赵源打开一看，见棺材中仅有衣衫、钗环，女子却不在。赵源感念女子深情，不再娶妻，到灵隐寺出家为僧，终了此生。

——故事源于明·瞿佑《剪灯新话·卷四·绿衣人传》

72．太虚司法

狂士冯大异，恃才傲物，狂放不羁，最恨世间一切鬼神妖怪。但凡遇到鬼神妖怪，他都要肆意凌辱，然后焚祠堂，毁雕像，必定要把它们除去才痛快。也因为如此，当时的人纷纷称赞他胆识过人。

至元丁丑年间，冯大异到上蔡东门外一个村庄寻访故友。当时正值兵士作乱，多数村庄被焚毁，四处寂无人烟，累累白骨暴于荒野，黄沙漫天，很是凄惨。冯大异还没走到村庄，红日就已西沉，不消片刻，夜幕降临。他环顾四周，没有能栖身的旅店，只有路旁有一棵古柏树，树干粗大，枝叶茂密，离树不远处有几具死尸。冯大异见死尸，丝毫不惧，径直走到树下倚树休息。突然，他的耳畔响起鹠鹠和豺狐的鸣叫之声，顷刻间有一群乌鸦振翅而下，有的抬起一脚，有的鼓动双翼，有的在枝头乱舞，它们不断发出阵阵聒噪之声，令人毛骨悚然。随后，阴风飒飒，飞雨骤至，一声雷鸣，树旁群尸登时坐了起来。群尸见树下有人，纷纷朝冯大异走来。冯大异见势不妙，急忙爬到树上暂避，群尸环绕树下，愈来愈多，它们或坐或立，或笑或骂，久久不散。冯大异在树上听见群尸说："今夜必定要取此人性命，否则，我们就要受罚。"不一会儿，云收雨止，月色从乌云的缝隙中透出来，冯大异站在树权上，趁着月光，看见远处一个夜叉朝这边走来。夜叉的头上有两只角，通体青色，昂首阔步，顷刻间就到了树下。夜叉见群尸在，并不多言，抓起死尸，摘掉头颅，放入口中咀嚼。它的神态轻松，如同吃瓜一般。夜叉一连吃了好几颗头，肚子鼓胀得像鼓一样。随后，它躺在树下睡去，片刻间鼾声已震天动地。冯大异心知此地不可久留，忙趁夜叉熟睡，匆忙下树逃跑。不料，冯大异才跑了几百步，就听见身后有呼呼声响起，转头一看，正是夜叉紧随其后。冯大异一惊，拼命狂奔，路上好几次险些被夜叉抓到。

冯大异死命奔逃，见前面有一座寺庙，他急忙跑到庙里，想要找到能藏身的地方。慌乱中，他扫视寺庙，只见东西廊都破败不堪，只有殿上有一尊佛像，庄严肃穆，高大雄伟。冯大异跑到佛像身后，见佛像背后有一个洞穴，正好能容下一个人。他心中大喜，忙钻进洞穴，藏在佛像肚中。他一心以为，这下定然安全了。忽然，他听见佛像大笑着说："你费尽力气却得不到，我不费力气反而得到了。今夜这顿点心很是可口，终于不用再吃素斋了！"说完，佛像忽然身体动了，因佛像很是高大，走了十余步，被门框绊倒，殿中一时土木散乱，佛像尽毁。冯大异得以脱身，他见殿中狼藉，哂笑着说："这帮鬼东西敢糊弄你冯大爷，真是自食恶果！"说罢，冯大异走出寺庙，遥望四野，见一处灯火辉煌，人影幢幢，他心中一喜，忙朝灯火处走去。走近一看，这里的人或是无头，或缺一只臂膀，或缺一只脚，冯大异心中大骇，慌忙逃跑。众鬼见冯大异，怒道："我们正在畅饮，此人胆敢来打扰！不如把他捉来下酒！"随即诸鬼群起，有的踉跄追击，有的咆哮大吼，有的掷牛粪，有的扔人骨，无头鬼则提头追赶。冯大异逃到一条大河边，见水流很缓，就涉水前行。诸鬼见有河流，不敢涉足，只好眼睁睁看着冯大异上岸狂奔。冯大异又狂奔了半里地，回头一看，群鬼并没有追过来，只是在对岸乱舞，喧哗之声不绝于耳。他这才放下心来，缓缓前行。

不一会儿，月亮落下，四下漆黑一片，冯大异分辨不清方向，失足跌入一个深坑中。冯大异被摔得头昏脑涨，强撑着站起身来，只觉得寒沙茫茫，逼得人睁不开眼，又觉得阴气彻骨，冷得人浑身颤抖。等到眼睛适应了这里的黑暗，却看见各色鬼怪乱舞，自己是刚离鬼身又入鬼窝，原来这里竟是鬼谷！冯大异虽在阴气逼人的地方，但是依然额头冒汗。四周鬼物众多，有赤发长双角的，有绿毛长双翼的，有鸟喙长獠牙的，有牛头却兽面的，群鬼通身都是蓝靛色，口中能吐火焰，围着他时时发出怪异的笑声。冯大异怔了许久，才听清它们发出的言语是"仇人到了"。又过了片刻，群鬼把铁钮系在冯大异的脖子上，皮带拴到他的腰上，拖着他去见鬼王。冯大异一路踉踉跄跄到了一个地方，抬头看见一个人端坐在高台上，神情肃然。众鬼把冯大异拽到鬼王面前说："这就是不信鬼神、凌辱我们的狂士——冯大异！"鬼王听完，面含怒气，叱责道："你五体俱全，通读经史，难道不曾听闻鬼神的盛德？即便是圣人孔子，尚且对鬼神敬而远之。《易》中所载'载鬼一车'，《小雅》所载'为鬼为蜮'，其他像《左传》中记载的晋景公的梦，伯有为厉鬼的事，难道都是假的？你是何方神圣，竟敢宣扬'世无鬼神'？你说如此狂悖之言，有什么依据？我们已忍你许久，苍天有眼，使你落入我们手中，我们不把你大肆蹂躏一番，如何甘心！"随即，他命令众鬼摘了冯大异的帽子，脱了他的衣裳，把他痛打一番，直打得他皮肉模糊、鲜血淋漓，求生不得求死不能才停手。一时，鬼王对着半死不活的冯大异说："你是想要调泥为酱，还是身长三丈？"冯大异说："泥怎么能成酱，还是身长三丈吧。"鬼王听罢用眼神示意众鬼，众鬼会意，立即把他放在石床上，像搓面团一般，反复揉搓。不知不觉间，冯大异渐渐变长，一个鬼把他扶起，一量，果然身长三丈，袅袅如竹竿一般。众鬼见状，肆意嘲笑，把他叫作"长竿怪"。一阵大笑过后，鬼王又问冯大异："你是想要煮石成汁，还是想要身矮一尺？"冯大异正觉身长三丈很是不便，就说："还是身矮一尺吧。"众鬼听后，又把他放在石床上，如同前次一般揉搓，随后用力按捺。冯大异只听得骨节磔磔有声，一时，众鬼把他扶起，果然身高成了一尺，看上去像一只巨蟹。众鬼又大笑，叫他"螃蟹怪"。冯大异在地上行动，脚步蹒跚，苦不堪言。他身旁一个老鬼，拊掌大笑说："你平日不信鬼神，怎么今日这个模样？"众鬼也随着大笑。老鬼见冯大异受此奚落，已成教训，就说："这人虽无礼，我们也已羞辱过了，怪可怜的，不如放过他吧？"随即弯下身来，两手提着冯大异抖擞几下，他又变回常人大小。冯大异见事有转机，忙恳求众鬼送他回去。众鬼说："你既到了这里，怎能空手返回，我们要送你一些礼物，你拿去，散布到人间，让世人知有鬼神。"老鬼说："如此甚好。不过，赠什么礼物好呢？"一个鬼说："我把拨云角赠给他。"说着，它把额头上的两角取下，放在冯大异额上。一个鬼说："我把哨风嘴赠给他。"说着它把一个像鸟喙一样尖锐的铁嘴放到冯大异唇上。又一个鬼说："我把朱华发赠给他。"说罢，他用赤水染冯大异的头发，片刻间，冯大异满头红发如火，且根根直竖。又一个鬼说："我把碧光睛赠给他。"随后，把两枚青珠嵌入冯大异眼中。等到诸鬼赠完，老鬼把他送出深坑，说："请你善自珍重，小鬼多有冒犯，还望不要介怀。"冯大异不敢言语，躬身施礼拜别。

出谷之后，冯大异模样怪异，额上有拨云角，唇上戴哨风嘴，头上顶着一头红发，眼珠碧绿，俨然是一个奇鬼！他到了家中，妻子儿女见怪物进门，大惊失色，冯大异极力分辨，妻儿始终不敢相认。他很无奈，只好走出家门。街上众人见这样的怪物，纷纷前来围观。冯大异心中恼怒，却也无法，于是他愤怒地绝食。临死之前，冯大异对家人说："我被诸鬼戏弄，落得今日下场。如今，我要死了，还望你们往灵柩中多放些纸、笔，我要到天上告状。数日之内，蔡州会有一件奇事发生。那时，我就能讨回公道。你们可替我沥酒祝贺，到那时再殓葬我。"说罢，冯大异就死去了。

三日后，蔡州白昼忽风雨大作，大雾弥漫，雷霆霹雳，声震寰宇，屋瓦皆飞，大木尽拔，如此一日一夜，到了次日，天色放晴。冯大异曾坠入的鬼谷，陷落成一个巨泽，方圆数里，里面都是红色的水。妻儿隐约知道天象与冯大异有关，就到他灵前祭拜。果然，妻儿听见棺材中有人声说："我已讨回公道，诸鬼已被夷灭！天府见我人品正直，命我担任太虚殿司法。这个职位干系重大，以后我就不再来人世间了。"家人这才放心地把他埋葬。

——故事源于明·瞿佑《剪灯新话·卷四·太虚司法传》

73.赤鬼

义熙年间，陈皋从广陵（今江苏省扬州市）乘船，路上遇到一个赤鬼。它身长一丈多，头戴红色的冠子，冠上有像鹿角一般的触角。赤鬼见了陈皋，请求陈皋能载它一程。还未等陈皋应允，赤鬼就跳上了船。陈皋平素修习道术，能运气施行禁术。他知道面前的是鬼，就唱起南方百姓常哼的曲子。鬼见状，朝着陈皋吐舌瞪眼。陈皋随即拿起杖竿朝鬼掷去，鬼随即逃离。鬼逃离的地方，火光弥漫，照得四野一片通红，许久火才灭。此后不久，陈皋就死去了。

——故事源于晋·荀氏《灵鬼志·陈皋》

74. 无头鬼

有个曹生，从歙县（今安徽省黄山市）前往扬州。路过友人家时，他前去访友。朋友许久不见，很是想念，热情地留曹生夜宿。当时正值盛夏，曹生与友人在书房闲谈，门户大开，清风拂来，十分清爽。眼见夜色已深，曹生笑说："这里凉快，今夜我就住在这里了。"友人忙制止说："这里夜间有鬼魅，不能住。"曹生笑说："无妨。鬼魅有什么可怕的！"友人苦劝良久，奈何曹生心意已决。友人无奈，只好命人准备床榻。

夜半时分，曹生睡意渐浓，忽然听见有窸窣的声音。他起床循声细看，竟见有一物自门缝中缓缓进入。那物薄如纸张，进入房中，倏忽间化作一个妙龄女子。曹生觉得有趣，不怎么害怕。女子见曹生安然自若，又披发吐舌，做出吊死鬼的模样，想要吓唬曹生。不料，曹生竟笑说："头发不过略乱些，舌头不过略长些，也没什么可怕的。"女子见曹生不为所动，就把头取下放到桌上。曹生一见，又笑说："有头我都不怕，更何况无头。"女子无计可施，只得离去。

一月后，曹生从扬州回来，又住在友人书房。夜半时分，又见门缝中有物进入，那物才露一头，曹生就朝它啐了一口，训斥它说："又是你这败兴之物！"那物听见这话，竟悄然不见。

——故事源于清·纪昀《阅微草堂笔记·卷一》

75. 亡鬼论学

有一个老学究在傍晚时分从书塾回家。路上忽然遇见一个老友，老学究大喜，正想上前招呼，忽然记起友人已亡故多年，眼前的定是他的鬼魂。老学究素来刚直，知道老友是鬼也不害怕，只是问："你要去哪里？"友人回答："我现在是冥吏，有个人今日要魂归地府，我前去勾魂，正好与你同路。"于是，老学究就与友人同行。

二人走到一间破屋前，友人指着破屋说："这屋子住的一定是读书人。"学究问："你怎么知道？"友人说："人们白昼忙碌，性灵都被淹没了。只有睡着时，元神才清澈，胸中所读的书，字字泛着光芒，从身体中出来。它的形状缥缈缤纷，绚烂夺目。像郑玄、孔安国、屈原、宋玉、班固、司马迁这般学问高深和文采斐然的人，他们身上的光芒能直冲霄汉，可与日月争辉。再次一等，读书略少，他身上的光芒也可数丈。再次者光芒有数尺。读书极少的人微光荧荧，只能照映自家门户。这光芒凡人看不见，只有鬼神能见。这间屋上光芒高七八尺，住的一定是读书人。"学究听完这话，大奇，问："我读书一生，孜孜不倦，不知睡中光芒可有多少？"友人支吾不言，许久才说："昨夜经过你的书塾，你正小憩。我见你胸中有指导应考的书籍一部，考中之人的文章五六百篇，经文七八十篇，应试策论三四十篇，字字都化作黑烟，笼罩屋顶。诸生诵读之声，如在浓云密雾之中。些许光芒也未见，因此不敢乱说。"学究大怒，叱道："你一个小鬼，竟敢如此蔑视学问！"友人大笑着消失了身影。

——故事源于清·纪昀《阅微草堂笔记·卷一》

76．假缢鬼

清朝时期，有一个村妇名荔姐，听闻母亲病重，心急如焚。因母家就在邻村，距离很近，村妇也不等丈夫，匆忙连夜回母家。

当时，已是一更时分，月色未出，夜色微明。村妇忽然觉得身后有一人紧追不舍，她担心这人想要强暴妇女，心中十分惊惧。环顾左右，身处旷野之中，即便是呼救也无人前来，一时，焦急万分。慌乱之中，她忽然看见一旁有一处古坟，就悄悄藏身古坟旁。古坟前有一棵白杨树，高耸魁伟，村妇卸下钗环，解开腰带，系到树干上，把头伸进腰带，披发吐舌，瞪大双眼看着那人。那人渐渐靠近，村妇假意邀此人闲坐。那人走近，竟见眼前一个缢鬼，大惊失色，随即倒地不起。村妇忙一路狂奔到了母亲家中，坐了一时，还喘息不已。家中人见了，大为惊骇，问她缘故。她照实说了，家人这才知道事情始末，又是生气又是好笑，随即收拾房屋给她住下。次日，邻里纷纷传言，某家有一少年，路上遇见缢鬼，那鬼披头散发，怒目长舌，始终缠着他。如今他已神志不清，胡言乱语起来。后来又听闻此少年家人多方求医问药，请神送鬼都不见效。自此以后，少年就再没清醒过。

——故事源于清·纪昀《阅微草堂笔记·卷三》

77．痴鬼

　　某村有一男子苏某，妻贤儿乖，家中小康，本是美满家庭。奈何苏某身体不济，年二十八就因病而亡，留下寡妻弱子无人照看。苏某虽死，却很惦念妻儿，魂魄一直逗留家中。他常坐在院中丁香树下，凝视妻儿。有时夜间，妻子思念苏某，暗自悲泣，苏某听见，魂魄徘徊窗外，也跟着哀伤不已。有时，儿子因饥寒啼哭，苏某心疼不已，魂魄在儿旁来回，却不能靠近。有时，听见兄嫂诟骂妻子，言辞激烈，妻子默然垂泪，苏某也只有暗暗饮泣。

　　一日，苏某又坐在丁香树下，想到妻儿孤苦无依，心中苦楚，面色凄惨。不一时，忽然有一媒婆走到妻子房中，苏某愕然，想到妻子要另嫁他人，心如刀割。他环顾四周正不知如何是好，忽然看见媒婆悻悻而返，他知道婚事没有议成，心中大喜。此后，又有媒婆往来兄嫂与妻子处，苏某心中惴惴不安。后来，见亲事议妥，他只有唉声叹气。

　　送聘当日，苏某坐在树下，双眼直视妻子房中，眼泪涔涔如雨下。自此以后，无论妻子去哪里，苏某总跟随其后，眷恋之意更浓。妻子再嫁前夕，在房中整理妆奁。苏某又徘徊窗外，有时倚柱叹息，有时靠窗哭泣，有时低头若有所思。他听见房中有轻微咳嗽声，就急忙从窗缝中窥探，如此彻夜守候，直到次日迎亲队伍秉火前来。苏某是鬼魂，畏火，只得避立墙角，眼看着新娘出房门。新娘上了花轿，苏某也跟随花轿后，直到新郎家。新娘进门，苏某也要跟着进门，却被门卫阻拦，不能进。苏某苦苦哀求，情状可怜，门卫可怜他一片痴心，就放他进去。他进门后藏在墙角，远远见新娘新郎正拜天地父母，一时呆立许久。新郎新娘入洞房后，苏某坐在窗下，等到房中灭烛就寝，依然不离开。直到被宅神驱赶，他才狼狈回家。

回到家中，苏某径直到妻子房中，对妻子平日的坐处、睡处一一细看。忽然，他听见儿子的哭声，忙围在儿旁，双手无措。不一会儿，兄嫂过来，朝着儿就是一巴掌。苏某心痛顿足，终也回护不得。

苏某因为痴绝，魂魄在世间逗留太久，又遇到妻子改嫁，儿子被虐，心中郁郁，最终魂魄消散，再也不能投生了。

——故事源于清·纪昀《阅微草堂笔记·卷四》

78．田卖鬼

田乙，生性胆大，平素不怕鬼，还能抓鬼，于是他就以卖鬼为业。卖鬼所得的钱财，除了供应家中衣食、妻儿用度，还能有剩余。他在当地也很知名，人称"田卖鬼"。

要说，田乙从何时开始以卖鬼为生？这要从他二十来岁的一次夜行说起。话说，田乙二十来岁时，曾夜行郊外，路上遇到一个鬼，高肩曲背，头大如轮。田乙见它样貌怪异，问："你是谁？"鬼如实回答："我是鬼。你是谁？"田乙想看鬼到底如何变化，就回答："我也是鬼。"鬼一听遇见同类，心中大喜，大步上前抱住田乙。田乙只觉鬼浑身冰冷，还没来得及言语，就听见鬼惊疑地说："你身体这么暖，恐怕不是鬼吧？"田乙一听，忙解释说："我是强健的鬼。"鬼听罢，微微点点头，也不再疑心。

二人同行了一段路后，田乙问鬼："你有什么能耐？"鬼说："我擅长耍鬼把戏。"说罢，就表演给田乙看。鬼把头颅取下放到腹中，后又放到胯下，接着又把头分作两份、三四份、五六份，一直分到十多份，随后又把头扔向空中，投到水中，又在地上旋转一番，才又放回脖颈上。田乙眼见鬼耍头颅，奇幻怪异，心中吃惊，面上却不露声色。鬼耍完后，要求田乙也戏耍一番，田乙扯谎说："我腹中饥饿，顾不上戏耍。我想去绍兴市集上找寻食物，你能随我一起去吗？"鬼欣然同往。

途中，田乙又问鬼："你做鬼几年了？"鬼回答："三十年了。"田乙又问："你住哪里？"鬼答说："居无定所，有时宿在大树下，有时宿在人家屋檐下，有时宿在厕旁土堆中。"田乙又想知道鬼的喜忌，好用来诱惑或制服鬼，又问："我是新鬼，关于喜忌一概不知。您能否教我？"鬼并不知田乙心思，如实说："鬼属于阴间之物，喜欢妇人的头发，忌男子的鼻涕。"田乙暗暗记在心中。

又行了一段路，又遇见一个枯瘦鬼，身材干瘪清瘦，形容憔悴枯槁。先前的鬼上前作揖说："阿兄身体还好吗？"说罢指着田乙对枯瘦鬼说："我们都是鬼，可结伴同行。"于是，枯瘦鬼也同行。

快到市集时，天色欲晓，二鬼愈行愈缓。田乙生恐二鬼逃匿，乘它们不备，左右手分别紧抓二鬼的手臂，两手各牵一鬼前行。田乙只觉鬼的身体轻若无物，就越走越快。二鬼惊呼说："你不怕天明吗？你不是鬼！你快些放开我们！"田乙哪里肯放手，拉着鬼继续走。二鬼初时不断哀叫，天色愈明，声音愈小，渐渐无声。须臾，天色大明，再看两鬼，已化作两只鸭子。田乙唯恐二鬼现出原形，就朝着鸭子擤鼻涕。然后把鸭子赶到市集上卖了，最终卖得三百钱。

自此以后，田乙每夜都会拿着几缕妇人的头发到野外诱鬼，往往能引出来鬼。田乙如法炮制，与鬼同行，引鬼到市集。鬼到了天明，有的化作猪、羊，有的变作鱼、鸟。田乙卖鬼往往能得几百钱，有时也有卖不出的，他就把鬼所化之物自行烹食，很是美味。

——故事源于清·乐钧《耳食录·卷九·田卖鬼》

79．隐鬼

　　明代有一个风水先生宋某，因为帮人勘选墓地而到了歙县（今安徽省黄山市）的深山之中。当时天色已昏，风雨欲来，宋某见不远处崖下有一个山洞，就想进去暂避。不料，他刚到洞口，就听见洞中有人说："这里有鬼，请不要进来。"宋某一惊，随即问："那你是谁？怎么进得？"那人说："我就是鬼。"宋某一听，心中登时好奇，就说："深山相遇，就是缘分。宋某不才，烦请一见。"鬼长叹一声，说："我是鬼，阴气盛。你是人，阳气盛。与你相见，阴阳交互，你身体会有寒热交替的症状，痛苦难当。为了不损害你的身体，你还是生一堆火，我们隔着火远远地聊聊。"宋某依照鬼的话，生火与鬼闲谈。

　　宋某问鬼："你一定是有墓穴的，怎么住在这里？"鬼说："我本是神宗时期的县令，因厌恶官场追名逐利，相互倾轧，就辞官回乡，做了一个田舍翁。我身死后，向阎罗王请求不再轮回人世，阎罗王就把我来世的禄位改注为阴司官吏。谁料阴司之中，扰攘倾轧不亚于人世，我就又弃官归墓。我的墓穴位于群墓之间，日夜听见群鬼喧嚣，不胜其烦，因此在这里避居。这里虽常有凄风苦雨，萧索悲凉，不过与官场风波、仕途险恶相比，简直如置身天堂！我在这寂寥空山隐居，已忘了年岁，更不知如今是何时何世。我能从万般杂事中解脱，潜心自修，真是欢喜无限，谁料又能遇着人。明朝我就移居他处，你可不要做武陵渔人，空访桃花源。"说罢，就不再言语。宋某又问他姓名，那人始终缄默不言。宋某心想：世间有隐士，没想到阴间也有隐鬼，真是奇事！

　　　　　　　　——故事源于清·纪昀《阅微草堂笔记·卷六》

80. 越娘墓

　　西洛（今河南省洛阳市）人杨舜俞，很有才名。因家贫，他到都城显宦门下做了门客。一日，杨舜俞听说有个同乡在蔡氏家中做门客，就前去拜访。途经一处山野旅店时，他在店中稍歇，用过酒饭后，打算继续前行。店主见杨舜俞已有些醉了，忙劝说："再往前去是凤楼坡，距此有六十里，这段路上都是荒野，有鬼怪出没。现在太阳快要落山了，不如你今夜先住在店中，等明日天色大亮再走？"杨舜俞此时酒劲上来，趁醉说："鬼怪有什么好怕的！"说罢，挥鞭纵马而去。

　　又往前走了二十里，天色已暮，四野昏黑，阴风渐起，杨舜俞越走越暗，已辨不清道路。他不知身在何处，只能信马由缰，心中暗自悔恨。环顾四野，忽然看见远处隐隐有火光，杨舜俞连忙朝火光处纵马，又行了十数里，到了一处荆棘丛中，听见狐兔呼鸣，阴风大作，他已酒醒了一半。杨舜俞继续往前行，才到了一处人家。不过这里只有一间茅屋，左右也没有邻居。杨舜俞下马敲门许久，才有一个妇人出来开门。妇人不等杨舜俞开口，就说："我独居在此，屋室狭小，恐怠慢贵客，还请另觅他处。"说着就要关门。杨舜俞忙推门说："暮夜昏暗，我迷了道路，现在人困马乏，不敢劳您费心招待，就只容我在此坐到天亮就行。"妇人说："家中一贫如洗，倘若公子不嫌弃，那就进来稍憩。"于是，杨舜俞进入房中。杨舜俞环视房内，四壁空空，唯有土榻而已，并无烟火之气。再看那妇人，衣衫褴褛，面壁不语。房中灯火幽幽，很是清冷。杨舜俞心中不乐，就出门捡些柴薪，回来后在房内生起火堆，邀妇人火旁坐下。妇人几番推辞后，才坐下。杨舜俞趁着火光见妇人虽衣饰粗陋，脸无脂粉，身无珠翠，却丝毫不掩绝色，真如出水芙蓉一般，出自天然。杨舜俞没料到荒野之中竟遇到佳丽，又惊又喜，问："不知您因为什么住在这里？"妇人说："我的经历很是坎坷。公子既然问了，我就跟你说了吧。我本是越州人，姓越，出身富足人家。我夫君曾出使越地，我对他一见倾心，就随他从越地到中原，这才流落到这里。"杨舜俞又问："你夫君是什么人？怎么会使你流落到这里？"妇人面色凄怆，悲不自胜，说："我本不是如今的人，我是后唐少主时期的人。我的夫君本是一个偏将，奉命入越征集弓箭，带我回中原后不久，就在战争中死去了。当时兵乱纷纷，我又被一个武将强占了。后来武将也在兵乱中死去了，我就乔装改扮，头发蓬乱，用泥涂脸，昼伏夜行，想要回到越地，谁料又被强盗掠入这里的山林中，为他烧火做饭，处境凄惨。后来，我不堪强盗欺辱，自缢于古木，强盗这才把我埋在这里。我已不知如今是哪一世，烟水漫漫，荒野茫茫，故乡音信杳杳，我的枯骨，不知何时能得到妥善安置？"说罢，低头垂泪，默然不语。

半晌，杨舜俞又问："后唐情形到底是怎样的，您能跟我说一说吗？"妇人叹息着说："当时，郎官以下的官员都要亲自下地背粮食，公卿贵族也面有菜色，听闻连宫中人也穿着补丁衣服。百姓种的谷米，还没成熟就收割了，生恐被兵士抢掠。民间能娶上妻子的青年仅有十分之二三。父母无法保全孩子，丈夫无法保全妻子，兄长无法保全胞弟。兵患再加上疾疫，又相继遭遇水旱灾害，百姓苦不堪言，常有人易子而食。日夜都是刀兵之声，市集萧索，郊野寂然，千里平野，看不见烟火。那时才知古诗所说'宁做治世犬，莫做乱离人'真是警世名言。"话未说完，妇人已哽咽流涕，杨舜俞慨叹不已。许久，妇人又问："不知如今是什么朝代？"杨舜俞说："如今是大宋朝，数代君主励精图治，天下承平日久，封疆万里，天下一家。百姓安居乐业，百官各司其职。夜不闭户，路不拾遗，商贾外出，草行露宿，也不用担心强盗。百姓饥了就吃，渴了就饮，倦了就寝，没有顾忌。市肆繁华，夜夜笙歌，吟咏太平。"妇人听罢，面露向往之色，说：

"如今的平民百姓过得比我们那时的王族公卿还要好，您真是幸运啊！"

杨舜俞见妇人机敏聪慧，心生爱慕，于是从行李中取出纸、笔，作诗相赠，向妇人表达爱慕之意。妇人见杨舜俞词句雅洁，诗中爱慕之意昭然。于是说："公子雅意非常，我并没有这样的诗才真是惭愧。诗中的心意，我不敢接受，愿公子今夜不要再有挑弄的言辞了。"杨舜俞见妇人挑明诗意，一时颇为尴尬，两相沉默后，妇人又说："我的先祖世代学儒，我也深受儒家教化。如今公子前来，我家徒四壁，没有美酒佳肴招待，真是羞惭。不过，我心中有一腔幽愤，无可排遣，如今就借着公子的诗意，稍作几句诗来遣怀，还望公子不要见笑。"说罢，立即口占一首，杨舜俞听了她的诗，才高性洁，古朴情切，幽怨之意喷薄欲出，心中爱意更甚，只因妇人婉拒，不好宣之于口。妇人又说："我的枯骨，已幽埋许久。公子若能设法安葬，让我孤魂有所依附，我感激不尽。"杨舜俞听罢，说："我一定设法好生安葬您的尸骨。"二人随后又谈些闲话，都是正人君子的言语，没有狎昵调戏的意思。

到了清晨，杨舜俞离去，临别之时，妇人微笑嘱托说："杨公子千万不要忘了我的恳托。"杨舜俞答应着纵马驰去。他行了半里，回头一看，妇人与茅屋都不见了。杨舜俞生恐自己眼花恍惚，忙骑马返回，依然没看见。于是他只好下马，在地上做好标记后离去。

杨舜俞从蔡地回来时，路过此地，找到标记的地方，掘地数尺，果然看见一具枯骨。杨舜俞忙用衣服把尸骨裹好，放到箱中。回到都中，他在城西买了一块好地方把她埋葬。妇人死时的殓葬很是潦草，此时，杨舜俞为她准备棺椁、器物、衣衾、车辇等，一切都按礼法置办。

三日后夜半，杨舜俞已睡下，忽然听见有人开门进来。他起身一看，竟是越娘。只见越娘盈盈拜倒，说："我的枯骨，久埋尘土中没有被安葬。如今受公子大恩，使我孤魂有依，不知如何报答公子。"杨舜俞细看越娘，只见她衣饰艳丽，妆容娇媚，更胜从前。杨舜俞喜形于色，取来美酒、蔬果及佳肴，与她共坐对饮。杨舜俞一时调笑说："不如越娘以身相许？"越娘顿时羞红了脸颊，杨舜俞见越娘没有推辞，就拉越娘共寝，当夜自是欢情无限。

次日清晨，越娘与杨舜俞道别，杨舜俞自是不舍，说："今夜务必前来相会。"越娘点头答允。到了晚上，杨舜俞备好美酒、果品等越娘，越娘如约而至。一见杨舜俞，越娘躬身施礼说："我这次来，是为了与公子告别。"杨舜俞惊问："你我如胶似漆，情意正浓，为什么突然分别？"越娘说："我初遇公子时，蓬头垢面，朽败之身不敢与郎君交欢，生恐郎君嫌恶。后来，郎君好生殡葬我的枯骨，我心中感激，愿意委身公子。然而，我是幽阴之鬼，公子是阳盛的人，两厢交欢，对于我并没有损伤，对公子而言，只怕会有妨害。公子与我，情深似海，这情哪有终结之时？不如及时断了这份欢愉，就此别过。"杨舜俞又急又气说："我心慕越娘许久，如今才能与你欢好，可你却要离去，越娘不要如此绝情！"越娘见杨舜俞愀然不乐，神情萎靡，心中不忍，当夜就住在杨舜俞房中。杨舜俞千般央求越娘不要离去，越娘心中虽知不可，却也不忍离去。自此，越娘每夜都来。

如此，过了好几个月，杨舜俞忽然卧病在床。越娘一如从前，白日离去，夜晚前来服侍汤药。等到杨舜俞身体稍稍好转，越娘哭着对杨舜俞说："我是鬼魂，受阴司管辖。如今与公子交好的事，东窗事发，要永堕地狱了。不仅如此，公子也受了牵累，此前功德都被抹去。我此后不再来了，愿公子善自珍重。"说罢，转身离去。自此以后，越娘再未来过。

——故事源于宋·刘斧《青琐高议·别集·卷三·越娘记》

81. 鬼棺

乾隆己未年，书生李云举与霍养仲同在书舍读书。一夜，二人偶然谈到了鬼神，李云举认为世间有鬼神，霍养仲认为没有。二人正争论得脸红耳热之际，忽听李云举的仆人说："世间确实有鬼神，我就亲身经历过。"二人一愣，随即说："那就说说你的经历吧。"

李云举仆人说："先前有一次，我路过城隍祠，祠前有很多坟墓，我过的时候很小心。不料，还是一不小心踩到一个空棺材里了，棺材年岁久了，顿时朽坏。当时并没有什么怪异，谁知到了夜里，我梦见城隍把我抓了。我很惶恐，问：'我有什么罪？为什么抓我？'城隍说：'有鬼告你损毁别人的房舍。'我知道是白天踏破棺材的事情，忙辩解说：'是那鬼棺材位置不当，不是我故意踏破的。'那鬼说：'是路从我坟上过，不是我坟墓故意挡路。'城隍听罢，看着我笑说：'这条路人人能走，这不怪你。不过，人人走这条路都没有踏破鬼棺，偏你踏破，我不能放了你。这样吧，你赔他一些冥币。另外，鬼不能自己修棺材，你就在他棺材上，盖一木板，堆上土，如此也就妥当了。不知你意下如何？'我忙上前跪谢说：'我没有异议。'城隍又问鬼，鬼也无异议。因此，第二日，我就带着冥币到那鬼坟墓前焚烧，刚焚烧完，就见一阵旋风把灰烬卷了去。我又按照城隍所说盖木板，堆黄土，不敢有丝毫怠慢。后来某夜，我又经过城隍祠前，忽然听到有人喊我稍坐，我心中一惊，知道是前日之鬼，赶紧跑开。那鬼在我身后大笑，声音如同枭鸟，十分瘆人，现在想来还是觉得毛骨悚然。"

仆人说完看向李云举和霍养仲，霍养仲笑说："你们二人为主仆，他定然是帮助主人的。我没亲见亲历，总是不信的。"李云举无奈，看向仆人，二人相视一笑，互不言语。

——故事源于清·纪昀《阅微草堂笔记·卷六》

82．鬼诓人

张某，阴险狡诈，满口胡言，与人交谈从无实话，即使是至亲骨肉也会被他蒙骗。当地人称他为"秃项马"，因为马秃项就是马脖子没有鬃毛，"鬃"与"踪"同音，意思是张某言辞闪烁，无踪迹可寻。

一日，夜深晦暗，张某与他的父亲回家，走到半途迷了路。张某远远看见前方不远处有几个人围坐一起说笑，就朝他们呼喊问路。那几人都说："向北。"张某与父亲向北走，竟陷入泥沼之中，几经挣扎，却无法脱身。无奈只好又朝那群人喊："这里有泥沼，向哪个方向走才能脱身？"几个人都说："转向东走。"张某转向东，谁知泥沼竟越来越深，几乎要淹没他的头了。张某困在泥沼中，苦不堪言。张某还想再问，忽然听见耳旁有几个人鼓掌大笑道："秃项马，你今日可知胡言乱语诓骗人是怎样的了吧？"声音近在耳畔，张某却看不见人。他这时才知道，这几个人都是鬼。

——故事源于清·纪昀《阅微草堂笔记·卷六》

83．鬼夜出

河间王仲颖先生，精通儒学，品行方正，颇有古君子之风。相传，曾有一夜，王仲颖先生深夜在房中独酌，却没有下酒的菜。他忽然想起后院种有莱菔，就亲自拔莱菔下酒。他才到园中，恍惚见到有人影闪过。王仲颖先生以为是盗贼，四处查看，却始终不见人影。他这时才意识到，也许出来的是鬼魅。

王先生刚直方正，朗然责问："阴阳殊途，鬼为什么来人的地方？"话音刚落，就听见竹丛中有人说："先生精研《易经》，怎么不知'一阴一阳，天之道也'？人白日出行，鬼夜晚出没，如此已经分了阴阳之路。人住在无鬼的地方，鬼住在无人的地方，这就是殊途。因此，天地之间，无处没有人，也无处没有鬼，但人鬼并不妨碍彼此。倘若鬼白日进到先生房中，先生责问，自然是应当的。现下，已夜深，此地并不是人的住处。在鬼出没时，进入鬼居住的地方，又不曾点灯打扰人，也没有大声吵嚷，只是猝不及防人鬼相遇，是先生冒犯了鬼，并非鬼冒犯先生。我敬重先生，已经避开，先生怎么还要深责呢？"王仲颖听罢，笑说："你说得有道理，如此，你我互不干涉就好。"说罢，拿着拔出的莱菔返回室中。

后来，王仲颖先生把这事说给门人，门人说："鬼既然能说话，先生又不畏惧，为什么不问他的姓名及阴司的事？"先生笑说："人鬼殊途，人何必去了解阴司事？人鬼无涉是最好。"

——故事源于清·纪昀《阅微草堂笔记·卷十五》

84. 魅戏

郭生生性刚直，好逞强使气。一年中秋夜，郭生与几个朋友相聚，觥筹交错，欢饮到半夜。一个朋友说起鬼神的事，郭生酒意正浓，大声说自己不怕鬼。众友一听，哈哈大笑，一个朋友说："听说某处有一处凶宅，不知郭兄可敢去住一夜？"郭生高声说："这有什么不可。"于是，慨然仗剑而往。凶宅中有数十间房屋，庭院中荒草丛生，寂然无声。郭生坐在庭中，忽然看见门口有人，忙起身拿剑要砍，却见那人挥袖一拂，郭生顿时身体僵硬，说不出话来，不过他神志还是清明的。郭生见那人朝自己躬身施礼说："郭君是豪侠之士，今日来这里，是被人激将。争强好胜是人之常情，这也不怪你。既然郭君来了这里，我本应好生招待，宾主尽欢才好。不过，今日是中秋佳节，家中亲眷都外出赏月，一会儿就要回来。男女有别，郭君不宜见女眷，我又不忍心见郭君深夜无处安身。我有一个办法，想请郭君进入瓮中，希望郭君不要见怪。我会在瓮中备好酒肉，给郭君解闷。"郭生说不出话，只能任由此人摆布。此人把郭生放到一个大缸中，缸上盖上一张方桌，桌上用巨石压着。

不一会儿，郭生隔缸听见庭中欢声笑语，约有几十个男男女女，吵嚷着喝酒吃肉。郭生闻见酒香扑鼻，暗中摸索，竟摸到一个酒壶，一只杯子，另有四个小盘子，还有一双象牙筷。郭生正觉得饥渴，他拿起杯筷，一边吃一边喝酒。后来又有几个童子，绕缸唱着艳歌。许久，郭生听见有人敲缸说："郭君不要怪罪，大家都酒醉了，不能把巨石挪开。郭君姑且忍耐一时，到明日让您的朋友前来帮您把石头挪走吧。"说罢，就悄无声息。郭生大喊，却无人应答。

到了次日，众友见宅门久久不开，担心郭生有危险，就翻墙进入。郭生听见有脚步声，在缸中大声喊叫。众友大惊，循着声音找来，见郭生在缸中，他们竭力挪走巨石，郭生这才出来。众人听见郭生讲述昨夜的情状，纷纷拊掌大笑。郭生想起缸中酒杯盘筷等，把它拿出，仔细一看，竟像是自家的器物。郭生回家之后，家人都说，昨夜家宴，丢了一些酒杯盘筷，正四处找寻呢。郭生把器物拿出，家人大惊，随后得知昨夜的事，都大笑不止。

——故事源于清·纪昀《阅微草堂笔记·卷十六》

85. 沈翘翘

河南韩生孤身一人到都城郊外游玩。当时正值日暮，天色昏暗间他忽然看见不远处有高楼隐隐，粉壁纱窗。韩生心中惊异，忙走近前去。到了门外，听见有女子的调笑声，他就驻步细听。

只听其中一个女子说："前日叶子戏，阿姊赢了多少？"一个女子不高兴地说："只有三百缗，昨天又进了阿翠的钱袋。"又有一个女子幽幽说："张公子连日不来，想来是被郑九娘绊住了脚。"一个女子长叹一声说："这些公子纵抛锦绮缠头，也不过是花金钱买我们的欢笑，是逢场作戏罢了，不必介怀。不过，近来有个薄幸郎君赠我两首诗，真是可笑。他哪知我们这些人，看似多情，只要一离眼前，就置于脑后，怎会形销骨立来等待郎君？若不如此，我们墓前的相思之树恐怕已成树林了！"众女子都咯咯大笑。

一时笑罢，众女子朝此女索要诗。女子把诗读出来："舞衫如蝶鬓如鸦，醉倒城南碧玉家。一霎红楼嫌梦短，酸风苦雨送梨花。""眉敛秋霜冷画屏，崔娘卷里太零丁。紫萝红杜都寻遍，何处空山墓草青。"韩生听罢，十分震惊，这两首诗正是自己写来悼念已故名妓沈翘翘的！

韩生忙从怀中取出诗稿，当即焚烧，且下定决心，此生再不入青楼。韩生主意已定，再看时，方才的高楼已不见，唯有白杨萧瑟，残阳如血。

——故事源于清·乐钧《耳食录·卷五·沈翘翘》

86. 鬼绳

临川刘秋崖先生，为人慷慨，性情豁达。刘秋崖读书勤奋，纵使冬夜天寒也不曾停歇。他的邻居是一个少妇，家境拮据，即使在寒冷的冬日深夜也辛勤纺织。两家仅一墙之隔，刘秋崖常听见邻妇深夜织机的声响。

某夜，二更时分，刘秋崖夜读正酣，忽然听见窗外有窸窣声。当时，月光淡淡，星夜微明，刘秋崖隔窗望去，只见邻妇在院中四顾彷徨，手中还拿有一件物事，躲躲藏藏，仿佛怕人看见。妇人悄悄把物事藏了个地方，担心被人看见，就又换个地方藏，如是好几次，终于把它藏在院中一堆枯稻中。刘秋崖心下起疑，拿着蜡烛，到妇人藏东西的地方，翻开一看，竟是一捆麻绳，麻绳长二尺多，有一股腥臭之气。刘秋崖心想，这一定是吊死鬼之物，他把麻绳拿到房中，放在书下，关门闭户，静待吊死鬼前来。

不一时，刘秋崖就听见邻妇纺织声暂停，继而不住叹息，然后又开始哭泣。刘秋崖偷偷看去，见一个吊死鬼正跪坐在妇人身前，殷勤乞求，不住怂恿。妇人思索再三，终于解下腰带想要自缢。吊死鬼喜极雀跃，急忙从窗户飞出。妇人缓缓地解下腰带打结，似是踟蹰不定。刘秋崖心中登时明了，吊死鬼出去，正是找寻麻绳，没有绳必定不能作祟。于是，他也不呼救，只静坐读书等着鬼。

须臾，刘秋崖听见鬼的脚步声响起，随后就有叩门声响起。秋崖怒斥说："你是妇人，我是孤男，门怎可随意开启？你能进就进，不进便罢！"鬼说："处士如此说，我就进了。"话音未了，那鬼已在刘秋崖面前。刘秋崖面色冷峻，那鬼说："适才丢了一件物事，我知是处士藏起了，希望处士能把它还我。"刘秋崖说："那东西在我房中的书下，你能取就取。"鬼说：

"不敢随意翻处士的书。"刘秋崖听得鬼这样说，就说："既然这样，你就去吧！"鬼说："还望处士能把书拿开，否则，处士恐怕要受一番惊吓。"刘秋崖一听，笑说："你且试一试，看看我是否会受到惊吓。"那鬼叹了一口气，随即把头发披散到腰间，伸出几尺长的舌头，满面血污，或哭或笑。刘秋崖说："这是你的本来面目，有什么可怕！你恐怕也就这点本事了吧。"那鬼听罢，又缩回舌头，束好头发，化作曼妙女子，妖妖娆娆，极尽媚态。刘秋崖见状，鼻中微微一噱，不为所动。

鬼无计可施，起身跪拜殷切恳求，声音悲戚，极尽哀怜。秋崖问："你要麻绳有什么用处？"鬼说："想要用它找一个替死鬼，我好托生。若没有麻绳，我就要永沉地狱不能超生，希望处士能可怜可怜我。"刘秋崖听罢，眉头一皱，说："若是如此，那就是已死之鬼找寻替死鬼，代代如此。我怎能为了使死者超生，而使活人赴死呢？冥界是谁制定的这项法令？执法的人又是谁？这样只能使活人有不可预料的灾祸，鬼受无穷的痛苦。我来写一封信寄往冥界，细细谈论其中的道理，破例让你生还。"鬼听罢，大喜，说："若果真如此，我定然不再寻替死鬼！"

刘秋崖拿起朱笔，片刻挥毫而就，把书信交给鬼。鬼说："还要劳烦您把书信焚烧，这样我才能拿到。"刘秋崖于是把信焚烧，鬼手中果然拿着书信。鬼又向刘秋崖乞求麻绳，刘秋崖才把书挪开，麻绳就已在鬼手中，鬼欣喜拜谢而去。刘秋崖见鬼去，又看邻妇无恙，这才放心睡去。

——故事源于清·乐钧《耳食录·卷二·刘秋崖》

87．嗜酒骷髅

扬州有一个狂夫，为人豪爽，最喜欢饮酒，每饮必醉，酒后德行十分不堪，惹一众酒友不快。一日，狂夫跟随几个酒友到城外饮酒。回来时，天色已暮，路过一处坟堆，一众酒友纷纷说此前侮辱骷髅后被报复的事。于是他们约好直接走过，不要招惹骷髅。

不料，那狂夫听见这话，大叫："骷髅有什么可怕！看我来捉弄它！"说罢，他一边朝着骷髅撒尿，一边嬉笑说："这位仁兄想必是口渴了，来痛饮一番吧！"众酒友见他如此癫狂，纷纷劝他赶紧离开。谁知狂夫趁着酒意夸口说："这骷髅，不过是一个田舍奴，它也能饮酒？我让它饮尿也是看得起它了！"众人正拉着狂夫劝告，忽听身后有人说："拿酒来！"狂夫愕然，看向身边众酒友，问："是谁在说话？"酒友面面相觑，都说没有说话。众人拥着狂夫往前走，又听得那人声音说："方才你说我口渴，让我痛饮，难道是诳我？"此时，声音已渐渐有不悦。众人这才发觉，定是骷髅作祟，慌忙四散奔逃，独留狂夫站在原地。狂夫见状，逞着胆子说："你想要饮酒？那随我来！"骷髅说："好！"于是，骷髅随狂夫到城中酒楼。

狂夫坐下，招呼店主上酒，他在旁边为骷髅设了一个座位，杯盘齐备。狂夫每饮一觞，一定要敬骷髅。骷髅一觞尽饮，酒全部洒到楼下，一时，酒流如泉。狂夫问："你醉了吗？"骷髅说："几杯酒而已，怎么会醉？"一时，酒楼中客人见形势怪异，纷纷离去，而狂夫被骷髅拦着，无法脱身，心中叫苦不迭。良久，骷髅醉倒，狂夫谎称如厕，匆匆下楼付酒钱给店主，悄然遁逃。

又过一时，骷髅醒转，大呼店家上酒，店家见骷髅饮酒数坛，大骇。谁知那骷髅喃喃自语说："你招呼我过来饮酒，怎么自己走了！"看它的神色，颇为恼怒。店主小心问："不知招呼您饮酒的人是谁？本店有千百酒徒，我也不是都认得。不如您自己找找？您这样向我要人，我实在为难。"骷髅见状，很是无奈，只好愤然离去。

——故事源于清·乐钧《耳食录·卷十·骷髅嗜酒》

88. 大王

某乙雄壮有力，一众朋友都很佩服他。一日，众友相聚，酒酣喧闹之际，忽然听见有人说："听闻某处有空宅，一直有鬼怪出没，不知真假？"众人纷纷起哄："是真是假，走一遭就知，不知谁有胆去？"众人面面相觑，随后一齐看向某乙。某乙还没说话，其中一个人说："若是有人敢在宅中过一夜，咱们大伙儿一齐凑钱给他买酒！"某乙本就是酒徒，听了此话，心痒难耐，说："既然大家如此高看我，我就去过一夜，到那时还望诸位记得今日约定。"众人纷纷称赞他胆气豪壮。某乙听得一番赞语，胆气更壮。于是，他腰佩宝剑，身背行李，前往空宅。众友把他送到门口，纷纷离去，离去之时顺手还把大门上了锁。

某乙孤身一人站在空宅，四下寂然，草木萧萧，不禁心生惧意。某乙本来不是胆大勇武之人，只因众友怂恿，又有美酒诱惑，这才以身犯险。现下他身在空宅，只觉风声鹤唳，草木皆兵，慌忙找到一间房子收拾好行李，头枕宝剑躺下，却辗转不寐。

二更之后，某乙忽然看见房间一角有一个妇人闪出，妇人面色惨白，头发蓬乱，身穿黑衣，面壁而立。某乙悄悄看去，见那妇人正嘻嘻而笑，不一会儿，她在房中用力一嗅，走到某乙榻前。妇人婉转说："公子独寝寂寞，可愿我来相陪？"某乙大惊，慌忙拔剑，谁知慌乱之中，剑竟掉落床下。妇人一见，笑说："公子此番推辞，可是因家中已有发妻？无妨，旧爱与新欢可以同时拥有。"于是径直伸手拉某乙帏帐，某乙紧闭帐门，妇人也拉不开。良久，妇人怒道："你竟不愿与我欢好？我请大王来主婚，到时看你还要怎样！"说罢，愤然而去。

某乙又窘又怕，大声呼救，深夜之中，且地处荒僻，哪有人应。某乙想着妇人所说大王主婚，定然是一群鬼怪前来，正在房中彷徨无策，忽然看见床头有一个大酒瓮，能容下一个人。某乙对着酒瓮祝祷说："酒神酒神，此前我把你当作消愁解闷的东西，今日我拿你做救人的大侠。希望你千万庇佑我，不要让酒国中失了一个壮士！"祝祷完毕，匆忙躲入酒瓮，顶上用盖子盖好，仅留一个小孔，留意房内情形。

不一时，众鬼果然纷纷前来，妇人在前为向导，她身后的众鬼都是皂吏装束，看容貌，都丑陋异常。另有几个鬼用交椅抬着一个鬼前来，那鬼头大身短，语言含糊不清，众鬼却对他唯命是从。某乙知道，这就是妇人所说的大王。只听大王嘟囔数声，某乙还未听清说的什么，众鬼已纷纷在房内，扯帐翻被。四处找寻不到，众鬼报向大王说："逃跑了！"某乙知道众鬼在找自己，紧缩在酒瓮中，大气也不敢出。众鬼又在房间翻找了一遍，忽然看见了酒瓮。某乙心中惊恐，身体颤抖不已，牙齿咯咯作响。妇人忽然说："这里有声音，来这里找。"一个鬼立即上前，登时倒地。又一个鬼上前，又忽然跌倒。于是，众鬼面面相顾，不敢走向酒瓮。大王大怒，亲自走下交椅，笨拙地向前挪动身体。他才一靠近酒瓮，忽然觉得身前仿佛有人用掌推他的胸口，让他不能前进。大王赶忙跪地叩头哀求说："酒神宽恕我吧！"群鬼见状，也慌忙跪地哀求。良久，众鬼挽着大王登椅，一哄而散。某乙知道是酒神护佑自己，不过此时，他已被吓得说不出话了。

次日清晨，某乙的同伴开门进宅，到某乙房中见空无一人，大惊失色，到处找寻，终于在酒瓮中找见。众人慌忙把某乙拉出，却见他已奄奄一息。众人赶忙给他灌水，某乙才渐渐苏醒。其中一人见某乙如此，嬉笑说："你没有斗大的胆子，怎么敢前往鬼宅？方才你稳坐中军帐中，不知是谁请君入瓮呢？"众人哄堂大笑。随后，某乙把夜晚经历，细细讲来，末了，说："若不是酒神相助，我恐怕已经被那名丑妇消遣了。如今各位能否准备一斗美酒来为我压压惊？"众人听罢，大笑，出了空宅，到了酒家，一直痛饮到天黑。

——故事源于清·乐钧《耳食录·卷十·大王》

89．鬼妻

　　唐朝元和年间，两名年轻的进士王胜、盖夷因参加郡试一起到同州（今陕西省大荔县）。当时，同州城中宾客众多，旅店都住满了。二人听闻郡功曹王翥有一处宅地空闲，宅中房屋众多，有许多应试者住在这里。于是，二人就向王翥租借西廊的房间居住。当时，宅中住客已满，二人同住一间，很是拥挤，环顾宅地，只有正堂的门用一根小绳绑着，二人隔窗窥视，见床上有衣被，没有别的物品。二人问此处的邻居："正堂是谁居住？"邻人说："是处士窦玉的居所。"

　　二人心想，正堂宏阔，窦玉一个人居住未免空荡，不如跟窦玉商议一番，三人同住。等到黄昏时分，王胜和盖夷见一仆人牵着驴，窦玉坐在驴上醉醺醺地回到正堂。二人忙上前拜谒，王胜说："我二人参加郡试，因旅店都住满了，故而住在这里。此处只有西廊，狭小逼仄，不能同住。看您并无姬妾、仆从，又是修行之人，不知能否容我二人与您同住？"窦玉一听，心中不悦，神色倨傲，断然拒绝。王胜和盖夷二人颇觉尴尬，无奈而返。

　　二更时分，王胜和盖夷正要睡觉，忽然闻见有浓郁异香飘来。二人心中惊异，起身寻香。到了正堂，顿觉香气异常浓烈，又见帘幕低垂，听见喧声笑语，二人四目相顾，以为窦玉宴客，就揭幕进去。堂中奇香阵阵，另有四扇屏帷，满桌雕盘珍馐，窦玉与一个女子对坐而食，女子年十八九，妖丽无比。一侧有十几个侍女，各个都妙龄，银炉上正煮香茗。女子见有人闯入，慌忙起身躲到屏帷后，一众侍女也连忙躲起来。女子隔着屏风问："是谁家儿郎，如此唐突！"语声颇不悦。二人未及答言，再看向窦玉，面色如土，端坐不语。

王胜和盖夷心知不妙，连忙躬身退出。才走出门，就听得重重的关门声，继而听见女子怒道："窦郎为什么要与无礼的人同住！古人所说择邻而居，果然不错！窦郎选择居处也太轻率了！"又听窦玉说："我暂时借住别人房屋，实在避免不了。娘子若是实在不喜这些冒昧的人，我就另选择好的地方，怎么样？"女子听罢，又与他欢笑如常。王胜和盖夷只得悻悻而归。

到了次日清晨，二人又去窦玉处，见窦玉独居房内，并无他人。二人惊问："昨夜分明有一众女子，为什么现今仅有你一个人？"窦玉默然不对。盖夷说："你白日是正人君子，夜间却私会佳人。若不是你修习妖幻之术，为什么会有女子出现？你若不说实话，我二人就上报郡县，到那时看你怎么办。"窦玉长叹一声把此前经历一一道来。

原来是，先前窦玉游历太原，当夜本应住在孝义县。不料，暮色四合，竟迷了路，只得投宿近旁一处庄园。窦玉问庄园的仆人："这里是谁的庄园？"仆人说："是汾州崔司马的庄子。"窦玉施礼说："在下深夜迷路，想要借住一宿，劳烦通传崔司马。"仆人听罢转身入内通传。片刻，仆人回来，说："请进。"于是窦玉就跟随仆人面见崔司马。他进到大堂，见到一五十余岁老翁，穿绯色衣服，形容仪表很是亲切。仆人引荐说："这是崔司马。"窦玉忙上前作揖说："在下窦玉，深夜迷路，不小心来到贵宝地，还望见谅！"崔司马呵呵笑说："无妨，无妨。"说罢，又问窦玉祖先及伯叔、昆弟，窦玉如实答了，崔司马一听，笑说："不料在这里竟然遇到了表侄。"窦玉一惊，崔司马忙说："我是你的表叔父！"窦玉转头一想，自己确有一个远房叔父，只是不常走动，也不知他的官职，此时见崔司马，自是殷勤慰问，惊喜非常。崔司马吩咐仆人说："快去报知夫人，就说窦秀才是右卫将军七兄的儿子，夫人是叔母，应当见一见。"仆人领命去了，崔司马又与窦玉闲谈一番后，一个婢女上前说："请窦公子随我来。"窦玉跟随婢女进入中堂，中堂陈设富丽，辉煌若王侯居所，一个妇人盛装而坐。窦玉见状，知道她是崔夫人，忙上前施礼说："小侄窦玉见过叔母。"崔夫人忙让座，又命下人上酒菜，一时珍馐美味齐备，崔司马、崔夫人邀窦玉同坐进餐。

饭后，崔司马问："贤侄这次外出，不知是有什么事？"窦玉恭谨回答："想要谋求一个小官。"崔司马又问："不知贤侄家在哪里？"窦玉回答："小侄漂萍之人，海内无家。"崔司马听罢叹道："贤侄如此漂泊，身无着落，如无根浮萍，也是徒劳。我有一个女儿，年近十八，如今想要许配与你。这样你衣食有着落，不必四处求人，不知你意下如何？"窦玉听罢，忙起身拜倒："小侄孤苦无家，才识浅薄，蒙您的眷顾，自然愿意。"崔夫人高兴地说："今夜就是良辰吉时，不若就此成亲？"崔司马大笑说："甚好！甚好！"于是窦玉退出到西厅沐浴，浴后换上新衣新帽，自是容光焕发。另有三名傧相前来，一看就是有才之士，其中一人姓王，担任本郡法曹；一人姓裴，担任本郡户曹；一人姓韦，担任本郡督邮。窦玉与三人见礼后坐在厅上。

不一会儿，婚礼所需的物品都已齐备，仆人带窦玉从西厅走到中门，后来又绕庄园一周，从南门入。到了中堂，堂上崔司马及崔夫人端坐正中，窦玉与新娘行新婚之礼。礼毕，进入洞房，已是三更。窦玉见妻子貌美，心中很是欢喜，却听妻开口说："这里不是人间，是冥界。这是阴间汾州，给你做傧相的几个人，都是冥官。我与郎君有夫妇之缘，这才相遇。不过，人鬼殊途，郎君不可长久住在这里，还望郎君速速离去。"窦玉一惊，说："人鬼殊途，如何能婚配。不过，你我已结为夫妇，就该相依相伴，如何能随便就说离别？实在是太令人伤心了。"妻见状，心下不忍，说："我侍奉郎君，也无所谓远近。不过，郎君是人，实在不适宜长久住在这里，你快去跟我的双亲告辞。你箱中有百匹绢，一旦用尽，就又会填满，郎君不必担心日后的生计。希望郎君找到一处静室独居，今后，只要郎君心中思念我，我就会现身相伴。"窦玉听罢，随即向崔司马夫妇辞行。崔司马说："阴阳有别，人鬼相殊，不过，夫妇之情阴间阳世都是一样的。小女能嫁给窦贤侄，也是宿世的缘分，还望贤侄不要因小女是鬼而薄待她。"窦玉忙说："自然不会辜负娘子。"说罢，他带着三百匹绢，匆忙告辞。

自此以后，窦玉每夜独宿，思念妻子之时，妻子就会出现，一应帷帐、食具、侍女都齐备，像如今这样已有五年了。

王胜、盖夷听罢，纷纷惊叹，打开窦玉的箱子，果然看见其中有百匹绢，窦玉赠给二人各三十匹，请二人务必保守秘密。二人离去后，窦玉也离开了，此后再无人知道他的消息。

——故事源于唐·李复言《续玄怪录·卷三·窦玉妻》

90．田山叟

唐元和年间，薛昭担任平陆（今山西省平陆县）县尉一职。薛昭为人慷慨豪爽、讲义气，一向仰慕郭代公、李北海的为人。一次，薛昭夜里当值，恰巧遇见一个囚犯，他因为母复仇而杀人入狱，薛昭感佩他的行为，当夜悄悄赠给囚犯银钱，并协助囚犯逃跑。薛昭因此被判有罪，贬到海东成为普通百姓。圣旨下达当日，薛昭未带分毫家产，肩扛枷锁昂首离去。

有一老翁，名为田山叟，白须白发，已经很老了，世人相传他有百岁。田山叟一向与薛昭关系亲密，听闻薛昭被流放，他提着酒来到薛昭必经之路，为他钱行。田山叟对薛昭说："薛君，是义士！为了别人脱罪而自己甘受罪责，真是当代荆轲、聂政！我定要追随薛君！"薛昭连忙说他年老，推辞了他的好意，谁知田山叟态度坚决，薛昭也就只好答应了。

到达三乡时，薛昭暂宿在驿馆。当夜，田山叟用自己的衣服换酒，灌醉了押解的公差后，悄悄对薛昭说："薛君快逃吧。"说罢，拉着薛昭跑到东郊。田山叟见无人跟随，赠给薛昭一粒药丸，说："这药不仅能治病，还能使人不必饮食就饱腹。"薛昭吃了药丸，对着田山叟再三拜谢，田山叟又叮嘱说："从这里往前走，只要遇到路北有树木茂盛的地方，就能藏身。不仅能避难，还能有艳遇。"

薛昭辞别田山叟前行，经过兰昌宫，见四面古木葱郁，修竹猗猗。忽然听得有官兵追捕之声传来，薛昭忙翻墙而入，潜身藏在古殿西间，听见官兵远去，他才起身到殿中漫游。当时，晚风清爽，月色皎皎，薛昭忽然听见有女子谈笑着前来，眼见避之不及，他忙上前施礼说："在下路过这里，多有叨扰，还请姐姐们见谅。"说罢，抬眼觑女子，见有三位妙龄女郎，身材窈窕，体格匀称，眼角眉梢皆是风情，心下暗喜，赞田山叟所言非虚。其中一女子见状，笑说："我姐妹三人见月色甚美，正要小酌一杯，不知公子可愿相陪？"薛昭忙说："但凭姑娘吩咐。"说罢，薛昭随三个女子走到一个亭中坐下，亭中桌上酒壶、酒杯齐备，薛昭上前作揖说："在下先干为敬！"举起酒杯，一饮而尽。先前那女子举起酒杯，以酒酹地，祝祷："吉利！吉利！好人相逢，恶人回避。"另一女子长叹一声，说："良宵容易遇见，好人哪能轻易遇见？"薛昭忙上前，说："昭虽不才，不知能否算作好人？"三女嬉笑不语，就要离去。薛昭忙上前拦住她们，说："在下薛昭，还未请教姐姐们芳名？"女子纷纷自报姓氏，分别为云容张氏、凤台萧氏、兰翘刘氏。薛昭见女子落落大方，毫无忸怩之态，心生爱慕，劝道："值此良辰，得遇佳人，不欢饮达旦，岂不辜负？"三女子于是又坐下与薛昭饮酒，酒至半酣，兰翘拿出一枚骰子，对其他两位女郎说："今夜良人来会，怎能让他独居？我们掷骰子来定陪寝的人，可好？"两位女郎点头答允，于是三人轮流掷骰子，最终云容获胜，兰翘就推云容坐到薛昭身旁，又递给二人酒杯，说：“你二人可以饮合卺酒了。”二人饮罢，薛昭与云容起身拜谢兰翘。

薛昭见云容生得丰肌玉骨，问：“夫人是哪里人，为什么会在这里？”云容面露微笑说：“我是开元时期杨贵妃的侍女。贵妃爱惜我，常令我在绣岭宫独跳霓裳羽衣舞。贵妃见我舞姿动人，还赠我诗句‘罗袖动香香不已，红蕖袅袅秋烟里。轻云岭上乍摇风，嫩柳池边初拂水’。这诗连明皇见了也吟咏许久。后来明皇召见我，还赐我一双金手镯，对我的宠幸比别人都多。我与贵妃常伴明皇身旁，偷听到许多明皇与申天师谈论修道成仙的话题。于是，我趁机主动侍奉申天师的茶水，得到申天师看重。一日，我趁机向天师乞求长生不老之药，天师说：‘不是我吝惜，若你福泽浅薄，不久于世又该怎么办？’我叩首决然说：‘古人说，朝闻道，夕死可矣。我也是这样想的。’天师长叹一声，说：‘又是一个痴人！’他给了我一粒红色药丸，说：‘这是绛雪丹，你只要服了，即便是身死也能保尸身不腐。只要把你的棺材打造得宽大一些，把你的洞穴建造得宽阔一些，口中含块真玉，让四周通风良好，就能保魂不空游，魄不沉积。百年后，若有机遇遇见活人，与他男女相交，就能死而复生，或是成为地仙。’我在兰昌宫身死之时，把这话告知贵妃，贵妃可怜我早亡，嘱托陈玄为我办理。我死后的葬仪，全部按照天师说的那样置办。如今已百年，天师所说的机遇莫非就在今夜？你我应当是宿世的缘分，并非偶然相遇。”

薛昭听罢，心下疑惑，忙向云容问申天师的相貌，云容详细地说给薛昭。薛昭大惊：“这不正是田山叟！”随即又沉思片刻，忽然说：“是了，田山叟就是天师。不然，为什么他会指给我这条路，还有这样的奇遇呢？”

三女子都说：“天师神机妙算，自然是算无遗策。”

薛昭又问兰翘、凤台的旧事。云容说：“她二人也是当时的宫人，因颇有姿色而被明皇宠姬九仙媛妒忌，九仙媛下毒把她们害死，随后埋在我的墓穴旁边。我与她二人交往也有很多年了。”

凤台笑说："此前旧事，不提也罢，我姐妹如今逍遥自在远胜当年。今日欢喜，我来歌一曲助兴。"说罢，歌声起，婉转妩媚，悦耳动听。兰翘与云容也展歌喉唱和，薛昭听了，如闻仙乐。

歌毕，忽听得鸡鸣声起，三人说："我们要回去了。"薛昭拉着云容的衣衫，也随她超然离去。初时，薛昭只觉得门户狭窄，只怕不能进去。不过，他到了门前，并没有遇见阻碍。兰翘与凤台也告辞去了别处。薛昭见云容家中，烛火荧荧，婢女侍立，室内帷帐都是锦绣，富贵雅致，非同一般。云容引薛昭到内室共寝，薛昭欢喜无限。如此好几日，云容说："我的躯体已苏醒，只是衣服破旧，需得郎君为我置办新衣才能起身出墓穴。"说着，拿出两只金手镯说："请郎君带着这个到附近城中，为我买几件衣衫。"

薛昭迟疑着说："官府正四处搜捕我，倘若抓到我可怎么办？"

云容笑说："你只管去，带着我的白绡。倘若遇见急难之事，把它蒙在头上，就无人能看见你了。"

薛昭喜道："如此甚好，我这就去了。"于是，他起身到城中，买到衣衫，回到云容墓穴。云容已在门口笑吟吟地等着他回来，说："你去打开我的棺椁，我这就可以起身了。"薛昭连忙按照云容所说，打开棺材，棺材中的云容，面色红润，就像是活人。不一会儿，云容从棺中坐起，薛昭扶她出棺，再看此前房屋，已倏忽不见，只有一处宽阔的墓穴，其中有很多明器、服饰、玩物、金玉等物。二人只取了一些宝器，就一起到金陵隐居。此后，再没有人得知二人下落。

——故事源于唐·裴铏《裴铏传奇·薛昭》

91. 琵琶女鬼

部郎索公家中有一个年轻小厮，善弹琵琶，尤其歌喉最佳。每遇索公家中有宴会，小厮总会出来为宾客弹唱。一众宾友无不赞他琵琶技艺当世无双，赞他歌声堪称妙绝，且常会对他厚加赏赐。时日一久，小厮竟成了府中最富有的仆人，小厮也常以此自夸。他年过二十，还没有婚配，不免心中对主人生出怨怼之心。

庚午春，索公家要去祭祖扫墓，墓在阜成门外，距城有十几里。索公在祭扫前一日安排一个老成之人与小厮一起，前去置办祭扫的用具。出城时，天已快到正午，二人边走边谈些索公家中闲话。走到半途，见道旁有一家小店，二人进去稍歇。

二人刚开始饮酒，就听得门外有人说："六三哥，许久不见，不知还记得小弟不？"小厮大惊，六三正是小厮的乳名，索公家中人都知道，而外人怎么会知道？于是，他赶忙出外，一看，竟是索公同僚某公的仆人梁某，二人因主人而结识，随后相知相惜。不过，梁某此前因犯事被逐，就再没见过。如今在城外忽然看见故人，小厮大喜，忙拉梁某一同饮酒。老成之人怫然不悦，小厮也不去管他。小厮与梁某一边喝酒，一边说些别后经历，过了许久也并没有起身的意思。老成人见小厮入席，起身对他说："我怕耽误主人明日祭扫的事。我先过去，你稍后再跟来吧。"小厮心知主人对自己颇为宠爱，恃宠生骄，任老成人自行离去，并不跟随。见老成人拂衣离去之后，小厮笑问梁某："梁二哥，先前见你衣衫褴褛，如今在哪家当差，如此富丽？"梁某忙摆手制止："我近来确实有一段奇遇，只是，这里人多嘴杂，不便多说。"小厮听完，兴味更浓，定要问个明白。梁某又说："等喝完这杯，我们出去，到路上我告诉你。"小厮这才不再问。

梁某与小厮挽手出小店，才走了几十步，小厮就迫不及待地又问梁某："梁二哥此时可以说了吧。"梁某说："不要着急，我且问你，你已年过二十，可否知男女之事？"小厮听此，愤懑地说："提起这事，真是令人郁闷！"梁某说："兄弟看来是没有过这事。"接着，梁某悄悄走近小厮身旁，附耳说："我现在的主人，是一个贾姓女子。年轻孀居，美貌自不必说，最妙的是爱蓄养少年郎，大概是因为孀居寂寞。你若能随我前去拜见她，定会有好消息。"小厮听罢，很是不屑，说："天底下哪有这样的道理？主人虽年轻貌美，也轮不上我们做奴仆的调戏呀！"梁某急忙说："你同我前往，就知道我所言不虚。"小厮一想，此事对自己并无坏处，若所说的是真的，确实是美事一桩。于是，他欣然前往。梁某携小厮由岔路曲折前行，到了日暮时分，还没走到。小厮不高兴地说："怎么还不到？天都要黑了，我回去要受主人责罚，你误了我事了。"梁某笑说："你以后可长居这里，你主人又能拿你怎么样呢？"又走了二里多，天已二更，到了一处宅地，只见朱门高墙，气象壮丽。梁某说："到了，你先在门口等一下，我去回禀主人。"于是，他匆匆进门。

小厮在门前四顾，见高门深户，门庭严整，寂静整肃，心中暗自惊讶。许久，梁某出来，对小厮说："主人召见你，你千万要注重礼仪。"小厮点头，与梁某一同进门，穿过好几道门，曲曲折折，终于到达主人所在。主人所住的地方，有五间高屋，内中帘幕低垂，灯烛荧荧，有琵琶声悠悠传来。小厮对于琵琶一道，很是精通，正要侧耳细听，却见梁某招呼他过来参拜主人，而琵琶声也暂时停止了。小厮垂首在门前躬身，梁某入内禀告，不一时，帘内有女声娇媚地说："他既愿入我门，自然是好极。只是，如今他野性未收，需要些时日收性。这样吧，暂且让他住西廊上，看他后期表现再行安排。"梁某答应着出来，拉着小厮往西廊走去，边走边说："你跟我来，主人答应留你在此了。"小厮想到自己小心恭立，主人却只有片语打发，且对待自己与一般婢仆并无二致，心中着实不甘。

　　小厮随梁某到西廊一间房中，见室内黑暗如漆，不见五指，伸手一摸床榻，有被褥等物。他看主人要安排他住在这里，心下不悦，责问梁某："你跟我说有好消息，如今竟然领我进活地狱！你快带我回去吧！"梁某笑说："何必这么暴躁？今夜你先在这里安歇，好事在后头！"说罢，关门而去。小厮如何肯在此安睡，见门并未上锁，就偷偷出门，想趁夜逃跑。他走到主人房屋前，忽然听见一个妇人的声音，说："娘子肤若凝脂，即便是不着寸缕衣衫，也不染分毫纤尘。"女子娇媚笑说："我实在是不喜欢穿衣，如此，不免讨厌见生人。"小厮心下好奇，偷偷隔窗窥视，见室内灯明如昼，一个丽人俏立房中，身上一丝不挂，只见肤光胜雪，妖脸若桃，纤腰酥胸，好不动人！小厮心下大动，想推门而入，却四处找不见房门，只得作罢。他又透窗再瞧，见有婢女和老太太二人，侍奉主人就寝。小厮痴立窗外许久，才恋恋回房，想起方才所见的女子，魂牵梦萦，神思不安。小厮关门要睡，打开被褥，见被褥富丽，不似寻常人家之物，心下犹疑着，昏昏睡去。次日晨起，梁某前来慰问，见小厮不再吵闹着回去，心下甚喜，带小厮到门外酒肆中喝酒吃肉，二人畅谈痛饮。到了晚间，小厮仍旧在房中独宿。

　　这样过了好几日，小厮心中生疑，早晨特意起得迟些，但无论多迟，始终不见窗外有亮光。等到与梁某一起出外，往往见旭日东升。小厮心中不安，又向梁某表达自己想要离去之意。梁某说："你别着急，昨日我已禀明主人，今夜定不再令你独宿。"小厮只好又住下。当夜，主人果然传召小厮，小厮站在主人帘幕外，正要施礼拜见，却听帘幕后有女子娇媚声温柔地说："听闻你琵琶技艺高妙，今日我有些空闲，可否烦请你为我弹一曲？"小厮恭敬地答应了。于是，梁某在帘外为小厮设矮凳，递给他琵琶。小厮接过琵琶，见器物鲜泽异常，心中暗喜，转轴拨弦，用尽了平生的本领，一曲奏完，帘后寂然无声，全无半点称赞赏赐的声音。小厮静候片刻，梁某传话说："主人说，你技艺应当不止于此，琵琶声并没有奇绝之处。若是有别的妙音，还请奏来。"说完，小厮听到帘幕内有轻微叹息之声。小厮知道，主人也是琵琶能手，额头不禁冷汗涔涔，忙舒展歌喉，徐传妙音。一曲歌罢，听闻帘幕后女子欢笑声起，随后帘幕卷起，帘内烛光四射，小厮抬眼偷瞧，只见一个婢女和一个老太太侍立两侧，中间坐有一女子。婢女及老太太都衣裳楚楚，而女子却身无寸缕。她容貌娇媚无比，正是前夕隔窗所窥之人。小厮大骇，心中觉得她不像是人。此时，女子命小厮近前，赐座，她神色坦然，无半点羞涩忸怩之态。小厮在烛影之下看见女子美丽的胴体，不觉情动。女子还想令小厮唱歌，小厮已无心唱了。女子嗤笑着，并不责怪，只笑说："这人真是得陇望蜀，目光灼灼，使我不知要置身何处。"众人都笑。女子命人移去灯烛，带小厮就寝，众人也嬉笑着离开了。小厮宽衣解带，黑暗之中双手一摸到女子，只觉绵软如在云里，而女子也狂荡委身。一时，二人颠鸾倒凤，不知天地为何物。小厮生平不曾经历过这些事，也无暇顾及女子身份，只缠绵交欢。到了清晨，梁某又如同平日一般，引小厮到门外吃饭，夜间才回来。当夜，小厮又与女子共寝。自此以后，小厮日日与女子欢好，女子擅长琵琶，把所知琵琶技艺倾囊相授，小厮更是喜不自胜。如此数日，小厮日渐形如枯槁，面如槁木。

一日，小厮又与梁某出外到店中饮食，刚吃完饭，小厮见墙上有琵琶，就取来一弹。梁某正极力劝小厮不能拨弄，却见有几个人突然进来，喝道："逃奴在此！快来抓！"小厮大惊，一看，这些正是索公家中奴仆，奉命来缉拿自己。小厮一急，环顾左右，哪里还有半点梁某身影，忙叫嚷："我不是逃奴，梁二哥可为我做证！"奴仆哪听小厮攀扯，绑了他，冷笑着说："你扯谎也要有点依据，梁二自从犯事被某公驱逐，就到都外替人帮佣，不过数月，就呕血而死，距今已有三年了。他要是转世，恐怕都能满地跑了。你还想要借他来替你分辩？你可打错了主意！"小厮愕然，把这些日的经历如实说了。众人自是不信，不过见他神色不像是假的，且形容如此枯槁，也有些疑心。于是，众人跟随小厮前往女子住处，不料，却只见荒草丛生，荒坟累累，并无宅地。小厮大惊，众人也想弄明白此中原委。于是，一众人前去问询当地人，当地人一听，笑说："你们说的，大概是前村贾家之女。"众人忙问贾女之事，当地人说："贾家此前十分富有，贾女容貌美丽，酷好音律，尤擅琵琶。到了及笄之年，她因与同乡少年私通，被贾父知道了。贾父大怒，趁贾女与少年私通时，把贾女捆绑，少年逾墙逃跑了。贾女知道父亲容不下自己，就乞求父亲留自己全尸。于是，贾父就把贾女扒光了衣服，塞入棺材中，把贾女活埋了。贾母心疼女儿，偷偷把贾女最爱的琵琶放入墓穴陪葬。因此，常有来当地耕作的农人听见琵琶声。如今算来，贾女也死有五年了。"众人这才信了小厮的话。小厮又问："不知您可知梁二？"当地人远远指着一座坟墓说："白杨树下那座坟，就是梁二哥。"小厮顿时黯然。众人笑说："六三难不成是要谢梁二哥做媒？"众人哄堂大笑，簇拥着小厮前去见索公。

索公此前已问过老成人，心中料定事有蹊跷，等此番见了小厮，得知他遇鬼的事，也不加责备，只命他好生休息。后来，小厮病了好几个月，一度危在旦夕，痊愈后，小厮用他的积蓄，向索公赎出身契，在正觉寺出家了。他的法名是普通。

　　　　　　——故事源于清·庆兰《萤窗异草·初编·卷一·贾女》

92. 酒狂

秀水（今浙江省嘉兴市北）梁生，生平最是胆小。不过，梁生喜欢饮酒，喝醉后就十分胆大。梁生平素与人交往，最是小心谨慎，一旦醉酒，就拔剑挥舞，慷慨悲歌，旁若无人。于是，人们把他看作酒狂。

梁生中年丧妻，一心想寻觅一位佳人为妻，苦等许久，并未遇见。一夜，梁生与朋友饮酒，酒至半酣，有人嬉笑说："听说某太守的女儿才刚及笄，就亡故了。可惜了姑娘的绝世容颜，真是红颜薄命！如今，姑娘的棺椁暂停在五圣祠，听人说，每到风清月朗之夜，女子就会现形。梁兄既然鳏居，不如前去与女子相会？"梁生已是半醉，听人如此说，立即起身说："好！"说完又笑说："众兄弟为我做媒，我怎敢推辞，这就前去。还望明日各位兄台带着酒到我的婚房中，庆贺我新婚之喜。"说完，他起身前往五圣祠。同坐的人都鼓掌哄闹，纷纷背着梁生说："五圣祠从不曾有女子现形，不过，他要去也无妨，不过白跑一趟而已。"

　　梁生趁着月色，踉踉跄跄前行，到了五圣祠时，已是子夜时分，祠门早已关闭。他生恐祠中主事发现，偷偷翻墙进入，直奔停放女子灵柩的西厢房。才一走近，就觉得阴风森森，酒意已醒了大半，梁生心生胆怯，就想反身离开。忽然，一股浓郁的酒香扑鼻而来，梁生循着酒香走，在廊下一角见到一瓶好酒。梁生开盖饮酒，只觉酒味香冽，沉醉其中，登时想起刚才的事。他连忙返回女子停灵的房间，敲击棺材祝祷："在下不才，想要找一位佳人为妻，听说您时常出来游耍，为何不能与我见一面呢？"说罢，棺内寂然无声。梁生又笑说："死灰怎会复燃？我也是痴人说梦了。"于是他长叹一口气，就想反身回家。不过，因他饮酒醉了，不小心跌倒在地。梁生正要起身，忽然听见棺材中有女子说："梁郎不要着急回去，我这就出来。"话未说完，他就听见棺材阵阵作响，顷刻间，身畔就有一个女子俏立。梁生抬眼一看，女子面容消瘦，颜色如土，全身枯瘦已无人形。女子上前伸手拉梁生，梁生只觉女子纤手冰冷，寒入骨髓。梁生醉中不知害怕，只大声说："他们诳我！哪是什么绝色美人！"于是他急忙朝女子摆手，让女子离去。女子神情颇为尴尬，良久才说："原来你竟是好色之徒，我还以为你只是酒徒而已。"说罢，悻悻离去。棺材又发出阵阵声响，女子消失不见。梁生被惊得浑身冷汗，赶忙奔回家中。

次日清晨，朋友带酒前来，嬉笑着问："兄台新婚可还满意？"梁生卧病在床，紧闭双眼，摆手说："不要再出此言，你们险些让我丧命！"众人大吃一惊，忙问情形，梁生把夜间的事详细说了。众人还是不信，于是一起前往五圣祠中验证。到了女子停灵之处，众人看见女子棺材裂开一条一寸多宽的缝隙，隔着缝看去，女子样貌果然像梁生所说。众人十分惊异，纷纷咋舌。梁生自此后痛下决心戒酒，也不再发狂了。

——故事源于清·庆兰《萤窗异草·二编·卷一·酒狂》

93．禁尸

涿郡有一个姓胡的风水先生，法术高深。乡里富人家中若有丧事，死者家属必定重金邀请他去作法，还要准备盛筵招待。如此，家中才能安宁。否则，死者家中必有祸事发生。

某村有个富翁有两个儿子，都是武生。富翁因年老生病去世，家中亲戚族老都说胡先生道行高深，务必请来作法才能入殓。这不仅仅是送死者，也是为家中免祸。两个儿子也担心家中有祸事，且素来也听闻胡先生高明，就携重金去邀请他。当时，胡先生正看上一处宅院，花费巨大。他不想自己出钱，听说富翁的两个儿子来了，大喜，就想让富翁之子出钱帮他买。富翁的两个儿子说明来意，奉上重金，胡先生见银钱数目远远不够买宅院，就随意打发二人离开。二人猜到胡先生是嫌钱少，就又加了一倍，再次邀请他。胡先生还是嫌弃银钱太少，很是不悦，说："我不是市井庸人，你们怎可用这点银钱随意打发我！若一定要我前去，少了百金可是不成。"富翁二子觉得他太贪，反唇相讥："做人不可太贪心。死生有命，你难道还能作妖法害死我全家不成？"说罢，他们悻悻返回家中。

亲戚族老得知此事，十分忧心，又四处派人找寻其他阴阳先生，谁知全乡竟无一人敢来。无奈之下，富翁二子只好请来与胡先生交好的人前去说和，表示愿意用百金邀请他。来人向胡先生说明来意，胡先生冷笑着说："他自以为家中富有，不把我放在眼中，如今何必再来求我？他们父亲已死了好几日，我掐指一算，今夜子亥之交就有尸变。若要镇伏，必定不易，因此才索要百金。既然他们连百金都不肯出，我也不便前往。现下若要我去，三百金我也不屑。"说罢，他就送来人出门，并交代说："你告诉他们，若家中真有事，可不是我草菅人命。"说和之人无奈回到富翁家，把胡先生的话告知。众人听罢，更是一筹莫展。

　　当时富翁确实已死数日，尸身还在床榻上，已有腐迹，棺椁早已备好，只因未行法事，不能入殓。富翁二子心下凄然，不得已只好商议用三百金请胡先生前来。众人中有个亲戚走出来，愤然说："这人如此贪财，你二人竟也甘心？"富翁二子说："着实不甘心，不过眼下又有什么办法？"亲戚说："我来举荐一个人，或许可以为翁施法。"众人忙问："什么人？"此亲戚说："这个人姓甄，也专门做风水堪舆这类事。他法术高深，但一向被胡先生压制，因此不曾崭露头角。现下他的住处距此不远，可邀此人前来。"富翁二子心中不太放心此人，不过亲戚举荐，也许可以试试。富翁二子于是依亲戚所说，派人请甄先生。不出须臾，甄先生就到了，不过他衣衫褴褛，蓬头垢面，众人心下都质疑他的本领，对他颇为倨傲。家人把富翁死的时间说给甄先生，甄先生进入房中看了看死者，掐指喃喃自语许久，毅然说："今晨大吉，百无禁忌。"众人面面相觑，不明就里。甄先生见众人一脸茫然，笑说："此人作孽许久，今日若敢来，就是他的死期。我曾遇到过一位异人，学得一门高深法术，今夜就来试试。"富翁二子大喜，千恩万谢，并许诺，若事成，必定重金相谢。甄先生并不应答，只索要来三只乌碗，一支毛笔，若干丹砂。

　　初鼓时分，甄先生在灯下朝碗中写符，众人只见符上蜿蜒如蛇影，没有人认识。写完后，甄先生叮嘱众人说："各自闭门就寝，不要惊慌。若是祸事来了，我一个人承担，必不牵累你们。"于是，甄先生脱去衣衫，赤裸上身，披发跣足，把丹砂藏在裤中，攀缘到屋梁上，命人把碗递上来。随后，他屏退众人说："快快离去。若你们听见我的声音，就是我死了，不必惊慌。"众人大为惊骇，犹疑着各自回房，闭户就寝。

甄先生藏身梁上，见马上就三更了，他自言自语说："难道是来了？"不一时，又听见村外更夫报三更，之后，寂然无声，甄先生已然倦怠欲睡。突然，灯影幢幢，风声渐渐，甄先生浑身一紧，说："来了。"于是，他坐起身来，凝神细听。不一时，他听得纸被吹得哗哗作响，富翁尸身蠕蠕欲动。转瞬之间，富翁尸身已起。甄先生立即取一只乌碗扔去，陡然震响，尸身应声而倒。甄先生心下稍安。不料，未多久尸身又起，不等甄先生取碗，已然离床。甄先生忙又取乌碗掷去，尸身又登时倒地。甄先生恐尸身又有变，注目直视不敢转移视线。忽然，他见尸身又崛起，发出长啸，仿佛知道梁上有人，朝甄先生怒目而视，似要把他捉拿了。甄先生手中仅余一个碗，急忙掷去，尸身又随之倒地，许久未起。甄先生长舒了一口气，以为无碍了，正想从梁上下地。忽然，又看见尸身兀自颤动，比此前更为暴躁。此时，甄先生已别无他法，正震惊时，尸身已挪步，跳跃前进，直逼房梁，且发出呜呜咽咽的悲切之声。甄先生心下惴惴，两股战战，不知该当如何。须臾，尸身已到了屋梁下，昂首跳跃，像鹰一般迅猛，伸出手一把抓住甄先生的裤子。甄先生大骇，心想今夜要死在这里了！他又转念一想，今日不是你死就是我亡，势不能同生。于是，甄先生摸出身上的丹砂，放入口中，又咬破舌头，使血与丹砂混合，随后朝尸身喷来。丹砂及血溅到尸身，尸身颓然倒下，且大呼："我与你往日无冤近日无仇，你为什么竟要我死！"随后就再无声响。甄先生徐徐转动腿脚，筋骨麻痹，已丧失知觉。

鸡鸣声起，众人前来，见尸身已不在床榻，乌碗碎片散落满地，一时大为惊异。甄先生此时才从梁上下来，取来衣衫穿好，命众人把尸身送回原处，说："你们快去看看，胡先生已死了。"众人又是一惊。富翁二子忙派仆人到胡先生家中查看，果然听见胡先生家有号啕之声。略一打听，仆人就把听说的说给众人听。原来昨天直到天晚，胡先生依然不见富翁二子前来，恨恨地说："你们竟如此藐视我，我必定要报复你们！难道还有谁的法术比我更高深！"于是他愤然睡去。到了五更时分，胡先生妻忽然听见丈夫大叫："我与你往日无冤近日无仇，你为什么竟要我死！"胡先生妻大惊，抚摩他的身体，已经气绝。众人此时才知，此前别家的祸事竟都是胡先生做的！富翁二子拿出重金酬谢甄先生，随后，富翁尸身入殓，一切顺遂。

——故事源于清·庆兰《萤窗异草·二编·卷二·禁尸》

94.情痴

常州邹大任，刚二十岁，皮肤白皙，风姿翩然。不过，他的性情最是痴愚。除了时文、诗句之外，诸事不知，连男女之别也不知，同窗之人总暗自笑他。

一日，邹大任在街市上见有人娶亲，锣鼓喧天，宾客络绎不绝。他茫然不知为什么喧闹，就向友人问询。友人见他痴愚，骗他说："你不知道吗？这是郡中有人家刚刚做官，向人夸耀呢。"邹大任深信不疑，想起平素塾师说的："读书以功名为要。"于是，邹大任就欣欣然跟随迎亲队伍走了。到了新娘家门前，新郎下车，与新娘行礼，邹大任见这一整套繁缛礼节，十分新奇，竟看了很久也不走。不一时，新娘上轿，众人起行，邹大任听见花轿中有女子悲泣的声音，鼓掌大笑说："这是天大的好事，为什么要难过！"一旁的人见邹大任如此，十分奇怪，他却不觉得有什么不妥。

次日，邹大任上街，又遇见送葬的队伍，葬礼上哭声连天。他又以为是做官夸耀的队伍，对人说："本是大好事，应该欢喜。他们却如此悲伤哀号，此行必定不吉。"送葬之人见他这样说，竟无言以对。

庚午年夏，邹大任在某寺读书，寺处荒僻，周围多山，由于寺中常有鬼魅出没，寺中僧人不堪其扰，竞相迁徙别的寺院。因此，这个寺中空无一人。同窗友人见邹大任痴愚，就故意怂恿他到寺中居住，说寺中安静，正好读书。邹大任对寺中鬼魅之事一无所知，觉得同窗所说很是，就整理行装到寺中居住。到了寺中，见蓬门蛛户，蝠粪遍地，邹大任放下行装，打扫居处，这就住了下来。他整日读书，足不出户，过了三天，并无其他事发生。同窗都以为他是痴人自有痴福，也就任他自行去留。

自从邹大任住在寺中，每夜读书之时，他总能听见女子的欢笑之声。邹大任心无他物，只埋头苦读，无暇他顾。数夜后，天气炎热，邹大任解开衣衫到院中，趁着清风明月执卷夜读，一直读到深夜也无倦意。不一时，忽听"吱呀"一声，院门大开，邹大任愕然四顾，见两名妇人飘飘而来，二人妆饰一新，衣衫轻薄，肌肤若隐若现，手执白纱小扇，仿若画中人一般。邹大任不以为意，依旧大声诵读。二位妇人靠近邹大任，用纤纤细指抚弄他的手臂，并笑说："这个儿郎真是肤白如玉！"邹大任置若罔闻，仍旧读书。二妇人逗弄良久，见他始终漠然无回应，相顾羞惭，赧然出门，消失不见。邹大任也并不惊讶，只说："深山之中，哪儿来的女娘？且手指纤瘦，令人好不难受！"说罢，他收起书卷，就想睡下。不久，他又听见有女子娇声笑说："我来看看小公子是否睡下。"邹大任正要起身，忽见一个女子，通身无一寸丝缕，笑着站在邹生床前。他定睛一看，只见女子年方二八，云髻微松，香腮艳若桃李，肤若凝脂，脸似花绽，俏立一笑，嫣然无方。邹大任不为所动，只笑说："你也想仿效祢衡用清白之躯傲视我吗？我也是清白之躯。"说罢，他脱下自己的裤子，与女子相对而立。二人通体洁白如玉，像是双舞的鹤。一时，女子羞惭，掩面离去，且暗自说："这是痴人，应当让痴鬼配他，我这就令挑绣过来。"邹大任言笑自若，一边穿裤子，一边说："白雪之白到底是不如白玉之白。"说着卧床睡去，没有丝毫害怕之意。自此，好些时日无人前来，邹大任仍安心在寺中苦读。

一日黄昏，骤雨滂沱，门前阶下水深一尺多。邹大任正打算点灯读书，又听见女子笑语声传来："我们送痴妇与痴郎相伴，希望您这次不要推辞。"邹大任在灯下看一众女子，见竟是此前两个妇人，身后有好几个人跟从，此前的裸体女子也在其中。不过此时，女子自是衣裳楚楚。众人拥一少女上前，对邹生说："把她嫁给你为妻，你可愿意？"邹生没有拒绝，反问："你说的是什么意思？我竟不明白。"众人说：《中庸》上说，达道者三，这第三难道不是夫妇吗？"邹大任忙翻书一看，恍然说："确实如此。我为夫，她为妇，书中所说的，就是这样吗？"众人都哄堂大笑，说："是。"邹生立即称呼少女为妇。少女对众人说："我的丈夫就是你们的丈夫，你们为什么不来与我共享，却让我独享夫君呢？"众人又大笑。等二人大礼已成，众人纷纷落座，举杯痛饮，肆意谈笑。邹生与少女四目相对，不饮也不食，只哧哧憨笑。众人喊女子为挑绣，邹生也喊她挑绣。邹生的酒杯一侧，有一册书卷。喝完酒，邹生自言自语说："夫妇之义，我应当与挑绣共同参详。"不一会儿，到了二鼓时分，众人都醉了，起身说："新婚夫妇应该行周公之礼，我们这就告辞了。"说罢纷纷退出。不一时，又有二人反身回来，说："小儿女并不知晓男女之事，我们得代为操持。"说着，二人到邹生床前，为他铺床，随后拉着二人的衣衫，让他们上床，又指着枕头说："今夜你二人共寝，明年就能抱儿女了。"说完，二人含笑离去。急雨烈风之中，也不知二人去往何处。

邹生与挑绣共枕而眠，二人都不知床笫之事。睡了片刻，邹大任起身说："夫妇有别，我不能无礼。"于是起身面向东面坐好。挑绣听了邹生的话，也起身面向西面坐好。二人闭上眼睛，互相不言语。后来，他们疲倦极了，才靠墙打盹儿。谁知他们才一闭眼，东方已白。众人早早前来，见邹生与挑绣垂头而坐，形容憔悴，不禁哑然失笑，说："这两个痴人果真无情吗？"挑绣见众人前来，连忙从床榻起身，想要跟着众人离去。她说："好生无趣！与丈夫相处还不如与众姊妹一起快乐。"众人又是大笑，说："你也太憨痴了。你已有夫君，哪有跟随我们回去的道理。"挑绣暗自垂泪，随后就嘤嘤哭泣。众人忙忍住笑，帮她装扮一番，又好生安慰后，才离开。

自此以后，挑绣与邹生同处一室。白日她为邹生修补衣服、鞋子，准备饭菜，煮茶热酒。闲暇之时，她就挖土和泥，捏泥玩耍，一点都不像闺阁女子。挑绣所捏的多是玩器，有瓶子、酒杯、鼎等，十分精巧，不过终究也没什么大用处。她做好后，就把这些东西小心地放到室内柜中收好。邹生并不责问挑绣玩泥巴的行为，他依旧每日读书。只是，自从与挑绣共处，即便是盛夏，邹生也不曾袒露臂膀，二人相敬如宾。挑绣也是如此。夜晚二人同床，总是一人面向东面，一人面向西面，二人并不挨近。如此数夜，始终没有亲密的举动。

邹生家境贫寒，自幼跟随寡嫂长大，他现今在外居住，通常每隔十日回寡嫂家中探望。这日，邹生又去看望寡嫂，路上恰好遇见此前的友人，友人问邹生近况。邹生说："兄台应当为我庆贺。学业有长进，进来又悟得了'夫妇也'一句的含义。"友人大惊，忙问内情，邹生毫不避讳，详细说明。友人向来为人忠厚，忙说："这是鬼狐，能给人带来灾祸，你应避开她们！"邹生不明所以，只含混回应："好。"于是，他也不往寡嫂处去，径直回到寺院。进入房中问挑绣说："友人说你是鬼狐，是真的吗？"挑绣只盯着邹生双眼，一言不发。邹生忙拿书来求证，翻到"鬼神无形与声"，大怒道："友人误导我，挑绣有形与声。"又读到"狐狸食之"，更加生气，说："友人欺骗我，挑绣不能吃人。"于是，他不再相信友人的话，依旧与挑绣日夜共处。邹生同窗好友听说了这件事，相约一起前来，一探究竟。到了邹生房中，恰好挑绣不在，于是众人问邹生："挑绣到底是什么情况？"邹生又把遇挑绣的事详细说了，友人听完，都觉得有蹊跷，坚持见一见挑绣。邹生说："方才挑绣往后园移花，一会儿就来了。"不一时，挑绣果然来了，头戴红巾，把花藏在衣襟中，姗姗而来。众人一看，挑绣竟是神仙一流人品，都惊讶不已。挑绣见有客人前来，也不闪避，她把花放到地上，跪坐在一边旁若无人地种起花来。众人见挑绣衣服有缝，行动有影，也没有销声匿迹，不敢随意判定她为异类。众人与邹生相谈到晚上，挑绣不时进房，却从不与客交谈。客人离去后，挑绣与邹生同床而卧一如从前。

邹生有一个好友，最是幽默。一日，友人问邹生："你与寡嫂相处之时，也会同床吗？"邹生说："不会。"友人笑说："那妻与嫂有什么不同？为什么妻能同床而嫂不能？"邹生说："我读《内则》，上写着'七年男女不同席'。同席尚且不可，更何况同床呢？"友人一听，知道邹生能教，喜道："你错了！夫妇之情并非普通男女可比。《诗》有云：'角枕粲兮，锦衾烂兮。'是说女子亡故，男子独寝，孤独难耐，思念更深。倘若二人不同床，为什么男子会孤独难耐呢？"邹生一听，立即起身郑重拜谢："在下受教了。"回到寺中，邹生把友人的话说给挑绣，并对挑绣说："友人令我与你同床，你千万不要推辞。"挑绣听罢，面色如常，只问："书上确有这样说？"邹生说："书上未说而诗中却有，诗也能信。"挑绣听完，微微点头，并无异议。

当夜，二人同床共被而眠，却未曾脱去衣衫，辗转反侧多有不便，各自暗自叫苦。邹生晨起立即到友人处，对友人说："我听从了兄台的话，却整夜不能安眠。"友人大惊，忙问昨夜情形，邹生详细说了。友人大笑说："同床共被却不解衣衫，这如何算同床，你如何能安睡？"邹生惊异地问："还需脱去衣衫吗？为什么我此前从未听闻？"友人指着邹生说："你也太不善读书了，这才这样愚痴。《孟子》曰：'尔为尔，我为我，袒裼裸裎于我侧，故由由然与之偕。''袒裼裸裎'四字就是脱下衣衫，赤身裸体。若不这样，你怎能达到'由由然'的乐境？"邹生听罢笑说："的确如此，我读书不精，受教了。"邹生深信不疑，恰好当日回到寺中天已全黑。他还来不及翻书，就对挑绣说："友人说同床共被要脱衣，不知你能不能脱？"挑绣面露难色，又问："书中是如何说的？"邹生叹道："我读书不精，不解其意，从前时光都虚掷了。友人所说的句子，我都不知。"说罢，他要挑绣脱去衣衫，自己也除去衣衫，二人同床共被而眠。被中，二人肌肤相触，都神魂颠倒，飘飘然不知所至，于是二人熟睡到天大亮。第二日，邹生遇见友人，忙施礼道谢："兄台说得不错，我二人整夜酣眠，似近温柔乡，很是舒畅。"友人又问情境，邹生详细说了。友人说："恐怕你还没有进温柔乡！"邹生又惊讶道："温柔乡是怎样？"友人就详细述说夫妇床帏之事。邹生听得津津有味，却问："夫妇是人之大伦。可若如此，不也太不庄重了吗？"友人又笑说："你没读《易》吗？《大传》有云：'夫妇媾精，儿女化生。'是说，夫妇交欢才能孕育儿女。若不这样，家族如何代代延续？"邹生听罢，起身正色作揖说："我确实是一愚人，没有这样的见识。此番我家族延续，都承蒙您的恩情。"说罢，转身离去。友人见状，几乎笑倒。

邹生回到寺庙，天色尚早，又与挑绣说同床之事。挑绣问："天色未黑，也能共寝？"邹生说："'昼眠夕寐'眠与寐意思相同。"挑绣也无异议。二人上床，邹生依友人所教与挑绣交欢，二人才合，挑绣就呻吟呼喊，想要起身躲避，说："你今日不怀好意，我不与你共处了。"邹生坚持，挑绣泫然泪下。邹生见状，心中不忍，稍稍相合后，挑绣就伺机离去。邹生起身追挑绣，而挑绣却忽然不见踪影。正呆立门口，却见其他友人前来，友人见邹生赤身裸体站在门口，就大笑说："这是怎么回事？"邹生正色回答："我正要与妻子交合，来延续香火，这是伦常要事，你为什么笑？"友人不禁鼓掌大笑，拉着他进入房内，等他穿好衣衫后，相谈一时才离去。邹生见妻子离去，不胜懊恼。等到一更时分，忽然看见此前一众妇人前来，推挑绣入门，笑说："苦了我家妮子了，她实在是不情愿。"邹生朗然说：

"此前，她没有嫁我，可任她心意。如今已嫁我为妻，就需听我心意，不情愿又能如何？"一妇人笑着说："痴人也有这样的话！"于是，众人把挑绣送到床边坐下，又对邹生说："逃跑者已还给你了，若是再逃，你可不要找我们要人。"说罢，她们起身离去。邹生关好门窗，就到床上与挑绣亲近，挑绣退却，邹生就不敢再走近。又过一时，邹生强拉挑绣行夫妻之礼，不一时，挑绣大声呻吟，下体落红。又过一会儿，二人都体会到了夫妇的滋味。邹生怡然地说："我今日才知此中真乐！"自是，二人夜夜共眠，再无嫌隙。挑绣也渐入佳境，不再像先前那样抗拒了。

邹生自从与挑绣夫妇床笫和谐，觉出其中妙趣非常，逢人就说房中之事，听的人都纷纷摇头嬉笑。一日，邹生到寡嫂处，说起与挑绣的房中事，恰巧寡嫂的兄长也在，兄长怒道："这话怎么能对外人说？"邹生不以为怪，反笑说："我坦坦荡荡，事没有不能对人说的，就是告诉嫂嫂又怎样呢？"

过了数月，挑绣怀有身孕，于是二人从寺院搬回家中，与寡嫂同住。挑绣让邹生搬行李时把自己用泥做的器物一并搬来，寡嫂见后，大笑说："我家弟妇竟有如此丰厚的嫁妆！"挑绣也不以为意，依旧每日嬉戏，勤谨侍奉寡嫂。第二年，挑绣生下一个儿子，邹生家中越发贫困。挑绣就命邹生把泥做的器物拿到街市上卖，且定价高昂。寡嫂大奇：泥捏的东西如何卖得银钱！谁料，邹生晚间归来之时，竟带回了千金！挑绣所做的泥物还有一半没有卖出。寡嫂大惊，仔细一看，哪是什么泥物，竟是古铜！自此以后，寡嫂对挑绣另眼相看。邹生与挑绣也不再痴愚，后来二人连得三个儿子，家境也渐渐富裕起来。

五年后，一日，挑绣忽然向邹生告辞："你我夙缘已满，我该离去了。"邹生大惊，忙问她缘故。挑绣回答说："我不是人类，是鬼。此前因我痴傻，被夫君抛弃，郁郁而终。幸好一众姊妹教我，渐渐聪颖，不过痴情依旧。与你结成姻缘，也是冥冥之中自有定数。如今，我就要轮回，托生在富贵之家了。还望你今后不要惦念我。"邹生又问挑绣托生的人家在哪里，挑绣低头不语。邹生问得急了，挑绣才皱眉："我再世为人，你我不必相识。"不久，挑绣就死去了，她的躯体化作一缕轻烟飘散。邹生日夜思念挑绣，把三个儿子托付给寡嫂，自己终日遨游湖湘之间，终生不再娶亲。

——故事源于清·庆兰《萤窗异草·三编·卷一·挑绣》

95．骷髅女

　　婺源俊才真生，曾在汪瑟庵先生门下学习。汪先生对他的试卷评语写着："英姿飒爽，才气无双。从此精进，可以成家。"凭这两句评语，真生在一众学子中拔得头筹。后来，真生在科考中屡屡碰壁，郁郁不得志。真生也曾拿自己的文稿给人看，别人都认为他满纸奇怪的言语，惊愕不已。真生觉得他们不懂自己，也不辩解，只一笑了之。如此一来，真生日渐贫困，想要向达官贵人自荐，不过，每每投上荐书，却石沉大海，无人任用。真生只好仰天长叹道："不承想我竟沦落到了这种地步！"于是，他关门闭户，谢绝人事往来，一心在家中写文章。每写成妙文，真生就到山里，抱来一个骷髅放到石头上，对着骷髅读文饮酒，等到文章读完，真生一定要大哭一场才回家。

　　一日，真生在山里读完文章，正痛哭时，忽然看见骷髅也涔涔泪下。真生大骇，也不把骷髅放回坟中，径直带回家。夜间，真生正挑灯夜读，忽然看见一个美人翩然而来，对着真生大骂："大胆劫坟贼！你不怕死吗？"真生见女子眉若远山，目似秋波，桃腮皓齿，面色虽稚嫩却难掩国色，立即起身朝女子作揖："我能遇见知音，死也无憾！只可惜我这一生在功名上面是无望了。"女子冷哼："我一个弱女子，自己的遗骸都不能保全，旁人功名与我有什么关系？"真生忙连连道歉，许诺定然替女子好生安葬，女子倒身拜谢。真生见女子身姿婀娜，若弱柳扶风，举止可爱，就向女子表露共宿之意。女子听罢，怫然变色，说："由于我怜惜公子才华，且看公子宅心仁厚，怜悯朽骨，因此才冒险过来。我本出身海盐吴氏，祖上死在了京师，家属奔逃到了南方。恰逢福王即位，我被选入宫中，还没有被宠幸，金陵城就破了，我被一个将军掠走，纳为妾室。我不愿侍奉将军，就自请沐浴后再侍寝，于是趁浴室无人之时，自刎而死。将军怜惜我，就把我葬在这里。今日，若我在你这里留宿，不就成了轻佻淫荡的人了？"说罢，她起身离去。

真生无奈，只好怅然独寝。次日，真生把骷髅放回原处，又为它好生安葬。真生贫穷，靠典卖物件才把骷髅安置妥当，随后他又在骷髅坟前立了一个石碑，并撰写文章表彰女子的贞烈。数日后，骷髅安葬好了。当夜，女子又到真生房中，一见真生，满面含笑道谢："我今日才知道公子是天下的有情人。我不能不顾廉耻，委身公子来报恩。不过，我自幼在学塾读书，对八股制艺颇为精通。此后，我愿常伴公子左右，帮公子作文应考。不知公子意下如何？"真生自是大喜。女子拿起案上真生今日所读的书，只寥寥数语，就能说出其中的精妙，真生对她大为叹服。女子又拿起真生的应考习作来看，叹道："我要怎么帮公子呢？"真生忙问："姑娘为什么这样说？"女子指着文章说："像这篇文章，沉博绝丽，只是过于阳春白雪，用来应考很是不妥。"真生诚恳请教，女子悉心指导。如此，女子每夜必来。

真生自从有了女子伴读，每夜读书到深夜也不觉疲倦。女子见他读书辛苦，有时与他下棋嬉笑，有时为他煮茶弹琴，真生觉得如在仙境。一夜，女子来了，真生刚好写完了一篇文章，他忙把文章递给女子看。女子接过文章放到案上，默坐一旁，不出一言。真生忙问女子："今日为什么情绪低落？"女子凄然说："我本想帮公子取得功名来报公子大德。如今，我的父亲因忠贞节义被天帝赏识，被封作灵芝馆仙官。父亲不忍我在这里漂泊无依，召我为紫府侍书。玉符昨日就到了，我担心公子伤心，今日才说。今日你我就要离别，我愿为公子高歌一曲！"于是她起身，展喉唱了一首张祜的《宫词》。女子心中不舍，曲调哀婉，一曲未终已哽咽不能成声，心中伤悲径直倒地，须臾间，化作乌有。真生正心伤，忽然看见女子消失，忙四处找寻，却找不见，一直找到女子的墓穴，喊："吴娘在哪里？"不过，女子香魂始终杳然。无奈之下，真生只好痛哭而返。自此以后，真生抑郁成疾，时时咯血。当时已近秋试，真生带病入场，因他神思不属，文卷中词句多有不合制的地方，最终被黜落。考试结束，真生的病更加严重，没过几日，就死去了。

真生并不知道自己已死，每天还是出门找寻女子。不过他心下茫然，不知要去哪里。正当真生徘徊旷野，无所适从时，忽然看见有华丽的车轿从东方来，轿旁有好几名婢女，轿中女子抬皓腕，素手掀帘，一张秀丽面孔映在眼前，正是吴娘！真生与她相见，两人都很惊讶，女子问："果真是真郎！真郎怎么在这里？"真生悲泣着说："自从与吴娘分别后，我日夜思念，如今来找吴娘。"女子笑说："真郎的心也太痴了。我听闻真郎别后心中郁郁，生病未愈，这才专门绕道从这里过，希望能见到真郎，谁料竟当真遇见。真郎如今身体可还安好？"真生回答："病体没什么要紧，只是若没有吴娘相伴，我就只能虚度余生了。"女子劝说："真郎切莫忧心，如今我正有一个喜信。昨日听闻真官韩愈上奏，说今番考试多有不公，为了不错失良才，他已上报皇帝来年加开恩科。如今派了汪瑟庵担任主考官，汪先生是真郎恩师，也是真郎知己，若真郎这次赴试，必定能中。"说罢，她拔下头上一支玳瑁簪子赠给真生，说："我今天要去参加南岳夫人的宴会，不能在这里久留。真郎拿着这个簪子，速速回去置办行装，功名要紧，不要再留恋我这负心人！"真生接过簪子，见簪头嵌有两颗明珠，硕大无比，光泽炫目。真生还想再问，却见女子香车已然远去。

真生回去之后，恰好遇见同学曹某要入京。曹某邀真生同去，真生不忍典卖吴娘的宝簪，很为路上的资费担忧。曹某慷慨解囊，表示愿承担真生一切费用。真生大喜，与曹某一起入京。二人到京城拜谒汪先生，汪先生大喜，邀真生住在汪宅。次年，果然加开恩科，汪先生为主考官。汪先生见真生试卷，赞他文采风流，把他选为第二名。随后，真生会试也中了，殿试得了第三名，授予编修的职位，并且给他假期，让他返回故乡。真生回到家，刚进家门，就见妻子正身穿麻衣，在堂上痛哭。真生大喊："我考中了！"妻子回头一看，见真生轻裘肥马，神采奕奕，大为惊骇，说："郎君去年落第，郁郁而死，今日恰是周年忌日，不要这样出来吓人！"真生听见这话，如梦初醒，仰天长叹，倏忽身灭，衣冠像蝉蜕一般颓然落地。

十多年后，有人在青城山遇见真生。真生葛巾道服，容貌还是少年时。他同行有一个女子，明媚鲜艳，若天界仙人。二人乘华车，旁边有十几个侍从，一起进山。见有同乡，真生向他问询故乡的事，随后又托同乡带回两封书信。一封给妻子，说已与吴娘成婚，现在成了地仙。一封给曹生，谢他慷慨相助的情谊。同乡把信送给真生妻子，真生妻见信，正是他的笔迹。

——故事源于清·庆兰《萤窗异草·四编·卷三·真生》

96．鬼夜吟

刘方玄是山中隐士，为人磊落坦荡，品行高洁。一日，他从汉南到巴陵，夜间住在江岸古馆厅中。厅西面又有一个厅，两个厅用篱笆隔开。传言西厅常有怪物出没，使人惊骇不安。因此，十多年来门窗紧锁，终日不开。因年深日久，西厅廊柱坍塌，州司派人把它修葺一新。不过因为此地有怪物之类的传言，依旧无人敢住。

刘方玄并不知道此地的传言。当夜二更时分，月色朦胧，满院清寂。他出厅赏月，忽然听见西厅有人交谈，声音嘈杂，听不分明。只有一个老太太的声音稍重，且带有秦地方言，说："昔年，阿郎贬官时，常让老身怀抱阿荆郎骑一匹又老又瘦的弱马。阿荆郎娇气，不肯安坐，一会儿扭向左边，一会儿又扭向右边，老身的左胳膊也因此被伤到，直到如今，每遇阴雨天气还是会酸痛。现今，胳膊又开始酸痛了，想来明日定有大雨。现今阿荆郎已做了高官，不知还记得老身吗？"刘方玄又听见有人应答的声音，嗡嗡隆隆，听不真切。不一时，又有歌声响起，声音清细，婉转清丽。又有人吟诗，声音悲切幽咽，仿佛充满心酸悲苦，也听不真切诗句文辞。良久，老太太又说："昔日，阿荆郎爱念'青青河畔草'，如今也真的是'绵绵思远道'了。"到了四更时分，西厅嘈杂的人语声方才停止，刘方玄这才回房休息。

　　次日清晨，果然大雨。刘方玄叫来此地小吏问："西厅是什么人在住？"小吏说："西厅没有人住。"说罢，方才说："传闻西厅有怪物出没，因此宾客不敢住。"刘方玄想起昨夜所闻，心下起疑，说："可否打开西厅的门带我看看？"小吏面露难色，刘方玄好言相商，终于打开西厅门。刘方玄进入一看，秋草满地，阶上满是青苔，显然是许久无人居住。厅中也洁净如新，并无人迹。刘方玄见状，对于怪物之说，颇有几分相信。正想离去，忽然看见厅中一根柱子上有一首诗："爷娘送我青枫根，不记青枫几回落。当时手刺衣上花，今日为灰不堪著。"刘方玄见诗句墨色很新，又想起昨夜老太太之话，心下了然，知道这是鬼写的。小吏见刘方玄满目凝重，说："此厅新修以后，没有人居住，更不曾有题诗。"刘方玄心中惦念阿荆郎的事，后来多番打听找寻，始终没有消息。

——故事源于唐·谷神子《博异志·刘方玄》

97. 弦歌墓女

长孙绍祖曾在陈蔡之间旅游。一日，天色将暮，长孙绍祖访友回来，走到半路，闻路旁有户人家中有箜篌声传来。绍祖听见乐声清越，隔墙偷窥，见院中有个少女，容貌娴静，姿态柔婉，独坐明烛下弹箜篌。少女见绍祖在外，微微一笑，依旧拨弦。绍祖见少女并不责怪自己无礼，心中大悦，就用轻薄言语挑逗少女。少女也不生气，手中箜篌不停，笑着唱道："宿昔相思苦，今宵良会稀。欲持留客被，一愿拂君衣。"绍祖听歌中的意思，似乎是心悦自己，他径直进入院中好言抚慰少女。少女更是欣然，说："公子为什么到这里？"绍祖笑说："因箜篌曲中的相思而来。"女子心中大悦。于是，她拉绍祖到内室，说："昨夜好梦，今日果真应验。"绍祖见屋内屏风、枕被华丽锦绣，房中另有婢女侍立。少女示意婢女退去，随后就与绍祖缠绵床榻。

次日一早，绍祖起身，女子命婢女预备早饭。须臾间，饭菜已准备好，其中很多珍馐，不过绍祖吃后，觉得很无味。女子朝绍祖杯中斟满白醪酒，劝道："没想到能遇见佳客，没准备好的酒菜，酒饭粗疏，还请贵客不要见怪。"绍祖忙饮尽杯中酒，说："能遇见佳人，是我的幸运。"女子微微一笑，又歌道："星汉纵复斜，风霜凄已切。薄陈君不御，谁知思欲绝。"歌罢，女子又拿出一个金镂小盒子赠给绍祖，说："今日与君别离，再无相见之日了。君可拿这个，来留作纪念。"说罢，她命婢女送绍祖离去。

绍祖出门百余步，想起女子临别之言，心中感伤颇多，回头朝女子宅院看去，只见宅院已不见，唯有一小坟而已。绍祖大惊，拿出怀中女子所赠的金镂盒子一看，见缝隙中有很多泥土，显然不是活人用的。绍祖心下顿时明了，朝小坟的方向拜了拜，怆然离去。

——故事源于明·祝允明《志怪录·长孙绍祖》

98. 恒山道士

郑国公魏徵，年少时期颇好学道，不过却始终不信鬼神。一次，魏徵到恒山访道，走到恒山脚下，忽然风雪大作，天昏地暗，人无法前行。魏徵正不知该当如何，忽然看见一个道士，拄着一根青竹杖，缓缓走来。道士见魏徵在此，问："不知你想要去哪里？"魏徵回答："上山访道，谁料竟遇到风雪，这山脚无处躲避，苦啊！苦啊！"道士说："我家距此一二里，不若你同我一起去避避，你我也可随便聊聊。"魏徵拱手说："如此再好不过了，有劳。"说罢，他随道士前行。

不多时，到了一处宅院，魏徵一看，宅院外很是荒凉。等进入室内，只见室中器物，雕刻精美，与外间迥然不同。道士邀请魏徵在炉火旁坐下，另备有美酒佳肴，二人从容论道。道士词理玄妙高深，魏徵大为佩服，无可辩驳。二人相谈甚欢，一直到东方渐白。道士忽然转换话题，说到鬼神之事。魏徵正色说："鬼神之事，是莫须有。"道士笑问："你如今不正是在求仙问道吗？为什么对鬼神之说如此鄙弃？从有天地起就有鬼神，若道法高深，鬼神妖怪都会伏诛。你修道日浅，因此鬼神妖怪都容易出没，你可不要轻视它们！"魏徵心中不以为然，不过因为敬慕道士，并未出言反驳，只是沉默而已。到了天色大亮，道士送魏徵离开，另赠给他一片竹简，让他送到恒山中一个隐士那里。魏徵辞别道士登山，走到半山，回首道士处，竟见一座坟墓！魏徵大惊，再看道士所赠的简上写道："寄上恒山神佐。"

魏徵心中厌恶，把它扔到地下，那简忽然化作一只老鼠逃窜了，魏徵自此对鬼神之说深信不疑。

——故事源于唐·柳祥《潇湘录·魏徵》

99. 鬼偷欢

维扬（今江苏省扬州市）富商万贞，常年在外经商，留妻子孟氏独守空房。孟氏原本是寿春（今安徽省寿县）妓女，相貌美艳，能歌善舞，通晓诗书，也可吟诗作赋。她因美貌多才被万贞看重，随后娶回家中。不过，婚后的万贞常年在外，孟氏整日寂寞难耐。

一日夜间，孟氏思念万贞，感伤己身，就到家中后园散步，四望无人，只有繁花烂漫，草木葱郁，不禁悲从中来，随口吟道："可惜春时节，依然独自游。无端两行泪，长只对花流。"吟诗罢，她泣下两行。忽听见有人笑说："为什么要有这样悲苦的句子？"孟氏大惊，抬头一看，竟是一少年，容貌秀美，翻墙进了园子。孟氏问："你是谁家儿郎，怎能深夜进来，说出这样轻薄的话？"少年说："我生性洒脱，不受拘束，最爱痛饮高歌。刚才听到吟咏之声，不觉兴致大动，这才翻墙进来。我想与你在花下谈诗论赋，不知你意下如何？"孟氏大喜，说："自然可以。"又问："吟诗吗？"少年笑说："人生如寄，年少时光须臾便逝。一时繁花正妍，一时又黄叶飘落。人世间的遗憾有千千万，吟诗固然好，不若偷片刻的欢愉最妙。"孟氏犹豫着说："我丈夫万贞，离家已有数年。眼前纵有良辰美景，他却远在他乡。我虽是叹惋芳菲命薄，也是自怜自伤。因此才有这几个拙句，来抒发胸中的不快。不料竟在这里遇见你，这是什么原因呢？"少年回答："方才我只听见佳句，如今能一睹丽容，就是死了也无憾。"孟氏听此言，芳心雀跃，却狠命按捺，装作不在意，吟诗道："谁家少年儿，心中暗自欺。不道终不可，可即恐郎知。"少年听罢，忙说："神女得张硕，文君遇长卿。逢时两相得，聊足慰多情。"孟氏见少年言语明朗，就不再推辞，把少年带入内室。如此，二人偷欢数年，直到万贞从外地经商回来。

孟氏知道丈夫回来，与少年再没有相会的机会，满面忧愁，泣不成声。少年见孟氏如此，并不在意，只淡淡说："不要这样，你我本就是露水情缘，不可长久。如今分别，各自珍重。"说罢，他飘然而去，顷刻间没了踪影。

——故事源于唐·柳祥《潇湘录·孟氏》

100. 鬼奔

咸和年间，呼延冀被朝廷授予忠州（今重庆市）司户的官职。他带着妻子前去赴任，走到泗水边，遇到了盗匪，把他的钱财、物用劫掠一空，甚至连呼延冀身上的衣衫也没有放过。裸体呼延冀只好与妻沿途小心前行，数里后，遇到一个老翁，老翁见二人狼狈，吃惊地问："公子这是遇到了什么情况？"呼延冀把遇盗匪的事详细说了。老翁听罢，说："我家就在南面数里，不如你夫妇二人暂到我家中借宿，我为公子准备些衣衫，可好？"呼延冀夫妇一听，大喜，于是跟着到了老翁家。他们向南走了几里，进到一个密林中，又走了数十步，见一处宅院。老翁把二人安置在西厢房中，并为他们准备衣衫、酒饭。老翁与呼延冀夫妇闲谈到夜深，忽然面露难色，呼延冀问："老翁为什么愁眉不展？"老翁为难道："我有一个不情之请，不知如何开口。"呼延冀慨然说："老翁对我夫妇有大恩，但讲无妨。"老翁于是拉呼延冀走出房门，徐徐说："公子如今的情形，带夫人赴任怕是艰难。我家中唯有一老母，年岁已高，无人照料。若公子能把夫人暂留在此，照料一二，老朽感激不尽。等公子到忠州安顿妥当，再来接回。如此，我老母能得到照拂，公子也可轻装上任，不知公子可否愿意？"呼延冀沉思片刻说："老翁如此怜悯我，我心中感激。我也实话说了，我妻本是宫女出身，能歌善舞，颇通文艺。不过，好酒放荡，我若留她在此，还望老翁多加约束，不要让她有不轨之心。"老翁忙起身相谢，说："公子只管放心赴任，其余不必忧心。"呼延冀回房，与妻说了老翁的想法，妻只有暗自掩泣。

次日，呼延冀与妻分别，离别之际，妻子拉着呼延冀的手说："我本与郎君一起到忠州，谁知郎君把我一个人留在这里。郎君若不能按时来接我，我必与他人私奔，想来纳我的人也不在少数。"呼延冀连连答应，于是二人洒泪分别。过了几个月，呼延冀到忠州任上，一切安排妥当，正想派人去接妻子。一日，有人送来一封书信，呼延冀接过一看，竟是妻子所写，呼延冀展信，见信中写道："我本是歌伎之女，幼年就在宫中，清歌妙舞，名噪一时。我本无妇德妇容，恰好遇见掖庭选人，我才能出宫自行婚配。当时，郎君正年少，风华正茂，酒狂诗逸，我也没被妇德拘束，与郎君互生情愫。郎君不曾因我的出身而轻视我，按照礼节娶了我。我与郎君成婚后，邻居朋友纷纷称赞你我二人是才子佳人。昔日你我夫妇花间漫步，月下吟诗，红楼戏谑，锦闱言誓，好不恩爱！谁料有今日的事！郎君弃我如敝屣，留我在荒郊，全然不念我的孤苦。自郎君走后，我肝肠寸断，以泪洗面，想到郎君薄情，我又何必为你苦守贞节！老翁家中有一儿子，风流年少，对我颇为仰慕，我已委身于他。还请你知晓。"呼延冀看罢，大怒，把书信扔到地上，然后气愤地辞去官职到泗水边。他本想寻觅老翁及妻子，把他们都杀了。谁知，竟遍寻不得，他只在此前老翁宅地的地方见到一个大冢，四周林木森然。呼延冀命人挖坟，打开棺材，见妻子尸体在棺材中。呼延冀又惊又悲，这才知道老翁是鬼，只可怜妻竟命丧荒郊。于是，呼延冀把妻的尸身另寻他处安葬，好生祭奠之后，才怆然而去。

——故事源于唐·柳祥《潇湘录·呼延冀》

101. 紫衣人

年轻时的娄师德，身无功名。一日，他生病卧床，过了好久都没好转。一日，他忽梦见一个紫衣人到床榻前躬身施礼，说："你的病快要痊愈了，快跟我走吧。"于是，紫衣人拉着娄师德出门。娄师德脚步轻快，自以为疾病痊愈，也不在意。向前走了好几里，他忽然看见前方有一处官衙，大门左右有吏卒守门，朱红的大门高大威严，匾额上大书"地府院"三字。娄师德见状大惊，问："为什么地府院会在人间？"紫衣人说："冥界本来就有路与阳间相连，世人怎会知道？"说罢，带娄师德进入院中。吏卒见了他们，纷纷避开。娄师德见院里有一间空房间，名为"司命署"，问："这是主管什么的？"紫衣人说："主管世人福禄寿命。"娄师德听罢，心中大奇，于是偷偷朝里看去，只见室内桌上有数千卷书册，另有数名绿衣人当值。娄师德命绿衣人把自己的书册拿出，绿衣人也不迟疑，径直抽出一轴递给娄师德。娄师德打开一看，见上面写有自己的姓名、禄位年月、出入台辅时日、寿命有八十五。娄师德看完大喜，说："我本是一平民百姓，不忍饥挨饿就已知足，怎敢奢望其他？"话未说完，忽听一声当空而下，声音震撼，绿衣人大惊说："天鼓大动，你赶紧回去，不要在此停留。"娄师德听见鼓声，陡然惊醒，才知是一场梦。当时天色已明，东面不远处佛寺钟声阵阵，娄师德顿时哑然失笑，原来这就是绿衣人所说的天鼓声。当日，原本缠绵病榻已久的娄师德忽然痊愈。

后来，娄师德入朝为官，历任官职及时长跟梦中卷轴所载的一样。娄师德担任西凉大帅时，一日，忽然看见一个黄衣使者到门前说："冥界小吏奉命前来请娄公。"娄师德说："我曾经见过我的司命簿子，我寿数有八十五。如今，还未到时日呢！"黄衣人笑说："娄公任某官时，曾误杀无辜，寿数与官位被减，到如今，寿命已尽。"说罢，黄衣人忽然消失不见。娄师德自此卧床不起，三日后身亡。

——故事源于唐·张读《宣室志·卷三·娄师德》

102. 鬼友

唐元和年间，少年董观与僧人灵习交往密切，二人一同到吴楚（两河流域地区）间游历。灵习中途忽然身死，董观悲痛之余返回家乡。宝应年间，董观游汾泾，到泥阳郡，经过龙兴寺。龙兴寺堂宇宏丽，有数千百卷经书。董观见这里藏书丰厚，决定长留此地遍阅群书。

寺院东庑北面，有间空房，房门常年紧锁，董观向寺僧请求住在这里。寺僧眉头微皱，说："这间房中有很多妖异之事，以往住在这个房间的人，有的病，有的死。因此，寺中紧锁房门，不让人住。"董观正当盛年，胆气豪壮，满不在乎地说："无妨，我就住这里。"寺僧见董观坚持，也不好再劝，只好答应。董观在这里住了十余日，夜间睡觉时，总看见有数十名胡人拎着酒壶，拿着乐器，在房中且歌且笑，旁若无人。董观心下害怕，不过也不曾说给寺僧。

一日傍晚，董观诵经结束，因身体疲乏，早早闭门安歇。将睡未睡之时，忽然看见灵习在榻前，微笑坐下。董观惊问："你已是鬼，怎么会在这里？"灵习笑说："你运数已尽，我在这里等你一同到冥界。"说着，灵习拉上董观的衣袖往门外走。董观回头，见自己的身体尚在床上安卧，仿佛睡熟了一般，不禁长叹一声说："父母还在，我却身死。更何况家乡距此很远，我死在这里，谁为我收尸呢！"灵习见了，劝道："你怎么说这样忧愁的话？人之所以为人，是因为手足灵便，耳聪目明，这全赖人的精魂，不是自然就这样的。精魂一旦离身，就会死去。手足不能动，耳目不能用，纵有六尺身躯，又有什么用呢？你伤心也是徒劳。"董观听罢，若有所悟，跟随灵习前行。二人经过好几处关隘，虽盘查很严，不过，灵习畅通无阻。二人于是出泥阳城，向西而去。

前行数十里，路上都是像毛毯一样的绿草红花。又前行十余里，董观见一条河流向西南流去，河流宽不过数尺，池水却血红，腥臭难闻。灵习向董观说："这就是俗世所说的'奈河'。"董观环顾四周，见岸上有大量人间的衣裤帽带，问："这里为什么有衣物？"灵习说："这是逝者的衣物，死去的人都从这里前往冥界。"二人又往前走，见河流西面有两座城，南北相距一里多，草树遮蔽，房屋相连。灵习指着两座城对董观说："我与你一起前往城中。你投生在南城徐氏家中，是次子；我投生在北城侯氏家中，是长子。十年之后，你我二人舍家皈依佛门。"董观惊奇地说："我曾听闻人死后有冥官追捕，按照他一生的善恶来进行赏罚。倘若生平行事无大错，就再次投生人间。如今我刚死，也能投生吗？"灵习摇手说："并不是这样。冥界与阳间一样，如果没做不合道义的事，怎会枷锁在身？"说罢，灵习提起衣袍，从河上跃过去。董观正想蹚水过河，忽然看见河流豁然由中间断开，一条丈余宽的深崖横在河中，董观见状惊慌失措，心中疑惑，进退两难。正自犯难之时，忽然觉得有人拉自己的衣衫，董观回头一看，竟是一个通身长毛、人面狮身的怪物。董观呆立许久，那怪人对董观说："你想去哪里？"董观说："往南城徐氏家中投生。"那怪人怒道："我命你读《大藏经》，你还不快回去，不能在这里久留！"于是，怪人拉着董观的手臂，朝着郡城方向急奔。顷刻之间，董观已身在龙应寺。当时，天色将明，董观睁眼见自己身在居室床榻之上，榻侧有数十个僧人围坐，那怪人把董观拉到卧榻上，就转身离去。董观急忙喊怪人，却忽然惊醒，才知是恍然一梦。

寺僧见董观已醒，忙问他经历。董观把梦中的事一一告知，僧人唏嘘不已。董观自此发誓精研《大藏经》，寒暑不辍，数年后穷通佛理。会昌年间，皇帝下诏书把天下佛寺全部毁掉，董观也因此离寺云游。

后来董观到长安，因精通阴阳占卜之术，常游走在公卿权贵的门前。一时，名噪京城。

——故事源于唐·张读《宣室志·卷四·董观死而复生》

103. 鬼联句

唐开成年间，梁璟从长沙到京城参加孝廉科考试，途经商山，因天色已晚，就在馆驿中暂住一夜。当夜正值八月十五月圆之夕，天雨初霁，风清月朗。梁璟在门前赏月，到了夜半，他忽然看见三名男子缓缓走到门前庭中。三男子衣冠都很古朴，形容俊雅，谈笑之间，妙语连珠。三人一边赏月一边吟诗，身旁跟有数名随从。梁璟疑心这三人是鬼，不过，他平素自负有胆气，也不躲避，径直上前施礼拜见。三人见梁璟前来，纷纷拱手作揖，分别自称萧中郎、王步兵、诸葛长史。梁璟与三人见过后，三人邀梁璟在庭中闲坐，说："如此良夜遇到梁君，实在是幸事。"于是，一人唤身边的随从："玉山，取酒来！"那名童子转身去取酒，酒到了，四人推杯换盏，好不尽兴。

几番饮后，王步兵说："值此良夜，风月无双。有嘉宾在此，怎能无诗？"其他三人都很欢喜，纷纷附和。王步兵接着说："不如我们对月联句，来咏秋物，难道不更风雅吗？"说着，他随口吟道："秋月圆如镜。"

萧中郎接道:"秋风利似刃。"梁璟接道:"秋云轻比絮。"轮到诸葛长史了,他默然不语,良久,三人催促说:"就是拙句也行。"长史沉吟一时,又饮酒数杯,才说:"秋草细如毛。"萧中郎与王步兵都大笑说:"确实是拙句,可为什么等了这么久才说出?"长史笑说:"没有歌舞助兴,才思受阻。"萧中郎笑说:"说得有理,良夜不能没有歌舞。"说着,他喊方才的随从:"玉山,召蕙娘来。"玉山离去。

　　一时,一个美人穿着鲜艳衣衫,笑靥如花,款款而来。美人一一见过众人,诸葛长史挑逗美人说:"是萧中郎召你前来,跟我们有什么关系,何必一一拜见?"美人笑说:"怎知我不是为众人而来?"王步兵说:"不如高歌一曲,好让长史满饮一杯。"蕙娘起身说:"那我就歌一曲《凤楼》。"说罢,她一展歌喉,声音清丽,词曲哀怨,情致深婉。梁璟听后,顿觉精神一振。一曲歌罢,萧中郎又和一曲,萧中郎的声音清朗慨然,有林下之风。曲终,萧中郎说:"天色渐明,今宵很是畅快,再来联句才不负良宵。"说罢,他吟道:"山树高高影。"王步兵接道:"山花寂寂香。"王步兵说完,指着诸葛长史说:"刚才没有歌舞助兴,现在歌舞已罢,坐等长史一展才思。"长史笑接道:"山天遥应应。"众人都大笑,说:"出句慢时未必见精巧,出句快时却依然是拙句,长史才思就是这样吗?"长史面色尴尬,只得举杯掩饰。轮到梁璟了,梁璟接道:"山水急汤汤。"萧中郎随口赞赏几句,又问梁璟:"你是去参加进士科考试吗?"梁璟说:"去参加孝廉科考试。"萧中郎摇头大笑说:"孝廉怎会知道作诗?"梁璟登时怒道:"萧中郎此言无礼!"长史也起身愤然离去,一时,座中宾客四散,踪迹全无,庭中杯盘也不见。

　　自此以后,梁璟夜间总梦见萧中郎、王步兵前来,日日精神恍惚,神思不安。后来梁璟到长安,偶遇术士李生,李生赠给他一张鬼符,梁璟日夜佩戴,此后梦中二人再没来过。

——故事源于唐·张读《宣室志·卷六·中秋夜联句》

104. 鬼吟别

陈郡（今河南省太康市）谢翱，因进京参加科举考试，暂住在长安升道里。他学通古今，最善写七言诗。一日晚间，雨后初晴，谢翱走出家门，朝南走去，前行数百步，在高丘处眺望终南山峰。伫立许久，他忽然看见一个人骑马从西奔驰而来，马上人衣衫色彩明丽，远远望去，恍若彩蝶翩跹。等到此人走近，谢翱才看清形容，原来是一个双鬟女郎，发髻高耸，妆容靓丽，容貌甚美。女子到谢翱跟前翻身下马，对谢翱笑说："公子莫不是在这里等我？"谢翱慌忙施礼说："闲步到此，只是望望终南山而已。"女子笑着施礼说："请公子快回到你的居所。"谢翱不明白女子意思，回头看家中，远远地见家门口有三四名婢女。谢翱大为吃惊，匆忙返回家中。刚走到家门口，婢女纷纷上前施礼，谢翱狐疑地走进院中，见堂上铺有地毯，门前张有帘幕，满室锦绣辉映，异香扑鼻。谢翱又惊又惧，不知为什么会有这样的情形。其中一个婢女上前笑说："公子不要害怕，必然不会损害公子分毫。"谢翱唯尴尬赔笑，不出一言。

不一时，忽然听闻门口有车声辘辘，谢翱出门一看，竟是一辆金车停在门前，内中有一美人，年十六七，端庄娴雅，容色绝美。美人下车到谢翱家中，谢翱跟在女子身后。后来美人在西轩坐下，笑对谢翱说："听说这里有名花，因此前来与公子共赏。"谢翱见女子面色和善，言语温和，内心不再恐惧，上前施礼说："我很荣幸。"说罢，婢女前来禀报："酒饭已摆好。"美人起身，邀谢翱前来用饭。酒饭摆在牡丹园旁的亭子上，良夜佳卉，是赏花最好的地方。谢翱见满桌美酒佳肴，杯盘碗盏，无一不精致，心中暗惊。美人拿出一只玉杯，盛满美酒递给谢翱。谢翱接过酒杯问："不知小姐是什么人？为什么会来此地？"美人笑而不答。谢翱又不住问询，美人最终说："公子只需知道我确实不是人就行，其他不必再问。"

夜色渐深，美人对谢翱说："我家距这里很远，现下该告辞了。听闻公子最擅作七言诗，不如请公子作一首赠别？"谢翱心下怅怅，于是拿笔纸过来，提笔写道："阳台后会杳无期，碧树烟深玉漏迟。半夜香风满庭月，花前空赋别离诗。"他写罢递给美人，美人一看，心中喃喃吟诵好几遍，忽然流下泪来，说："我也写几句诗来酬答公子，只是我诗艺不佳，还望君子不要见笑。"谢翱听罢大喜，说："美人愿留佳作，在下喜之不尽。"美人含羞笑问："可有红色书笺？"谢翱慌忙到箱中翻找，只找出一张碧笺，他递给美人说："只有一张碧笺，小姐不要嫌弃。"美人提笔在碧笺上写道："相思无路莫相思，风里花开只片时。惆怅金闺却归处，晓莺啼断绿杨枝。"谢翱拿过一看，字迹娟秀，诗中有相思。他玩赏良久，不住嗟叹。美人唤来左右，婢女前来搀扶美人出门登车，谢翱送美人到门口，挥泪告别。谢翱用袖子擦眼泪，再抬眼看，金车人马都没有了踪迹。谢翱心中大为惊异，回家后，拿起美人的诗又吟诵许久，好生放在书箱中。

第二年春，谢翱落第回家，到了新丰（今陕西西安临潼区），夜间宿在旅店。当夜，谢翱心绪不佳，正自感怀，忽然想起此前美人赠诗的事，一时有感，对月吟道："一纸华笺洒碧云，余香犹在墨犹新。空添满目凄凉事，不见三山缥缈人。斜月照衣今夜梦，落花啼鸟去年春。红闺更有堪愁处，窗上虫丝几上尘。"吟罢，忽然听见几百步外有车声传来，谢翱出门一看，竟是先前美人的金车，车旁有几个随从，其中一随从正是双鬟婢女。谢翱待车马走近，上前问婢女说："不知小姐可在车中？"婢女令车马暂停，转身回到金车旁，须臾，又到谢翱身旁说："小姐说，现在大路上，不方便。不然，可与公子见一见。"谢翱忙说："可请小姐到旅店暂歇。"婢女又去请示小姐，回谢翱说："小姐说不可。"谢翱一时颇为遗憾。他又问婢女："你们这是要去哪里？"婢女说："要去弘农（今陕西省华阴县境内）。"

谢翱听罢，喜道："我如今也要回洛阳，不知可否与小姐一起？"婢女又去请示小姐，传话道："小姐说，我们这次行程很急，不能与公子同行。"谢翱心中感伤，亲自到小姐金车外，默然不语。小姐拉开车窗帷幕，对谢翱说："今日原是感念公子赠诗的情意，特地赶来见一面。"说罢，她竟呜呜咽咽哭起来。谢翱也悲泣，又把刚才所作的诗念给美人。美人说："虽已过了许久，公子还没有忘记，真是我的荣幸！"随即又说："我再来作一篇酬答公子盛情。"谢翱忙拿来纸笔，不一时，美人诗成，写道："惆怅佳期一梦中，武陵春色尽成空。欲知离别偏堪恨，只为音尘两不通。愁态上眉凝浅绿，泪痕侵脸落轻红。双轮暂与王孙驻，明日西驰又向东。"谢翱看罢，感伤不已，二人相顾无言，良久才分别。金车人马前行百余步后，又没有了踪迹。谢翱心中知道美人是鬼怪，不过始终念念不忘。

谢翱又走了好几天，特地到弘农，在弘农羁留数日，希望能再遇美人，却始终没有见到。谢翱返回洛阳后，又把美人的事以及赠的两首诗说给友人听，友人纷纷惊叹竟有这样的奇遇。谢翱因思念美人，相思郁结，数月后就死去了。

——故事源于唐·张读《宣室志·遗补·谢翱遇鬼诗》

105. 鬼婢轻云

大中年间，太原王坤任国子博士。王坤家中有一个叫轻云的婢女，已去世好几年了。

一日夜里，王坤忽然梦见轻云到榻前。王坤大惊，慌忙起身问："你已身死，怎么会在这里？"轻云叹道："我确实已死去好几年，不过，我常感念生前的事。今日侍奉大人左右，是轻云的荣幸。"王坤神思昏昏，仿若醉酒，不曾想到轻云是鬼。轻云起身拉着王坤朝房门走去，当时，房门已紧闭，轻云拉王坤从门缝中穿过，畅通无碍。

王坤跟随轻云到街上，在月下徘徊许久，忽然觉得腹中饥饿，就对轻云说："我腹中饥饿，在哪里能找些吃的？"轻云问："这里的邻居可有与大人交好的？"王坤思索片刻，说："太学博士石贯与我私交甚好，也住在这里，可去他家用些饭菜。"说着，王坤就带轻云前往石贯家中，石贯家门已关。轻云上前敲门，不一时，守门仆人前来开门，左右一看，并无人影，喃喃自语说："刚才确实听见有叩门声，怎么没有人？奇怪！"说着，仆人关上大门。轻云又上前敲门，仆人开门依然不见人，如此好几次，守门仆人大怒，说："厉鬼怎么总是敲我家大门！"轻云见了，对王坤说："石生恐怕已经睡了，不应前去打扰，大人另去别家可好？"王坤思索一时，说："国子监有个小吏，也住在这里，曾因公务与他有交往，是个可信的人。你我就去他那里。"于是，二人一起到小吏家中，正巧见有仆人开门，端着一盆水，往大街上泼。轻云说："快，我们随他一起进门。"二人尾随仆人进入小吏家中，恰见小吏与几个人宴饮。王坤到小吏庭中，以为小吏必定前来迎接，谁知小吏与人谈笑饮酒，对他不理不睬。王坤正要上前与小吏见礼，忽然看见一个婢女捧一碗热汤经过，轻云用力推婢女的肩膀，婢女立即摔倒，汤也洒了一地。小吏与妻子见了大惊，起身说："怕是中邪了。"说罢，他立即着人请巫师前来。许久，巫师来了，查探一番说："有一位官人，站在庭中。"于是，小吏与妻子慌忙置办酒食祭祀。王坤与轻云吃完祭品，一起走了。巫师送二人出门，又在小吏门前焚烧纸钱，二人带着纸钱走了。走了几十步，轻云对王坤说："大人跟着我走。"王坤于是跟随轻云出城，走了几十里，到了郊野，见到一处墓穴，轻云说："这里是我的居所，大人随我进去吧。"王坤俯首躬身进去，墓口一片漆黑，伸手不见五指。忽然，王坤惊醒，浑身冷汗。此时，天色已明，王坤做了这个噩梦，不敢与旁人说。

正午时分，王坤唤来石贯，与他说起昨夜的事。石贯说："昨夜有鬼敲我家大门，反反复复，开门却不见人影。"王坤大奇，又拉着石贯去拜访小吏，到了小吏家门口，见门侧有焚烧纸钱的痕迹，王坤立马去问小吏昨夜的事。小吏说："昨夜我与众友在家中欢饮，忽然有婢女中邪，巫师说是鬼作祟。因此我在庭中设祭品，在门侧焚烧纸钱，这才把鬼送走。"王坤一听，正是梦中的事，心中大为惊惧。回家之后，他把这事说给妻子、儿女。这年冬天，王坤无疾而卒。

——故事源于唐·张读《宣室志·辑佚·梦与鬼游》

106．冥吏

平遥县有一个乡吏张汶，一日，在榻上睡觉，忽然无疾而终。家人悲痛欲绝，正准备丧葬事宜。不料数日后，张汶死而复生，向家人说了死后的事。

原本，张汶正在睡觉，忽然听见叩门声响起，张汶开门一看，竟是亡兄！张汶大惊，问："兄长莫非是鬼？为什么会来这里？"兄长悲泣道："自从我离开人世，常常挂念各位亲友，日夜思念。想到生前相聚的欢愉，真是感伤。今日，冥官派我回来探访亲人。"张汶问："冥官是谁？"兄长说："冥官是地府的官，权位尊贵。我如今在他手下为吏，常奉命来阳间。因阴阳殊途，不能来看望你。如今冥官召见你，你快随我前去拜见。"张汶听罢，大惧，多番推辞，兄长却不听，只顾拉着他的衣衫往家门外走。他们走出家门，又走了数十里，路途漆黑，没有半点灯火，只听见车马、人物喧闹，妻子兄弟呼喊哀号之声。一时，他又听见诸人商议丧具、丧礼的事，张汶心下疑惑，不过，此时只能跟着兄长走，不知前路在哪里。张汶暗自思索："我如今想必是死了，常听闻人若死去，就能见到此前死去的亲友。不妨我来呼喊一下，不知能不能见到。"张汶想起有个表弟，名为武季伦，生前与自己最为要好，可惜他已死好几年。张汶这边大呼："季伦！"果然，季伦应道："我在！"继而，二人见面，都悲泣不已。张汶问："表弟如今住在哪里？为什么漆黑一片？"武季伦说："这是由于冥途幽暗，没有日月光亮照进来的缘故。"张汶听罢默然不语，须臾，武季伦又说："你我兄弟多年相知，无奈相逢时间很短，真是遗憾无穷。现在，我又要走了。"张汶惊问："现下你要去哪里？"季伦说："我在人世之时，有万千罪过，因此常年在冥途，受这样的苦楚。方才听闻表兄唤我，我才来见一面，不能在这里久留。"说罢，二人洒泪分别。张汶又呼喊其他已亡故的亲人，亲人都应声前来，见面说些身遭的苦楚，言辞凄咽。张汶与他们一一道别后继续前行，也不知该去往何处。耳边依然能听见妻子、兄弟的哭号声，张汶大声呼喊妻子及兄弟的名字，他们却像不曾听见一般。

又走了很久，忽然听见有一个人喝道："平遥县吏张汶！"张汶应道："在。"又有一个人前来，自称冥官，怒目对张汶，问张汶平生过错。张汶连连摇头，说："生平不敢作恶。"于是冥官命一个小吏拿出张汶的籍簿，片刻后，听闻小吏惊道："张汶并未死，应该把他送回。"冥官大怒，说："张汶既然不该死，为什么召他前来？"小吏说："张汶兄长如今正担这个职位，因差事劳苦，曾请求要他弟弟代替他，不过，没有被批准。今日是他擅自召张汶来此。"冥官怒道："他兄长胆敢擅自召活人过来，不顾冥法！"说完，冥官立即命人去拘捕张兄，又命人送张汶回家。张汶好生拜谢后才起身按原路返回，道路依然黑暗阴晦。张汶心下惴惴，摸索前行。又走了一段路，他忽然看见数十里外有微弱的烛光，张汶大喜，说："这烛所在的地方不正是人间吗？"于是他慌忙往前走，又走了百余里，才觉烛影稍近。张汶赶忙朝烛影奔去，却见自己正卧在榻上，床前有烛影幢幢，正是张汶方才见到的。张汶自此醒转过来，妻子、兄弟见了都很欢喜。张汶把冥途所听闻的哭号之声及商议丧具之事说给众人听，众人都吃惊地说："确实是这样。"

——故事源于唐·张读《宣室志·辑佚·张汶死而复生》

107. 鬼求葬

校书郎张仁宝平素才学很高，可惜少年早夭。家人把他的尸骨从成都带回阆中（今四川省南充市）安葬，灵柩暂停在东津寺中。寒食日，张家人听见有叩门声，开门一看，并无人影，只有一个芭蕉叶挂在门上，叶上题道："寒食家家尽禁烟，野棠风坠小花钿。为今空有孤魂梦，半在嘉陵半锦川。"全家人看了，都很吃惊。

端午日，张家又听见叩门声，张父透过门缝往外看，竟然看见张仁宝在门外！仁宝身长三尺，脚不沾地，在门上题"五月午日天中节"，还没写完，张父就慌忙打开大门，仁宝已不见了踪影。

张家人连忙到东津寺，把张仁宝安葬。自此之后，张仁宝再也不曾出现过。

一故事源于宋·李昉等《太平广记·卷三百五十四·张仁宝》

108. 鬼续诗

河北郑郊，进京参加进士考试，落第而归，心中怅然，日夜在陈蔡之间游历。一日，他偶然路过一处墓地，见坟上有两竿翠竹，青翠可爱。他驻马赏玩良久，随后，吟道："冢上两竿竹，风吹常袅袅。"思索良久，下句竟续不出来。百般沉思之时，忽然听见坟中有声音传来，说："续上'下有百年人，长眠不知晓'如何？"郑郊大惊，等着墓中人说话，而墓中却再无动静。

——故事源于宋·李昉等《太平广记·卷三百五十四·郑郊》

109. 新鬼

　　有一个新死的鬼，形容枯瘦，面容疲惫，终日在村落间游荡，却一无所得。一日，正当这个新鬼在一个村外闲逛时，忽然看见一友人，友人已身死二十余年，此时相逢，自是欢喜无限。一番寒暄过后，友鬼见新鬼面黄肌瘦，问："你怎么成了这样？"新鬼见友鬼体格健壮，身形肥胖，说："我新死，不知从哪里找食物，日日饥饿。兄怎么这么肥硕？可有好的方法教教我？"友鬼说："这容易得很，只要你去别人家里作怪，那家人必定惊惧，就会给你食物。"新鬼若有所悟。友鬼又耳语新鬼一番，新鬼就依法行事。

　　当夜，新鬼进到村东头一户人家。这户人家信奉佛法，日夜殷勤礼佛。西厢房是磨坊，新鬼进入磨坊像人一样推磨。这家主人大喜，对弟子说："是佛祖可怜我家中贫寒，让鬼帮我推磨，快拿麦子来。"于是弟子拿麦子过来，新鬼推磨到天亮，磨了好多麦子，疲惫不堪。回来之后，新鬼大骂友鬼："你怎么诳我？"友鬼嬉笑说："我没有诳你啊！你只管照我说的去做，自然有美食犒劳你。"

　　次夜，新鬼又到村西头一户人家。这户人家信奉道教，家中有碓，新鬼上碓，帮人舂米。主人说："昨夜听说有鬼帮东头某甲家中推磨，今日这鬼又来帮我舂米，我拿些稻子过来。"新鬼又舂米到天亮，精疲力竭，依然并无所得。新鬼回来见友鬼，大怒道："我与你关系亲厚，你如今怎么总是欺骗我！我帮人两日了，没有得到半点吃食！"友鬼说："贤弟有所不知，这两户人家信奉佛道，作怪自是难以吓到他们。接下来，我们去寻常百姓家里作怪，就能遂心愿。"新鬼与友鬼见一户人家门口有竹竿，二鬼就进入这家。他们见院中一群女子正围坐一起欢笑宴饮。新鬼食欲大动，不知该怎么做。友鬼环视庭院，见有一条白狗，就对新鬼说："你把那只白狗抱到怀里。"新鬼依言抱起白狗，女子看不见鬼，只见白狗悬在空中，大惊失色。友鬼此时沉声说："有鬼前来索求吃食，你们把这只狗杀了，准备好酒饭，在庭院摆好，鬼自然不害你们。"这户人家赶忙杀狗，置备酒饭，二鬼大快朵颐，酒足饭饱之后才离去。自此以后，友鬼又陆续教给新鬼许多方法，新鬼常到百姓家中作怪求食。时日一久，新鬼也肥硕健壮。

——故事源于南朝·刘义庆《幽明录·新鬼》

110．尸媚

开元年间，薛矜任长安尉。某日，他带几个随从在长安东市游荡，忽然在市前见到一辆香车，车中有一妇人，手搭窗外，悠然地拨弄窗子。薛矜见妇人手白如雪，料想车中人也必定是美人，心思一动。于是，薛矜命随从拿着银镂小合在妇人车前叫卖。须臾，果真有侍婢前来问价，一个随从说："这是长安薛少府的东西，薛少府交代，车中人若是来问价，可赠给她。"侍婢到车窗外回禀妇人，妇人听罢大喜，揭开车帘见薛少府正在车外朝这边望来，随即以微笑回应。薛矜见妇人有意，就上前挑逗，妇人也心中欢喜，对薛矜说："我住在金光门外，薛少府可来找我。"薛矜大喜过望，命随从送妇人回金光门外。

次日，薛矜亲自到妇人门前，见妇人门外有数名少年。于是，他踟蹰不前。不一时，有侍婢前来，把少年领去。薛矜也跟随一个侍婢到了外厅。侍婢指着一把椅子说："请薛少府在此稍坐，妇人梳妆好了就来相会。"薛矜坐等一时，见厅中有火，就上前取暖，不过这火并无暖意，他心觉奇怪。须臾，一个侍婢把薛矜引入堂中。薛矜见堂上遍围青布幔，布幔后隐隐有一盏灯火，灯光微弱，似远又近。薛矜心下狐疑，觉得妇人不是人类，不过，他转念又想，既然已经求见，自当见完再离去。不过他心中实在惊惧，不住念诵《千手观音咒》。薛矜进到内室，见妇人用罗巾蒙面，薛矜抬手拉面巾，用力许久才掉落。只见面巾后妇人面长一尺多，青色，发出狗一般的声音，薛矜见状吓得晕倒在地。

晚间，薛矜家人见他许久不归，命仆人前去找寻。仆人找到妇人处，见此处只有一座坟墓，而薛矜倒在坟上。仆人上前拉薛矜，许久没有应答，看来已死去一时。仆人摸他的胸膛，还有温度，就忙把他带回家中好生照料。经过一个多月，薛矜才苏醒过来。

——故事源于唐·戴孚《广异记·薛矜》

111. 判官

义兴（今江苏省宜兴市）一个乡吏贝禧，某日因事外出，当夜住在菱渎别业。二更时分，贝禧正酣睡，忽然听见有敲门声，他忙起身到门外，见一众人马嘈杂。贝禧大惊，见一个绿衣人手拿竹简，面向西方站着，绿衣人身后有百余个随从，看上去好生威严。贝禧忙整衣上前，朝绿衣人作揖，绿衣人还礼，说："在下周殷。"二人互相见礼完毕，贝禧邀请绿衣人到房中坐，又问："不知您来这里有什么事？"绿衣人笑道："我是地府南曹判官，奉阎王的命令召你担任北曹判官。"贝禧一听，大为惊异。周殷又徐徐说："这是阴府要职，还请您不要推辞。"正说着，贝禧忽然看见绿衣人的随从拿着床褥、食案、帷幕前来。陈设完毕，绿衣人邀贝禧一起吃酒进食，二人谈笑对饮了许久。

又过一时，有一个小吏快步进房，对绿衣人说："判官来了。"说完，又有一绿衣人，手拿竹简，身后两名随从手捧箱子跟着，箱中也是绿衣。周殷朝贝禧作揖道："这是阎王给你的赏赐，希望你能奉召同我二人前去拜见阎王。"说罢，他从箱中拿出绿衣给贝禧穿上。三人又坐下共饮，快到五更时，周殷朝窗外看了看天色，说："王命不可违，我们还是速速回去吧。"说着他就上前拉贝禧。贝禧说："这里距我家不远，可否允我回家与亲人道个别？"两名绿衣人都说："如今你已死去，纵使回去，也不能与家人相见，道不道别又有什么用呢？"贝禧心中虽是不舍，却也只得跟随二人出门。

贝禧出门后，周殷与他同乘一匹骏马，三人骑马驰行。贝禧只觉恍若风行水上，速度甚急。到了傍晚，三人宿在一处乡村野店。店中酒食俱全却无人居住，灯烛幢幢却如隔着帷幔，只让人有恍惚朦胧之感。贝禧问："这是什么地方？"周殷笑说："我们已走两千余里了。"贝禧大惊，却不敢言语。次日清晨，三人又骑马驰行，许久，到了一城，城门守卫森严，两个绿衣人先进入，须臾，出来召贝禧进城。三人先后经过三重大门，大门左右吏卒见他们都恭谨参拜，贝禧心中很是惊异。又进入一门，正北面的大殿上有门帘垂下，贝禧进殿参观，只见殿中陈设，与人间并无分别。贝禧退出大殿后，周殷对贝禧说："这里缺官多年，宅地官署都需要整修，您可到我家暂住，等修缮完毕再搬到这里。"贝禧只得茫然答应。

周殷携贝禧出门，又向东走了一里，到了一处大宅，周殷把贝禧安置在东厅。须臾，就有三十余名官人前来拜见庆贺，贝禧一一见礼。周殷忙吩咐设宴，一众官员谈笑风生，欢饮到夜半。一时，又有一个朱衣小吏，奉王命前来赐给贝禧钱帛车马等物，赏赐十分丰厚，引得一众官员羡慕不已。

第二日，周殷对贝禧说："今日带您到官署。"于是，二人一起向大殿的东北方走了一里多地。贝禧见到一处大宅，陈设严整，周殷带贝禧参观此宅。宅中有典吏八十余人，厅南面有数十间空屋，里面尽是册子。厅背面，有两间房，房中有几案以及若干大书橱。周殷把一枚金钥匙递给贝禧，说："这个橱中的书册最为机密，钥匙应当你自行保管，万不可委托他人。"说罢，起身离去。贝禧拿过钥匙，打开书橱，见书册有千百。贝禧随手拿起一册，见上面题有金字"陕州"，翻开一看，册上记载的都是世人姓名及福禄、寿数等。贝禧想知道自家人的事，就又打开一个书橱，找出常州的簿子，翻阅家中人的册子。册子上自己以及家人世世代代的经历都记载得极为详细，已死之人的名字一旁画有墨钩。贝禧看了，把这些一一记在心中。

晚上，周殷又到贝禧处，说："阎王说你阳寿未尽，需送你回去，等寿终再来担任此职。"贝禧听罢，不知该悲还是该喜，茫然把金钥匙还给周殷。顷刻间，一众官吏纷纷前来送别，贝禧一一还礼后离去。次日夜间，贝禧回到菱渎别业，进到房中，见自己已安卧床上，贝禧大惊，登时醒转，见家人在床前面容哀戚，忙问发生了什么事，听见家人述说，他才知道自己已死去半日了。贝禧细细想梦中的事，自己入地府已过四日。他忽然想起在地府中所记的册子上关于家人祸福寿夭的记载，却发现已全部忘了。贝禧复生后，一如常人，又过四十年才去世。

——故事源于宋·徐铉《稽神录·卷六·贝禧》

112. 森罗殿点鬼

李堡，原任甘肃会宁县令，后改补安庆府学教授。家眷都在会宁，因此他只身前往安庆赴任。

一日傍晚，天色已昏，李堡暂宿在十王殿廊下。二更时分，李堡忽然听见殿上人声鼎沸。他感到好奇，起身隔窗偷窥，只见殿中灯烛辉煌，胥吏站在两侧，另有一个人，紫面赤髯，峨冠博带，手捧书册侍立东侧。不一时，一个人头戴冕旒，身穿王服走出，殿中众官员都下跪参拜。李堡心知他是王，只不知是什么王。他继续窥探，只见王高坐宝座，说："三十年不曾稽查鬼篆了，恐怕积累的问题太多。今日应该细细核查，绝不可姑息放纵。"紫面赤髯者听到这话，把手中所捧书册上呈给王。随后，又有披枷戴锁的人，由东廊依次进来。有一个小吏——唱名，唱名结束，一众人又依次从西廊出去。接着，王又命小吏点勾魂簿，小吏唱名再三，却无一个人应答。王见状说："催命鬼有八万七千，怎么没有一人在这里？"紫面赤髯者上前回禀说："奉后殿转轮王之命，让男者作为医士，女者作为妓女，都向人间投生去了。"王听罢，怅然不乐，说："勾魂摄魄，冥府自有定数。若使这类人到人间，只怕要惹出许多祸事！"王长叹一声，接着命小吏点恶鬼簿。有一胥吏忙上前跪倒，说："此前，鬼门关守卫的人，防守失职，致使饿鬼趁机逃去，如今已全部到阳间投生了。"王沉思良久，问："众饿鬼在阳间做什么营生？"胥吏说："多半担任县令的职位。"王慨然说："饿鬼在地狱中忍饥挨饿千百年，如今一朝得志，必定狼餐虎噬，可苦了百姓了。"胥吏忙问："是否要把他们重新押回地狱？"王沉吟半晌，说："如此也大费周章。若是能忍饥的人，就听凭他留在人间。若是盘剥百姓来中饱私囊，严重的，把他的禄籍削去，让他的子孙都流落惨地；轻的，把他降为无油水的官，让他忍受冻饿，回归饿鬼的本相就行。"李堡趴在窗缝隙中窥看许久，不觉失声大笑。一时，灯烛尽灭，殿上再无动静。

——故事源于清·沈起凤《谐铎·卷六·森罗殿点鬼》

113．香粉地狱

河南杨世伦，出身世家，自幼与舅家表妹定亲。杨世伦今年已二十，恰逢舅舅擢升江南郡守，杨世伦就奉母命前往舅家完婚。谁知，杨世伦走到半路，就病倒在客店中。病重昏沉，恍惚中，他仿佛看见有一鬼差手持文牒前来勾命。杨世伦跟随鬼差到了冥府，鬼差向阎王复命，阎王核验杨世伦，发现姓氏及籍贯都有错，就怒斥鬼差说："我命你勾湖南王士伦的命，你竟错勾了这个人！"于是阎王把鬼差痛打一顿，让杨世伦返回阳间。

杨世伦才出阎王殿，就遇见亡友殷仲琦。殷仲琦见他在阴间，大为惊讶，问："杨兄怎么会在这里？"杨世伦就把鬼差误勾的事说给殷仲琦。殷仲琦听罢，说："我近来在楚江王殿下做录事，今日恰好有空，只怕你不认识回去的路，我来为你送行。"杨世伦大喜，与殷仲琦一起出去。前行三里许，杨世伦看到一个地方，房屋有好几间，窗户雕刻花纹，门户都有绣帘，颇有香艳之气。房门外有涂脂抹粉的女子，三三五五，戏谑谈笑，见陌生男子也不躲避。杨世伦见状大为惊异。殷仲琦笑说："这里是香粉地狱。"杨世伦问："那此处女子是什么出身？"殷仲琦说："阳世犯贪酷罪的官员，若败露，就会遭国法惩治。不过，难免有漏网的人。若是漏网，冥府就会把他的妻女送入青楼，来偿还这人在阳世欠下的孽债。如今这些倚门卖笑的女子，前世都是闺阁千金。"杨世伦听罢，嗟叹不已，正要继续前行，忽然看见左边一间房中走出一老太太。老太太一见殷仲琦，就眉开眼笑，说："贵人久不临贱地，如今是好风送贵人过来，贵人还要过门不入吗？"说罢，她不由分说，拉着殷仲琦的袖子就往房里去。杨世伦见老太太与殷仲琦似乎相熟，也随二人一同进去。随即，就有两女子赔着笑出来，争着上前问安寒暄。杨世伦问二人小字。二人还没回答，殷仲琦就代为回答："这个是翠娟，这个是赛奴，二人都是这里的翘楚。"不一时，老太太捧酒设宴，邀杨世伦与殷仲琦入座，又命二女子相陪。酒席之上，青衫红袖，团团围坐。酒过三巡，殷仲琦让翠娟表演歌舞助兴，翠娟听罢，不住催赛奴歌舞，赛奴面上不悦，说："你依仗自己的县尉父亲，欺压我一个典史之女。阳世虽有地位高下，阴司却叙的是姊妹之礼，你不要擅自作威作势，令人难堪。"翠娟红着脸，强压怒气，歌了一曲《阳台梦》。赛奴说："音节错杂，不大动听。"翠娟怫然不悦，说："我生长名门，本不惯于歌舞。哪比得上你父亲，是个山东贩枣汉，买得两根尖角翘，唱一曲《桂枝儿》向人讨好！"赛奴一时语塞，拂袖就要离去。殷仲琦与杨世伦忙各拉一个人，好生劝慰，各自安坐。又谈笑一番后，忽然听见门外喧闹声起，几人纷纷近前去看，却是一个鬼差奉阎王命令，押一个女子入青楼。女子披头散发，不住哭泣，面色惨淡，花容失色。杨世伦仔细一看，正是舅家表妹，自己的未婚妻！杨世伦大惊，忙上前问："表妹怎么到了这里？"表妹回答："父亲收了八百赃银，诬人名节，阎王这才把我罚在这里，来赎父亲的罪。如今表兄既然是座上宾，能否对我施以援手？"杨世伦听罢忙去同殷仲琦商量。殷仲琦为难地说："阴司与阳世不同，并非贿赂就能成事，我也无能为力呀！"杨世伦心焦无计，忧闷欲死。

忽然，外间有人喊："九幽殿三舍人到。"老太太慌忙上前迎接，殷仲琦忙拉杨世伦避在一侧。老太太迎舍人入席，舍人笑问："听说你家新降下一棵摇钱树，我特地准备好了缠头锦、金步摇，想与新人定情。"老太太眉开眼笑，再三称谢，命女子进房中好生装扮。女子窘迫极了，不知说些什么，只倒地痛哭。杨世伦见此情景，胸腔愤懑，似有火烧，苦苦哀求殷仲琦暂缓表妹接客。殷仲琦只好招老太太来一旁，悄悄把杨世伦的意思说给老太太，老太太一听，很是为难。殷仲琦就说要准备厚礼谢老太太，老太太脸色这才和缓，出门与舍人耳语一番后，舍人悻悻离去。殷仲琦回到杨世伦跟前，催杨世伦快快返回阳世。杨世伦说："未婚妻遭此大辱，我有什么脸面再苟活于人世？"殷仲琦沉思一时，说："不到黄泉，如何相见？大概这是天意，不如就用青楼当作洞房，使你二人完婚。"说罢，他命人打扫东轩，使杨世伦与女子同宿，殷仲琦自携翠娟、赛奴于西轩安歇。如此，杨世伦流连数日，几乎忘却自身尚在阴间。

一日，有一黑衣吏持文牒前来，对女子说："郡守某捐八百金，设立六门义学。阎王恩准了城隍的申报，令他的女儿还阳。你速速随我来，我送你还阳。"女子听罢大喜，匆匆离去。杨世伦也是大喜，殷仲琦朝他贺喜："夫人已离开这里，你也可以离开了。"于是，杨世伦告别老太太，殷仲琦把他送到三四十里，快到他生前住的客店时，才离去。杨世伦此时恍若梦醒，调养数日，整理行装前往舅家。杨世伦见舅舅，一番见礼完毕，就询问舅舅义学的事，舅舅说："我最初是有这个念头，不过还未施行，你怎么知道？"杨世伦就把阴间的见闻详细说给舅舅，舅舅听罢愕然。次日，择吉日令杨世伦与表妹完婚。

洞房花烛之夜，杨世伦笑说阴间洞房之事，女子坚决不承认，谎称不记得了。杨世伦又多番问询，女子说："您恐怕是做梦了，我怎会这样？"杨世伦怅惘许久，也不敢确认。不过，花烛之夜二人交欢，女子确实已不是处子之身。

——故事源于清·沈起凤《谐铎·卷六·香粉地狱》

114. 棺中鬼手

萧山陈景初，多年来一直客居天津。后来他回归故里，途中，路过山东。当年，正值大旱，饥民饿死无数，旅店也萧条无人，陈景初无处留宿，只好在一寺院暂歇。

寺院东厢有三十余口棺材，西厢仅有一口棺材。陈景初暗自诧异，不动声色。睡到三更时分，他忽然听见棺材声响，起身一看，所有棺材中都有一只手伸出，东厢棺中的手都枯瘦黄瘠，唯有西厢棺中的手，肥硕白嫩。陈景初左右顾盼，笑说："你们这些穷鬼，想来手头窘迫，都来向我讨钱？"于是，他解开钱袋，向各自手中放了一枚钱。东厢鬼手接到钱后，都缩入棺中，只有西厢鬼手依旧伸着。陈景初叹道："恐怕是因为一文钱太少，不能使你满意，也罢，我给你加一些。"说罢，他又往鬼手中放钱，一直放了百钱，鬼手依然不缩回。陈景初怒道："你这鬼也太贪得无厌了！"于是，他拿出两贯钱放到鬼手中，鬼手顿时要缩回。陈景初讶然，拿起灯烛四照，见东厢棺材上，都写有饥民某字样，而西厢棺材上写某县典史某公之柩。陈景初长叹道："饥民无大志，一钱就已知足，而典史见惯了钱物，不到一定数额决不收。"

陈景初正自慨叹，忽然听见钱声哗啦坠地。他连忙循声看去，竟见西厢鬼手中钱全部散落在地。原来是因棺缝太过狭窄，鬼手强拽，钱却无法入棺，这才使钱索断裂，两贯钱散落满地。陈景初正想捡钱，忽然看见鬼手又从棺中伸出，四面捞钱，不过却没有捞到一文。许久，陈景初笑说："你贪心太重，如今只剩得一双手空无一物。反不如东厢之鬼，尚且有一文在手。"西厢鬼手依旧掏摸不已。陈景初击掌大呼："你生前为了两贯钱就放纵衙门棒打冤屈之人，做豪门贵族的走狗，你敛得的财物又在哪里？今日这个样子，真是令人不齿。"话未说完，陈景初听见东厢尽是鬼声长叹，而西厢的鬼手也缩回了棺中。

——故事源于清·沈起凤《谐铎·卷八·棺中鬼手》

115．尸斗

唐贞元年间，河南少尹李则去世。还没殓葬时，有一朱衣人自称苏郎中，投上拜帖，请求吊慰李则。他进入灵堂后，大声痛哭，哀痛非常。不一时，李则尸身骤起，与朱衣人搏斗不休。家人、子弟大惊，忙退出灵堂。李则尸身与朱衣人闭门互殴，直到日暮，打斗声才停止。李则家人与弟子进入灵堂，见满地狼藉，李则尸身与朱衣人尸身并排倒在地上，二人身高、体形、样貌、胡须、衣服无一差别。众人面面相觑，不能辨别二尸谁是李则，多番观察判定不下，最终只好把二尸同葬在一个棺材中。

——故事源于唐·李亢《独异志·卷一·李则尸变》

116．枯骨拽人

郑地有一个人，名叫郑虔章，年过五十却一事无成，穷困潦倒，日日饮酒为乐。一日，郑虔章醉酒，夜间住在友人家中。一更时分，郑虔章略略酒醒，伸手到身旁地上取酒来饮，忽然觉得有人把他的手臂往一个坑里拽。郑虔章大惊失色，慌张呼救，友人及家仆举烛前来。只见他的手臂已到了坑里，众人忙上前把他拉出来。岂料，坑中人力气很大，一众人也无法把郑虔章拉出，郑虔章的头也要渐渐被拉入坑中，随后全身都到坑里了。郑虔章像落水一样，张皇呼救。众人忙用铁锹等物掘地，挖到一丈深处，发现一具枯骨，长八九寸。众人把郑虔章拉出，随后又把枯骨收好，另寻别处安葬。自此后，再没有拽人的事发生。

——故事源于唐·李亢《独异志·卷三·鬼拽生人》

117. 人矿院

安平（今山东省临淄市）人崔环，他的父亲是司戎郎崔宣。崔环整日无事，不务正业，每日与一众朋友肆意游荡。

元和五年夏五月，崔环在荥阳别业忽然得了急病，恍惚中，看见两个黄衫吏，手执文帖前来。崔环就与二黄衫吏同行，前行数百步，进到一个城中，街道两侧都是林木，没有人家居住。他们又向北数里，到了一处大宅，门前匾额上写着"判官院"。三人进入院中，见院中站满了人，有人身佩刀头，有人手执弓矢，有人身戴枷锁，有人被蒙住脑袋，所有人都面露惧色，有的哭泣，有的哀叹。崔环正惊讶，见两个黄衫吏中的一个进去，一个留在崔环身旁。须臾，进去的黄衫吏走出说："判官传话，你为什么不抚慰幼小，不成家立业，却每日纵情声色？念你年纪尚小，暂且宽恕你，只把你杖责一番就送回去。希望你回去之后，痛改前非。若还这样，必定不放过你。"说罢，黄衫吏让崔环身旁的这个黄衫吏送他回去。崔环问："判官是谁？"黄衫吏说："司戎郎。"崔环一听，竟是自己父亲，悲泣着说："父亲离世多年，如今竟在这里遇见，我虽不肖，恳请能与父亲见一面。若能再见，死而无憾。"二吏说："阴阳殊途，再见不妥，你就此离去吧。"崔环又问："方才传话的小吏说我已受杖责，为什么我并未觉察？"二吏说："人一共有三魂，一魂在家中，一魂受杖责，另一魂就是你这个身体。你若不信，可以看看大腿上是否有杖痕。"崔环忙拉开衣衫一看，果然两条大腿处各有四条杖痕。他登时觉得痛苦难忍，只能匍匐前进，抬脚都艰难。

两个黄衣吏带崔环出判官院，向南行了百余步，又见街东一片大林。黄衣吏对崔环说："我二人日夜侍奉判官，时日虽久，却只是一个幽冥小吏，日日受穷。每次遇到有资财可取的事情，都无暇顾及。今日送崔郎途中，我们可设法取得一二。请崔郎在林下暂歇，我二人去去就回。这里各处都是恶鬼曹司，崔郎不要往别处去。"崔环一一应承，黄衣吏离去。崔环等待许久，不见二吏回来。他四处闲逛，沿街向西走了数百步，见一个衙署门前十分洁净，匾额上大书"人矿院"三字。崔环向来胆壮，且恃着父亲是判官，自身又即将还阳，就大胆进门。走过一道屏障，他看见一块大石，石北面有一厅，一个军将坐在案前，石上铺满了人，另有数十名形貌各异的大鬼，用大铁锤锤石上的人。东侧另有几千个披枷戴锁的人，都不住悲啼，看上去十分恐惧。大鬼点名后，把人拽过来扔到石上，抡大锤就锤，须臾间就碎为石头。随后大鬼又唱名，军将拿出簿子把它的名字画去，另有一个小吏在军将身后，喊："交付某狱！"大鬼就把此人碎块捧走。崔环看了良久，见其中有交付到碙狱的，有交付到火狱的，也有交付到汤狱的。站立良久，崔环不觉想走近细看，军将忽然指着他说："曹司法度森严，不可随意进入，你是什么人？胆敢前来闲看！"一个小吏立马上前询问，崔环始终缄口不言。军将怒道："无端闲看，问话又不应。你是什么意思？不如你亲身试一试，怎么样？"说着，军将命一个小吏把他拽到石上，拿大锤锤他的身体。须臾，崔环骨肉都碎了。

军将正要发落，忽然看见两个黄衣吏上前对着崔环捶胸顿足说："崔郎君，我们再三乞求你不可以随意走动，你为什么无缘无故来这里，落得如此下场？"军将问："他是什么人？"二黄衣吏说："他是判官之子，阳寿未终，判官命我二人送他还阳，谁知路上他误入此地。不知军将有什么方法能使他恢复如初？"军将听罢，也大为惊惧，说："起初询问他，他不言语，我这才处置了，这可如何是好？"于是，军将环顾诸鬼问："你们可有办法？"诸鬼都说："恐怕只有濮阳霞有法子。"于是军将忙派一个小鬼前去请濮阳霞。

不一时，小鬼身后跟着一位长须皆白的老翁回来了，他气喘吁吁急匆匆前来。军将见濮阳霞，来不及寒暄，忙把他拉到崔环碎块前问："可有方法让他恢复常人？"濮阳霞笑说："好说好说。"于是，他解开衣衫，把怀中药末拿出，掺到崔环的碎块中去，然后用手揉搓，捏出头颅、身体及手足，又刻出五脏、肠胃，雕出九窍，须臾就成人形。濮阳霞用手托着泥人的脖子，说："起！"泥人缓缓起身，与站立的魂合而为一，崔环恢复如常。两个黄衫吏大为惊讶，忙上前拉崔环，百般殷勤，千恩万谢而去。将去之时，濮阳霞拍拍崔环的肩膀说："人矿院中得以复活，怎能不费一钱？"崔环忙拱手称谢，许诺给他三十万钱。濮阳霞笑说："老吏身忙，到那时当派小鬼枭儿前去拿，你若见到，给他就好。"

崔环与二吏走到城门，二吏因自身过失致使崔环在人矿院中受苦，唯恐崔环把实情说出，判官责罚自己，所以悄悄对崔环说："若有人前来问崔郎君的行程，你就只说是想要四处游看地狱，以作警戒，因此身在此处。"出城之时，守城鬼吏果然相问，崔环就依照二吏的话回答。于是，三人顺利出城。

须臾，到了荥阳，二黄衫吏把崔环送回家中。才到门口，二吏就用力把他推入，崔环误触门扇，大痛，登时惊醒。他睁眼看见家人围坐床前悲悲戚戚，一番问询才知自己身已死七日了。数日后，崔环在房中独处，忽然听见庭院之中有枭声，崔环心想：这定是濮阳翁派来的。于是，他令家人焚烧纸钱，枭鸟这才离开。

——故事源于唐·牛僧孺《玄怪录·卷二·崔环》

118. 贫吏

苏州吴全素，参加了五次孝廉考试，都未考中。元和十二年，吴全素住在长安永兴里旅店，准备再次参加考试。十二月十三日夜半，睡梦中的吴全素忽然看见两名白衣人，手执竹简前来召他。吴全素以为这两个人是贡院的人，竹简是贡院的引牌，就说："礼部考试及出榜时间都是有规定的，怎么让你们半夜过来？"白衣人并不接话，坚持要吴全素起身跟他们走。不得已，吴全素只好下床跟随二人过子城，出了开远门二百步，又朝北走，见有两尺来宽的大路，大路外都是泥沼。泥沼中有男人、女人、摔倒的、戴枷锁的、和尚、道士、缺头的。成千上万之人都走在泥里，只有吴全素走在平地。

又走了好几里，进到一处城郭，白衣人把吴全素带入一个官府，官府院中有数千人，有佩刀的军吏把他们分作五十人为一组，吴全素在第三组。正衙有大殿，殿中有一个绯衣人端坐正中，两侧有几十个小吏侍立。衙吏一一点名，随后把人陆续交付给司狱、磴狱、矿狱、汤狱、火狱等。吴全素此时才意识到自己已经身死。吴全素所在的组中，四十九人都已交付完毕，仅有吴全素一个人不曾分派。吴全素问小吏："殿中是什么官？"小吏说："判官。"吴全素立马上前回说："在下恭谨行事，不曾作恶，寿命未终，不该死。"判官说："冥司簿册记载得很清楚。我们都是按照簿子拿人，怎么会有错？"吴全素说："我肯定是寿数未终，劳烦大人再核验一下。"

判官于是命小吏拿出簿子，翻开一看，果然记载着：吴全素，元和十三年明经出身，此后三年衣食无忧，不过也没有官身厚禄。

判官说："人世三年，瞬息而已，且并无官身厚禄，你又何必回去！回去之后再来，给我们增添麻烦。"吴全素说："我离家五年，终于能够荣归故里，更何况，成名后我还有三年寿命。恳请大人开恩。"判官说："如此，就送你回去。"于是，判官命两个白衣人把他原路送回，并叮嘱说："这人命薄，你们速速带他回去，稍微迟些，天色就亮了。"白衣人应命，与吴全素一起出门。

出城之后，沿原路返家，而路上却没了泥泞。到了开远门，两个白衣人对吴全素说："你虽是薄命，天明能回家，也算是幸事。这固然是判官仁慈，难道就没有我二人的功劳吗？我二人是贫吏，不如你给我们各自五十万钱？就当是犒劳我二人。"吴全素思索片刻说："自是应当感谢，只是我身在冥界，且也没有多余的钱，如何能给你们钱财？"白衣人说："你姨父在宣阳，如今是户部官吏，他很富裕，你可以开口跟他借些钱。"吴全素答应试一试，于是白衣吏跟着他一同到姨父家门前。吴全素独自进门，到了堂上，见姨母一家人正在吃煎饼，吴全素走到桌前，拱手说："姨母万福。"谁知姨母并不答应，依旧自顾吃饭谈笑。吴全素又到姨父跟前问安，姨父依然不答应。吴全素有些气恼，就走到灯前用手遮住灯，登时，满堂昏暗。姨父惊异片刻后，说："不如把那些吃食扔出去，我们夜间吃香饼，鬼神不高兴。"吴全素心中恼怒姨父姨母的不理睬，又见姨父把自己当作鬼神，十分恼怒。此时，一个婢女正拿着煎饼要往外扔，吴全素正面对婢女，他伸出手臂，用力把婢女推倒。姨母家人见状大惊，慌忙到婢女跟前，拨开头发，朝她脸上喷水，许久，婢女这才醒转过来。

吴全素见姨父姨母如此无情，要不来钱财，就只好出门见白衣人，白衣人听罢说："你还没有生还，自然是鬼，鬼的言语人怎么能听到？不过你用手遮灯，手推婢女，已足以使他们心下惊骇。"吴全素说："既然已经吓到他们，那又如何跟他们要钱财呢？"白衣吏说："你用我的唾液涂抹到姨父家的大门上，他们一家人就会睡倒。"吴全素伸出手，两个白衣吏轮流往他手掌中吐唾液。随后，他又按照白衣人所说，把唾液涂到门上。果然，很快就传来了姨父家人的哈欠声。吴全素等待一时，见家人收起餐具，到房中安寝，他打算再次进去。二吏拉着吴全素说："你进去之后，在距离床三尺的地方站好，然后再同姨母讲话。千万不要靠近床，更不要用手摇床。否则，姨父姨母会进入梦中，始终不醒。"吴全素依二吏言语进姨父姨母房中，同姨母讲钱财的事，姨母惊坐起身，哭着对姨父说："全素昨夜在家好好睡着，怎么忽然就死了？如今他来我梦中，向我求钱财，你说我该怎么办？"姨父听罢，说："你是因为太想念外甥了，所以才梦见他。梦中的话怎么能信？快快安睡吧。"于是，姨父姨母又睡去。吴全素又说话，姨母再次惊醒后，忙下床翻箱倒柜找纸钱，慌忙拿来烧了，火才刚灭，吴全素就见钱已在地上，吴全素大喜，忙把钱拿出，交给二吏。二吏见钱，也是大喜，慌忙收好后，说："你还阳是一定的。你是想即刻就回去，还是想看我们办冥界差事？如今我们打算取一人性命，你可愿前去看看？"吴全素说："自然愿意。"于是，二吏到西市一处人家，这家灯火荧荧，有呜咽之声，另有数名僧人在院中念经，院子里香烟缭绕。二吏不敢上前，从堂后跃上屋檐，估摸好床席的位子，揭下瓦片，抽出椽木，在房顶开出一个大洞。从洞口朝下看，一老人已气息奄奄，老人床周围尽是呜呜而泣的人。一个白衣吏从怀中抽出一根手指粗的绳子，有两丈来长，白衣人对吴全素说："你坐在这里，拉好绳索。"说着，他又探头入洞，对吴全素说："我要去寻老人前来，人一来，你就拉绳。"于是，他拿着绳子到老人跟前，白衣人右手扶起老人，左手把绳索缠在老人身上，吴全素使劲拉绳，终于把老人拉到堂上，随后把他全身捆绑了。

两个白衣吏轮流背着老人出门，吴全素跟在后面。一吏问："这里最大的屠案在哪里？"另一吏说："布政坊十字街南王家的屠案最大。"于是，两个白衣吏背着老人到王家。顷刻间就到了，二吏把老人扔到案上，把老人衣衫脱光，又随意揉搓。老人不住叫苦，声音凄厉。吴全素心下不忍，说："有罪当罚，若老人并无罪责，何必让他受这些苦楚？"二吏说："人间传说，有功德的人，升天时，有仙乐、仙鹤前来迎接，你见过吗？若有大恶，应该堕入地狱，有牛头鬼前来索命，你又见过吗？这个老人并没有升天的福分，也没有入地狱的罪责，虽能修身正己，却始终未能脱离尘俗。只要把他的身体清洗，让他洁净无污秽，就能投生。如今有个妇人有孕，只等他死了，投生到妇人腹中，那胎儿才能落地。若我们今日不取他性命，妇人又如何生产？"说罢，他们又用力揉搓，老人身体渐渐变小，须臾间，就变得像拳头大小，身体各个器官都有了。

两个白衣人提着老人到了北面一户人家。这户人家中灯火荧荧，有说话的声音，另有僧人诵读《八阳经》。白衣人悄悄到正堂，见堂门虚掩，一个白衣吏把老人扔到堂上，顷刻间，就听见有婴孩的啼哭声。

一吏说："事已办完，我们这就送你回去。"于是，二吏又携吴全素到永兴里旅店中。吴全素到了房中，见漆黑一片，正想点灯，谁知二吏在他身后用力一推，大喊："吴全素！"他登时像失足坠地一般，立即醒来。醒来后，只觉得头晕目眩，好几日后，身体才恢复。

吴全素知道了自己的寿命，只想速速回家侍奉双亲。他占卜好出行的日子，可每次都因头晕目眩，或者驴子受伤，或者连日雨雪，或者亲友往来，不能走。一直到了考试的日子，吴全素进场考完试出来，他不再执着于考中与否。后来他果然上榜，笑着离开了长安。

——故事源于唐·牛僧孺《玄怪录·卷三·吴全素》

119. 鬼履约

晋右司员外郎邵元休与河阳进奏官潘某交好。潘某为人忠诚明达，光明磊落，又博闻广记，邵元休经常与他谈古论今。二人也曾谈到过幽冥的事，不过始终不确定虚实。于是，二人约好，他日，谁先死去，就把幽冥的事告知活着的人。

后来，二人分别数年。某日，邵元休梦中看见一处朱门大宅，进到宅内，走到东廊，见帘幕华丽，显然是宴客的地方。邵元休揭开帘幕，见席上坐了几个人，潘某竟然也在其中。席正中的人，应是主人，衣冠严整，形容俊伟。邵元休忙上前作揖，主人热情邀他入座。邵元休坐下以后，就想与潘某共话离别之情。不过，他见潘某神色恭谨，并无喜色。邵元休自报家门后，问主人说："潘某也是您的旧识吗？"主人只支吾着应了。不一时，主人命人奉茶，须臾间，邵元休还没见到送茶的人，茶水已到了主人面前。邵元休大为惊异，又见茶器十分精致，就拿起茶杯想饮。一抬眼，他看见潘某眼神有异，忙放下茶杯，又见潘某悄悄摇手，示意不可饮茶。邵元休明白了潘某的意思，不再饮茶。一时，主人又命人奉酒，酒杯也应声到席间。主人邀邵元休饮酒，邵元休又见潘某悄悄摇手，示意不可饮酒，邵元休也就不再饮酒。主人又请席上的人吃饭，随即就有饭食在桌上。邵元休再看潘某，又见潘某示意不能吃。邵元休心下疑惑，默然不语。不一时，潘某示意邵元休离去，邵元休起身告辞，潘某起身向主人施礼："我与邵元休是旧相识，去送他一送。"主人点头应允。

于是二人走出宅院，说起昔年相约先死的人告知活人幽冥的事。邵元休问："幽冥的事是否是真的？"潘某说："自然是真的。幽冥与人世相似，只是整日昏暗，令人忧愁。"邵元休忽然醒悟，怕是潘某已经死去，陡然惊醒。次日，邵元休多番打听潘某的情况，得知潘某确实已经死了。

——故事源于五代·王仁裕《玉堂闲话·邵元休》

120．产鬼

乡民毕酉，向来胆识过人。一个月圆之夜，毕酉妻临产，毕酉匆忙回家，路上遇到一女子，独自蹒跚步行。毕酉见女子孤苦，行动不便，于是搀扶她同行。同路数里，他始终没有感觉到女子的呼吸，毕酉心下生疑，就装作闲谈般问女子姓名、家世及午夜独行的缘故。女子先是支吾不语，后见毕酉问得紧了，才答道："我不是人，是产鬼。前村毕家妇人分娩在即，我特意找她做替死鬼，如此，我就能托生。"毕酉听罢大惊，心里暗暗筹划该如何使妻平安生产。

于是，毕酉假装欢喜，说："这是大好事，你能够投生到一个好人家，不用再做孤鬼，真是可喜可贺！"女子叹息着说："找产妇替死，实在不是我的本意。不过，唯有如此才能解脱，希望我能如愿吧。"毕酉听罢，心下怅惘，沉默良久，忽然听见女子问："你叫什么名字？怎么会深夜在这里？"毕酉见问，只得胡乱编了一个名字应付。毕酉问："你做鬼几年了？"女子说："已有十三年了。"毕酉又问："你做鬼这么多年了，怎么现在才找替死鬼？"女子说："阴曹地府是要根据人的生平善恶来判定投生的早晚，赎清罪孽才能投生，我这才蹉跎到如今。"

毕酉一心想要妻母子平安，就装作不经意地问："使人替死可有方法？"女子说："有。产鬼喉间有一缕红丝绳，名为'血饵'。把这个绳索放到产妇腹中，系住胎儿，不让胎儿迅速降生，再暗中多次抽拉丝绳，让她痛彻心扉，即便是健壮的妇人，只需三五下，就会难产而死。"

毕酉听得浑身冒冷汗，面上依旧笑着问："这个方法确实好，不知道可有破解的方法？"女子微笑不言语，毕酉多番询问，女子无法，就说："自然有破解之法，只是你切勿告诉别人。"毕酉忙指天起誓，决不对外泄露。女子见状，才悄悄说："产鬼最怕雨伞，拿一把雨伞放在房后，产鬼就不敢进入房中。"毕酉又问："还有其他方法吗？"女子再次叮嘱："你发誓千万不可泄露，我才敢说。"毕酉说："我方才已经发誓，定然不会泄露。"女子见他诚恳，很是满意，说："我若不能进房中，就从屋顶把血饵放到产妇口中也行。此时，倘若在床顶张开雨伞，血饵就不能入产妇口，产鬼就无法可施。我因你是忠厚之人，这才敢实言相告。倘使你泄露，我投生之路就断了，还请您多多谅解。"毕酉自是连连答应。

到了家中，毕酉妻正在生产，很是艰难，形势十分危急。毕酉忙令家人在房后撑开一把雨伞，又在床顶撑开一把。须臾，婴儿呱呱坠地，妻子也平安无事。正当毕酉暗自欢喜时，忽听得空中有女子声传来："毕酉！你太狡猾，我不幸被你算计，使我投生又要推后！你要是再告诉别人，让我永生无投生之望，就是丧尽天良！"说罢，长叹数声，恨恨而去。

毕酉妻大奇，问："这是什么人？怎么会说这样的话？"毕酉就把路上的事详细说给妻听。妻因生产痛苦，对产鬼厌恶至极。于是，她把产鬼畏伞的事广而告之。自此，凡是妇人有孕的人家，都撑伞防范，果然都母子平安。

——故事源于清·许奉恩《里乘·产鬼畏伞》

121. 黄父鬼

　　东南方有个人，身高七尺，腹围与身高一样。他头戴驱鬼面具，身穿红衣，腰系白绢，额头上缠绕着首尾相连的赤蛇。他常巡视天下，饮食也不同常人。他以恶鬼为饭食，早晨吞三千，傍晚吞三百，把露水作为汤羹。他有一个名字叫尺郭，还有一个名字叫食邪。道家称他为吞邪鬼，也称他为赤黄父。如今人们叫他黄父鬼。

　　　　　　　　　　——故事源于西汉·东方朔《神异经·东南荒经》

122. 厉鬼

　　郑国子产到晋国访问，晋侯卧病，安排韩宣子接待。韩宣子私下里与子产说起国君的病情，问："国君卧病已有三月，求医问药，祭祀山川都不奏效，病情反而日益加重了。昨夜，国君又梦见黄熊进门，不知这是什么厉鬼？"子产说："晋侯贤明，您执政也是清明，怎会有厉鬼？昔日，尧在羽山杀死鲧，鲧的魂魄化作黄熊，钻入羽山的深渊中，成为夏朝郊祭的神灵。自此以后，历代君主都祭祀它。晋国是盟主，或许是因为没有祭祀它？"韩宣子一听，沉思片刻，朝子产躬身拜谢。后几日，韩宣子举行仪式来祭祀黄熊，晋侯的病果然好起来了。子产也因此得到了晋侯赏赐的两只方鼎。

　　　　　　　　　　——故事源于春秋·左丘明《左传·昭公七年》

123．黑白无常

　　某乡有个医士，深夜看诊完毕，乘肩舆回家。路过城隍庙时，轿夫忽地止步不前，医士觉得奇怪，就透过车帘往外看。他看见两个大鬼，一个穿白衣，一个穿黑衣，身高一丈多，昂首阔步走到庙前。庙门自动开启，两个大鬼大步走进，庙门又自行关上。当夜月色明亮，医士看得十分清楚，心下害怕，也不敢对别人说。回家几日后，医士与轿前两名轿夫都无故死去。轿后两名轿夫，因没有见到二鬼，安然无恙。

　　——故事源于清·李庆辰《醉茶志怪·卷二·无常二则》

124．鬼三年

　　元和初年，上都（今河南省洛阳市）东市恶少李和子性情残忍，常偷别人家的猫狗来吃，邻里街坊都讨厌他。

　　一日，李和子在街上游荡，忽然听见两个紫衣人唤他，说："你不是李和子吗？"李和子忙朝二人作揖，说："正是在下。"二紫衣人说："我二人找你有事，我们找个僻静处说。"于是，三人走到一处僻静街道。二紫衣人说："我二人是冥司追命的人，你命数已尽，须随我们去阴司。"李和子一听，大为惊骇，不愿走。许久，李和子知道逃脱不掉，只得说："你们也是人，不要骗我。"二人说："我们是鬼。"于是一个紫衣人从怀中拿出一份文牒，牒上印迹还没干，上面清楚明白地写着李和子的姓名以及他杀食猫狗四百六十头等恶事。李和子惶惶，忙上前拜倒，说："我确实该死，不过还请二位稍等我一会儿，我为你们略备薄酒。"二鬼坚决推辞，李和子却非要邀请，二鬼不忍拂了他的好意，只好听他安排。

路过一家面食店时，二鬼用衣袖掩鼻，不肯进去。李和子无奈，只好请二鬼到一家酒店。李和子在店中找到一张空桌，朝对面揖让，独自言语。众人看不见二鬼，见李和子这样，都大惑不解，认为他疯癫了。李和子朝店家要了九碗酒，自己饮了三碗，另外六碗放在对面座前。二鬼互相看了一看，把碗中酒喝完后，说："既然我二人喝了你的酒，就帮你谋划谋划吧。"说罢，他们起身叮嘱李和子说："你等我们一等，片刻就回。"不一时，二鬼回来，对李和子说："你拿钱四十万，我们为你借三年寿命。"李和子一听，大喜，忙说："多谢二位！"于是，双方约好以次日午时为期限。李和子连忙返回家中，如期准备纸钱焚烧，二鬼拿钱而去。三日后，李和子死去。原来，鬼说的三年，是人间的三日。

——故事源于唐·段成式《酉阳杂俎·续集·卷一》

125．鬼差贪酒

杭州袁观澜，年已四十，还没有婚配。邻居女子容貌姣好，袁观澜心生爱慕，女子也对他情根深种，二人两情相悦。无奈，女子的父亲嫌袁观澜贫穷，不允婚。女子相思成疾，郁郁而终。袁观澜悲怆不已，月夜无以解忧，只好独步院中，拿着酒樽独酌。醉意蒙眬时，袁观澜忽然看见墙角有一个人，蓬头垢面，手拿绳索，仿佛在牵着什么。他看这人好像是差役，招他上前，问："你我共饮一杯，可好？"那人点点头。袁观澜为他斟酒一杯，那人却嗅了嗅酒杯，并不饮下。袁观澜见状，大疑，问："莫非是嫌酒冷？"那人又点点头。袁观澜就为他热一杯酒奉上，那人又是嗅而不饮。不过，那人面色却愈来愈红，随后，大口张开，不能合上。袁观澜见状，把酒灌入那人口中，那人每饮一滴酒，身体就缩小一寸。一壶饮尽，他的身体已缩小成婴儿大小，随后倒在地上，不能动弹。

见他醉了，袁观澜拉起他牵的绳子，发现绳子绑着的竟是邻居女子！袁观澜大喜，忙拿出酒坛子，把那人放到坛中封口，又画上八卦阵镇压。随后，袁观澜解开女子身上的绳索，二人进入房中，结为夫妇。女子已成了鬼，故而白日只能听见她的声音，只有夜间才能见她的身形。

一年后，一天，女子欢喜地跟袁观澜说："我可以复生了，复生后就可以做郎君的美妻了。"袁观澜忙问她缘故，女子说："某村一女子气数已尽，我可借她的尸身复活。你按我说的做，这件事会被女子家人看作是郎君的功劳，定然欢欢喜喜把女儿嫁给郎君，并且会有丰厚的陪嫁。如此，你我就可以做长久夫妻了。"次日一早，袁观澜到某村，果然见有个女子刚刚咽气，女子父母正哀哭不已。袁观澜说："若你们把她许我为妻，我可用药让她还魂。"女子父母大喜，表示愿意许婚。袁观澜在女子耳畔低语片刻，女子随即起身。全村很是惊异，认为袁观澜是神人，于是袁观澜与女子顺利成婚。女子相貌比邻女更美，所记得的也都是邻女经历的事。

——故事源于清·袁枚《子不语·卷七·鬼差贪酒》

126．紫玉

吴王夫差的小女儿，名为紫玉，年十八，才貌俱佳。有个童子韩重，年十九，好道家之术。紫玉心悦韩重，二人暗通书信，私订了终身。韩重要到齐鲁求学，临走时，他告知父母，让父母向吴王提亲。后来，韩重父

母向吴王求亲，不料，夫差大怒，不允二人的婚姻。紫玉郁闷而死，葬在
阊门之外。

三年后，韩重回来，问父母婚事。父母说："吴王大怒，紫玉郁闷而
死，葬在了阊门外。"韩重听罢，如五雷轰顶，哭泣哀恸。随后，他准备了
祭祀用的牲畜和钱帛，到紫玉墓前凭吊。紫玉魂魄被他至诚之心感动，从
墓中走出。紫玉一见韩重，泪流不止，说："三年前，你走之后，你的父
母前来求亲，本以为一定能够得偿所愿。谁料想，离别之后，竟是如此结
局。"二人呜呜咽咽，感慨生死不由人。

须臾，紫玉歌道："南山有鸟，北山张罗。鸟既高飞，罗将奈何！意欲
从君，谗言恐多。悲结生疾，没命黄垆。命之不造，冤如之何！羽族之长，
名为凤凰。一日失雄，三年感伤。虽有众鸟，不为匹双。故见鄙姿，逢君
辉光。身远心近，何当暂忘。"歌罢，唏嘘流涕，邀韩重与她一起返回墓
中。韩重说："你我已生死异路，贸然进去，恐遭逢不测，不敢从命。"紫
玉说："生死异路，我自然知道。不过，今日一别，永无相见之日。你难道
是怕我做鬼祸害你吗？我真心对待的人，竟然如此不信我！"说罢，她拂
袖而去。韩重听见这话，大为感伤，也跟着紫玉进了墓中。

紫玉见韩重跟来，大为欢喜，忙置办酒食，二人相伴三日三夜，行了
夫妇之礼。临别之时，紫玉拿出一枚明珠赠给韩重，说："你若见了大王，
还请把这个给他。"

韩重离开紫玉墓后，径直前去拜访吴王，把紫玉与自己的事说给吴
王。吴王一听，大怒，说："我女儿已经死了，你还捏造谣言，玷污她的亡
灵！"韩重拿出紫玉赠的明珠给吴王看，吴王一看，说："你不过是打开
她的墓穴偷了明珠，却来假托鬼神。"于是吴王命人前来捉拿韩重。韩重一
听，忙转身逃跑。他到了紫玉墓前，把吴王的反应说给紫玉。紫玉说："你
不必担心，我亲自去跟大王说明白。"

夜间，吴王正在梳头，忽然看见紫玉前来，又惊又喜，问："你怎么复

活了？"紫玉跪倒在地，说："昔日，韩重前来求娶女儿，大王不许，导致女儿身死。如今，韩重求学回来，听说女儿已死，准备祭祀物品，到女儿墓前吊唁。女儿心中感动，与他相见，并把明珠赠给他。明珠不是韩重打开女儿墓穴偷的，还请大王不要治他的罪。"吴王一时张口结舌。吴王夫人听见有声音，走近一看，竟是紫玉，忙上前想要抱住紫玉，还没走近，紫玉就化作一缕轻烟飘去。

——故事源于晋·干宝《搜神记·卷十六·紫玉》

127. 死友

范式，字巨卿，山阳金乡人。张劭，字元伯，汝南（今河南省驻马店上蔡县）人。范式与张劭交好，二人一起在太学游览，后来各自要返回故乡。范式对张劭说："两年后我就回来，到那时再来拜见你的父母，见见你的孩儿。"于是，二人约好了见面的日期。

两年后，约定日期快到时，张劭让他母亲准备酒菜等候范式。张母说："你们已分别两年，且相隔千里，此前的约定怎么还能信？"张劭说："巨卿是守信的人，一定不会失约。"张母说："若果真如此，我就为你们备酒。"到了约定之日，范式果然到了。二人彻夜长谈，欢饮达旦，尽欢而别。

后来，张劭生病，愈来愈重。同郡好友君章、殷子征都前来探视。张劭临终之时，叹道："可惜见不到我的死友了！"殷子征说："我和君章，与你交心，难道还不是你的死友，你想要见谁呢？"张劭说："你们二人，是我生友；山阳范巨卿，是我的死友。"不久后，张劭就死去了。

一夜，范式忽然梦见张劭，玄色冠冕，帽带也没有系好，拖着鞋子喊：

"巨卿，我已在某日身死，该在某日下葬，永归黄泉。你若还未忘了我，就来见我一面吧。"范式恍然醒来，悲叹不已，换上为朋友服丧的衣服，依着张劭说的下葬日期，骑马前去奔丧。范式还没有到，张劭的灵车就已经出发了。到了墓穴处，众人要把棺材放到穴中，不料，棺材却始终放不进去。张母抚着棺材说："我儿难道还有什么未了的事吗？"于是，张母只好命人把灵柩暂停在墓穴一旁。不一时，一个人身骑白马，穿白衣，号哭而来。张母一见，说："这一定是范巨卿了。"范式到后，抚着张劭的棺材说："去吧，元伯，生死异路，你我永别了。"当时参与葬礼的有数千人，都为二人情谊感动不已。范式拉着牵引棺材的绳索往前，棺材果然移动，众人这才把他殓葬。安葬好张劭，范式留在张劭坟前，为他栽了几棵树后才离开。

——故事源于晋·干宝《搜神记·卷十一·范巨卿张元伯》